«He leído *Millennium* con la felicidad y excitación febril
con que de pequeño leía a Dumas y Dickens. Fantástica.
Esta trilogía nos conforta secretamente. Tal vez no
todo esté perdido en este mundo imperfecto. ¡Bienvenida
a la inmortalidad de la ficción, Lisbeth Salander!»

MARIO VARGAS LLOSA

«Una de las mejores novelas populares de los últimos
veinte años, rebosante de energía, inteligencia y dotada de
una brújula moral implacable. Un libro para disfrutar
y reenamorarse de la lectura.»

CARLOS RUIZ ZAFÓN

«Un fenómeno editorial, un consumado escritor que
parece surgir de la nada… En raras ocasiones se produce el
hecho insólito de celebrar el debut de un autor de la categoría
estelar de Larsson y llorar su pérdida al mismo tiempo.»

Sunday Times

La chica
que soñaba
con un cerillo
y un galón
de gasolina

MILLENNIUM 2

Stieg Larsson

con un cerillo
y un galón
de gasolina

MILLENNIUM 2

Stieg
Larsson

Traducción
de Martin Lexell
y Juan José Ortega Román

Ediciones Destino
Colección Áncora y Delfín

Obra editada en colaboración con Ediciones Destino – España

Título original: *Flickan som lekte med elden. Millennium 2*

© 2006, Stieg Larsson
Obra publicada originalmente en Suecia por Norstedts
Traducción publicada originalmente con el acuerdo de Norstedts Agency

© 2008, Ediciones Destino, S.A. – Barcelona, España
© 2008, Martin Lexell y Juan José Ortega Román, por la traducción
del sueco
© 2008, Gino Rubert, por la ilustración de la portada

Derechos reservados

© 2009, 2010, Editorial Planeta Mexicana, S.A. de C.V.
Bajo el sello editorial DESTINO M.R.
Av. Presidente Masarik núm. 111, 2o. piso
Colonia Chapultepec Morales
C.P. 11570 México, D.F.
www.editorialplaneta.com.mx

Primera edición impresa en España: noviembre de 2008

Primera edición impresa en México: junio de 2009

Para venta exclusiva en México, Estados Unidos,
Centroamérica y el Caribe
Primera edición impresa en México en este formato: enero de 2011
ISBN: 978-607-07-0597-7

Impreso en los talleres de Litográfica Ingramex, S.A. de C.V.
Centeno núm. 162, colonia Granjas Esmeralda, México, D.F.
Impreso y hecho en México – *Printed and made in Mexico*

Prólogo

Estaba amarrada con correas de cuero en una estrecha litera de estructura de acero. El correaje le oprimía el tórax. Se hallaba boca arriba. Tenía las manos esposadas a la altura de los muslos.

Hacía mucho tiempo que había desistido de todo intento de soltarse. Se encontraba despierta pero con los ojos cerrados. Si los abriera, sólo vería oscuridad; la única luz existente era un tímido rayo que se filtraba por encima de la puerta. Tenía mal sabor de boca y ansiaba lavarse los dientes.

Una parte de su conciencia aguardaba el sonido de unos pasos que anunciaran su llegada. Ignoraba qué hora de la noche sería, pero le parecía que empezaba a ser demasiado tarde para que él la visitara. Una repentina vibración le hizo abrir los ojos. Era como si una máquina se hubiese puesto en marcha en algún lugar del edificio. Unos segundos después ya no estaba segura de si se trataba de un ruido real o de si lo había imaginado.

Tachó un día más en su mente.

Era el día número cuarenta y tres de su cautiverio.

Le picaba la nariz y giró la cabeza para poderse rascar contra la almohada. Sudaba. En la habitación hacía un calor sofocante. Llevaba un sencillo camisón que se le arrugaba en la espalda. Al mover la cadera pudo atrapar la prenda con los dedos índice y corazón para irla bajando, centímetro a centímetro, por uno de los lados. Repitió el procedimiento con la otra mano. Pero el camisón había hecho un pliegue en la parte baja de la espalda. El colchón estaba abullonado y era muy incómodo. Su total aislamiento provocó que todas las pequeñas impresiones, en las que no habría reparado en otras circunstancias, se intensificaran. Las correas estaban un poco flojas, de modo que podía cambiar de postura y ponerse de lado; pero, entonces, el brazo que le quedaba bajo el cuerpo se le dormía.

No tenía miedo. Pero sí una rabia contenida cada vez mayor.

Al mismo tiempo, la atormentaban sus propios pensamientos, que se transformaban constantemente en desagradables fantasías sobre lo que iba a ser de ella. Odiaba esa forzada indefensión. Por mucho que intentara concentrarse en otra cosa para pasar el tiempo y olvidarse de su situación, la angustia siempre acababa por aflorar. Flotaba en el aire como una nube de gas que amenazaba con penetrar por sus poros y envenenar su existencia. Había descubierto que la mejor manera de mantener alejada esa angustia era imaginándose algo que le transmitiera una sensación de fuerza. Cerró los ojos y evocó el olor a gasolina.

Él se encontraba sentado en un coche con el cristal de la ventanilla bajado. Ella se acercó corriendo, echó la gasolina a través del hueco de la ventanilla y encendió un cerillo. Fue cuestión de segundos. Las llamas prendieron en el acto. Él se retorcía de dolor mientras ella oía sus gritos de horror y sufrimiento. Percibió el olor de la carne quemada y otro más intenso, a plástico y espuma, producido por los asientos, que se estaban carbonizando.

Es probable que se hubiera quedado traspuesta, porque no oyó sus pasos, pero se despertó nada más abrirse la puerta. La luz la deslumbró.

Él había llegado, a pesar de todo.

Era alto. Ella ignoraba su edad, pero se trataba de un adulto. Tenía el pelo enmarañado, de color caoba, llevaba gafas con montura negra y una perilla poco poblada. Olía a colonia.

Odiaba su olor.

Permaneció callado al pie de la litera contemplándola durante un largo instante.

Odiaba su silencio.

Su cara se hallaba en la penumbra. Ella sólo apreciaba su silueta. De repente le habló. Tenía una voz grave y clara que acentuaba pedantemente cada palabra.

Odiaba su voz.

Le dijo que, como hoy era su cumpleaños, la quería felicitar. El tono de su voz no resultaba ni antipático ni irónico. Más bien neutro. Ella imaginó que él sonreía.

Lo odiaba.

Se acercó más y fue hacia el cabecero. Le puso el dorso de su mano húmeda en la frente y, con un gesto que tal vez quisiera ser amable, le pasó los dedos por el nacimiento del pelo. Era su regalo de cumpleaños.

Odiaba que la tocara.

Él le habló. Ella lo vio mover la boca pero se aisló del sonido de su voz. No quería escuchar. No quería contestar. Le oyó elevar el tono. Su voz tenía un deje de irritación debido a su falta de respuesta. Le habló de confianza mutua. Al cabo de unos minutos se calló. Ella ignoró su mirada. Luego él se encogió de hombros y empezó a ajustarle las correas. Le apretó el correaje del pecho un agujero más y se inclinó sobre ella.

De repente, del modo más brusco que pudo y hasta donde las correas le permitieron, ella se giró a la izquierda, alejándose de él. Subió las rodillas hasta la barbilla e intentó pegarle una fuerte patada en la cabeza. Apuntó a la nuez y, con la punta del dedo de un pie, le dio en algún sitio por debajo de la barbilla. Pero, como él estaba prevenido, ya había apartado el cuerpo, de modo que todo se quedó en un ligero golpe, apenas perceptible. Intentó darle otra patada pero él ya se encontraba fuera de su alcance.

Dejó caer las piernas sobre la litera.

La sábana de la cama colgaba hasta el suelo. El camisón se le había subido muy por encima de las caderas.

Permaneció quieto un largo rato sin decir nada. Luego se acercó hasta el correaje de los pies. Ella intentó subir las piernas pero él le agarró un tobillo. Con la otra mano le bajó la rodilla a la fuerza y le aprisionó el pie con la correa. Pasó al otro lado de la cama y le inmovilizó también el otro pie.

De esta manera quedaba completamente indefensa.

Recogió la sábana del suelo y la tapó. La contempló en silencio durante dos minutos. En la penumbra, ella pudo sentir su excitación, a pesar de que él no la demostró. Pero seguramente estaba teniendo una erección. Ella sabía que él deseaba acercar una mano y tocarla.

Luego él dio media vuelta, salió y cerró la puerta. Lo oyó echar el cerrojo, cosa completamente innecesaria, ya que ella no tenía ninguna posibilidad de soltarse.

Se quedó varios minutos contemplando el fino rayo de luz que se filtraba por encima de la puerta. Luego se movió, intentando hacerse una idea de lo apretadas que estaban las correas. Fue capaz de subir un poco las rodillas, pero tanto las correas de los pies como el resto del correaje se tensaron en el acto. Se relajó. Permaneció completamente quieta mirando al vacío.

Aguardaba. Fantaseó con un galón de gasolina y un cerillo.

Lo vio empapado de gasolina. Podía sentir la caja de ce-

rillos en la mano. La movió. Produjo un sonido áspero y seco. La abrió y eligió uno. Le oyó decir algo pero hizo oídos sordos y no escuchó sus palabras. Vio la expresión de su rostro cuando acercó el cerillo al rascador. Oyó el chasquido que el fósforo produjo contra el rascador. Fue como el prolongado estallido de un trueno. Todo ardió en llamas.

Una dura sonrisa se dibujó en sus labios. Se armó de paciencia.

Esa noche cumplía trece años.

Primera parte

Ecuaciones irregulares

Del 16 al 20 de diciembre

La clasificación de las ecuaciones se hace en función de la potencia más alta (el valor del exponente) de la incógnita que plantean. Si la potencia es uno, se trata de una ecuación de primer grado; si es dos, nos hallamos ante una ecuación de segundo grado, y así sucesivamente. Las ecuaciones de grado mayor a uno ofrecen varias soluciones a la incógnita. Estas soluciones se llaman «raíces».

Ecuación de primer grado (ecuación lineal): $3x-9=0$ (raíz: $x=3$).

Capítulo 1

Jueves, 16 de diciembre –
Viernes, 17 de diciembre

Lisbeth Salander desplazó las gafas de sol hasta la punta de la nariz y entornó los ojos bajo el ala del sombrero de playa. Vio a la mujer de la habitación 32 salir por la entrada lateral del hotel y dirigirse a una de las tumbonas a rayas verdes y blancas que se hallaban junto a la piscina. Su mirada se concentraba en el suelo y sus piernas parecían inestables.

Hasta ese momento, Salander sólo la había visto de lejos. Le echaba unos treinta y cinco años, pero por su aspecto podía estar en cualquier edad comprendida entre los veinticinco y los cincuenta. Tenía una media melena castaña, un rostro alargado y un cuerpo maduro, como sacado de un catálogo de venta por correo de ropa interior femenina. Calzaba chanclas y lucía un biquini negro y unas gafas de sol con cristales violetas. Era norteamericana y hablaba con acento del sur. Llevaba un sombrero de playa amarillo que dejó caer al suelo, junto a la hamaca, justo antes de hacerle una señal al camarero del bar de Ella Carmichael.

Lisbeth Salander se puso el libro en el regazo y bebió un sorbo de café antes de alargar la mano para coger el paquete de tabaco. Sin girar la cabeza desplazó la mirada hacia el horizonte. Desde el sitio en el que se encontraba, en la terraza de la piscina, podía ver un pedazo del mar Caribe a través de un grupo de palmeras y rododendros que había junto a la muralla de delante del hotel. A lo lejos, un barco de vela navegaba hacia el norte, rumbo a Santa Lucía o Dominica. Algo más allá pudo apreciar la silueta de un carguero gris que se dirigía hacia el sur, de camino a Guyana o algún país vecino. Una leve brisa luchaba contra las altas temperaturas de la mañana, pero Lisbeth sintió que una gota de sudor le resbalaba lentamente hacia la ceja. A Lisbeth Salander no le gustaba achicharrarse al sol. En la medida de lo posible, pasaba los días a la sombra, de modo que ahora se encontraba cómodamente instalada bajo un toldo. Aun así, estaba más tostada que una almendra. Llevaba unos pantalones cortos color caqui y una camiseta negra de tirantes.

Escuchaba los extraños sonidos de los *steel pans* que salían de los altavoces colocados junto a la barra. La música nunca le había interesado lo más mínimo, y no sabía diferenciar a Sven-Ingvars de Nick Cave, pero los *steel pans* la fascinaban. Le parecía increíble que alguien fuera capaz de afinar un barril de petróleo y aún más increíble que ese barril pudiera emitir sonidos controlables que no se parecían a nada. Se le antojaban mágicos.

De repente, se sintió irritada y desplazó nuevamente la mirada a la mujer a la que acababan de ponerle en la mano una copa de una bebida de color naranja.

No era su problema, pero Lisbeth Salander no entendía por qué la mujer seguía todavía allí. Durante cuatro noches, desde que la pareja llegara, Lisbeth Salander había oído esa especie de terror de baja intensidad que se producía en la habitación contigua. Había percibido llantos, indignadas voces bajas y, en alguna ocasión, el sonido de unas bofetadas. El autor de los golpes —Lisbeth suponía que se trataba del marido— rondaba los cuarenta años. Tenía el pelo oscuro y liso, peinado a la antigua, con la raya en el medio, y parecía hallarse en Granada por razones profesionales. Lisbeth Salander desconocía la naturaleza de sus actividades profesionales, pero todas las mañanas el hombre aparecía pulcramente vestido con corbata y americana y tomaba café en el bar del hotel para luego coger su maletín e introducirse en un taxi.

Regresaba por la tarde, y entonces se bañaba y se quedaba con su mujer en la piscina. Solían cenar juntos en lo que podría considerarse una convivencia sumamente apacible y llena de cariño. Puede que la mujer se tomara una o dos copas de más, pero su ebriedad no molestaba ni llamaba la atención.

Las peleas de la habitación contigua empezaban rutinariamente entre las diez y las once de la noche, más o menos a la misma hora en la que Lisbeth se metía en la cama con un libro que versaba sobre los misterios de las matemáticas. Pero aquello no podía definirse como malos tratos graves. Por lo que Lisbeth pudo percibir a través de la pared, no hacían más que retomar diariamente la misma interminable y machacona discusión. La noche anterior Lisbeth no había podido resistir la tentación y se asomó para averiguar, a través de la puerta abierta del balcón de la pareja, de qué iba todo aquello. Durante más de una hora, el hombre deambuló por la habitación reconociendo que era un cabrón que no la merecía y repitiendo sin parar que ella seguramente pensaba que él era un falso. En todas las ocasiones ella le respondía que no e intentaba tranquilizarlo. El hombre siguió insistiendo, de manera cada vez más intensa, hasta que la zarandeó. Al final, ella le contestó lo que él quería oír: «sí, eres un falso». Aquella provocada confesión le sirvió como pretexto para atacarla y meterse con su vida y su forma de ser. La llamó puta, una palabra en contra de la cual Lisbeth Salander, sin dudarlo ni un momento, habría tomado medidas si la acusación se hubiera dirigido a ella. Sin embargo, ése no era el caso; no era su problema, de modo que le costó decidir si debería actuar o no.

Asombrada, Lisbeth se quedó escuchando las insistentes y obstinadas palabras del hombre que, de repente, se transformaron en algo que sonó como una bofetada. Ya se había decidido a salir al pasillo del hotel para derribar la puerta vecina con una patada cuando se hizo el silencio en la habitación.

Ahora, al contemplar a la mujer junto a la piscina, notó un ligero moratón en el hombro y un arañazo en la cadera, pero ningún daño llamativo.

Nueve meses antes, Lisbeth había leído un artículo en la revista *Popular Science* que alguien había dejado olvidada en el aeropuerto Leonardo da Vinci de Roma. Y, desde ese momento, se sintió extrañamente fascinada por un tema tan raro y desconocido como la astronomía esférica. De manera completamente impulsiva visitó la librería universitaria de Roma y compró algunos de los más importantes tratados sobre el tema. Para comprender la astronomía esférica, sin embargo, se había visto obligada a adentrarse en los más intrincados misterios de las matemáticas. En los viajes realizados en los últimos meses, a menudo había visitado librerías universitarias buscando más libros sobre la materia.

Los libros estuvieron metidos en su maleta la mayoría del tiempo, y los estudios fueron asistemáticos y desprovistos de objetivos concretos hasta el momento en el que entró en la librería universitaria de Miami y salió con *Dimensions in Mathematics*, del doctor L. C. Parnault (Harvard University, 1999). Dio con el tomo poco antes de bajar a los cayos de Florida para empezar a viajar por las islas del Caribe.

Había recorrido Guadalupe (dos días en un agujero inmundo), Dominica (agradable y relajada, cinco días), Barbados (un día en un hotel norteamericano donde no se sintió muy bien recibida) y Santa Lucía (nueve días). En este último lugar podría haberse quedado más tiempo si no se hubiese enemistado con un joven y tonto gamberro que rondaba por el bar de su hotel, situado en un callejón. Un día, Lisbeth perdió la paciencia y le dio en la cabeza con un ladrillo, pagó, se marchó del hotel y cogió un *ferry* rumbo a Saint George's, la capital de Granada, un país del que no había oído hablar antes de subir a bordo.

Desembarcó hacia las diez de la mañana un día de noviembre, en medio de una torrencial lluvia tropical. Gracias a *The Caribbean Traveller* pudo saber que Granada era conocida como la *Spice Island*, la isla de las especias, y que era uno de los productores de nuez moscada más importantes del mundo. Contaba con ciento veinte mil habitantes, pero unos doscientos mil granadinos más residían en Estados Unidos, Canadá o Inglaterra, lo cual daba una idea de las posibilidades de trabajo que había en casa. El paisaje era montañoso, dispuesto en torno a un volcán apagado: el Grand Etang.

Históricamente, Granada era una de las muchas e insignificantes antiguas colonias británicas. En 1795 el país llamó la atención, políticamente hablando, cuando un esclavo liberado llamado Julian Fedon, inspirado por la Revolución francesa, inició una revuelta que provocó que la Corona británica mandara tropas para descuartizar, acribillar a tiros, colgar y mutilar a una gran cantidad de rebeldes. Lo que conmocionó al gobierno colonial fue que también muchos blancos pobres, sin el menor respeto por las tradiciones o la segregación racial, se habían unido a la rebelión. La revuelta fue aplastada pero nunca consiguieron atrapar a Fedon, quien desapareció en el macizo montañoso del Grand Etang, donde su leyenda creció hasta adquirir dimensiones propias de un Robin Hood.

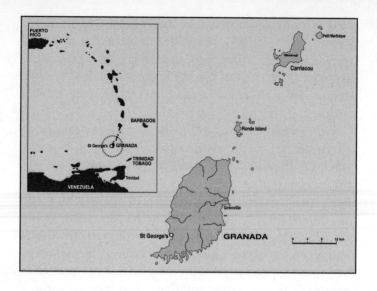

Casi doscientos años después, en 1979, el abogado Maurice Bishop inició una nueva revolución que, según la guía turística, estaba inspirada en *the communist dictatorships in Cuba and Nicaragua*, pero de la cual Lisbeth Salander se había formado una imagen completamente distinta gracias a Philip Campbell —profesor, bibliotecario y predicador baptista—, a quien le alquiló la casa de invitados durante los primeros días. La historia se podría resumir de la siguiente manera: Bishop fue un líder genuinamente popular que derrocó a un loco dictador —entusiasta, para más inri, de los ovnis— y que dedicó parte del pobre presupuesto nacional a capturar platillos volantes. Bishop abogaba por una democracia económica e introdujo, antes de ser asesinado en 1983, la primera legislación del país a favor de la igualdad de sexos.

Tras el asesinato —una masacre de unas ciento veinte personas, incluido el ministro de Asuntos Exteriores, la ministra de Asuntos Femeninos y algunos importantes líderes sindicales— Estados Unidos invadió el país e instauró la democracia. Para Granada eso significó que el nivel de paro aumentara de un seis a casi un cincuenta por ciento y que el negocio de la cocaína volviera a ser la principal fuente de ingresos. Philip Campbell negó con la cabeza al oír la descripción que figuraba en la guía de Lisbeth y le dio buenos consejos sobre las personas y los barrios que había que evitar de noche.

Para Lisbeth Salander ese tipo de advertencias resultaba bastante inútil. No obstante, se había mantenido al margen de la delincuencia de Granada enamorándose de Grand Anse Beach, una playa poco frecuentada, de diez kilómetros de largo, justo al sur de Saint George's, donde podía caminar durante horas sin ver a ninguna persona ni tener que hablar con nadie. Se había mudado al Keys, uno de los pocos hoteles norteamericanos de Grand Anse y llevaba siete semanas allí sin haber hecho mucho más que caminar por la playa y comer *chinups*, la fruta local, cuyo sabor le recordaba a las amargas grosellas espinosas suecas y a la que se había aficionado mucho.

Era temporada baja y apenas una tercera parte de las habitaciones del hotel Keys se hallaba ocupada. El único problema fue que tanto su paz como el estudio de las matemáticas se vieron repentinamente interrumpidos por el discreto terror de la habitación vecina.

Mikael Blomkvist llamó al timbre de la puerta del piso de Lisbeth Salander, en Lundagatan. No esperaba que abriera, pero había adquirido la costumbre de pasar por su casa un par de veces al mes para ver si había alguna novedad. Al empujar con los dedos la trampilla del buzón pudo entrever un montón de publicidad. Eran más de las diez de la noche y estaba demasiado oscuro para precisar cuánto había aumentado el número de folletos desde la última vez.

Se quedó indeciso un instante en el rellano de la escalera antes de dar la vuelta, algo frustrado, y abandonar el inmueble. Volvió a su casa de Bellmansgatan caminando a paso lento, puso la cafetera eléctrica y abrió los periódicos vespertinos mientras le echaba un vistazo a la edición nocturna de *Rapport*. Se sentía ligeramente preocupado y, por enésima vez, se preguntó qué habría ocurrido en realidad.

Un año antes, durante las fiestas de Navidad, había invitado a Lisbeth Salander a su casita de Sandhamn. Allí dieron largos paseos hablando tranquilamente sobre las consecuencias de aquellos dramáticos acontecimientos en los que ambos acababan de verse implicados y que Mikael, *a posteriori*, consideraría una crisis vital. Condenado por difamación, había pasado un par de meses en la cárcel, su carrera profesional como periodista se había hundido en el lodo y había abandonado el puesto de editor de la revista *Millennium* con el rabo entre las piernas. Pero de la noche a la mañana todo cambió. El encargo de redactar la autobiografía del industrial Henrik Vanger, cosa que constituyó una terapia descabelladamente bien pagada, se convirtió de pronto en la desesperada búsqueda de un astuto y desconocido asesino múltiple.

Durante esa persecución conoció a Lisbeth Salander. Distraídamente, Mikael se puso a toquetear la leve cicatriz que la soga había dejado por debajo de su oreja izquierda. Lisbeth no sólo le había ayudado a dar con el asesino; literalmente le había salvado la vida.

Una vez tras otra lo sorprendió con sus curiosas habilidades: una memoria fotográfica y extraordinarios conocimientos de informática. Mikael Blomkvist se consideraba relativamente competente en la materia, pero Lisbeth Salander manejaba los ordenadores como si estuviera aliada con el mismísimo diablo. Poco a poco se había ido dando cuenta de que ella era una *hacker* de categoría mundial y de que, dentro de aquel exclusivo club internacional que se dedicaba a actividades delictivas en la informática de más alto nivel, ella era una leyenda, aunque sólo fuera conocida con el pseudónimo de Wasp.

Fue la capacidad de Lisbeth para entrar y salir de los ordenadores ajenos lo que le dio a Mikael el material que necesitaba para convertir su fracaso periodístico en el caso Wennerström: un *scoop* mediático que todavía, un año más tarde, era objeto de investigaciones policiales internacionales sobre la delincuencia económica y le brindaba la oportunidad de visitar regularmente los estudios de televisión.

Un año antes ese *scoop* le había dado una enorme satisfacción: supuso una venganza personal y la manera de salir de esa marginación profesional en la que se encontraba. Pero aquel sentimiento desapareció en seguida. Antes de que pasaran un par de semanas ya estaba harto de contestar a las mismas preguntas de los periodistas y de los policías de la Brigada de Delitos Económicos. «Lo siento, pero no puedo revelar mis fuentes.» Un día, un periodista del *Azerbajdzjan Times,* publicado en inglés, se tomó la molestia de ir a Estocolmo sólo para hacerle las mismas preguntas tontas. Fue la gota que colmó el vaso. Mikael había reducido al mínimo el número de entrevistas, y durante los últimos meses, con escasas excepciones, sólo aceptaba entrevistas cuando «la de TV4» llamaba y lo convencía. Pero eso únicamente sucedía si la investigación entraba en una nueva fase.

La colaboración de Mikael con «la de TV4» respondía, además, a otras razones. Ella había sido la primera periodista en apostar por la noticia. Sin su labor la noche del mismo día en que *Millennium* publicó el *scoop,* resultaba dudoso que la historia hubiese tenido tanto impacto. Algún tiempo después, Mikael se enteraría de que ella se había visto obligada a luchar con uñas y dientes para convencer a la redacción de que le hicieran un hueco a la noticia. Hubo mucha resistencia a darle publicidad a ese sinvergüenza de *Millennium*, y, hasta el mismo momento de la emisión, no estaba claro que el ejército de abogados de la cadena le permitiera contar el caso. Varios de sus compañeros de más edad habían votado en contra y le advirtieron que, si se equivocaba, su carrera profesional se habría acabado. Ella insistió y aquello se convirtió en la noticia del año.

La primera semana cubrió personalmente la información —era, de hecho, la única periodista bien informada sobre el tema— pero unos días antes de Navidad, Mikael se dio cuenta de que tanto los comentarios como los nuevos enfoques de la historia les habían sido encargados a sus colegas masculinos. Durante el fin de año, Mikael se enteró de que ella había sido apartada a codazos del tema con la excusa de que una historia tan importante debía ser tratada por los periodistas serios de economía y no por una niñata de Gotland, de Bergslagen o de donde coño fuera. La siguiente vez que los de TV4 lo llamaron para pedirle unas declaraciones, Mikael se limitó a decir que sólo aceptaría si ella hacía las preguntas. Transcurrieron unos días de contrariado silencio antes de que los chicos de TV4 claudicaran.

El decreciente interés de Mikael por el caso Wennerström coincidió con la desaparición de Lisbeth Salander de su vida. Seguía sin entender qué había sucedido.

Se despidieron el día después de Navidad y no la vio durante los días anteriores a la Nochevieja. Una noche antes la telefoneó, pero ella no contestó.

En Nochevieja, Mikael acudió a su casa en dos ocasiones y llamó a la puerta. La primera vez había luz en su piso, pero ella no abrió. La segunda, el piso se encontraba a oscuras. El día de Año Nuevo volvió a llamarla, sin ningún éxito. A partir de entonces lo único que escuchó fue que el abonado no estaba disponible.

Durante los días sucesivos la vio dos veces. Como no había podido contactar con ella por teléfono, una tarde, a principios de enero, fue a su casa y se sentó a esperarla en la escalera, ante su misma puerta, con un libro en la mano. Permaneció allí pacientemente durante cuatro horas, hasta que ella apareció, poco antes de las once de la noche. Llevaba una caja de cartón y se paró en seco al verlo.

—Hola, Lisbeth —saludó, y cerró el libro.

Ella lo contempló con rostro inexpresivo, sin el menor atisbo de dulzura o amistad en la mirada. Luego pasó por delante de él e introdujo la llave en la puerta.

—¿Me invitas a un café? —preguntó Mikael.

Ella se volvió y le dijo en voz baja:

—Vete. No quiero volver a verte.

Luego le dio con la puerta en las narices a un perplejo y desconcertado Mikael Blomkvist. La oyó echar la llave por dentro.

La segunda vez que la vio fue sólo tres días más tarde. Iba en el metro, desde Slussen hasta T-Centralen y, al detenerse el tren en Gamla Stan, miró por la ventana y la vio en el andén, a menos de dos metros. La descubrió exactamente en el mismo momento en el que las puertas se cerraban. Durante cinco segundos, ella lo atravesó con la mirada como si fuese transparente. Acto seguido, se dio la vuelta, echó a andar y desapareció de su campo de visión justo cuando el tren se puso en marcha.

El mensaje no daba lugar a malentendidos: Lisbeth Salander no quería tener ninguna relación con Mikael Blomkvist. Lo había eliminado de su vida con la misma eficacia con la que suprimía archivos de su ordenador, sin más explicaciones. Había cambiado el número de su móvil y no contestaba al correo electrónico.

Mikael suspiró, apagó el televisor, se acercó a la ventana y se puso a contemplar el Ayuntamiento.

Se preguntaba si obstinándose en pasar por su casa con regularidad estaba actuando correctamente. La actitud de Mikael siempre había sido quitarse del medio cuando una mujer daba señales tan claras de que no quería saber nada de él. A su modo de ver, no respetar eso sería una falta de consideración.

Mikael y Lisbeth se habían acostado. Pero fue ella quien tomó la iniciativa, y la relación duró seis meses. Que ella hubiera decidido acabar la historia tan sorprendentemente como la empezó no suponía ningún problema para Mikael; eso era asunto suyo. Mikael no tenía inconveniente alguno en aceptar el papel de ex novio —en el supuesto caso de que lo fuese—, pero ese total rechazo por parte de Lisbeth Salander lo desconcertaba.

No estaba enamorado de ella —eran más o menos tan incompatibles como podrían serlo dos personas cualesquiera—, pero la quería mucho y echaba de menos a esa maldita y complicada mujer. Había creído que la amistad era mutua. En resumen, se sentía como un idiota.

Permaneció junto a la ventana un buen rato.

Al final se decidió.

Si Lisbeth Salander lo odiaba tanto como para ni siquiera saludarlo cuando se veían en el metro, entonces su amistad tal vez se hubiera acabado y el daño era ya irreparable. A partir de ahora no intentaría volver a contactar con ella.

Lisbeth Salander consultó su reloj y constató que, a pesar de hallarse sentada a la sombra, estaba empapada de sudor. Eran las diez y media de la mañana. Memorizó una fórmula matemática de tres líneas de largo y cerró el libro *Dimensions in Mathematics*. Acto seguido cogió de la mesa la llave de la habitación y el paquete de tabaco.

Su habitación se encontraba en la segunda planta, que era, además, el último piso del hotel. Se quitó la ropa y se metió en la ducha.

Una lagartija verde de veinte centímetros la miró fijamente desde la pared, a poca distancia del techo. Lisbeth Salander le devolvió la mirada pero no hizo ningún amago de espantarla. Las lagartijas estaban por toda la isla y se colaban en las habitaciones a través de las persianas venecianas de las ventanas abiertas, por debajo de las puertas o a través del ventilador del sistema de refrigeración. Se sentía a gusto con esa compañía que, sobre todo, la dejaba en paz. El agua estaba fría pero no gélida, de modo que permaneció bajo la ducha durante cinco minutos para refrescarse.

Cuando volvió a salir a la habitación se detuvo desnuda delante del espejo del armario y, extrañada, examinó su cuerpo. Seguía pesando solamente unos cuarenta kilos y medía poco más de un metro y cincuenta centímetros. Qué le iba a hacer. Sus miembros eran delgados como los de una muñeca; sus manos, pequeñas. Y apenas tenía caderas.

Pero ahora tenía pechos.

Siempre había tenido el pecho plano, como si todavía no hubiese entrado en la pubertad. Dicho llanamente: siempre le pareció desagradable mostrarse desnuda porque se veía ridícula.

De repente, tenía pechos. No eran dos melones (cosa que no deseaba y que, con su flaco cuerpo, habría sido ridículo), sino dos pechos firmes y redondos de tamaño medio. El cambio se había efectuado con cuidado y las proporciones eran razonables. Pero la diferencia resultaba radical, tanto para su aspecto como para su bienestar personal.

Había pasado cinco semanas en una clínica de las afueras de Génova para hacerse con los implantes que constituirían la base de sus futuros pechos. Había elegido la clínica y los médicos de mejor reputación de Europa. La doctora, una mujer encantadora y dura de pelar, llamada Alessandra Perrini, había concluido que sus pechos no se habían desarrollado bien y que, por lo tanto, se podría realizar un aumento atendiendo a razones médicas.

La intervención no había estado exenta de dolor pero ahora los pechos ofrecían un aspecto completamente natural, y las cicatrices apenas si eran perceptibles. No se había arrepentido de su decisión ni un solo segundo. Estaba contenta. Aun seis meses después, cada vez que pasaba ante un espejo, desnuda de cintura para arriba, no podía evitar asombrarse y constatar con alegría que su calidad de vida había aumentado.

Durante el tiempo que permaneció en esa clínica de Génova también se borró uno de sus nueve tatuajes, el de la avispa de dos centímetros del lado derecho del cuello. Apreciaba sus tatuajes, sobre todo el del dragón grande, que le descendía desde el omoplato hasta la nalga, pero, aun así, había tomado la decisión de deshacerse del de la avispa. La razón se debía a que resultaba tan evidente y llamativo que la convertía en alguien fácil de recordar e identificar. Lisbeth Salander no quería ser recordada ni identificada. El tatuaje se había eliminado mediante láser, de modo que cuando pasaba su dedo índice por el cuello podía notar una leve cicatriz. Una mirada algo más de cerca revelaba que su bronceada piel presentaba un aspecto ligeramente más claro en el lugar donde había estado el tatuaje, pero a simple vista no se apreciaba nada. En total, su estancia en Génova le había costado ciento noventa mil coronas.

Pero ella se lo podía permitir.

Dejó de soñar delante del espejo y se puso unas bragas y un sujetador. Dos días después de abandonar la clínica, por primera vez en sus veinticinco años de vida, visitó una tienda de lencería íntima y compró esa prenda de la que nunca antes había tenido necesidad. Ahora había cumplido veintiséis y llevaba el sujetador con cierta satisfacción.

Se vistió con unos vaqueros y una camiseta negra con el texto *Consider this a fair warning*. Encontró las sandalias y su sombrero de playa y se colgó del hombro una bolsa negra de nailon.

De camino a la salida reparó en el murmullo de un pequeño grupo de clientes que se hallaba junto a la recepción. Aminoró el paso y aguzó el oído.

—*Just how dangerous is she?* —preguntó en voz alta una mujer negra con acento europeo.

Lisbeth la reconoció como miembro del grupo del chárter de Londres que había llegado hacía diez días.

Freddie McBain, el canoso recepcionista que siempre solía saludar a Lisbeth Salander con una amable sonrisa, parecía preocupado. Explicó que iban a dar instrucciones a todos los clientes del hotel y que, si todos las seguían al pie de la letra, no había razón alguna para alarmarse. Su respuesta ocasionó un aluvión de preguntas.

Lisbeth Salander frunció el ceño y se dirigió al bar de fuera, donde encontró a Ella Carmichael tras la barra.

—¿Qué pasa? —preguntó, señalando con el pulgar al grupo reunido junto a la recepción.

—Mathilda amenaza con visitarnos.

—¿Mathilda?

—Mathilda es un huracán que se formó ante la costa brasileña hace un par de semanas y que esta mañana ha pasado por Paramaribo, la capital de Surinam. No está claro el rumbo que va a tomar; probablemente irá hacia el norte, hacia Estados Unidos. Pero si continúa por la costa con dirección oeste, Trinidad y Granada se encuentran en su camino. Vamos, que hará algo de viento.

—Pensé que la temporada de huracanes había acabado.

—Así es. Solemos tener avisos de huracanes en septiembre y octubre. Pero hoy en día hay tanto lío con el clima, el efecto invernadero y todo eso que uno no puede saber muy bien qué va a pasar.

—Vale. ¿Y cuándo se espera que llegue?

—Pronto.

—¿Hay algo que deba hacer?

—Lisbeth, con los huracanes no se juega. Tuvimos uno en los años setenta que provocó una enorme destrucción. Yo tenía once años y vivía en un pueblo allí arriba, en Grand Etang, camino a Grenville. Jamás se me olvidará aquella noche.

—Mmm.

—Pero no te preocupes. Mantente cerca del hotel el sábado. Haz una maleta con las cosas que no desees perder —por ejemplo ese ordenador con el que sueles jugar— y cógela si recibimos órdenes de bajar al refugio. Eso es todo.

—De acuerdo.

—¿Quieres beber algo?

—No.

Lisbeth Salander se fue sin decirle adiós. Ella Carmichael sonrió resignada. Le había llevado un par de semanas acostumbrarse a las rarezas de esa curiosa chica, y había llegado a entender que Lisbeth Salander no era borde, sólo diferente. Pagaba sus copas sin protestar, se mantenía razonablemente sobria, iba a lo suyo y nunca montaba broncas.

El transporte público de Granada estaba compuesto fundamentalmente por unos minibuses decorados con gran imaginación que salían sin ninguna consideración por horarios u otras formalidades. Y aunque durante el día iban y venían sin parar, de noche resultaba prácticamente imposible desplazarse si no se disponía de un coche propio.

Lisbeth Salander sólo tuvo que esperar un par de minutos junto a la carretera de Saint George's antes de que uno de los autobuses parara delante de ella. El conductor era un rasta y en el *sound system* del autocar sonaba a todo volumen *No Woman, No Cry*. Lisbeth *cerró los oídos*, pagó su dólar y entró abriéndose camino entre una corpulenta señora de pelo cano y dos chicos con uniforme colegial.

Saint George's estaba ubicado en una bahía con forma de «U» que conformaba The Carenage, el puerto interior. En torno a él se alzaban empinadas colinas con vi-

viendas, viejos edificios coloniales y una fortificación, Fort Rupert, asentada en la punta de una escarpada roca.

Saint George's era una ciudad que se había construido de manera extremadamente compacta y densa, con calles estrechas y muchos callejones. Las casas trepaban por las colinas y casi no había más superficie horizontal que la de una cancha de críquet, en la parte norte de la ciudad, que también hacía las veces de pista de carrera de caballos.

Lisbeth se bajó en pleno puerto y caminó hasta MacIntyre's Electronics, que estaba en lo alto de una breve cuesta muy pronunciada. Con raras excepciones, todos los productos que se vendían en Granada venían directamente de Estados Unidos o Inglaterra, de modo que costaban el doble que en otros lugares. Pero, a cambio, en la tienda había aire acondicionado.

Por fin habían llegado las baterías de repuesto que había pedido para su Apple PowerBook, un G4 de titanio con una pantalla de 17 pulgadas. En Miami se había hecho con un ordenador de mano Palm, con teclado plegable, que le permitía leer el correo electrónico y que resultaba más fácil de transportar en su bolsa de nailon que su PowerBook, pero era un pésimo sustituto de la pantalla de 17 pulgadas. Sin embargo, el rendimiento de las baterías originales de éste había ido mermando: sólo duraban poco más de media hora, cosa que le resultaba muy engorrosa cuando quería sentarse en la terraza de la piscina. Por si fuera poco, el suministro eléctrico de Granada dejaba bastante que desear. Durante las semanas que llevaba en la isla habían sufrido dos apagones. Pagó con una tarjeta de crédito de Wasp Enterprises, metió las baterías en la bolsa de nailon y volvió a salir al calor del mediodía.

Pasó por la oficina de Barclays Bank, sacó trescientos dólares en efectivo y luego bajó al mercado y compró un manojo de zanahorias, media docena de mangos y una botella de litro y medio de agua mineral. La bolsa de nailon se hizo considerablemente más pesada, y cuando regresó al puerto tenía hambre y sed. Al principio pensó en ir al The Nutmeg, pero la entrada al restaurante parecía estar completamente taponada por los clientes. Continuó hasta The Turtleback, más tranquilo, en el otro extremo del puerto, donde se sentó en la terraza y pidió un plato de calamares con patatas salteadas y una botella de Carib, la cerveza del lugar. Cogió un ejemplar del *Grenadian Voice*, el periódico local, y lo ojeó durante un par de minutos. El único artículo interesante era una dramática advertencia ante la posible llegada de Mathilda. El texto estaba ilustrado con una foto en la que se veía una casa destrozada, un recuerdo de los estragos causados por el último huracán que azotó el país.

Dobló el periódico, tomó un trago de Carib directamente de la botella y cuando se reclinó en la silla vio al hombre de la habitación 32, quien, desde el interior del bar, salía a la terraza. Llevaba un maletín marrón en una mano y un vaso grande de Coca-Cola en la otra. Sus ojos barrieron el lugar y pasaron por encima de ella sin reconocerla. Se sentó en el extremo opuesto y se puso a contemplar el mar.

Lisbeth Salander examinó al hombre que ahora tenía de perfil. Parecía completamente ausente y permaneció inmóvil durante siete minutos antes de levantar el vaso y darle tres largos tragos. Dejó a un lado la bebida y continuó con la mirada fija en el mar. Al cabo de unos instantes, Lisbeth abrió su bolsa y sacó su *Dimensions in Mathematics*.

A Lisbeth siempre la habían entretenido los rompecabezas y los enigmas. A la edad de nueve años, su madre le regaló un cubo de Rubik. Puso a prueba su capacidad lógica durante casi cuarenta frustrantes minutos antes de darse cuenta, por fin, de cómo funcionaba. Luego no le costó nada colocarlo correctamente. Jamás había fallado en los test de inteligencia de los periódicos: cinco figuras con formas raras y a continuación la pregunta sobre la forma que tendría la sexta. La solución siempre le resultaba obvia.

En primaria había aprendido a sumar y restar. La multiplicación, la división y la geometría se le antojaban una prolongación natural de esas operaciones. Podía hacer la cuenta en un restaurante, emitir una factura y calcular la trayectoria de una granada de artillería lanzada a cierta velocidad y con un determinado ángulo. Eran obviedades. Antes de leer aquel artículo en *Popular Science,* nunca, ni por un momento, le habían fascinado las matemáticas, ni siquiera había reflexionado sobre el hecho de que las tablas de multiplicar fueran matemáticas. Para ella era una cosa que memorizó en el colegio en tan sólo una tarde, por lo que no entendió el motivo de que el profesor se pasara un año entero dándoles la lata con lo mismo.

De repente intuyó la inexorable lógica que sin duda debía de ocultarse tras aquellas fórmulas y razonamientos, lo cual la condujo a la sección de matemáticas de la librería universitaria. Pero hasta que no se sumergió en *Dimensions in Mathematics* no se abrió ante ella un mundo completamente nuevo. En realidad, las matemáticas eran un lógico rompecabezas que presentaba infinitas variaciones, enigmas que se podían resolver. El truco no se hallaba en solucionar problemas de cálculo. Cinco por cinco siempre eran veinticinco. El truco consistía en entender la composición de las distintas reglas que permitían resolver cualquier problema matemático.

Dimensions in Mathematics no era estrictamente un manual para aprender matemáticas, sino un tocho de mil doscientas páginas sobre la historia de las matemáticas, que iba desde los antiguos griegos hasta los actuales intentos por dominar la astronomía esférica. Se le consideraba la Biblia del tema, y era comparable a lo que en su día representó (y en la actualidad lo seguía haciendo) la *Arithmetica* de Diofantos para los matemáticos serios. Cuando abrió por primera vez *Dimensions* en la terraza del hotel de Grand Anse Beach se vio transportada de inmediato al mágico mundo de los números gracias a un libro escrito por un autor que poseía no sólo dotes pedagógicas sino también la capacidad de entretener al lector con anécdotas y problemas sorprendentes. Así había podido seguir la evolución de las matemáticas desde Arquímedes hasta el actual Jet Propulsion Laboratory de California. Y entendió los métodos que usaban para resolver los problemas.

El teorema de Pitágoras $(x^2+y^2=z^2)$, formulado aproximadamente en el año 500 antes de Cristo, fue una experiencia reveladora. De repente comprendió el significado de lo que había memorizado en séptimo curso, en una de las pocas clases a las que había asistido. «En un triángulo rectángulo, el cuadrado de la hipotenusa es igual a la suma de los cuadrados de los catetos.» Le fascinaba el descubrimiento de Euclides (año 300 antes de Cristo) según el cual un número perfecto siempre es «un múltiplo de dos números, donde uno de los números es una potencia de 2 y el otro está compuesto por la diferencia que hay entre la siguiente potencia de 2 y 1.» Se trataba de un refinamiento del teorema de Pitágoras y ella se dio cuenta de sus infinitas combinaciones.

$$6 = 2^1 \times (2^2 - 1)$$
$$28 = 2^2 \times (2^3 - 1)$$
$$496 = 2^4 \times (2^5 - 1)$$
$$8128 = 2^6 \times (2^7 - 1)$$

Y así podía seguir hasta el infinito sin encontrar ningún número que incumpliera la regla. Esa lógica encajaba en la atracción que Lisbeth Salander tenía por la idea de lo absoluto. Arquímedes, Newton, Martin Gardner y otros matemáticos clásicos fueron cayendo uno tras otro, página a página.

Luego llegó al capítulo sobre Pierre de Fermat, cuyo enigma matemático, el teorema de Fermat, llevaba siete semanas asombrándola, tiempo que, de todos modos, era más que modesto considerando que Fermat estuvo sacando de quicio a matemáticos durante casi cuatrocientos años, hasta que un inglés llamado Andrew Wiles, en una fecha tan reciente como la de 1993, consiguió resolver el rompecabezas.

El teorema de Fermat era un problema engañosamente sencillo.

Pierre de Fermat nació en 1601 en Beaumont-de-Lomagne, en el suroeste de Francia. Por irónico que pueda parecer, ni siquiera era matemático, sino un funcionario que, en su tiempo libre, se dedicaba a las matemáticas como una especie de extraño *hobby*. Aun así se le consideraba uno de los más dotados matemáticos autodidactas de todos los tiempos. Al igual que a Lisbeth Salander, le gustaba resolver rompecabezas y enigmas. Le divertía especialmente tomar el pelo a otros matemáticos planteándoles problemas sin darles después la solución. El filósofo Descartes se refería a él con una serie de despectivos epítetos, mientras que su colega inglés John Wallis lo llamaba «ese maldito francés».

En la década de 1630 apareció una traducción francesa del libro *Arithmetica* de Diofantos, que contenía una relación completa de las teorías numéricas formuladas por Pitágoras, Euclides y otros matemáticos de la Antigüedad. Al estudiar el teorema de Pitágoras, Fermat, en un arrebato de genialidad, planteó su inmortal problema. Formuló una variante del teorema de Pitágoras. Fermat transformó el cuadrado ($x^2+y^2=z^2$) en un cubo ($x^3+y^3=z^3$).

El problema residía en que la nueva ecuación no parecía poder resolverse con números enteros. Lo que Fermat había hecho, por consiguiente, era convertir, mediante un pequeño cambio teórico, una fórmula que ofrecía una infinita cantidad de soluciones perfectas en otra que conducía a un callejón sin salida del que no se podía salir. Su teorema era precisamente ése: Fermat afirmaba que en todo el infinito universo de los números no había un número entero donde un cubo pudiera definirse como la suma de dos cubos, y que eso se extendía a todos los números cuya potencia fuera mayor de dos. Es decir, justamente el teorema de Pitágoras.

Los otros matemáticos no tardaron en admitir que, en efecto, así era. A través del *trial and error* pudieron constatar que resultaba imposible encontrar un número que refutara la afirmación de Fermat. Sin embargo, el problema era que, aunque continuaran contando hasta el fin del mundo, no podrían probar con todos los números existentes —pues son infinitos— y por lo tanto, los matemáticos no podrían estar seguros al cien por cien de que el siguiente número no echara por tierra el teorema de Fermat. Porque, en matemáticas, las afirmaciones han de ser comprobadas matemáticamente y expresadas con una fórmula universal y científicamente correcta. El matemático tiene que ser capaz de subirse a un podio y pronunciar las palabras «es así porque…».

Fermat, fiel a su costumbre, se burló de sus colegas. El genio emborronó uno de los márgenes de su ejemplar de *Arithmetica* con el planteamiento del problema y terminó escribiendo unas líneas: «*Cuius rei demonstrationem mirabilem sane detexi hanc marginis exiquitas non caperet*». Estas palabras pasarían a convertirse en inmortales en la historia de la matemática: «Tengo una prueba verdaderamente maravillosa para esta afirmación, pero el margen es demasiado estrecho para contenerla».

Si su intención había sido que sus colegas montaran en cólera, lo logró a las mil maravillas. Desde 1637, prácticamente cualquier matemático que se preciara le había dedicado tiempo, a veces demasiado, a hallar la prueba de Fermat. Generaciones enteras de pensadores fracasaron, hasta que Andrew Wiles dio con la solución en 1993. Llevaba veinticinco años reflexionando sobre el enigma; los diez últimos casi a tiempo completo.

Lisbeth Salander estaba perpleja.

En realidad, no le interesaba nada la respuesta. Lo que la fascinaba era la forma de dar con ella. Cuando alguien le planteaba un enigma, ella lo solucionaba. Antes de comprender los principios de los razonamientos, tardaba lo suyo en resolver los misterios matemáticos, pero siempre deducía la respuesta correcta antes de mirar la solución.

De modo que, una vez leído el teorema de Fermat, sacó una hoja y se puso a emborronarla con números. Pero fracasó en su intento de dar con la prueba.

Se negó a mirar la respuesta y, consecuentemente, se saltó el pasaje donde se presentaba la solución de Andrew Wiles. Así que terminó el *Dimensions* y constató que ningún otro problema de los que se presentaban en el libro le había supuesto una gran dificultad. Luego, día tras día, volvió al enigma de Fermat, con una creciente irritación, mientras cavilaba sobre la «maravillosa prueba» a la que podría haberse referido Fermat. No hacía más que entrar en un callejón sin salida tras otro.

Alzó la vista cuando el hombre de la habitación 32 se levantó de improviso y se dirigió a la salida. Lisbeth consultó de reojo su reloj y comprobó que llevaba más de dos horas y diez minutos sentado en el mismo sitio.

Ella Carmichael le puso la bebida en la barra y verificó que esas cursiladas de cócteles color rosa con ridículas sombrillitas no iban con Lisbeth Salander. Ella siempre pedía lo mismo: ron con Coca-Cola. Excepto una sola noche en la que Salander estaba algo rara y cogió tal borrachera que Ella tuvo que pedirle a un ayudante que la llevara en brazos a la habitación; su consumición habitual consistía en *caffè latte*, alguna que otra copa, o Carib, la cerveza local. Como ya venía siendo habitual, se sentó en el extremo derecho de la barra, apartada de los demás, y abrió un libro con peculiares fórmulas matemáticas, cosa que, a ojos de Ella Carmichael, constituía una extraña elección literaria para una chica de su edad.

También se percató de que Lisbeth Salander no tenía el más mínimo interés por ligar. Los pocos hombres que se le habían acercado con esa intención habían sido rechazados amablemente pero con determinación, aunque en una ocasión despachó a uno de forma poco educada. Sucedió con Chris McAllen, quien, a decir verdad, no era más que un gamberro que se merecía que alguien le diera una buena paliza. De modo que Ella no se mostró demasiado indignada por el hecho de que, de alguna misteriosa manera, hubiera tropezado y se cayera a la piscina después de haberse pasado la noche entera incordiando a Lisbeth Salander. En favor de MacAllen había que añadir, no obstante, que no era rencoroso. Regresó la noche siguiente, sobrio, e invitó a Lisbeth Salander a una cerveza que ella, tras una breve vacilación, aceptó. A partir de entonces, se saludaban educadamente cuando se cruzaban en el bar.

—¿Todo bien? —preguntó Ella.

Lisbeth Salander asintió con la cabeza y cogió su copa.

—¿Alguna novedad sobre Mathilda? —inquirió Lisbeth.

—Viene hacia aquí. Tal vez pasemos un fin de semana desagradable.

—¿Cuándo lo sabremos?

—Hasta que haya pasado no hay forma de saberlo. Puede dirigirse hacia Granada y girar hacia el norte justo al llegar.

—¿Tenéis huracanes a menudo?

—Van y vienen. En general, pasan de largo. Si no, la isla no existiría. Pero no tienes de qué preocuparte.

—No estoy preocupada.

De repente oyeron una risa algo alta y volvieron la cabeza hacia la señora de la habitación 32, que parecía divertirse con lo que su marido le contaba.

—¿Quiénes son ésos?

—¿El doctor Forbes y su mujer? Son unos norteamericanos de Austin, Tejas.

Ella Carmichael pronunció la palabra «norteamericanos» con cierto desprecio.

—Ya sé que son norteamericanos. Pero ¿qué hacen aquí? ¿Él es médico?

—No, no es de esa clase de doctores. Está aquí por la Fundación Santa María.

—¿Y eso qué es?

—Financian la educación de niños superdotados. Es un hombre bueno. Está negociando con el Ministerio de Educación la construcción de un nuevo colegio en Saint George's.

—Es un hombre bueno que pega a su mujer —dijo Lisbeth Salander.

Ella Carmichael se calló y le echó a Lisbeth una incisiva mirada antes de acercarse al otro extremo de la barra para servirles unas Carib a unos clientes.

Lisbeth se quedó en el bar durante diez minutos inmersa en *Dimensions*. Ya antes de entrar en la pubertad, se había dado cuenta de que tenía memoria fotográfica y de que con ello se diferenciaba notablemente de sus compañeros. Nunca le había revelado a nadie esa característica personal, salvo a Mikael Blomkvist, en un momento de debilidad. Ya se sabía de memoria el texto de *Dimensions*, pero lo llevaba consigo porque representaba un contacto visual con Fermat, como un talismán.

Pero esa noche no era capaz de concentrarse ni en

Fermat ni en su teorema. En su lugar vio ante sí la imagen del doctor Forbes sentado inmóvil en The Carenage con la mirada fija en el mar.

No podía explicar por qué sintió de repente que había algo que no encajaba.

Al final cerró el libro y volvió a su habitación, donde encendió su PowerBook. Ni pensar en navegar por Internet. El hotel no disponía de banda ancha, pero ella tenía un módem integrado que podía conectar con su móvil Panasonic y que le permitía enviar y recibir correo electrónico. Le redactó rápidamente uno a <plague_xyz666@ hotmail.com>:

> No tengo banda ancha. Necesito información sobre un tal doctor Forbes, de la Fundación Santa María, y su esposa, residentes ambos en Austin, Tejas. Pago 500 dólares al que investigue. Wasp.

Adjuntó su clave PGP oficial, encriptó el correo con la clave PGP de Plague y pulsó la tecla de enviar. Luego miró el reloj y constató que eran poco más de las siete y media de la tarde.

Apagó el ordenador, cerró la habitación con llave y bajó hasta la playa, donde caminó unos cuatrocientos metros. Cruzó la carretera que iba hasta Saint George's y llamó a la puerta de un cobertizo que había detrás de The Coconut. George Bland tenía dieciséis años y era estudiante. Pensaba hacerse médico o abogado, o posiblemente astronauta, y era, más o menos, tan flaco y casi tan bajo como Lisbeth Salander.

Lisbeth lo conoció en la playa durante la primera semana, un día después de haberse instalado en Grand Anse. Había estado paseando y se sentó a la sombra de unas palmeras, donde se puso a mirar a unos niños que jugaban al fútbol en la orilla. Había abierto *Dimensions* y estaba absorta en el libro cuando llegó él y se sentó a tan sólo unos metros delante de ella, sin reparar, aparentemente, en su presencia. Ella lo observaba en silencio. Un chico delgado con sandalias, pantalones negros y camisa blanca.

Al igual que ella, abrió un libro en el que se enfrascó. Y lo mismo que en su caso, se trataba de un libro de matemáticas: *Basics 4*. Leía concentradamente y empezó a escribir en un cuaderno. Pasaron unos cinco minutos antes de que Lisbeth carraspeara y él advirtiera su presencia y, presa del pánico, se levantara a toda prisa. Pidió disculpas por haberla molestado. Ya se estaba alejando de allí cuando Lisbeth le preguntó si el libro planteaba unos problemas muy complicados.

Álgebra. Dos minutos más tarde, ella le había señalado un error fundamental en sus cálculos. Al cabo de treinta minutos ya habían hecho los deberes. Una hora después ya habían repasado el siguiente capítulo del libro y ella le había explicado pedagógicamente los trucos que se escondían tras las operaciones matemáticas. Él la contemplaba con un respeto reverencial. Al cabo de dos horas ya le había contado que su madre vivía en Toronto, Canadá, que su padre vivía en Grenville, en la otra punta de la isla, y que él vivía en un cobertizo al final de la playa. Era el pequeño de la familia; tenía tres hermanas mayores que él.

Lisbeth Salander halló su compañía extrañamente relajante. La situación era poco habitual. Ella casi nunca solía iniciar un diálogo por el simple hecho de hablar. No se trataba de timidez. Para ella la conversación tenía una función práctica: «¿cómo voy a la farmacia?» o «¿cuánto cuesta la habitación?». Aunque también una función profesional. Cuando trabajó para Dragan Armanskij como investigadora en Milton Security, no tuvo problema alguno en mantener largas entrevistas para obtener información.

En cambio, odiaba esas charlas personales que siempre pretendían hurgar en lo que ella consideraba asuntos privados. «¿Cuántos años tienes?» «Adivina.» «¿Te gusta Britney Spears?» «¿Quién?» «¿Te gustan los cuadros de Carl Larsson?» «Nunca me lo he planteado.» «¿Eres lesbiana?» «No es asunto tuyo.»

George Bland resultó ser torpe y con un alto concepto de sí mismo, pero era educado e intentaba mantener una conversación inteligente sin competir con ella y sin meterse en su vida privada. Al igual que Lisbeth, parecía encontrarse solo. Por curioso que pueda resultar, daba la impresión de que aceptaba que una diosa de las matemáticas hubiera bajado a Grand Anse Beach, y se mostraba contento con el hecho de que ella quisiera estar con él. Tras pasar varias horas en la playa, se levantaron cuando el sol alcanzó el horizonte. De camino al hotel de Lisbeth, él le señaló el cobertizo donde vivía durante el curso y, no sin cierta vergüenza, le preguntó si podía invitarla a tomar un té. Ella aceptó, lo cual pareció sorprenderlo.

La vivienda era muy sencilla; un cobertizo con una desvencijada mesa, dos sillas, una cama y un armario para su ropa y la de cama. La única iluminación provenía de una pequeña lámpara de escritorio conectada a un cable empalmado a la instalación de The Coconut. La cocina consistía en un hornillo de gas. La invitó a una cena a base de arroz y verduras que sirvió en platos de plástico. Incluso se atrevió a ofrecerle fumar la prohibida sustancia local, cosa que ella también aceptó.

Lisbeth se percató sin ninguna dificultad de que a él le afectaba su presencia y de que no sabía muy bien cómo comportarse. Ella tuvo el impulso de dejarse seducir. Eso se convirtió en un proceso dolorosamente complicado para él, que, sin duda, había entendido las señales emitidas por Lisbeth, pero no tenía ni idea de cómo debía actuar. Empezó a andarse con tantos rodeos que ella perdió la paciencia, lo tiró sobre la cama y, decidida, se quitó la ropa.

Era la primera vez que se mostraba desnuda ante alguien desde la operación que se hizo en Génova. Había abandonado la clínica con una leve sensación de pánico.

Le llevó un buen rato darse cuenta de que ni una sola persona la estaba mirando. Normalmente, a Lisbeth Salander le importaba un bledo lo que los demás opinaran de ella, de modo que se quedó pensando por qué de repente se sentía tan insegura.

George Bland había sido un estreno perfecto para su nuevo yo. Cuando él (después de ciertas dosis de ánimo por parte de Lisbeth) consiguió finalmente quitarle el sujetador, apagó inmediatamente la lámpara de la mesilla antes de empezar a desvestirse. Lisbeth había comprendido su timidez pero encendió de nuevo la lámpara. Ella observó detenidamente sus reacciones cuando empezó a tocarla torpemente. No se relajó hasta bien entrada la noche, en cuanto constató que él veía sus pechos como completamente naturales. No obstante, no parecía muy ducho en la materia.

Ella no había venido a Granada con la idea de encontrar un amante adolescente. Aquello no fue más que un simple capricho y cuando esa noche lo abandonó ya tenía decidido no volver. Pero al día siguiente se encontraron de nuevo en la playa y lo cierto es que sintió que el torpe muchacho era una compañía agradable. Durante las siete semanas que llevaba en Granada, George Bland se había convertido en un punto fijo de su existencia. Durante el día no se veían, pero él siempre pasaba las tardes en la playa, hasta que el sol se ponía. Y por las noches estaba solo en su cobertizo.

Ella constató que cuando paseaban juntos parecían dos adolescentes. *Sweet sixteen.*

Él probablemente considerara que la vida se había vuelto más interesante. Había conocido a una mujer que le daba lecciones de matemáticas y erotismo.

Abrió la puerta y le mostró una encantadora sonrisa.

—¿Quieres compañía? —preguntó ella.

Lisbeth Salander dejó a George Bland poco después de las dos de la madrugada. Tenía una agradable sensación en el cuerpo y decidió pasear por la playa en vez de regresar al hotel Keys por el camino. Andaba sola en la oscuridad, consciente de que, a unos cien metros, George Bland la estaba siguiendo.

Siempre lo hacía. Lisbeth nunca se quedaba a dormir y él a menudo protestaba enérgicamente por el hecho de que una mujer fuera hasta su hotel en plena noche completamente sola, e insistía en que su deber era acompañarla. En especial porque a menudo se les hacía muy tarde. Lisbeth Salander solía escuchar sus explicaciones para luego zanjar la discusión con un simple no. «Yo voy por donde quiero cuando quiero. *End of discussion.* Y no, no quiero escolta.» La primera vez que se dio cuenta de que él la seguía, Lisbeth se irritó muchísimo. Pero ahora pensaba que su instinto de protección tenía cierto encanto; por eso hacía como si no supiera que iba detrás de ella y que no se daría la vuelta hasta que no la viera entrar por la puerta del hotel.

Lisbeth se preguntaba qué haría él si, de repente, una noche la atacaran.

Ella, por su parte, pensaba hacer uso del martillo que había comprado en MacIntyre's y que guardaba en el bolsillo exterior de su bolso. Había pocas amenazas que el uso de un martillo en condiciones no pudiera solucionar.

Era una noche de luna llena y rutilantes estrellas. Lisbeth levantó la vista e identificó a Regulus en la constelación de Leo, cerca del horizonte. Casi había llegado al hotel cuando se paró en seco. De pronto, algo más abajo, en la playa, divisó a una persona cerca de la orilla. Era la primera vez que veía un alma en la playa después de la caída de la noche. Aunque había unos cien metros de distancia, Lisbeth no tuvo ninguna dificultad en identificar al hombre a la luz de la luna.

Era el honorable doctor Forbes, de la habitación 32.

Se hizo rápidamente a un lado y permaneció quieta, oculta tras una fila de árboles. Cuando miró hacia atrás, no vio a George Bland. La silueta que se encontraba junto a la orilla deambulaba lentamente de un lado para otro. Estaba fumando un cigarrillo. A intervalos regulares se detenía y se inclinaba como si inspeccionara la arena. La pantomima continuó durante veinte minutos antes de que, de improviso, cambiara de dirección y, con pasos apresurados, se dirigiera a la entrada del hotel que daba a la playa para, acto seguido, desaparecer.

Lisbeth esperó un par de minutos antes de bajar al lugar donde el doctor Forbes había estado caminando. Examinó el suelo describiendo lentamente un semicírculo. Lo único que pudo ver fue arena, piedras y conchas. Dos minutos después abandonó su inspección y subió al hotel.

Salió al balcón, asomó el cuerpo por encima de la barandilla y miró de reojo el balcón de al lado. Todo estaba en silencio. Por lo visto, la pelea de esa noche ya había acabado. Al cabo de un rato fue por su bolso, buscó un papel y se preparó un porro con las provisiones que George Bland le había suministrado. Se sentó en una silla del balcón y dirigió la mirada hacia las oscuras aguas del mar Caribe mientras fumaba y reflexionaba.

Se sentía como un radar en estado de máxima alerta.

Capítulo 2

Viernes, 17 de diciembre

Nils Erik Bjurman, abogado, de cincuenta y cinco años de edad, dejó la taza de café y, sin fijarse en nadie en concreto, dirigió la mirada hacia el continuo río de gente que pasaba ante los ventanales del Café Hedon de Stureplan.

Pensó en Lisbeth Salander. Pensaba a menudo en Lisbeth Salander.

Pensar en ella le hizo hervir por dentro.

Lisbeth Salander le había destrozado la vida. Nunca olvidaría ese momento en el que ella asumió el mando y lo humilló. Lo maltrató de una manera que, literalmente, le dejó unas imborrables huellas en el cuerpo. En concreto, una marca de más de veinte centímetros cuadrados en el vientre, justo por encima de sus genitales. Lo encadenó a su propia cama, lo maltrató y le tatuó un texto que no daba lugar a malentendidos y que no podría borrarse fácilmente: «SOY UN SÁDICO CERDO, UN HIJO DE PUTA Y UN VIOLADOR».

Lisbeth había sido declarada jurídicamente incapacitada por el Tribunal de Primera Instancia de Estocolmo. A él le asignaron la misión de actuar como su administrador, cosa que a ella la puso en una situación de total y absoluta dependencia respecto de él. Desde el mismo instante en el que la conoció empezó a tener fantasías con ella. No sabía explicar por qué, pero Lisbeth le excitaba.

Desde un punto de vista puramente intelectual, el abogado Nils Bjurman sabía que había hecho algo que ni era aceptado socialmente ni era legal. Sabía que no estaba bien. También sabía que, desde un punto de vista jurídico, había actuado de una manera injustificable.

Desde el punto de vista emocional, ese conocimiento intelectual le pesaba bien poco. Desde que la conociera dos años antes, en diciembre, no había podido resistirse a ella. Leyes, reglas, moral y responsabilidad carecían por completo de importancia.

Era una chica rara: completamente adulta, pero con un aspecto que hacía que fuera fácil confundirla con una menor de edad. Él tenía el control de su vida; ella era suya, se hallaba a su entera disposición. Todo eso le resultaba irresistible.

La habían declarado incapacitada y su biografía la convertía en una persona a la que nadie creería si se le ocurriese protestar. Tampoco es que él hubiera violado a una inocente niña: su historial dejaba claro que había tenido abundantes experiencias sexuales, incluso que se la podía considerar promiscua. Un asistente social había elaborado un informe en el que se insinuaba que Lisbeth Salander, a la edad de diecisiete años, ofreció servicios sexuales a cambio de dinero. El informe fue motivado por el hecho de que una patrulla de policía observara a un pervertido en compañía de una chica joven en un banco del parque de Tantolunden. Los agentes aparcaron y cachearon a la pareja. La chica se negó a contestar a sus preguntas y el viejo sinvergüenza se hallaba demasiado borracho para ofrecer una información inteligible.

A ojos de Bjurman, la conclusión resultaba evidente: Lisbeth Salander era una puta y había caído en el peldaño más bajo de la escala social. Y se encontraba a su merced. No conllevaba riesgo alguno. Aunque ella se quejara a la comisión de tutelaje, él —gracias a su credibilidad y a sus méritos— podría tacharla de mentirosa.

Ella era el juguete perfecto: adulta, promiscua, socialmente incompetente y sometida a su voluntad.

Fue la primera vez que se aprovechó de uno de sus clientes. Anteriormente ni siquiera había contemplado la posibilidad de intentar nada con alguien con quien mantuviera una relación profesional. Para dar rienda suelta a sus especiales exigencias sexuales se vio obligado a recurrir a prostitutas. Era discreto y prudente, y pagaba bien. El único problema residía en que ellas no lo hacían en serio; no era más que un teatro: un servicio que le compraba a una mujer que gemía, se contoneaba e interpretaba un papel, pero que resultaba igual de falso que un cuadro comprado en un mercadillo.

Mientras estuvo casado intentó dominar a su mujer, pero ella lo consentía todo, de modo que aquello también era un simple juego.

Lisbeth Salander era perfecta. Se hallaba desamparada. No tenía familia ni amigos. Había sido una verdadera víctima, completamente indefensa. La ocasión hace al ladrón.

Y de buenas a primeras ella le destrozó la vida.

Le devolvió el golpe con una fuerza y una decisión tales que él ni sospechaba que ella poseía. Lo humilló. Lo torturó. Casi lo aniquiló.

Durante los cerca de dos años transcurridos desde entonces, la vida de Nils Bjurman había cambiado radicalmente. Los primeros días después de la visita nocturna de Lisbeth Salander a su piso, se quedó como paralizado, incapaz de pensar o actuar. Se encerró en su casa, no contestaba al teléfono y no fue capaz de mantener el contacto con sus clientes habituales. No cogió la baja hasta pasadas dos semanas. Su secretaria tuvo que atender la correspondencia del despacho, cancelar reuniones e intentar contestar a las preguntas de los irritados clientes.

Día tras día se veía obligado a contemplar su cuerpo

en el espejo de la puerta del cuarto de baño. Acabó quitando el espejo.

No regresó a su despacho hasta que empezó el verano. Hizo una selección entre sus clientes y les pasó la mayor parte de ellos a sus colegas. Su clientela se redujo, entonces, a unas cuantas empresas a las que les llevaba cierta correspondencia de carácter jurídico, cosa que no le suponía un compromiso muy grande. En realidad, la única clienta que le quedaba era Lisbeth Salander; todos los meses realizaba un balance de sus cuentas y redactaba un informe a la comisión de tutelaje. Hacía exactamente lo que la joven le había exigido: historias inventadas que dieran fe de que ella no necesitaba ningún administrador.

Cada uno de esos informes le dolía y le recordaba la existencia de Lisbeth. Pero no tenía otra elección.

Bjurman se pasó todo el verano y todo el otoño como paralizado, dándole vueltas a la cabeza. En diciembre, finalmente, se armó de valor y compró un billete de avión a Francia. Reservó hora en una clínica de cirugía estética de las afueras de Marsella, donde consultó a un médico sobre cuál era la mejor manera de quitarse el tatuaje.

Asombrado, el doctor examinó su desfigurado vientre. Al final le propuso un tratamiento. Lo más fácil sería someterse a repetidas sesiones de láser, pero el tatuaje era tan grande y la aguja había penetrado tan profundamente que sospechaba que la única alternativa viable consistía en realizar una serie de trasplantes de piel. Pero eso era caro y llevaría mucho tiempo.

Durante los dos últimos años había visto a Lisbeth Salander en una sola ocasión.

La noche en la que ella lo atacó y asumió el mando de su vida también se hizo con una copia de las llaves del despacho y de las del piso. Dijo que lo vigilaría y que, cuando menos se lo esperara, le haría una visita. Al cabo de diez meses, casi empezó a creer que se trataba de una amenaza ficticia, pero no se atrevió a cambiar la cerradura. La amenaza de Lisbeth no daba lugar a malentendidos: si alguna vez lo encontraba con una mujer en la cama, haría pública la película de noventa minutos que demostraba cómo la violó.

Una noche de mediados de enero, hacía ya casi un año, se despertó repentinamente —y sin saber muy bien por qué— a las tres de la madrugada. Encendió la lámpara de la mesilla y casi se le escapó un grito de terror al verla a los pies de la cama. Se le antojó un fantasma que súbitamente se había materializado en su dormitorio. Tenía una cara pálida e inexpresiva. En la mano llevaba su maldita pistola eléctrica.

—Buenos días, abogado Bjurman —acabó diciendo—. Perdóname por haberte despertado esta vez.

«Dios mío, ¿ha estado aquí antes? ¿Mientras yo dormía?»

No pudo determinar si se estaba marcando un farol o no. Nils Bjurman carraspeó y abrió la boca. Ella lo interrumpió haciendo un gesto con la mano.

—Te he despertado por una sola razón. Dentro de poco estaré de viaje durante bastante tiempo. Cada mes deberás seguir redactando tus informes sobre mi buen comportamiento, pero en vez de mandarme una copia a casa, me la enviarás a una dirección de hotmail.

Sacó un papel doblado del bolsillo de la cazadora y lo dejó caer sobre la cama.

—Si la comisión de tutelaje quiere contactar conmigo o si ocurre cualquier otra cosa que requiera mi presencia, deberás escribirme un correo electrónico a esta dirección. ¿Lo has entendido?

Bjurman asintió con la cabeza.

—Sí, yo…

—Cállate. No quiero oír tu voz.

Él apretó los dientes. Nunca se había atrevido a ponerse en contacto con ella. De haberlo hecho, Lisbeth habría cumplido su amenaza de mandar la película a las autoridades pertinentes. Sin embargo, llevaba meses planificando lo que le diría cuando ella contactara con él. Se había dado cuenta de que, de hecho, no tenía nada que decir en defensa propia. Lo único que podía hacer era apelar a su generosidad. Si ella le diera tan sólo la oportunidad de hablar, intentaría convencerla de que había actuado movido por una perturbación mental transitoria y de que se arrepentía y quería pagar por lo que había hecho. Estaba dispuesto a arrastrarse por el lodo para conmoverla y eliminar, de esa manera, la amenaza que ella representaba.

—Tengo que hablar —contestó con una voz lastimera—. Quiero pedirte perdón…

Llena de expectación, ella escuchó su sorprendente súplica. Finalmente, se inclinó hacia delante, apoyándose en la cama, y le lanzó una siniestra mirada.

—Escúchame con atención: eres un mierda. Jamás te perdonaré. Pero si te portas bien, el día que se anule mi declaración de incapacidad te dejaré marchar.

Ella esperó hasta que él bajó la mirada. «Me obliga a arrastrarme ante ella.»

—Lo que te dije hace un año sigue en vigor. Si fracasas, haré pública la película. Si contactas conmigo de alguna manera, aparte de lo que yo haya decidido, haré pública la película. Si por casualidad yo muriera en un accidente, se hará pública la película. Si me vuelves a tocar, te mataré.

La creía. Sus palabras no dejaban lugar a dudas ni a negociaciones.

—Otra cosa. El día que te deje ir, podrás hacer lo que te plazca. Pero hasta ese momento no vuelvas a pisar esa clínica de Marsella. Si vas hasta allí para iniciar un tratamiento, te volveré a tatuar. Pero esta vez, en la frente.

«La madre que la parió… ¿Cómo diablos ha podido enterarse…?»

Acto seguido desapareció. Él oyó un ligero clic en la puerta de entrada cuando ella echó la llave. Era como si le hubiese visitado un fantasma.

Desde ese mismo momento empezó a odiar a Lisbeth Salander con la intensidad de un hierro al rojo vivo que le abrasaba la mente y convertía su existencia en una insaciable ansia de destruirla. Fantaseaba con su muerte. Fantaseaba con que ella se arrastrara de rodillas ante él suplicándole clemencia. Él sería implacable. Soñaba con ponerle las manos alrededor del cuello y apretar hasta que se quedara sin aire. Quería sacarle los ojos de las órbitas y arrancarle el corazón. Quería borrarla de la faz de la tierra.

Paradójicamente, también fue en ese momento cuando sintió que volvía a empezar a funcionar y que encontraba un extraño equilibrio espiritual. Seguía obsesionado con Lisbeth Salander, y cada minuto de su existencia giraba en torno a ella. Pero descubrió que había vuelto a pensar de manera racional. Para destrozarla, tendría que recuperar el control sobre su propio intelecto. Su vida tenía un nuevo objetivo.

Ése fue el día en el que dejó de fantasear sobre la muerte de Lisbeth para empezar a planearla.

Sorteando las mesas del Café Hedon con dos ardientes vasos de *caffè latte* en las manos, Mikael Blomkvist pasó a menos de dos metros por detrás del abogado Nils Bjurman hasta donde estaba sentada Erika Berger. En su vida habían oído hablar del abogado, de modo que no repararon en su presencia.

Erika arrugó la nariz y desplazó un cenicero para hacer sitio a los vasos. Mikael colgó la cazadora en el respaldo de la silla, se acercó el cenicero y encendió un cigarrillo. Erika odiaba el humo del tabaco y miró algo molesta a Mikael. Él le pidió disculpas y, soplando, le apartó el humo.

—Creía que lo habías dejado.

—Una recaída pasajera.

—Voy a dejar de acostarme con hombres que huelan a tabaco —dijo con una amable sonrisa.

—*No problem*. El mundo está lleno de chicas menos quisquillosas —replicó Mikael, devolviéndole la sonrisa.

Erika Berger alzó la mirada al cielo.

—¿Cuál es el problema? He quedado con Charlie dentro de veinte minutos. Vamos a ir al teatro.

Charlie era Charlotta Rosenberg, la amiga de infancia de Erika.

—Nuestra chica en prácticas me saca de quicio. Encima es hija de una de tus amigas. Lleva dos semanas con nosotros y se va a quedar ocho más. No sé si la aguantaré tanto tiempo.

—Me he dado cuenta de que te echa miradas lascivas. Espero, por supuesto, que te portes como un caballero.

—Erika, la chica tiene diecisiete años y una edad mental de poco más de diez. Y estoy siendo muy generoso.

—Lo que le pasa es que está impresionada por haberte conocido. Simple idolatría, sin duda.

—Anoche, a las diez y media, llamó al telefonillo de casa, dispuesta a subir con una botella de vino.

—Ufff —dijo Erika Berger.

—Guárdate tus ufff —replicó Mikael—. Si yo tuviera veinte años menos, tal vez no lo dudaría ni un segundo. Pero, por Dios… tiene diecisiete años. Yo voy a cumplir cuarenta y cinco.

—No me lo recuerdes. Tenemos la misma edad.

Mikael Blomkvist se inclinó hacia atrás y sacudió la ceniza del cigarrillo.

Mikael Blomkvist tenía muy presente que el caso Wennerström le había otorgado un extraño estatus de estrella.

Durante el año anterior recibió invitaciones a fiestas y eventos procedentes de los sitios más insospechados.

Resultaba obvio que quienes lo invitaban lo hacían porque deseaban incorporarlo a su círculo de conocidos; de ahí el beso de bienvenida que le daban en la mejilla esas personas que apenas le habían dado la mano anteriormente, pero que ahora querían parecer íntimos amigos y confidentes. No se trataba tanto de colegas de los medios de comunicación —a ésos ya los conocía y con ellos ya tenía alguna relación, buena o mala— como de las, así llamadas, personalidades del mundo de la cultura: actores, mediocres contertulios de la vida social y famosos de pacotilla. Simplemente, les daba prestigio contar con Mikael Blomkvist como invitado en una fiesta de presentación de algo o en una cena privada. A lo largo del último año le habían estado lloviendo invitaciones y solicitudes para participar en un evento tras otro. Empezaba a ser una costumbre contestar diciendo cosas como «me encantaría pero, lamentablemente, tengo otro compromiso», etcétera.

A las desventajas de su condición de famoso también se sumaba una creciente oleada de rumores. En una ocasión, un conocido se puso en contacto con él tras haber oído que Mikael había acudido a un centro de desintoxicación para drogadictos. En realidad, el consumo total de drogas que Mikael había realizado desde su adolescencia se limitaba a unos cuantos porros y a la cocaína que probó una vez, hacía ya más de quince años, con una chica holandesa cantante de un grupo de *rock*. El consumo de alcohol se lo había tomado más en serio, aunque, aun así, se reducía a alguna que otra borrachera en una cena o en una fiesta. Cuando acudía a algún bar, raramente se bebía más de una pinta de cerveza; tampoco le importaba tomarla sin alcohol. En el mueble bar de su casa tenía vodka y unas cuantas botellas de whisky de malta que le habían regalado y que abría tan pocas veces que resultaba ridículo.

El hecho de que Mikael fuera soltero y de que hubiera tenido varias aventuras y relaciones esporádicas era bien conocido tanto dentro como fuera de su círculo de amistades, lo cual daba lugar a otra serie de rumores. Hacía ya mucho tiempo que su relación con Erika Berger era objeto de numerosas especulaciones. Durante el último año éstas habían sido completadas con afirmaciones tales como que Mikael iba de cama en cama, ligaba sin parar y se aprovechaba de su condición de famoso para tirarse, una tras otra, a las clientas de todos los bares de Estocolmo. El rumor llegó a tal extremo que un periodista que apenas conocía a Mikael le preguntó si no debería pedir ayuda para que lo trataran de su adicción al sexo. El comentario surgió a raíz de que un célebre actor norteamericano acudiera a una clínica especializada en el tratamiento de dicho problema.

Es cierto que Mikael había tenido numerosas y breves relaciones; en alguna ocasión incluso mantuvo varias simultáneamente. Ni él mismo sabía muy bien a qué se debía. Era consciente de que físicamente no estaba mal pero nunca se había considerado especialmente atractivo. Sin embargo, a menudo le decían que poseía un algo especial que provocaba que las mujeres se interesaran por él. Una vez, Erika Berger le comentó que irradiaba, al mismo tiempo, confianza en sí mismo y seguridad, y que tenía el don de hacer que las mujeres se sintieran relajadas y sin necesidad de demostrarle nada. Acostarse con él no era ni incómodo ni complicado ni arriesgado; más bien estaba desprovisto de exigencias y resultaba eróticamente placentero. Como debía ser, según Mikael.

Al contrario de lo que pensaba la mayoría de sus amigos, Mikael nunca había sido un ligón. Como mucho, se hacía notar y daba a entender que estaba dispuesto, pero siempre dejaba que la mujer tomara la iniciativa. Las más de las veces el sexo llegaba como una consecuencia lógica. Las mujeres con las que acababa acostándose raramente eran ocasionales *one night stands*; es cierto que ese tipo de mujeres también había existido, pero, en general, terminaban siendo sesiones bastante insatisfactorias. Las mejores relaciones de Mikael habían sido con personas que había llegado a conocer bien y que le gustaban. Por eso no era fruto de la casualidad que, veinte años antes, hubiera iniciado una relación con Erika Berger: eran amigos y se atraían mutuamente.

Sin embargo, la fama adquirida en los últimos tiempos había provocado que las mujeres se sintieran cada vez más atraídas por su persona de una forma que a él se le antojó rarísima e incomprensible. Lo más sorprendente era que las jóvenes le tiraran los tejos impulsivamente en las situaciones más inesperadas.

No obstante —por muy cortas que fuesen sus faldas y por muy bien proporcionados que estuviesen sus cuerpos—, el interés de Mikael se dirigía a un tipo de mujer completamente distinto al de las entusiastas adolescentes. Cuando era más joven, las chicas con las que salía tenían, por lo general, más edad que él; en algunos casos eran, incluso, bastante mayores y mucho más experimentadas. A medida que fue cumpliendo años, sin embargo, la diferencia se fue compensando progresivamente. Sin lugar a dudas, Lisbeth Salander, con veinticinco años, había bajado notablemente la media de edad de sus compañeras de cama.

Ésa era la razón de su apresurada reunión con Erika.

Con el objeto de hacerle un favor a una de las amigas de Erika, *Millennium* había cogido a una chica del instituto para realizar prácticas. Eso en sí mismo no suponía nada extraordinario; todos los años tenían varias personas en prácticas. En su momento, Mikael saludó educadamente a la joven de diecisiete años y casi al instante constató que su interés por el periodismo era más bien escaso, si exceptuamos su deseo de «salir en la tele» y

—sospechaba Mikael— trabajar en *Millennium* porque, por lo visto, ahora otorgaba cierto estatus.

No tardó en darse cuenta de que ella no perdía ocasión de acercarse a él. Mikael fingía no percatarse de sus avances —exageradamente obvios—, cosa que sólo provocó que ella redoblara sus esfuerzos. Resultaba simplemente fastidioso.

De repente, Erika Berger se rió.

—No me lo puedo creer: sufres acoso sexual en el trabajo.

—Ricky, esto me resulta muy desagradable. Por nada del mundo quisiera herirla o avergonzarla. Pero es menos sutil que una yegua en celo. Estoy algo preocupado por lo que pueda llegar a hacer.

—Mikael, está enamorada de ti y, sencillamente, es demasiado joven para saber cómo actuar.

—*Sorry*. Te equivocas. Sabe jodidamente bien cómo hacerlo. Hay algo raro en su comportamiento y le está empezando a molestar que yo no muerda el anzuelo. Y lo que menos necesito ahora es otra ola de rumores que me presente como un viejo verde tipo Mick Jagger a la caza de conejitas.

—De acuerdo. Lo entiendo. O sea, que anoche ella se presentó en tu casa.

—Con una botella de vino. Dijo que había estado en la fiesta de un «conocido» que vivía en el barrio, intentando que su visita sonara a simple casualidad.

—¿Y qué le contestaste?

—No la dejé pasar. Mentí y le dije que llegaba en un momento inoportuno, que estaba con una mujer.

—¿Y cómo se lo tomó?

—Se mosqueó de la hostia pero se largó.

—¿Y qué quieres que yo haga?

—*Get her off my back*. El lunes pienso hablar con ella en serio. O para o la echo a patadas de la redacción.

Erika Berger meditó un momento.

—No. No le digas nada. Hablaré con ella.

—No tengo elección.

—Está buscando un amigo, no un amante.

—No sé lo que andará buscando, pero…

—Mikael, yo también he pasado por eso. Hablaré con ella.

Nils Bjurman, al igual que cualquiera que hubiera visto la tele o leído un periódico durante el último año, sabía quién era Mikael Blomkvist. Sin embargo, no lo reconoció; y, aunque lo hubiese hecho, no habría reaccionado. Ignoraba por completo que existiera un vínculo entre la redacción de *Millennium* y Lisbeth Salander.

Además, estaba demasiado inmerso en sus propios pensamientos como para prestarle atención a su entorno.

Liberado, por fin, de su parálisis intelectual, había empezado a analizar lentamente su propia situación y a cavilar sobre cómo aniquilar a Lisbeth Salander.

El problema giraba en torno a un solo escollo: el mismo de siempre.

Lisbeth Salander disponía de una película de noventa minutos que había grabado con cámara oculta y que mostraba en detalle cómo la violaba. Había visto la película. No daba pie a interpretaciones benévolas. Si alguna vez llegara al conocimiento del fiscal o —aún peor— si cayera en las garras de los medios de comunicación, su vida, su carrera profesional y su libertad se acabarían. Gracias a sus conocimientos de las penas impuestas por violación con agravantes, aprovechamiento de una persona en situación de dependencia, maltrato y maltrato grave, estimaba que le caerían unos seis años de cárcel. Un fiscal quisquilloso podría, incluso, apoyarse en una parte de la película para alegar intento de asesinato.

Le había faltado poco para ahogarla durante la violación, cuando, excitado, le hundió un cojín en la cara. Ojalá hubiera llegado hasta el final.

No entenderían que ella había estado jugando con él todo el tiempo. Lo provocó, lo engatusó con sus dulces ojos infantiles y lo sedujo con un cuerpo que podría ser el de una niña de doce años. Permitió que la violara. La culpa era de ella. Nunca comprenderían que, en realidad, había dirigido un espectáculo teatral. Ella lo había planificado todo...

Actuara como actuase, una condición *sine qua non* era hacerse con la película y asegurarse de que no existían copias. Ése era el quid de la cuestión.

No le cabía duda de que, a lo largo de los años, una bruja como Lisbeth Salander se habría granjeado unos cuantos enemigos. Sin embargo, el abogado Bjurman contaba con una gran ventaja. A diferencia de todos los demás —quienes, por una u otra razón, se habrían desesperado con ella—, él tenía libre acceso a todos sus historiales médicos, a los expedientes de los servicios sociales y a los informes psiquiátricos. Él era una de las pocas personas de toda Suecia que conocía sus secretos más íntimos.

El informe que en su día le proporcionó la comisión de tutelaje al aceptar el encargo de convertirse en su administrador era breve y muy general: poco más de quince páginas que, fundamentalmente, presentaban una visión de su vida adulta, un resumen del diagnóstico al que habían llegado los psiquiatras forenses, la decisión del tribunal de someterla a la tutela de un administrador y la revisión del último año de sus cuentas bancarias.

Había leído ese informe una y otra vez. Luego, sistemáticamente, se puso a reunir datos sobre el pasado de Lisbeth Salander.

Gracias a su profesión estaba muy familiarizado con el procedimiento para recabar información en los registros oficiales. Al ser su administrador, no tuvo ningún problema para traspasar el secreto profesional al que estaban sometidos sus historiales médicos. Él era una de las pocas personas que podía tener acceso a cualquier papel que deseara relacionado con Lisbeth Salander.

Aun así le llevó meses recomponer, detalle a detalle, toda su vida; desde las primeras anotaciones hechas en el colegio hasta investigaciones policiales y actas del tribunal, pasando por los informes de los servicios sociales. Acudió personalmente al doctor Jesper H. Löderman —el psiquiatra que recomendó que Salander fuera recluida nada más cumplir dieciocho años— para hablar sobre el estado de la joven. El doctor le hizo un meticuloso repaso de sus razonamientos. Todos le fueron útiles a Bjurman. Una mujer de la comisión de los servicios sociales incluso le llegó a felicitar por mostrar un compromiso tan por encima de lo normal en su empeño por enterarse de todos los aspectos de la vida de Lisbeth Salander.

Sin embargo, la verdadera mina de oro la encontró en dos cuadernos metidos en una caja que acumulaba polvo en el despacho de un funcionario de la comisión de tutelaje. Habían sido escritos por el predecesor de Bjurman, el abogado Holger Palmgren, quien, aparentemente, llegó a conocer a Lisbeth Salander mejor que nadie. Año tras año, Palmgren le había ido entregando religiosamente un breve informe a la comisión, pero Bjurman suponía que Lisbeth Salander desconocía que, al mismo tiempo y con gran diligencia, Palmgren también había anotado sus propias reflexiones en los cuadernos, conformando así una especie de diario. Al parecer, se trataba del material personal de Palmgren que —al sufrir éste la apoplejía, hacía ya dos años— fue a parar a la comisión de tutelaje, donde nadie se había molestado ni siquiera en abrirlos para leer el contenido.

Eran los originales. No existían copias.

Perfecto.

Palmgren ofrecía una imagen de Lisbeth Salander completamente distinta de la que se podía deducir de los informes de los servicios sociales. Él había sido testigo del fatigoso camino que había llevado a convertir a una adolescente e indomable Lisbeth Salander en una joven empleada de la empresa de seguridad Milton Security, un empleo que obtuvo por medio de los contactos de Palmgren. Con un asombro cada vez mayor, Bjurman se había dado cuenta de que Lisbeth Salander no era, en absoluto, una retrasada conserje encargada de hacer fotocopias y preparar café. Todo lo contrario: tenía un trabajo cualificado que consistía en efectuar investigaciones personales para el director de Milton, Dragan Armanskij. Resultaba obvio que Armanskij y Palmgren se conocían y que, de vez en cuando, intercambiaban información sobre su protegida.

Nils Bjurman memorizó el nombre de Dragan Armanskij. De todas las personas que figuraban en la vida de Lisbeth Salander, sólo había dos que, en cierto sentido, daban la impresión de ser sus amigos y parecían considerarla su protegida. Palmgren ya era historia. Armanskij era la única persona que constituía una potencial amenaza. Bjurman decidió mantenerse alejado de Armanskij y no contactar con él.

Los cuadernos le aclararon muchas cosas. De repente, Bjurman entendió cómo Lisbeth Salander sabía tantas cosas de él. Sin embargo, seguía sin comprender cómo se enteró de su visita, sumamente discreta, a esa clínica de cirugía plástica de Francia. No obstante, gran parte del misterio que rodeaba a Salander había desaparecido: husmear en la vida privada de la gente era su trabajo. En seguida empezó a ser más cauteloso con sus propias pesquisas y comprendió que, considerando que Lisbeth Salander podía acceder a su piso, resultaba peligroso guardar allí papeles relacionados con ella. Metió toda la documentación en una caja y se la llevó a la casa de campo que tenía en las afueras de Stallarholmen, donde pasaba cada vez más tiempo, sumido en solitarias cavilaciones.

Cuanto más leía acerca de Lisbeth Salander, más se convencía de que se trataba de una persona patológicamente enferma. Un escalofrío le recorrió el cuerpo cuando pensó en que ella le había tenido esposado en su propia cama, completamente expuesto a su voluntad. Bjurman no dudaba de que ella haría realidad su amenaza de matarlo si él la provocara.

Lisbeth carecía de inhibiciones sociales. Se trataba de una maldita y peligrosa psicópata, una enferma mental. Una bomba de relojería. Una puta.

El diario de Holger Palmgren también contribuyó a proporcionarle la clave definitiva. En varias ocasiones, Palmgren había anotado observaciones muy personales sobre las conversaciones mantenidas con Lisbeth Salander. «Un vejete chocho.» En dos casos concretos él se refirió a la expresión «cuando ocurrió Todo Lo Malo». Resultaba obvio que Palmgren la había tomado de Lisbeth Salander pero no quedaba muy claro a qué se refería.

Desconcertado, Bjurman apuntó las palabras «Todo Lo Malo». ¿Los años pasados en casas de acogida? ¿Algún caso particular de abusos? Todo debería estar en la vasta documentación a la que ya tenía acceso.

Abrió el informe de la investigación psiquiátrica forense que se efectuó sobre Lisbeth Salander cuando ésta cumplió dieciocho años, y lo leyó atentamente por quinta o sexta vez. En ese momento se dio cuenta de que tenía una laguna en sus conocimientos sobre ella.

Disponía de algunas partes de su expediente académico, un certificado que establecía que la madre de Lisbeth Salander era incapaz de ocuparse de ella, informes de diversas casas de acogida durante sus años de adolescencia y la investigación psiquiátrica realizada el día de su decimoctavo cumpleaños.

Algo había desencadenado su locura cuando ella contaba, aproximadamente, doce años.

También había otros huecos en su biografía.

Al principio descubrió, para su gran asombro, que Lisbeth Salander tenía una hermana gemela a la que no se aludía en ningún lugar del material del que había dispuesto con anterioridad. «Dios mío, hay dos.» Pero no pudo encontrar ningún apunte sobre el paradero de la hermana.

Se desconocía la identidad del padre y se eludía la explicación de por qué la madre no se pudo ocupar de ella. Antes, Bjurman había dado por sentado que se había debido a una enfermedad y que todas las estancias de Lisbeth en la clínica de psiquiatría infantil fueron motivadas por esa enfermedad. Ahora estaba convencido de que algo le había sucedido a Lisbeth Salander cuando tenía unos doce o trece años. «Todo Lo Malo.» Un trauma. Pero en ningún sitio quedaba claro en qué consistía Todo Lo Malo.

En el informe psiquiátrico forense encontró finalmente una referencia a un anexo que faltaba: el número de registro de una investigación policial fechada el 12 de marzo de 1991. El número estaba apuntado a mano en un margen de la copia que él había extraído de los archivos de los servicios sociales. Pero al intentar pedirlo tocó hueso. La investigación había sido declarada confidencial por Real Decreto. Podía recurrir al gobierno.

Nils Bjurman se quedó perplejo. Que una investigación policial relacionada con una niña de doce años fuera clasificada como secreta no resultaba en sí sorprendente; era normal por respeto a su integridad personal. Pero él era el administrador de Lisbeth Salander y tenía derecho a pedir cualquier documentación sobre ella. No comprendía por qué una investigación había sido clasificada con un grado de confidencialidad tan elevado como para verse obligado a recurrir al gobierno para tener acceso a la misma.

Automáticamente entregó una solicitud. Tardaron dos meses en tramitarla. Para su asombro le fue denegada. No le entraba en la cabeza qué podía haber en una investigación de hacía casi quince años sobre una niña de doce para que se guardara con la misma seguridad con la que se custodiaría la llave de la sede del gobierno de Rosenbad.

Volvió al diario de Holger Palmgren y lo leyó de nuevo, línea a línea, intentando comprender a qué hacía referencia Todo Lo Malo. Pero el texto no ofrecía pista alguna. Evidentemente, era un tema que había sido tratado entre Holger Palmgren y Lisbeth Salander pero que él nunca llegó a anotar. Además, los apuntes acerca de Todo Lo Malo aparecían al final de uno de los cuadernos. Era posible que Palmgren no hubiera tenido tiempo de escribir unas notas en condiciones antes de sufrir el derrame cerebral.

Lo cual llevaba los pensamientos del abogado Bjurman por otros derroteros. Holger Palmgren había sido el tutor de Lisbeth Salander desde que ésta cumplió trece años, así como su administrador a partir de su decimoctavo cumpleaños. En otras palabras: Palmgren estaba presente en su vida desde poco tiempo después de que ocurriese Todo Lo Malo y también cuando Salander fue internada en la unidad de psiquiatría infantil. La probabilidad de que conociera lo sucedido era, por lo tanto, muy alta.

Bjurman regresó al archivo de la comisión de tutelaje. Esta vez no pidió ver la documentación sobre Lisbeth Salander sino la descripción del cometido de Palmgren, algo determinado por la propia comisión. Se la dieron y, a primera vista, resultó decepcionante. Dos páginas de escasa información. La madre de Lisbeth Salander ya no era capaz de ocuparse de sus hijas. A causa de las especiales circunstancias, las hijas tuvieron que ser separadas. Camilla Salander fue entregada, por mediación de los servicios sociales, a una familia de acogida. Lisbeth Salander ingresó en la unidad de psiquiatría infantil de Sankt Stefan. No se consideró otra alternativa.

¿Por qué? Había una frase críptica: «Debido a los acontecimientos del 120391, la comisión de los servicios sociales ha decidido que…». Luego otra referencia al número de registro de las misteriosas y confidenciales pesquisas policiales. Pero esta vez había un detalle más: el nombre del policía encargado de la investigación.

Estupefacto, el abogado Nils Bjurman se quedó mirando el nombre. Era un nombre que conocía. Y muy bien.

Las cosas cobraban otra dimensión.

Tardó otros dos meses, por vías completamente distintas, en conseguir el informe de la investigación: un informe policial breve y conciso compuesto por cuarenta y siete páginas metidas en una carpeta tamaño A4, complementado con un total de unas sesenta páginas que se habían ido añadiendo a lo largo de un período de seis años.

Al principio no lo entendió.

Luego encontró las fotografías de los médicos forenses y volvió a comprobar el nombre.

«Dios mío… no puede ser.»

De repente comprendió por qué el asunto había sido clasificado como confidencial. El abogado Nils Bjurman acababa de hacer *jackpot*.

Al leer posteriormente, línea a línea, el informe de la investigación, se dio cuenta de que había otra persona en el mundo con motivos para odiar a Lisbeth Salander con la misma pasión que él.

Bjurman no estaba solo.

Tenía un aliado. El aliado más inverosímil que se podía imaginar.

Lentamente empezó a urdir un plan.

Nils Bjurman abandonó sus pensamientos cuando una sombra se cernió sobre la mesa del Café Hedon. Levantó la vista y vio a un rubio… *gigante*, ésa fue la palabra con la que al final se quedó. Durante una décima de segundo se echó atrás pero en seguida recuperó el control.

El hombre que lo miraba desde arriba medía más de dos metros y tenía una constitución física fuerte. Excepcionalmente fuerte. Un culturista, sin duda. Bjurman no pudo percibir ni una pizca de grasa o flacidez. Daba una impresión general de poseer una fuerza espantosa.

El hombre era rubio, tenía las sienes rapadas y un corto flequillo. Su cara era ovalada, curiosamente delicada, casi infantil. En cambio, sus ojos color azul hielo no resultaban nada delicados. Vestía una cazadora de cuero que le llegaba hasta la cintura, una camisa azul, corbata negra y pantalones negros. Lo último en lo que el abogado Bjurman reparó fueron sus manos. Si el hombre era ya de por sí grande, sus manos resultaban enormes.

—¿El abogado Bjurman?

Hablaba con un marcado acento, pero la voz le resultó tan extrañamente aguda que Bjurman estuvo a punto de esbozar una sonrisa. Asintió.

—Hemos recibido tu carta.

—¿Quién eres tú? Yo quería hablar con…

El hombre de las manos enormes ignoró la pregunta, se sentó frente a Bjurman y lo interrumpió.

—Pues tendrás que hablar conmigo. Explícame qué quieres.

El abogado Nils Erik Bjurman dudó un instante. Odiaba la idea de tener que confiarse a un completo desconocido. Pero era necesario. Se recordó a sí mismo que no era el único que odiaba a Lisbeth Salander. Se trataba de encontrar un aliado. En voz baja empezó a comentarle el asunto.

Capítulo 3

Viernes, 17 de diciembre –
Sábado, 18 de diciembre

Lisbeth Salander se despertó a las siete de la mañana, se
duchó, bajó a ver a Freddy McBain a la recepción y le
preguntó si había algún Beach Buggy libre que pudiera
alquilar para un día. Diez minutos más tarde, ya había
pagado el depósito, ajustado el asiento y el retrovisor,
arrancado el motor y comprobado que tenía gasolina.
Entró en el bar y pidió un *caffè latte* y un sándwich de
queso para desayunar, y una botella de agua mineral
para llevar. Se pasó el desayuno emborronando una servilleta con números y cavilando sobre Pierre de Fermat
($x^3 + y^3 = z^3$).

Poco después de las ocho, el doctor Forbes bajó al bar.
Estaba recién afeitado y vestido con un traje oscuro, una
camisa blanca y una corbata azul. Pidió huevos, tostadas,
zumo de naranja y un café solo. A las ocho y media se levantó y se metió en un taxi que lo estaba esperando.

Lisbeth lo siguió a una distancia prudencial. El doctor Forbes bajó del taxi delante de Seascape, al principio
de The Carenage, y empezó a caminar por la orilla. Lisbeth lo adelantó, aparcó en medio del paseo marítimo y
esperó pacientemente a que él pasara. Luego lo siguió,
esta vez a pie.

A la una, Lisbeth Salander estaba empapada de sudor y tenía los pies hinchados. Llevaba cuatro horas paseando por Saint George's de una calle a otra. El ritmo

había sido sosegado pero continuo y las numerosas y empinadas colinas empezaron a fatigarle los músculos. La energía del doctor Forbes la asombró. Mientras apuraba las últimas gotas de la botella de agua mineral, empezó a plantearse la posibilidad de abandonar... Y, de repente, él se dirigió a The Turtleback. Le concedió diez minutos antes de entrar en el restaurante e instalarse en la terraza. Se sentaron exactamente en el mismo sitio que el día anterior; al igual que entonces, él tomaba Coca-Cola mientras miraba fijamente las aguas del puerto.

Forbes era una de las pocas personas de Granada que vestía traje y corbata. Lisbeth advirtió que parecía impasible ante el calor.

A las tres, Forbes pagó y abandonó el restaurante, interrumpiendo así la cadena de pensamientos de Lisbeth. Paseó a lo largo de The Carenage y cogió uno de los minibuses que iban hasta Grand Anse. Lisbeth aparcó delante del hotel Keys cinco minutos antes de que él se bajara. Lisbeth subió a su habitación, llenó la bañera de agua fría y se instaló cómodamente. Le dolían los pies. Frunció el ceño.

La actividad del día le había proporcionado una información muy precisa. El doctor Forbes, recién afeitado y vestido de combate, salía cada mañana del hotel con su maletín. Durante el día no hacía otra cosa que matar el tiempo. Fuera cual fuese la finalidad de su estancia en Granada, no se trataba de construir un colegio. Pero por alguna razón quería aparentar que se encontraba en la isla por negocios.

¿A qué venía todo ese teatro?

La única persona a la que, lógicamente, querría ocultarle algo sería su propia mujer, a quien quería darle a entender que se encontraba sumamente ocupado durante todo el día. Pero ¿por qué? ¿Había fracasado en los negocios y era demasiado orgulloso para reconocerlo?

¿Su viaje a Granada tenía un objetivo completamente distinto? ¿Esperaba algo o a alguien?

Al mirar su hotmail, Lisbeth Salander se encontró con cuatro nuevos correos. El primero era de Plague y había sido enviado poco más de una hora después de que ella le mandara el suyo. El mensaje estaba encriptado y contenía dos palabras que componían una lacónica pregunta: «¿estás viva?». Plague no era muy dado a redactar correos largos y sentimentales. Claro que Lisbeth tampoco.

Los dos siguientes fueron enviados sobre las dos de la madrugada. Uno era de Plague y llevaba información encriptada sobre cómo un conocido de la red, que firmaba como Bilbo y que, por casualidad, vivía en Tejas, había mordido el anzuelo. Plague adjuntaba la dirección y la clave PGP de Bilbo. Unos minutos más tarde, éste ya le había mandado un correo desde una dirección de hotmail. El mensaje era breve y tan sólo informaba de que Bilbo tenía la intención de enviar datos sobre el doctor Forbes en las próximas veinticuatro horas.

El cuarto correo también era de Bilbo y fue mandado por la tarde. Contenía un número encriptado de una cuenta bancaria y una dirección ftp. Lisbeth pinchó la dirección y encontró un archivo zip de 390 kB que guardó y abrió. Se trataba de una carpeta con cuatro fotos jpg de baja resolución y cinco documentos en Word.

Dos de las imágenes eran retratos del doctor Forbes. En una de ellas, hecha en el estreno de una representación teatral, se veía a Forbes con su mujer. La cuarta instantánea mostraba al doctor en el púlpito de una iglesia.

El primer documento contenía un texto de once páginas y constituía el informe de Bilbo. Otro estaba compuesto por ochenta y cuatro páginas bajadas de Internet.

Los dos siguientes eran recortes escaneados del periódico local *Austin American-Statesman*, y el último de todos ofrecía un panorama general sobre la congregación del doctor Forbes: The Presbyterian Church of Austin South.

Dejando de lado el hecho de que Lisbeth Salander se supiera de memoria el tercer libro del Pentateuco —un año antes tuvo verdaderos motivos para estudiar la bíblica legislación de castigos—, sus conocimientos sobre la historia de la religión eran muy modestos. Exceptuando que sabía que la iglesia judía se llamaba sinagoga, su idea sobre las diferencias existentes entre ésta, la presbiteriana y la católica era más bien pobre. Por un instante temió verse obligada a profundizar hasta el más mínimo detalle en aspectos teológicos. Luego se dio cuenta de que le importaba una mierda el tipo de iglesia a la que perteneciera el doctor Forbes.

El doctor Richard Forbes, a veces llamado reverendo Richard Forbes, tenía cuarenta y dos años. La página web de la Church of Austin South revelaba que la iglesia tenía siete empleados. El reverendo Duncan Clegg figuraba en el primer lugar de la lista, lo cual dejaba adivinar que se trataba de la principal figura teológica de aquella iglesia. Una foto mostraba a un hombre fuerte de abundante pelo canoso y una barba gris bien recortada. Richard Forbes se encontraba en el tercer lugar de la lista y era el responsable de los temas educativos. Junto a su nombre aparecía, entre paréntesis, Holy Water Foundation.

Lisbeth leyó el mensaje introductorio de la iglesia:

Mediante la oración y la acción de gracias vamos a servir al pueblo de Austin South ofreciéndoles la estabilidad, la teología y la ideología esperanzadora que propugna la Iglesia Presbiteriana de América. Como servidores de Cristo ofrecemos amparo a los necesitados y la promesa de la redención a través de la oración y la bendición baptista. Alegrémonos del amor que Dios nos tiene. Nuestro deber es derribar los muros que existen entre las personas y eliminar los obstáculos que impiden la comprensión del mensaje de amor de Dios.

Inmediatamente debajo de la introducción venía el número de cuenta corriente de la iglesia y una exhortación para poner en práctica el amor a Dios.

La breve biografía sobre Richard Forbes proporcionada por Bilbo era excelente. Gracias a ella Lisbeth se enteró de que Forbes nació en Cedar's Bluff (Nevada) y de que —antes de cumplir los treinta y un años y unirse a la Church of Austin South— trabajó como agricultor, hombre de negocios, bedel, corresponsal local de un periódico de Nuevo Méjico y *manager* de una banda de *rock* cristiano. También se había formado como contable y, además, estudió arqueología. Sin embargo, Bilbo no fue capaz de encontrar ningún título oficial de «doctor».

Forbes conoció a Geraldine Knight, única hija del ranchero William F. Knight, miembro destacado de la Austin South. Richard y Geraldine se casaron en 1997, tras lo cual despegó la carrera de Richard Forbes dentro de la iglesia. Se convirtió en jefe de la Fundación Santa María, cuya misión consistía en «invertir el dinero de Dios en proyectos educativos para los necesitados».

Forbes había sido arrestado en dos ocasiones. En 1987, con veinticinco años, fue acusado de provocar graves daños físicos en un accidente de tráfico. En el juicio resultó absuelto. Por lo que Lisbeth pudo deducir de los recortes de prensa, realmente era inocente. En 1995 fue demandado por malversación de fondos de la banda de *rock* de la que era *manager*. También en esa ocasión fue declarado inocente.

En Austin se convirtió en un conocido personaje y en miembro de la comisión educativa de la ciudad. Estaba afiliado al Partido Demócrata y participaba asiduamente en actos de caridad en los que recaudaba dinero para costear la educación de familias con pocos recursos. La Church of Austin South dedicaba gran parte de su actividad misionera a familias de habla hispana.

En el año 2001 Forbes fue acusado de ciertas irregularidades económicas relacionadas con la Fundación Santa María. Un artículo periodístico insinuaba que el susodicho había destinado a fondos de inversión una cantidad de dinero mayor que lo estipulado en los estatutos. Las acusaciones fueron refutadas por la iglesia, y el pastor Clegg se mostró claramente a favor de Forbes en el debate que se desencadenó. No se llegó a dictar auto de procesamiento, y de la auditoría tampoco salió nada criticable.

Lisbeth se detuvo con interés en la economía privada de Forbes y empezó a reflexionar. Contaba con unos ingresos anuales de sesenta mil dólares, un sueldo bastante decente, pero carecía de bienes propios. El miembro de la familia que representaba la estabilidad económica era su esposa, Geraldine Forbes, cuyo padre falleció en 2002. Su hija fue la única heredera de una fortuna de más de cuarenta millones de dólares. La pareja no tenía hijos.

Por consiguiente, Richard Forbes dependía de su mujer. Lisbeth frunció el ceño. No era un buen punto de partida para dedicarse a maltratarla.

Lisbeth se conectó a Internet y le mandó un breve mensaje encriptado a Bilbo dándole las gracias por el informe. También hizo una transferencia de quinientos dólares al número de cuenta que Bilbo le había indicado.

Salió al balcón y se apoyó en la barandilla. El sol se estaba poniendo. Un viento cada vez más fuerte sacudía las ramas de las palmeras situadas a lo largo de la muralla de la playa. Granada se encontraba justo dentro del límite del radio de alcance de Mathilda. Siguió el consejo de Ella Carmichael y metió el ordenador, *Dimensions in Mathematics*, algunas pertenencias personales y una muda en una bolsa de nailon que dejó en el suelo, junto a la cama. Luego bajó al bar y cenó pescado, que acompañó con una botella de Carib.

El único acontecimiento digno de mención fue que el doctor Forbes —que se hallaba ahora en la barra del bar y vestido esta vez con un polo claro, pantalones cortos y unas deportivas— le hacía a Ella Carmichael preguntas sobre las últimas noticias de Mathilda. No parecía preocupado. Llevaba en el cuello una cadena de oro con una cruz y presentaba un aspecto fresco y atractivo.

Tras el infructuoso paseo por Saint George's de ese día, Lisbeth Salander estaba agotada. Después de cenar salió a dar una vuelta, pero hacía mucho viento y la temperatura había bajado considerablemente. Así que subió a su habitación y se metió entre las sábanas a eso de las nueve. El viento silbaba al otro lado de la ventana. Tenía pensado leer un rato pero se durmió en seguida.

Lisbeth se despertó de un sobresalto provocado por un gran estruendo. Consultó su reloj: las once y cuarto de la noche. Se levantó de la cama y, tambaleándose, se acercó a la puerta del balcón y la abrió. Las fuertes ráfagas de aire la golpearon y la hicieron retroceder. Se apoyó contra el marco de la puerta. Con sumo cuidado dio un paso, se asomó al balcón y miró al exterior.

Alrededor de la piscina, algunos farolillos oscilaban de un lado para otro creando un dramático juego de sombras en el patio. Se percató de que varios clientes del hotel se habían despertado y se hallaban junto a la entrada de la muralla, con la vista puesta en la playa. Otros se encontraban en las inmediaciones del bar. Al mirar hacia el norte pudo divisar las luces de Saint George's. El cielo estaba cubierto de nubes pero no llovía. La oscuridad reinante no le permitía ver el mar, pero el rumor de las olas era mucho más alto de lo normal. La temperatura había bajado aún más. Por primera vez desde que había llegado al Caribe estaba tiritando de frío.

Mientras se hallaba en el balcón alguien aporreó la

puerta. Se envolvió en una sábana y abrió. Freddy Mc-Bain mostraba un semblante serio.

—Perdona que te moleste, pero parece que se avecina una tormenta.

—Mathilda.

—Mathilda —confirmó McBain—. Esta misma tarde ha pasado cerca de Tobago y ha causado grandes estragos. Hemos recibido noticias que hablan de graves daños.

Mentalmente, Lisbeth repasó sus conocimientos de geografía y meteorología. Trinidad y Tobago se encontraba a unos doscientos kilómetros al sudeste de Granada. Una tormenta tropical podía extenderse sin ningún problema en un radio de cien kilómetros y desplazarse a una velocidad de treinta o cuarenta kilómetros por hora. Lo cual quería decir que Mathilda, a esas alturas, podría estar llamando a las puertas de Granada. Todo dependía del rumbo que cogiera.

—No hay ningún peligro inminente —continuó Mc-Bain—. Pero vamos a curarnos en salud. Mete tus cosas de valor en una bolsa y baja a recepción. El hotel invita a café y sándwiches.

Lisbeth siguió sus consejos. Se lavó la cara para despertarse, se puso unos vaqueros, unas botas y una camisa de franela, y se colgó del hombro la bolsa de nailon. Justo antes de abandonar la habitación volvió al baño y encendió la luz. La lagartija verde no estaba a la vista. Debía de haberse escapado por algún agujero. Chica lista.

Ya en el bar se dirigió tranquilamente a su lugar habitual, mientras observaba cómo Ella Carmichael ordenaba a sus empleados que llenaran termos con bebidas calientes. Al cabo de un rato se acercó a la esquina donde estaba Lisbeth.

—Hola. Parece que te has caído de la cama.

—Acababa de dormirme. ¿Qué pasa ahora?

—Aguardamos. Hay un temporal en el mar y desde

Trinidad nos han alertado de la existencia de un huracán. Si las cosas empeoran y Mathilda se aproxima hasta aquí, nos meteremos en el sótano. ¿Puedes echarnos una mano?

—¿Qué quieres que haga?

—En la recepción tenemos ciento sesenta mantas que hay que bajar al sótano. Y todavía queda mucho por guardar.

Durante los siguientes minutos, Lisbeth ayudó bajando mantas y recogiendo macetas, mesas, tumbonas y otras cosas de alrededor de la piscina. Satisfecha, Ella le dio el resto de la noche libre. Lisbeth se acercó tranquilamente hasta la salida de la muralla que daba a la playa y se adentró en la oscuridad. El mar bramaba amedrentador y las ráfagas de viento la azotaban con tanta intensidad que se vio obligada a hacer fuerza con los pies para no caerse. Las palmeras que había a lo largo de la muralla estaban zarandeándose de modo inquietante.

Volvió al bar, pidió un *caffè latte* y se sentó junto a la barra. Era poco más de medianoche. Un claro ambiente de preocupación reinaba entre los clientes y el personal. Sentados en torno a las mesas, mantenían conversaciones en voz baja mientras miraban al cielo cada cierto tiempo. En total, en el hotel Keys había treinta y dos clientes y una decena de trabajadores. De repente, Lisbeth advirtió la presencia de Geraldine Forbes en una mesa del fondo, junto a la recepción. Tenía una expresión tensa y una copa en la mano. Su marido no estaba.

Lisbeth se encontraba tomando café meditando de nuevo sobre el teorema de Fermat cuando Freddy McBain salió de su despacho y se plantó en medio de la recepción.

—Atención, por favor. Me acaban de informar de que una tormenta cuya fuerza es similar a la de un huracán se ha abatido sobre Petit Martinique. Quiero pedirles a todos que bajen al sótano inmediatamente.

Freddy McBain cortó cualquier tentativa de pregunta o inicio de conversación y dirigió a sus clientes hacia las escaleras que conducían al sótano, situadas tras la recepción. Petit Martinique era una pequeña isla perteneciente a Granada que estaba ubicada a unas millas al norte de la isla principal. Lisbeth miró de reojo a Ella Carmichael y aguzó el oído cuando ésta se aproximó a Freddy McBain.

—¿Es muy serio? —preguntó Ella.

—No lo sé. El teléfono se ha cortado —contestó McBain en voz baja.

Lisbeth bajó al sótano y dejó su bolsa en un rincón, sobre una manta. Meditó un rato y luego volvió a subir a la recepción, a contracorriente de la gente que bajaba. Se acercó a Ella Carmichael y le preguntó si podía ayudar en algo más. Seria pero resuelta, Ella negó con la cabeza.

—Veremos lo que pasa. Mathilda es una *bitch*.

Lisbeth reparó en un grupo de cinco adultos y unos diez niños que entraron apresuradamente por la puerta principal. Freddy McBain los recibió y les mostró el camino hasta las escaleras del sótano.

De repente a Lisbeth le asaltó una inquietante duda.

—Supongo que ahora mismo todo el mundo está refugiándose en algún sótano, ¿no? —preguntó en voz baja.

Ella Carmichael siguió con la mirada a la familia que se encontraba junto a las escaleras.

—Me temo que éste es uno de los pocos de toda Grand Anse. Seguramente llegará más gente buscando refugio.

Lisbeth le lanzó a Ella una incisiva mirada.

—¿Y qué hacen los demás?

—¿Los que no tienen sótano? —se rió amargamente—. Se agazapan como pueden dentro de sus casas o buscan cobijo en algún cobertizo. Han de confiar en Dios.

Lisbeth dio media vuelta, atravesó la recepción corriendo y salió por la puerta.

George Bland.

Oyó a Ella gritando detrás, pero no se detuvo a darle explicaciones.

«Vive en un maldito cobertizo que se vendrá abajo con la primera ráfaga de viento.»

En cuanto salió a la carretera de Saint George's el vendaval la zarandeó y Lisbeth estuvo a punto de perder el equilibrio. Sin acobardarse, echó a correr. Se encontró con fuertes rachas de viento en contra que la hicieron tambalearse. Tardó casi diez minutos en recorrer los poco más de cuatrocientos metros que había hasta la casa de George Bland. No vio ni un alma en todo el camino.

En el mismo instante en que giró hacia el cobertizo de George Bland y advirtió el brillo de la lámpara de queroseno a través de una rendija de la ventana, una gélida lluvia surgió de la nada, como el chorro de una manguera. Apenas dos segundos después ya estaba empapada y la visibilidad se redujo a unos pocos metros. Aporreó la puerta. Al verla, George Bland abrió los ojos de par en par.

—¿Qué haces aquí? —preguntó gritando para hacerse oír por encima del viento.

—Ven. Tienes que venir al hotel. Hay un sótano.

George Bland se quedó perplejo. De repente, la puerta se cerró de golpe y a él le costó varios segundos volverla a abrir. Lisbeth agarró a George de la camiseta y lo sacó de un tirón. Se quitó el agua de la cara, lo cogió de la mano y empezó a correr. Él la siguió.

Eligieron el camino de la playa, unos cien metros más corto que la carretera, que dibujaba una pronunciada curva tierra adentro. A medio camino, Lisbeth se dio cuenta de que habían cometido un error. En la playa no tenían ninguna protección. El viento y la lluvia se abatieron sobre ellos con tanta fuerza que se vieron obligados a detenerse varias veces. Arena y ramas volaban por los aires. El ruido resultaba ensordecedor. Tras lo que se le antojó una eternidad, Lisbeth, por fin, vio materializarse ante sus ojos la muralla del hotel. Aligeró el paso. Cuando finalmente alcanzaron la puerta —promesa de salvación—, ella volvió la cabeza y le echó un vistazo a la playa. Se detuvo en seco.

A través de la densa cortina de agua descubrió de pronto, a unos cincuenta metros, dos siluetas. George Bland la cogió del brazo y tiró de ella, obligándola a entrar. Ella se soltó y se apoyó contra la muralla mientras intentaba enfocar la mirada. Durante un par de segundos perdió de vista a las dos figuras bajo la lluvia. Luego, un relámpago iluminó el cielo por completo.

Ya sabía que se trataba de Richard y Geraldine Forbes. Se hallaban más o menos en el mismo sitio donde había visto deambular a Richard Forbes la noche anterior.

Cuando el siguiente relámpago hizo acto de presencia, vio que Richard Forbes parecía arrastrar a su mujer y que ella se le resistía.

De repente, las piezas del puzle encajaron. La dependencia económica. Las acusaciones sobre las irregularidades económicas de Austin. Su inquieto ir y venir y sus cavilaciones sentado inmóvil en The Turtleback.

«Piensa asesinarla. Hay cuarenta millones en juego. La tormenta es su camuflaje. Ésta es su oportunidad.»

De un empujón, Lisbeth Salander introdujo a George Bland en el recinto del hotel. Acto seguido, miró a su alrededor y se topó con la desvencijada silla plegable en la que solía sentarse el vigilante nocturno y que nadie había recogido ni guardado antes de la tormenta. La cogió, la estrelló con todas sus fuerzas contra la muralla y se armó con una de las patas. Atónito, George Bland gritó tras ella cuando la vio abalanzarse sobre la playa.

Las ráfagas de viento por poco la tumbaron, pero Lisbeth hizo de tripas corazón y avanzó paso a paso con mucho esfuerzo. Ya casi había llegado hasta donde se encontraba la pareja cuando el siguiente relámpago iluminó la playa y ella vio a Geraldine Forbes, de rodillas, en la orilla. Richard Forbes estaba inclinado sobre ella con el brazo levantado dispuesto a golpearla, blandiendo en la mano algo que parecía un tubo de hierro. Lisbeth vio que el brazo de él descendía hasta la cabeza de la mujer dibujando un arco. Ésta dejó de patalear.

Richard Forbes no tuvo tiempo de ver a Lisbeth Salander.

Le rompió la pata de la silla en la cabeza y él cayó de bruces.

Lisbeth se inclinó y cogió a Geraldine Forbes. Mientras la lluvia las azotaba, le dio la vuelta al cuerpo de la mujer. Súbitamente sus manos se mancharon de sangre. Geraldine Forbes tenía una profunda herida en la cabeza. Pesaba como un muerto. Desesperadamente, Lisbeth miró a su alrededor mientras reflexionaba sobre cómo iba a trasladar aquel cuerpo hasta la muralla del hotel. Acto seguido, George Bland apareció a su lado. Gritó algo que, con la tormenta, Lisbeth no oyó.

Lisbeth miró de reojo a Richard Forbes. Le daba la espalda pero se había puesto a cuatro patas. Ella agarró el brazo izquierdo de Geraldine Forbes, se lo pasó alrededor del cuello y le hizo señas a George Bland para que la cogiera del derecho. Con gran esfuerzo, empezaron a arrastrar el cuerpo por la playa.

A medio camino en dirección a la muralla, Lisbeth se sintió exhausta, como si todas sus fuerzas la hubiesen abandonado. El corazón le dio un vuelco cuando, de repente, sintió que una mano la agarraba del hombro. Soltó a Geraldine Forbes, se giró y le dio una patada a Richard Forbes en la entrepierna. Él se tambaleó y cayó de rodillas. Lisbeth tomó impulso y le dio otra patada en la cara. Luego se enfrentó a la mirada aterrorizada de George Bland. Lisbeth le dedicó medio segundo de atención antes de volver a coger a Geraldine Forbes y arrastrarla.

Al cabo de unos segundos giró de nuevo la cabeza. A diez pasos por detrás de ellos, Richard Forbes, empujado por las ráfagas de viento, iba dando tumbos y haciendo eses como un borracho.

Un nuevo relámpago partió el cielo en dos y Lisbeth Salander abrió los ojos de par en par.

Por primera vez sintió un paralizante terror.

Detrás de Richard Forbes, a unos cien metros mar adentro, vio el dedo de Dios.

Una imagen momentánea congelada a la luz del relámpago, un pilar negro azabache que se elevó en el cielo hasta desaparecer de su campo de visión.

Mathilda.

No es posible.

Un huracán, sí.

¿Un tornado? Imposible.

Granada no es zona de tornados.

Un gigantesco tornado en una zona donde los tornados no pueden formarse.

Los tornados no se pueden originar en el agua.

Es científicamente imposible.

Es algo único.

Ha venido para llevarme.

George Bland también había visto el tornado. Mutua y simultáneamente, se gritaron que se dieran prisa, pero ninguno de los dos pudo entender lo que el otro decía.

Veinte metros para la muralla. Diez. Lisbeth tropezó y cayó de rodillas. Cinco. En la puerta, volvió la vista atrás por última vez. Divisó vagamente a Richard Forbes en el mismo instante en que era arrastrado hacia el agua como por una mano invisible y desaparecía. Con la ayuda de George Bland introdujo el peso que arrastraba. Tambaleándose, avanzaron por el patio. A través de la tormenta, Lisbeth oyó el ruido de los cristales de las ventanas haciéndose añicos y los penetrantes quejidos de las chapas que se doblaban. Una tabla voló por los aires justo delante de sus narices. Acto seguido, algo le dio en la espalda provocándole dolor. Al alcanzar la recepción, la intensidad del viento disminuyó.

Lisbeth detuvo a George Bland y, agarrándolo del cuello de la camisa, le acercó la cabeza a su boca y le gritó al oído:

—La hemos encontrado en la playa. No hemos visto a su marido. ¿Lo has entendido?

George asintió.

Bajaron a Geraldine Forbes arrastrándola por la escalera. Lisbeth le dio unas patadas a la puerta del sótano. Freddy McBain abrió y los miró fijamente. Luego cogió el peso que arrastraban y, de un tirón, los metió dentro antes de cerrar la puerta.

En apenas un segundo el insoportable estruendo de la tormenta se redujo a un simple chirrido y traqueteo de fondo. Lisbeth inspiró profundamente.

Ella Carmichael sirvió una taza de café caliente y se la dio a Lisbeth. Ésta se encontraba tan agotada que apenas tenía fuerzas para levantar el brazo. Estaba sentada en el suelo y apoyada contra la pared, completamente rendida. Alguien la había abrigado con mantas. También a George Bland. Estaba empapada y presentaba un corte que sangraba abundantemente, justo por debajo de la rodilla. En los vaqueros tenía un desgarrón de unos diez centímetros que no recordaba haberse hecho. Sin el menor interés observó que Freddy McBain y algunos clientes del hotel atendían a Geraldine Forbes y le ponían una venda en la cabeza. Captó algunas palabras sueltas y entendió que alguien de ese grupo era médico. Se percató de que el sótano estaba lleno; a los clientes del hotel se les habían unido más personas de fuera que buscaban refugio.

Finalmente, Freddy McBain se acercó a Lisbeth Salander y se agachó.

—Está viva.

Lisbeth no contestó.

—¿Qué ha pasado?

—La hemos encontrado en la playa, delante de la muralla.

—Cuando conté a los clientes que había en el sótano eché en falta a tres personas: tú y los Forbes. Fue Ella quien me dijo que saliste disparada como una loca nada más estallar la tormenta.

—Salí corriendo para buscar a mi amigo George. —Lisbeth hizo señas con la cabeza en dirección a su amigo—. Vive un poco más abajo de la carretera, en un cobertizo que quizá ya no exista.

—Has cometido una estupidez, pero has sido muy valiente —dijo Freddy McBain, mirando de reojo a George Bland—. ¿Visteis al marido, Richard Forbes?

—No —contestó Lisbeth con una mirada neutra.

George Bland negaba con la cabeza mientras observaba a Lisbeth con el rabillo del ojo.

Ella Carmichael ladeó la cabeza y le echó una incisiva mirada a Lisbeth Salander. Ésta se la devolvió con ojos inexpresivos.

Geraldine Forbes se despertó hacia las tres de la madrugada. A esas alturas, Lisbeth Salander se había dormido con la cabeza apoyada contra el hombro de George Bland.

De alguna milagrosa manera, Granada sobrevivió a esa noche. Al amanecer, el temporal había amainado y había sido reemplazado por la peor lluvia que Lisbeth Salander había visto jamás. Freddy McBain dejó salir del sótano a los clientes.

El hotel Keys —que había sido devastado, al igual que toda la costa— iba a tener que pasar por una importante reforma. El bar exterior de Ella Carmichael había desaparecido, y un porche había quedado totalmente destrozado. Los postigos de las ventanas habían sido arrancados de cuajo de la fachada y una parte del tejado saliente del hotel se había doblado. La recepción era un caos de escombros.

Lisbeth cogió a George Bland y, tambaleándose, se fueron a la habitación. De manera provisional colgó una manta en el hueco de la ventana para que no entrara la lluvia. George Bland se topó con la mirada de Lisbeth.

—Habrá menos cosas que explicar si decimos que no hemos visto a su marido —comentó Lisbeth antes de que a George le diera tiempo a hacer preguntas.

Él asintió. Lisbeth se quitó la ropa, la dejó caer al suelo y dio un par de palmaditas en la cama. George volvió a asentir, se desnudó y se metió entre las sábanas junto a Lisbeth. Se durmieron en seguida.

A mediodía, cuando ella se despertó, el sol se filtraba entre las nubes. Le dolían todos los músculos del cuerpo y su rodilla se había hinchado tanto que le costaba doblar la pierna. Sigilosamente, se levantó de la cama, se metió bajo la ducha y se quedó mirando a la lagartija verde, que volvía a estar nuevamente en la pared. Se puso unos pantalones cortos y una camiseta de tirantes, y salió cojeando de la habitación sin despertar a George Bland.

Ella Carmichael estaba todavía en pie. Parecía cansada pero ya había montado el bar al lado de la recepción. Lisbeth se sentó en una mesa junto a la barra y pidió un café y un sándwich. De reojo, miró por las ventanas destrozadas de la entrada. Había aparcado un coche de policía. Acababan de traerle el café cuando Freddy McBain salió de su despacho, ubicado junto al mostrador de la recepción, seguido de un agente uniformado. McBain la descubrió allí y, antes de dirigirse a la mesa donde se hallaba Lisbeth, le dijo algo al policía.

—Éste es el agente Ferguson. Quiere hacerte unas preguntas.

Lisbeth asintió educadamente. Ferguson parecía cansado. Sacó un cuaderno y un bolígrafo, y apuntó el nombre de Lisbeth.

—Miss Salander, tengo entendido que usted y su amigo encontraron anoche a la esposa de Richard Forbes durante el huracán.

Lisbeth asintió.

—¿Dónde la encontró?

—En la playa, a poca distancia de la puerta de la muralla —contestó Lisbeth—. Tropezamos prácticamente con ella.

El agente Ferguson tomó nota.

—¿Dijo algo?

Lisbeth negó con la cabeza.

—¿Estaba inconsciente?

Lisbeth asintió con un gesto de sensatez.

—Tenía una herida espantosa en la cabeza.

Lisbeth volvió a asentir.

—¿Sabe usted cómo se la hizo?

Lisbeth negó con un movimiento de cabeza. Ante su falta de palabras, Ferguson pareció algo irritado.

—Había muchos trastos volando por los aires —dijo a modo de ayuda—. A mí casi me da una tabla en la cabeza.

Ferguson asintió con semblante serio.

—¿Se ha lesionado la pierna?

Ferguson señaló la venda de Lisbeth.

—¿Qué le ocurrió?

—No lo sé. No descubrí la herida hasta que bajé al sótano.

—Estaba acompañada de un joven.

—George Bland.

—¿Dónde vive?

—En el cobertizo que hay tras The Coconut, un poco más abajo, de camino al aeropuerto. Si es que queda algo…

Lisbeth se abstuvo de comentar que, en aquel momento, George Bland se hallaba durmiendo en su cama, en la primera planta.

—¿Vio a Richard Forbes?

Lisbeth negó con la cabeza.

Aparentemente, al agente Ferguson no se le ocurrió ninguna pregunta más y cerró el cuaderno.

—Gracias, miss Salander. Tengo que redactar un informe sobre el fallecimiento.

—¿Ha muerto?

—¿La señora Forbes…? No, se encuentra en el hospital de Saint George's. Probablemente les deba la vida a usted y a su amigo. Pero su marido ha muerto. Lo encontraron en el aparcamiento del aeropuerto hace dos horas.

Más de seiscientos metros al sur.

—Estaba muy malherido —explicó Ferguson.

—Qué pena —dijo Lisbeth Salander sin manifestar mayores signos de *shock*.

Cuando McBain y el agente Ferguson se hubieron alejado, Ella Carmichael se acercó y se sentó en la mesa de Lisbeth. Sirvió dos chupitos de ron. Lisbeth la observó fijamente.

—Después de una noche así, una necesita recobrar las energías. Invito yo. Invito a todo el desayuno.

Las dos mujeres se miraron. Luego levantaron los vasitos y brindaron.

Durante mucho tiempo, Mathilda iba a ser objeto de estudios científicos y discusiones entre instituciones meteorológicas del Caribe y de Estados Unidos. Tornados de la magnitud de Mathilda eran prácticamente desconocidos en la región. Se consideraba teóricamente imposible que se formaran en el agua. Al final, los expertos se pusieron de acuerdo en que una muy peculiar conjunción de frentes se había aliado para crear un «pseudotornado», algo que, en realidad, no era un tornado de verdad, pero que lo parecía. Algunos críticos que compartían esta idea defendieron ciertas teorías sobre el efecto invernadero y la alteración del equilibrio ecológico.

Lisbeth Salander pasaba de las discusiones teóricas. Sabía lo que había visto y decidió evitar que alguna de las hermanas de Mathilda volviera a cruzarse en su camino.

Varias personas sufrieron daños durante la noche. Milagrosamente sólo una había fallecido.

Nadie podía entender qué llevó a Richard Forbes a salir en medio de un huracán, excepto, tal vez, esa falta de sensatez que siempre parecía caracterizar a los turistas norteamericanos. Geraldine Forbes no podía contribuir con ninguna explicación. Sufría una grave conmoción cerebral y sólo guardaba unos recuerdos inconexos de los acontecimientos ocurridos durante la noche.

Sin embargo, estaba desconsolada por haberse quedado viuda.

SEGUNDA PARTE

From Russia with love

Del 10 de enero al 23 de marzo

Normalmente, una ecuación contiene una o varias incógnitas, frecuentemente denominadas x, y, z, etc. Los valores de estas incógnitas, que garantizan la igualdad efectiva de los dos miembros de la ecuación, son los que satisfacen (conforman, configuran) la ecuación o constituyen la solución.

Ejemplo: $3x+4=6x-2(x=2)$.

Capítulo 4

Lunes, 10 de enero –
Martes, 11 de enero

Lisbeth Salander aterrizó en el aeropuerto de Arlanda a las seis y media de la mañana. Había viajado durante veintiséis horas, de las cuales nada menos que nueve las pasó en Grantly Adams Airport, en Barbados. British Airways se había negado a que el avión despegara hasta que se neutralizara una posible amenaza terrorista y no se llevaran a un pasajero con aspecto árabe para ser interrogado. Al llegar a Gatwick, Londres, ya había perdido la conexión para el último vuelo a Suecia y tuvo que esperar unas cuantas horas antes de conseguir que le reservaran uno para la mañana siguiente.

Lisbeth se sentía como una bolsa de plátanos puesta al sol durante demasiado tiempo. Sólo llevaba una bolsa de mano que contenía su PowerBook, *Dimensions* y una muda de ropa, todo bien comprimido. Pasó sin problemas por el pasillo verde de la aduana. Al llegar a la parada de autobuses, el aguanieve y una temperatura que rondaba los cero grados le dieron la bienvenida.

Dudó un instante. Durante toda su vida se había visto obligada a elegir la alternativa más barata y todavía le costaba acostumbrarse a la idea de que disponía de casi tres mil millones de coronas que ella solita, sin ninguna ayuda, había robado, combinando un atraco informático por Internet con el típico timo de toda la vida. Tras un par de minutos mandó al garete sus antiguas normas y llamó a un taxi. Le dio la dirección de Lundagatan al taxista y se durmió casi en el acto en el asiento trasero.

Hasta que el vehículo no se paró en Lundagatan y el chófer la zarandeó ligeramente no se percató de que le había dado mal la dirección. Rectificó y pidió que siguiera hasta la cuesta de Götgatan. Le dio una buena propina en dólares norteamericanos y soltó un taco al pisar un charco nada más bajar del coche. Vestía vaqueros, camiseta y una fina cazadora. Calzaba sandalias y calcetines cortos no muy gruesos. Tambaleándose, cruzó la calle hasta el 7-Eleven, donde compró champú, pasta de dientes, jabón, yogur líquido, leche, queso, huevos, pan, bollos de canela congelados, café, bolsitas de té Lipton, pepinillos en vinagre, manzanas, un paquete grande de Billys Pan Pizza y un cartón de Marlboro Light. Pagó con Visa.

Ya en la calle, dudó sobre qué camino tomar. Podía subir por Svartensgatan o por Hökens gata, que quedaba un poquito más abajo, en dirección a Slussen. El inconveniente de ir por Hökens gata era que entonces tendría que pasar por delante del portal de la redacción de *Millennium* y corría el riesgo de toparse con Mikael Blomkvist. Al final decidió que, de ahora en adelante, no daría rodeos para evitarlo. Por lo tanto, fue bajando hacia Slussen a pesar de que el recorrido era un poco más largo, y giró a la derecha por Hökens gata para subir a la plaza de Mosebacke. Pasó ante la estatua de Las Hermanas, frente al Södra Teatern, y tomó las escaleras hasta Fiskargatan. Se detuvo y, pensativa, contempló el edificio. No se sentía del todo «en casa».

Miró a su alrededor. Era un rincón aislado de todo en pleno Södermalm. No había apenas tráfico, cosa que le gustaba. Resultaba fácil observar a los que se movían por la zona. Probablemente durante el verano se tratara de un popular lugar de paseo, pero en invierno sólo pasaban por allí los que tenían algún motivo concreto. Nadie a la vista. Al menos, nadie que pudiera reconocerla. Lisbeth depositó la bolsa en la sucia aguanieve que cubría la calle para sacar la llave. Cogió el ascensor hasta la última planta y abrió una puerta que tenía una placa donde podía leerse: «V. Kulla».

Una de las primeras medidas de Lisbeth en cuanto se hizo con una gran cantidad de dinero y se convirtió en económicamente independiente para el resto de su vida (o mientras duraran los casi tres mil millones de coronas) fue buscarse una nueva casa. Hacer negocios inmobiliarios resultó una nueva experiencia para ella. Nunca había invertido dinero en nada grande, excepto algún que otro objeto que pudiera pagar al contado o en unos cuantos plazos. Hasta ahora sus mayores gastos no habían pasado de unos ordenadores y su moto Kawasaki. Esta última la compró por siete mil coronas: un chollo. Adquirió piezas de repuesto por un valor similar y dedicó varios meses a desmontar la moto, ella misma, y ponerla a punto. Habría querido un coche pero dudó en comprárselo, ya que no sabía muy bien cómo hacer que le cuadraran las cuentas.

Un piso —comprendió— era un negocio de mayor envergadura. Había empezado leyendo los anuncios de *Dagens Nyheter* en su edición digital. No tardó en entender que aquello era toda una ciencia.

2 hab. + coc. + com. situación ideal, cerca de Södra Station. Precio: 2.700.000 coronas o al mejor postor. Comunidad y otros gastos: 5.510.

3 hab. + coc., vistas al parque, Högalid. 2.900.000 coronas.

2,5 hab., 47 m², baño reformado, edificio rehabilitado en 1998. Gotlandsgatan. 1.800.000 coronas. Comunidad y otros gastos: 2.200.

Se rascó la cabeza y, al azar, eligió unos anuncios a los que llamó por teléfono sin saber muy bien qué preguntar. Al cabo de un rato se sintió tan tonta que lo dejó. El primer domingo de enero salió e hizo dos visitas de pisos. Uno de ellos se encontraba en Vindragarvägen, en Reimersholme, y el otro en Heleneborgsgatan, cerca de Hornstull. El de Reimersholme tenía cuatro habitaciones y mucha luz; estaba en una torre con vistas a Långholmen y Essingen. Allí estaría a gusto. El piso de Heleneborgsgatan era un cuchitril con vistas al edificio de enfrente.

El problema residía en que no sabía dónde quería vivir, qué aspecto debería tener la casa, ni qué requisitos debería exigir, como compradora, a su nuevo hogar. Hasta ahora no se había planteado buscarle una alternativa al apartamento de cuarenta y siete metros cuadrados de Lundagatan donde pasó su infancia y del que se hizo propietaria —gracias a su administrador de entonces, Holger Palmgren— el día en el que cumplió dieciocho años. Se sentó en el raído sofá de su salón-estudio y empezó a reflexionar.

Al edificio se accedía por un patio interior; el apartamento era pequeño y poco acogedor. Todo lo que podía contemplar desde su dormitorio era la pared medianera del bloque de enfrente. La cocina tenía vistas a la parte trasera del inmueble que daba a la calle, así como a la entrada de un sótano. Desde el salón veía una farola y unas ramas de abedul.

Por lo tanto, el principal requisito era que su nueva vivienda tuviera vistas.

Echaba de menos un balcón y siempre había envidiado a los vecinos más adinerados de las plantas superiores, que se pasaban los calurosos días de verano con una cerveza fría bajo el toldo de su balcón. La segunda condición era, por lo tanto, un balcón.

¿Qué aspecto tendría la casa? Pensó en el apartamento de Mikael Blomkvist: un ático reformado en Bellmansgatan, de sesenta y cinco metros cuadrados y con vistas al Ayuntamiento y Slussen. Allí se había encontrado a gusto. Deseaba una casa acogedora, fácil de amueblar y de cuidar. Eso se convirtió en el tercer requisito de su lista.

Había vivido durante muchos años en un espacio muy reducido. Su cocina tenía poco más de diez metros cuadrados, donde cabían una pequeña mesa para comer y dos sillas. El salón medía veinte metros. El dormitorio doce. El cuarto requisito era que la nueva vivienda fuera más grande y que tuviera más armarios. Quería un verdadero cuarto de trabajo y un dormitorio grande donde campar a sus anchas.

Su cuarto de baño era un cuchitril sin ventana con baldosas grises en el suelo, una vieja y pequeña bañera con asiento y un papel de pared que nunca quedaba realmente limpio por mucho que frotara. Quería azulejos y una bañera grande. Quería tener la lavadora en el piso y no en un cutre sótano. Quería que el cuarto de baño oliera bien y que pudiera ventilarse.

Acto seguido, se conectó a Internet para buscar ofertas de agentes inmobiliarios. Al día siguiente se levantó temprano y visitó una agencia llamada Nobelmäklarna que, según algunos, gozaba de la mejor reputación de todo Estocolmo. Llevaba unos desgastados vaqueros negros, unas botas y su negra chupa de cuero. Se situó junto a un mostrador, desde donde observó distraídamente a una rubia de unos treinta y cinco años que acababa de entrar en la página web de la empresa y que empezaba a colgar fotografías de pisos. Finalmente, un hombre de unos cuarenta años, regordete, pelirrojo y con poco pelo, se acercó a Lisbeth. Ella le preguntó por los pisos que tenía en oferta. Asombrado, se quedó mirándola un momento y luego le dijo en un tono algo paternal y burlón:

—Bueno, bueno, jovencita, ¿saben tus papás que quieres irte de casa?

Lisbeth Salander lo contempló en silencio con una fría mirada hasta que él dejó de reírse socarronamente.

—Necesito un piso —aclaró.

El hombre carraspeó y miró a su colega con el rabillo del ojo.

—Entiendo. ¿Y qué tipo de casa tenías en mente?

—Quiero una casa en Södermalm. Debe tener balcón y vistas al mar, por lo menos cuatro habitaciones, un cuarto de baño con ventana y sitio para la lavadora. Y tiene que haber un garaje donde pueda guardar una moto bajo llave.

La mujer del ordenador interrumpió lo que estaba haciendo y, curiosa, volvió la cabeza para mirar a Lisbeth.

—¿Una moto? —preguntó el hombre de pelo ralo.

Lisbeth Salander asintió.

—¿Podría preguntar… eeh, tu nombre?

Lisbeth Salander se presentó. Luego le preguntó cómo se llamaba él, a lo que el hombre respondió que Joakim Persson.

—Lo que pasa es que ahora mismo cuesta bastante dinero comprar un piso en Estocolmo…

Lisbeth no contestó. Preguntó qué pisos tenía en venta, y añadió que la información de que un piso así costaba bastante dinero sobraba y era irrelevante.

—¿En qué trabajas?

Lisbeth meditó la respuesta. Formalmente era autónoma. En la práctica trabajaba para Dragan Armanskij y Milton Security, pero durante el último año lo había hecho de forma muy irregular y llevaba tres meses sin realizar ningún informe para él.

—Ahora mismo en nada concreto —contestó sin faltar a la verdad.

—Ajá… Estás estudiando, supongo.

—No, no soy estudiante.

Joakim Persson salió de detrás del mostrador, puso el

brazo alrededor del hombro de Lisbeth y la condujo hacia la puerta con gran amabilidad.

—Bueno, jovencita, estaremos encantados de ayudarte dentro de unos años, pero para entonces tendrás que traer un poquito más de dinero de lo que ahora tienes en la hucha, ¿sabes? Me temo que tu paga semanal no va a ser suficiente. —Le pellizcó la mejilla de muy buen humor—. Así que no dudes en volver y ya verás como encontraremos una casita para ti.

Lisbeth Salander se quedó en la calle, delante de Nobelmäklarna, durante varios minutos. Se preguntó cómo le sentaría a Joakim Persson que le lanzaran un cóctel molotov contra el escaparate. Luego se fue a casa y encendió su PowerBook.

No tardó ni diez minutos en entrar en la intranet de Nobelmäklarna, gracias a las contraseñas que, distraídamente, le había visto utilizar a la rubia del mostrador justo antes de que ésta se pusiera a colgar fotos. Tardó otros tres minutos en darse cuenta de que aquel ordenador con el que trabajaba la mujer también era el servidor de la empresa —¿cómo se podía ser tan tonto?— y tres más en acceder a los catorce ordenadores que formaban parte de la red interna. Algo más de dos horas después ya había inspeccionado las cuentas de Joakim Persson y constatado que durante los dos últimos años le había ocultado a Hacienda cerca de setecientas cincuenta mil coronas en dinero negro.

Descargó todos los archivos necesarios y los mandó a Hacienda desde una cuenta anónima de un servidor de Estados Unidos. Luego borró a Joakim Persson de su mente.

El resto del día lo consagró a repasar las ofertas de Nobelmäklarna. La casa más cara era un palacete de las afueras de Mariefred, donde no tenía las más mínimas ganas de vivir. Sólo para fastidiar eligió la segunda oferta más cara: un enorme piso junto a la plaza de Mosebacke.

Dedicó un buen rato a estudiar las fotos y los planos. Al final se percató de que la casa de Mosebacke cumplía de sobra con todos los requisitos de su lista. El anterior propietario había sido un director de ABB que desapareció del mapa después de haberse asegurado un colchón dorado, muy comentado y criticado, de unos mil millones de coronas.

Por la noche, descolgó el teléfono y llamó a Jeremy MacMillan, socio del bufete de abogados MacMillan & Marks de Gibraltar. No era la primera vez que hacía negocios con él. Fue, precisamente, MacMillan quien creó, a cambio de una generosa retribución, las numerosas empresas tapadera titulares de las cuentas que gestionaban esa fortuna que, un año antes, ella le había robado al financiero Hans-Erik Wennerström.

Volvió a contratar los servicios de MacMillan. En esta ocasión le dio instrucciones para que, en nombre de su empresa, Wasp Enterprises, iniciara las negociaciones con Nobelmäklarna de cara a adquirir el codiciado piso de Fiskargatan, junto a Mosebacke. Las negociaciones les llevaron cuatro días y el precio total ascendió a una cantidad que le hizo arquear las cejas. Más el cinco por ciento de los honorarios de MacMillan. Antes de que la semana terminara ya había trasladado dos cajas de prendas, ropa de cama, unos cacharros de cocina y un colchón. En él durmió durante algo más de tres semanas mientras buscaba clínicas de cirugía plástica, arreglaba unos asuntos burocráticos pendientes (entre otras cosas, una conversación nocturna con cierto abogado llamado Nils Bjurman), y pagaba adelantos de alquileres, facturas de luz y otros gastos corrientes.

Luego reservó un billete para ir a esa clínica italiana. Una vez concluido el tratamiento y en cuanto le dieron el alta, se quedó unos días en un hotel de Roma pensando en lo que iba a hacer. Debería haber vuelto a Suecia para organizar su vida pero, por varias razones, el simple hecho de pensar en regresar a Estocolmo la echaba para atrás.

No tenía una verdadera profesión. No veía ningún futuro en Milton Security. No era culpa de Dragan Armanskij. Él querría, sin duda, hacerla fija y convertirla en una pieza fundamental de la empresa, pero Lisbeth tenía veinticinco años y carecía de formación; y a ella no le apetecía nada verse con cincuenta tacos dedicándose todavía a investigaciones personales de unos cuantos jóvenes y golfos ejecutivos. Era un *hobby* divertido, no una vocación.

Otra de las razones por la que le costaba volver a Estocolmo se llamaba Mikael Blomkvist. Allí sin duda correría el riesgo de cruzarse con ese Kalle Blomkvist de los Cojones y en ese momento eso era lo último que deseaba. Él la había herido. Aunque, para ser sinceros, ella admitía que no había sido su intención. La había tratado bien. La culpa era suya por «enamorarse» de él. La propia palabra parecía una contradicción cuando se hablaba de Lisbeth Tonta de los Cojones Salander.

Mikael Blomkvist era un ligón de mucho cuidado. Ella había sido, en el mejor de los casos, un caritativo pasatiempo: una chica de la que se había compadecido justo cuando la necesitó y no tuvo nada mejor a mano, pero de la que se alejó en seguida para continuar su camino y procurarse una compañía más entretenida. Ella se maldecía a sí misma por haber bajado la guardia y abrirle su corazón.

Cuando volvió a recuperar el pleno uso de sus facultades, cortó el contacto con él. No fue del todo fácil, pero se armó de valor. La última vez que lo vio, ella se encontraba en el andén de la estación de metro de Gamla Stan y él iba sentado en un vagón, de camino al centro. Lo contempló durante un minuto entero y decidió que ya no albergaba ni el más mínimo sentimiento por él, porque eso sería como sangrar hasta morir. *Fuck you*. Mikael la descubrió justo cuando las puertas se cerraron y la miró con ojos inquisitivos antes de que ella se diera la vuelta y se fuera de allí cuando el tren arrancó.

No entendía por qué él se había empeñado de manera tan insistente en mantener el contacto, como si ella fuese un maldito proyecto social suyo. La irritaba que fuera tan ingenuo; cada vez que él le mandaba un correo se armaba de valor y lo borraba sin leerlo.

Estocolmo no le resultaba nada atractivo. Aparte del trabajo como *freelance* de Milton Security, unos viejos compañeros de cama de los que se había apartado y las chicas del antiguo grupo de *rock* Evil Fingers, apenas conocía a nadie en su ciudad natal.

La única persona que le infundía algo de respeto era Dragan Armanskij. Le resultaba difícil definir qué sentía por él. A Lisbeth siempre le desconcertaba comprobar que le producía cierta atracción. Si no hubiese estado tan felizmente casado, ni fuera tan viejo y su visión de la vida no resultara tan conservadora, se plantearía intentar un acercamiento íntimo.

Acabó por sacar su agenda y abrirla por la parte de los mapas. Nunca había estado en Australia ni en África. Había leído cosas, pero nunca había visto ni las pirámides ni Angkor Vat. Nunca había cogido un Star Ferry para ir de Kowloon a Victoria, en Hong Kong, y nunca había buceado en el Caribe ni estado en una playa de Tailandia. Aparte de esos viajes relámpago de trabajo a los países bálticos y a los países nórdicos vecinos, además de, por supuesto, Zürich y Londres, apenas había salido de Suecia en toda su vida. De hecho, no había salido de Estocolmo más que en muy contadas ocasiones.

Nunca se lo había podido permitir.

Se acercó a la ventana de la habitación del hotel y

contempló la Via Garibaldi de Roma. Aquella ciudad era todo ruinas. Luego tomó una decisión. Se puso la cazadora, bajó a la recepción y preguntó si había alguna agencia de viajes cerca. Reservó un billete de ida a Tel Aviv y pasó los siguientes días paseando por el casco antiguo de Jerusalén, donde visitó la mezquita de Al-Aqsa y el Muro de las Lamentaciones, y observó con desconfianza a los armados soldados apostados en las esquinas. Desde allí voló a Bangkok y continuó viajando el resto del año.

Pero había una cosa que debía hacer. Fue a Gibraltar dos veces. La primera para realizar un estudio en profundidad sobre el hombre que había elegido para que le administrara su dinero. La segunda para controlar que se portaba bien.

Después de tanto tiempo, le resultó extraño girar la llave de su piso de Fiskargatan.

Dejó la bolsa de la compra y su equipaje en la entrada, y marcó el código de cuatro cifras que desactivaba la alarma electrónica. Luego se quitó toda la ropa mojada y la dejó caer allí mismo. Entró desnuda en la cocina y enchufó la nevera, donde colocó los alimentos, antes de dirigirse al cuarto de baño para pasar los siguientes diez minutos bajo la ducha. Se comió una manzana cortada en trozos y una Billys Pan Pizza que calentó en el microondas. Abrió una de las cajas de la mudanza y encontró una almohada, sábanas y una manta que, al haber pasado un año guardadas, desprendieron un peculiar olor. Se hizo la cama en un colchón que colocó en el suelo de la habitación que había junto a la cocina.

Se quedó dormida apenas diez segundos después de haber reclinado la cabeza en la almohada y durmió casi doce horas, hasta poco antes de la medianoche. Se levantó, puso la cafetera, se arropó con una manta, cogió un cigarrillo y la almohada, y se sentó en el vano de una ventana, desde donde contempló el islote de Djurgården y las aguas de la bahía de Saltsjön. Le fascinaron las luces. En la oscuridad, reflexionó sobre su vida.

Al día siguiente, Lisbeth tenía una agenda muy apretada. A las siete de la mañana cerró con llave la puerta de su casa. Antes de abandonar la planta, abrió una ventana de ventilación que había en el hueco de la escalera y pasó una copia de la llave por un fino hilo de cobre que ató a la parte trasera de un canalón. Escarmentada de anteriores experiencias, había aprendido lo útil que era tener siempre a mano una llave de reserva.

Hacía un frío glacial. Lisbeth estaba vestida con un par de viejos y desgastados vaqueros que tenían un desgarrón bajo uno de los bolsillos traseros, por el cual se entreveían unas bragas azules. Se había puesto una camiseta y un cisne que empezaba a descoserse por el cuello. Además, había conseguido dar con su vieja y raída chupa de cuero con remaches en los hombros. Constató que debería llevársela a una costurera para que le arreglara el forro, roto, prácticamente ya inexistente, de los bolsillos. Calzaba botas y unos gruesos calcetines. En términos generales, iba bastante bien abrigada.

Paseó por Sankt Paulsgatan hasta Zinkensdamm y continuó hasta su anterior domicilio de Lundagatan, donde empezó por comprobar que su Kawasaki seguía en el sótano. Dio unas palmaditas en el sillín y, acto seguido, subió a su antigua vivienda, donde entró tras salvar una montaña de publicidad.

Cuando, un año antes, salió de Suecia, no sabía muy bien lo que iba a hacer con el apartamento, de modo que la solución más sencilla fue abrir una cuenta para domiciliar las facturas de los gastos mensuales. Allí tenía todavía algunos muebles —recogidos, no sin poco esfuerzo, de contenedores—, tazas de té desportilladas, dos viejos ordenadores y bastantes papeles. Pero nada de valor.

Se dirigió a la cocina para buscar una bolsa de basura negra y dedicó cinco minutos a separar la publicidad del correo. La mayor parte de todos esos papelajos fue directamente a la bolsa. Le habían enviado unas cuantas cartas que, principalmente, resultaron ser extractos de su cuenta bancaria, datos de Milton Security para la declaración de la renta o publicidad encubierta. Una de las ventajas de encontrarse bajo tutela administrativa era que nunca había tenido que dedicarse a asuntos fiscales: ese tipo de correo brillaba por su ausencia. Además de lo ya dicho, en un año no había recibido más que tres cartas personales.

La primera provenía de una tal Greta Molander, abogada, la que fuera administradora de la madre de Lisbeth Salander. La carta le informaba, escuetamente, de que, una vez efectuado el inventario de bienes de su madre, a Lisbeth Salander y a su hermana Camilla Salander les correspondía, a cada una, una herencia de nueve mil trescientas doce coronas. Dicha cantidad había sido ingresada en la cuenta de la señorita Salander; ¿podría por favor confirmar su recepción? Lisbeth metió la carta en el bolsillo interior de su cazadora.

La otra era de la directora Mikaelsson, de la residencia Äppelviken, quien amablemente le recordaba que todavía guardaban una caja con las pertenencias de su madre: ¿tendría la amabilidad de contactar con Äppelviken para darles instrucciones sobre la forma de proceder con los bienes de la herencia? La directora terminaba diciendo que si no sabía nada de Lisbeth o de su hermana (de quien no tenía ninguna dirección) antes de finalizar el año, se desharían de los objetos. Miró el encabezamiento, fechado en junio, y sacó el móvil. Dos minutos después ya se había enterado de que la caja seguía allí. Pidió disculpas por no haber contactado antes con ellos y prometió ir a buscar las cosas al día siguiente.

La última carta personal era de Mikael Blomkvist. Reflexionó un instante pero decidió no abrirla y la tiró a la bolsa de la basura.

En una caja introdujo unas cuantas bagatelas que quería conservar. Cogió un taxi y regresó a Mosebacke. Se maquilló, se puso unas gafas y una peluca rubia de media melena y metió en el bolso un pasaporte noruego a nombre de Irene Nesser. Se examinó en el espejo y constató que Irene Nesser se parecía a Lisbeth Salander. Pero, aun así, era una persona completamente distinta.

Después de un almuerzo apresurado compuesto por una *baguette* de queso brie y un *caffè latte* en el Café Eden de Götgatan, paseó hasta la oficina de alquiler de coches de Ringvägen, donde Irene Nesser alquiló un Nissan Micra. Condujo hasta el Ikea de Kungens Kurva, donde pasó tres horas recorriendo la tienda de punta a punta y apuntando las referencias de todo lo que necesitaba. Con algunas cosas, se decidió muy rápidamente.

Compró dos sofás del modelo Karlanda, en tela de color arena, cinco sillones Poäng, de estructura flexible, dos mesitas redondas lacadas de color abedul claro, una mesa baja de centro Svansbo y unas cuantas mesas auxiliares Lack. En el departamento de estanterías y almacenaje encargó dos juegos Ivar —combinación de almacenaje— y dos librerías Bonde, un mueble para el televisor y unas estanterías de almacenaje Magiker con puertas. Lo completó todo con un armario Pax Nexus, de tres puertas, y dos pequeñas cómodas Malm.

Tardó un buen rato en elegir la cama, pero finalmente se decantó por el modelo Hemnes, una estructura de cama con colchón y accesorios. Como precaución, también compró una cama Lillehammer para la habitación de invitados. No contaba con recibir visitas, pero ya que tenía un cuarto de invitados, ¿por qué no amueblarlo? Total…

El cuarto de baño de su nueva casa ya estaba completamente equipado con un armario, un mueble para las toallas y una lavadora que los anteriores propietarios habían dejado. Sólo compró una cesta barata para la ropa sucia.

Lo que sí necesitaba, en cambio, eran muebles de cocina. Tras una ligera duda, se decidió por una mesa de cocina Rosfors en haya maciza y vidrio templado, así como por cuatro sillas de vivos colores.

Necesitaba muebles para su despacho y contempló asombrada algunos inverosímiles «espacios de trabajo» con ingeniosos armarios para guardar ordenadores y teclados. Al final, negó con la cabeza y encargó un escritorio Galant, de lo más normal, chapado en haya y con tabla abatible y esquinas redondeadas, así como un armario grande de almacenaje. Le costó un buen rato elegir una silla de trabajo —en la cual, sin duda, pasaría no pocas horas— y finalmente optó por una de las alternativas más caras, una del modelo Verksam.

Dio una última vuelta y compró una considerable cantidad de sábanas, fundas de almohada, toallas, edredones, mantas, cojines, un menaje de cocina básico —cubiertos, vajilla, cacerolas, sartenes y tablas para cortar—, tres grandes alfombras, unas cuantas lámparas de despacho y abundante material de oficina, como carpetas, papeleras, cajas y cosas por el estilo.

Concluido el recorrido se dirigió con su lista a una caja. Pagó con la tarjeta de Wasp Enterprises y se identificó como Irene Nesser. También pagó para que le mandaran los productos a casa y se los montaran. El importe total acabó siendo de más de noventa mil coronas.

A eso de las cinco de la tarde regresó a Södermalm y todavía le dio tiempo a realizar una rápida incursión en Axelssons Hemelektronik, donde adquirió un televisor de dieciocho pulgadas y una radio. Poco antes de la hora de cierre se metió en una tienda de electrodomésticos de Hornsgatan y compró una aspiradora. En Mariahallen compró una fregona, friegasuelos, un cubo, detergente, jabón, unos cuantos cepillos de dientes y un paquete de papel higiénico de tamaño familiar.

Tras su fiebre consumista, estaba agotada pero contenta. Metió todas sus compras en su alquilado Nissan Micra y aterrizó completamente exhausta en la planta superior del Café Java de Hornsgatan. Cogió un periódico vespertino de la mesa de al lado y constató que los socialdemócratas seguían gobernando y que, durante su ausencia, nada realmente importante parecía haber sucedido en el país.

Hacia las ocho ya estaba en casa. Al amparo de la oscuridad descargó el coche y subió las compras a V. Kulla. Lo dejó todo amontonado en la entrada y pasó media hora recorriendo las calles del barrio, buscando un lugar donde aparcar. Luego llenó de agua el *jacuzzi*, donde al menos cabían, holgadamente, tres personas. Pensó por un momento en Mikael Blomkvist. Llevaba meses sin pensar en él. Hasta que vio su carta esa misma mañana. Se preguntó si se encontraría en casa y si estaría con Erika Berger.

Acto seguido, inspiró profundamente, se puso boca abajo y se sumergió en el agua. Se llevó las manos a los pechos y se pellizcó fuertemente los pezones. Contuvo la respiración durante tres minutos hasta que los pulmones empezaron a dolerle.

La redactora Erika Berger miró de reojo el reloj cuando Mikael Blomkvist llegó casi quince minutos tarde a la sagrada reunión de planificación que tenía lugar el segundo martes de cada mes a las diez de la mañana. Era ahí donde se establecían las líneas generales del próximo número y donde, a largo plazo, se tomaban las decisiones referentes al contenido de la revista *Millennium*.

Mikael Blomkvist pidió perdón por su retraso murmurando una explicación que nadie oyó o que, al menos, luego nadie recordó. Los asistentes eran, aparte de Erika, la secretaria de redacción Malin Eriksson, el socio y jefe de fotografía y maquetación Christer Malm, la reportera Monika Nilsson y los periodistas contratados a tiempo parcial Lottie Karim y Henry Cortez. Mikael Blomkvist comprobó inmediatamente que la chica en prácticas de diecisiete años se encontraba ausente, pero que el grupo de la pequeña mesa de reuniones del despacho de Erika Berger se había incrementado con una cara desconocida. Muy raras veces Erika dejaba entrar a alguien de fuera a las reuniones de planificación de *Millennium*.

—Éste es Dag Svensson —dijo Erika Berger—. Es *freelance*. Vamos a comprar un texto suyo.

Mikael Blomkvist asintió y le estrechó la mano. Dag Svensson era rubio, con ojos azules, pelo rapado y lucía una barba de tres días. Rondaba los treinta años y parecía hallarse en una forma física insultantemente buena.

—Solemos hacer uno o dos números temáticos al año —prosiguió Erika—. Esta historia la quiero para el número de mayo. La imprenta está reservada para el 27 de abril. Contamos con más de tres meses para tener listos los textos.

—¿Número temático de qué? —preguntó Mikael mientras se servía café del termo.

—Dag Svensson subió a verme la semana pasada con el borrador de una historia. Le pedí que asistiera a esta reunión. ¿Puedes presentarlo? —dijo Erika a Dag Svensson.

—*Trafficking* —respondió él—. O sea, trata de blancas. En esta ocasión fundamentalmente de los países bálticos y de la Europa del Este. Si queréis, os cuento la historia desde el principio. El caso es que estoy escribiendo un libro sobre el tema y como sé que ahora también tenéis una editorial, contacté con Erika.

A todos les hizo gracia el comentario: hasta ese momento, Millennium Förlag sólo había publicado un libro, el ladrillo de Mikael Blomkvist sobre el imperio financiero del multimillonario Hans-Erik Wennerström. El volumen ya llevaba seis ediciones en Suecia y, además, había salido en noruego, alemán e inglés y se estaba traduciendo al francés. El éxito de ventas resultaba incomprensible: todos los detalles de la historia eran ya de dominio público y habían aparecido en innumerables periódicos y revistas.

—Bueno, nuestra actividad editorial no es precisamente muy grande —dijo Mikael prudentemente.

Dag Svensson también acabó sonriendo.

—Eso ya lo sé. Pero tenéis una editorial.

—Las hay mayores —puntualizó Mikael.

—Sin duda —dijo Erika Berger—. Pero llevamos un año entero discutiendo si debemos combinar la edición especializada de libros con nuestra actividad habitual. Lo hemos sometido a debate en dos reuniones de la junta directiva y todo el mundo se ha mostrado a favor. Nos planteamos una labor editorial muy modesta —de tres a cuatro libros por año— que, por lo general, sólo abarcará reportajes sobre distintos temas. En otras palabras, productos típicamente periodísticos. Este libro es un buen comienzo.

—*Trafficking* —dijo Mikael Blomkvist—. Cuéntanos.

—Llevo cuatro años indagando en el tema. Empezó a interesarme por mi pareja; se llama Mia Bergman y es criminóloga e investigadora de género. Antes trabajaba en el Consejo Nacional para la Prevención de la Delincuencia y ha hecho un informe sobre la ley de comercio sexual.

—La conozco —intervino Malin Eriksson—. La entrevisté hace dos años, cuando publicó un informe que comparaba el diferente trato que recibían hombres y mujeres en los juzgados.

Sonriendo, Dag Svensson asintió.

—Causó bastante revuelo —añadió—. Pero lleva cinco o seis años investigando el tema del *trafficking*. Así nos conocimos. Yo andaba metido en una historia sobre el comercio sexual en Internet y alguien me dijo que ella sabía bastante sobre el tema. ¡Y vaya si sabía! En resumidas cuentas: que empezamos a trabajar juntos —yo como periodista y ella como investigadora— y un día comenzamos a salir, y ya hace un año que vivimos bajo el mismo techo. Está terminando su tesis, que defenderá esta primavera.

—Así que anda metida en una tesis doctoral, ¿y tú...?

—Yo, además de mi propia investigación, estoy escribiendo la versión popular de la tesis. Así como otra, reducida, en forma de artículo, que es lo que tiene Erika.

—De acuerdo, trabajáis en equipo. ¿Y cuál es la historia?

—Tenemos un gobierno que ha introducido una severísima ley de comercio sexual, contamos con policías que deben velar por que ésta se cumpla y con jueces que deben condenar a los delincuentes sexuales —llamamos delincuentes a los puteros porque contratar un servicio sexual se considera ahora delito—; a esto hay que añadir los indignados y moralizantes textos que, sobre el tema, aparecen en algunos medios de comunicación, etcétera, etcétera. Al mismo tiempo, Suecia es, proporcionalmente, uno de los países que más putas compran, *per capita*, de Rusia o de los países bálticos.

—¿Y puedes demostrarlo?

—No es ningún secreto. Ni siquiera es noticia. Lo novedoso es que hemos hablado con una docena de chicas tipo la de *Lilja 4-ever*. La mayoría son jóvenes cuya edad oscila entre los quince y los veinte años. Proceden de la miseria social de uno de esos países del Este y son traídas a Suecia con la promesa de un trabajo, pero caen en las garras de una mafia sexual sin escrúpulos. Algunas de las vivencias personales que han sufrido esas chicas hace que *Lilja 4-ever* parezca una película para toda la familia. Dicho de otro modo: esas jóvenes han vivido cosas que no podrían contarse en una película.

—Vale.

—Ése es, por decirlo de alguna manera, el eje de la tesis de Mia. Pero no de mi libro.

Todos escuchaban atentamente.

—Mia ha entrevistado a las chicas. Lo que yo he hecho ha sido realizar unas detalladas fichas de proveedores y clientes.

Mikael sonrió. Era la primera vez que veía a Dag Svensson, pero en seguida se percató de que se trataba del tipo de periodistas que a él le gustaba: esos que se centran en lo más importante de la historia. Para Mikael, la regla de oro del periodismo consistía en que siempre había un responsable. *The bad guys.*

—¿Y has encontrado datos interesantes?

—Bueno, puedo documentar, por ejemplo, que un funcionario del Ministerio de Justicia relacionado con la elaboración de la ley sobre el comercio sexual se ha aprovechado de, por lo menos, dos chicas que han venido aquí a través de la mafia sexual. Una de las jóvenes tenía quince años.

—Ufff.

—Llevo tres años trabajando a tiempo parcial en esta historia. El libro estudia casos concretos de algunos de los puteros. Aparecen tres policías, uno de los cuales trabaja en la Policía de Seguridad y otro en la Brigada Antivicio. Hay cinco abogados, un fiscal y un juez. También se habla de tres periodistas; uno de ellos ha escrito varios textos sobre la trata de blancas. En su vida privada se dedica a poner en práctica sus fantasías violadoras con una prostituta adolescente de Tallin... y en este caso no se trata de ningún juego sexual de mutuo acuerdo. Voy a revelar sus nombres. Tengo en mi poder documentos irrefutables.

Mikael Blomkvist silbó. Luego dejó de sonreír.

—Ya que he vuelto a ser editor responsable me gustaría examinar con lupa todo ese material —dijo Mikael Blomkvist—. La última vez que no contrasté las fuentes como debía pasé tres meses en prisión.

—Si publicáis la historia, te daré toda la documentación que me pidas. Pero para vendérosla exijo una sola condición.

—Dag quiere que también publiquemos el libro —comentó Erika Berger.

—Exactamente. Mi deseo es que caiga como una bomba, y ahora mismo *Millennium* es la revista con más credibilidad y descaro de todo el país. Me resulta difícil creer que haya muchas más editoriales que se atrevan a publicar una obra de estas características.

—O sea, que sin libro no hay artículo —concluyó Mikael.

—A mí me parece muy bien —sentenció Malin Eriksson, quien obtuvo un murmullo de aprobación por parte de Henry Cortez.

—El artículo y el libro son dos cosas distintas —precisó Erika Berger—. En el primer caso, el responsable es Mikael, como el editor. En el segundo, el responsable sería el autor.

—Ya lo sé —dijo Dag Svensson—. Eso no me preocupa. En cuanto aparezca el libro, Mia pondrá una denuncia contra todas esas personas cuyo nombre revelo.

—Se va a armar una buena —comentó Henry Cortez.

—No es más que la mitad de la historia —dijo Dag Svensson—. También he estado intentando desarticular algunas de las redes que se lucran con la trata de blancas. Estamos hablando de crimen organizado.

—¿Y quiénes están metidos?

—Eso es lo que resulta particularmente trágico. La

mafia del sexo es una sórdida banda de mequetrefes. Cuando empecé mi investigación no sabía a ciencia cierta lo que me esperaba; pero nos han engañado y nos han hecho creer —al menos a mí— que la «mafia» es un grupo de gente guay que está situado en la cima de la sociedad y que se pasea en elegantes coches de lujo. Supongo que una gran cantidad de películas americanas sobre el tema ha contribuido a difundir esa imagen. Tu historia sobre Wennerström —Dag Svensson miró de reojo a Mikael— mostró, de hecho, que ése también puede ser el caso. Pero, en cierto modo, Wennerström es una excepción. Me he encontrado con una panda de brutos y sádicos idiotas que apenas saben leer y escribir, y que son unos perfectos negados a la hora de organizarse y diseñar una estrategia. Tienen conexiones con moteros y otros círculos mejor organizados, pero, por lo general, no se trata más que de un hatajo de burros que se dedican al comercio sexual.

—Eso queda muy claro en tu artículo —dijo Erika Berger—. Contamos con una legislación, un cuerpo policial y un sistema judicial que financiamos con millones de coronas todos los años para que se ocupen de ese comercio… y no son capaces de meterle mano a una panda de perfectos idiotas.

—Nos encontramos ante una enorme y continua violación de los derechos humanos, y las chicas afectadas se hallan en una posición social tan baja que, jurídicamente, carecen de todo interés —prosiguió Dag Svensson—. No votan. Con excepción del vocabulario que necesitan para hacer negocios, apenas si saben sueco. El 99,99 % de todos los delitos relacionados con el comercio sexual no se denuncia jamás y aún menos acaban ante un juez. Sin lugar a dudas se trata, sin punto de comparación, del mayor iceberg de la criminalidad sueca. Imaginaos por un momento que los atracos de los bancos se trataran con la misma dejadez. Resulta impensable. Desgraciadamente, mi conclusión es que este tipo de trapicheos no continuaría ni un día más si no fuera porque, simplemente, al sistema judicial no le da la gana perseguirlo. El abuso sexual de unas adolescentes de Tallin y Riga no constituye un tema de mucha prioridad. Una puta es una puta. Es parte del sistema.

—Y eso lo sabe hasta el más pintado —dijo Monika Nilsson.

—Bueno, ¿qué os parece? —preguntó Erika Berger.

—Me gusta la idea —contestó Mikael Blomkvist—. Con esta historia vamos a dar la cara y provocar a más de uno, precisamente el objetivo que en su día nos llevó a fundar *Millennium*.

—Ésa es la razón por la que yo sigo trabajando en esta revista. Está bien que el editor responsable pase una temporadita en el trullo —dijo Monika Nilsson.

Todos se rieron a excepción de Mikael.

—Él era el único lo suficientemente tonto como para ser editor responsable —precisó Erika Berger—. Esto lo publicaremos en mayo. Y al mismo tiempo sacaremos tu libro.

—¿Lo has terminado ya? —preguntó Mikael.

—No. Tengo la sinopsis pero tan sólo he escrito algo más de la mitad. Si estáis de acuerdo en publicarlo y me dais un adelanto, podría trabajar en él a tiempo completo. Casi toda la investigación está hecha. Lo que me queda son unos pequeños detalles —realmente se trata sólo de confirmar cosas que ya conozco— y confrontar ese material con los puteros cuyo nombre revelo.

—Procederemos exactamente igual que con el libro sobre Wennerström. Tardaremos una semana en maquetarlo —Christer Malm asintió con la cabeza— y dos en imprimirlo. Las confrontaciones las haremos en marzo o abril y elaboraremos un resumen de quince páginas que incluiremos en último lugar. Es decir: necesitamos el manuscrito completamente terminado para el 15 de abril; sólo así nos dará tiempo a revisar todas las fuentes.

—¿Cómo funciona lo del contrato y ese tipo de cuestiones?

—Nunca he redactado un contrato para un libro, así que supongo que debo hablar con nuestro abogado —comentó Erika Berger, frunciendo el ceño—. Pero propongo un contrato por obra de cuatro meses, de febrero a mayo. No pagamos sueldos astronómicos.

—Por mi parte, de acuerdo. Necesito un salario base para poder centrarme en el texto a tiempo completo.

—Otra cosa, nuestra norma interna es repartir los ingresos al cincuenta por ciento una vez sufragados todos los gastos. ¿Qué te parece?

—De puta madre —respondió Dag Svensson.

—Reparto de tareas —dijo Erika Berger—. Malin, quiero que te encargues de la edición del número temático. A partir del próximo mes ése será tu principal cometido. Trabajarás con Dag Svensson y editaréis el manuscrito. Lottie, eso significa que quiero que entres en la revista como secretaria de redacción de marzo a mayo. Te ampliaremos el contrato a jornada completa y Malin o Mikael te echarán una mano siempre que puedan.

Malin Eriksson asintió.

—Mikael, quiero que tú seas el editor del libro —sentenció, mirando a Dag Svensson—. Mikael no desea admitirlo pero en realidad es un editor estupendo y, además, sabe muy bien lo que es una investigación. Va a examinar tu libro con lupa, sílaba a sílaba. Se lanzará sobre cada detalle como un águila. Me halaga que quieras sacar el libro con nosotros, pero tenemos ciertos problemas en *Millennium*. Contamos con unos cuantos enemigos que sólo están esperando que metamos la pata. Por eso cuando nos mojamos y publicamos algo, tiene que estar perfecto. No nos podemos permitir otra cosa.

—Y a mí no me gustaría que fuera de otra manera.

—Bien. Pero ¿podrás aguantar que una persona se pase toda la primavera encima de ti criticándote sin cesar?

Dag Svensson sonrió mirando a Mikael.

—Adelante.

Mikael asintió.

—Si va a ser un número temático, debemos tener más artículos. Mikael, necesito que escribas algo sobre la economía del comercio sexual. ¿Cuánto dinero se mueve anualmente? ¿Quién gana y adónde va a parar ese dinero? ¿Es posible demostrar que una parte acaba yendo al Tesoro Público? Monika: quiero que ofrezcas una visión general de los abusos sexuales. Habla con los centros de acogida de mujeres maltratadas, los investigadores, los médicos y las autoridades. Vosotros dos y Dag escribiréis los textos principales. Henry, quiero una entrevista con la compañera de Dag, Mia Bergman. Eso no puede hacerlo él. Retrato: ¿quién es?, ¿qué está investigando?, ¿cuáles son sus conclusiones? Luego quiero que estudies algunos de los casos de las investigaciones policiales. Christer, ilustraciones. No sé cómo vamos a ilustrar todo eso. Piénsalo.

—Probablemente sea uno de los temas más sencillos de ilustrar. En plan *arty*. No habrá problema.

—Déjame añadir una cosa —dijo Dag Svensson—. Hay unos cuantos policías que están realizando un trabajo cojonudo. Podría ser una buena idea entrevistar a alguno de ellos.

—¿Tienes los nombres? —preguntó Henry Cortez.

—Y sus números de teléfono —respondió Dag Svensson.

—Bien —dijo Erika Berger—. El tema del número de mayo será el comercio sexual. Lo que queremos dejar claro es que el *trafficking* constituye una violación de los derechos humanos y que estos criminales deben ser denunciados y tratados como cualquier criminal de guerra, escuadrón de la muerte o torturador. Manos a la obra.

Capítulo 5

Miércoles, 12 de enero –
Viernes, 14 de enero

Äppelviken le pareció un lugar extraño y desconocido cuando, por primera vez en dieciocho meses, Lisbeth enfiló el camino de la entrada con su alquilado Nissan Micra. Desde que cumplió los quince años solía ir un par de veces al año a la residencia donde ingresaron a su madre después de que ocurriera Todo Lo Malo. A pesar de sus escasas visitas, Äppelviken había constituido un punto fijo en la existencia de Lisbeth. Era el lugar donde su madre había pasado sus últimos diez años y donde acabó falleciendo con tan sólo cuarenta y tres, después del fatídico y definitivo derrame cerebral.

El nombre de su madre era Agneta Sofia Salander. Los últimos catorce años de su vida habían estado marcados por una sucesión de pequeños derrames cerebrales que le impidieron cuidar de sí misma y realizar sus actividades cotidianas. Hubo períodos en los que no fue posible comunicarse con ella y en los cuales, incluso, le resultó difícil reconocer a Lisbeth.

Pensar en su madre siempre le producía una sensación de desamparo y la sumía en la más absoluta oscuridad. En su adolescencia albergó, durante mucho tiempo, la esperanza de que se curara y de poder establecer algún tipo de relación con ella. Siempre supo que eso no ocurriría jamás.

La madre de Lisbeth era delgada y bajita pero, ni de lejos, tan anoréxica como ella. Al contrario, era realmente guapa y estaba bien proporcionada. Al igual que la hermana de Lisbeth.

Camilla.

Lisbeth no quería pensar en su hermana.

A Lisbeth se le antojaba una ironía del destino que ella y su hermana fueran tan drásticamente distintas. Eran gemelas, nacidas con un intervalo de veinte minutos.

Lisbeth era la primogénita. Camilla era guapa.

Resultaban tan diferentes que era increíble que se hubieran formado en el mismo útero. Si algo del código genético de Lisbeth Salander no hubiera fallado, ella también habría tenido exactamente la misma deslumbrante belleza que su hermana.

Y con toda seguridad habría sido igual de tonta.

Desde su más tierna infancia, Camilla siempre fue extrovertida, popular y una alumna sobresaliente. Lisbeth, en cambio, era callada e introvertida, y raramente contestaba a las preguntas de los profesores, cosa que se reflejaba en unas notas extraordinariamente dispares. Ya en primaria, Camilla se distanció tanto de Lisbeth que ni siquiera iban juntas al colegio. Los profesores y los compañeros advirtieron que las dos chicas nunca se relacionaban y que jamás se sentaban cerca. Desde tercero cursaron sus estudios en clases distintas. Desde que tenían doce años y ocurrió Todo Lo Malo se criaron en diferentes familias de acogida. No se habían visto desde que habían cumplido los diecisiete y, en aquella ocasión, Lisbeth terminó con un ojo morado y Camilla con un labio partido. Lisbeth desconocía el paradero actual de Camilla, pero tampoco había hecho ningún esfuerzo por averiguarlo.

No había amor entre las hermanas Salander.

A ojos de Lisbeth, Camilla era falsa, manipuladora y mala persona. No obstante, era Lisbeth la que tenía una sentencia judicial que afirmaba que no estaba bien de la cabeza.

En el aparcamiento destinado a las visitas, se abotonó la desgastada chupa de cuero antes de atravesar la lluvia y dirigirse hacia la entrada principal. Se detuvo en un banco y recorrió el recinto con la mirada. Fue en ese lugar, precisamente en ese mismo banco, donde, dieciocho meses antes, vio a su madre por última vez. Le hizo una inesperada visita a la residencia de Äppelviken, cuando se dirigía hacia el norte para ayudar a Mikael Blomkvist a cazar a un asesino múltiple, loco pero metódico. Su madre estaba inquieta y no pareció reconocer muy bien a Lisbeth pero, aun así, no la quería dejar marchar. Contempló a su hija con cierta confusión en la mirada mientras se resistía a soltarle la mano. Lisbeth tenía prisa y se zafó, le dio un abrazo a su madre y salió de allí montada en su moto.

La directora de Äppelviken, Agnes Mikaelsson, pareció alegrarse de ver a Lisbeth. La saludó amablemente y la acompañó a un trastero de donde recogieron una caja. Lisbeth la levantó. Pesaba un par de kilos. Para tratarse de la herencia de toda una vida, no era gran cosa.

—No sabía qué hacer con las pertenencias de tu madre —dijo Mikaelsson—. Pero tenía el presentimiento de que un día aparecerías.

—He estado de viaje —contestó Lisbeth.

Le dio las gracias por guardarle la caja. La llevó hasta el coche y abandonó Äppelviken por última vez.

Algo después de las doce, Lisbeth ya estaba de regreso en Mosebacke. Subió la caja hasta el piso y, sin abrirla, la colocó en un trastero de la entrada y volvió a salir.

Nada más abrir el portal, un coche de la policía pasó a poca velocidad. Lisbeth se detuvo y observó atentamente la autoritaria presencia que se hallaba ante su domicilio pero, como los agentes no mostraron ningún signo hostil, los dejó ir.

Por la tarde fue a H&M y a KappAhl y renovó su vestuario. Se hizo con un fondo de armario compuesto por pantalones, vaqueros, jerséis y calcetines. No le interesaba la ropa de marca, pero sintió cierto placer en poder comprar, sin pestañear, media docena de vaqueros. La compra más extravagante la realizó en Twilfit, donde adquirió un gran número de bragas y sujetadores a juego. Se trataba, de nuevo, de prendas básicas pero, después de media hora buscando con cierta vergüenza, también cogió un conjunto que le pareció sexy o incluso «porno», y que antes nunca se le habría pasado por la cabeza comprar. Cuando, esa misma noche, se lo probó, se sintió inmensamente ridícula. Lo que vio en el espejo fue una escuálida y tatuada chica vestida con una grotesca indumentaria. Se lo quitó todo y lo tiró a la basura.

Adquirió unos robustos zapatos de invierno en Din Sko y dos pares más finos para estar por casa. También se llevó, por impulso, unas botas negras de tacón que la hacían unos cuantos centímetros más alta. Se hizo, además, con una buena cazadora de invierno de ante marrón.

Llevó las compras a casa y, antes de ir a Ringen para devolver el coche alquilado, se preparó un café y unos sándwiches. Regresó andando y pasó el resto de la tarde sentada en el vano de la ventana, contemplando la bahía de Saltsjön.

Mia Bergman, doctoranda en criminología, cortó la tarta de queso y la decoró con un trozo de helado de frambuesa. Antes de poner un plato para Dag Svensson y otro para ella, sirvió a Erika Berger y Mikael Blomkvist. Malin Eriksson se había negado rotundamente a tomar postre, así que se contentó con un café solo en una peculiar taza de porcelana, decorada a la antigua, con flores.

—Era la vajilla de mi abuela materna —dijo Mia Bergman al ver que Malin examinaba la taza.

—Le da pánico que se rompa alguna de las piezas —apostilló Dag Svensson—. Sólo la saca cuando tenemos visitas muy distinguidas.

Mia Bergman sonrió.

—Me crié en casa de mi abuela durante muchos años y esto es prácticamente lo único que me queda de ella.

—Son preciosas —dijo Malin—. Mi cocina es cien por cien Ikea.

Mikael Blomkvist pasó de las tazas floreadas y, en su lugar, observó con ojos críticos el plato con la tarta de queso. Pensó si no debería aflojarse el cinturón un agujero. Al parecer, Erika Berger compartía la misma sensación.

—Dios mío, yo también debería haber renunciado al postre —dijo como disculpándose mientras miraba de reojo a Malin Eriksson antes de coger la cuchara con decisión.

En realidad no iba a ser más que una sencilla cena de trabajo para, por una parte, dejar asentadas las premisas de la colaboración y, por otra, seguir hablando del número temático de *Millennium*. Dag Svensson había propuesto que fueran a cenar a su casa y Mia Bergman sirvió el mejor pollo en salsa agridulce que Mikael había probado en su vida. Lo regaron con dos botellas de un vino tinto español con mucho cuerpo y, llegados al postre, Dag Svensson preguntó si a alguien le apetecía un poco de Tullamore Dew. Svensson procedió a sacar unos vasos. Sólo Erika Berger fue lo suficientemente tonta como para declinar la oferta.

Dag Svensson y Mia Bergman vivían en Enskede, en un apartamento de un dormitorio. Llevaban saliendo un par de años, y hacía uno que tomaron la decisión de irse a vivir juntos.

Habían quedado sobre las seis. Cuando se sirvió el

postre ya eran las ocho y media y todavía no se había dicho ni una sola palabra sobre la verdadera finalidad de la cena. Sin embargo, Mikael había descubierto que Dag Svensson y Mia Bergman le caían bien y que se encontraba muy a gusto en su compañía.

Fue Erika Berger quien, finalmente, dirigió la conversación hacia el tema por el que se habían reunido. Mia Bergman sacó una copia impresa de su tesis y la puso encima de la mesa. Tenía un título sorprendentemente irónico —*From Russia with Love*— que, evidentemente, hacía alusión al clásico libro de Ian Fleming. El subtítulo era *Trafficking, crimen organizado y medidas tomadas por la sociedad.*

—Debéis diferenciar mi tesis del libro que Dag está escribiendo —dijo—. El libro es una agitadora versión centrada en los que se benefician del *trafficking*. Mi tesis está compuesta por estadísticas, estudios de campo, leyes y por un análisis de cómo la sociedad y los tribunales tratan a las víctimas.

—Es decir, a las chicas.

—Chicas jóvenes, normalmente de quince a veinte años, pertenecientes a la clase obrera y de bajo nivel educativo. A menudo proceden de familias con situaciones bastante conflictivas y no es raro que, ya en su infancia, hayan sido objeto de algún tipo de abuso. Si vienen a Suecia es, por supuesto, porque alguien las ha engañado y les ha metido un montón de mentiras en la cabeza.

—Los traficantes de sexo.

—En ese sentido hay cierta perspectiva de género en la tesis. Es raro que un investigador pueda determinar, tan nítidamente, los papeles que asume cada sexo. Las chicas, víctimas; los chicos, agresores. Con la excepción de unas pocas mujeres que se benefician del negocio, no existe ninguna otra forma de delincuencia en la que la naturaleza sexual constituya por sí misma una condición para el delito. Tampoco hay otra actividad delictiva donde la aceptación social sea tan grande y donde la sociedad haga tan poco para acabar con ella.

—Si lo he entendido bien, Suecia, a pesar de todo, cuenta con una legislación bastante dura en contra del *trafficking* y del comercio sexual —dijo Erika.

—No me hagas reír. Cientos de chicas (no existe una estadística exacta) son traídas anualmente a este país para trabajar de putas, cosa que, en este caso, debe entenderse como que entregan su cuerpo para que las violen sistemáticamente. Desde que la ley del *trafficking* entró en vigor no ha sido aplicada por la justicia más que en contadas ocasiones. La primera vez fue en abril de 2003, en el proceso contra aquella loca *madame* que se sometió a una operación de cambio de sexo. Como era de esperar, la declararon inocente.

—Espera, yo pensaba que la condenaron.

—Condenaron al burdel, pero a ella la absolvieron de las acusaciones de *trafficking*. Se dio la circunstancia de que las víctimas también iban a ser las testigos de cargo, pero se quitaron de en medio regresando a los países bálticos. Las autoridades intentaron que vinieran al juicio y fueron buscadas por, entre otros, la Interpol. Tras meses de búsqueda llegaron a la conclusión de que resultaba imposible averiguar su paradero.

—¿Qué pasó con ellas?

—Nada. El programa de la tele «Insider» retomó el tema y viajó a Tallin. A los reporteros les llevó más o menos una tarde encontrar a dos de las chicas. Vivían en casa de sus padres. La tercera se había mudado a Italia.

—En otras palabras, la policía de Tallin no fue muy eficaz que digamos.

—Desde entonces, la verdad es que hemos tenido un par de sentencias condenatorias, pero siempre a personas que, o bien han sido detenidas por otros delitos, o bien han sido tan tremendamente estúpidas que resultó imposible no detenerlas. La ley no es más que fachada. No se aplica.

—Vale.

—El problema es que, en este caso, los delitos imputados suelen ser violación con agravantes, a menudo combinada con malos tratos, malos tratos graves y amenaza de muerte, acompañada, en determinadas ocasiones, de una ilegal y forzosa privación de libertad —añadió Dag Svensson.

—Ésa es la vida diaria de muchas de las jóvenes que, embutidas en una minifalda y maquilladas como puercas, son conducidas a algún chalé de las afueras. Lo que pasa es que las chicas no tienen elección. O van y follan con un tío asqueroso o se arriesgan a ser maltratadas y torturadas por su chulo. No pueden escapar: no hablan el idioma, desconocen las leyes y las normas, y no saben adónde ir. No pueden regresar a casa. Una de las primeras medidas es quitarles el pasaporte. Esa *madame* incluso las llegó a tener encerradas bajo llave en un apartamento.

—Suena a campo de concentración. ¿Las chicas ganan algo con lo que hacen?

—Sí —contestó Mia Bergman—. Como bálsamo reconfortante reciben una parte del pastel. Por lo general, trabajan unos meses antes de que les permitan volver a su tierra. Normalmente lo hacen con un buen fajo de billetes: veinte mil o, incluso, treinta mil coronas, lo cual en rublos supone una pequeña fortuna. Por desgracia, también han adquirido graves hábitos de consumo de alcohol o drogas, así como un ritmo de vida que se traga el dinero con bastante rapidez. De este modo, el sistema se torna autosuficiente; al cabo de un tiempo regresan para trabajar otra vez en lo mismo y vuelven voluntariamente, por decirlo de alguna manera, con sus torturadores.

—¿De cuánto dinero al año estamos hablando? —preguntó Mikael.

Mia Bergman miró de reojo a Dag Svensson y reflexionó un rato antes de contestar.

—Es difícil responder a esa pregunta. Hemos barajado unas cuantas cifras, pero gran parte de nuestros cálculos no son, al fin y al cabo, más que conjeturas.

—*Grosso modo*…

—Bueno, sabemos, por ejemplo, que la *madame*, la que fue condenada por proxenetismo pero absuelta de *trafficking*, se trajo treinta y cinco mujeres del Este en dos años. Estuvieron aquí en períodos que oscilaban entre las dos semanas y unos meses. En el juicio quedó demostrado que durante esos dos años todas juntas ingresaron en total más de dos millones de coronas. He hecho mis cálculos y he estimado que una chica aporta más de sesenta mil coronas al mes. De esa cantidad hay que descontar unas quince mil para gastos: viajes, ropa, vivienda, etc. No es ninguna vida de lujo. A menudo duermen en pisos que pertenecen a la organización. De las restantes cuarenta y cinco mil coronas, la banda se queda con unas veinte o treinta mil, de las cuales la mitad, digamos unas quince mil, va a parar directamente a los bolsillos del jefe. El resto lo reparte entre sus empleados: chóferes, matones y otros. La chica gana entre diez y doce mil.

—¿Y la banda?

—Pongamos que una banda tiene dos o tres chicas trabajando para ellos. Eso significa que mensualmente ingresan casi doscientas mil coronas. Cada banda está compuesta por una media de dos a tres personas que viven de eso. Así funciona, más o menos, la economía de las violaciones.

—¿Y de cuánta gente estamos hablando…? En total, quiero decir.

—Puedes partir del dato de que permanentemente hay en activo unas cien chicas que, de alguna manera, son víctimas del *trafficking*. Eso significa que, al mes, el volumen total de lo que se factura en toda Suecia llega a superar los seis millones de coronas; al año rondará los setenta. Sólo se trata, claro está, de chicas que son objeto de *trafficking*.

—Parece calderilla.

—Es calderilla. Pero para ingresar esas más que modestas sumas, hay que violar a más de cien chicas. Me da tanta rabia…

—No está siendo una investigadora objetiva. Pero si detrás de cada chica hay tres tíos, entonces resulta que más de quinientos o seiscientos hombres se ganan la vida con esto.

—Tal vez menos. Yo diría que poco más de trescientos.

—Pues no parece ser un problema irresoluble —dijo Erika.

—Promulgamos leyes y nos indignamos en los medios de comunicación pero casi nadie ha hablado nunca con una puta de los países del Este o puede hacerse una idea de cómo es su vida.

—¿Cómo funciona? Quiero decir, en la práctica. Debe de resultar bastante difícil traer desde Tallin, y sin que se note, a una chica de dieciséis años. ¿Qué hacen nada más llegar aquí? —preguntó Mikael.

—Cuando empecé a investigar sobre esto, creí que se trataba de una actividad tremendamente bien organizada dirigida por algún tipo de mafia profesional que, con más o menos elegancia, cruzaba la frontera con las chicas.

—¿Y no es así? —inquirió Malin Eriksson.

—Es una actividad organizada pero tardé mucho en darme cuenta de que, en realidad, se trata de muchas y pequeñas bandas bastante desorganizadas. No penséis en trajes Armani y coches deportivos. Una banda de tipo medio tiene de dos a tres miembros, la mitad rusos o bálticos y la mitad suecos. Imaginaos al jefe: cuarenta años, sentado en el sofá en camiseta, bebiendo cerveza y tocándose las narices. Carece de estudios. En ciertos aspectos, lo podríamos considerar socialmente retrasado, y toda su vida ha estado plagada de problemas.

—Qué romántico.

—Su concepción de las mujeres data de la Edad de Piedra. Es sumamente violento, se emborracha con frecuencia y le da unas palizas de la hostia a todo aquel que se le pone chulo. Existe una clara jerarquía en la banda y muchas veces sus colaboradores le tienen miedo.

Los muebles de Ikea llegaron tres días más tarde, a las nueve y media de la mañana. Dos corpulentos chicos estrecharon la mano de la rubia Irene Nesser, que hablaba con un gracioso acento noruego. Luego empezaron a subir y bajar en el reducidísimo ascensor y se pasaron el resto del día montando mesas, armarios y camas. Eran tremendamente eficaces y se notaba que no era la primera vez que realizaban esa tarea. Irene Nesser bajó a las galerías de Söderhallarna, compró comida griega para llevar y los invitó a comer.

Los chicos de Ikea terminaron sobre las cinco de la tarde. Cuando se marcharon, Lisbeth Salander se quitó la peluca y deambuló despreocupadamente por el piso mientras se preguntaba si se encontraría a gusto en su recién estrenado hogar. La mesa de la cocina le parecía demasiado elegante para su estilo. En el cuarto aledaño a la cocina, al que se podía acceder tanto desde el vestíbulo como desde la propia cocina, había instalado su nuevo salón, dotado de modernos sofás así como de unos cuantos sillones, junto a la ventana, alrededor de una mesita. Estaba contenta con el dormitorio. Se sentó cuidadosamente en el borde de la estructura de cama Hemnes y comprobó el colchón con la mano.

De reojo, dirigió la mirada hacia el despacho, que tenía vistas a Saltsjön. «*Yes*, funciona. Aquí podré trabajar.»

Ignoraba, sin embargo, a qué se iba a dedicar exactamente, de modo que tuvo serias dudas con el mobiliario.

«Bueno, ya veremos qué será de todo esto.»

Lisbeth pasó el resto de la noche sacando y ordenando sus pertenencias. Hizo la cama y metió las toallas, las sábanas y las fundas de almohada en un armario. Abrió las bolsas de las prendas que había comprado, las sacó y las colgó en los roperos. A pesar de la masiva compra efectuada, sólo ocupó una pequeña parte del espacio. Puso las lámparas en su sitio y colocó sartenes, cacerolas, vajilla y cubiertos en los armarios de la cocina.

Examinó con ojos críticos las vacías paredes y se dio cuenta de que debería haber comprado unos pósteres, o cuadros, o algo por el estilo: esas cosas que la gente normal tiene en las paredes. Una planta tampoco habría estado mal.

Después abrió las cajas de la mudanza que trajo de Lundagatan y ordenó libros, revistas, recortes y viejos papeles de investigaciones de los que, sin duda, debería deshacerse. En un ataque de despilfarro, tiró viejas camisetas y calcetines con agujeros. De repente encontró un consolador, todavía metido en su embalaje original. Una torcida sonrisa se dibujó en su rostro. Era uno de esos disparatados regalos de cumpleaños de Mimmi y se había olvidado completamente de su existencia. De hecho, ni siquiera lo había probado. Decidió que eso debía cambiar y lo colocó, de pie, en la cómoda que tenía junto a la cama.

Luego se puso seria. *Mimmi*. Sintió una punzada de mala conciencia. Durante un año había estado saliendo con ella regularmente y luego la abandonó por Mikael Blomkvist sin ninguna explicación. No se despidió de ella ni le comunicó que pensaba dejar Suecia. Tampoco a Dragan Armanskij ni a las chicas de Evil Fingers. Ni una sola palabra. Creerían que había muerto o, posiblemente, se habrían olvidado de ella. Nunca fue una persona importante dentro de la pandilla. Era como si les hubiese dado la espalda a todos y a todo. De pronto se dio cuenta de que tampoco se había despedido de George Bland, en Granada, y se preguntó si estaría dando vueltas por la playa buscándola. Pensó en lo que Mikael

Blomkvist le había dicho sobre la amistad: que se basa en el respeto y la confianza. «Descuido a mis amigos.» Se preguntó si Mimmi seguiría en la ciudad y si debería contactar con ella.

Durante casi toda la tarde y buena parte de la noche se dedicó a ordenar los papeles de su despacho, instalar los ordenadores y navegar por Internet. Miró cómo iban sus inversiones y constató que era más rica ahora que hacía un año.

Realizó un rutinario control del ordenador del abogado Nils Bjurman, pero no encontró nada interesante en su correspondencia y llegó a la conclusión de que no se pasaba de la raya.

No halló ningún indicio que diera a entender que había mantenido más contactos con la clínica de Marsella. Bjurman parecía haberse sumido en un estado vegetativo y haber reducido a cero sus actividades profesionales y privadas. Raramente usaba el correo y cuando navegaba por Internet visitaba principalmente páginas porno.

No se desconectó hasta las dos de la madrugada. Entró en el dormitorio, se desnudó y tiró la ropa sobre una silla. Luego fue al cuarto de baño para lavarse. El rincón más cercano a la entrada tenía espejos, puestos en ángulo, desde el suelo hasta el techo. Se contempló un buen rato. Examinó su angulosa y torcida cara, sus nuevos pechos y su gran tatuaje de la espalda. Era bonito, un largo y serpenteante dragón de colores rojo, verde y negro que empezaba en el hombro y cuya estrecha cola pasaba sobre la nalga derecha para terminar en el muslo. Durante el año que estuvo viajando se había dejado crecer el pelo hasta los hombros; pero un día de su última semana en Granada, sacó unas tijeras y se lo dejó muy corto. Aún tenía trasquilones.

Inmediatamente sintió que un cambio radical había ocurrido —o estaba a punto de ocurrir— en su vida. Quizá se tratara del miedo que le producía disponer de miles de millones y no tener que preocuparse del dinero. Quizá fuera que, finalmente, el mundo de los adultos se había acabado imponiendo en su vida. O quizá era la conciencia de que la muerte de su madre ponía punto final a su infancia.

Durante su largo viaje se había deshecho de varios *piercings*. Por razones puramente médicas, relacionadas con la operación, en la clínica de Génova le quitaron el aro de uno de sus pezones. Luego se deshizo del que lucía en el labio inferior. En Granada se desprendió del que llevaba en el labio izquierdo de la vulva; le provocaba rozaduras y, además, ya ni siquiera se acordaba muy bien de por qué se hizo un *piercing* ahí.

Abrió la boca y destornilló el hierro que, durante siete años, le había estado atravesando la lengua. Lo depositó en un cuenco del estante situado junto al lavabo. De repente la invadió una sensación de vacío en la boca. Exceptuando los aritos del lóbulo, sólo le quedaban dos *piercings*: uno en la ceja izquierda y otro brillante en el ombligo.

Finalmente entró en el dormitorio y se metió bajo su recién adquirido edredón. Descubrió que la cama que había comprado era enorme y que ella sólo ocupaba una pequeña parte. Se sentía como si estuviera en la línea de banda de un campo de fútbol. Se envolvió con el edredón y se quedó pensativa durante un largo rato.

Capítulo 6

Domingo, 23 de enero –
Sábado, 29 de enero

Lisbeth Salander tomó el ascensor desde el aparcamiento hasta el quinto piso, la más alta de las tres plantas de oficinas de las que Milton Security disponía en Slussen. Abrió la puerta del ascensor con la copia pirata de la llave maestra que había hecho varios años atrás. Nada más salir al oscuro pasillo consultó automáticamente su reloj: las 03.10 de la madrugada del domingo. Los que estaban de guardia se encontraban en la central de alarmas, situada en el tercer piso; Lisbeth sabía que, con toda probabilidad, se hallaría completamente sola en la planta.

Como siempre, le asombraba que una empresa de seguridad tan seria tuviera carencias tan evidentes en sus propios sistemas de seguridad.

Un año después, pocas cosas habían cambiado en aquel pasillo. Empezó visitando su propio despacho, un cubículo situado tras una pared de cristal donde en su día la instalara Dragan Armanskij. La puerta no estaba cerrada con llave. No tardó muchos segundos en constatar que allí dentro todo seguía igual, a excepción de una pequeña caja con papeles para tirar que alguien había colocado junto a la puerta. El cuarto se hallaba equipado con una mesa, una silla de oficina, una papelera y una desnuda estantería. El material informático se componía de un irrisorio PC Toshiba de 1997 cuyo disco duro resultaba ridículamente pequeño.

Lisbeth no encontró indicio alguno que indicara que Dragan Armanskij había cedido el despacho a otra persona. Lo interpretó como una buena señal pero, al mismo tiempo, era consciente de que eso no significaba gran cosa. El cuarto era un espacio perdido de apenas cuatro metros cuadrados a los que difícilmente se les podría dar algún uso.

Cerró la puerta y, en silencio, recorrió el pasillo asegurándose de que no hubiera ninguna ave nocturna trabajando en algún despacho. Estaba sola. Se detuvo junto a la máquina de café, pulsó un botón y apareció un vaso de plástico con un *cappuccino* que cogió antes de continuar hasta el despacho de Dragan Armanskij y abrir la puerta con la llave pirata.

Como siempre, el despacho de Armanskij estaba exasperadamente limpio y ordenado. Dio una vuelta por la habitación y echó un vistazo a la estantería antes de sentarse a su mesa y encender el ordenador.

Sacó un cedé del bolsillo interior de su flamante cazadora de ante y lo introdujo en el equipo. Arrancó un programa que se llamaba Asphyxia 1.3 y que ella misma había diseñado. Su única función consistía en actualizar el Internet Explorer del disco duro de Armanskij con una versión más moderna. Le llevó unos cinco minutos.

Cuando terminó, sacó el cedé del ordenador y lo reinició con la nueva versión de Internet Explorer. El programa presentaba el mismo aspecto y se comportaba exactamente igual que la versión original, pero era un poco más grande y un microsegundo más lento. Todas las configuraciones eran idénticas al original, inclusive la fecha de instalación. No se apreciaba ninguna huella del nuevo programa.

Escribió una dirección ftp de un servidor de Holanda y le apareció una ventana. Hizo clic en la casilla de *copy*, escribió «Armanskij/MiltSec» y le dio al OK. Inmediatamente el ordenador empezó a copiar el disco duro de Armanskij en el servidor de Holanda. Un reloj le indicó que el proceso iba a tardar treinta y cuatro minutos.

Mientras duraba la transmisión de datos, sacó una copia de la llave de la mesa de trabajo de Armanskij que éste escondía en un jarrón de la estantería. Dedicó la siguiente media hora a ponerse al día con las carpetas que Armanskij guardaba en el cajón superior de la derecha, donde siempre colocaba los asuntos en trámite y los urgentes. Cuando el ordenador hizo «clin», indicando así que la transmisión había llegado a su fin, Lisbeth dejó las carpetas en el mismo orden en que las había encontrado.

Luego apagó el ordenador y la luz de la mesa de trabajo, y se llevó el vaso vacío del *cappuccino*. Abandonó Milton Security por el mismo camino por el que había entrado. Eran las 04.12 cuando se metió en el ascensor.

Volvió a Mosebacke andando. Se sentó delante de su PowerBook y se conectó al servidor de Holanda, donde puso en marcha una copia de Asphyxia 1.3. Cuando el programa se inició, se abrió una ventana que le solicitó un disco duro. Tenía cuarenta alternativas entre las que elegir, de modo que fue descendiendo en la lista que le apareció en la pantalla. Pasó el disco duro de NilsEBjurman, al que solía echarle un vistazo aproximadamente cada dos meses. Se detuvo un segundo en MikBlom/laptop y MikBlom/office. Llevaba más de un año sin tocarlos y pensó en borrarlos. Sin embargo, por una cuestión de principios, decidió conservarlos: ya que había pirateado los ordenadores, sería una tontería borrar la información y tal vez verse obligada a repetir el proceso algún día. Lo mismo sucedía con un icono llamado Wennerström que llevaba mucho tiempo sin mirar. El propietario estaba muerto. El icono Armanskij/MiltSec era el más reciente y se encontraba al final de la lista.

Podría haber clonado su disco duro con anterioridad, pero no se molestó en hacerlo ya que, como empleada de Milton, tenía acceso a aquella información que Armanskij quería ocultarle al mundo. El objetivo de la intrusión informática no era malintencionado. Simplemente deseaba saber en qué andaba trabajando la empresa y cómo marchaban las cosas. Hizo clic e inmediatamente se abrió una carpeta que contenía un nuevo icono llamado Armanskij HD. Comprobó que el disco duro se podía abrir y constató que todos los archivos estaban en su sitio.

Se quedó leyendo los informes de Armanskij, sus balances económicos y su correo electrónico hasta las siete de la mañana. Finalmente asintió con actitud meditativa y apagó el ordenador. Entró en el cuarto de baño, se lavó los dientes y luego fue al dormitorio, donde se desnudó tirando la ropa al suelo. Se metió en la cama y durmió hasta las doce y media del mediodía.

El último viernes de enero la junta directiva de *Millennium* celebró su reunión anual. Participaron el contable de la empresa —un auditor externo— y los cuatro socios: Erika Berger (el treinta por ciento), Mikael Blomkvist (el veinte por ciento), Christer Malm (el veinte por ciento) y Harriet Vanger (el treinta por ciento). También se había convocado a la secretaria de redacción, Malin Eriksson, como representante del personal y presidenta del comité de empresa del sindicato. Dicho comité estaba compuesto por ella misma, Lottie Karim, Henry Cortez, Monika Nilsson y el jefe de marketing, Sonny Magnusson. Ésta era la primera vez que Malin Eriksson asistía a una junta directiva.

Comenzaron a las cuatro y acabaron poco más de una hora después. Una gran parte del tiempo se dedicó a presentar el estado de cuentas y el informe de la auditoría. La junta pudo constatar que, en comparación con la crisis que les había afectado hacía dos años, *Millennium* gozaba de una situación económica estable. El informe del auditor daba cuenta de que la empresa había obtenido un beneficio neto de dos millones cien mil coronas, de los cuales más de uno provenía de los ingresos del libro de Mikael Blomkvist sobre el caso Wennerström.

A propuesta de Erika Berger, se decidió crear un fondo de un millón de coronas como colchón para futuras crisis, destinar doscientas cincuenta mil coronas no sólo a las más que necesarias reformas del local, sino también a adquirir nuevos ordenadores y otros equipamientos técnicos. Asimismo, se asignaron trescientas mil coronas a un aumento general de los sueldos y a ofrecerle al colaborador Henry Cortez un puesto a jornada completa. Con la cantidad restante se propuso conceder un dividendo de cincuenta mil coronas a cada uno de los socios, así como una bonificación de cien mil repartida a partes iguales entre los cuatro colaboradores fijos, independientemente de que trabajaran a tiempo parcial o completo. El jefe de marketing, Sonny Magnusson, no recibió ninguna bonificación. Él tenía un contrato que estipulaba que cobraría un porcentaje de los anuncios que vendiera, lo cual, periódicamente, lo convertía en el mejor pagado de todos los colaboradores. La iniciativa se aprobó por unanimidad.

La idea de Mikael Blomkvist de que el presupuesto destinado a los *freelance* se redujera para, de ese modo, permitir la contratación de otro reportero a tiempo parcial, dio lugar a una breve discusión. Mikael tenía en mente a Dag Svensson, quien así podría utilizar *Millennium* como base de sus actividades *freelance* y quien, quizá más adelante, podría obtener un puesto a jornada completa. La propuesta topó con la oposición de Erika Berger, quien consideró que la revista no podía apañárselas sin un número relativamente grande de textos *freelance*. Erika recibió el apoyo de Harriet Vanger, mientras que Christer Malm se abstuvo de votar. Se decidió no tocar el presupuesto destinado a los *freelance*, y analizar si podrían hacerse ajustes en otros gastos. Todo el mundo expresó sus ganas de contar con Dag Svensson como colaborador, por lo menos a tiempo parcial.

Tras una breve discusión sobre la futura orientación de la revista y sus planes de desarrollo, Erika Berger fue reelegida como presidenta de la junta para el año siguiente. Acto seguido, se levantó la sesión.

Malin Eriksson no dijo ni una sola palabra en toda la reunión. Hizo un cálculo mental y constató que los colaboradores iban a recibir una bonificación de veinticinco mil coronas, es decir: una cantidad equivalente a más de un mes de sueldo. No vio razón alguna para protestar contra esa decisión.

Nada más terminar la junta, Erika Berger convocó a los socios a una reunión extraordinaria. Eso significaba que Erika, Mikael, Christer y Harriet debían quedarse. Los demás abandonaron la sala. En cuanto la puerta se cerró, Erika declaró abierta la sesión.

—Tenemos un solo punto en el orden del día. Harriet, en el acuerdo alcanzado con Henrik Vanger decidimos que su participación como socio de la revista sería de dos años. Y el contrato vence ahora. Hemos de ver, por lo tanto, qué va a ocurrir con tu parte o, mejor dicho, con la de Henrik.

Harriet hizo un gesto de asentimiento.

—Todos sabemos que la participación de Henrik se debió a un acto impulsivo provocado por una situación muy especial —dijo Harriet—. Ahora las circunstancias son otras. ¿Qué proponéis?

Christer Malm rebulló inquieto en la silla. Era el único de la sala que ignoraba en qué consistía aquella situación especial. Sabía que Mikael y Erika le ocultaban la historia, pero Erika le había explicado que se trataba de un asunto sumamente personal que concernía tan sólo a Mikael, y que éste, bajo ningún concepto, quería abordar. Christer no era tan tonto como para no darse cuenta de que el silencio de Mikael tenía algo que ver con Hedestad y Harriet Vanger. También constató que no necesitaba saberlo para tomar una decisión en la cuestión principal, y respetaba lo suficiente a Mikael para no hacer una montaña del asunto.

—Los tres hemos hablado del tema y llegado a un acuerdo común —dijo Erika para, acto seguido, realizar una pausa y mirar a Harriet a los ojos—. Antes de comunicarte las razones de nuestra conclusión nos gustaría conocer tu punto de vista.

Harriet Vanger miró, uno a uno, a Erika, Christer y Mikael, en quien acabó deteniéndose. Pero fue incapaz de deducir nada de sus rostros.

—Si queréis comprar mi parte, os va a costar más de tres millones de coronas, más intereses, que es lo que la familia Vanger ha invertido en *Millennium*. ¿Os lo podríais permitir? —preguntó Harriet dulcemente.

—Sí —respondió Mikael, sonriendo.

Henrik Vanger le había pagado cinco millones de coronas por el trabajo efectuado. Irónicamente, uno de los objetivos era encontrar a Harriet Vanger.

—En ese caso, la decisión está en vuestras manos —dijo Harriet—. El contrato estipula que podéis dejar de contar con la familia Vanger a partir de hoy. Yo jamás habría redactado un contrato tan descuidado como el que formalizó Henrik.

—Podríamos comprar tu parte si nos viéramos obligados a ello —contestó Erika—. Por lo tanto, la cuestión es saber qué quieres hacer tú. Diriges un grupo industrial. Dos, para ser exactos. Todo nuestro presupuesto equivale al dinero que movéis vosotros mientras os tomáis un café. ¿Qué interés tienes tú en malgastar tu tiempo en algo tan insignificante como *Millennium*? La junta directiva celebra una reunión cada tres meses y tú, siempre puntual, has acudido a todas desde que entraste como sustituta de Henrik.

Harriet Vanger contempló a la presidenta de su junta

directiva con una dulce mirada. Permaneció en silencio durante un largo rato. Luego miró a Mikael y contestó:

—Desde el mismo día en que nací siempre he sido propietaria de algo. Y me paso los días dirigiendo un grupo donde hay más intrigas que en una novela de amor de cuatrocientas páginas. Cuando empecé a participar en vuestra junta, lo hice para cumplir con unas obligaciones que no podía declinar. Pero ¿sabéis una cosa? A lo largo de estos dieciocho meses he descubierto que me encuentro más a gusto en esta junta directiva que en todas las demás.

Mikael movió la cabeza en un gesto reflexivo. Harriet miró a Christer.

—La junta directiva de *Millennium* es como un juguete. Vuestros problemas son pequeños, comprensibles y abordables. Naturalmente, la empresa desea obtener beneficios y ganar dinero; es uno de los requisitos. Pero vuestras actividades persiguen un objetivo completamente distinto: queréis conseguir algo.

Tomó un poco de agua Ramlösa del vaso y fijó la mirada en Erika.

—Lo que no queda muy claro es qué es exactamente ese algo. Los objetivos están un poco difusos. No sois un partido político ni una organización defensora de unos determinados intereses. No le debéis lealtad a nadie, excepto a vosotros mismos. Pero señaláis las carencias de la sociedad y no os importa meteros endiabladamente con personas públicas que os caen mal. A menudo queréis influir y cambiar las cosas. Aunque todos fingís ser unos cínicos y unos nihilistas, es sólo vuestra propia moral la que dirige la revista. En varias ocasiones he comprobado que se trata de una moral bastante especial. No sé cómo llamarlo, pero *Millennium* tiene alma. La verdad es que ésta es la única junta directiva a la que me siento orgullosa de pertenecer.

Se calló y permaneció en silencio tanto tiempo que Erika no pudo reprimir una risita.

—Eso suena muy bien. Pero sigues sin contestar a la pregunta.

—Me encuentro a gusto en vuestra compañía y me ha sentado estupendamente formar parte de esta junta directiva. Esto es de lo más loco y raro que me ha sucedido en la vida. Si queréis que me quede, por mí, encantada.

—Perfecto —dijo Christer—. Pero le hemos dado mil vueltas y estamos completamente de acuerdo: vamos a romper el contrato hoy mismo y comprar tu parte.

Harriet se quedó con los ojos abiertos.

—¿Queréis deshaceros de mí?

—Cuando firmamos el contrato estábamos con la soga al cuello. No teníamos elección. Y desde entonces no hemos dejado de contar los días que faltaban para poder comprar la parte de Henrik Vanger.

Erika abrió una carpeta y puso sobre la mesa unos papeles que le pasó a Harriet Vanger, junto con un cheque por valor de, exactamente, el importe que Harriet había mencionado. Hojeó el contrato. Sin pronunciar palabra cogió un bolígrafo de la mesa y firmó.

—Bueno —dijo Erika—, pues no ha sido tan difícil. Quiero agradecerle a Henrik Vanger el tiempo que nos ha dedicado y la aportación realizada a *Millennium*. Espero que se lo transmitas.

—Lo haré —contestó Harriet Vanger con voz neutra. No mostró sus sentimientos ni con un simple gesto, pero estaba tan herida como profundamente decepcionada por el hecho de que la hubieran llevado a decir que quería permanecer en la dirección para luego desprenderse de ella tan alegremente. «Joder, no hacía falta que me hicieran pasar por eso.»

—Pero también quisiera que te interesaras por un contrato completamente distinto —dijo Erika Berger.

Sacó un nuevo juego de documentos y, desplazándolos sobre la mesa, se lo acercó.

—Nos preguntábamos si, esta vez a título personal, te

gustaría ser socia de *Millennium*. El precio es exactamente el mismo que la suma que acabas de recibir. La diferencia es que en este contrato no hay límites temporales ni cláusulas especiales. Entrarías en la empresa como socia con pleno derecho y con la misma responsabilidad y las mismas obligaciones que nosotros.

Harriet arqueó las cejas.

—¿Por qué un procedimiento tan complicado?

—Porque tarde o temprano tenía que hacerse —respondió Christer Malm—. Podríamos haber renovado el antiguo contrato por un año más hasta la próxima reunión o hasta que tuviéramos una tremenda pelea en la junta directiva y te echáramos. Pero siempre se trataba de un contrato que, de un modo u otro, había que resolver.

Harriet apoyó la cara en una mano y lo miró inquisitivamente. Luego a Mikael y, acto seguido, a Erika.

—El contrato que firmamos con Henrik se debió a necesidades económicas —dijo Erika—. Contigo firmamos porque nos da la gana. Y, a diferencia del viejo contrato, no resultará tan fácil echarte en un futuro.

—Para nosotros supone un considerable cambio —añadió Mikael en voz baja.

Fue su única contribución a la discusión.

—Simplemente nos parece que, aparte de las garantías económicas que implica llevar el apellido Vanger, aportas algo a *Millennium* —precisó Erika Berger—. Tienes la cabeza en su sitio y colaboras ofreciendo soluciones constructivas. Hasta ahora te has mantenido en un discreto segundo plano, más o menos como si estuvieras de visita. Pero le das a esta junta directiva la estabilidad y la seguridad de las que nunca ha gozado. Sabes de negocios. Una vez me preguntaste si podías confiar en mí, y yo me pregunté más o menos lo mismo de ti. A estas alturas las dos conocemos la respuesta. Me caes bien y confío en ti, y lo mismo puedo decir de todos nosotros. No queremos relegarte a un segundo plano con esa absurda relación contractual. Te queremos como socia y copropietaria de pleno derecho.

Harriet se acercó el contrato y lo estudió detenidamente, línea a línea, durante cinco minutos. Al final levantó la mirada.

—¿Y estáis de acuerdo los tres?

Tres cabezas asintieron afirmativamente. Harriet cogió el bolígrafo y firmó. Desplazó el cheque hasta el otro lado de la mesa. Mikael lo hizo trizas.

Los socios de *Millennium* cenaron en el Samirs Gryta de Tavastgatan. Fue una velada tranquila con un buen vino y cuscús de cordero para celebrar la incorporación de la nueva socia. La conversación fue relajada y Harriet Vanger estaba visiblemente emocionada. Resultó, en cierto sentido, como una incómoda primera cita durante la cual las dos partes son conscientes de que algo va a pasar pero no saben exactamente qué.

Eran ya las siete y media cuando Harriet Vanger se levantó. Pidió excusas y dijo que quería irse al hotel y meterse en la cama. Erika Berger se iba a casa, donde la esperaba su marido, y la acompañó un trecho. Se despidieron en Slussen. Mikael y Christer se quedaron un rato más, hasta que este último se disculpó diciendo que él también debía irse a casa.

Harriet Vanger cogió un taxi hasta el hotel Sheraton y subió a su habitación, en la séptima planta. Se desnudó, se dio un baño y luego se puso el albornoz del hotel. Acto seguido se sentó en la ventana y miró hacia Riddarholmen. Abrió un paquete de Dunhill y encendió un pitillo. Fumaba de tres a cuatro cigarrillos por día, lo cual era tan poco que prácticamente se consideraba a sí misma no fumadora; así podía disfrutar de unas caladas sin tener remordimientos.

A las nueve llamaron a la puerta. Abrió y dejó entrar a Mikael Blomkvist.

—¡Cabrón! —le soltó Harriet.

Mikael sonrió y la besó en la mejilla.

—Por un momento pensé que realmente queríais echarme.

—Nunca lo habríamos hecho de esa manera. ¿Entiendes por qué queríamos reformular el contrato?

—Sí. Es razonable.

Mikael le abrió el albornoz, le puso una mano sobre el pecho y se lo apretó sensualmente.

—Cabrón —repitió ella.

Lisbeth Salander se detuvo delante de una puerta con una placa donde se leía el nombre de «Wu». Desde la calle, había visto luz en su ventana y ahora oía música al otro lado de la puerta. El nombre era correcto. Por consiguiente, Lisbeth Salander sacó la conclusión de que Miriam Wu seguía viviendo en el estudio de Tomtebogatan, en Sankt Eriksplan. Era viernes por la noche y Lisbeth casi habría preferido que Mimmi hubiera salido por ahí y que las luces del apartamento estuvieran apagadas. Las únicas preguntas que quedaban por responder eran si Mimmi querría todavía saber algo de ella y si estaba sola y disponible.

Llamó al timbre.

Mimmi abrió la puerta y arqueó las cejas asombrada. Luego se apoyó contra el marco de la puerta y se llevó una mano a la cadera.

—¡Salander! Pensaba que estabas muerta o algo así.

—Más bien algo así —dijo Lisbeth.

—¿Qué quieres?

—Esa pregunta admite muchas respuestas.

Miriam Wu echó un vistazo al rellano de la escalera antes de volver a fijar la mirada en Lisbeth.

—Inténtalo con alguna.

—Bueno, averiguar si sigues sola y si quieres compañía esta noche.

Durante unos segundos, Mimmi pareció quedarse perpleja antes de soltar una carcajada.

—Sólo conozco a una sola persona a la que, después de un silencio de año y medio, se le ocurriría llamar a la puerta de mi casa y preguntarme si quiero follar.

—¿Quieres que me vaya?

Mimmi dejó de reírse. Permaneció callada unos segundos.

—Lisbeth... Dios mío, me lo estás diciendo en serio.

Lisbeth aguardaba.

Al final, Mimmi suspiró y abrió la puerta.

—Entra. Lo menos que puedo hacer es invitarte a un café.

Lisbeth entró y se sentó en uno de los dos taburetes de una especie de comedor que Mimmi había instalado en la entrada, justo al lado de la puerta. El estudio medía veinticuatro metros cuadrados y se componía de una pequeña habitación y un vestíbulo más o menos amueblable, donde, en un rincón, estaba situada la cocina americana, a la que Mimmi suministraba el agua desde el cuarto de baño mediante una manguera.

Mientras Mimmi preparaba café, Lisbeth la miró de reojo. La madre de Miriam Wu procedía de Hong Kong; su padre era sueco, de Boden. Lisbeth sabía que seguían casados y que vivían en París. Mimmi estudiaba sociología en Estocolmo. Tenía una hermana mayor que cursaba estudios de antropología en Estados Unidos. Los genes de la madre se apreciaban en un pelo corto de color azabache y en unos rasgos ligeramente orientales. El padre había contribuido con unos ojos azul claro que le daban a Mimmi un aspecto peculiar. Tenía una boca ancha y unos hoyuelos que no había sacado de ninguno de sus progenitores.

Mimmi tenía treinta y un años. Le gustaba vestirse como un fantoche, con ropa de charol, y frecuentar clubes que ofrecían *performances* en las que incluso actuaba de vez en cuando. Lisbeth no había vuelto a ningún club desde los dieciséis años.

Compaginándolo con sus estudios, Mimmi trabajaba un día por semana como vendedora de Domino Fashion, situada en una de las bocacalles de Sveavägen. Su clientela estaba compuesta por personas muy necesitadas de uniformes de enfermera, de prendas de látex o disfraces de bruja de cuero negro. Domino no sólo fabricaba los trajes, también los diseñaba. Junto con unas amigas, Mimmi era copropietaria de la tienda, cosa que, al mes, le permitía redondear modestamente —con unos cuantos miles de coronas— su préstamo estudiantil. Lisbeth Salander había visto a Mimmi un par de años atrás mientras actuaba en un extraño espectáculo del Festival del Orgullo Gay y más tarde, esa misma noche, la conoció en una carpa de cerveza. Mimmi llevaba un extraño vestido amarillo limón de plástico que enseñaba más de lo que ocultaba. A Lisbeth le costó lo suyo apreciar el erotismo de ese atuendo, pero estaba tan borracha que le entraron unas repentinas ganas de ligarse a una chica disfrazada de cítrico. Para su asombro, el limón le lanzó una mirada, soltó una carcajada, la besó desenfadadamente y le dijo: «Tú eres lo que yo quiero». Se fueron a casa de Lisbeth y disfrutaron del sexo toda la noche.

—Soy como soy —dijo Lisbeth—. Me fui para alejarme de todo y de todos. Debería haberme despedido.

—Pensé que te había ocurrido algo. Pero durante los meses anteriores a tu partida tampoco mantuvimos mucho contacto que digamos.

—Estaba ocupada.

—Eres tan misteriosa… Como nunca hablas de ti e ignoro dónde trabajas no sabía a quién llamar cuando no me cogías el móvil.

—Ahora mismo no trabajo en nada. Además, tú eres igual que yo. Querías sexo pero no te interesaba mucho una relación. ¿A que no?

Mimmi miró a Lisbeth.

—Es verdad —admitió finalmente.

—Y conmigo pasó lo mismo. Nunca te he prometido nada.

—Has cambiado —dijo Mimmi.

—No mucho.

—Pareces mayor. Más madura. Tienes otra ropa. Y te has metido relleno en el sujetador.

Lisbeth no dijo nada. Se movió inquieta. Mimmi acababa de tocar un tema que le daba mucho corte y que le costaba explicar. Mimmi la había visto desnuda, así que se daría cuenta de que se había producido un cambio. Al final bajó la mirada y murmuró:

—Me he puesto tetas.

—¿Qué has dicho?

Lisbeth levantó la mirada y alzó la voz, inconsciente de que estaba adquiriendo un tono desafiante.

—Me fui a una clínica de Italia, me operaron y me pusieron unos pechos de verdad. Por eso desaparecí. Luego seguí viajando. Ahora he vuelto.

—¿Me estás tomando el pelo?

Lisbeth miró a Mimmi con unos ojos inexpresivos.

—Pero qué tonta soy. Tú no bromeas nunca, doctor Spock.

—No pienso disculparme. Te he sido sincera. Si quieres que me vaya, no tienes más que decírmelo.

—¿En serio te has puesto tetas?

Lisbeth movió la cabeza afirmativamente. De pronto, Mimmi Wu soltó una carcajada. La cara de Lisbeth se ensombreció.

—Sea como sea, no quiero que te marches sin dejarme verlas. Por favor. *Please*.

—Mimmi, siempre me ha gustado acostarme contigo. Te traía sin cuidado a lo que yo me dedicara, y si estaba ocupada, te buscabas a otra. Y te importa una mierda lo que la gente piense de ti.

Mimmi hizo un gesto de asentimiento. Se había dado cuenta de que era lesbiana ya en el instituto, y, tras unos torpes y penosos intentos, fue finalmente iniciada en los misterios del sexo a la edad de diecisiete años, cuando, por pura casualidad, acompañó a una amiga a una fiesta organizada por la Federación Nacional para la Igualdad Sexual de Gotemburgo. Desde entonces nunca se había planteado otro tipo de vida. En una sola ocasión, cuando tenía veintitrés años, intentó mantener relaciones sexuales con un hombre. Consumó el acto y, mecánicamente, hizo todo lo que se esperaba de ella. No le resultó placentero. También pertenecía a la minoría de esa minoría a la que no le interesaba lo más mínimo el matrimonio, la fidelidad ni esas idílicas noches en plan casero acurrucada en el sofá.

—Hace sólo unas semanas que regresé a Suecia. Quería saber si debía salir a ligar por ahí o si todavía estabas interesada.

Mimmi se levantó y se acercó a Lisbeth. Se inclinó y la besó levemente en la boca.

—Había pensado estudiar esta noche.

Desabotonó el botón superior de la blusa de Lisbeth.

—Pero qué diablos…

La volvió a besar y le desabotonó uno más.

—Tengo que verlas.

La volvió a besar.

—Bienvenida a casa.

Harriet Vanger se durmió a eso de las dos de la madrugada mientras Mikael Blomkvist permanecía despierto escuchando su respiración. Acabó por levantarse y le cogió un Dunhill del paquete del bolso. Se sentó desnudo en una silla, junto a la cama, y la miró.

Mikael no había planeado convertirse en el amante de Harriet Vanger. Nada más lejos; después del tiempo pasado en Hedestad sintió más bien la necesidad de mantenerse alejado de la familia Vanger. Había vuelto a encontrase con Harriet en las reuniones que la junta directiva celebró durante la pasada primavera, pero guardó una educada distancia. Cada uno conocía los secretos del otro y ambos poseían sus respectivas armas de presión. Aparte de las obligaciones de Harriet en la junta directiva de *Millennium*, no tenían, prácticamente, ningún otro asunto en común.

En Pentecostés, y por primera vez en varios meses, Mikael fue a su casita de Sandhamn para poder estar solo y sentarse en el muelle a leer novelas policíacas. El viernes por la tarde, a las pocas horas de su llegada, se dio un paseo hasta el quiosco para comprar tabaco y, de repente, se cruzó con Harriet. Ella había sentido la necesidad de alejarse de Hedestad y había reservado un fin de semana en el hotel de Sandhamn, un lugar que no visitaba desde que era niña. Tenía dieciséis años cuando huyó de Suecia y cincuenta y tres cuando volvió. Fue Mikael quien dio con su paradero.

Tras unas iniciales frases de saludo, Harriet, algo incómoda, guardó silencio. Mikael conocía su historia. Y ella sabía que él había violado sus propios principios con el único fin de ocultar los terribles secretos de la familia Vanger. Entre otras razones, lo hizo por ella.

Al cabo de un rato, Mikael la invitó a visitar su casa. Preparó café y estuvieron sentados en el embarcadero de delante conversando durante horas. Era la primera vez que hablaban en serio desde que ella volvió a Suecia. Mikael no tuvo más remedio que preguntar:

—¿Qué hicisteis con lo que había en el sótano de Martin Vanger?

—¿De verdad lo quieres saber?

Mikael asintió.

—Lo recogí yo misma. Quemé todo lo que se podía quemar. Mandé tirar la casa abajo. No podía vivir allí y tampoco quería venderla y dejar que otra persona la habitara. Para mí sólo estaba relacionada con el mal. Pienso construir una nueva casa en ese mismo terreno, una cabaña pequeña.

—¿Nadie se sorprendió cuando ordenaste derribarla? Al fin y al cabo, se trataba de un chalé elegante y completamente moderno.

Sonrió.

—Dirch Frode difundió el rumor de que la casa tenía tantos problemas de humedad que iba a resultar más caro repararla.

Dirch Frode era el abogado de la familia Vanger.

—¿Cómo está Frode?

—Va a cumplir setenta años dentro de poco. Lo mantengo ocupado.

Cenaron juntos y, de repente, Mikael se dio cuenta de que Harriet le estaba contando los detalles más íntimos y privados de su vida. Cuando la interrumpió para preguntarle por qué, ella meditó la respuesta durante un instante y contestó que, probablemente, él era la única persona en todo el mundo al que no querría ocultarle nada. Además, resultaba difícil resistirse a un pequeño mocoso del que había cuidado hacía más de cuarenta años.

En toda su vida sólo había mantenido relaciones sexuales con tres hombres. Primero su padre y luego su hermano. Mató al primero y huyó del segundo. Sin saber muy bien cómo, sobrevivió, conoció a un hombre y rehízo su vida.

—Era tierno y cariñoso. Seguro y honrado. Fui feliz con él. Pasamos juntos más de veinte años antes de que enfermara.

—No te has vuelto a casar. ¿Por qué no?

Se encogió de hombros.

—Era madre de dos niños en Australia y propietaria de una gran industria ganadera. No podía permitirme hacer una escapadita para pasar un fin de semana romántico. Pero nunca he echado en falta el sexo.

Permanecieron callados durante un rato.

—Es tarde. Debería regresar al hotel.

Mikael hizo un gesto de conformidad.

—¿Quieres seducirme?

—Sí —contestó él.

Mikael se levantó, la cogió de la mano, entraron en la casita y subieron al *loft*. De repente ella lo detuvo.

—No sé muy bien cómo comportarme —dijo Harriet—. Esto no es algo que haga todos los días.

Pasaron el fin de semana juntos y luego se vieron una noche cada tres meses, coincidiendo con las reuniones de la junta de *Millennium*. No era una relación llevadera ni parecía que pudiera durar. Harriet Vanger trabajaba veinticuatro horas al día y se encontraba casi siempre de viaje. Uno de cada dos meses lo pasaba en Australia. Pero resultaba evidente que había llegado a apreciar los encuentros esporádicos e irregulares que mantenía con Mikael.

Dos horas más tarde, Mimmi estaba preparando café mientras Lisbeth yacía desnuda y sudorosa sobre las sábanas. Contemplando a Mimmi a través de la puerta abierta se fumó un cigarrillo. Envidiaba su cuerpo. Tenía unos músculos impresionantes. Iba al gimnasio tres días por semana, de los cuales uno lo dedicaba al boxeo *thai* o a alguna de esas mierdas parecidas al kárate, lo cual le había dado un cuerpo insultantemente bien musculado.

Simplemente, estaba buenísima. No era una belleza como la de las modelos, pero resultaba muy atractiva. Le encantaba provocar y desafiar. Cuando se vestía de fiesta podía hacer que cualquier persona se interesara por ella.

Lisbeth no entendía por qué Mimmi se tomaba la molestia de hacerle caso a una gallina enclenque como ella.

Pero se alegraba de que así fuera. El sexo con Mimmi era tan liberador que lo único que hacía Lisbeth era relajarse, disfrutar, dar y recibir.

Mimmi volvió con dos tazones que puso en un taburete. Se metió de nuevo en la cama, se inclinó y mordisqueó uno de los pezones de Lisbeth.

—Vale, no están mal —comentó.

Lisbeth no dijo nada. Miró los pechos de Mimmi, que tenía ante sí. También resultaban bastante pequeños pero, en su cuerpo, parecían completamente naturales.

—Sinceramente, Lisbeth, estás la hostia de buena.

—Es una tontería. Los pechos no cambian nada, pero ahora, por lo menos, tengo.

—Estás demasiado obsesionada con tu cuerpo.

—Habló la que se entrena como una loca.

—Porque disfruto con ello. Me da un subidón casi como el del sexo. Deberías probarlo.

—Yo boxeo —dijo.

—Chorradas. Tú solías boxear, como mucho, una vez cada dos meses porque te ponía darles una paliza a aquellos chavales bordes. Eso no es hacer ejercicio para encontrarse bien.

Lisbeth se encogió de hombros. Mimmi se sentó a horcajadas sobre ella.

—Lisbeth, tu fijación por tu ego y tu cuerpo no tienen límites. Entérate de que a mí me gustaba acostarme contigo no por tu aspecto sino por cómo te comportabas. Me pareces tremendamente sexy.

—Tú también a mí. Por eso he vuelto.

—¿No por amor? —preguntó Mimmi con una fingida voz herida.

Lisbeth negó con la cabeza.

—¿Sales con alguien?

Antes de asentir, Mimmi dudó un instante.

—Quizá. En cierto sentido, sí. Posiblemente. Es un poco complicado.

—No pretendo meter las narices donde no me llaman.

—Ya lo sé. Pero no me importa contártelo. Es una mujer de la facultad, algo mayor que yo. Está casada desde hace veinte años y nos vemos a espaldas del marido. Urbanización, chalé y todo eso. Una bollera dentro del armario.

Lisbeth asintió.

—Su marido viaja bastante, así que quedamos de vez en cuando. Llevamos desde el otoño y ya empiezo a aburrirme un poco. Pero está realmente buena. Y luego, por supuesto, salgo con la misma pandilla de siempre.

—Lo que me interesaba realmente era saber si podía volver a visitarte.

Mimmi asintió.

—Me gustaría mucho.

—¿Aunque volviera a desaparecer otros seis meses?

—Pero da señales de vida. Quiero saber si estás viva o no. Yo, por lo menos, me acuerdo de tu cumpleaños.

—¿Sin exigencias?

Mimmi suspiró y sonrió.

—¿Sabes?, lo cierto es que tú eres una bollera con la que podría vivir. Me dejarías en paz cuando quisiera.

Lisbeth guardó silencio.

—Aparte de que, en realidad, tú no eres bollera. Al menos no una auténtica bollera. Tal vez seas bisexual. Más que nada creo que eres sexual: te gusta el sexo y te importa una mierda el género. Eres un caótico factor entrópico.

—No sé lo que soy —dijo Lisbeth—. Pero he vuelto a Estocolmo y me van fatal las relaciones. Si he de serte sincera, aquí no conozco a nadie. Tú eres la primera persona con la que hablo desde mi regreso.

Mimmi la examinó con semblante serio.

—¿En serio quieres conocer gente? Eres la persona más solitaria e inaccesible que conozco.

Permanecieron un instante en silencio.

—Pero tus nuevas tetas están de miedo.

Puso los dedos bajo un pezón y le estiró la piel.

—Te quedan bien. Ni demasiado grandes ni demasiados pequeñas.

Lisbeth suspiró aliviada al ver que, por lo menos, las críticas eran favorables.

—Y al tocarlas parecen auténticas.

Le apretó una con tanta fuerza que Lisbeth se quedó sin aliento y abrió la boca. Se miraron. Luego Mimmi se inclinó y le dio un profundo beso. Lisbeth respondió y la abrazó. El café se estaba enfriando.

Capítulo 7

Sábado, 29 de enero –
Domingo, 13 de febrero

A eso de las once de la mañana del sábado, un gigante rubio entró en el pueblo de Svavelsjö, situado entre Järna y Vagnhärad. La localidad se componía de unas quince casas. Se detuvo junto al último edificio, a unos ciento cincuenta metros fuera de la población propiamente dicha. Se trataba de una deteriorada nave industrial que en su día albergó una imprenta y que ahora lucía con orgullo un letrero que daba fe de que allí se ubicaba la sede del club de motoristas Svavelsjö MC. A pesar de que el tráfico era inexistente, miró cautelosamente a su alrededor antes de abrir la puerta y bajar del coche. Hacía frío. Se puso unos guantes de cuero marrones y sacó del maletero una bolsa de deporte negra.

No le preocupaba mucho que lo vieran. La vieja imprenta estaba situada de tal manera que resultaba prácticamente imposible que alguien aparcara en las inmediaciones sin ser visto. Si alguna autoridad estatal quisiera tener el edificio bajo vigilancia, debería pertrechar a sus colaboradores con ropa militar de camuflaje y colocarlos en una de las cunetas que quedaban al otro lado de los campos, provistos de telescopios. Algo en lo que en un plazo de tiempo no demasiado largo repararían los habitantes del lugar y que se convertiría en tema de cotilleo, y que, además —puesto que tres de las casas del pueblo pertenecían a miembros del Svavelsjö MC—, pronto se sabría en el club.

Sin embargo, no quería entrar en el edificio. En algunas ocasiones, la policía había efectuado registros en el club, de modo que ya nadie podía estar seguro de que no hubiesen instalado algún discreto equipo de escucha. Eso significaba que las conversaciones cotidianas del club sólo versaban sobre coches, chicas y cerveza, y, de vez en cuando, sobre las acciones en las que sería bueno invertir. Pero raras veces versaban sobre secretos de vital importancia.

En consecuencia, el gigante rubio esperó pacientemente hasta que Carl-Magnus Lundin salió al patio. Magge Lundin, de treinta y seis años, era el presidente del club. En realidad, su constitución ósea era bastante fina pero, con los años, había ido ganando tantos kilos que ahora lucía una acentuada tripa cervecera. Tenía el pelo rubio recogido en una coleta y llevaba botas, vaqueros negros y una buena cazadora de invierno. En su currículum contaba con cinco condenas. Dos de ellas por delitos menores relacionados con drogas, una por receptación de artículos robados y otra por robar un coche y conducir en estado de embriaguez. La quinta condena, la más severa, le había valido un año de cárcel por malos tratos graves, cuando —encontrándose bajo los efectos del alcohol, unos años antes—, provocó una reyerta y armó una buena en un bar de Estocolmo.

Magge Lundin y el gigante se estrecharon la mano y pasearon tranquilamente a lo largo de la valla que cercaba el patio.

—Han pasado muchos meses —dijo Magge.

El gigante rubio movió afirmativamente la cabeza.

—Tenemos un negocio en marcha. Tres mil sesenta gramos de metanfetamina.

—¿El mismo acuerdo que la última vez?

—*Fifty-fifty*.

Magge Lundin se hurgó el bolsillo de la pechera y sacó un paquete de tabaco. Asintió. Le gustaba hacer negocios con ese gigante rubio. El precio que la metanfetamina adquiría en la calle oscilaba entre las ciento sesenta y las doscientas treinta coronas por gramo, dependiendo de la oferta. Tres mil sesenta gramos equivalían a algo más de seiscientas mil coronas. Svavelsjö MC distribuiría los tres kilos entre sus revendedores habituales en paquetes de unos doscientos cincuenta gramos. En esa fase el precio bajaría a unas ciento veinte o ciento treinta coronas por gramo, cosa que reduciría los ingresos totales.

Para Svavelsjö MC se trataba de un negocio muy rentable. A diferencia de otros proveedores, con el gigante rubio nunca hubo líos: jamás exigió el pago por adelantado ni un precio fijo. Entregaba la mercancía y pedía el cincuenta por ciento, lo que era sumamente razonable. Sabían, más o menos, lo que un kilo de metanfetamina les reportaba; la cantidad exacta dependía de los beneficios que Magge Lundin fuera capaz de obtener en la venta. La cantidad estimada podía oscilar unos cuantos miles de coronas arriba o abajo, pero, una vez efectuada la venta, el gigante rubio aparecería para cobrar unas ciento noventa mil coronas. Svavelsjö MC se quedaría con una suma igual.

A lo largo de los años habían realizado muchos negocios, siempre con el mismo sistema. Magge Lundin sabía que el gigante rubio podría doblar sus ingresos encargándose él mismo de la distribución. También sabía por qué aceptaba un beneficio más bajo: así podría permanecer oculto mientras Svavelsjö MC asumía todos los riesgos. El gigante rubio obtenía unos ingresos más modestos pero relativamente seguros. Y a diferencia de todos los demás proveedores de los que había oído hablar a lo largo de su vida, se trataba de una relación basada en los principios de los negocios: el crédito y la buena voluntad. Ni una palabra más alta que otra, ni una chulería, ni una amenaza.

Incluso una vez en la que una entrega de armas se fue al garete, el gigante rubio llegó a tragarse unas pérdidas de casi cien mil coronas. Magge Lundin no conocía a nadie más en ese mundo que asumiera unas pérdidas tan grandes. Había sentido verdadero terror cuando fue a rendirle cuentas de lo ocurrido. Le explicó con detalle las causas por las que el negocio había fracasado y cómo había sido posible que un policía del Centro Nacional para la Prevención de la Delincuencia hubiera efectuado una redada en casa de un miembro de la Hermandad Aria de la provincia de Värmland. Pero el gigante ni siquiera arqueó las cejas. Más bien se mostró comprensivo; eran cosas que podían pasar. Magge Lundin tampoco obtuvo beneficio alguno. El cincuenta por ciento de cero era cero. Asunto concluido.

Magge Lundin no era tonto. Entendía que obtener un beneficio menor pero relativamente exento de riesgos constituía un buen negocio.

Nunca jamás se le había ocurrido engañar al gigante rubio. No estaría bien. El gigante rubio y sus socios aceptaban un beneficio más bajo siempre y cuando las cuentas cuadraran y fueran honestas. Si engañara al gigante, éste le haría una visita, y Magge Lundin sabía perfectamente que no sobreviviría a ella. Por lo tanto, la cosa estaba clarísima.

—¿Cuándo puedes hacer la entrega?

El gigante rubio dejó la bolsa de deporte en el suelo.

—Ya está hecha.

Magge Lundin no se molestó en abrir la bolsa para comprobar su contenido. En su lugar extendió la mano como señal de que tenían un acuerdo que él iba a cumplir sin rechistar.

—Otra cosa —dijo el gigante.

—¿Qué?

—Nos gustaría contratarte para un trabajo especial.

—Tú dirás.

El gigante rubio extrajo un sobre del bolsillo interior de su cazadora. Magge Lundin lo abrió y sacó una foto de pasaporte y una hoja con algunos datos personales. Arqueó las cejas de forma inquisitiva.

—Se llama Lisbeth Salander y vive en Lundagatan, en Södermalm, Estocolmo.

—Muy bien.

—Lo más seguro es que se encuentre en el extranjero pero tarde o temprano aparecerá.

—Vale.

—Mi cliente quiere una conversación privada con ella sin que nadie los moleste. Así que hay que entregarla viva. Por ejemplo, en el almacén de Yngern. Luego necesitamos que alguien lo limpie todo después de la entrevista. Ella debe desaparecer sin dejar rastro.

—No te preocupes. ¿Cómo nos enteraremos de que ha vuelto a casa?

—Ya te avisaré cuando llegue la hora.

—¿Y la pasta?

—¿Qué te parecen diez de los grandes? Es un trabajo bastante sencillo. Te vas a Estocolmo, la recoges y me la entregas.

Se volvieron a estrechar la mano.

En su segunda visita a Lundagatan, Lisbeth se sentó en el viejo y raído sofá, y se puso a pensar. Tenía que tomar una serie de decisiones estratégicas y una de ellas consistía en determinar si quedarse con el apartamento o no.

Encendió un cigarrillo, expulsó el humo hacia el techo y echó la ceniza en una lata vacía de Coca-Cola.

No había razón alguna para tenerle cariño al piso. Se había ido a vivir allí con su madre y su hermana a la edad de cuatro años. Su madre dormía en el salón, mientras que ella y Camilla compartían el pequeño dormitorio. Con doce años, una vez ocurrido Todo Lo Malo, la metieron, en primer lugar, en una clínica infantil y luego, cuando cumplió quince, pasó por distintas familias de acogida. La casa fue alquilada por su tutor, Holger Palm-gren, quien también se aseguró de que la vivienda volviera a manos de Lisbeth en cuanto cumpliera los dieciocho años y necesitara un techo.

Durante la mayor parte de su vida, el piso había constituido un punto fijo en la existencia de Lisbeth. Aunque ya no lo necesitara, simplemente no le apetecía la idea de abandonarlo. Eso significaría que personas desconocidas pisarían su suelo.

El problema logístico consistía en que todo su correo oficial —en el caso de que recibiera algo— llegaba a su domicilio de Lundagatan. Si dejaba el piso, se vería obligada a comunicar otra dirección. Lisbeth Salander no quería figurar oficialmente en ningún lugar. Su registro emocional era el de un paranoico y no tenía grandes motivos para confiar en las autoridades, ni tampoco, a decir verdad, en nadie más.

Miró por la ventana y se topó con la pared medianera que había visto toda su vida. De pronto se sintió aliviada por la decisión de abandonar la casa. Nunca se había sentido segura allí. Cada vez que enfilaba Lundagatan y se acercaba al portal —no importaba lo sobria o borracha que estuviera— se fijaba en los alrededores, en los coches aparcados o en los transeúntes. Estaba convencida, con razón, de que allí fuera había gente que quería hacerle daño, y lo más probable era que esas personas la atacaran al entrar a su casa o salir de ella.

Sin embargo, esos ataques habían brillado por su ausencia. Lo cual no quería decir que se relajara. La dirección de Lundagatan figuraba en todos los registros públicos y durante esos años nunca contó con los medios necesarios para incrementar la seguridad más allá de su propia y constante vigilancia. Ahora la situación era otra. En absoluto deseaba que alguien conociera su nueva dirección de Mosebacke. Su instinto la obligaba a permanecer lo más anónima posible.

Pero seguía sin resolver el problema de qué hacer con la casa. Reflexionó un rato y, acto seguido, cogió el móvil y llamó a Mimmi.

—Hola, soy yo.

—Hola, Lisbeth. No me puedo creer que esta vez me llames al cabo de tan sólo una semana.

—Estoy en Lundagatan.

—Muy bien.

—Me preguntaba si te gustaría quedarte con el piso.

—¿Quedarme con el piso?

—Estás viviendo en una caja de zapatos.

—Pero me encuentro a gusto. ¿Te vas a mudar?

—Ya me he mudado. El piso está vacío.

Mimmi dudó al otro lado del teléfono.

—Y te preguntas si me gustaría quedarme con el piso. Lisbeth, no me lo puedo permitir.

—Es un piso de propiedad completamente pagado. Los gastos comunes ascienden a mil cuatrocientas ochenta coronas al mes, lo cual probablemente sea menos de lo que te cobran por esa caja de zapatos. Además, todo este año ya está pagado.

—Pero ¿lo vas a vender? Quiero decir, debe de valer más de un millón.

—Más de un millón y medio si te fías de los anuncios inmobiliarios.

—No puedo permitírmelo.

—No te lo estoy vendiendo. Puedes venirte esta misma noche y quedarte el tiempo que quieras; y no tendrías que pagar nada en un año. No me permiten alquilarlo pero sí hacer que figures en el contrato como mi pareja de hecho. Así te librarás de tener líos con los vecinos.

—Lisbeth: ¿me estás proponiendo matrimonio? —preguntó Mimmi, riéndose.

Lisbeth se puso más seria que un ministro.

—Yo no lo quiero para nada. Y no, no tengo intención de venderlo.

—O sea, ¿que puedo vivir allí gratis? ¿En serio?

—Sí.

—¿Por cuánto tiempo?

—El que quieras. ¿Te interesa?

—Claro que me interesa. No recibo ofertas de un piso gratis en pleno Södermalm todos los días.

—Hay una pega.

—Lo suponía.

—Puedes quedarte el tiempo que quieras pero yo seguiré domiciliada aquí, de modo que las cartas te llegarán a ti. Todo lo que tienes que hacer es encargarte de mi correo y llamarme si hay algo de interés.

—Lisbeth, eres la tía más chiflada que conozco. ¿A qué te dedicas en realidad? ¿Dónde vas a vivir?

—Ya lo hablaremos —contestó Lisbeth evasivamente.

Acordaron verse esa misma tarde para que Mimmi pudiera echarle un vistazo a la casa. En cuanto colgó el teléfono, Lisbeth se sintió de mucho mejor humor. Consultó su reloj y constató que todavía le sobraba tiempo antes de que llegara Mimmi. Dejó el piso y bajó al Handelsbanken de Hornsgatan, donde cogió un número y esperó pacientemente su turno.

Se identificó y explicó que había pasado una temporada en el extranjero y que deseaba consultar el saldo de su cuenta corriente. Oficialmente, disponía de 82.670 coronas. La cuenta llevaba más de un año sin movimientos, a excepción de un ingreso de 9.312 coronas realizado durante el otoño: la herencia de su madre.

Lisbeth Salander sacó esa cantidad en metálico. Reflexionó un rato. Quería emplear el dinero en algo que hubiera hecho feliz a su madre. Algo apropiado. Se acercó hasta la oficina de correos de Rosenlundsgatan y, anónimamente, ingresó el importe en la cuenta de uno de los centros de acogida de mujeres maltratadas de Estocolmo. No supo muy bien por qué lo hizo.

Eran las ocho de la tarde del viernes cuando Erika apagó el ordenador y se estiró. Había pasado las últimas nueve horas ultimando el número de marzo de *Millennium*. Como Malin Eriksson trabajaba a tiempo completo con el número temático de Dag Svensson, se había visto obligada a ocuparse personalmente de gran parte de la edición. Henry Cortez y Lottie Karim la habían ayudado, pero ellos eran principalmente escritores e investigadores y no tenían mucha experiencia como editores.

Así que Erika Berger se sentía cansada y le dolía el culo, pero se encontraba satisfecha tanto con el día como con la vida en general. La economía de la revista era estable, los gráficos eran ascendentes, los textos entraban antes del *deadline* o, por lo menos, no se retrasaban demasiado, el personal estaba contento y, más de un año después, todavía seguían con el subidón de adrenalina que el caso Wennerström les produjo.

Tras haber dedicado un rato a masajearse el cuello, constató que necesitaba una ducha y pensó en usar el cuchitril que había detrás de la pequeña cocina. Pero le dio demasiada pereza y, en su lugar, puso los pies sobre la mesa. Dentro de tres meses cumpliría cuarenta y cinco años, y toda esa vida por delante, de la que todo el mundo hablaba, ya empezaba, cada día más, a formar parte de su pasado. En el contorno de los ojos y de la boca presentaba una fina red de pequeñas arrugas y líneas, pero sabía que todavía seguía siendo guapa. Dos veces por semana se sometía a unas infernales sesiones de gimnasio, pero había notado que, cuando navegaba con su marido, le resultaba cada vez más difícil trepar por el mástil del barco. Siempre le tocaba a ella. Greger tenía un vértigo terrible.

Erika constató también que sus primeros cuarenta y cinco años, a pesar de unos cuantos *ups and downs*, habían sido, en general, felices. Tenía dinero, estatus, una casa estupenda y un trabajo que le gustaba. Tenía un hombre cariñoso que la quería y del que, después de quince años de matrimonio, seguía enamorada. Y además, un agradable y, por lo visto, incansable amante, que si bien era cierto que no satisfacía su espíritu, sí lo hacía con su cuerpo cuando lo necesitaba.

Sonrió al pensar en Mikael Blomkvist. Se preguntó cuándo reuniría el coraje de confiarle el secreto de que se había enrollado con Harriet Vanger. Ninguno de los dos había dicho ni palabra sobre su relación, pero Erika no tenía ni un pelo de tonta. Fue en agosto, en la junta directiva, al reparar en una mirada que Mikael y Harriet se intercambiaron, cuando se dio cuenta de que había algo entre ellos. Por pura maldad, algo más tarde, esa misma noche, llamó tanto al móvil de Mikael como al de Harriet y se encontró, sin sorpresa alguna por su parte, con que los dos estaban apagados. Era cierto que eso no constituía ninguna prueba determinante, pero en las juntas directivas siguientes constató que, por las noches, el teléfono de Mikael tampoco se encontraba disponible. El otro día, después de la junta anual, casi le entró la risa al ver la rapidez con la que Harriet se levantó de la cena, con la tonta excusa de que quería ir al hotel para descansar. Erika ni pretendía husmear ni estaba celosa. Sin embargo, tenía en mente aprovechar alguna ocasión propicia para pincharlos con el tema.

No se metía en los asuntos de faldas de Mikael, pero esperaba que su relación con Harriet no derivara en futuros problemas para la junta. Aunque tampoco le quitaba el sueño. Mikael contaba con una larga serie de relaciones a sus espaldas, tras las cuales seguía manteniendo una amistad con la mujer en cuestión. Sólo en muy contadas ocasiones tuvo algún que otro quebradero de cabeza.

Erika Berger estaba enormemente contenta de ser amiga y confidente de Mikael. En ciertos aspectos, era tonto de remate, pero en otros se mostraba tan perspicaz que más bien parecía un oráculo. En cambio, Mikael no entendía el amor que Erika sentía por su marido. Simplemente nunca había comprendido por qué ella consideraba a Greger como un ser fascinante, cariñoso, interesante, generoso y, sobre todo, desprovisto de los típicos defectos masculinos que ella tanto odiaba. Greger era el hombre con el que deseaba envejecer. Le habría gustado tener niños con él, pero no había sido posible y ya resultaba demasiado tarde. Sin embargo, como compañero de vida no podía imaginar una alternativa mejor y más estable: una persona en quien confiar completa e incondicionalmente que siempre estaba cuando ella lo necesitaba.

Mikael era diferente. Se trataba de un hombre con tantas y tan variopintas facetas que a veces parecía presentar múltiples personalidades. En su trabajo era cabezota y siempre estaba centrado en su tarea, casi patológicamente. Cogía una historia y no la dejaba hasta que rozaba la perfección y ataba todos los cabos sueltos. En sus mejores momentos resultaba brillante, y en los peores era mucho mejor que la media. Parecía poseer un talento prácticamente intuitivo para olfatear en qué historia había gato encerrado y en cuál un simple artículo sin ningún tipo de interés. Erika Berger jamás se arrepintió de empezar a colaborar con Mikael.

Tampoco de haberse convertido en su amante.

La única persona que entendía la pasión sexual que Erika Berger sentía por Mikael Blomkvist era su marido, y la entendía porque ella se había atrevido a hablarle de sus necesidades. No se trataba de infidelidad sino de deseo. El sexo con Mikael Blomkvist le daba un subidón que ningún otro hombre era capaz de darle, incluido Greger.

Para Erika Berger el sexo era importante. Perdió su virginidad cuando tenía catorce años y dedicó gran parte de su adolescencia a buscar satisfacción, sin conseguirla. Lo probó todo, desde magreos con compañeros de clase y una relación complicada con un profesor mayor, hasta sexo por teléfono y sexo suave, de terciopelo, con un neurótico. Del mundo del erotismo experimentó casi todo lo que le interesaba. Coqueteó con el *bondage* y fue miembro del Club Extreme, que organizaba fiestas no del todo aceptadas socialmente. En varias ocasiones tuvo experiencias sexuales con otras mujeres, constatando, decepcionada, que no era lo suyo y que éstas no eran capaces de excitarla ni una mínima parte de lo que lo hacía un hombre. O dos. Junto con Greger había explorado el sexo con dos hombres —uno de ellos un destacado galerista— y descubrió no sólo que su marido presentaba marcadas inclinaciones bisexuales y que ella misma casi se paralizó de placer al sentir cómo dos hombres la acariciaban y satisfacían simultáneamente, sino también que experimentaba una sensación placentera difícil de interpretar al ver cómo su marido era acariciado por otro hombre. Repitieron el trío con el mismo éxito con un par de personas a las que empezaron a recurrir con regularidad.

Su vida sexual con Greger, por tanto, no resultaba ni aburrida ni insatisfactoria; lo que sucedía era que con Mikael Blomkvist la experiencia se le antojaba completamente diferente.

Él tenía talento. Aquello, simplemente, era SJB. Sexo Jodidamente Bueno.

Tan bueno que ella lo vivía como si hubiese alcanzado el equilibrio óptimo entre Greger como marido y Mikael como amante, según sus necesidades. No podía vivir sin ninguno de los dos y no pensaba elegir.

Y su marido lo entendía. Por muy ingeniosos que fueran los acrobáticos ejercicios que él realizara en el *jacuzzi,* ella tenía una necesidad que iba más allá de lo que él podía ofrecerle.

Lo que más le gustaba a Erika de su relación con Mikael era el prácticamente inexistente control que Mikael ejercía sobre ella. No era en absoluto celoso y —aunque a ella le entraran varios ataques de celos cuando empezaron a salir, hacía ya veinte años— Erika había descubierto que con él no tenía por qué mostrarse celosa. Lo suyo se basaba en la amistad, y la lealtad de Mikael como amigo carecía de límites. Se trataba de una relación que podía superar las pruebas más difíciles.

Erika Berger era consciente de que pertenecía a un grupo de personas cuyo modo de vida no tendría mucho éxito entre los miembros de la asociación cristiana de amas de casa de Skövde. No le preocupaba. Ya en su adolescencia, decidió que lo que ella hiciera en la cama y cómo viviera su vida no concernía a nadie más que a ella. Pero, aun así, la irritaba que muchos de sus conocidos siempre cuchichearan y cotillearan a sus espaldas sobre su relación con Mikael Blomkvist.

Mikael era un hombre; podía ir de cama en cama sin que nadie arqueara una ceja. Ella era una mujer y el hecho de que tuviera un amante —contando, incluso, con la bendición de su marido y considerando, además, que llevaba veinte años siéndole fiel a su amante— daba lugar a unas interesantísimas conversaciones de sobremesa.

Fuck you all. Reflexionó un rato y luego descolgó el teléfono para llamar a su marido.

—Hola, cariño. ¿Qué haces?

—Estoy escribiendo.

Greger Backman no era sólo un artista; sobre todo era profesor universitario de historia del arte y autor de varios libros sobre el tema. A menudo participaba en debates públicos y era contratado por grandes empresas de arquitectura. El último año lo había dedicado a trabajar en un libro que versaba sobre la importancia de la decoración artística de los edificios y de por qué la gente se encontraba a gusto en unos sí y en otros no. La obra se estaba convirtiendo en una diatriba contra el funcionalismo, algo que

—sospechaba Erika— iba a crear cierta inquietud en el panorama de debates sobre estética.

—¿Cómo va?

—Bien. Va. ¿Y tú?

—Acabo de terminar el último número. El jueves irá a imprenta.

—Enhorabuena.

—Me siento completamente vacía.

—Suena como si tuvieras algo en mente.

—¿Tenías algo planeado para esta noche? ¿Te cabrearías mucho si no voy a dormir?

—Dile a Blomkvist que está tentando al destino —respondió Greger.

—No creo que le importe mucho.

—De acuerdo. Dile que eres una bruja imposible de satisfacer y que va a envejecer prematuramente.

—Eso ya lo sabe.

—Entonces, sólo me queda suicidarme. Estaré escribiendo hasta que me duerma. Que lo pases bien.

Se despidieron y, acto seguido, Erika llamó a Mikael. Estaba en Enskede, en casa de Dag Svensson y Mia Bergman, ultimando unos intrincados detalles del libro de Dag. Ella le preguntó si estaba ocupado esa noche y si le importaría darle un masaje a una dolorida espalda.

—Tienes las llaves —dijo Mikael—. Siéntete en tu casa.

—De acuerdo —contestó ella—. Te veo dentro de una hora.

Tardó diez minutos en ir andando hasta Bellmansgatan. Se desnudó, se duchó y se preparó un *espresso* en su magnífica cafetera. Luego se metió entre las sábanas de la cama de Mikael y lo esperó desnuda y ansiosa.

Para ella, la satisfacción óptima sería probablemente un triángulo con su marido y Mikael Blomkvist, algo que, casi con toda seguridad, nunca ocurriría. El problema era que Mikael era muy *straight,* pero ella solía pincharle tachándolo de homófobo. Su interés por los hombres era cero. En fin, no se podía tener todo en la vida.

Irritado, el gigante rubio frunció el ceño mientras —con sumo cuidado y a poco más de quince kilómetros por hora— conducía el coche por una pista forestal que se hallaba en tan mal estado que por un momento pensó que no se había enterado bien de las instrucciones para llegar. Empezaba a oscurecer cuando el camino se ensanchó y pudo, por fin, vislumbrar la casa de campo. Aparcó, apagó el motor y echó un vistazo a su alrededor. Le quedaban unos cincuenta metros.

Se encontraba en las inmediaciones de Stallarholmen, no muy lejos de Mariefred. Se trataba de una sencilla casa de madera de los años cincuenta, situada en medio del bosque. Entre los árboles pudo divisar, en el lago Mälaren, una franja de hielo algo más clara.

Le resultaba imposible entender que alguien deseara pasar allí —totalmente aislado— su tiempo libre. Al cerrar la puerta del coche le asaltó una inmediata incomodidad. El bosque le pareció inquietante y amenazador. Se sintió observado. Empezó a caminar hacia la casa pero, de repente, oyó un crujido que le hizo detenerse en seco.

Miró fijamente hacia el bosque. En la tarde reinaban el silencio y la calma. Permaneció quieto dos minutos, con los nervios a flor de piel, antes de percibir, con el rabillo del ojo, una silueta que se movía sigilosamente entre los árboles. Cuando enfocó la mirada, la figura se hallaba completamente inmóvil, a unos treinta metros de él, observándolo fijamente desde el bosque.

El gigante rubio sintió una vaga sensación de pánico. Intentó discernir los detalles. Vio un rostro oscuro y huesudo. Parecía un enano: apenas un metro y vestido con una especie de traje de camuflaje hecho con ramitas de abedul y musgo. ¿Un gnomo del bosque bávaro? ¿Un *le-prechaun* irlandés? ¿Hasta qué punto eran peligrosos?

El gigante rubio contuvo la respiración. Sintió que el vello se le ponía de punta.

Luego parpadeó intensamente y sacudió la cabeza. Cuando volvió a mirar, el ser se había desplazado unos diez metros a la derecha. «Allí no había nada.» Sabía que se lo estaba imaginando. Aun así, pudo ver con toda nitidez a esa criatura del bosque. De repente, se movió y se aproximó. Parecía querer alcanzar una posición de ataque, desplazándose con pequeños pero rápidos movimientos en semicírculo.

El gigante rubio se acercó apresuradamente a la casa. Llamó a la puerta con más fuerza y ansias de las que hubiera querido. En cuanto oyó el sonido de voces humanas en el interior, el pánico se disipó. Miró de reojo detrás de sí. «Allí no había nada.»

Pero hasta que no se abrió la puerta no se sintió aliviado. El abogado Nils Bjurman lo saludó educadamente y le pidió que entrara.

Al llegar arriba, tras haber bajado hasta el sótano una última bolsa con cosas de Lisbeth Salander, Miriam Wu soltó un suspiro de alivio. El piso estaba asépticamente limpio y olía a jabón, pintura y café recién hecho. Esto último era obra de Lisbeth. Se encontraba sentada en un taburete mientras contemplaba pensativa el piso vacío del que, como por arte de magia, habían desaparecido cortinas, alfombras, los vales de descuento que tenía sobre la nevera y los eternos trastos de la entrada. Se maravilló de lo grande que le parecía el piso.

Miriam Wu y Lisbeth Salander no compartían el mismo gusto ni en cuanto a ropa y decoración de interiores ni en cuanto a las cosas que las estimulaban intelectualmente. Mejor dicho: Miriam Wu tenía un gusto y unas ideas determinadas sobre cómo quería que fuera su vivienda, los muebles y la ropa que llevaba. Según Mimmi, Lisbeth Salander carecía por completo de gusto.

Tras haberse pasado por Lundagatan para inspeccionar el piso de Lisbeth con los ojos de una presunta compradora, tuvieron una conversación en la que Mimmi constató que la mayoría de los trastos debía ir fuera. Especialmente el miserable y mugriento sofá marrón del salón. ¿Lisbeth quería quedarse con algo? No. Durante dos semanas Mimmi pasó días enteros y unas cuantas horas cada tarde tirando viejos muebles recogidos de contenedores, limpiando armarios, fregando suelos, limpiando la bañera, pintando las paredes de la cocina, el salón y el recibidor, así como barnizando el parqué del salón.

Lisbeth no tenía ningún interés en ese tipo de trabajos, pero, en alguna que otra ocasión, se dejó caer para observar fascinada a Mimmi. Cuando terminaron, el piso estaba vacío, a excepción de una pequeña y desvencijada mesa de cocina de madera maciza que Mimmi quería acuchillar y barnizar, dos buenos taburetes con los que Lisbeth se había hecho cuando limpiaron la buhardilla del edificio, y una sólida estantería del salón que Mimmi consideró que, tal vez, podría ser útil.

—Me vendré este fin de semana. ¿Seguro que no te arrepientes?

—No necesito el piso.

—Pero es un piso cojonudo. Quiero decir que los hay más grandes y mejores, pero éste está en pleno Södermalm y los gastos de comunidad no son nada. Lisbeth, vas a perder una fortuna si no lo vendes.

—Tengo dinero de sobra.

Mimmi se calló, insegura de cómo interpretar las parcas respuestas de Lisbeth.

—¿Y dónde vas a vivir?

Lisbeth no contestó.

—¿Se te puede visitar?

—Por ahora, no.

Lisbeth abrió su bandolera y sacó unos papeles que le acercó a Mimmi.

—He arreglado el tema del contrato con la comunidad de vecinos. Figuras como mi pareja y te vendo la mitad del piso; es lo más sencillo. El precio de venta es una corona. Tienes que firmarlo.

Lisbeth le dio un bolígrafo y Mimmi estampó su firma y su fecha de nacimiento.

—¿Eso es todo?

—Eso es todo.

—Lisbeth, siempre te he considerado un poco chiflada, pero ¿te das cuenta de que acabas de regalarme la mitad de esta casa? Me encanta el piso y me apetece mucho vivir aquí, pero no me gustaría que, de pronto, un día te arrepintieras. No quiero que eso cree problemas entre nosotras.

—No habrá ningún problema. Quiero que tú vivas aquí. Me gusta.

—Pero ¿gratis? ¿Sin pagarte nada? Estás loca.

—Te encargarás de mi correo. Ésa es la condición.

—Me llevará unos cuatro segundos por semana. ¿Pasarás a verme de vez en cuando para que nos acostemos?

Lisbeth le clavó la mirada. Permaneció callada un instante.

—Me gustaría mucho, pero no forma parte del contrato. Puedes decir que no cuando quieras.

Mimmi suspiró.

—Qué pena, justo cuando acababa de empezar a hacerme ilusiones de ser una *kept woman*. Ya sabes, una persona me pone un apartamento, me paga el alquiler y aparece sigilosamente de vez en cuando para darse conmigo un revolcón en la cama.

Permanecieron en silencio un rato. Luego Mimmi se levantó, entró en el salón y apagó la desnuda bombilla del techo.

—Ven aquí.

Lisbeth la siguió.

—Nunca lo he hecho en el suelo de una casa recién pintada donde no hay ni un mueble. Una vez vi una película con Marlon Brando que iba de una pareja que lo hacía. Estaban en París.

Lisbeth miró al suelo de reojo.

—Quiero jugar. ¿Te apetece?

—Casi siempre me apetece.

—Esta noche pienso ser una *bitch* dominante. Yo decido. Desnúdate.

Lisbeth sonrió de torcido. Se desnudó. Le llevó por lo menos diez segundos.

—Túmbate en el suelo. Boca abajo.

Lisbeth hizo lo que Mimmi le había ordenado. El parqué estaba frío y en seguida se le puso la piel de gallina. Mimmi usó la camiseta de Lisbeth que decía *You have the right to remain silent* para atarle las manos a la espalda.

A Lisbeth le vino a la mente que era parecido a cómo la inmovilizó, hacía ya más de dos años, el Jodido Cerdo y Asqueroso abogado Nils Bjurman

Ahí cesaron las similitudes.

Estando con Mimmi, Lisbeth sólo sentía una curiosidad llena de deseo. Sumisa, se dejó hacer en cuanto Mimmi la tumbó boca arriba y le separó las piernas. Lisbeth la contempló en la penumbra cuando Mimmi se quitó la camiseta; se quedó fascinada con la suavidad de las líneas de sus pechos. Luego Mimmi le vendó los ojos con la prenda. Lisbeth oyó la fricción de la ropa. Unos segundos más tarde sintió la lengua de Mimmi en su vientre y sus dedos por la cara interna de los muslos. Se encontraba más excitada de lo que había estado en mucho tiempo. Bajo la venda, cerró los ojos fuertemente y dejó que Mimmi impusiera el ritmo.

Capítulo 8

Lunes, 14 de febrero –
Sábado, 19 de febrero

Al oír un leve golpeteo en el marco de la puerta, Dragan Armanskij levantó la vista y vio a Lisbeth Salander. Intentaba mantener en equilibrio dos tazas de café que traía de la máquina. Lentamente, él dejó el bolígrafo sobre la mesa y apartó el informe.

—Hola —dijo ella.

—Hola —contestó Armanskij.

—Vengo en son de paz —dijo ella—. ¿Puedo pasar?

Dragan Armanskij cerró los ojos un instante. Luego señaló una silla con el dedo. Miró el reloj de reojo. Eran las seis y media de la tarde. Lisbeth Salander le dio una de las tazas y se sentó. Se examinaron mutuamente durante un instante.

—Hace más de un año —dijo Dragan.

Lisbeth asintió.

—¿Estás enfadado?

—¿Debería estarlo?

—No me despedí.

Dragan torció el morro. Se encontraba desconcertado y al mismo tiempo aliviado. Por lo menos, ahora sabía que Lisbeth Salander no estaba muerta. De pronto, una enorme irritación y un gran cansancio se apoderaron de él.

—No sé qué decir —contestó—. No tienes ninguna obligación de informarme de tu vida. ¿Qué quieres?

Su voz sonó más fría de lo que había pretendido.

—No lo sé muy bien. Supongo que saludarte, más que nada.

—¿Necesitas trabajo? No pienso contratarte de nuevo.

Ella negó con la cabeza.

—¿Tienes otro trabajo?

Volvió a negar con la cabeza. Daba la sensación de estar pensando lo que iba a decir. Dragan aguardaba.

—He estado viajando —respondió finalmente—. Acabo de regresar a Suecia.

Pensativo, Armanskij hizo un gesto de asentimiento mientras la examinaba. Lisbeth Salander había cambiado. Había un nuevo tipo de… madurez en su ropa y en su comportamiento. Y había rellenado el sujetador con algo.

—Has cambiado. ¿Dónde has estado?

—Un poco por todas partes… —contestó evasivamente, pero siguió al reparar en la irritada mirada de Armanskij—. Me fui a Italia y continué hasta Oriente Medio. De ahí volé a Hong Kong vía Bangkok. Estuve un tiempo en Australia y Nueva Zelanda, y viajé por las islas del Pacífico, donde permanecí un mes en Tahití. Luego recorrí Estados Unidos. Y los últimos meses los he pasado en el Caribe.

Él asintió.

—No sé por qué no me despedí.

—Porque, sinceramente, los demás te importamos un carajo —contestó Dragan Armanskij con frialdad.

Lisbeth se mordió el labio inferior. Reflexionó un rato. Tal vez las palabras de Dragan fueran ciertas pero, aun así, le pareció injusta la acusación.

—Por regla general son los demás los que pasan de mí.

—¡Y una mierda! —contestó Armanskij—. Lo tuyo es un problema de actitud y tratas como el culo a los que verdaderamente intentan ser tus amigos. Así de sencillo.

Silencio.

—¿Quieres que me vaya?

—Haz lo que te plazca. Siempre lo has hecho. Pero si te vas ahora, no quiero volver a verte en la vida.

De repente, Lisbeth Salander tuvo miedo. Una persona a la que de verdad respetaba estaba a punto de rechazarla. No supo qué decir.

—Hace ya dos años que a Holger Palmgren le dio el derrame. No lo has visitado ni una sola vez —continuó Armanskij, implacable.

Lisbeth lo miró fijamente, como en estado de *shock*.

—¿Palmgren está vivo?

—O sea, que ni siquiera sabes si está vivo o muerto.

—Los médicos dijeron que...

—Los médicos dijeron muchas cosas —la interrumpió Armanskij—. Se encontraba muy mal y era incapaz de comunicarse con nadie. Durante el último año se ha recuperado bastante. Le cuesta hablar y hay que prestarle mucha atención para entender lo que dice. Necesita ayuda para muchas cosas pero, al menos, puede ir al baño solo. La gente que se preocupa por él le hace visitas.

Lisbeth se quedó muda. Fue ella quien, dos años antes, encontró a Palmgren cuando tuvo la apoplejía y llamó a la ambulancia. Los médicos menearon la cabeza para indicar que el pronóstico no era muy alentador. La primera semana se instaló en el hospital, hasta que un médico le dijo que se encontraba en coma y que las probabilidades de que se despertara eran muy pequeñas. Desde ese mismo momento ella dejó de preocuparse y lo eliminó de su vida. Se levantó y abandonó el hospital sin volver la vista atrás. Y, al parecer, sin seguir el desarrollo de los hechos.

Frunció el ceño. Por esa época también se le vino encima todo lo del abogado Nils Bjurman, que acaparó casi toda su atención. Pero nadie, ni siquiera Armanskij, le había contado que Palmgren vivía; y mucho menos que iba mejorando. Esa posibilidad ni siquiera se le había pasado por la cabeza.

De pronto sintió aflorar unas lágrimas. Nunca antes en su vida se había sentido tan miserable y egoísta. Y nunca le habían echado una bronca tan descomunal en voz tan baja. Agachó la cabeza.

Permanecieron un rato en silencio. Fue Armanskij quien lo rompió.

—Bueno, ¿y qué tal estás?

Lisbeth se encogió de hombros.

—¿De qué vives? ¿Tienes trabajo?

—No, no tengo y no sé en qué quiero trabajar. Pero tengo dinero para vivir.

Armanskij la examinó con ojos inquisitivos.

—Sólo quería pasar a saludar… no busco trabajo. No sé… De todos modos, si alguna vez me necesitas, tal vez me apetezca aceptar un encargo tuyo. Pero tendrá que ser algo que realmente me interese.

—Supongo que no quieres contarme lo que sucedió en Hedestad el año pasado.

Lisbeth permaneció callada.

—Porque es evidente que algo ocurrió… Martin Vanger se mató al volante después de que tú te pasaras por aquí para coger prestado un equipo de vigilancia y de que alguien os amenazara de muerte. Y su hermana resucitó de entre los muertos. Fue, por decirlo de alguna manera, toda una sensación.

—He prometido no contar nada.

Armanskij hizo un gesto de asentimiento.

—Y supongo que tampoco querrás contarme el papel que desempeñaste en el caso Wennerström.

—Ayudé a Kalle Blomkvist con la investigación. —De repente, su voz sonó más fría—. Eso es todo. No quiero que me involucren en el caso.

—Mikael Blomkvist ha removido cielo y tierra buscándote. Ha llamado al menos una vez al mes para preguntarme si sabía algo de ti. También él está preocupado.

Lisbeth guardó silencio pero Armanskij reparó en que su boca se había convertido en una rígida línea.

—No sé si me cae bien o no —prosiguió Armanskij—. Pero la verdad es que también se preocupa por ti. El pasado otoño me encontré con él. Tampoco quiso contarme nada de Hedestad.

Lisbeth Salander no tenía ganas de hablar de Mikael Blomkvist.

—Sólo me he acercado a saludarte y decirte que he vuelto a la ciudad. No sé si me quedaré. Si necesitas contactar conmigo, aquí tienes mi número de móvil y mi nueva dirección de correo electrónico.

Le dio un papelito y se levantó. Él lo cogió. Lisbeth se encontraba ya en la puerta cuando Armanskij la llamó:

—Lisbeth, espera un segundo. ¿Qué vas a hacer?

—Voy a ir a visitar a Holger Palmgren.

—Ya. Me refiero a… ¿en qué vas a trabajar?

Ella lo contempló pensativa.

—No lo sé.

—De algo tendrás que vivir.

—Ya te he dicho que tengo dinero.

Meditabundo, Armanskij se reclinó en la silla. Con Lisbeth Salander uno nunca sabía muy bien cómo interpretar las palabras.

—He estado tan enfadado con tu desaparición que ya casi había decidido no volver a contratarte jamás. —Hizo una mueca—. Resultas muy poco fiable. Pero eres una investigadora condenadamente buena. Tal vez tenga algo que te interese.

Ella negó con la cabeza. Pero se acercó a su mesa.

—No quiero que me des trabajo. Mejor dicho. No necesito dinero. Lo digo en serio. Soy económicamente independiente.

Dragan Armanskij frunció el ceño con un gesto de perplejidad. Al final, asintió.

—De acuerdo. Eres económicamente independiente,

signifique eso lo que signifique. Te creo. Pero si necesitas un trabajo…

—Dragan, tú eres la segunda persona a la que visito desde que regresé. No necesito tu dinero. Pero durante muchos años tú has sido una de las pocas personas a las que he respetado.

—Vale. Pero todo el mundo ha de vivir de algo.

—Lo siento, pero ya no me interesa hacer investigaciones personales para ti. Llámame si te encuentras con un problema de verdad.

—¿Qué tipo de problema?

—Esos que no consigues resolver. Si te metes en un callejón sin salida y no sabes qué hacer. Si voy a trabajar para ti, tienes que ofrecerme algo que me interese. Tal vez en la parte operativa.

—¿En la parte operativa? ¿Tú, que desapareces sin dejar rastro cuando te conviene?

—Y una mierda. Nunca jamás he abandonado un encargo que haya aceptado.

Dragan Armanskij se la quedó mirando, desarmado. El concepto de «unidad operativa» pertenecía a su jerga, se refería al trabajo de campo. Podía tratarse de cualquier cosa: desde solicitar guardaespaldas hasta realizar operaciones especiales de vigilancia en exposiciones de arte. Su personal operativo lo componía una serie de veteranos seguros y estables que a menudo habían pertenecido a la policía. Además, el noventa por ciento de ellos eran hombres. Lisbeth Salander era todo lo opuesto a los criterios establecidos por Dragan para el personal de las unidades operativas de Milton Security.

—No sé… —dijo dubitativamente.

—No te esfuerces. Sólo aceptaré trabajos que me interesen, así que el riesgo de que te diga que no es grande. Llámame si te enfrentas a un problema realmente complicado. Soy buena resolviendo enigmas.

Dio media vuelta y desapareció. Dragan Armanskij

movía negativamente la cabeza. «Esta chalada. No cabe duda. Está chalada.»

Un segundo después Lisbeth Salander apareció de nuevo por la puerta.

—Por cierto… Tienes a dos tíos que llevan un mes protegiendo a la actriz Christine Rutherford de ese loco que le manda cartas anónimas de amenaza. Pensáis que el autor es alguien cercano porque conoce muchos detalles de su vida.

Dragan Armanskij se quedó mirando fijamente a Lisbeth Salander. Una descarga eléctrica le recorrió el cuerpo. «Lo ha vuelto a hacer. Te suelta unas frases sobre un tema del que es imposible que sepa ni una pizca y…» *No puede saber nada.*

—¿Y…?

—Olvídalo. Es un montaje. Son ella misma y su novio los que han escrito las cartas para llamar la atención. Dentro de unos días recibirá otra y la próxima semana lo filtrarán a los medios de comunicación. El riesgo de que se acuse a Milton de filtración es grande. Bórrala de la lista de clientes.

Antes de que a Armanskij le diera tiempo a decir nada, Lisbeth desapareció. Él se quedó mirando el hueco de la puerta. No era lógico que supiera esas cosas del caso. «Debe de tener un *insider* en Milton que le filtra información y la mantiene al día.» Pero tan sólo unas cuatro o cinco personas de la empresa conocían el tema: Armanskij, el jefe operativo y los dos o tres investigadores que se ocupaban de las amenazas… y eran probados y fiables profesionales. Armanskij se frotó la barbilla.

Bajó la mirada. La carpeta del caso Rutherford estaba bajo llave en el cajón de su mesa. El despacho tenía una alarma conectada. Volvió a mirar de reojo el reloj y constató que Harry Fransson, el jefe del departamento técnico, ya se había ido. Entró en su correo electrónico y le envió un mensaje a Fransson en el que le pedía que subiera a verlo al día siguiente para instalar una cámara oculta de vigilancia.

Lisbeth Salander volvió derecha a su casa de Mosebacke. Apresuró el paso con la sensación de que el tiempo apremiaba.

Llamó a Södersjukhuset y, tras dar la tabarra un rato en unas cuantas centralitas del hospital, consiguió localizar a Holger Palmgren. Hacía catorce meses que se encontraba en la residencia de rehabilitación de Erstaviken, en Älta. De inmediato, Äppelviken acudió a su mente. Al llamar le dijeron que estaba durmiendo pero que lo podría visitar al día siguiente.

Lisbeth pasó la noche en su piso, deambulando de un lado para otro. Se sentía incómoda. Se acostó temprano y se durmió casi en seguida. Se despertó a las siete, se duchó y desayunó en el 7-Eleven. A eso de las ocho se acercó hasta la oficina de alquiler de coches de Ringvägen. «Tengo que comprarme un coche.» Alquiló el mismo Nissan Micra que había cogido un par de semanas antes para ir a Äppelviken.

Nada más aparcar delante de la residencia la invadió un repentino nerviosismo, pero hizo de tripas corazón y entró. Se acercó a la recepción y solicitó ver a Holger Palmgren.

Una mujer llamada Margit, según rezaba en su placa identificativa, consultó sus papeles y le comentó que se hallaba en fisioterapia y que no estaría disponible hasta después de las once. Lisbeth podía esperar en la sala de espera o volver más tarde. Se dirigió al aparcamiento, se sentó en el coche y se fumó tres cigarrillos mientras esperaba. A las once regresó a la recepción. Le dijeron cómo llegar al comedor: cogiendo el pasillo de la derecha hasta el final y luego girando a la izquierda.

Se detuvo en la entrada y descubrió a Holger Palmgren en un comedor medio vacío. Se encontraba sentado de frente respecto a ella, concentrado en un plato. Sostenía torpemente el tenedor con toda la mano e intentaba, con gran esfuerzo, llevarse la comida a la boca. Aproximadamente una de cada tres veces fracasaba en su intento y la comida se le caía del tenedor.

Se le veía hundido y parecía tener cien años. Su rostro estaba extrañamente rígido. Se hallaba en una silla de ruedas. Fue entonces cuando Lisbeth Salander asimiló que, efectivamente, estaba vivo y cuando constató que Armanskij no le había mentido.

Holger Palmgren juró en silencio mientras por tercera vez intentó coger un poco de pastel de macarrones con el tenedor. Aceptaba que no podía andar bien y que había otras cosas que tampoco era capaz de hacer. Pero odiaba no poder comer en condiciones, y que a veces babeara, como un bebé.

Mentalmente sabía a la perfección cómo hacerlo. Bajar el tenedor con el ángulo apropiado, empujar, levantarlo y llevárselo a la boca. Pero había algún problema con la coordinación. La mano parecía tener vida propia: cuando daba la orden para elevarla, ésta se desplazaba lentamente a un lado; cuando la dirigía hacia la boca, cambiaba de dirección en el último momento y se iba hacia la mejilla o la barbilla.

Pero también sabía que la rehabilitación daba resultado. Apenas seis meses antes la mano le temblaba tanto que no podía llevarse a la boca ni un solo bocado. Ahora es cierto que las comidas le llevaban su tiempo, pero, por lo menos, comía sin ayuda. No pensaba rendirse hasta que volviera a recuperar el completo control de sus miembros.

Estaba bajando el tenedor para coger más comida cuando una mano apareció por detrás y se lo quitó suavemente. Vio cómo la mano pinchaba un poco de pastel de macarrones y lo levantaba. Inmediatamente reconoció aquella delgada mano de muñeca, giró la cabeza y se encontró con los ojos de Lisbeth Salander a menos de diez centímetros de su cara. Su mirada se mantenía a la expectativa. Parecía angustiada.

Durante un largo rato, Palmgren permaneció inmóvil contemplando su rostro. De repente el corazón le empezó a palpitar de una manera absurda. Luego abrió la boca y aceptó la comida.

Le dio de comer bocado a bocado. Por lo general, Palmgren odiaba que lo ayudaran en el comedor, pero entendió que Lisbeth Salander necesitaba hacerlo. No es que él fuera un desvalido vegetal. Ella le daba de comer como un gesto de humildad: un sentimiento sumamente raro, tratándose de ella. Le preparaba porciones de un tamaño adecuado y esperaba a que terminara de masticar. Cuando él le señaló un vaso de leche que tenía una pajita, ella se lo sostuvo para que pudiera beber.

No intercambiaron palabra durante toda la comida. En cuanto él tragó el último bocado, ella soltó el tenedor y lo interrogó con la mirada. Él negó con la cabeza. «No, no quiero más.»

Holger Palmgren se reclinó en la silla de ruedas e inspiró hondo. Lisbeth levantó la servilleta y le limpió la boca. De repente se sintió como si fuera el jefe de la mafia de una película norteamericana en la que un *capo di tutti capi* le presentaba sus respetos. Se imaginó a Lisbeth besándole la mano y sonrió ante la absurda fantasía.

—¿Hay alguna manera de conseguir un café en este sitio? —preguntó ella.

Él balbuceó. Ni sus labios ni su lengua podían articular los sonidos correctamente.

—Msa volver esqna. («La mesa que hay al volver la esquina.»)

—¿Quieres uno? ¿Con leche y sin azúcar, como siempre?

Le indicó que «sí» con un movimiento de cabeza. Ella se llevó la bandeja y volvió al cabo de un par de minutos con dos tazas de café. Él reparó en que Lisbeth tomaba el café solo, lo cual era raro. Sonrió al advertir que ella había guardado la pajita del vaso de leche para su café. Permanecieron en silencio. Holger Palmgren quería decir mil cosas pero no fue capaz de pronunciar sílaba alguna. Sus miradas, en cambio, se cruzaron una y otra vez. Lisbeth Salander tenía cara de sentirse terriblemente culpable. Al final rompió su silencio.

—Creí que estabas muerto —dijo—. No sabía que vivías. Si lo hubiera sabido, nunca habría… te habría visitado hace ya mucho tiempo.

Él asintió.

—Perdóname.

Volvió a asentir. Sonrió. Fue una sonrisa torcida, una curvatura de labios.

—Te encontrabas en coma y los médicos dijeron que te ibas a morir. Pensaban que fallecerías en uno o dos días, así que yo me marché de allí. Lo siento. Perdóname.

Él levantó su mano y la puso sobre la de ella, pequeña. Ella se la apretó fuertemente y suspiró de alivio.

—Tabas desparcida. («Estabas desaparecida.»)

—¿Has hablado con Dragan Armanskij?

Él movió la cabeza afirmativamente.

—He estado de viaje. Tuve que marcharme. No me despedí de nadie. Me fui sin más. ¿Estabas preocupado?

Negó con la cabeza.

—No tienes que preocuparte nunca por mí.

—Nnca tado procupdo. Tú sempre… t las apñas. Per Armskij taba procupdo. («Nunca he estado preocupado por ti. Tú siempre te las apañas. Pero Armanskij sí estaba preocupado.»)

Por primera vez ella sonrió y Holger Palmgren se relajó. Era la misma torcida sonrisa de siempre. La miró de arriba abajo. Comparó la imagen que guardaba de ella en la memoria con la de la chica que ahora se hallaba frente a él. Había cambiado. Estaba entera, limpia y bien vestida. Se había quitado el *piercing* del labio y… mmm… el tatuaje de la avispa del cuello tampoco estaba. Parecía adulta. Por primera vez en muchas semanas, Palmgren se rió. Sonó como un ataque de tos.

Lisbeth mostró una sonrisa aún más torcida y de repente un cálido sentimiento que llevaba mucho tiempo sin experimentar inundó su corazón.

—Tlass arrglado ben. («Te las has arreglado bien.») Señaló su ropa con el dedo. Ella asintió.

—Me las arreglo estupendamente.

—¿Q tal nuvo mintrador? («¿Qué tal el nuevo administrador?»)

Holger Palmgren vio que la cara de Lisbeth se ensombrecía. De repente, su boca se tensó ligeramente. Ella lo contempló con ojos inocentes.

—Bien… Sé manejarlo.

Las cejas de Palmgren se arquearon a modo de interrogación. Lisbeth miró a su alrededor y cambió de tema.

—¿Cuánto tiempo llevas aquí?

Palmgren no se había caído de un guindo. Había sufrido una apoplejía y le costaba hablar y coordinar sus movimientos, pero su inteligencia permanecía intacta y su radar en seguida detectó un tono falso en la voz de Lisbeth Salander. Desde que la conocía se había dado cuenta de que ella jamás mentía directamente, pero también de que no siempre era del todo sincera. Su manera de mentir consistía en desviar el tema. Al parecer, había algún problema con el nuevo administrador, lo que no sorprendía a Holger Palmgren.

De repente sintió un profundo arrepentimiento. ¿Cuántas veces había pensado en contactar con su colega Nils Bjurman para enterarse del estado de Lisbeth Salander y acabó renunciando a ello? ¿Y por qué no se había metido con el tema de la declaración de incapacidad de Lisbeth mientras le quedaban fuerzas para hacer algo? Sabía por qué: egoístamente, había querido mantener vivo el contacto con ella. Quería a esa cría tan condenadamente conflictiva como si fuera la hija que nunca tuvo, y deseaba tener alguna razón para continuar con la relación. Además, resultaba demasiado complicado y demasiado pesado para un vegetal como él, internado en una residencia, empezar a trabajar cuando incluso le costaba abrirse la bragueta cada vez que, tambaleándose, se dirigía al cuarto de baño. Se sentía como si en realidad fuera él quien había traicionado a Lisbeth Salander. «Pero ella siempre sobrevive... Es la persona más capaz que he conocido jamás.»

—Trbn.

—No te entiendo.

—Tribnl.

—¿El tribunal? ¿A qué te refieres?

—Dbms anlar tu de... declcn d ncapcd...

Al no ser capaz de expresar las palabras, Holger Palmgren torció el gesto y enrojeció. Lisbeth le puso una mano en el brazo y se lo apretó cuidadosamente.

—Holger... no te preocupes por mí. He pensado ocuparme de mi declaración de incapacidad dentro de poco. Ese trabajo ya no te corresponde, pero no es del todo improbable que recurra a ti. ¿Te parece bien? ¿Serías mi abogado si te necesitara?

Él negó con la cabeza.

—Dmasdo vij —golpeó la mesa con un nudillo—. Vijj... bbo.

—Sí, con esa actitud estás demostrando que no eres más que un maldito viejo bobo. Yo necesito un abogado. Te quiero a ti. Tal vez no seas capaz de formular tus alegaciones finales en el tribunal, pero me podrás aconsejar llegado el momento. ¿Vale?

Volvió a negar con la cabeza. Luego asintió.

—¿Trbjs?

—No te entiendo.

—¿Dnd trabjas? ¿No Rmskich? («¿Dónde trabajas? ¿No trabajas para Armanskij?»)

Lisbeth dudó un minuto mientras pensaba cómo explicar su situación. Resultaba complicado.

—Holger, ya no trabajo para Armanskij. Ya no necesito trabajar para él para ganarme la vida. Tengo mi propio dinero y estoy bien.

El ceño de Palmgren volvió a fruncirse.

—A partir de ahora te voy a visitar muchas veces. Te lo contaré… pero no nos estresemos. Ahora mismo quiero hacer otra cosa.

Se agachó, puso una bolsa sobre la mesa y sacó un tablero de ajedrez.

—Hace dos años que no te doy una paliza al ajedrez.

Él se resignó. Ella estaba tramando algo de lo que no deseaba hablar. Estaba convencido de que iba a oponerse a lo que Lisbeth estuviera maquinando, pero confiaba lo suficiente en ella como para saber que, fuera lo que fuese, posiblemente se tratara de algo Jurídicamente Dudoso, pero de ningún delito contra las Leyes de Dios. Porque, a diferencia de casi todos los demás, a Holger Palmgren no le cabía la menor duda de que Lisbeth Salander era una persona con principios morales. El problema era que su moral no siempre coincidía con lo estipulado por la ley.

Ella fue colocando las piezas de ajedrez y él se quedó atónito al darse cuenta de que era su propio tablero. «Seguro que se lo llevó del piso cuando caí enfermo. ¿Como un recuerdo?» Ella le dejó las blancas. Y él se sintió de pronto tan feliz como un niño.

Lisbeth Salander se quedó con Holger Palmgren durante dos horas. Lo había machacado tres veces cuando la enfermera interrumpió la partida y sus continuos piques para comunicar a Palmgren que ya le tocaba la sesión de fisioterapia de la tarde. Lisbeth recogió las piezas y dobló el tablero.

—¿Puede contarme en qué consiste la fisioterapia? —le preguntó a la enfermera.

—En aumentar la fuerza y la coordinación. Y hacemos avances, ¿a que sí?

La última pregunta iba dirigida a Holger Palmgren. Éste movió la cabeza para ratificarlo.

—Ya puede andar varios metros. Para el verano conseguirá dar paseos usted solito por el parque. ¿Ésta es su hija?

Las miradas de Lisbeth y Holger Palmgren se cruzaron.

—Ijstra. («Hijastra.»)

—Qué bien que le hayas hecho una visita. —«Traducción: ¿Dónde coño has estado todo este tiempo?» Lisbeth ignoró la crítica implícita. Se inclinó hacia delante y lo besó en la mejilla.

—Volveré a visitarte el viernes.

Holger Palmgren se levantó a duras penas de la silla de ruedas. Lisbeth lo acompañó hasta un ascensor. Se separaron. En cuanto las puertas del ascensor se cerraron, fue derecha a la recepción y preguntó si había alguna persona responsable de los pacientes y si podía hablar con él. La remitieron a un tal doctor A. Sivarnandan, a quien encontró en un despacho situado algo más al fondo del mismo pasillo. Se presentó ante él y le dijo que era la hijastra de Holger Palmgren.

—Quiero saber cómo está y qué va a ser de él.

El doctor A. Sivarnandan sacó el historial de Holger Palmgren y leyó las primeras páginas. Tenía la piel picada de viruelas y un fino bigote que irritó a Lisbeth. Al final levantó la vista. Para asombro de ella, hablaba con un fuerte acento finés.

—No me consta que el señor Palmgren tenga una hija o una hijastra. De hecho, su familiar más próximo parece ser un primo de ochenta y seis años que vive en Jämtland.

—Se ocupó de mí desde los trece años hasta que le dio la apoplejía. Entonces yo tenía veinticuatro.

Se hurgó el bolsillo interior de la cazadora y sacó un bolígrafo que le lanzó sobre la mesa.

—Me llamo Lisbeth Salander. Apunte mi nombre en el historial. Soy el familiar más cercano que tiene en el mundo.

—Es posible —contestó A. Sivarnandan, imperté-rrito—. Pero si eres su familiar más próximo, la verdad es que has tardado en darte a conocer. Que yo sepa sólo ha tenido visitas esporádicas de una persona que no pertenece a la familia pero a la que debemos avisar si su estado de salud cambia o si fallece.

—Seguro que es Dragan Armanskij.

El doctor A. Sivarnandan arqueó las cejas y movió la cabeza pensativamente.

—Así es. Veo que lo conoces.

—Puede llamarlo para comprobar mi identidad.

—No hace falta. Te creo. Me han comunicado que llevas dos horas jugando al ajedrez con el señor Palmgren. Pero aun así no puedo hablar de su estado de salud sin su consentimiento.

—Y un permiso así no se lo dará nunca jamás ese cabrón cabezota. Se le ha metido en la cabeza que no debe atormentarme con sus dolores y que me sigue teniendo bajo su responsabilidad, y no al revés. Verá, lo que sucede es que durante dos años he creído que estaba muerto. Justamente ayer me enteré de que estaba vivo. Si hubiera sabido que… es complicado explicarlo, pero quiero saber cuál es su pronóstico y si se va a recuperar.

El doctor A. Sivarnandan levantó el bolígrafo y escribió pulcramente el nombre de Lisbeth Salander en el historial de Holger Palmgren. Le pidió su número de identificación personal y el del teléfono.

—Vale, a partir de ahora eres formalmente su hijastra. Tal vez esto no sea del todo legal, pero teniendo en cuenta que eres la primera persona que lo visita desde Navidad, cuando el señor Armanskij se pasó por aquí… Ya lo has visto y has podido constatar con tus propios ojos que presenta problemas de coordinación y que le cuesta hablar. Sufrió una apoplejía.

—Ya lo sé. Fui yo quien lo encontró y llamó a la ambulancia.

—Ah, bueno. Entonces debes de saber que estuvo tres meses en la UVI. Permaneció inconsciente durante un largo período de tiempo. En general, los pacientes no se despiertan de un coma así, pero a veces ocurre. Obviamente, no le había llegado su hora. Al principio fue trasladado a la unidad de demencia para enfermos crónicos que son completamente incapaces de cuidar de sí mismos. En contra de todo pronóstico, mostró signos de mejoría y lo trasladaron aquí, a rehabilitación, hace nueve meses.

—¿Qué futuro le espera?

El doctor A. Sivarnandan hizo un gesto con los brazos y se encogió de hombros.

—¿Tienes una bola de cristal mejor que la mía? La verdad, no tengo ni idea. Lo mismo puede morir de un derrame cerebral esta misma noche como llevar una vida relativamente normal durante otros veinte años. No lo sé. Digamos que está en manos de Dios.

—¿Y si vive veinte años más?

—Ha sido una dura rehabilitación, y hasta estos últimos meses no hemos advertido realmente una clara mejoría. Hace seis meses era incapaz de comer sin ayuda. Hace tan sólo un mes, apenas se levantaba de la silla, lo cual se debe, entre otras cosas, a que sus músculos se han atrofiado por haber pasado tanto tiempo en cama. Ahora, por lo menos, camina mal que bien y recorre cortas distancias.

—¿Mejorará?

—Sí. Incluso considerablemente. Lo difícil fue la primera fase, pero ahora apreciamos progresos todos los días. Ha perdido casi dos años de su vida. Dentro de unos meses, para el verano, espero que sea capaz de dar paseos por el parque de aquí fuera.

—¿Y el habla?

—El problema es que el derrame afectó también a la zona del habla del cerebro y a su motricidad. Durante mucho tiempo ha sido, en realidad, como un vegetal. Desde entonces se ha visto obligado a aprender a controlar su cuerpo y a volver a hablar. Le cuesta recordar qué palabras debe emplear y tiene que aprenderlas de nuevo. Aunque no es como cuando un niño aprende a hablar. Él entiende el significado de la palabra, pero no puede pronunciarla. Dale un par de meses más y ya verás como su habla habrá mejorado. Y lo mismo sucede con su sentido de la orientación. Hace nueve meses, le costaba diferenciar entre la izquierda y la derecha, o entre subir y bajar en el ascensor.

Lisbeth Salander asintió pensativamente. Reflexionó durante dos minutos. Descubrió que el doctor A. Sivarnandan, con su aspecto indio y su acento finés, le caía bien.

—¿Qué significa la «A»? —preguntó de repente.

Él la contempló divertido.

—Anders.

—¿Anders?

—Nací en Sri Lanka pero fui adoptado en Åbo cuando sólo tenía unos meses.

—Muy bien, Anders. ¿Y cómo puedo ayudarlo?

—Visítalo. Estimúlalo mentalmente.

—Puedo venir todos los días.

—No quiero que vengas todos los días. Lo que quiero es, si te tiene aprecio, que espere con ansia tus visitas y que no se aburra.

—¿Hay algún tratamiento especial que pueda mejorar sus condiciones? Yo corro con los gastos.

Sonrió a Lisbeth Salander pero en seguida se puso serio.

—Me temo que somos nosotros los que ofrecemos los tratamientos más especializados. Naturalmente, me gustaría contar con más recursos y poder hacer frente a los recortes, pero te aseguro que los cuidados que recibe son de muy alto nivel.

—Y si no tuviera que preocuparse de los recortes, ¿qué podría haberle ofrecido?

—Lo ideal para pacientes como Holger Palmgren sería, por supuesto, poner a su disposición un entrenador personal a tiempo completo. Pero en Suecia hace mucho que carecemos de ese tipo de recursos.

—Contrátelo.

—¿Perdón?

—Que contrate a un entrenador personal para Holger Palmgren. Búsquele el mejor. Para mañana. Y asegúrese de proporcionarle todo lo que necesite: equipamiento técnico o lo que sea. Yo me ocuparé de que, a finales de esta misma semana, haya dinero en una cuenta corriente para pagarle un sueldo y el material que haga falta.

—¿Me estás tomando el pelo?

Lisbeth le lanzó al doctor Anders Sivarnandan una fría e inexpresiva mirada.

Mia Bergman frenó y situó su Fiat frente a la boca de metro de Gamla Stan, junto al bordillo de la acera. Dag Svensson abrió la puerta y, con el coche en marcha, entró en el asiento del copiloto. Se acercó a Mia y le dio un beso en la mejilla. Ella se reincorporó al tráfico y se colocó detrás de un autobús de Stockholm Lokaltrafik.

—Hola —dijo sin desviar la mirada—. Te veo muy serio, ¿ha pasado algo?

Dag Svensson suspiró y se puso el cinturón de seguridad.

—No, nada importante. Es sólo que tenemos un poco de lío con el texto.

—¿En qué sentido?

—Falta un mes para el *deadline*. He hecho nueve de las veintidós confrontaciones que planeamos. Tengo problemas con Björck, el policía de la Säpo. El cabrón está de baja médica y no coge el teléfono de su casa.

—¿Está en el hospital?

—No lo sé. ¿Alguna vez has intentado sacarles información a los de la policía de seguridad? Ni siquiera reconocen que trabajan allí.

—¿Has intentado llamar a casa de sus padres?

—Fallecieron. Y no está casado. Tiene un hermano que vive en España. Simplemente, no sé cómo contactar con él.

De reojo, Mia Bergman miró a su compañero sentimental mientras sorteaba el tráfico de Slussen en dirección al túnel que los llevaría a Nynäsvägen.

—En el peor de los casos, nos veremos obligados a quitar el párrafo sobre Björck. Blomkvist exige que todos aquellos a los que acusamos tengan la oportunidad de defenderse antes de sacarlos a la luz pública.

—Y sería una pena no incluir a un representante de la policía secreta que se va de putas. ¿Qué vas a hacer?

—Pues buscarlo, claro. Y tú, ¿cómo te encuentras? ¿No estás nerviosa?

Cariñosamente le clavó un dedo en el costado.

—La verdad es que no. El próximo mes defenderé mi tesis y por fin seré doctora, pero estoy como una balsa de aceite.

—Conoces el tema. ¿Por qué te ibas a poner nerviosa?

—Mira en el asiento de atrás.

Dag Svensson se volvió y descubrió una bolsa de plástico.

—¡Mia, ya está impresa! —exclamó.

Cogió la tesis y la sostuvo en la mano.

FROM RUSSIA WITH LOVE

Trafficking, crimen organizado
y medidas tomadas por la sociedad

MIA BERGMAN

—Pensé que no saldría hasta la semana que viene. Joder... tenemos que descorchar una botella de vino en cuanto lleguemos a casa. ¡Enhorabuena, doctora!

Se acercó y la volvió a besar en la mejilla.

—Tranquilo, hasta dentro de tres semanas no seré doctora. Y las manos quietas cuando estoy conduciendo.

Dag Svensson se rió. Luego se puso serio.

—Por cierto, y siento aguarte la fiesta, hará un año que entrevistaste a una chica llamada Irina P.

—Irina P., veintidós años, de San Petersburgo. Llegó aquí por primera vez en 1999 y luego hizo unos cuantos viajes más. ¿Por qué?

—Hoy he visto a Gulbrandsen, el policía que llevaba la investigación de los burdeles de Södertälje. ¿Te has enterado de que la semana pasada encontraron a una chica flotando en el canal de Södertälje? La noticia apareció con grandes titulares en los vespertinos. Era Irina P.

—¡Oh, no! ¡Qué horror!

Se quedaron en silencio justo al pasar por Skansktull.

—Está en la tesis —dijo finalmente Mia Bergman—. Bajo el seudónimo de Tamara.

Dag Svensson abrió *From Russia with Love* por el capítulo dedicado a las entrevistas y buscó a Tamara. Leyó atentamente mientras Mia pasó por Gullmarsplan y por Globen.

—La trajo una persona a la que llamas Anton.

—No puedo emplear nombres verdaderos. Me han advertido de que en la defensa de la tesis me lo podrían criticar. Las chicas han de aparecer bajo seudónimo. Se juegan la vida. Consecuentemente, tampoco nombro a los puteros, ya que entonces les sería muy fácil deducir con qué chica he estado hablando. Así que, para que no haya detalles concretos, sólo uso nombres falsos y personas anónimas en todos los casos.

—¿Quién es Anton?

—Probablemente se llame Zala. Nunca lo he conseguido identificar, pero creo que es polaco o yugoslavo, y que en realidad tiene otro nombre. Hablé con Irina P. cuatro o cinco veces y hasta nuestro último encuentro no lo mencionó. Estaba intentando arreglar su vida y pensaba dejarlo, pero le tenía un miedo terrible.

—Mmm… —dijo Dag Svensson.

—¿Qué?

—Me estaba preguntando… Hará un par de semanas que me topé con el nombre de Zala.

—¿Dónde?

—Le enseñé el material a Sandström. Ese maldito periodista putero. Joder, es un verdadero hijo de puta.

—¿Por qué?

—En primer lugar no es un auténtico periodista. Hace revistas promocionales para empresas. Lo que pasa es que tiene unas fantasías tremendamente enfermizas con violaciones que luego lleva a cabo con esa chica…

—Ya lo sé. Fui yo quien la entrevistó.

—Pero ¿has visto que ha hecho el *layout* de un folleto informativo para el Instituto Nacional de Salud Pública sobre enfermedades de transmisión sexual?

—No lo sabía.

—Me entrevisté con él la semana pasada y le enseñé el material. Se quedó completamente hecho polvo, claro está, cuando le presenté toda la documentación y le pregunté por qué iba con putas adolescentes de los países del Este para hacer realidad sus fantasías de violación. Al final me dio algo parecido a una explicación.

—¿Ah sí?

—Sandström ha ido a parar a una situación en la que no sólo es cliente sino que también lleva a cabo una serie de gestiones para la mafia sexual. Me facilitó los nombres de los que conocía, entre ellos el de Zala. No dijo nada en especial sobre él, pero es un nombre bastante poco habitual.

Mia Bergman lo miró de reojo.

—¿No sabes quién es? —preguntó Dag.

—No. Nunca he podido identificarlo. Sólo es un nombre que aparece de vez en cuando. Las chicas parecen tenerle un miedo impresionante y nadie ha querido contar nada más.

Capítulo 9

Domingo, 6 de marzo –
Viernes, 11 de marzo

De camino al comedor, el doctor A. Sivarnandan detuvo sus pasos al descubrir a Holger Palmgren y Lisbeth Salander. Estaban inclinados sobre el tablero de ajedrez. Ella había adquirido la costumbre de visitarlo una vez por semana, generalmente los domingos. Siempre llegaba a eso de las tres y pasaba unas cuantas horas jugando al ajedrez con él. Se iba sobre las ocho de la noche, cuando él debía irse a la cama. El doctor Sivarnandan había notado que ella ni mostraba veneración alguna por Palmgren ni lo trataba como si estuviera enfermo. Todo lo contrario: siempre parecían estar pinchándose y ella dejaba que fuera él quien fuese a buscar el café.

El doctor A. Sivarnandan frunció el ceño. No sabía cómo entender a esa curiosa chica que se consideraba la hijastra de Holger Palmgren. Tenía un particular aspecto y daba la impresión de observar todo su entorno con recelo. Resultaba imposible bromear con ella.

También parecía prácticamente imposible entablar una conversación normal con esa chica; en una ocasión él le preguntó a qué se dedicaba y ella contestó con evasivas.

Unos días después de su primera visita, Lisbeth se presentó con un montón de papeles que daban fe de que se había creado una fundación sin ánimo de lucro con el explícito objetivo de colaborar en la rehabilitación de Holger Palmgren. El presidente de la fundación era un abogado residente en Gibraltar. La dirección estaba compuesta por un solo miembro, también abogado y domiciliado en Gibraltar, así como por un auditor llamado Hugo Svensson que vivía en Estocolmo. La fundación administraba dos millones y medio de coronas de las que el doctor A. Sivarnandan podría disponer como quisiera, siempre y cuando el dinero se empleara en ofrecer todo tipo de atenciones a Holger Palmgren. Para usar los fondos, Sivarnandan tenía que dirigir una petición al auditor, quien más tarde se encargaría de realizar los pagos.

Se trataba de un acuerdo poco habitual, por no decir insólito.

Durante varios días, Sivarnandan estuvo pensando si había algo que no fuera ético en esa manera de hacer las cosas. No se le ocurrió ninguna objeción, de modo que contrató a Johanna Karolina Oskarsson, de treinta y nueve años, como la entrenadora y asistenta personal de Holger Palmgren. Era fisioterapeuta titulada y contaba en su haber con varios cursos complementarios de psicología y una amplia experiencia como rehabilitadora. Formalmente estaba contratada por la fundación y, para asombro de Sivarnandan, el primer sueldo se le pagó por adelantado en cuanto firmó el contrato. Hasta ese momento había albergado la ligera duda de que todo eso tal vez se tratara de algún tipo de absurdo engaño.

Y, además, pareció dar resultado. Durante el último mes, la capacidad de coordinación y el estado general de Holger Palmgren habían mejorado considerablemente, cosa que podía comprobarse en las pruebas que realizaba todas las semanas. Sivarnandan se preguntaba cuánto de esa mejora se debía al entrenamiento y cuánto a Lisbeth Salander. No cabía duda de que Holger Palmgren se esforzaba al máximo y de que esperaba sus visitas con la ilusión de un niño. Parecía divertirle que ella le ganara siempre al ajedrez.

Una vez el doctor Sivarnandan los acompañó. Fue

una partida curiosa. Holger Palmgren jugaba con las blancas y abrió con la defensa siciliana. Y lo hizo todo bien.

Meditaba cada movimiento durante mucho tiempo. Poco importaban los impedimentos físicos que la apoplejía le hubiera provocado: su agudeza mental permanecía intacta.

Mientras, Lisbeth Salander leía un libro sobre un tema tan peculiar como «la calibración de frecuencia de radiotelescopios en estado de ingravidez». Se encontraba sentada sobre un cojín para estar más alta frente a la mesa. Cuando Palmgren hizo su movimiento, ella levantó la vista y movió una pieza sin apenas pensárselo aparentemente. Acto seguido volvió al libro. Tras la jugada veintisiete, Palmgren se rindió. Salander levantó la mirada y, con el ceño fruncido, examinó el tablero durante un par de segundos.

—No —dijo—. Todavía puedes conseguir tablas.

Palmgren suspiró y dedicó cinco minutos a estudiar el tablero. Al final la miró fijamente.

—Demuéstramelo.

Ella le dio la vuelta al tablero y se hizo cargo de sus piezas. Llegó a tablas en la jugada treinta y nueve.

—¡Dios mío! —exclamó Sivarnandan.

—Lisbeth es así. Nunca apuestes dinero con ella —dijo Palmgren.

Sivarnandan llevaba jugando al ajedrez desde pequeño; siendo adolescente se presentó al campeonato escolar de Åbo, donde quedó segundo. Se consideraba un aficionado competente. Se dio cuenta de que Lisbeth Salander era una extraordinaria jugadora. Por lo visto, nunca había pertenecido a ningún club, de modo que cuando él mencionó que la partida le recordaba a una variante de una clásica partida de Lasker, ella puso cara de no entender nada. No parecía haber oído hablar de Emanuel Lasker. El doctor no pudo resistir la tentación de preguntarse si su talento sería innato y, en tal caso, si tendría otros talentos que pudieran interesar a un psicólogo.

Pero no le dijo nada. Constató, simplemente, que Holger Palmgren daba muestras de encontrarse mejor que nunca desde que ella había llegado a Ersta.

El abogado Nils Bjurman llegó a casa tarde. Había pasado cuatro semanas seguidas en la casa de campo que tenía en las afueras de Stallarholmen. Estaba desanimado. No había ocurrido nada que cambiara en lo fundamental su miserable situación. Tan sólo que el gigante rubio le había comunicado que les interesaba la propuesta; le iba a costar cien mil coronas.

En el suelo, bajo la trampilla del buzón, se había acumulado una montaña de correspondencia. La recogió y la puso sobre la mesa de la cocina. Había perdido el interés por todo lo que tuviera que ver con el trabajo y el mundo exterior. Hasta bien entrada la noche no detuvo la mirada en el montón de cartas. Las revisó distraídamente.

Una de ellas procedía de Handelsbanken. La abrió y casi sufrió un *shock* cuando descubrió que era el extracto de un reintegro de 9.312 coronas de la cuenta de Lisbeth Salander.

«Ha vuelto.»

Entró en su despacho y dejó el documento en su mesa de trabajo. Lo contempló con odio durante más de un minuto mientras ordenaba sus ideas. Tenía que buscar el número de teléfono ya. Acto seguido, levantó el auricular y marcó el número de un móvil con tarjeta prepago. El gigante rubio contestó con un ligero acento.

—¿Sí?

—Soy Nils Bjurman.

—¿Qué quiere?

—Ha vuelto a Suecia.

Al otro lado del hilo se hizo un breve silencio.

—Está bien. No vuelva a llamar a este número.

—Pero…

—Le avisaré dentro de poco.

Para su gran irritación, la llamada se cortó. Bjurman lo maldijo por dentro. Se acercó al mueble bar y se sirvió un buen chorro de Kentucky Bourbon. Apuró la copa en dos tragos. «Tengo que beber menos», pensó. Luego se sirvió un poquito más y se llevó la copa a su mesa, donde volvió a mirar el extracto.

Miriam Wu masajeó la espalda y el cuello de Lisbeth. Llevaba veinte minutos amasando intensamente mientras Lisbeth se limitaba a emitir algún que otro gemido de satisfacción. Que Mimmi le diera un masaje resultaba enormemente placentero: se sentía como una gatita que sólo quería ronronear y mover las patitas.

Ahogó un suspiro de decepción cuando Mimmi le pegó una palmadita en el culo diciendo que ya estaba bien. Permaneció quieta un momento, alimentando la vana esperanza de que Mimmi continuara; pero cuando la oyó alargar la mano para coger una copa de vino, se volvió boca arriba.

—Gracias —dijo.

—Creo que pasas demasiado tiempo sentada ante el ordenador. Por eso te duele la espalda.

—Sólo me ha dado un tirón en un músculo.

Las dos yacían desnudas en la cama de Mimmi, en Lundagatan. Estaban bebiendo vino tinto y ya habían llegado al punto de la risa tonta y la flojera. Desde que Lisbeth había recuperado el contacto con Mimmi era como si nunca se cansara de ella. Se había convertido en una mala costumbre llamarla un día sí y otro también, cosa a todas luces exagerada. Mientras contemplaba a Mimmi se recordó a sí misma que no debía volver a sentir demasiado apego por otra persona. Podría acabar resultando doloroso para alguien.

De repente, Miriam Wu estiró la espalda y, sacando medio cuerpo de la cama, abrió un cajón de la mesilla de noche. Extrajo un pequeño paquete plano envuelto en un papel de regalo con flores y con una roseta hecha con cinta dorada, y se lo tiró a las manos.

—¿Qué es esto?

—Tu regalo de cumpleaños.

—Falta más de un mes.

—El del año pasado. Cuando resultaba imposible contactar contigo. Lo he encontrado al hacer la mudanza.

Lisbeth permaneció callada un instante.

—¿Lo abro ahora?

—Bueno, si te apetece.

Dejó la copa de vino, sacudió el paquete y lo abrió con cuidado. Sacó una preciosa pitillera con una tapa esmaltada en azul y negro, y decorada con unos signos chinos.

—Deberías dejar de fumar —dijo Miriam Wu—. Pero ya que te empeñas en seguir, por lo menos podrás guardar los cigarrillos en algo con cierto gusto.

—Gracias —dijo Lisbeth—. Eres la única persona que me hace regalos de cumpleaños. ¿Qué significan los signos?

—¿Y yo qué diablos sé? No entiendo el chino. Es sólo una cosa que encontré en un rastro.

—Es un estuche muy bonito.

—Es una de esas chorradas baratas. Pero parecía haber sido hecha para ti. Oye, se nos ha acabado el vino. ¿Salimos a tomar una cerveza?

—¿Eso significa que tenemos que levantarnos de la cama y vestirnos?

—Me temo que sí. Pero ¿qué sentido tiene vivir en Södermalm si una no puede ir de bares de vez en cuando?

Lisbeth suspiró.

—Venga —dijo Miriam Wu, clavándole suavemente el dedo en el brillante del ombligo—. Podemos volver después.

Lisbeth volvió a suspirar, puso un pie en el suelo y se estiró para coger las bragas.

Dag Svensson estaba sentado en un rincón de la redacción de *Millennium*, en la mesa que le habían dejado, cuando, de repente, oyó el ruido de la cerradura de la puerta principal. Le echó un vistazo al reloj y vio que ya eran las nueve de la noche. Mikael Blomkvist también pareció sorprendido de que todavía hubiera alguien allí.

—Sí, aquí me tienes, al pie del cañón… Hola, Micke. He estado retocando unas cositas del libro y no me he dado cuenta de lo tarde que es. ¿Qué haces aquí?

—Sólo venía a por un libro que se me ha olvidado. ¿Va todo bien?

—Sí… Bueno, no… Llevo tres semanas intentando localizar a ese maldito Björck de la Säpo. Es como si hubiera sido secuestrado por algún servicio de inteligencia extranjero; como si se lo hubiese tragado la tierra.

Dan le contó sus penas. Mikael acercó una silla, se sentó y se puso a reflexionar.

—¿Has probado con el truco del premio?

—¿Qué?

—Te inventas un nombre, redactas una carta en la que le comunicas que ha ganado un teléfono móvil con GPS o lo que sea. La imprimes de manera que tenga un bonito aspecto y se la mandas a casa, en este caso a la dirección del apartado de correos. Ya ha ganado el móvil. Pero es que, además, él es una de las veinte personas que puede continuar participando y ganar cien mil coronas. Todo lo que tiene que hacer es participar en un estudio de mercado para distintos productos. La encuesta le llevará una hora y la realizará un entrevistador profesional. Y luego... bueno.

Dag Svensson miraba a Mikael Blomkvist con la boca abierta.

—¿Lo dices en serio?

—¿Por qué no? Ya lo has intentado todo y, además, hasta un secreta de la Säpo debería ser capaz de calcular que las posibilidades de ganar cien mil coronas no están nada mal siendo él uno de los veinte elegidos.

Dag Svensson soltó una carcajada.

—Estás loco. ¿Eso es legal?

—No creo que sea ilegal regalar un móvil.

—Joder, tío, estás loco.

Dag Svensson siguió riéndose. Mikael dudó un segundo. En realidad, se iba ya para casa y no frecuentaba mucho los bares, pero Dag Svensson le caía bien y se sentía a gusto con él.

—¿Vamos a tomar una cerveza? —preguntó espontáneamente.

Dag Svensson consultó su reloj.

—Claro —dijo—. Venga, una rápida. Déjame darle un toque a Mia. Ha salido con unas amigas y va a venir a buscarme.

Fueron al Kvarnen, más que nada porque les pillaba cerca. Dag Svensson se reía entre dientes mientras iba redactando mentalmente la carta que le dirigiría a Björck a la Säpo. De reojo, Mikael le echó una mirada algo escéptica a su colaborador, que resultaba tan fácil de entretener. Tuvieron la suerte de conseguir una mesa justo al lado de la entrada y pidieron dos pintas. Se sentaron e, inclinados sobre la mesa y mientras bebían, trataron el tema que ahora ocupaba el tiempo de Dag Svensson.

Mikael no vio que Lisbeth Salander estaba en la barra con Miriam Wu. Lisbeth dio un paso atrás, de modo que

Mimmi quedó entre ella y Mikael Blomkvist. Lo observó oculta tras el hombro de Mimmi.

Era la primera vez que salía desde que volvió a Suecia y va y se tropieza con él. El Kalle Blomkvist de los Cojones.

Era la primera vez que lo veía en más de un año.

—¿Qué te pasa? —preguntó Mimmi.

—Nada —respondió Lisbeth Salander.

Siguieron hablando. O mejor dicho: Mimmi continuó contando una historia sobre una bollera que conoció, hacía ya unos años, en un viaje a Londres. Iba de una visita a una galería de arte y de una situación que se tornó cada vez más absurda a medida que Mimmi intentó ligar con ella. De vez en cuando, Lisbeth movía la cabeza y, como de costumbre, no se enteró muy bien de la historia y no le vio ninguna gracia.

Mikael Blomkvist no había cambiado mucho, constató Lisbeth. Tenía un aspecto insultantemente bueno; estaba tranquilo y relajado pero mostraba una expresión seria. Escuchaba a su compañero de mesa y asentía con la cabeza a intervalos regulares. Parecía tratarse de una conversación importante.

Lisbeth dirigió la mirada al amigo de Mikael. Un chico rubio con el pelo rapado, unos años más joven que él, que hablaba con un gesto concentrado y daba la impresión de intentar explicar algo. No lo había visto en su vida y no tenía ni idea de quién era.

De repente, un grupo de gente se acercó hasta la mesa de Mikael y le estrechó la mano. Una mujer le acarició la mejilla, dijo algo y todos se rieron. Mikael parecía incómodo pero también se rió.

Lisbeth Salander arqueó una ceja.

—No me estás escuchando —dijo Mimmi.

—Sí que te escucho.

—Eres una pésima compañera de juerga. Me rindo. ¿Volvemos a casa a follar?

—Dentro de un rato —contestó Lisbeth.

Se acercó un poco a Mimmi y le puso una mano en la cadera. Mimmi la miró.

—Tengo ganas de besarte en la boca.

—No lo hagas.

—¿Tienes miedo de que la gente piense que eres una bollera?

—Ahora mismo no me apetece llamar la atención.

—Venga, entonces vámonos.

—Todavía no. Espera un poco.

No fue necesario esperar mucho. A los veinte minutos de su llegada, el hombre que acompañaba a Mikael recibió una llamada en el móvil. Apuraron las cervezas y se levantaron a la vez.

—Mira —dijo Mimmi —. Ése es Mikael Blomkvist. Tras el caso Wennerström se ha hecho más famoso que una estrella de *rock*.

—¿Sí? —dijo Lisbeth.

—¿Te lo perdiste? Pasó más o menos cuando te fuiste del país.

—Algo he oído.

Lisbeth esperó cinco minutos antes de mirar a Mimmi.

—Querías besarme en la boca.

Mimmi la contempló perpleja.

—Sólo te estaba tomando el pelo.

Lisbeth se puso de puntillas, bajó la cabeza de Mimmi a su altura y le dio un largo beso con lengua. Cuando terminaron, la gente las aplaudió.

—Estás chalada —dijo Mimmi.

Lisbeth Salander no volvió a casa hasta las siete de la mañana. Se acercó el cuello de la camiseta a la nariz y lo olisqueó. Pensó en darse una ducha pero pasó y, en su lugar, dejó la ropa amontonada en el suelo y se metió en la cama. Durmió hasta las cuatro de la tarde. Se levantó y bajó a Söderhallarna a desayunar.

Pensó en Mikael Blomkvist y en su reacción al encontrarse repentinamente en el mismo local que él. Su presencia la había irritado, pero también pudo constatar que ya no le dolía verlo. Él se había convertido en un pequeño punto en el horizonte, una pequeña interferencia en su vida.

Las había peores.

Pero de pronto deseó haber tenido el coraje de acercarse y saludarlo.

O tal vez de romperle las piernas. No estaba segura.

Fuera como fuese, se apoderó de ella una repentina curiosidad por saber en qué andaba metido.

Durante la tarde hizo unas gestiones y regresó a casa sobre las siete. Encendió su PowerBook e inició el Asphyxia 1.3. El icono de MikBlom/laptop seguía en el servidor de Holanda. Hizo doble clic y abrió una copia exacta del disco duro de Mikael Blomkvist. Desde que se había ido de Suecia, hacía ya más de un año, era la primera vez que se metía en su ordenador. Para su satisfacción, advirtió que él todavía no había actualizado la última versión de MacOS, cosa que habría supuesto la eliminación de Asphyxia y la interrupción del pirateo. También constató que debía rediseñar el programa para que una actualización no lo inutilizara.

El volumen del disco duro se había incrementado en casi 6,9 gigabytes desde su última visita. Gran parte del aumento consistía en archivos pdf y documentos en Quark. Estos últimos no ocupaban mucho espacio; las carpetas de fotografías, en cambio, a pesar de estar comprimidas, sí. Al parecer, desde que había vuelto como editor responsable, había empezado a archivar una copia de cada número de *Millennium*.

Ordenó el disco duro en orden cronológico, con los documentos más viejos en primer lugar, y reparó en que, durante los últimos meses, Mikael se había centrado principalmente en una carpeta titulada «Dag Svensson» que, al parecer, se trataba de un proyecto de libro. Luego abrió el correo de Mikael y repasó detenidamente la lista de direcciones de su correspondencia.

Una dirección la sobresaltó. El 26 de enero Mikael había recibido un correo de esa Harriet Vanger de los Cojones. Lo abrió y leyó unas breves líneas referentes a una futura junta anual de *Millennium*. El mensaje terminaba comunicándole a Mikael que Harriet había reservado la misma habitación de hotel que la última vez.

Lisbeth asimiló la información. Luego se encogió de hombros y descargó el correo de Mikael Blomkvist, el manuscrito del libro de Dag Svensson, cuyo título provisional era *Las sanguijuelas* y su subtítulo *Los pilares sociales de la industria de las putas*. También encontró una copia de una tesis doctoral titulada *From Russia with Love*, escrita por una mujer llamada Mia Bergman.

Se desconectó, se dirigió a la cocina y conectó la cafetera eléctrica. Luego se sentó en el nuevo sofá del salón con su PowerBook. Abrió la pitillera que le había regalado Mimmi y encendió un Marlboro Light. El resto de la noche lo pasó leyendo.

A las nueve ya había terminado de leer la tesis de Mia Bergman. Pensativa, se mordió el labio.

A las diez y media ya había leído el libro de Dag Svensson. Se dio cuenta de que, dentro de poco, *Millennium* volvería a contar con buenos titulares.

A eso de las once y media estaba llegando al final de los correos de Mikael Blomkvist cuando, de repente, se incorporó y abrió los ojos de par en par.

Un escalofrío le recorrió la espalda.

Se trataba de un correo de Dag Svensson a Mikael Blomkvist.

Svensson mencionaba que estaba dándole vueltas a la posibilidad de que un tal Zala, un gánster de un país del Este, constituyera un capítulo propio, pero era consciente de que faltaba poco tiempo para la fecha de entrega. Mikael no había contestado.

«Zala.»

Petrificada, Lisbeth se quedó pensando hasta que apareció el salvapantallas.

Dag Svensson dejó de lado su cuaderno y se rascó la cabeza. Meditabundo, contempló la única palabra escrita en la parte superior de la página. Cuatro letras.

«Zala.»

Desconcertado, se pasó tres minutos dibujando una serie de círculos concéntricos alrededor del nombre. Luego se levantó y fue a la pequeña cocina a por una taza de café. Miró de reojo su reloj y constató que ya era hora de irse a casa a descansar, pero había descubierto que se encontraba a gusto en la redacción de *Millennium*, trabajando hasta altas horas de la noche en medio de aquel silencio y aquella quietud. La fecha límite se iba acercando implacablemente. Controlaba el manuscrito, pero por primera vez desde que había empezado el proyecto le asaltó una leve duda. Se preguntaba si no se le habría pasado un importante detalle.

Zala.

Hasta ese momento, se había mostrado impaciente por terminar el manuscrito y publicar el libro. Ahora, de repente, deseaba tener más tiempo.

Reflexionó sobre el informe de la autopsia que el inspector Gulbrandsen le había dejado leer. Irina P. fue encontrada en el canal de Södertälje. Había sido objeto de una extrema violencia y presentaba contusiones en la cara y el tórax. La muerte se produjo por rotura del cuello pero, como mínimo, dos de sus otras lesiones también eran letales. Tenía seis costillas rotas y el pulmón izquierdo perforado. El bazo estaba destrozado como consecuencia de una grave contusión. Los daños eran difíciles de interpretar. El médico forense había lanzado la teoría de que habían usado una maza de madera envuelta en tela. No se podía explicar qué motivos tendría el asesino para envolver una maza de madera en una tela, pero las contusiones no coincidían con ninguna de las características de las armas habituales.

El crimen seguía sin resolverse y, a Guldbrandsen, las posibilidades de hacerlo no se le antojaban muy elevadas.

En el material reunido por Mia Bergman a lo largo de los últimos años, el nombre de Zala aparecía en cuatro ocasiones, pero siempre manteniéndose al margen, como un escurridizo fantasma. Nadie sabía quién era, ni siquiera si existía. Algunas de las chicas habían hablado de él como una amenaza no definida que constituía un peligro para las desobedientes. Había dedicado una semana a averiguar más sobre Zala preguntando a policías, periodistas y otras fuentes relacionadas con el comercio sexual.

Había vuelto a contactar con el periodista Per-Åke Sandström, al que pensaba denunciar despiadadamente en el libro. A esas alturas, Sandström ya había empezado a darse cuenta de la gravedad de la situación. Le suplicó a Dag Svensson que tuviera compasión. Le ofreció dinero. Dag Svensson no tenía intención alguna de renunciar a ponerlo en evidencia. En cambio, usó su poder para presionar a Sandström y obtener información sobre Zala.

El resultado fue decepcionante. Sandström era un cabrón corrupto que había hecho de chico de los recados para la mafia del sexo. No conocía a Zala, pero había hablado con él por teléfono y sabía que existía. Quizá. No, no tenía un número de teléfono. No, no podía revelar quién estableció el contacto.

Súbitamente, Dag Svensson comprendió que Per-Åke Sandström tenía miedo. Un miedo que iba más allá de la amenaza de ser expuesto al escarnio público. Temía por su vida. ¿Por qué?

Capítulo 10

Lunes, 14 de marzo –
Domingo, 20 de marzo

Acudir en transporte público hasta el centro de rehabilitación de Erstaviken para visitar a Holger Palmgren suponía mucho tiempo, y alquilar un vehículo para cada visita resultaba un engorro. A mediados de marzo, Lisbeth Salander decidió comprarse un coche, pero antes debía conseguir una plaza de aparcamiento, cosa que constituía un problema bastante más gordo aún.

Ya tenía una en su casa de Mosebacke, pero no quería que pudieran vincular el coche al edificio de Fiskargatan. Sin embargo, hacía ya muchos años que se había apuntado en la lista de la que fuera su antigua comunidad de vecinos de Lundagatan para obtener otra plaza de garaje en el edificio. Llamó para saber en qué posición se encontraba y le comunicaron que estaba en primer lugar. No sólo eso: a principios del mes que viene quedaría una plaza libre. Suerte. Llamó a Mimmi y le pidió que firmara cuanto antes el contrato. Al día siguiente empezó a mirar coches.

Tenía suficiente dinero para comprarse un Rolls Royce o un Ferrari de exclusivo color mandarina, pero no le interesaba lo más mínimo ser propietaria de nada llamativo. Así que visitó dos concesionarios de la zona de Nacka y se fijó en un Honda automático de cuatro años de color burdeos. Para desesperación del vendedor, se pasó una hora examinando todos y cada uno de los detalles del motor. Por pura cuestión de principios, negoció el precio y consiguió que se lo rebajaran un par de miles de coronas, tras lo cual pagó al contado.

Luego condujo el Honda hasta Lundagatan, llamó a casa de Mimmi y le dejó una copia de las llaves. Sí, claro: Mimmi podría coger el coche cuando quisiera. Faltaría más. Tan sólo debía comunicárselo con antelación. Como la plaza de garaje no estaría libre hasta principios de mes, lo aparcaron, mientras tanto, en la calle.

Mimmi se encontraba a punto de salir; había quedado para ir al cine con una amiga de la que Lisbeth nunca había oído hablar. Como iba maquillada de lo más vulgar, enfundada en algo asqueroso y con una especie de collar de perro alrededor del cuello, Lisbeth supuso que se trataba de alguno de los ligues de Mimmi, de modo que cuando ésta le preguntó si quería acompañarlas, rechazó la oferta. No le apetecía lo más mínimo acabar haciendo un trío con Mimmi y una de sus patilargas amigas, quien, sin duda, sería supersexy pero la haría sentirse como una gilipollas. Sin embargo, Lisbeth tenía que comprar una cosa en el centro, así que viajaron juntas en el metro hasta Hötorget, donde se despidieron.

Lisbeth se fue andando hasta el OnOff de Sveavägen y consiguió colarse por la puerta justo dos minutos antes de que cerraran. Compró un cartucho de tóner para su impresora láser y pidió que se lo dieran sin caja para que le cupiera en la mochila.

Al salir de la tienda le entró hambre y sed. Paseó hasta Stureplan donde, por pura casualidad, optó por el Café Hedon, un sitio que nunca antes había visitado ni del que ni siquiera había oído hablar. Inmediatamente reconoció por detrás, en diagonal, al abogado Nils Bjurman. Se detuvo en seco y se dio la vuelta en la misma puerta. Se situó junto al ventanal que daba a la calle y estiró el cuello con el fin de observar a su administrador, oculta por un mostrador.

Ver a Bjurman no le despertó ningún sentimiento en especial: ni rabia, ni odio, ni miedo. Por lo que a Lisbeth respectaba, el mundo sería, sin duda, un lugar mejor sin él, pero el abogado seguía con vida porque ella había decidido que así le era más útil. Desplazó la mirada hasta un hombre que se hallaba situado frente a Bjurman y abrió de par en par los ojos cuando aquél se levantó. Clic.

Era muy corpulento: medía, como poco, dos metros, y estaba muy musculado. Excepcionalmente musculado. Aunque tenía una cara delicada y el pelo rubio y rapado, en conjunto daba una impresión muy potente.

Lisbeth vio que el gigante rubio se inclinaba hacia delante y le decía unas palabras a Bjurman, quien movió afirmativamente la cabeza. Se dieron la mano y Lisbeth advirtió que el abogado retiró muy rápido la suya.

«¿Quién coño eres tú y qué tienes que ver con Bjurman?»

Lisbeth se alejó apresuradamente por la calle y se detuvo frente a un quiosco donde vendían tabaco y prensa. Observaba los titulares de los periódicos cuando el rubio salió del Hedon y, sin mirar a su alrededor, giró a la izquierda. Pasó a menos de treinta centímetros de la espalda de Lisbeth. Ésta le dio quince metros de ventaja antes de seguirlo.

No fue un paseo muy largo. El gigante rubio se metió en la boca de metro más cercana, en Birger Jarlsgatan, y compró un billete en la taquilla. Se puso en el andén que llevaba al sur —adonde Lisbeth se dirigía de todas maneras— y subió al tren que iba a Norsborg. Se bajó en Slussen e hizo trasbordo a la línea verde, con dirección a Farsta, pero se apeó en Skanstull y caminó hasta el Blombergs Kafé de Götgatan.

Lisbeth Salander se quedó fuera. Observó pensativamente al hombre con el que el gigante rubio se había sentado. Clic. Constató en seguida que estaban tramando algo. El otro tipo tenía sobrepeso, la cara delgaducha y una gran barriga cervecera. Llevaba el pelo recogido en una coleta y un bigote rubio. Vestía vaqueros negros y cazadora vaquera, y calzaba botas de tacón alto. En la mano derecha lucía un tatuaje cuyo motivo Lisbeth no pudo distinguir. En el brazo, por encima del codo, llevaba una cadena de oro. Fumaba Lucky Strike. Tenía una mirada intensa, como la de alguien que se mete de todo con frecuencia. Lisbeth también apreció un chaleco por debajo de la cazadora. Aunque no pudo vérselo del todo, dedujo que el tipo era un motero.

El gigante rubio no tomó nada. Daba la sensación de estar explicando algo. El hombre de la cazadora vaquera asentía a intervalos regulares pero no parecía intervenir en la conversación. Lisbeth se recordó a sí misma que algún día tenía que decidirse y comprar un micrófono ultrasensible de largo alcance.

Apenas cinco minutos después, el gigante rubio se levantó y abandonó el Blombergs Kafé. Lisbeth retrocedió unos pasos pero él ni siquiera miró hacia donde ella estaba. Caminó cuarenta metros, dobló la esquina y subió por unas escaleras hasta Allhelgonagatan, donde se acercó a un Volvo blanco y abrió la puerta. Arrancó y, realizando un prudente giro, salió a la calle. Lisbeth tuvo el tiempo justo de ver la matrícula antes de que desapareciera en el siguiente cruce.

Dio media vuelta y se apresuró a volver al Blombergs Kafé. No se había ausentado ni tres minutos pero la mesa ya se encontraba vacía. Se volvió y escudriñó la acera a un lado y otro sin descubrir al hombre de la coleta. Luego miró enfrente y lo divisó justo cuando abría la puerta de un McDonald's.

Tuvo que entrar. Se hallaba sentado al fondo, en compañía de otro tipo vestido de modo similar. Éste llevaba el chaleco por fuera de la cazadora vaquera. Lisbeth leyó las palabras: «SVAVELSJÖ MC». El dibujo representaba una estilizada rueda de moto que se parecía a una cruz celta con un hacha.

Lisbeth abandonó el McDonald's y, antes de echar a andar en dirección norte, se quedó indecisa en Götgatan un par de minutos. Tuvo la sensación de que todo su sistema de vigilancia interno se había puesto, de repente, en alerta máxima.

Lisbeth se detuvo en el 7-Eleven e hizo la compra semanal, a saber: un *pack* grande de Billys Pan Pizza, tres paquetes de gratén de pescado congelado, tres pasteles de beicon, un kilo de manzanas, dos barras de pan, medio kilo de queso, leche, café, un cartón de Marlboro Light y los periódicos de la tarde. Subió a Mosebacke por Svartensgatan y tuvo mucho cuidado en mirar a su alrededor antes de marcar el código del portal del inmueble de Fiskargatan. Metió uno de los pasteles de beicon en el microondas y bebió leche directamente del cartón. Encendió la cafetera eléctrica y luego se sentó ante el ordenador, donde abrió Asphyxia I.3 y entró en la copia del disco duro del abogado Bjurman. Pasó media hora repasando detenidamente su contenido.

No encontró nada de interés. Bjurman no parecía usar su correo electrónico con mucha frecuencia y Lisbeth sólo halló una docena de breves mensajes personales procedentes de o enviados a conocidos. Ninguno estaba relacionado con ella.

Se topó con una nueva carpeta de fotos de porno duro que indicaba que seguía teniendo interés por mujeres humilladas de forma sádica. En realidad eso no constituía ninguna violación a la regla impuesta por Lisbeth que le prohibía relacionarse con mujeres.

Abrió la carpeta que contenía documentos sobre el cometido de Bjurman como administrador de Lisbeth

Salander y leyó minuciosamente cada informe mensual. Se correspondían escrupulosamente con las copias que ella le había instado a mandar, mes a mes, a una de sus numerosas direcciones de hotmail.

Todo normal.

Excepto, tal vez, una cosa… Al consultar las propiedades de los documentos de Word relativos a los distintos informes mensuales, Lisbeth pudo constatar que solía crearlos en los primeros días del mes, que tardaba una media de cuatro horas y que los enviaba puntualmente a la comisión de tutelaje el día veinte. Ahora se encontraban a mediados de marzo y todavía no había empezado a redactar el correspondiente informe. «¿Un descuido? ¿Retraso? ¿Está tramando algo?» Una arruga apareció en el ceño de Lisbeth.

Apagó el ordenador, se sentó en el vano de la ventana y abrió la pitillera que Mimmi le había regalado. Encendió un cigarrillo y dirigió la vista a la oscuridad. Había descuidado el control de Bjurman. «Es más escurridizo que una anguila.»

La invadió una profunda inquietud. «Primero el Kalle Blomkvist de los Cojones, luego el nombre de Zala y ahora el Jodido Cerdo y Asqueroso Nils Bjurman en compañía de un macho alfa hinchado de anabolizantes y con contactos con un club de *outlaws*.» En apenas unos días varios trastornos se habían alterado en la ordenada vida que Lisbeth Salander intentaba crear a su alrededor.

A las dos y media de esa misma madrugada, Lisbeth Salander introdujo la llave en la cerradura del portal del inmueble de Upplandsgatan, cerca de Odenplan, donde vivía el abogado Nils Bjurman. Se detuvo ante su puerta, empujó con sumo cuidado la trampilla del buzón y deslizó un micrófono ultrasensible que había comprado en el Counterspy Shop de Mayfair, Londres. Resulta que se trataba de la misma tienda donde Ebbe Carlsson, del que ella nunca había oído hablar, adquirió aquel famoso equipo de escuchas que a finales de los años ochenta ocasionara la precipitada dimisión del ministro de Justicia. Lisbeth se colocó el auricular y ajustó el volumen.

Oyó el apagado runrún de una nevera y el agudo tic-tac de, al menos, dos relojes, uno de los cuales era de pared y se hallaba en el salón, a la izquierda de la puerta de entrada. Reguló el volumen y se puso a escuchar conteniendo la respiración. Percibió todo tipo de crujidos y chirridos en el inmueble, pero nada que detectara actividad humana. Tardó un minuto en apreciar e identificar el débil sonido de una respiración profunda y constante.

Nils Bjurman estaba durmiendo.

Extrajo el micrófono y se lo metió en el bolsillo interior de su cazadora de cuero. Llevaba vaqueros oscuros y zapatillas con suela de goma. Con mucho sigilo metió la llave en la cerradura y empujó levemente la puerta. Antes de abrirla del todo, sacó la pistola eléctrica de uno de los bolsillos exteriores de la cazadora. No llevaba ninguna otra arma. No lo consideraba necesario para mantener a raya a Bjurman.

Entró en el vestíbulo, cerró la puerta y, de puntillas, cruzó el pasillo hasta el dormitorio. Se detuvo en seco al percibir una luz, pero a esas alturas ya podía oír sus ronquidos. Siguió avanzando y entró sigilosamente en la habitación. Tenía una lámpara encendida en la ventana. «¿Qué pasa, Bjurman? ¿Te da miedo la oscuridad?»

Se situó junto a la cama y lo observó durante unos minutos. Había envejecido y presentaba un aspecto desaliñado. El cuarto olía de una manera que dejaba adivinar que Bjurman descuidaba su higiene.

No sintió ni una pizca de compasión. Durante un segundo la chispa de un odio inmisericorde centelleó en los ojos de Lisbeth. Reparó en un vaso que había en la mesilla de noche, se inclinó hacia delante y olisqueó. Alcohol.

Abandonó el dormitorio. Efectuó un breve recorrido por la cocina, donde no encontró nada fuera de lo normal, siguió por el salón y se detuvo ante la puerta del despacho. Se metió la mano en el bolsillo de la cazadora y sacó una docena de pequeñas migas de pan duro que fue colocando cuidadosamente en la penumbra del parqué. Si alguien atravesara el salón, el crujido la advertiría.

Se sentó a la mesa de trabajo de Nils Bjurman y colocó la pistola eléctrica ante ella, bien a mano. Empezó a hurgar metódicamente en los cajones y repasó la correspondencia de las cuentas bancarias privadas de Bjurman y de sus balances económicos. Se percató de que se había vuelto más descuidado y menos asiduo en sus actualizaciones, pero no halló nada destacable.

El cajón inferior estaba cerrado con llave. Lisbeth Salander frunció el ceño. En la visita realizada un año antes, ninguno de los cajones tenía la llave echada. Su mirada se nubló al visualizar en su memoria la imagen del contenido de ese cajón: una cámara, un teleobjetivo, una pequeña grabadora Olympus, un álbum de fotos encuadernado en cuero y una cajita con collares, joyas y un anillo de oro con la inscripción «Tilda y Jacob Bjurman. 23 abril 1951». Lisbeth sabía que eran los nombres de sus padres y que los dos habían fallecido. Supuso que se trataba de su anillo de boda y que Bjurman lo conservaba como recuerdo.

«O sea, que encierra bajo llave las cosas que considera valiosas.»

Se puso a examinar el armario de persiana que había tras la mesa y sacó las dos carpetas donde se hallaban los documentos relativos a su cometido como administrador de ella. Los hojeó minuciosamente, papel por papel, durante quince minutos. Los informes eran intachables e insinuaban que Lisbeth Salander era una chica buena y formal. Cuatro meses antes había incluido un párrafo que decía que, a sus ojos, Lisbeth parecía tan racional y competente que existían suficientes motivos para, en la revisión del siguiente año, analizar si realmente había fundadas razones para continuar con la administración. Estaba elegantemente redactado y constituía la primera piedra de la anulación de su declaración de incapacidad.

La carpeta también contenía unas notas manuscritas que ponían de manifiesto que una tal Ulrika von Liebenstaahl, de la comisión de tutelaje, había contactado con Bjurman para hablar del estado general de Lisbeth. Las palabras «necesaria una evaluación psiquiátrica» estaban subrayadas.

Lisbeth arrugó el morro, puso las carpetas en su sitio y miró a su alrededor.

A simple vista no detectó nada reprochable. Bjurman parecía comportarse completamente según sus instrucciones. Se mordió el labio. Aun así no consiguió librarse de la sensación de que había algo raro.

Se levantó de la silla y ya estaba a punto de apagar la lámpara de la mesa cuando se detuvo. Extrajo nuevamente las carpetas y las volvió a hojear. Se quedó desconcertada.

Deberían haber contenido algo más. Un año antes allí había un resumen de la comisión de tutelaje relativo al desarrollo alcanzado por ella desde su infancia. No estaba. «¿Por qué Bjurman guarda aparte esos papeles oficiales?» Frunció el ceño. No se le ocurría ninguna buena razón. A no ser que estuviera reuniendo más documentación en otro sitio. Barrió con la mirada el armario de persiana y el cajón inferior de la mesa.

No llevaba ninguna ganzúa, así que volvió de puntillas al dormitorio de Bjurman y le cogió el llavero de la americana, colgada encima de un galán de noche. En el cajón seguían estando los mismos objetos que el año anterior. Pero la colección había sido completada con una caja plana de cartón cuya tapa mostraba el dibujo de un Colt 45 Magnum.

Le vino a la memoria la investigación sobre Bjurman que había realizado casi dos años antes. Era aficionado al tiro y miembro de un club. Según el registro oficial de armas, tenía licencia para poseer un Colt 45 Magnum.

Muy a su pesar, llegó a la conclusión de que no resultaba nada raro que mantuviera el cajón cerrado con llave.

No es que le gustara, pero en ese momento no se le ocurrió ningún pretexto para despertar a Bjurman y darle una paliza.

Mia Bergman se despertó a las seis y media. Desde la cama percibió un aroma de café recién hecho y oyó, en el salón y a bajo volumen, el programa matinal de televisión. También el repiqueteo del teclado del iBook de Dag Svensson. Sonrió.

Nunca le había visto trabajar con tanto empeño. *Millennium* había sido una buena jugada. Solía ser exageradamente creído, pero, al parecer, Blomkvist, Berger y los demás ejercían un efecto beneficioso sobre él. Últimamente, cada vez con mayor frecuencia, volvía desanimado después de que Blomkvist le hubiese señalado unos defectos y echado por tierra algunos de sus razonamientos. Pero luego se ponía a trabajar con el doble de ganas.

Ella se preguntó si sería buen momento para interrumpir su concentración. Su menstruación se había retrasado tres semanas. No estaba segura y todavía no se había hecho ningún test de embarazo.

Se preguntaba si le habría llegado ya la hora.

Tenía casi treinta años. En menos de un mes defendería su tesis. Doctora Bergman. Volvió a sonreír y decidió no decirle nada hasta que estuviese segura y posiblemente esperar a que él terminara su libro y estuvieran en la fiesta de celebración de su título de doctora.

Se quedó en la cama diez minutos más antes de levantarse y entrar en el salón cubriéndose con una sábana. Él levantó la vista.

—Todavía no son las siete —dijo ella.

—Blomkvist se ha vuelto a poner chulo —contestó.

—Pobrecito. ¿Ha sido malo contigo? Tú te lo has buscado. Pero te cae bien, ¿no?

Dag Svensson se reclinó en el sofá del salón y cruzó su mirada con la de Mia. Un instante después asintió.

—*Millennium* es un buen sitio para trabajar. La otra noche, en el Kvarnen, estuve hablando con Mikael justo antes de que me pasaras a buscar. Me preguntó qué pensaba hacer cuando terminara este proyecto.

—Ajá. Y tú ¿qué le dijiste?

—Que no lo sabía. Llevo muchos años dando tumbos de aquí para allá como *freelance*. Me gustaría tener algo más estable.

—*Millennium*.

Asintió.

—Micke sondeó el terreno y me preguntó si me interesaría la media jornada. El mismo contrato que tienen Henry Cortez y Lottie Karim. Me dan un despacho y un sueldo base que podría completar con otros trabajillos.

—¿Te interesa?

—Si me presentan una oferta en firme, creo que la aceptaré.

—Vale, pero todavía no son las siete. Y es sábado.

—Bah, sólo quería meterle mano al texto un poco.

—Creo que deberías volver a la cama y meterle mano a otra cosa.

Ella le dedicó una sonrisa y abrió ligeramente la sábana. Él puso el ordenador en hibernación.

Sentada ante su PowerBook, Lisbeth Salander dedicó gran parte de los siguientes días a investigar. Las indagaciones apuntaban en muchas y distintas direcciones, y no siempre tenía del todo claro qué estaba buscando.

Una parte de la compilación de datos resultaba sencilla. Con material procedente de los periódicos digitales se hizo una visión general de la historia de Svavelsjö MC. El club de motoristas apareció por primera vez en los diarios, bajo el nombre de Tälje Hog Riders, en 1991, con motivo de una redada policial realizada en la propia sede, que, por aquel entonces, estaba situada en el edificio de un antiguo colegio abandonado de las afueras de Södertälje. La intervención se produjo debido a la llamada de unos preocupados vecinos que avisaron de que había un tiroteo en el viejo colegio. Un importante dispositivo policial interrumpió una fiesta con cerveza a mansalva que había degenerado en un concurso de tiros con un AK4 que luego resultó que había sido robado a principios de los años ochenta del I 20, el antiguo regimiento de infantería de Västerbotten.

Según una investigación llevada a cabo por un periódico vespertino, Svavelsjö MC contaba con seis o siete miembros y una docena de *hangarounds*. En más de una ocasión, todos los miembros de pleno derecho habían sido condenados por algún delito, principalmente de poca monta, pero, a veces, de gran violencia. Dos de las personas del club destacaban sobre las demás. El líder de Svavelsjö MC era un tal Carl-Magnus *Magge* Lundin, cuya foto aparecía en la edición digital de Aftonbladet con motivo de una intervención policial efectuada en el club en 2001. Entre finales de los años ochenta y principios de los noventa, Lundin fue condenado en cinco ocasiones. Tres de los juicios fueron por robos, receptación de artículos robados y delitos relacionados con drogas. Una de las sentencias versaba sobre un tipo de delincuencia más grave, como, entre otras cosas, un caso de malos tratos que le valió dieciocho meses de cárcel. Lundin salió de la cárcel en 1995 y poco después ascendió a presidente de los Tälje Hog Riders, que ahora se hacían llamar Svavelsjö MC.

El número dos del club era, según la unidad policial experta en bandas, un tal Sonny Nieminen, de treinta y siete años, que figuraba en el registro policial con nada más y nada menos que veintitrés antecedentes penales. Inició su carrera a la edad de dieciséis años, cuando fue condenado, por malos tratos y robo, a libertad vigilada, y se le dio asistencia de acuerdo con la ley de servicios sociales. A lo largo de la siguiente década, Sonny Nieminen fue condenado por cinco casos de robo, otro de robo grave, dos más de amenazas, dos delitos relacionados con drogas, chantaje, violencia contra un funcionario del Estado, dos casos de tenencia ilícita de armas y otro de tenencia ilícita de armas con agravantes, conducción en estado de embriaguez y no menos de seis casos de malos tratos. Había sido condenado, según un baremo incomprensible para Lisbeth Salander, a libertad vigilada, a pagar varias multas y a repetidos ingresos en prisión de uno o dos meses, hasta que en 1989 fue condenado, de repente, a diez meses de cárcel por malos tratos graves y robo. Pocos meses más tarde ya estaba en la calle y se portó bien hasta octubre de 1990 cuando, hallándose en un bar de Södertälje, participó en una pelea que terminó en un homicidio y que le valió seis años de condena. Nieminen salió de nuevo en 1995. Ahora era el amigo más íntimo de Magge Lundin.

En 1996 fue detenido como cómplice de un atraco a mano armada de un furgón blindado que transportaba dinero. No participó personalmente en el robo, pero había pertrechado a tres jóvenes con las armas necesarias para la operación. Eso le valió su segunda temporadita a la sombra. Fue condenado a cuatro años y salió en 1999. Desde entonces, Nieminen, por milagroso que pueda parecer, había evitado ser detenido por la policía. Según un artículo de prensa de 2001, donde no se lo mencionaba por su nombre, pero donde el trasfondo era tan detallado que no resultó muy difícil sacar la conclusión de a quién se refería, era sospechoso de haber participado en el asesinato de, por lo menos, un miembro de una banda de *outlaws* rival.

Lisbeth solicitó las fotos de pasaporte de Nieminen y Lundin. Nieminen era guapo, tenía el pelo rizado moreno y unos ojos peligrosos. Magge Lundin tenía pinta de ser un completo idiota. No le costó lo más mínimo identificar a Lundin como el hombre que se había reunido con el gigante rubio en el Blombergs Kafé y a Nieminen como el tipo que lo esperaba en el McDonald's.

Valiéndose del registro del parque automovilístico, rastreó al propietario del Volvo blanco en el que se había marchado el gigante rubio. Resultó ser de la empresa de alquiler de coches Auto-Expert de Eskilstuna. Llamó y la pusieron con un tal Refik Alba.

—Mi nombre es Gunilla Hansson. Ayer mi perro fue atropellado por una persona que se dio a la fuga. El muy sinvergüenza conducía un coche cuya matrícula revela que pertenece a Auto-Expert. Era un Volvo blanco.

Le dio la matrícula.

—Lo siento mucho.

—Quiero algo más que eso. Quiero el nombre de ese canalla para exigirle una compensación.

—¿Lo ha denunciado a la policía?

—No, quiero llegar a un acuerdo amistoso con él.

—Lo siento, pero si no existe una denuncia policial, no puedo dar el nombre de ningún cliente.

La voz de Lisbeth Salander adquirió un tono más serio. Le preguntó si era una buena política empresarial obligarla a denunciar a los clientes en vez de darles la oportunidad de llegar a un acuerdo amistoso. Refik Alba volvió a lamentar lo ocurrido e insistió en que, desgraciadamente, no podía hacer nada. Lisbeth continuó discutiendo un par de minutos más sin conseguir el nombre del gigante rubio.

El nombre de Zala resultó ser otro callejón sin salida. Excepto las dos interrupciones que realizó para su Billys Pan Pizza, Lisbeth Salander pasó la mayor parte de las siguientes veinticuatro horas delante del ordenador. Su única compañía fue una botella de litro y medio de Coca-Cola.

Encontró centenares de personas con el nombre de Zala, desde un deportista italiano de élite hasta un compositor argentino. No dio con nada de lo que buscaba.

Lo intentó con el nombre de Zalachenko sin hallar nada que mereciera la pena.

Frustrada, entró finalmente dando tumbos en el dormitorio y durmió doce horas seguidas. Cuando se despertó eran las once de la mañana. Puso la cafetera y llenó el *jacuzzi*. Se llevó el café y los sándwiches al cuarto de baño, echó sales de baño en la bañera y desayunó dentro. De repente deseó que Mimmi la acompañara. Pero ni siquiera le había revelado dónde vivía.

A eso de las doce salió del *jacuzzi*, se secó con una toalla y se puso un albornoz. Volvió a encender el ordenador.

Los nombres de Dag Svensson y Mia Bergman dieron mejor resultado. Con la ayuda de Google pudo hacerse rápidamente con un breve resumen de lo que habían hecho durante los años precedentes. Descargó algunos de los artículos de Dag y encontró una foto suya. Sin mucha sorpresa constató que se trataba del hombre que había visto unas noches antes en el Kvarnen en compañía de Mikael Blomkvist. El nombre ya tenía una cara, y viceversa.

Encontró más textos de y sobre Mia Bergman. Unos años antes ella había llamado la atención con un informe sobre el diferente trato que reciben hombres y mujeres en los juzgados. El informe motivó no sólo una buena cantidad de editoriales sino también unas cuantas intervenciones en páginas de debate y opinión de distintas organizaciones feministas; la propia Mia Bergman contribuyó escribiendo varias de ellas. Lisbeth Salander leyó atentamente. Ciertas feministas consideraban que las conclusiones de Bergman eran importantes, mientras que otras la criticaban por «difundir ilusiones burguesas». No quedaba exactamente claro, sin embargo, en qué consistían esas ilusiones burguesas.

Hacia las dos de la tarde entró en Asphyxia 1.3, pero en vez de elegir MikBlom/laptop optó por MikBlom/office, el ordenador de sobremesa que Mikael Blomkvist tenía en la redacción de *Millennium*. Sabía por experiencia que Mikael apenas guardaba allí nada de valor. Exceptuando las veces que lo utilizaba para navegar por Internet, trabajaba casi exclusivamente en su iBook. En cambio, Mikael podía entrar en todos los ordenadores de la redacción. Rápidamente encontró las contraseñas necesarias para acceder a la intranet de *Millennium*.

Para poder entrar en otros ordenadores de *Millennium* no era suficiente con el disco duro espejo del servidor de Holanda; también el MikBlom/office original tenía que estar en activo y conectado a la intranet. Tuvo suerte. Al parecer, Mikael Blomkvist se encontraba en su puesto de trabajo con el ordenador encendido. Esperó durante diez minutos, pero no pudo apreciar ningún signo de actividad, algo que interpretó como que Mikael había conectado el ordenador al entrar en el despacho y que tal vez hubiera navegado por Internet para, acto seguido, dejarlo encendido mientras se dedicaba a otras cosas o usaba su portátil.

Había que hacerlo con sumo cuidado. Durante la siguiente hora, Lisbeth Salander pirateó cuidadosamente, de uno en uno, cada ordenador y descargó el correo electrónico de Erika Berger, de Christer Malm y de una colaboradora, desconocida para ella, llamada Malin Eriksson. Por último, se encontró con el ordenador de sobremesa de Dag Svensson, un viejo Macintosh PowerPC con un disco duro de sólo 750 megabytes, según los datos del sistema; o sea, un trasto que, con toda seguridad, sólo usaban como máquina de escribir algunos colaboradores ocasionales. Estaba conectado, lo cual quería decir que Dag Svensson se encontraba en ese momento en la redacción de *Millennium*. Descargó su correo y repasó el disco duro. Halló una carpeta a la que simplemente había bautizado como «Zala».

El gigante rubio estaba descontento y sentía que algo iba mal. Acababa de recibir doscientas tres mil coronas al contado, una cantidad inesperadamente grande para los tres kilos de metanfetamina que le entregó a Magge Lundin a finales de enero. Como sueldo por unas cuantas horas de trabajo real tampoco estaba mal: recoger la anfetamina del correo, quedarse con ella un rato, entregársela a Magge Lundin y luego cobrar el cincuenta por ciento de los beneficios. No cabía duda de que Svavelsjö MC podía mover ese volumen de negocio todos los meses, y la banda de Magge Lundin era sólo una de las tres bandas con las que operaba. Las otras dos actuaban, respectivamente, en la zona de Gotemburgo y de Malmö. En conjunto, las bandas podían ingresar más de medio millón de coronas limpias mensuales.

Aun así, se encontraba tan mal que se desvió hasta el arcén, aparcó y apagó el motor. Llevaba más de treinta horas sin dormir y se sentía ofuscado. Abrió la puerta, estiró las piernas y meó en la cuneta. Hacía frío y la noche estaba estrellada. Se hallaba en pleno campo, no muy lejos de Järna.

Se trataba más bien de un conflicto de naturaleza estratégica. A menos de cuatrocientos kilómetros de

Estocolmo la oferta de metanfetamina era infinita. La demanda del mercado sueco era indiscutiblemente grande. El resto era una cuestión de logística: ¿cómo transportar el producto deseado desde el punto A hasta el punto B? O, mejor dicho, desde un sótano de Tallin hasta el puerto franco de Estocolmo.

El eterno y frecuente problema: ¿cómo garantizar un transporte regular desde Estonia hasta Suecia? Ése era el quid de la cuestión y el eslabón realmente débil, ya que todo lo que habían logrado, después de años de esfuerzos, eran constantes improvisaciones y soluciones temporales.

El problema residía en que durante los últimos tiempos la máquina chirriaba demasiado a menudo. El gigante rubio estaba orgulloso de su capacidad organizativa. En tan sólo unos años, había creado una maquinaria bien engrasada de contactos que había cultivado con buenas dosis de palo y zanahoria. Era él quien había hecho el trabajo de calle, consiguiendo socios, negociando los acuerdos y controlando que las entregas se efectuaran en el lugar adecuado.

La zanahoria era el incentivo que se les ofrecía a intermediarios como Magge Lundin: un beneficio bueno y con pocos riesgos. El sistema era irreprochable. Magge Lundin no tenía que levantar ni un solo dedo para recibir la mercancía en su misma puerta: nada de complicados viajes de compra ni forzosas negociaciones con personas que podían ser desde policías antidroga hasta mafiosos rusos, que, en cualquier momento, tal vez, lo estafarían y se lo quitarían todo. Lundin sabía que el gigante rubio entregaba la mercancía y que luego cobraba su cincuenta por ciento.

El palo resultaba necesario ya que, últimamente, cada vez con mayor frecuencia, habían surgido unas cuantas complicaciones. Un camello con la lengua muy larga, que llegó a enterarse de demasiadas cosas de la cadena de producción —vaya imprudencia—, estuvo a punto de implicar a Svavelsjö MC. El rubio se vio obligado a intervenir y castigarlo.

Eso era algo que el gigante rubio sabía hacer muy bien.

Suspiró.

Tuvo la sensación de que todo el negocio resultaba difícil de controlar. Estaba, simplemente, demasiado diversificado.

Encendió un cigarrillo.

La metanfetamina era una excelente, discreta y manejable fuente de ingresos: un gran beneficio a cambio de pequeños riesgos. El negocio armamentístico estaría, en cierto modo, justificado si las imprudentes actividades paralelas pudieran identificarse y evitarse. Considerando el riesgo, no era económicamente justificable entregar dos pistolas a cambio de unos cuantos miles de coronas a un par de mocosos que pensaban robar la tienda del barrio.

Casos aislados de espionaje industrial o de contrabando de componentes electrónicos al Este —si bien es cierto que durante los últimos años el mercado se había reducido drásticamente— tenían cierta razón de ser.

En cambio, las putas de los países bálticos resultaban completamente injustificables desde el punto de vista económico. No proporcionaban más que calderilla y, en realidad, sólo suponían una complicación que, en cualquier momento, podía dar lugar a unos cuantos hipócritas artículos en los medios de comunicación y a una serie de debates en aquella peculiar unidad política parlamentaria que se llamaba el Riksdag, cuyas reglas de juego, a ojos del gigante rubio, quedaban, en el mejor de los casos, poco claras. La ventaja de las putas consistía en que, jurídicamente hablando, no tenían prácticamente ningún riesgo. A todo el mundo le gustan las putas: fiscales, jueces, maderos y algún que otro miembro del Riksdag. Nadie escarbaría demasiado para atajar la actividad.

Ni siquiera una puta muerta causaba, necesariamente, complicaciones políticas. Si la policía pudiera detener a un claro sospechoso en el plazo de unas horas y el susodicho continuara con la ropa manchada de sangre, sería condenado a algunos años de cárcel o sometido a tratamiento psiquiátrico en algún oscuro centro penitenciario. Pero si no dieran con ningún sospechoso dentro de las cuarenta y ocho horas siguientes, el rubio sabía por experiencia que la policía pronto hallaría cosas más importantes que investigar.

Pero al gigante rubio no le gustaba traficar con putas. No le gustaban sus pintarrajeadas caras y sus estridentes risas de borrachas. Eran impuras. Pertenecían a ese tipo de capital humano que costaba tanto como lo que reportaba. Y ya que se trataba de capital humano, siempre existía el riesgo de que a alguna de ellas se le fuera la olla y quisiera bajarse del carro o chivarse a la policía, a periodistas o a otra gente de fuera. Y él tendría que intervenir y castigarlas. Y si el chivatazo era lo suficientemente explícito, los fiscales y la policía se verían obligados a actuar; si no, se armaría la de Dios en ese maldito Riksdag. El negocio de las putas era sinónimo de líos.

Los hermanos Atho y Harry Ranta encarnaban el típico ejemplo. Se trataba de dos inútiles que habían llegado a tener un excesivo conocimiento del negocio. Más que otra cosa, le habría gustado rodearlos con cadenas y tirarlos a las aguas del puerto. Pero los llevó al *ferry* que iba a Estonia y esperó pacientemente hasta que embarcaron. Esas vacaciones fueron motivadas por un maldito periodista que había empezado a hurgar en sus negocios, de modo que decidieron que los Ranta desaparecieran de la escena hasta que la tormenta hubiese escampado.

Volvió a suspirar.

Y sobre todo, al gigante rubio no le agradaban las actividades paralelas como la que representaba Lisbeth Salander. En su opinión, ella carecía completamente de interés. No le reportaba ningún tipo de beneficio.

El abogado Nils Bjurman no le caía bien. El gigante no podía entender por qué habían decidido acceder a sus deseos. Pero el balón ya estaba en juego. Las órdenes ya habían sido dadas. Svavelsjö MC se había hecho con la contrata.

La situación no le gustaba nada. Tenía malos presentimientos.

Levantó la vista, miró hacia el oscuro campo y tiró la colilla a la cuneta. De repente, con el rabillo del ojo, percibió un movimiento y se quedó petrificado. Enfocó la mirada. No había más luz que la de una débil luna creciente pero, de todas maneras, pudo apreciar claramente la silueta de una figura negra que avanzaba hacia él a unos treinta metros de la carretera. La criatura se movía despacio y realizaba breves paradas.

De pronto, el gigante rubio sintió un sudor frío en la frente.

Odiaba a esa criatura del campo.

Durante más de un minuto permaneció casi paralizado, mirando hechizado el lento pero resuelto avance del misterioso ser. Cuando éste se encontró lo suficientemente cerca como para que él pudiera ver unos ojos brillando en la oscuridad, dio media vuelta y volvió corriendo al coche. Abrió la puerta de un tirón y, torpemente, intentó atinar con la llave de contacto. Sintió crecer el pánico hasta que por fin consiguió arrancar el motor y poner las largas. La criatura estaba ya en la carretera y el gigante rubio pudo finalmente apreciarla con detalle a la luz de los faros del coche. Parecía una enorme raya venenosa que avanzaba arrastrándose. Tenía un aguijón como el de un escorpión.

Una cosa estaba clara: ese ser no pertenecía a este mundo. Era un monstruo surgido del Infierno.

Consiguió meter una marcha y arrancó derrapando. Cuando el coche pasó, la criatura lo intentó atacar, pero no lo alcanzó. El gigante no dejó de temblar hasta varios kilómetros después.

Lisbeth dedicó la noche a examinar la investigación que Dag Svensson y *Millennium* habían llevado a cabo sobre el *trafficking*. Poco a poco, fue teniendo una visión general relativamente buena, si bien era cierto que basada en crípticos fragmentos que iba ensamblando, con la ayuda del contenido del correo electrónico, como piezas de un puzle.

Erika Berger le había enviado una pregunta a Mikael Blomkvist sobre cómo transcurrían las confrontaciones; él respondió brevemente que tenían problemas para localizar al agente de la Tcheka. Lisbeth lo interpretó como que una de las personas que iban a ser denunciadas en el reportaje trabajaba en la policía de seguridad. Malin Eriksson mandó a Dag Svensson —con copia a Mikael Blomkvist y Erika Berger— el resumen de una investigación paralela. Tanto Svensson como Blomkvist contestaban con comentarios y propuestas para completarla. Mikael y Dag se intercambiaban correos varias veces al día. En uno de ellos, Dag Svensson daba cuenta de una confrontación que había tenido con un periodista llamado Per-Åke Sandström.

Del correo de Dag Svensson también pudo constatar que se comunicaba con una persona que atendía al nombre de Gulbrandsen en una dirección de Yahoo. Le llevó un rato entender que Gulbrandsen era un policía y que la comunicación se desarrollaba *off the record*, a través de una dirección personal en lugar de la oficial. Por lo tanto, Gulbrandsen constituía una fuente.

La carpeta llamada «Zala» era frustrantemente breve y sólo contenía tres documentos en Word. El más largo, 128 kb, se denominaba «Irina P.» y contenía una descripción fragmentada de la vida de una prostituta. Quedaba claro que estaba muerta. Lisbeth leyó con atención el resumen efectuado por Dag Svensson sobre el acta de la autopsia.

Por lo que Lisbeth pudo entender, Irina P. había sido objeto de una violencia tan brutal que tres de los daños infligidos resultaron, cada uno por separado, mortales.

Lisbeth reconoció una frase del texto que se correspondía con una cita literal de la tesis de Mia Bergman. En la investigación se mencionaba a una mujer llamada Tamara. Lisbeth dio por descontado que Irina P. y Tamara eran la misma persona y leyó con gran interés la parte dedicada a la entrevista.

El segundo documento, considerablemente más corto, llevaba por nombre «Sandström». Contenía el mismo resumen que el que Dag Svensson había enviado a Blomkvist, y revelaba que un periodista llamado Per-Åke Sandström era uno de los puteros que se había aprovechado de una chica de los países bálticos, así como que también había realizado gestiones para la mafia sexual y que se le retribuía con drogas o sexo. A Lisbeth le fascinaba que Sandström, además de dedicarse a editar revistas de empresas, también hubiera escrito varios artículos como *freelance* en un periódico donde, indignado, condenaba el comercio sexual y, entre otras cosas, revelaba que un hombre de negocios sueco, cuya identidad no era facilitada, había visitado un burdel de Tallin.

El nombre de Zala no se mencionaba ni en el documento «Sandström» ni en el de «Irina P.», pero Lisbeth extrajo la conclusión de que, como los dos documentos estaban en la misma carpeta llamada «Zala», debía de existir una conexión. El tercer y último documento de la carpeta, sin embargo, había sido bautizado como «Zala». Era breve y se encontraba ordenado por puntos.

Según Dag Svensson, el nombre de Zala había figurado —desde mediados de los años noventa— vinculado a drogas, armas o prostitución en nueve ocasiones. Nadie parecía saber quién era, pero distintas fuentes lo habían descrito como yugoslavo, polaco o, posiblemente, checo. Todos los datos eran de segunda mano. Ninguna de las personas con las que había hablado Dag Svensson parecía haber visto con sus propios ojos a Zala.

Dag Svensson había tratado con detalle el tema de Zala con *la fuente G* (¿Gulbrandsen?) y lanzado la teoría de que Zala podía ser responsable del asesinato de Irina P. No se podía deducir qué pensaba *la fuente G* respecto a esa teoría; lo que sí quedaba claro, en cambio, era que Zala, un año antes, había constituido un punto en el orden del día de una reunión con «la unidad especial del crimen organizado». El nombre aparecía tantas veces que la policía empezó a hacer preguntas intentando formarse una opinión sobre si Zala existía o no.

Por lo que Dag Svensson pudo averiguar, el nombre de Zala había aparecido por primera vez en 1996 relacionado con el robo de un furgón blindado en Örkelljunga. Los atracadores se apoderaron de tres millones trescientas mil coronas, pero fueron tan patosos que la policía pudo identificar y detener a la banda apenas transcurridas veinticuatro horas. Un día después se arrestó a otra persona más. Se trataba del delincuente profesional Sonny Nieminen, miembro de Svavelsjö MC, quien, según informaciones recibidas, les proporcionó las armas utilizadas en el robo; un hecho que, algo más tarde, le valdría una condena de cárcel de cuatro años.

Aún no había transcurrido una semana desde que se produjera el robo del furgón blindado en 1996, cuando tres tipos más fueron detenidos por participar en el atraco. Con eso, ocho personas estaban metidas en el ajo, siete de las cuales se negaron obstinadamente a hablar con la policía. El octavo, un chico de tan sólo diecinueve años llamado Birger Nordman, se derrumbó y largó de lo lindo en los interrogatorios. El juicio fue pan comido para el fiscal, lo cual (sospechó la fuente policial de Dag Svensson) provocó el hecho de que Birger Nordman, dos años después, fuera encontrado enterrado en una arenera de Värmland tras haberse escapado cuando estaba de permiso.

Según *la fuente G,* la policía sospechaba que Sonny Nieminen era el jefe de toda la banda y que Nordman había sido asesinado por encargo suyo, pero no había pruebas. Sin embargo, Nieminen era considerado sumamente peligroso y carente de escrúpulos. En el trullo, se le había relacionado con la Hermandad Aria, una organización nazi de los internos que, a su vez, tenía vínculos con la Hermandad Wolfpack y, también —a través de estos últimos—, con clubes de *outlaws* pertenecientes al mundillo de los moteros, así como con diversas, violentas y estúpidas organizaciones nazis al estilo del Movimiento de Resistencia de Suecia y de otros similares.

No obstante, lo que le interesaba a Lisbeth Salander era otra cosa muy distinta. Uno de los datos que el fallecido Birger Nordman había revelado durante los interrogatorios era que las armas utilizadas en el robo procedían de Nieminen, quien, a su vez, las había recibido de un yugoslavo, desconocido para Nordman, denominado «Sala».

Dag Svensson había llegado a la conclusión de que se trataba de un individuo del mundo del hampa que no se dejaba ver. Como en el padrón no figuraba nadie cuyo nombre coincidiera con el de Zala, Dag intuyó que se trataba de un apodo, aunque también podía tratarse de un delincuente particularmente astuto que actuara a conciencia bajo un seudónimo.

El último punto consistía en una breve descripción de los datos aportados por el periodista Sandström acerca de Zala. Lo cual no era gran cosa. Según Dag Svensson, en una ocasión Sandström habló por teléfono con una persona llamada así. De lo escrito, sin embargo, no se podía deducir el contenido de la conversación.

Sobre las cuatro de la madrugada, Salander apagó su PowerBook y se sentó en el vano de la ventana, mirando hacia Saltsjön. Permaneció quieta durante dos horas, fumando pensativamente un cigarrillo tras otro. Se veía obligada a tomar una serie de decisiones importantes y a hacer un análisis de las consecuencias.

Se dio cuenta de que tenía que buscar a Zala y saldar sus cuentas con él de una vez por todas.

El sábado anterior a la semana de Pascua, Mikael Blomkvist visitó, por la noche, a una antigua novia de Slipgatan, en Hornstull. Había aceptado —algo raro en él— una invitación para una fiesta. Ella estaba casada y ya no tenía ningún interés en mantener relaciones íntimas con Mikael, pero trabajaba en los medios y solían saludarse cuando, ocasionalmente, se cruzaban. Ella acababa de terminar un libro —con el que llevaba, por lo menos, diez años— que trataba de algo tan curioso como la visión que se tiene de las mujeres dentro de los medios de comunicación. En una ocasión, Mikael contribuyó con material para el libro, cosa que motivó esa invitación.

El papel de Mikael se limitó a investigar un sencillo tema. Había sacado el documento donde figuraba la estrategia para conseguir una igualdad sexual que la agencia TT, Dagens Nyheter, Rapport y numerosos otros medios se jactaban de respetar, y luego contó cuántos hombres y cuántas mujeres había en la dirección de esas empresas por encima de secretaria de redacción. El resultado fue vergonzoso. Director general: hombre. Presidente de la junta directiva: hombre. Editor jefe: hombre. Jefe de redacción internacional: hombre. Jefe de redacción: hombre... y así sucesivamente hasta que, más bien como una excepción, apareció la primera mujer, tipo estrella de los informativos o magazines, como Christina Sutterström o Amelia Adamo.

La fiesta era privada y la mayoría de los invitados eran personas que, de uno u otro modo, la habían ayudado con el libro.

Fue una velada muy animada, con buena comida y distendida charla. Mikael había pensado volver a casa bastante temprano, pero casi todos los allí presentes eran viejos conocidos que raramente coincidían. Además, ninguno de ellos le dio demasiado la lata con el caso Wennerström. La fiesta se prolongó, y hasta alrededor de las dos de la madrugada del domingo el último grupo de invitados no se levantó para irse. Fueron juntos hasta Långholmsgatan y allí se separaron.

Mikael vio pasar el autobús nocturno antes de llegar a la parada, pero la noche no era fría y, en vez de esperar al próximo, decidió volver andando a casa. Siguió por Högalidsgatan hasta la iglesia y giró en Lundagatan, lo que despertó en él viejos recuerdos.

Mikael había mantenido la promesa que hizo en diciembre de no pasar por Lundagatan para no alimentar la vana ilusión de que Lisbeth Salander volviese a aparecer en su horizonte. Esa noche se detuvo, en la acera de enfrente, ante su portal. Le asaltó el impulso de cruzar la calle y llamar a su puerta, pero se dio cuenta de las pocas esperanzas que había de que ella estuviera y de la probabilidad aun menor de que quisiera hablar con él.

Al final, se encogió de hombros y siguió caminando hacia Zinkensdamm. No había avanzado ni unos sesenta metros cuando oyó un ruido. Giró la cabeza y el corazón le dio un vuelco; resultaba difícil no reconocer ese delgaducho cuerpo. Lisbeth Salander acababa de salir a la calle y caminaba en dirección opuesta. Ella se detuvo frente a un coche que estaba aparcado.

Mikael abrió la boca para llamarla, pero la voz se ahogó en la garganta. De repente, vio que una silueta se separaba de uno de los coches estacionados en el arcén. Era un hombre que, como deslizándose, se acercaba a Lisbeth por detrás. A Mikael le dio la impresión de que era alto y de que tenía una prominente barriga. Llevaba coleta.

En el mismo momento en que iba a meter la llave en la puerta de su Honda color burdeos, Lisbeth Salander oyó un ruido y, con el rabillo del ojo, percibió un movimiento. Él se acercó por detrás, en diagonal, y ella se dio media vuelta un segundo antes de que él llegara. Lo identificó inmediatamente como Carl-Magnus *Magge* Lundin, treinta y seis años, Svavelsjö MC, el que días atrás se había reunido con el gigante rubio en el Blombergs Kafé.

Registró inmediatamente a Magge Lundin como un tipo de unos ciento veinte kilos de peso y aspecto agresivo. Lisbeth no lo dudó ni un microsegundo: usó las llaves a modo de puño americano y le golpeó con la rapidez de un reptil, produciéndole un profundo corte en la mejilla, desde el nacimiento de la nariz hasta la oreja. Acto seguido, el tipo abrazó el aire. A Lisbeth Salander parecía habérsela tragado la tierra.

Mikael Blomkvist vio que Lisbeth Salander le pegaba un puñetazo. En cuanto golpeó a su atacante, se echó al suelo y, rodando, se metió bajo el vehículo.

Un segundo después, Lisbeth ya estaba en pie, al otro lado del coche, preparada para la batalla o para huir. Por encima del capó, cruzó su mirada con la de su enemigo e inmediatamente se decidió por la segunda alternativa. A él le sangraba la mejilla. Antes de que le diera tiempo a distinguirla, ella ya se alejaba por Lundagatan, en dirección a la iglesia de Högalid.

Mikael permaneció paralizado, con la boca abierta, cuando, de repente, el agresor echó a correr tras Lisbeth Salander. Parecía un tanque persiguiendo a un cochecito de juguete.

Lisbeth subió las escaleras, dos peldaños por zancada, hasta la parte alta de Lundagatan. Una vez arriba miró de reojo y vio que su perseguidor ponía el pie en el primer escalón. «Es rápido.» Ella estuvo a punto de tropezar con los triángulos señalizadores y los montones de arena de una zanja abierta en plena calle por los operarios municipales, pero en el último segundo los vio y los esquivó.

Magge Lundin casi había subido las escaleras cuando Lisbeth Salander volvió a entrar en su campo de visión. Le dio tiempo a percibir que ella le tiraba algo, pero no a reaccionar antes de que el adoquín le diera en una sien. No fue un lanzamiento muy certero, pero llevaba una considerable fuerza y le abrió otra brecha en la cara. Sintió que perdía el equilibrio y que el mundo le daba vueltas al caer de espaldas, rodando por las escaleras. Consiguió frenar la caída agarrándose a la barandilla, pero perdió varios segundos.

El estado de parálisis de Mikael cesó en cuanto el hombre desapareció por las escaleras. Le gritó que la dejara en paz.

Lisbeth había atravesado la mitad de una plazoleta cuando reparó en la voz de Mikael. «¡Por todos los diablos!» Cambió de dirección y se asomó a la barandilla. Vio a Mikael Blomkvist a tres metros por debajo de ella. Dudó una décima de segundo antes de salir pitando de nuevo.

En el mismo instante en que Mikael echó a correr hacia las escaleras, se percató de que una Dodge Van arrancó delante del portal de Lisbeth Salander, justo al lado del coche que ella había intentado abrir. El vehículo salió y enfiló rumbo a Zinkensdamm. Al pasar ante él, Blomkvist vislumbró una cara, pero bajo la tenue iluminación nocturna la matrícula resultaba ilegible.

Indeciso, miró de reojo el vehículo pero salió en pos

del perseguidor de Lisbeth. Le dio alcance en lo alto de las escaleras. El hombre se había parado de espaldas a Mikael y permanecía inmóvil, observando los alrededores.

Justo cuando Blomkvist lo alcanzó, se dio media vuelta y, con el dorso de la mano, propinó a Mikael un fuerte revés en la cara. Lo pilló completamente desprevenido. Se desplomó y cayó de cabeza por las escaleras.

Lisbeth oyó los semiapagados gritos de Mikael y estuvo a punto de detenerse. «¿Qué diablos está pasando?» Luego miró de reojo y vio que Magge Lundin, a unos cuarenta metros de distancia, echaba a correr hacia ella. «Es más rápido. Me va a alcanzar.»

Interrumpió sus pensamientos, giró a la izquierda y subió a toda pastilla un par de escaleras, hasta la zona ajardinada que había entre los edificios. Llegó a una plazoleta que no ofrecía el más mínimo escondite y recorrió el tramo que distaba hasta la próxima esquina en un tiempo que habría impresionado a la mismísima Carolina Klüft, la campeona del heptatlón. Torció a la derecha, se dio cuenta de que se adentraba en un callejón sin salida y dio media vuelta. Justo cuando llegó a la fachada lateral del siguiente edificio descubrió a Magge Lundin en las escaleras. Ella continuó saliendo de su campo de visión unos cuantos metros más y se tiró de cabeza a unos rododendros que crecían en una jardinera que había a lo largo de toda la fachada lateral.

Oyó los pesados pasos de Magge Lundin, pero no lo pudo ver. Permaneció completamente quieta entre los arbustos y arrimada a la pared.

Lundin pasó ante su escondite y se paró a menos de cinco metros. Esperó unos diez segundos antes de continuar su búsqueda a la carrera. Volvió unos minutos después. Se detuvo en el mismo sitio que antes. Esta vez permaneció inmóvil durante treinta segundos. Lisbeth tensó los músculos, preparada para huir de inmediato si la descubría. Luego él volvió a moverse. Pasó a menos de dos metros de ella. Oyó que sus pasos se alejaban.

A Mikael le dolían el cuello y la mandíbula cuando, aturdido y a duras penas, consiguió ponerse de pie. Notó el sabor de la sangre de su labio partido. Intentó dar unos pasos pero se tambaleó.

Llegó nuevamente a lo alto de las escaleras y miró a su alrededor. Vio que el agresor corría cien metros calle abajo. El hombre de la coleta se detuvo y paseó la mirada entre los edificios y, acto seguido, continuó corriendo por la calle. Mikael se asomó a la barandilla y lo vio cruzar Lundagatan y entrar en el mismo Dodge Van que unos instantes antes había arrancado delante del portal de Lisbeth Salander. La furgoneta desapareció inmediatamente al doblar la esquina de la calle que bajaba hacia Zinkensdamm.

Mikael paseó lentamente por la parte alta de Lundagatan, buscando a Lisbeth Salander. Ni rastro. La verdad era que no vio ni un alma y se asombró de lo desierta que podía estar una calle de Estocolmo a las tres de la madrugada de un domingo de marzo. Al cabo de un rato volvió al portal de Lisbeth, en la parte baja de Lundagatan. Al pasar ante el coche donde se produjo la agresión pisó algo y reconoció las llaves de Lisbeth. Cuando se inclinó para recogerlas, descubrió su bolso debajo del coche.

Sin saber qué hacer, Mikael se quedó un largo rato esperando. Al final se acercó al portal y probó las llaves. No entraban.

Lisbeth Salander permaneció entre los arbustos durante quince minutos sin moverse más que para consultar el reloj. A las tres y pico oyó que un portal se abría y se cerraba, así como unos pasos que se dirigían hacia el aparcamiento de bicicletas.

En cuanto el ruido cesó se puso lentamente de rodillas y asomó la cabeza entre los arbustos. Examinó cada rincón de la plazoleta pero no vio a Magge Lundin. Con la máxima prudencia —siempre alerta y preparada para dar la vuelta y salir huyendo en cualquier momento— dirigió sus pasos hacia la calle. Se quedó arriba, junto a la barandilla, escudriñando toda Lundagatan. Vio a Mikael Blomkvist delante de su portal. Sostenía su bolso.

Se quedó completamente quieta, oculta tras una farola cuando la mirada de Mikael Blomkvist barrió la parte alta de la calle. No la descubrió.

Mikael Blomkvist permaneció ante el portal más de treinta minutos. Ella lo observó, paciente e inmóvil, hasta que él se rindió y echó a andar hacia Zinkensdamm. Cuando Mikael desapareció de su campo de visión, Lisbeth aguardó un instante antes de reflexionar sobre lo ocurrido.

«Mikael Blomkvist.»

No le entraba en la cabeza cómo era posible que él hubiera surgido de la nada. Por lo demás, la agresión no daba lugar a muchas interpretaciones.

«Carl Magnus Lundin de los Cojones.»

Magge Lundin se había reunido con el gigante rubio que había visto en compañía del abogado Nils Bjurman.

«El Viejo y Asqueroso Nils Bjurman de los Cojones.»

«El maldito idiota ha contratado a un puto macho alfa para hacerme daño. A pesar de que le he dejado jodidamente claras las consecuencias.»

De repente, Lisbeth Salander hirvió por dentro. Estaba tan furiosa que sintió un sabor a sangre en la boca. Ahora tendría que castigarlo.

TERCERA PARTE

Ecuaciones absurdas

Del 23 de marzo al 2 de abril

A las ecuaciones sin sentido, que no son válidas para ningún valor, se las denomina absurdas.

$(a+b)(a-b)=a^2-b^2+1$

Capítulo 11

Miércoles, 23 de marzo –
Jueves, 24 de marzo

Mikael Blomkvist puso la punta del bolígrafo rojo en un margen del manuscrito de Dag Svensson, trazó un signo de exclamación al que rodeó con un círculo y escribió las palabras «nota al pie». Quería la referencia de una de las afirmaciones.

Era miércoles, víspera del jueves de Pascua, y *Millennium* estaba, más o menos, de vacaciones toda la semana. Monika Nilsson se encontraba en el extranjero. Lottie Karim se había ido a las montañas con su marido. Henry Cortez se pasó unas cuantas horas atendiendo al teléfono, pero Mikael lo mandó a casa porque no llamaba nadie y porque, además, él iba a estar allí de todas maneras. Henry desapareció con una sonrisa de oreja a oreja para ver a su última novia.

A Dag Svensson no se le había visto el pelo. Mikael se hallaba solo retocando su manuscrito. El libro iba a constar de doce capítulos, doscientas noventa páginas, conclusión a la que finalmente habían llegado. Dag Svensson había entregado la versión final de nueve de los doce capítulos y Mikael Blomkvist había analizado al dedillo cada palabra y devuelto el texto pidiendo aclaraciones o proponiendo cambios.

No obstante, Mikael consideraba a Dag Svensson un escritor muy hábil, de modo que su labor editora se limitaba principalmente a observaciones marginales. Tuvo que esforzarse para encontrar algo que realmente mereciera su crítica. Durante las semanas en que la pila de folios del manuscrito fue creciendo en la mesa de Mikael, sólo hubo desacuerdo acerca de un pasaje, de aproximadamente una página, que Mikael quería eliminar y por cuya conservación Dag luchó duramente. Pero se trataba de un detalle sin apenas importancia.

En resumen, *Millennium* tenía una obra cojonuda que pronto se hallaría camino de la imprenta. Que el libro daría lugar a grandes titulares no lo dudó Mikael ni un instante. Dag Svensson había sido tan implacable a la hora de denunciar a los puteros y de atar los cabos sueltos que a nadie se le escaparía que algo funcionaba mal en el sistema. Esa parte era la literaria. La otra parte eran los datos que Dag Svensson presentaba y que vertebraban el libro; una investigación periodística modélica que debería ser protegida como patrimonio cultural.

Durante los últimos meses, Mikael había aprendido tres cosas acerca de Dag. Era un periodista meticuloso que apenas dejaba hilos sueltos. En sus textos brillaba por su ausencia aquella retórica pesada que caracteriza a tantos reportajes sociales y los convierte en altisonantes bodrios. Más que un reportaje, el libro era una declaración de guerra. Mikael sonrió serenamente. Dag Svensson tenía aproximadamente quince años menos, pero Mikael reconocía esa pasión que él mismo tuvo una vez, cuando emprendió su personal cruzada contra los pésimos periodistas de economía y redactó un libro que causó un gran escándalo y por el que todavía no lo habían perdonado en algunas redacciones.

El problema consistía en que el libro de Dag Svensson no podía tener fisuras. El reportero que da la cara de esa manera necesita o tener las espaldas totalmente cubiertas o renunciar a su publicación. Dag Svensson las tenía cubiertas al noventa y ocho por ciento. Existían puntos débiles que había que examinar más profundamente y afirmaciones que, en opinión de Mikael, no había documentado de una manera satisfactoria.

A eso de las cinco y media abrió el cajón de su mesa y sacó un cigarrillo. Erika Berger había prohibido terminantemente que se fumara allí, pero Mikael estaba solo y nadie iba a pisar la redacción durante el fin de semana. Siguió trabajando cuarenta minutos más antes de reunir las hojas y colocarlas encima de la mesa de Erika Berger para que las leyera. Dag Svensson le había prometido que a la mañana siguiente le enviaría por correo electrónico la versión final de los últimos tres capítulos, lo cual le daría a Mikael la posibilidad de repasar el material durante el fin de semana. Para el martes después de Pascua habían acordado una reunión en la que Dag, Erika, Mikael y la secretaria de redacción, Malin Eriksson, se reunirían para decidir la versión final del libro y de los artículos de *Millennium*. Después sólo quedaría el *layout* —responsabilidad de Christer Malm—, y mandarlo todo a la imprenta. Mikael ni siquiera había pedido presupuestos a las imprentas. Simplemente decidió contratar, una vez más, a Hallvigs Reklam, de Morgongåva. Habían impreso su libro sobre el caso Wennerström y le ofrecieron un precio y un servicio con los que pocas imprentas podían competir.

Mikael consultó el reloj y, furtivamente, se fumó otro cigarrillo. Se sentó junto a la ventana y, bajando la mirada, se puso a contemplar Götgatan. Con la punta de la lengua rozó, pensativo, la herida de la parte interna de su labio. Había empezado a cicatrizar. Por enésima vez se preguntó lo que realmente había ocurrido en Lundagatan, ante el portal de Lisbeth Salander.

Lo único que sabía a ciencia cierta era que Lisbeth Salander estaba viva y que había vuelto a la ciudad.

En los últimos días, desde el incidente, había intentado contactar con ella a diario. Le había enviado correos a la dirección que usaba hacía ya más de un año pero no obtuvo respuesta alguna. Había paseado hasta Lundagatan. Había empezado a desesperarse.

Ahora, en la placa de la puerta figuraban los apellidos Salander-Wu. En Suecia había censadas doscientas treinta personas llamadas Wu, de las cuales más de ciento cuarenta residían en la provincia de Estocolmo. Ninguna, sin embargo, empadronada en Lundagatan. Mikael no tenía ni idea de quién sería ese tal Wu que se había instalado en casa de Salander. Tal vez se hubiera echado novio o alquilado la casa. Al llamar a la puerta, nadie abrió.

Al final se sentó y redactó una carta como las de antes.

Hola, Sally:

No sé lo que pasaría hace un año pero, a estas alturas, incluso un tío duro de mollera como yo se ha dado cuenta de que no quieres saber nada de mí. Es tu derecho y tu privilegio decidir con quién deseas relacionarte y no pienso darte la tabarra. Simplemente me gustaría decirte que sigo considerándote mi amiga, que echo de menos tu compañía y que me encantaría, si te apetece, tomarme un café contigo.

No sé en qué líos andas metida, pero el altercado de Lundagatan me pareció preocupante. Si necesitas ayuda, puedes llamarme a la hora que sea. Tengo, evidentemente, una gran deuda contigo.

También tengo tu bolso. Si quieres que te lo devuelva llámame. Si no deseas verme, dame una dirección a la que te lo pueda mandar. Ya que has dejado tan claro que no te apetece verme, no te buscaré.

Mikael

No recibió, claro está, respuesta alguna.

La mañana de la agresión de Lundagatan, cuando llegó a casa, vació el contenido del bolso sobre la mesa de la cocina. Había una cartera con un carné de identidad expedido en Correos y aproximadamente seiscientas coronas en metálico y doscientos dólares americanos, así como un abono mensual de Stockholms Lokaltrafik. También tenía un paquete de Marlboro Light abierto, tres mecheros Bic, una cajita de caramelos para la garganta, un paquete abierto de *kleenex*, un cepillo y pasta de dientes y tres tampones en un bolsillo lateral, una caja de preservativos sin abrir con una etiqueta que indicaba que había sido comprada en el aeropuerto de Gatwick, en Londres, un cuaderno con tapas duras y negras de formato A5, cinco bolígrafos, un bote de gas lacrimógeno, una bolsita con pintalabios y maquillaje, una radio FM con auriculares pero sin pilas y el vespertino *Aftonbladet* del día anterior.

El objeto más fascinante del bolso era un martillo que había en un compartimento exterior, de fácil acceso. Sin embargo, el ataque se había producido de manera tan sorprendente que Lisbeth no tuvo tiempo de echar mano ni al martillo ni al espray lacrimógeno. Al parecer, usó las llaves como puño americano. En ellas quedaban rastros de sangre y de piel.

Su llavero tenía seis llaves. Tres de ellas eran las típicas de casa: la del portal, la del piso y la de la cerradura de seguridad. Sin embargo, no eran las de Lundagatan.

Mikael abrió y pasó las páginas del cuaderno. Reconocía la parca pero pulcra escritura de Lisbeth y tardó poco en constatar que no se trataba precisamente del diario secreto de una niña. Aproximadamente unas tres cuartas partes del cuaderno estaban llenas de una serie de garabatos que parecían fórmulas matemáticas. Arriba de todo, en la primera página, había una ecuación que incluso Mikael reconocía:

$$(x^3 + y^3 = z^3)$$

A Mikael siempre se le habían dado bien las matemáticas. Terminó el instituto con sobresaliente en esa asignatura, algo que, sin embargo, para nada quería decir que fuera un buen matemático, sólo que fue capaz de asimilar los contenidos de las clases. Pero las páginas del cuaderno de Lisbeth contenían garabatos que Mikael no entendía ni tampoco pretendía comprender. Una de las ecuaciones se extendía a lo largo de dos páginas y terminaba con tachaduras y cambios. Le costó decidir, incluso, si se trataba de fórmulas y cálculos matemáticos serios pero, ya que conocía las peculiaridades de Lisbeth Salander, suponía que las ecuaciones eran correctas y que seguramente tendrían algún significado.

Repasó el cuaderno de nuevo un buen rato. Las ecuaciones le resultaban tan comprensibles como si lo hubiesen puesto ante unos signos chinos. Pero entendía lo que ella quería hacer: ($x^3 + y^3 = z^3$). A Lisbeth le fascinaba el enigma de Fermat, todo un clásico del que hasta Mikael Blomkvist había oído hablar. Suspiró profundamente.

La última página contenía una anotación muy parca y críptica que no tenía nada que ver con las matemáticas pero que, aun así, parecía una fórmula.

$$(\text{Blondie} + \text{Magge}) = \text{NEB}$$

Estaba subrayada y rodeada con un círculo, pero no explicaba nada. A pie de página figuraba el número de teléfono de la empresa de alquiler de coches Auto-Expert de Eskilstuna.

Mikael no hizo intento alguno por interpretar la anotación. Llegó a la conclusión de que esos apuntes no eran más que garabatos que habría hecho mientras pensaba en algo.

Mikael Blomkvist apagó el cigarrillo y se puso la americana, conectó la alarma de la redacción y se fue andando hasta la terminal de Slussen, donde cogió el autobús que lo llevó hasta la reserva *yuppie* de Stäket, en Lännersta.

Lo había invitado a cenar su hermana Annika Blomkvist —ahora Giannini, su apellido de casada—, que cumplía cuarenta y dos años.

Erika Berger inició sus vacaciones de Pascua haciendo *footing*: un recorrido de tres kilómetros lleno de rabia e inquietud que terminó en el muelle de los barcos de vapor de Saltsjöbaden. Durante los últimos meses había descuidado sus sesiones de gimnasio y se sentía rígida y en baja forma. Regresó a casa andando. Su marido tenía que pronunciar una conferencia en una exposición del Moderna Muséet y no llegaría a casa hasta —como muy pronto— alrededor de las ocho, justo cuando Erika tenía pensado abrir una botella de vino, encender la sauna y seducir a su marido. Por lo menos así se distraería y dejaría de darle vueltas al tema que tanto la preocupaba.

Cuatro días antes el director general de uno de los grupos mediáticos más grandes de Suecia la había invitado a comer. Cuando estaban en la ensalada, él, con voz seria, le comunicó su intención de contratarla como editora jefe del *Svenska Morgonposten*, el periódico más grande de la empresa, conocido en la jerga periodística como el Gran Dragón.

—La junta directiva ha barajado varios nombres y estamos de acuerdo en que tú serías una persona muy valiosa para el periódico. Te queremos a ti.

Acompañaba la oferta un sueldo que hacía que los ingresos de *Millennium* parecieran una broma.

La oferta cayó como un relámpago en medio de un cielo despejado y la dejó muda.

—¿Por qué precisamente yo?

Al principio se expresó con una extraña falta de claridad pero luego le salió con la explicación de que era conocida, respetada y —algo de lo que todos daban fe— una jefa competente. Su manera de sacar a *Millennium* de las arenas movedizas en las que se encontraba hacía dos años resultaba impresionante. También era verdad que el Gran Dragón necesitaba una renovación. En el periódico se respiraba un aire rancio y cierta pátina lo cubría todo, cosa que se traducía en que el número de suscriptores jóvenes se estaba reduciendo cada vez más. A Erika se la conocía por ser una osada periodista. Tenía garra. Poner a una mujer, feminista para más inri, como jefa de la institución más conservadora de la Suecia masculina sería un desafío muy provocador. Todos estaban de acuerdo. Bueno, todos no. Pero los que contaban estaban de acuerdo.

—Yo no comparto la ideología política del periódico.

—No importa. Tampoco te has definido como una adversaria. Vas a ser jefa, no ideóloga política, y los que escriben los editoriales se las arreglan solos.

No lo dijo, pero también se trataba de una cuestión de clases: Erika venía de buena familia y del entorno social más apropiado.

Erika contestó que, en un principio, la propuesta la atraía pero que no podía responderles inmediatamente. Debía pensárselo bien y quedó en darles una contestación en breve. El director general le dijo que si el motivo de sus dudas era el sueldo, ella podía negociar la cifra y aumentarla un poco más. Además, se le añadiría un *paracaídas dorado* excepcionalmente atractivo.

—Ya va siendo hora de que empieces a pensar en tu jubilación.

Casi cuarenta y cinco años. Ya había pasado sus años perros como principiante y sustituta. Había fundado *Millennium* y era la redactora jefe por méritos propios. El momento de coger el teléfono y decir «sí» o «no» se iba acercando implacablemente. Y no sabía qué contestar. Se había pasado la semana con la intención de tratar el tema con Mikael Blomkvist, pero no acababa de decidirse. Se sentía como si se lo hubiese ocultado todo, cosa que le provocaba una punzada de mala conciencia.

Había desventajas obvias. Un sí conllevaría interrumpir su colaboración con Mikael. Por muy suculenta que fuera su oferta, él nunca se iría con ella al Gran Dragón. Mikael no necesitaba el dinero y se encontraba muy a gusto escribiendo, a su ritmo, sus propios textos.

Erika se sentía muy bien con el cargo de redactora jefe que tenía en *Millennium*. Le había otorgado un estatus dentro del periodismo que se le antojaba casi inmerecido. Ella no escribía las noticias. No era lo suyo. Se consideraba una mediocre periodista de prensa escrita. En cambio, como periodista radiofónica o televisiva resultaba buena y, sobre todo, era una brillante redactora jefe. Además, le gustaba el trabajo editorial *hands on* que conllevaba su cargo en *Millennium*.

Pero Erika Berger estaba tentada. No tanto por el sueldo como por el hecho de que el trabajo significara que se convertiría definitivamente en uno de los personajes con más peso dentro de los medios de comunicación del país.

—Es una oferta irrepetible —había dicho el director general.

Allí mismo, ante el Grand Hotel de Saltsjöbaden, se dio cuenta, para su propia desesperación, de que no iba a ser capaz de decir que no. Y temía el momento de comunicarle la noticia a Mikael Blomkvist.

Como venía siendo habitual, la cena de la familia Giannini se celebró en medio de un ligero caos. Annika tenía dos hijas: Monica, de trece años, y Jennie, de diez. Su marido, Enrico Giannini, jefe para Escandinavia de una empresa internacional de biotecnología, había conseguido la custodia de Antonio, de dieciséis años de edad, fruto de un matrimonio anterior. El resto de los invitados estaba compuesto por la madre —Antonia Giannini—, Pietro —el hermano de Enrico— y Eva-Lotta —su mujer—, así como por Peter y Nicola, los hijos de éstos. Además de por Marcella, la hermana de Enrico, que vivía en el mismo barrio con sus cuatro criaturas. También invitaron a la cena a una de las tías de Enrico, Angelina —a la que toda la familia tachaba de loca de atar o, como poco, de muy excéntrica— y su nuevo novio.

Por lo tanto, el caos alrededor de la mesa del comedor, de un tamaño más que generoso, era considerable. La conversación transcurrió en una repiqueteante mezcla de sueco e italiano, a veces al mismo tiempo, y la situación no se hizo más llevadera por el hecho de que Angelina se pasara toda la noche hablando de las razones por las que Mikael seguía soltero y proponiendo toda una serie de apropiadas candidatas de entre las hijas de su círculo de amistades. Al final, Mikael declaró que no le importaría casarse si no fuera porque su amante ya estaba casada. Ante ese comentario, incluso a Angelina no le quedó más remedio que callarse.

A las siete y media, sonó el móvil de Mikael. Pensaba que lo tenía apagado y estuvo a punto de perder la llamada antes de conseguir sacar el teléfono del bolsillo de la americana, que alguien había puesto en el estante de los sombreros que se encontraba en la entrada. Era Dag Svensson.

—¿Te llamo en mal momento?

—No especialmente. Estoy cenando en casa de mi hermana con el ejército de la familia de su marido. ¿Qué pasa?

—Dos cosas. He intentado contactar con Christer Malm pero no contesta al teléfono.

—Esta noche iba al teatro con su novio.

—Mierda. Le había prometido que mañana por la mañana le llevaría a la redacción las fotos e ilustraciones que queríamos incluir en el libro. Christer iba a echarles un vistazo durante las fiestas. Pero, de pronto, a Mia se le ha ocurrido subir a Dalecarlia para ver a sus padres y enseñarles la tesis. Teníamos pensado salir mañana temprano.

—Vale.

—Son fotos en papel, así que no puedo mandarlas por *mail*. ¿Te las podría enviar esta misma noche con un mensajero?

—Sí… pero oye, yo estoy en Lännersta. Me quedaré aquí un rato más y luego volveré a la ciudad. Enskede no me pilla lejos. Puedo pasar por tu casa y recogerlas. ¿Te viene bien sobre las once?

A Dag Svensson le pareció muy bien.

—Lo segundo no creo que sea de tu agrado.

—*Shoot*.

—He tropezado con una cosa que me gustaría confirmar antes de que el libro vaya a imprenta.

—Vale. ¿De qué se trata?

—Zala, escrito con «z».

—¿Qué es eso de «zala»?

—Zala es un gánster, probablemente de algún país del Este, tal vez Polonia. Te lo mencionaba en un correo que te mandé hará una semana.

—*Sorry*, se me había olvidado.

—Aparece un poco por todas partes en el material. La gente parece tenerle miedo y nadie quiere hablar de él.

—Ajá.

—Hace un par de días volví a toparme con su nombre. Creo que se encuentra en Suecia y que debería formar parte de la lista de puteros del capítulo siete.

—Dag, no puedes empezar a sacar nuevo material tres semanas antes de llevar el libro a imprenta.

—Ya lo sé. Pero esto es un hallazgo inesperado y no podemos pasarlo por alto. Estuve hablando con un policía que también había oído hablar de Zala y… creo que vale la pena dedicar un par de días de la próxima semana a investigarlo.

—¿Por qué? ¿No tienes ya bastantes cabrones?

—Éste parece especial. Nadie sabe muy bien quién es. Tengo el presentimiento de que hurgar un poco más nos sería muy útil.

—Nunca se debe subestimar un presentimiento —dijo Mikael—. Pero sinceramente… no podemos aplazar el *deadline* ahora. La imprenta está reservada y el libro ha de salir a la vez que *Millennium*.

—Lo sé —contestó Dag Svensson, desanimado.

Mia Bergman acababa de hacer café y de verterlo en el termo cuando llamaron a la puerta. Eran las nueve menos algo. Dag Svensson se encontraba cerca de la entrada y, convencido de que era Mikael Blomkvist que se presentaba más pronto de lo previsto, abrió sin asomarse a la mirilla. En su lugar se encontró con una chica de baja estatura, parecida a una muñeca, que tomó por una adolescente.

—Busco a Dag Svensson y a Mia Bergman —dijo la chica.

—Yo soy Dag Svensson —aclaró él.

—Quiero hablar contigo.

Inconscientemente, Dag consultó la hora. Mia Bergman se acercó a la entrada y se situó detrás de su pareja con cara de curiosidad.

—¿No te parece un poco tarde para una visita? —preguntó Dag.

La chica lo observó con un paciente silencio.

—¿De qué quieres hablar? —continuó Dag.

—Quiero hablar del libro que piensas publicar en *Millennium*.

Dag y Mia intercambiaron una mirada.

—¿Y tú quién eres?

—Me interesa el tema. ¿Puedo entrar o quieres que lo tratemos aquí, en la escalera?

Dag Svensson dudó un instante. Es cierto que la chica era una perfecta desconocida y que la hora elegida para realizar la visita resultaba rara, pero se le antojó inofensiva y la dejó entrar. La acompañó a una mesa del salón.

—¿Quieres café? —preguntó Mia.

De reojo, Dag echó a su pareja una mirada de irritación.

—¿Qué te parece si me dices quién eres?

—Sí, por favor. Sí al café, quiero decir. Me llamo Lisbeth Salander.

Mia se encogió de hombros y abrió el termo. Como esperaba la visita de Mikael Blomkvist ya había puesto unas tazas en la mesa.

—¿Y qué te hace pensar que voy a publicar un libro en *Millennium*? —preguntó Dag Svensson.

De repente le entró una profunda desconfianza, pero la chica lo ignoró y en su lugar miró a Mia Bergman. Mostró una mueca que podría interpretarse como una sonrisa torcida.

—Una tesis interesante —dijo.

Mia Bergman parecía asombrada.

—¿Cómo puedes saber tú algo de mi tesis?

—Me encontré con una copia por casualidad —contestó la chica misteriosamente.

La irritación de Dag Svensson iba en aumento.

—Bueno, ¿me vas a explicar qué quieres? —insistió.

Sus miradas se cruzaron. De repente, Dag reparó en que los iris de Lisbeth eran de un color castaño tan oscuro que, con la luz, se volvían negro azabache. Se dio cuenta de que se había equivocado con su edad. Era mayor de lo que había pensado.

—Quiero saber por qué vas por ahí preguntando sobre Zala, Alexander Zala —dijo Lisbeth Salander—. Y, sobre todo, quiero saber exactamente qué sabes de él.

«Alexander Zala», pensó Dag Svensson, perplejo. Hasta ahora nadie había mencionado su nombre de pila.

Dag Svensson examinó a la chica que se encontraba sentada frente a él. Ella levantó la taza de café y bebió un sorbo sin dejar de mirarlo. Sus ojos resultaban completamente fríos. De pronto sintió un ligero malestar.

A diferencia de Mikael y los demás adultos del grupo —y a pesar de ser la persona que cumplía años—, Annika Giannini sólo había tomado cerveza sin alcohol, renunciando tanto al vino como al chupito de aguardiente para acompañar la comida. A eso de las diez y media de la noche estaba, por lo tanto, sobria y —ya que en ciertos aspectos consideraba a su hermano mayor un completo idiota del que, de vez en cuando, había que ocuparse— se ofreció generosamente a pasar por Enskede y luego llevarlo a casa. Total, de todos modos ya había pensado acercarlo a la parada de autobús de la carretera de Värmdö. No tardaría mucho más en dejarlo en la ciudad.

—¿Por qué no te compras un coche? —se quejó, no obstante, cuando Mikael se abrochó el cinturón de seguridad.

—Porque a diferencia de ti, yo vivo a cuatro pasos de mi trabajo y sólo necesito el coche aproximadamente una vez al año. Además, hoy no podría haberlo cogido porque tu marido me ha invitado a aguardiente de Skåne.

—Empieza a asuecarse. Hace diez años te habría servido algún licor italiano.

Aprovecharon el trayecto para dedicarse a charlar de hermano a hermana. Aparte de una tía paterna un poco plasta, dos tías maternas algo menos plastas y algunos primos lejanos, Mikael y Annika no tenían más familia. Los tres años de edad que los separaban los tuvo bastante distanciados durante su adolescencia. De adultos, en cambio, se habían llegado a conocer mucho mejor.

Annika estudió Derecho y Mikael la consideraba la más inteligente de los dos. Se sacó la carrera con la gorra, pasó un par de años haciendo prácticas en un juzgado de primera instancia y luego trabajó como ayudante de uno de los fiscales más conocidos de Suecia, con quien estuvo hasta que se marchó para abrir su propio bufete. Annika se había especializado en Derecho familiar, algo que, con el tiempo, derivó en un compromiso por la igualdad entre los sexos. Se comprometió como abogada con las mujeres maltratadas, escribió un libro sobre el tema y se hizo con un nombre. Por si fuera poco, se metió en política y colaboró con los socialdemócratas, lo cual llevó a Mikael a pincharla por ser una oportunista. Ya desde muy joven, el propio Mikael había decidido que no podía pertenecer a un partido político y conservar su credibilidad periodística. Se abstenía incluso de votar y, en las ocasiones en las que lo hizo, nunca quiso revelar por quién. Ni siquiera a Erika Berger.

—¿Cómo estás? —preguntó Annika cuando pasaron el puente de Skuru.

—Bueno, bien.

—Entonces, ¿cuál es el problema?

—¿El problema?

—Te conozco, Micke. Has estado como ausente toda la noche.

Mikael permaneció un rato en silencio.

—Es una historia complicada. De momento tengo dos problemas. Uno tiene que ver una chica que conocí hace dos años, que me ayudó con el asunto Wennerström y que luego desapareció de mi vida sin más, sin ninguna explicación. No le he visto el pelo en más de un año. Hasta la semana pasada.

Mikael le contó la agresión sufrida por Lisbeth en Lundagatan.

—¿Has puesto una denuncia a la policía? —preguntó Annika en seguida.

—No.

—¿Por qué?

—Esta chica es una persona excepcionalmente celosa con su vida privada. Fue a ella a quien atacaron. Es ella la que ha de poner la denuncia.

Algo que, sospechaba Mikael, no estaba en el primer punto del orden del día de la agenda de Lisbeth Salander.

—Cabezota —dijo Annika, acariciando la mejilla de Mikael—. Siempre te las apañas para hacer las cosas tú solito. ¿Cuál es el segundo problema?

—En *Millennium* estamos trabajando en una historia que va a dar mucho que hablar. Llevo toda la noche pensando si consultarte o no. Como abogada, quiero decir.

Atónita, Annika miró de reojo a su hermano.

—¡Consultarme a mí! —exclamó—. Anda, eso sí que es una novedad.

—La historia va de *trafficking* y violencia contra las mujeres. Tú eres abogada y sabes de eso. Es cierto que no te ocupas de casos de libertad de prensa, pero me encantaría que leyeras el texto antes de mandarlo a imprenta. Se trata de unos cuantos artículos para la revista pero también de un libro, así que tienes lectura para rato.

Annika permaneció en silencio al enfilar Hammarby Fabriksväg y pasar por la esclusa de Sickla. Se metió por algunas pequeñas calles, en paralelo a Nynäsvägen, y avanzó serpenteando hasta que pudo incorporarse a Enskedevägen.

—¿Sabes, Mikael? En toda mi vida sólo he estado realmente cabreada contigo una vez.

—¿Ah, sí? —contestó Mikael, asombrado.

—Cuando te demandó Wennerström y te condenaron a tres meses de cárcel por difamación. Me cabreé tanto contigo que estuve a punto de explotar.

—¿Por qué? Metí la pata.

—Has metido la pata muchas veces. Pero en aquella ocasión te hacía falta un abogado y la única a la que no recurriste fui yo. Te quedaste allí solito, tragándote toda la mierda que te cayó en el juicio y en los medios de comunicación. Ni siquiera te defendiste. Creí morir.

—Fueron unas circunstancias especiales. No podrías haber hecho nada.

—Ya, pero no lo entendí hasta un año más tarde, cuando *Millennium* volvió a pisar el terreno de juego y ganó a Wennerström por goleada. Hasta ese momento no puedes ni imaginarte lo mucho que me decepcionaste.

—No podrías haber hecho nada para ganar el juicio.

—No te enteras, hermanito. Yo también entiendo que se trataba de un caso perdido. Leí la sentencia. Pero el quid de la cuestión es que no acudiste a mí para pedir ayuda. Algo tan simple como: «Hola, hermanita; necesito un abogado». Por eso nunca me presenté en los juzgados.

Mikael meditó sobre el tema.

—*Sorry*. Debería haberlo hecho, supongo.

—Supones bien.

—Ese año estaba fatal. No tenía fuerzas para hablar con nadie. Sólo quería dejarlo todo y morirme.

—Algo que, por cierto, no fue precisamente lo que hiciste.

—Perdóname.

De pronto Annika Giannini sonrió.

—No está mal. Una disculpa al cabo de dos años. De acuerdo. No me importa leer esos textos. ¿Corre prisa?

—Sí. Pronto vamos a imprenta. Gira a la izquierda, aquí.

Annika Giannini aparcó al otro lado de la calle, frente al portal de Björneborgsvägen donde vivían Dag Svensson y Mia Bergman.

—Sólo me llevará un minuto —dijo Mikael.

Cruzó la calle corriendo y marcó el código del portal. Nada más acceder al edificio se dio cuenta de que pasaba algo. Oyó unas indignadas voces resonando en la escalera y subió andando hasta la casa de Dag Svensson y Mia Bergman, en el tercer piso. Hasta que no llegó no se dio cuenta de que todo aquel jaleo procedía de allí. Cinco vecinos se encontraban en el rellano. La puerta de la casa de Dag y Mia estaba entreabierta.

—¿Qué pasa? —preguntó más por curiosidad que por preocupación.

Las voces cesaron. Cinco pares de ojos lo contemplaron. Tres mujeres y dos hombres, todos rondando la edad de la jubilación. Una de ellas llevaba camisón.

—Han sonado como tiros. —El hombre que contestó tenía unos setenta años y vestía una bata marrón.

—¿Tiros? —repitió Mikael con cara de tonto.

—Ahora mismo. En ese piso. Hace un minuto. La puerta estaba abierta.

Mikael se abrió camino y llamó al timbre al mismo tiempo que entraba.

—¿Dag? ¿Mia? —gritó.

No hubo respuesta.

De repente sintió que un gélido frío le recorría la nuca. Olía a pólvora. Luego se acercó a la puerta del salón-comedor. Lo primero que vio, *Diosmioporfavor*, fue a Dag Svensson de bruces en medio de un enorme charco de sangre ante la mesa donde él y Erika habían cenado hacía unos meses.

Mikael se acercó a toda prisa a Dag, mientras sacaba bruscamente el móvil y marcaba el 112 de SOS Alarm. Contestaron en seguida.

—Me llamo Mikael Blomkvist. Necesito una ambulancia y también a la policía.

Les dio la dirección.

—¿De qué se trata?

—Un hombre. Parece haber recibido un disparo en la cabeza y no da señales de vida.

Mikael se inclinó e intentó tomarle el pulso en el cuello. Luego le descubrió un cráter en la parte posterior de la cabeza y se dio cuenta de que estaba pisando una parte considerable de lo que había sido la masa encefálica de Dag Svensson. Retiró la mano despacio.

Ninguna ambulancia del mundo podría salvar la vida de Dag Svensson.

De pronto descubrió los añicos de una de las tazas de café que Mia Bergman había heredado de su abuela y que con tanto cariño guardaba. Se levantó súbitamente y miró a su alrededor.

—¡Mia! —gritó.

El vecino de la bata marrón había entrado en la casa siguiendo a Mikael. Éste se dio la vuelta en la puerta del salón y lo señaló con el dedo.

—¡Quédese ahí! —gritó—. Vuelva a la escalera.

Al principio dio la impresión de intentar protestar, pero obedeció. Mikael permaneció quieto durante quince segundos. Luego bordeó el charco de sangre y pasó con mucho cuidado por delante de Dag Svensson, hasta llegar a la puerta del dormitorio.

Mia Bergman se hallaba tumbada de espaldas en el suelo, a los pies de la cama. *NonononoMiatambiennpor-Dios*. Le habían disparado en la cara. La bala había penetrado por la mandíbula, por debajo de la oreja izquierda. El orificio de salida de la sien era del tamaño de una naranja y su cuenca ocular derecha estaba vacía. El flujo de sangre era, si cabe, aún más intenso que el de Dag. El impacto de la bala había sido tan violento que la pared del cabecero de la cama, a varios metros de Mia Bergman, estaba salpicada de sangre.

Mikael se percató de que tenía el móvil agarrado convulsivamente, con la central de emergencias todavía en línea, y de que estaba conteniendo la respiración. Inspiró profundamente y se acercó el móvil a la oreja.

—Necesitamos a la policía. Han disparado a dos personas. Creo que están muertas. Dense prisa.

Oyó que la voz de SOS Alarm decía algo pero no fue capaz de discernir las palabras. De repente le pareció que algo le pasaba en el oído. A su alrededor reinaba un silencio absoluto. Al intentar hablar no oyó el sonido de su propia voz. Bajó el móvil y salió del piso caminando hacia atrás. Al llegar al rellano de la escalera, se dio cuenta de que todo el cuerpo le temblaba y de que el corazón le palpitaba de un modo anormal. Sin pronunciar palabra se abrió camino entre el petrificado grupo de vecinos y se sentó. Como a lo lejos, oyó que le hacían preguntas. «¿Qué ha pasado? ¿Se han hecho daño? ¿Ha ocurrido algo?» Era como si el sonido de sus voces le llegara a través de un túnel.

Mikael estaba como anestesiado. Se dio cuenta de que se encontraba en estado de *shock*. Metió la cabeza entre las rodillas. Luego se puso a pensar. «Dios mío, los han asesinado. Acaban de matarlos a tiros. El asesino puede estar todavía en la casa... no, lo habría visto. El apartamento sólo tiene cincuenta y cinco metros cuadrados.» No podía dejar de temblar. Dag yacía tumbado boca abajo, de modo que no vio su cara. Pero la imagen del rostro destrozado de Mia se le había quedado grabada en la retina.

De repente recobró la audición, como si alguien hubiese ajustado el volumen. Se levantó rápidamente y miró al vecino de la bata marrón.

—Oiga —le dijo—. Póngase aquí y asegúrese de que nadie entre en el apartamento. La policía y la ambulancia están de camino. Voy a bajar a abrirles la puerta.

Mikael saltó los escalones de tres en tres. Una vez en la planta baja echó un vistazo, por casualidad, a la escalera que conducía al sótano y se detuvo en seco. Descendió un peldaño. A medio tramo había un revólver. Mikael constató que parecía ser un Colt 45 Magnum, la misma arma que se utilizó para matar a Olof Palme.

Controló el impulso de cogerla. En vez de hacerlo, se acercó a la puerta de entrada y la colocó para que quedara abierta. Luego salió a la calle y permaneció quieto en la noche. Hasta que no oyó un corto pitido de claxon no se acordó de que su hermana lo estaba esperando. Cruzó.

Annika Giannini abrió la boca dispuesta a soltar algún sarcasmo referente a los habituales retrasos de su hermano. Luego vio la expresión de su rostro.

—¿Has visto a alguien mientras me esperabas? —preguntó Mikael.

Su voz sonaba ronca y nada natural.

—No. ¿A quién? ¿Qué ha pasado?

Mikael permaneció callado durante unos segundos mientras examinaba los alrededores. Silencio y tranquilidad. Se hurgó el bolsillo de la chaqueta y encontró un paquete arrugado en el que quedaba un cigarrillo olvidado. Cuando lo encendió, oyó un lejano sonido de sirenas que se iba acercando. Consultó su reloj. Eran las 23.17 horas.

—Annika, va ser una noche muy larga —dijo sin mirarla cuando el coche patrulla enfiló la calle.

Los primeros en personarse en el lugar fueron los agentes Magnusson y Ohlsson. Habían estado en Nynäsvägen atendiendo un aviso que resultó ser una falsa alarma. Acto seguido se presentó otro coche con el comisario Oswald Mårtensson, quien se hallaba en Skanstull cuando lo llamaron desde la central. Llegaron casi al mismo tiempo desde direcciones opuestas y descubrieron en el medio de la calle a un hombre en vaqueros y chaqueta oscura que levantó la mano para que se detuviesen. En ese mismo momento una mujer salía de un vehículo que estaba aparcado a pocos metros de él.

Los tres policías aguardaron unos instantes. La central les había comunicado que habían disparado a dos personas, y el hombre sostenía un objeto oscuro con la mano izquierda. Les llevó unos segundos asegurarse de que se trataba de un móvil. Descendieron de los coches a la vez, se ajustaron los correajes y se acercaron para observar más detenidamente a esas dos figuras. Mårtensson asumió el mando en seguida.

—¿Es usted el que ha avisado de los tiros?

El hombre asintió. Parecía bastante alterado. Fumaba un cigarrillo y le temblaba la mano al acercarlo a los labios.

—¿Cómo se llama?

—Mikael Blomkvist. Hace apenas unos minutos que han disparado a dos personas en este edificio. Se llaman Dag Svensson y Mia Bergman. Están en la tercera planta. Hay unos vecinos en el descansillo.

—¡Dios mío! —exclamó la mujer.

—¿Usted quién es? —preguntó Mårtensson.

—Me llamo Annika Giannini.

—¿Viven aquí?

—No —contestó Mikael Blomkvist—. Iba a visitar a la pareja a la que han disparado. Ella es mi hermana. Venimos de una cena.

—Y dice usted que han disparado a dos personas… ¿Ha visto lo que ha pasado?

—No. Me los he encontrado en el suelo.

—Subamos a verlo —dijo Mårtensson.

—Espere —dijo Mikael—, según los vecinos los tiros se produjeron escasos momentos antes de que yo llegara. Avisé un minuto después. Desde entonces no han pasado ni cinco minutos. Eso quiere decir que el asesino debe de seguir en las inmediaciones.

—Pero ¿no tiene ninguna descripción?

—No hemos visto a nadie. Quizá los vecinos hayan visto algo.

Mårtensson le hizo señas a Magnusson, quien cogió su radio y, en voz baja, empezó a informar a la central. Se volvió hacia Mikael.

—¿Puede mostrarme el camino?

Cuando entraron por el portal, Mikael se paró y, en silencio, señaló con el dedo hacia la escalera del sótano. Mårtensson se inclinó y examinó el arma. Bajó el tramo que quedaba hasta el final y comprobó la manilla de la puerta. Estaba cerrada con llave.

—Ohlsson, quédese aquí y vigile —le ordenó Mårtensson.

Ante el apartamento de Dag y Mia la concentración

de vecinos había disminuido. Dos de ellos ya habían vuelto a sus casas, pero el hombre de la bata marrón todavía continuaba en su puesto. Al ver los uniformes dio la impresión de sentirse aliviado.

—No he dejado entrar a nadie —se apresuró a decir.

—Muy bien —contestaron Mikael y Mårtensson.

—Parece haber rastros de sangre en la escalera —advirtió el agente Magnusson.

Todo el mundo apreció unas pisadas. Mikael bajó la mirada a sus mocasines italianos.

—Probablemente sean mías —dijo Mikael—. He estado en el piso. Hay mucha sangre.

Mårtensson observó inquisitivamente a Mikael. Con un bolígrafo empujó la puerta del apartamento y constató que había más pisadas de sangre en la entrada.

—A la derecha. Dag Svensson está en el salón y Mia Bergman en el dormitorio.

Mårtensson efectuó una rápida inspección por toda la casa y volvió a salir al cabo de poco. Se comunicó por radio y pidió refuerzos a la policía criminal. Mientras estaba hablando, se presentó el personal de la ambulancia. Mårtensson los detuvo justo cuando terminaba su conversación radiofónica.

—Dos personas. Por lo que he visto, ya no necesitan ninguna asistencia sanitaria. ¿Podría entrar sólo uno de ustedes? Intenten no tocar nada.

No tardaron mucho tiempo en confirmar que sobraban. Un médico de guardia comentó que no resultaba necesario trasladar los cuerpos a un hospital para intentar reanimarlos. Ya no había esperanza. De repente, a Mikael le sobrevino un intenso mareo y se dirigió a Mårtensson.

—Voy a salir. Necesito aire.

—Me temo que no puedo dejarle marchar.

—No se preocupe —dijo Mikael—. Estaré ahí fuera.

—¿Me permite ver su documentación?

Mikael sacó la cartera y se la entregó. Luego dio media vuelta y, sin pronunciar palabra, bajó y se sentó en las escaleras del portal de la entrada, donde Annika seguía esperando junto al agente Ohlsson. Ella se sentó a su lado.

—Micke, ¿qué ha pasado? —preguntó Annika.

—Dos personas a las que quería mucho han sido asesinadas. Dag Svensson y Mia Bergman. El manuscrito que quería que leyeras era de él.

Annika Giannini comprendió que no era el momento de atosigarlo a preguntas. Puso, entonces, los brazos alrededor de los hombros de su hermano y los mantuvo así mientras iban llegando más coches de policía. Ya había un grupo de curiosos y nocturnos transeúntes apostados en la acera de enfrente. Mikael los contempló callado mientras la policía empezó a acordonar la zona. La investigación de un asesinato se acababa de poner en marcha.

Eran más de las tres de la madrugada cuando los agentes de la policía criminal dejaron marchar, por fin, a Mikael y Annika. Los dos hermanos habían pasado una hora en el coche de Annika, delante del portal, esperando a que llegara el fiscal de guardia para iniciar la instrucción del sumario. Luego —como Mikael era buen amigo de las dos víctimas y fue él quien las encontró y dio el aviso— les pidieron que los acompañaran a la jefatura de Kungsholmen para —utilizando sus propias palabras— colaborar con la investigación.

Allí debieron esperar un buen rato antes de que los interrogara una inspectora de la policía criminal llamada Anita Nyberg, que estaba de guardia. Era rubia como el trigo y parecía una adolescente.

«Me estoy haciendo mayor», pensó Mikael.

A las dos y media de la madrugada llevaba tantas tazas de café recalentado que estaba completamente sobrio, pero sintió náuseas. Tuvo que interrumpir el interrogatorio para salir corriendo en dirección al baño y allí vomitó sin contención. Era incapaz de borrar de su retina la imagen del rostro destrozado de Mia Bergman. Bebió varios vasos de agua y se refrescó la cara una y otra vez antes de volver al interrogatorio. Intentó ordenar sus pensamientos y contestar tan detalladamente como pudo a las preguntas de Anita Nyberg.

—¿Tenían Dag Svensson y Mia Bergman enemigos?

—No, que yo sepa.

—¿Habían recibido amenazas?

—No, que yo sepa.

—¿Cómo era la relación entre ambos?

—Parecían quererse. Dag me contó en una ocasión que pensaban tener un niño en cuanto Mia fuera doctora.

—¿Consumían drogas?

—Ni idea. No lo creo. Y si lo hacían, no pienso que fuera más allá de algún que otro porro en ocasiones especiales.

—¿Por qué fue a su casa tan tarde?

Mikael le explicó el motivo.

—¿No era raro ir a su casa a esas horas de la noche?

—Sí. Cierto. Se trataba de la primera vez.

—¿De qué los conocía?

—Del trabajo.

Mikael siguió explicándose durante lo que pareció una eternidad.

Y una y otra vez, las preguntas intentaban establecer la extraña secuencia cronológica.

Los disparos se habían oído en todo el edificio. Se produjeron con menos de cinco segundos de intervalo. El hombre de setenta años y con bata marrón era el vecino más cercano, a la vez que un comandante jubilado de la artillería costera. Se encontraba viendo la televisión y se levantó del sofá en cuanto oyó el segundo tiro. Inmediatamente, arrastró los pies en dirección a la escalera. Considerando que tenía problemas de cadera y que le costaba levantarse, él mismo calculó que tardaría unos treinta segundos en abrir la puerta. Ni él ni ningún otro individuo vieron al criminal.

Según las estimaciones de los vecinos, Mikael había llegado a la entrada del apartamento menos de dos minutos después de efectuarse los disparos.

Teniendo en cuenta que tanto Annika como él habían tenido la calle controlada durante unos treinta segundos —mientras Annika se iba acercando con el coche al portal, aparcaba e intercambiaba unas palabras con Mikael antes de que éste cruzara la calle y subiera las escaleras— habría un espacio de tiempo de entre treinta y cuarenta segundos aproximadamente. Durante ese lapso, el autor del doble asesinato habría tenido tiempo de salir del apartamento, bajar las escaleras, tirar el arma en la planta baja, abandonar el inmueble y desaparecer de la vista de todos, antes de que Annika llegara con el coche. Y todo eso sin que ni una sola persona viera ni la sombra del homicida.

Todos constataron que fue una simple cuestión de segundos que Mikael y Annika no lo descubrieran.

Por un angustioso momento Mikael se dio cuenta de que la inspectora Anita Nyberg barajaba la posibilidad de que Mikael fuera el autor del asesinato, que sólo hubiera bajado una planta para luego fingir su llegada al lugar cuando los vecinos se agruparon. Pero Mikael tenía una coartada avalada por la presencia de su hermana; y además las horas parecían cuadrar. Sus actividades, incluyendo la llamada telefónica de Dag Svensson, podían ser confirmadas por un gran número de miembros de la familia Giannini.

Al final, Annika dijo basta. Mikael había colaborado de todas las maneras razonables y posibles. Estaba visiblemente cansado y no se encontraba bien. Ya era hora de interrumpir aquello y dejarle marchar. Les recordó que ella era su abogada y que él tenía ciertos derechos establecidos por Dios o, al menos, por el Parlamento.

Cuando salieron a la calle, permanecieron callados un buen rato ante el coche de Annika.

—Vete a casa a descansar —dijo ella.

Mikael negó con la cabeza.

—Tengo que ir a casa de Erika —le respondió—. Ella también los conocía. No puedo contárselo por teléfono y no quiero que se despierte y se entere por los informativos.

Annika Giannini dudó un momento pero se dio cuenta de que su hermano tenía razón.

—A Saltsjöbaden, entonces —dijo ella.

—¿Te quedan fuerzas?

—¿Para qué están las hermanitas?

—Si me dejas en Nacka Centrum, puedo coger un taxi desde allí o esperar un autobús.

—No digas tonterías. Entra, yo te llevo.

Capítulo 12

Jueves de Pascua, 24 de marzo

Obviamente, Annika Giannini también estaba cansada y Mikael consiguió convencerla para que renunciara a llevarlo hasta casa de Erika y lo dejara en Nacka Centrum. Si no, debía dar un enorme rodeo por los estrechos de Lännersta, cosa que le llevaría más de una hora. Mikael la besó en la mejilla, le agradeció toda la ayuda prestada durante la noche y, antes de llamar a un taxi, se quedó esperando hasta que ella giró y desapareció rumbo a su casa.

Hacía más de dos años que Mikael no iba a Saltsjöbaden. Sólo visitaba a Erika y su marido en muy contadas ocasiones. Se le antojó un síntoma de inmadurez.

Mikael ignoraba por completo cómo funcionaba exactamente el matrimonio de Erika y Greger. Conocía a Erika desde principios de los ochenta. Pensaba seguir manteniendo su relación con ella hasta que fuese demasiado viejo y no pudiese levantarse de la silla de ruedas. La historia sólo se había visto interrumpida durante un breve período a finales de la década, cuando ambos, cada uno con su respectiva pareja, contrajeron matrimonio. La interrupción duró más de un año, hasta que les fueron infieles a sus cónyuges.

Para Mikael aquello terminó en divorcio. Para Erika significó la constatación por parte de Greger Backman de que una pasión sexual así, después de tantos años, probablemente fuera tan fuerte que sería absurdo pretender que las convenciones o la moral vigente lograran que cada uno de ellos se mantuviera alejado de la cama del otro. Greger también le explicó que no quería arriesgarse a perderla de la misma manera que Mikael había perdido a su mujer.

Cuando Erika confesó su infidelidad, Greger Backman llamó a la puerta de la casa de Blomkvist, quien había estado esperando y temiendo esa visita. Mikael se sentía como una mierda. Pero en vez de romperle la cara, Greger Backman le propuso ir a tomar algo. Cerraron tres pubs de Södermalm antes de ir lo suficientemente cargados como para entablar una conversación seria, cosa que tuvo lugar en un banco de Mariatorget, más o menos al amanecer.

A Mikael le costó creer a Greger Backman cuando éste le comentó con franqueza que, si intentaba sabotear su matrimonio con Erika, volvería a visitarlo, sobrio y con un garrote, pero que si sólo se trataba de deseo carnal y de la incapacidad que tiene el alma de moderarse y templarse, entonces lo aceptaba.

Mikael y Erika continuaron su relación con el visto bueno de Greger Backman y sin intentar ocultarle nada. Por lo que Mikael sabía, Greger y Erika seguían siendo felices en su matrimonio. Mikael aceptaba que Greger consintiera su relación sin protestas, incluso hasta el punto de que Erika, si le apetecía —algo que ocurría con cierta regularidad—, no tenía más que coger el teléfono y comunicarle que pensaba pasar la noche con Mikael.

Greger Backman nunca criticó a Mikael. Ni una sola palabra. Al contrario, parecía creer que la relación entre Erika y Mikael era positiva, y que el amor que él sentía por ella se hacía más profundo al no poder dar por descontado que Erika siempre estaría con él.

En cambio, Mikael nunca se sintió cómodo en compañía de Greger, lo cual constituía un sombrío recordatorio de que, por liberales que fuesen las relaciones, también tenían un precio. Por consiguiente, sólo había visitado Saltsjöbaden en contadas ocasiones, cuando Erika daba grandes fiestas y su ausencia lo hubiera puesto en evidencia.

Se detuvo delante de su chalé de doscientos cincuenta metros cuadrados. Resuelto, a pesar de lo desagradable que resultaba llegar con malas noticias, puso el dedo en el timbre y lo mantuvo allí unos cuarenta segundos, hasta que oyó pasos. Greger Backman abrió con una toalla rodeándole la cintura y una cara de somnolienta rabia que, al encontrarse con el amante de su mujer en la escalera, se convirtió en asombro.

—Hola, Greger —dijo Mikael.

—Buenos días, Blomkvist. ¿Qué coño de horas son éstas?

Greger Backman era rubio y delgaducho. Tenía abundante pelo en el pecho y casi nada en la cabeza. Lucía una barba de una semana y una cicatriz sobre la ceja derecha provocada por un grave accidente de navegación ocurrido varios años atrás.

—Las cinco y pico —dijo Mikael—. ¿Puedes despertar a Erika? He de hablar con ella.

Greger Backman suponía que si Mikael Blomkvist había superado su aversión a visitar Saltsjöbaden y a verlo a él, algo fuera de lo normal debía de haber sucedido. Además, Mikael parecía necesitar un trago o, por lo menos, una cama donde descansar. Por lo tanto, abrió la puerta y lo dejó entrar.

—¿Qué ha pasado? —preguntó.

Antes de que a Mikael le diera tiempo a contestar, Erika Berger apareció por la escalera de la planta superior, atándose el cinturón de una bata blanca de felpa. Al ver a Mikael en el vestíbulo se detuvo en seco, a medio camino.

—¿Qué pasa?

—Dag Svensson y Mia Bergman —dijo Mikael.

Su rostro reveló inmediatamente el tipo de noticia que le traía.

—No... —dijo Erika, tapándose la cara con la mano.

—Acabo de salir de la comisaría. Dag y Mia han sido asesinados esta noche.

—¿Asesinados? —preguntaron al unísono Erika y Greger.

Erika contempló a Mikael con una escéptica mirada.

—¿En serio?

Mikael asintió tristemente con la cabeza.

—Alguien ha entrado en su casa de Enskede y los ha matado a tiros. He sido yo el que los ha encontrado.

Erika se sentó en la escalera.

—No quería que te enteraras por los informativos —dijo Mikael.

Eran las siete menos un minuto de la mañana del jueves de Pascua cuando Mikael y Erika entraron en la redacción de *Millennium*. Erika había llamado y despertado a Christer Malm y a la secretaria de redacción, Malin Eriksson, con la noticia de que Dag y Mia habían sido asesinados esa misma noche. Vivían mucho más cerca, de modo que ya habían llegado para la reunión y encendido la cafetera eléctrica de la pequeña cocina.

—¿Qué coño está pasando? —preguntó Christer Malm.

Malin Eriksson le chistó y subió el volumen del informativo de las siete:

Dos personas, un hombre y una mujer, fueron asesinadas a tiros anoche en un apartamento de Enskede. La policía ha informado de que se trata de un doble asesinato. A ninguna de las víctimas se le conocen antecedentes. Se ignoran los motivos del crimen. Nuestra reportera Hanna Olofsson se encuentra en el lugar de los hechos:

«Poco antes de la medianoche, cuando la policía recibió el aviso de que se habían producido disparos en un edificio de Björneborgsvägen, aquí, en Enskede. Según un vecino, en la casa se oyeron varios tiros. Se desconoce el móvil y hasta el momento no se ha detenido a nadie. Se ha acordonado el piso, donde en estos momentos está trabajando la policía forense».

—Eso es concisión —dijo Malin bajando el volumen de la radio.

Luego se puso a llorar. Erika se acercó a ella y le pasó el brazo por los hombros.

—¡Joder! —exclamó Christer Malm sin dirigirse a nadie en particular.

—Sentaos —ordenó Erika Berger con voz firme—. Mikael…

Éste volvió a contar una vez más lo ocurrido durante la noche. Habló con voz monótona, empleando un estilo periodístico, neutro y objetivo, al describir cómo encontró a Dag y Mia.

—¡Joder! —volvió a decir Christer Malm—. Esto es una locura.

Los sentimientos pudieron de nuevo con Malin. Se echó a llorar otra vez sin ningún disimulo.

—Perdón —dijo.

—Yo me siento igual —reconoció Christer.

Mikael se preguntó por qué no era capaz de llorar. Sólo sentía un gran vacío, casi como si estuviese anestesiado.

—A ver, lo que sabemos hasta el momento no es mucho —dijo Erika Berger—. Tenemos que hablar de dos cosas. Primera: nos encontramos a tres semanas de llevar a la imprenta el material de Dag Svensson. ¿Seguimos adelante con la publicación? ¿Podemos publicar? Ésa es una. La segunda es algo que Mikael y yo hemos estado comentando mientras veníamos.

—No sabemos por qué se han producido los asesinatos —dijo Mikael—. Puede ser por alguna historia personal de la vida de Dag y Mia o simplemente tratarse de la obra de un loco. Pero no podemos descartar que tenga algo que ver con su trabajo.

Un silencio se instaló alrededor de la mesa. Hasta que Mikael carraspeó y dijo:

—Como ya sabéis, estamos a punto de publicar un material muy fuerte en el que identificamos con nombre y apellido a determinados tipos que lo que menos desean en este mundo es verse implicados en el tema. Hace dos semanas Dag empezó a confrontar el material con ellos. Lo que intentaba decir antes era que si alguno de esos...

—Espera —dijo Malin Eriksson—. Revelamos el nombre de tres policías, uno de los cuales trabaja en la policía de seguridad y otro en la brigada antivicio, varios abogados, un fiscal y un par de guarros que van de periodistas. ¿Estás diciendo que uno de ellos habría cometido un doble asesinato para impedir la publicación?

—Bueno, no sé —contestó Mikael, pensativo—. Tienen bastante que perder, pero no deben de ser muy listos que digamos si creen que pueden acallar una historia así matando a un periodista. Pero también denunciamos a unos cuantos chulos y, aunque utilizamos nombres falsos, no resulta muy difícil deducir quiénes son. Algunos de ellos han sido condenados con anterioridad por delitos violentos.

—De acuerdo —dijo Christer—. Pero describes los asesinatos como ejecuciones. Si he entendido la idea del libro de Dag Svensson, no se trata de unos tipos muy listos. ¿Son capaces de cometer un doble asesinato y salirse con la suya?

—¿Qué inteligencia se necesita para pegar dos tiros? —preguntó Malin.

—Ahora estamos especulando sobre algo de lo que no sabemos nada —interrumpió Erika Berger—. Pero la verdad es que tenemos que hacernos esa pregunta. Si los artículos de Dag —o incluso la tesis de Mia— fueron el móvil de los crímenes, habría que aumentar la seguridad en la redacción.

—Y una tercera cuestión —dijo Malin—: ¿debemos facilitar los nombres a la policía? ¿Qué les dijiste anoche a los agentes?

—Contesté a todas las preguntas que me hicieron. Les comenté el carácter de la historia con la que estaba trabajando Dag, pero no me preguntaron por los detalles ni les di ningún nombre.

—Es algo que, sin duda, deberíamos hacer —sentenció Erika Berger.

—Tampoco está tan claro —contestó Mikael—. Podríamos darles una lista, pero ¿qué hacemos si la policía empieza a hacernos preguntas sobre cómo hemos averiguado los nombres? No podemos revelar las fuentes que quieren permanecer anónimas. Afecta a varias de las chicas con las que habló Mia.

—¡Joder, qué lío! —dijo Erika—. Volvemos a la primera pregunta: ¿publicamos?

Mikael levantó una mano.

—Espera. Si queréis lo votamos, pero el editor responsable soy yo y por primera vez en mi vida pienso tomar una decisión sin la ayuda de nadie. La respuesta es «no». No podemos publicarlo en el próximo número. Es absurdo que sigamos adelante sin más.

El silencio volvió a invadir la mesa.

—Tengo muchas ganas de publicar pero, sin duda, nos veremos obligados a reformular bastantes cosas. Dag y Mia tenían la documentación, y la historia también se basaba en que Mia pensaba poner una denuncia policial contra las personas identificadas. Ella era experta en la materia. ¿Lo somos nosotros?

Se oyó un portazo y, acto seguido, Henry Cortez apareció en la puerta.

—¿Se trata de Dag y Mia? —preguntó, jadeando.

Todos asintieron.

—¡Joder! ¡Qué locura!

—¿Cómo te has enterado? —preguntó Mikael.

—Había salido con mi novia y estábamos de camino a casa cuando nos enteramos por la emisora interna del taxi. La policía buscaba información y preguntaba a los taxistas si habían llevado a alguien a esa dirección. La reconocí. Tenía que venir.

Henry Cortez parecía tan conmocionado que Erika se levantó y le dio un abrazo antes de invitarlo a sentarse. Retomó el hilo de la discusión.

—Yo creo que a Dag le gustaría que publicáramos su material.

—Y eso es lo que vamos a hacer. El libro saldrá, por descontado. Pero la situación actual nos obliga a retrasar su publicación.

—¿Y ahora qué? —preguntó Malin—. No se trata tan sólo de sustituir un artículo; es un número temático y tenemos que rehacer toda la revista.

Erika permaneció callada un rato. Luego esbozó la primera y fatigada sonrisa del día.

—¿Habías pensado tener libre estas fiestas, Malin? —preguntó—. Olvídalo. Lo vamos a hacer así… Malin, Christer, tú y yo vamos a sentarnos a planificar un número completamente nuevo, sin Dag Svensson. A ver si podemos sacar algunos de los artículos que teníamos pensados para el número de junio. Mikael, ¿cuánto material te había dado ya Dag Svensson?

—Tengo la versión final de nueve de los doce capítulos y la penúltima del diez y del once. Dag iba a mandarme por correo la versión definitiva (voy a mirarlo), pero no tengo casi nada del último, el doce. Es donde iba a recapitular y sacar conclusiones.

—Pero ¿Dag y tú habíais hablado de todos los capítulos?

—Sé lo que pensaba escribir, si te refieres a eso.

—De acuerdo, tú ponte con los textos, tanto con los

del libro como con los de los artículos. Quiero saber lo que falta y si podemos reconstruir cosas que a Dag no le hubiera dado tiempo a entregar. ¿Podrías hacer una estimación para hoy mismo?

Mikael le indicó que sí con la cabeza.

—También quiero que reflexiones sobre lo que vamos a decirle a la policía. Qué resulta inofensivo y dónde empezamos a arriesgarnos a violar la confidencialidad de las fuentes. Nadie de la revista dirá nada sin que tú lo hayas aprobado.

—Muy bien —dijo Mikael.

—¿Crees en serio que la historia de Dag es el móvil de los asesinatos?

—O la tesis de Mia… no sé. Pero no podemos descartar esa posibilidad.

Erika Berger reflexionó un instante.

—No, tienes razón. Encárgate tú de eso.

—¿Que me encargue de qué?

—De la investigación.

—¿Qué investigación?

—Nuestra investigación, ¡joder! —Erika Berger alzó repentinamente la voz—. Dag Svensson era periodista y trabajaba para *Millennium*. Si fue asesinado a causa de su trabajo, quiero saberlo. Por lo tanto, vamos a indagar en lo que pasó. Tú te ocuparás de eso. Empieza repasando todo el material que Dag Svensson nos dio y reflexiona si ése puede ser el móvil.

Miró de reojo a Malin Eriksson.

—Malin, si me ayudas hoy a esbozar las líneas generales de un número completamente nuevo, Christer y yo nos encargaremos luego del trabajo duro. Como tú has colaborado muchísimo con Dag Svensson y en otros textos del número temático, quiero que, junto a Mikael, sigas de cerca el desarrollo de la investigación policial.

Malin Eriksson asintió.

—Henry… ¿puedes trabajar hoy?

—Claro.

—Empieza llamando a todos los demás colaboradores de *Millennium* y ponlos al corriente. Luego telefonea a la policía para averiguar qué está pasando. Entérate de si va a haber una rueda de prensa o algo. Tenemos que estar al día.

—De acuerdo. Primero llamaré a los colaboradores y luego volveré a casa a ducharme y desayunar. Regresaré en cuarenta y cinco minutos, si no voy directamente a Kungsholmen.

—Estaremos en contacto a lo largo del día.

Un breve silencio se hizo en torno a la mesa.

—De acuerdo —dijo Mikael finalmente—. ¿Estamos?

—Supongo —respondió Erika—. ¿Tienes prisa?

—Sí. Debo hacer una llamada.

Harriet Vanger estaba tomando un desayuno compuesto por café y tostadas con queso y mermelada de naranja en el porche acristalado de la casa de Henrik Vanger, en Hedeby, cuando sonó su móvil. Contestó sin mirar la pantalla.

—Buenos días, Harriet —la saludó Mikael Blomkvist.

—Pero bueno, ¡qué sorpresa! Yo creía que tú nunca te levantabas antes de las ocho.

—Así es, siempre y cuando me haya acostado antes. Algo que no he hecho todavía.

—¿Ha ocurrido algo?

—¿No has oído las noticias?

Mikael le contó brevemente lo sucedido durante la noche.

—¡Qué horror! —dijo Harriet Vanger—. ¿Cómo estás?

—Gracias por preguntar. Bueno, he tenido días mejores. Pero te llamo porque tú formas parte de la junta directiva de *Millennium* y debes estar al tanto de esto. Sin duda, algún periodista descubrirá que fui yo quien encontró a Dag y Mia, cosa que dará pábulo a ciertas especulaciones. Y cuando se filtre que Dag estaba trabajando para nosotros en lo que iba a ser una sensacional revelación empezarán a hacer preguntas.

—O sea, que he de estar preparada. De acuerdo. ¿Y qué les digo?

—Diles la verdad. Que estás informada de lo que ha ocurrido. Naturalmente, te encuentras en estado de *shock* debido a los brutales asesinatos, pero no conoces en detalle el trabajo de la redacción y, por lo tanto, no puedes comentar ninguna de las especulaciones. Investigar los asesinatos es cosa de la policía, no de *Millennium*.

—Gracias por avisarme. ¿Hay algo que pueda hacer?

—Ahora mismo no. Pero si se me ocurre algo, te llamaré.

—Bien. Y Mikael…, mantenme informada, *please*.

Capítulo 13

Jueves de Pascua, 24 de marzo

A las siete de la mañana del jueves de Pascua, la instrucción del sumario del doble asesinato de Enskede ya se encontraba sobre la mesa del fiscal Richard Ekström. El fiscal de guardia de esa noche, relativamente joven e inexperto, se había dado cuenta de que los crímenes de Enskede se salían de lo común. Llamó y despertó al fiscal provincial adjunto, quien, a su vez, llamó y despertó al adjunto del jefe provincial de la policía. De común acuerdo, decidieron pasarle la pelota a un celoso y experimentado fiscal. Su elección recayó sobre Richard Ekström, de cuarenta y dos años.

Richard Ekström era delgado, atlético, y medía un metro y sesenta y siete centímetros. Tenía el pelo rubio, ralo, y perilla. Siempre iba inmaculadamente vestido y, debido a su reducida estatura, llevaba unos zapatos con alzas. Inició su carrera profesional como fiscal adjunto en Uppsala, desde donde fue llamado por el Ministerio de Justicia para participar en la adaptación de la legislación sueca a la de la UE, y su labor fue tan buena que durante un tiempo trabajó como jefe de departamento. Llamó la atención con un estudio sobre las carencias organizativas de la seguridad jurídica en el que —en vez de exigir más recursos, como ciertas autoridades policiales reclamaban— abogaba por una mayor eficacia. Tras cuatro años en el Ministerio de Justicia, pasó al ministerio fiscal de Estocolmo, donde se ocupó de numerosos casos relacionados con llamativos robos o delitos violentos.

Dentro de la Administración se suponía que era socialdemócrata, pero, en realidad, Ekström no tenía el menor interés por los partidos políticos. Empezó a despertar cierta atención mediática, y en los pasillos del poder comenzaron a fijarse en él. Se trataba, sin lugar a dudas, de un buen candidato para ocupar cargos importantes, y, gracias a su supuesta vena ideológica, disfrutó de una amplia red de contactos en ámbitos tanto políticos como policiales. Entre los policías, las opiniones sobre la capacidad de Ekström estaban divididas. Los informes que realizó para el Ministerio de Justicia no habían favorecido, precisamente, a aquellos círculos policiales que defendían que la mejor manera de garantizar la seguridad jurídica era reclutando más policías. Pero, por otra parte, Ekström se había distinguido por no andarse con chiquitas cada vez que llevaba un caso a juicio.

Cuando Ekström recibió el apresurado informe de la policía criminal sobre los acontecimientos ocurridos en Enskede la noche anterior, constató inmediatamente que se hallaba delante de un asunto que causaría un gran revuelo en los medios de comunicación. No se trataba de un asesinato cualquiera. Los dos muertos eran una criminóloga que estaba preparando su tesis doctoral y un periodista. Esta última palabra la odiaba o la amaba dependiendo de la situación.

Poco después de las siete, Ekström mantuvo una breve conversación telefónica con el jefe de la policía criminal provincial. A las siete y cuarto Ekström llamó y despertó al inspector Jan Bublanski, más conocido entre sus colegas con el apodo del «agente Burbuja». En realidad, Bublanski tenía esa Pascua libre para compensar la montaña de horas extra que había acumulado durante todo el año. Le pidió que interrumpiera sus vacaciones y se personara de inmediato en comisaría para dirigir la investigación de los asesinatos de Enskede.

Bublanski tenía cincuenta y dos años, y llevaba trabajando como policía más de la mitad de su vida, desde los veintitrés. Estuvo seis en un radiopatrulla y había pasado tanto por la brigada de armas como por la brigada de robos antes de realizar unos cursos de formación y ascender a la brigada de delitos violentos de la policía criminal de la provincia de Estocolmo. Para ser exactos, durante los últimos diez años había participado en treinta y tres investigaciones de asesinatos u homicidios. De las diecisiete que dirigió, se esclarecieron catorce y dos se consideraron resueltas desde un punto de vista policial, lo que significaba que la policía sabía quién era el asesino pero carecía de suficientes pruebas para llevarlo a juicio. Únicamente en el caso restante, ocurrido hacía seis años, Bublanski y sus hombres fracasaron. Se trataba de un conocido y alcohólico camorrista al que habían matado con un arma blanca en su domicilio de Bergshamra. El lugar del crimen fue una auténtica pesadilla de huellas digitales y rastros de ADN de varias docenas de personas que, durante años y años, se habían emborrachado y peleado en el apartamento. Bublanski y sus colegas estaban convencidos de que el asesino pertenecía al muy nutrido círculo social de alcohólicos y drogadictos; pero, a pesar de su intenso trabajo de investigación, el culpable continuaba burlando a la policía. A efectos prácticos la investigación fue archivada.

En su conjunto, Bublanski contaba con una buena estadística de casos resueltos. Sus colegas lo veían como sumamente competente.

Sin embargo, éstos mismos lo consideraban algo raro, cosa que, en parte, se debía al hecho de que era judío y a que, en determinados días festivos, lo habían visto con su *kippa* por los pasillos de la comisaría. En una ocasión esta circunstancia provocó la crítica de un jefe de policía, ahora retirado, de que resultaba inapropiado llevar una *kippa* en comisaría, por la misma razón por la que consideraba inadecuado que un policía anduviera por allí con un turbante. El asunto, no obstante, no pasó de ahí y no dio lugar a debate alguno, pues un periodista que había oído el comentario se puso a hacer preguntas, ante lo cual, el susodicho jefe se retiró apresuradamente a su despacho.

Bublanski pertenecía a la congregación de la sinagoga de Södermalm y pedía comida vegetariana si no había comida *kosher*. Sin embargo, no era tan ortodoxo como para negarse a trabajar en *sabbat*. También él se dio cuenta en seguida de que el doble asesinato de Enskede no se trataba de una investigación cualquiera. Nada más cruzar la puerta, poco después de las ocho, Richard Ekström se lo llevó a un despacho aparte.

—Una auténtica desgracia —le espetó Ekström a modo de saludo—. La pareja a la que han matado a tiros eran un periodista y una criminóloga. Y hay más: los encontró otro periodista.

Bublanski asintió. Eso prácticamente garantizaba que el caso iba a ser seguido de cerca y analizado en detalle por los medios de comunicación.

—Y para echar más sal en la herida: el periodista que encontró a la pareja es Mikael Blomkvist, de la revista *Millennium*.

—¡Ufff! —soltó Bublanski.

—Famoso gracias a todo el circo que se montó con el caso Wennerström.

—¿Sabemos algo del móvil?

—De momento, nada. Ninguna de las víctimas figura en nuestros archivos. Parece tratarse de una pareja normal y corriente. La mujer iba a presentar su tesis dentro de unas semanas. Hay que concederle a este asunto la máxima prioridad.

Bublanski asintió. Para él, un asesinato siempre tenía máxima prioridad.

—Vamos a constituir un grupo operativo. Deberás trabajar lo más rápidamente que puedas y yo me aseguraré de que dispongas de todos los recursos necesarios. Tendrás a Hans Faste y Curt Svensson como ayudantes. También a Jerker Holmberg; está trabajando con un homicidio de Rinkeby, pero parece ser que el autor del asesinato ha huido al extranjero, y él es muy brillante investigando el lugar del crimen. Si es necesario, también puedes contar con investigadores de la policía criminal nacional.

—Quiero a Sonja Modig.

—¿No te parece demasiado joven?

Bublanski arqueó las cejas y miró asombrado a Ekström.

—Tiene treinta y nueve años, así que sólo es un par de años más joven que tú. Además, es muy eficiente.

—De acuerdo, tú decides a quién quieres en el grupo, siempre y cuando seáis rápidos. La Dirección ya está encima.

Bublanski se lo tomó como una ligera exageración. La Dirección, a esas horas de la mañana, apenas había tenido tiempo de abandonar la mesa del desayuno.

La investigación policial empezó en serio poco antes de las nueve, cuando el inspector Bublanski convocó a su equipo en una sala. Bublanski contempló a las personas reunidas. No le agradaba del todo la composición del grupo.

De todos ellos, Sonja Modig era la persona en la que más confianza tenía. Llevaba doce años de policía, cuatro de los cuales los pasó en la brigada de delitos violentos, donde participó en varias investigaciones con Bublanski al mando. Era meticulosa y metódica, y Bublanski se había dado cuenta de que también poseía esas cualidades que él consideraba de sumo valor en las investigaciones complicadas: imaginación y capacidad de asociación. En por lo menos dos casos, Sonja Modig había hallado curiosos y rebuscados vínculos que otros pasaron por alto, cosa que se tradujo en decisivos avances. Además, Sonja Modig tenía un sutil e inteligente sentido del humor que Bublanski sabía apreciar.

Bublanski también se alegraba de contar con Jerker Holmberg entre su tropa. Holmberg tenía cincuenta y cinco años, y era oriundo del norte de Suecia, concretamente de la provincia de Ångermanland. Se trataba de una persona aburrida y de mente plana que carecía por completo de esa imaginación que hacía tan valiosa a Sonja Modig. En cambio, según Bublanski, Holmberg quizá fuera el mejor investigador del lugar del crimen de toda la policía de Suecia. Habían colaborado en numerosas investigaciones y Bublanski estaba convencido de que, si había algo que encontrar, en el lugar de los hechos, Holmberg lo encontraría. Su tarea principal, por lo tanto, consistía en dirigir todo el trabajo que había que realizar en el apartamento de Enskede.

El colega Curt Svensson era relativamente desconocido para Bublanski. Se trataba de un hombre callado, de constitución fuerte, con un pelo rubio cortado tan al rape que, a distancia, daba la sensación de ser completamente calvo. Tenía treinta y ocho años y acababa de incorporarse a la brigada, recién llegado de Huddinge, donde había pasado varios años investigando la delincuencia de bandas. Tenía fama de poseer un carácter irascible y mano dura; un eufemismo para decir que tal vez usara con su clientela métodos no del todo acordes con el reglamento. En una ocasión, hacía ya diez años, fue denunciado por malos tratos, cosa que dio lugar a una investigación en la que, no obstante, lo absolvieron de todos los cargos.

La reputación de Curt Svensson se debía, sin embargo, a un acontecimiento muy distinto. En octubre de 1999, Curt Svensson, en compañía de otro colega, se fue a Alby con el objetivo de dar con un chorizo y someterlo a un interrogatorio. El tipo no era, ni mucho menos, desconocido en los círculos policiales. Llevaba años sembrando el pánico entre los vecinos y provocando numerosas quejas por su comportamiento pendenciero. Ahora, gracias a un chivatazo, era sospechoso de haber robado en un videoclub de Norsborg. Se trataba de una intervención más o menos rutinaria que salió rematadamente mal cuando el individuo, en lugar de acompañar a los agentes por las buenas, sacó un arma blanca. El colega de Svensson, actuando en defensa propia, acabó con varias heridas en las manos y uno de los pulgares cortado, antes de que el malhechor dirigiera su atención hacia Curt Svensson, quien, por primera vez en su carrera, se vio obligado a utilizar su arma reglamentaria. Curt Svensson efectuó tres disparos. El primero de ellos fue de advertencia. El segundo, un disparo con intención que, sin embargo, no alcanzó al malhechor; toda una hazaña, ya que la distancia era inferior a tres metros. El tercer impacto le dio de lleno en el cuerpo con tan mala fortuna que le segó la aorta, cosa que provocó que el tipo muriera desangrado al cabo de pocos minutos. La posterior investigación terminó eximiendo a Curt Svensson de cualquier responsabilidad, algo que desencadenó un debate mediático en el que se examinó con lupa el monopolio estatal de la violencia y donde se emparejaba a Curt Svensson con los dos brutales policías implicados en la muerte de Osmo Vallo.

En un principio, Bublanski tuvo sus dudas sobre Curt Svensson pero, seis meses más tarde, todavía seguía sin descubrir nada que motivara su crítica o su enojo. Más bien al contrario. Poco a poco Bublanski había empezado a tenerle cierto respeto a la discreta competencia de Curt Svensson.

El último miembro del equipo de Bublanski era Hans Faste, todo un veterano de cuarenta y siete años que llevaba quince de servicio en la brigada de delitos violentos.

Faste constituía el motivo del descontento de Bublanski. Tenía el susodicho una cosa a favor y otra en contra. A su favor jugaban su amplia experiencia y sus tablas para abordar investigaciones complicadas. En su contra, Bublanski había tomado nota de que era egocéntrico y de que tenía un burdo sentido del humor que podía importunar a cualquier persona de inteligencia normal y que molestaba mucho a Bublanski. Había en Faste alguna que otra actitud y ciertas características personales que, simplemente, a Bublanski no le gustaban. Pero, vale, de acuerdo: cuando se le ataba en corto resultaba un competente investigador. Además, Faste se había convertido en una especie de mentor para Curt Svensson, a quien no le parecía desagradar su tosquedad. Solían formar pareja durante las investigaciones.

A la reunión se había convocado también a la inspectora de guardia Anita Nyberg, para que informara de los interrogatorios mantenidos con Mikael Blomkvist durante la pasada noche, al igual que al comisario Oswald Mårtensson, quien debía dar cuenta de lo ocurrido *in situ* una vez recibido el aviso. Los dos estaban agotados y querían marcharse cuanto antes a casa para descansar. No obstante, Anita Nyberg ya se había hecho con unas fotos del lugar del crimen que circularon entre el grupo.

Tras treinta minutos de conversación ya tenían claro el desarrollo de los acontecimientos. Bublanski lo resumió:

—Con la reserva de que la investigación forense del lugar del crimen continúa en marcha, parece que éste ocurrió de la siguiente manera: un desconocido que ninguno de los vecinos ni otros testigos vieron entró en el apartamento de Enskede y mató a Svensson y Bergman.

—Seguimos sin saber si el revólver encontrado coincide con el arma homicida, pero ya se ha mandado al Laboratorio Nacional de Investigación Forense para que lo analicen —intervino Anita Nyberg—. Tiene máxima prioridad. También hemos hallado, relativamente intacto en la pared que da al dormitorio, un trocito de la bala que impactó en Dag Svensson. En cambio, la bala que alcanzó a Mia Bergman está tan fragmentada que dudo que nos sea útil.

—Muchas gracias, Anita. El Colt Magnum es uno de esos malditos revólveres de vaqueros que debería estar totalmente prohibido. ¿Tenemos el número de serie?

—Todavía no —dijo Oswald Mårtensson—. Mandé por mensajero el arma y el fragmento de bala al laboratorio desde allí mismo. Me pareció mejor que se encargaran ellos en vez de que yo empezara a toquetearla.

—Muy bien. Aún no he tenido tiempo de ir a ver el lugar de los hechos, pero vosotros dos habéis estado allí. ¿Cuáles son vuestras conclusiones?

Anita Nyberg y Oswald Mårtensson intercambiaron miradas. Nyberg le cedió la palabra a su colega de más edad.

—Para empezar pensamos que se trata de un solo asesino. Ha sido una verdadera ejecución. Me da la sensación de que es una persona que ha tenido un importante motivo para matar a Svensson y Bergman, y que obró con gran determinación.

—¿Y en qué basas esa sensación? —preguntó Hans Faste.

—El piso estaba en orden. No se trató de un robo, ni de malos tratos, ni de nada por el estilo. Para empezar, sólo se dispararon dos tiros. Ambos alcanzaron su objetivo con gran precisión. En otras palabras, se trata de alguien que sabe manejar armas.

—Vale.

—Si echamos un vistazo al croquis… Lo hemos reconstruido de la siguiente manera: al hombre, Dag Svensson, le dispararon a una distancia muy corta; probablemente le pusieran el cañón en la cabeza. Hay quemaduras alrededor del orificio de entrada. Salió despedido contra la mesa del comedor; supuestamente fue a él a quien mataron en primer lugar. El asesino debía de estar en el umbral del salón o puede que se hubiera adentrado un poco.

—Vale.

—Según los testigos, los disparos se produjeron con un intervalo de muy pocos segundos. A Mia Bergman le dispararon a distancia. Lo más probable es que estuviera en la entrada del dormitorio y se diera media vuelta para alejarse y evitar el tiro. La bala le penetró por debajo de la oreja izquierda y le salió justo por encima del ojo derecho. El impacto la impulsó hasta el dormitorio, donde fue encontrada. Cayó contra los pies de la cama y, de ahí, al suelo.

—Un tirador experimentado —señaló Faste.

—Más que eso. Ni siquiera hay huellas que indiquen que el asesino entrara en el dormitorio para comprobar que la había matado. Sabía que no había fallado, se dio media vuelta y abandonó la casa. O sea: dos tiros, dos muertos y fuera. Además…

—¿Sí?

—Sin adelantarme a la investigación forense, sospecho que el asesino empleó munición de caza. La muerte debió de haber sido instantánea. Las dos víctimas presentaban unas heridas espantosas.

Un breve silencio se instaló alrededor de la mesa. Era un tema que nadie del grupo deseaba recordar. Existen dos tipos de munición: las balas duras, completamente revestidas, que penetran en el cuerpo y causan daños relativamente modestos, y las balas blandas, que se expanden en el interior de la víctima y provocan daños descomunales. Hay una diferencia muy grande entre una persona alcanzada por una bala de nueve milímetros de diámetro y otra alcanzada por una bala que se expande hasta los dos centímetros, quizá tres, de diámetro. A este último tipo se le llama «munición de caza» y su objetivo es causar un desangramiento masivo, algo que se considera *humano* en la caza del alce, ya que ahí lo que se pretende es abatir a la presa de la manera más rápida e indolora posible. La munición de caza, por el contrario, está prohibida como armamento bélico por una ley internacional, puesto que el pobre que es alcanzado por una bala expansiva fallece inevitablemente, sea cual sea la parte del cuerpo afectada.

»Sin embargo, hace dos años, la policía sueca —haciendo gala de su gran sabiduría— incorporó la munición de caza a su arsenal. El motivo exacto no quedó del todo claro. Lo que sí está claro, en cambio, es que si al famoso manifestante Hannes Westberg —que en 2001 fue herido en el abdomen durante los disturbios callejeros de Gotemburgo— le hubiesen disparado con munición de caza, no habría sobrevivido.

—Así que, en otras palabras, el objetivo era matar —dijo Curt Svensson.

Se refería a Enskede pero, al mismo tiempo, reconocía su postura en el silencioso debate que tenía lugar alrededor de la mesa.

Tanto Anita Nyberg como Oswald Mårtensson movieron la cabeza afirmativamente.

—Y luego está la secuencia cronológica —dijo Bublanski.

—Exacto. Después de efectuar los disparos, el asesino

abandonó inmediatamente la casa, bajó las escaleras, tiró el arma y desapareció en la noche. Acto seguido —quizá estemos hablando de unos segundos— llegaron Blomkvist y su hermana en el coche.

—Mmm —murmuró Bublanski.

—Una posibilidad es que el asesino desapareciera por el sótano. Hay una entrada lateral que tal vez utilizara para salir al patio trasero, atravesar el césped y llegar a una calle paralela. Pero eso implica presuponer que tenía la llave de la puerta del sótano.

—¿Hay algún indicio que induzca a pensar que el asesino se escapara por ahí?

—No.

—De modo que no contamos ni con una mínima pista —dijo Sonja Modig—. Pero ¿por qué tiró el arma? Si se la hubiese llevado —o si sólo la hubiese arrojado a cierta distancia del inmueble—, habríamos tardado bastante en encontrarla.

Todos se encogieron de hombros. Era una pregunta que nadie podía contestar.

—¿Qué debemos pensar de Blomkvist? —inquirió Hans Faste.

—Se hallaba en aparente estado de *shock* —contestó Mårtensson—, pero actuó correcta y lúcidamente, y lo que me dijo me pareció creíble. Su hermana confirmó la llamada telefónica y el viaje en coche. No creo que esté implicado.

—Es un famoso periodista —intervino Sonja Modig.

—Esto se va a convertir en un circo mediático —previó Bublanski—. Razón de más para que lo resolvamos cuanto antes. De acuerdo… Jerker: tú, naturalmente, te encargarás del lugar del crimen y de los vecinos. Faste: tú y Curt os ocuparéis de las víctimas; averiguad quiénes eran, a qué se dedicaban, en qué círculos sociales se movían y quién podía tener motivos para matarlos. Sonja: tú y yo repasaremos los testimonios aportados. Luego averiguarás las actividades que Dag Svensson y Mia Bergman realizaron durante las últimas veinticuatro horas antes de que los asesinaran. Nos reuniremos de nuevo a las dos y media.

Mikael Blomkvist se sentó en la mesa que le habían asignado a Dag Svensson en la redacción. Primero permaneció quieto un buen rato, como si no fuese realmente capaz de acometer la tarea. Luego encendió el ordenador.

Dag Svensson tenía un portátil propio y casi siempre se quedaba trabajando en casa, pero también acudía a la redacción más o menos dos días por semana, y últimamente más a menudo. En *Millennium* tenía a su disposición un viejo PowerMac G3 que se encontraba en aquella mesa y que los colaboradores ocasionales podían usar. Mikael encendió el viejo G3. Se encontró con algunas de las cosas con las que había trabajado Dag Svensson. Principalmente había empleado el G3 para realizar búsquedas por Internet, pero allí también había algunas carpetas que había copiado de su portátil. Sin embargo, Dag Svensson tenía una copia de seguridad completa en dos discos zip que guardaba bajo llave en los cajones de la mesa. A diario hacía copias del material nuevo y del que iba actualizando. Como no había pasado por la redacción durante los últimos días, la copia de seguridad más reciente databa del domingo por la noche. Faltaban tres días.

Mikael hizo una copia de los zips y los guardó bajo llave en el armario de seguridad de su despacho. Luego dedicó cuarenta y cinco minutos a repasar el contenido del disco original: una treintena de carpetas e incontables subcarpetas. Se trataba de la investigación realizada por el propio Dag Svensson durante cuatro años para su libro sobre el *trafficking*. Mikael leyó los nombres de los documentos buscando algo que pudiera contener material sensible: los nombres de las fuentes protegidas de Dag Svensson. Advirtió que Dag Svensson había sido muy meticuloso con las fuentes; todo ese material estaba en una carpeta denominada «Fuentes/secreto». En la carpeta había ciento treinta y cuatro documentos de diverso tamaño, la mayoría bastante pequeños. Mikael los marcó todos y los eliminó. No los envió a la papelera de reciclaje; los llevó a un icono del programa Burn que, no sólo los tiraba a la papelera, sino que los borraba byte a byte.

Luego se metió en el correo de Dag Svensson. A Dag le habían dado una dirección temporal en millennium.se, que usaba tanto en la redacción como en su ordenador portátil. También disponía de una contraseña personal, algo que a Mikael, sin embargo, no le representaba ningún problema ya que podía acceder al servidor. Descargó el correo electrónico de Dag Svensson y lo copió en un cedé.

Por último, le metió mano a la montaña de papeles que, como material de referencia, apuntes, recortes de prensa, sentencias y correspondencia, había ido acumulando Dag Svensson. Para curarse en salud, se acercó a la fotocopiadora e hizo una copia de todo lo que le pareció importante, en total unas dos mil páginas. De modo que tardó tres horas.

Separó todo el material que, de una u otra manera, podría estar relacionado con alguna fuente secreta. Eso supuso más de cuarenta páginas, principalmente apuntes de dos cuadernos A4 que Dag guardaba bajo llave en su mesa. Mikael lo introdujo en un sobre y se lo llevó a su despacho. Luego dejó el resto del material en la mesa.

Entonces pudo respirar tranquilo; bajó al 7-Eleven, donde tomó café y se comió un trozo de pizza. Suponía, erróneamente, que la policía llegaría en cualquier momento para registrar la mesa de Dag.

Apenas pasadas las diez de la mañana, a Bublanski se le abrió una inesperada luz en sus pesquisas, cuando el doctor Lennart Granlund, del Laboratorio Nacional de Investigación Forense de Linköping, lo llamó.

—Es referente al doble asesinato de Enskede.

—¿Ya?

—Recibimos el arma esta mañana temprano y todavía no he terminado el análisis, pero tengo información que tal vez te pueda interesar.

—Bien. Cuéntame tus conclusiones —lo animó el agente Burbuja.

—Se trata de un Colt 45 Magnum, fabricado en Estados Unidos en 1981.

—Ajá.

—Hemos obtenido huellas dactilares y posiblemente de ADN, pero analizarlo nos llevará algo más de tiempo. También hemos echado un vistazo a las balas con las que mataron a la pareja. Como era de esperar, proceden del revólver. Suele ser así cuando encontramos un arma en la escalera del escenario del crimen. Las balas están muy fragmentadas pero tenemos un trozo para comparar. Es probable que sea el arma homicida.

—Un arma ilegal, supongo. ¿Tienes el número de serie?

—Es completamente legal, propiedad de un tal Nils Eric Bjurman, abogado, y fue adquirida en 1983. Es miembro del club de tiro de la policía. Reside en Upplandsgatan, cerca de Odenplan.

—¿Qué coño estás diciendo?

—También tenemos, como ya te he dicho, varias huellas dactilares en el arma. Pertenecen, como mínimo, a dos personas.

—¿Y?

—A menos que el arma haya sido robada o vendida, información de la que carezco, lo más lógico es suponer que una de las series de huellas pertenece a Bjurman.

—Vale. En otras palabras: estamos delante de lo que en la jerga policial se viene llamando «una pista».

—Para la otra persona tenemos una coincidencia en el registro criminal: las huellas del pulgar y el índice de la mano derecha.

—¿De quién se trata?

—De una mujer nacida el 30 de abril de 1978. La detuvieron en Gamla Stan por malos tratos en 1995 y fue entonces cuando se le tomaron las huellas.

—¿Tienes su nombre?

—Sí. Se llama Lisbeth Salander.

El agente Burbuja arqueó las cejas y apuntó el nombre y el número de identificación personal en un cuaderno que estaba sobre su mesa.

Cuando Mikael Blomkvist regresó a la redacción tras su tardía comida, se fue directamente a su despacho y cerró la puerta, una inequívoca señal de que no deseaba que lo molestaran. Aún no había tenido tiempo de ocuparse de toda la información complementaria que se encontraba en el correo electrónico y en los apuntes de Dag Svensson. Lo que debía hacer ahora era sentarse y examinar, con nuevos ojos, tanto el libro como los artículos, sin olvidar la desgraciada circunstancia de que su autor estaba muerto y de que, por lo tanto, sería incapaz de contestar a las preguntas que se derivaran de los pasajes más complicados.

Tenía que decidir si en un futuro sería posible publicar el libro. También debía determinar si había algo en todo aquel material que pudiera constituir el móvil del asesinato. Abrió su ordenador y se puso a trabajar.

Jan Bublanski mantuvo una breve conversación con el fiscal instructor del sumario, Richard Ekström, para informarlo de los resultados del laboratorio. Decidieron que el propio Bublanski y su colega Sonja Modig fueran a buscar a Bjurman para tomarle declaración —que podría convertirse en un interrogatorio o incluso acabar en detención si lo estimaban necesario—, mientras que Hans Faste y Curt Svensson se centrarían en Lisbeth Salander, para pedirle que explicara por qué sus huellas dactilares aparecían en el arma homicida.

En principio encontrar al abogado Bjurman no presentaba mayor problema; su dirección constaba en Hacienda, en el registro de armas y en el departamento de Tráfico. Además, venía, sin ningún tipo de restricción, en la guía telefónica. Bublanski y Modig se desplazaron hasta Odenplan y consiguieron entrar en el inmueble de Upplandsgatan justo cuando un hombre joven salía por el portal.

Luego la cosa se complicó. Al llamar a la puerta, nadie abrió. Por eso se dirigieron al bufete de Bjurman, en Sankt Eriksplan, y repitieron el proceso, con el mismo desmoralizante resultado.

—Quizá esté en los juzgados —aventuró la inspectora Sonja Modig.

—Quizá haya huido a Brasil después de haber cometido un doble asesinato —replicó Bublanski.

Sonja Modig asintió y miró de reojo a su colega. Estaba a gusto en su compañía. No le habría importado tirarle los tejos si no fuera porque era madre de dos niños y tanto ella como él se hallaban, cada uno por su lado, felizmente casados. De reojo dirigió la mirada a las placas de latón que lucían las otras puertas de la planta y constató que los vecinos más cercanos eran un dentista llamado Norman, una empresa denominada N-Consulting y un abogado que atendía al nombre de Rune Håkansson.

Llamaron a la puerta de Håkansson.

—Buenos días, me llamo Modig y éste es el inspector Bublanski. Somos de la policía y estamos buscando a su vecino, el abogado Bjurman. ¿No sabrá usted, por casualidad, dónde podríamos localizarlo?

Håkansson negó con la cabeza.

—De un tiempo a esta parte lo veo poco. Cayó gravemente enfermo hace dos años y prácticamente ha abandonado sus actividades. La placa permanece en la puerta, pero no pasa por aquí más que una vez cada dos meses.

—¿Está gravemente enfermo? —preguntó Bublanski.

—No lo sé a ciencia cierta. Siempre estaba trabajando a toda máquina y luego enfermó. Cáncer o algo así, supongo. No tengo mucho trato con él.

—¿Cree que tuvo cáncer o lo sabe con certeza? —preguntó Sonja Modig.

—Bueno… no lo sé. Tenía una secretaria, Britt Karlsson o Nilsson, o algo así; una mujer mayor. La despidió. Fue ella quien me comentó que se había puesto enfermo, pero no sé de qué. Eso sucedió en la primavera de 2003. No lo volví a ver hasta finales de ese mismo año y entonces me dio la sensación de que tenía diez años más; estaba demacrado y, de repente, le habían salido canas. Saqué mis conclusiones. ¿Por qué? ¿Ha hecho algo?

—Que nosotros sepamos, no —contestó Bublanski—. Sin embargo, lo estamos buscando por un asunto de cierta urgencia.

Volvieron al piso de Odenplan y llamaron de nuevo a la puerta del piso de Bjurman. Siguieron sin obtener respuesta. Al final, Bublanski sacó su móvil y marcó el número del de Bjurman. Le salió el consabido mensaje: «En estos momentos el abonado no se encuentra disponible. Por favor, vuelva a intentarlo pasados unos minutos».

Probó con el fijo. Desde la escalera oyeron unas lejanas llamadas que sonaron al otro lado de la puerta, hasta que se puso en marcha un contestador que pidió al que llamaba que dejara un mensaje. Se miraron y se encogieron de hombros.

Era la una del mediodía.

—¿Café?

—Mejor una hamburguesa.

Se fueron paseando hasta el Burger King de Odenplan. Sonja Modig se comió una Whopper y Bublanski una hamburguesa vegetariana antes de regresar a Kungsholmen.

El fiscal Ekström convocó una reunión en su despacho para las dos de la tarde. Bublanski y Modig se sentaron, uno junto al otro, al lado de la ventana. Curt Svensson llegó dos minutos después y se sentó enfrente. Jerker Holmberg entró con una bandeja de cafés en vasos de papel. Acababa de hacer una breve visita a Enskede y tenía la intención de volver más tarde, cuando los técnicos hubiesen terminado.

—¿Dónde está Faste? —preguntó Ekström.

—En la comisión de servicios sociales. Ha llamado hace cinco minutos y ha dicho que llegaría con un poco de retraso —contestó Curt Svensson.

—De acuerdo. Empecemos de todos modos. ¿Qué tenemos? —inquirió Ekström sin más preámbulos. Señaló a Bublanski en primer lugar.

—Hemos buscado al abogado Nils Bjurman. No está en casa y tampoco en su despacho. Según un vecino suyo, abogado, enfermó hace dos años y en la práctica ha abandonado todas sus actividades.

Sonja Modig continuó:

—Bjurman tiene cincuenta y seis años de edad, carece de antecedentes penales. Es, principalmente, abogado de empresas. No me ha dado tiempo a averiguar más.

—Pero ¿es el propietario del arma que se usó en Enskede?

—Afirmativo. Tiene licencia y es miembro del club de tiro de la policía —añadió Bublanski—. He hablado con Gunnarsson, de la brigada de armas; como ya sabéis, es presidente del club y conoce muy bien a Bjurman.

Nuestro hombre entró en el club en 1978 y ejerció de tesorero de la junta directiva entre 1984 y 1992. Gunnarsson lo describe como un excelente tirador, tranquilo, sensato y sin ninguna rareza.

—¿Le interesan las armas?

—Gunnarsson me ha dicho que veía a Bjurman más bien interesado en la vida social del club que en el propio tiro. Le gusta competir pero no parece ser un fetichista de las armas. En 1983 participó en los Campeonatos de Suecia y quedó en decimotercera posición. Durante los últimos diez años ha reducido sus visitas al club de tiro y sólo se ha dejado ver en juntas anuales y cosas por el estilo.

—¿Tiene más armas?

—Desde que se afilió al club ha tenido licencia para cuatro armas cortas. Aparte del Colt, una Beretta, una Smith & Wesson y una pistola de competición de la marca Rapid. Estas tres las vendió hace diez años en el club y las licencias pasaron a otros miembros. Ahí no hay nada raro.

—Desconocemos, sin embargo, su paradero actual.

—Correcto. Pero sólo llevamos buscándolo desde las diez de esta mañana, así que puede que esté paseando por Djurgården, o ingresado en un hospital o qué sé yo…

En ese momento entró Hans Faste. Parecía jadear.

—Perdóname por el retraso. ¿Puedo comentar una cosa directamente?

Ekström lo invitó a hacerlo con un gesto de la mano.

—Lisbeth Salander es un nombre realmente interesante. Me he pasado toda la mañana con los servicios sociales y con la comisión de tutelaje.

Se quitó la cazadora de cuero y la colgó en el respaldo de la silla antes de sentarse y abrir un cuaderno.

—¿Comisión de tutelaje? —preguntó Ekström, arqueando las cejas.

—Se trata de una tía verdaderamente sonada —dijo Hans Faste—. La declararon incapacitada y está bajo la tutela de un administrador. Adivina quién —hizo una pausa teatral—: el abogado Nils Bjurman. Esto es, el propietario del arma empleada en Enskede.

Todos los presentes arquearon las cejas.

A Hans Faste le llevó quince minutos dar toda la información que le habían facilitado sobre Lisbeth Salander.

—Resumiendo —dijo Ekström una vez que Faste concluyó—, tenemos huellas dactilares en el arma homicida procedentes de una mujer que pasó su adolescencia entrando y saliendo del psiquiátrico, que supuestamente se gana la vida prostituyéndose y que fue declarada incapacitada por el Tribunal de Primera Instancia; además, está documentado que posee un carácter violento. ¿Qué diablos hace en la calle una tía así?

—Presenta tendencia a la violencia desde la escuela primaria —añadió Faste—. Está para que la encierren.

—Pero aún no tenemos nada que la vincule a la pareja de Enskede. —Ekström tamborileó con las yemas de los dedos sobre la mesa—. Bueno, a lo mejor resulta que este doble asesinato no es tan difícil de resolver. ¿Tenemos alguna dirección de Salander?

—Está empadronada en Lundagatan, en Södermalm. Hacienda indica que ha estado empleada periódicamente en Milton Security, la empresa de seguridad.

—¿Y qué diablos habrá hecho para ellos?

—No lo sé. Pero obtuvo unos ingresos anuales bastante modestos durante un par de años. Tal vez trabajara de limpiadora o algo así.

—Mmm —dijo Ekström—. Eso ya lo averiguaremos. Me parece que ahora mismo lo que urge es encontrarla.

—Estoy de acuerdo —convino Bublanski—. Ya tendremos tiempo de ocuparnos de los detalles más adelante. Ahora contamos con un sospechoso. Faste, vete con Curt a Lundagatan y traed a Salander. Tened cuidado. Ignoramos si tiene más armas y no sabemos hasta qué punto está loca.

—De acuerdo.

—Burbuja —interrumpió Ekström—, el jefe de Milton Security se llama Dragan Armanskij. Lo conocí a raíz de una investigación que hicimos hace unos años. Es de confianza. Acércate a verlo y habla con él. En privado. A ver si lo pillas antes de que se vaya a casa.

Bublanski parecía mosqueado, cosa que, por una parte, se debía a que Ekström había usado su apodo y, por otra, a que había formulado su propuesta como una orden. Luego asintió secamente con la cabeza y miró a Sonja Modig.

—Modig, tú tendrás que seguir buscando al abogado Bjurman. Llama a las puertas de los vecinos. Creo que también urge encontrarlo.

—De acuerdo.

—Hemos de averiguar si existe algún vínculo entre Salander y la pareja de Enskede. Y debemos situar a Salander en Enskede a la hora del asesinato. Jerker, hazte con fotografías de ella y enséñaselas a los vecinos. Esta tarde toca operación puerta a puerta. Llevaos a unos cuantos agentes uniformados y que os ayuden.

Bublanski hizo una pausa y se rascó la nuca.

—Joder, con un poco de suerte esta misma noche ya habremos resuelto todo este follón. Yo pensaba que el asunto iría para largo.

—Otra cosa —dijo Ekström—: los medios de comunicación nos están presionando. Les he prometido una rueda de prensa a las tres. Me puedo encargar yo si me proporcionan a alguien del gabinete de prensa para acompañarme. Supongo que habrá periodistas que también os llamen directamente a vosotros. Lo de Salander y Bjurman nos lo callamos mientras podamos, ¿vale?

Todos asintieron.

Dragan Armanskij había pensado salir pronto de la oficina. Era jueves de Pascua y él y su mujer habían planeado ir a Blidö, a su casa de campo, durante las fiestas. Acababa de cerrar su maletín y ponerse el abrigo cuando lo llamaron desde la recepción comunicándole que un tal Jan Bublanski, inspector de la policía criminal, deseaba verlo. Armanskij no conocía a Bublanski, pero el hecho de que un inspector viniera a hablar con él era suficiente para suspirar y volver a colgar el abrigo en la percha. No le apetecía nada recibirlo, pero Milton Security no se podía permitir desatender a la policía. Salió a buscarlo al ascensor.

—Gracias por dedicarme un poco de su tiempo —saludó Bublanski—. Le traigo saludos de mi jefe, el fiscal Richard Ekström.

Se estrecharon la mano.

—Ekström. Sí, nos habremos encontrado en un par de ocasiones. Hace ya algunos años que lo vi por última vez. ¿Quiere café?

Armanskij se detuvo delante de la máquina de café y cogió dos vasos antes de abrir la puerta de su despacho y pedirle a Bublanski que se sentara en el cómodo sillón que tenía destinado para las visitas, junto a la mesa de la ventana.

—Armanskij... ¿es un nombre ruso? —preguntó Bublanski con curiosidad—. Yo también tengo un apellido terminado en «ski».

—Mi familia es de Armenia. ¿Y la suya?

—De Polonia.

—¿Qué puedo hacer por usted?

Bublanski sacó un cuaderno y lo abrió.

—Estoy investigando los asesinatos de Enskede. Supongo que ha oído las noticias.

Armanskij asintió brevemente con la cabeza.

—Ekström me ha dicho que usted no es de los que se van de la lengua.

—En mi posición uno no gana nada creándose enemigos en la policía. Sé guardar un secreto si es a eso a lo que se refiere.

—Muy bien. Ahora mismo estamos buscando a una persona que, por lo visto, trabajaba antes con usted. Su nombre es Lisbeth Salander. ¿La conoce?

Armanskij sintió como si un bloque de cemento se le formara en el estómago. No se inmutó.

—¿Por qué razón está buscando a la señorita Salander?

—Digamos que tenemos motivos para considerarla importante en la investigación.

El bloque de cemento del estómago de Armanskij se expandió. Casi le dolía. Desde el día en que conoció a Lisbeth Salander había tenido el presentimiento de que su vida se encaminaba hacia una catástrofe. Pero siempre la había imaginado como víctima, no como autora. Siguió sin inmutarse.

—O sea, que sospechan de Lisbeth Salander como autora del doble asesinato de Enskede. ¿Es así?

Bublanski dudó un instante antes de asentir.

—¿Qué me puede contar de Salander?

—¿Qué quiere saber?

—Primero… ¿cómo puedo contactar con ella?

—Vive en Lundagatan. Debo buscar la dirección exacta. Tengo su número de móvil.

—Ya tenemos su dirección. Lo del móvil es interesante.

Armanskij se acercó a su mesa y buscó el número. Se lo dictó mientras Bublanski apuntaba.

—¿Trabaja para usted?

—Ahora tiene su propia empresa. Pero desde 1998, y hasta hará año y medio aproximadamente, le he encargado trabajos de vez en cuando.

—¿Qué tipo de trabajos?

—De investigación.

Bublanski levantó la mirada del cuaderno y arqueó las cejas, asombrado.

—¿De investigación? —repitió.

—Concretamente, investigaciones personales.

—Un momento… ¿hablamos de la misma chica? —preguntó Bublanski—. La Lisbeth Salander que nosotros buscamos no tiene certificado escolar y fue declarada incapacitada.

—Ya no se dice así —señaló Armanskij plácidamente.

—¿Qué más da cómo se diga? La chica que nosotros buscamos aparece en la documentación como una persona profundamente trastornada e inclinada a la violencia. Además disponemos de un informe de la comisión de los servicios sociales donde se da a entender que, a finales de los años noventa, fue prostituta. No hay ningún documento que indique que fuera capaz de realizar un trabajo cualificado.

—Los documentos son una cosa. Las personas, otra.

—¿Quiere decir que es capaz de realizar investigaciones personales para Milton Security?

—No sólo eso. Es la mejor investigadora que he conocido en mi vida. Sin punto de comparación.

Bublanski bajó lentamente el bolígrafo y frunció el ceño.

—Parece que le tiene… respeto.

Armanskij bajó la vista y se miró las manos. Esa afirmación lo ponía en una encrucijada. Siempre había sabido que, tarde o temprano, Lisbeth Salander acabaría metida en un buen lío. No le entraba en la cabeza qué la podía haber llevado a verse implicada en un doble asesinato en Enskede —como autora del crimen o lo que fuera—, pero también era consciente de que no tenía demasiada información sobre su vida privada. «¿En qué lío se habrá metido?» A Armanskij le vino a la memoria aquella repentina visita a su despacho en la que ella le explicó misteriosamente que tenía dinero de sobra y que no necesitaba trabajo.

Lo inteligente y sensato en ese momento sería mantener las distancias con todo lo que tuviera que ver con Lisbeth Salander, no tanto por lo que le afectaba a él personalmente como por Milton Security. Armanskij pensó que tal vez Lisbeth Salander fuera la persona más solitaria que conocía.

—Le tengo respeto por lo competente que es. Eso no figura en sus notas escolares ni en su *curriculum vitae*.

—O sea, que conoce su historial.

—Que está bajo administración y que ha tenido una infancia complicada, sí.

—Y aun así la contrató.

—Precisamente por eso la contraté.

—Explíquemelo.

—Su anterior administrador, Holger Palmgren, era el abogado del viejo J. F. Milton. Él se ocupó de ella cuando era adolescente y me convenció para que le diera trabajo. Al principio la contraté para que se encargara del correo, de la fotocopiadora y de cosas así. Luego resultó que poseía talentos ocultos. Y olvídese de ese informe de los servicios sociales que dice que se dedicaba a la prostitución. No son más que chorradas. Lisbeth Salander pasó una adolescencia complicada y sin duda era algo salvaje, cosa que, sin embargo, no puede considerarse una infracción de la ley. La prostitución es, sin lugar a dudas, lo último a lo que recurriría.

—Su nuevo administrador se llama Nils Bjurman.

—No lo conozco. Palmgren sufrió una hemorragia cerebral hará un par de años. Poco tiempo después, Lisbeth Salander redujo el número de trabajos que realizaba para mí. El último fue en octubre, hace ahora año y medio.

—¿Por qué dejó de darle trabajos?

—No fue decisión mía. Fue ella quien rompió la relación y se marchó al extranjero sin decir una palabra.

—¿Se marchó al extranjero?

—Se pasó fuera más de un año.

—No puede ser. El abogado Bjurman estuvo enviando sus informes mensuales durante todo el año. Tenemos copias en Kungsholmen.

Armanskij se encogió de hombros y esbozó una ligera sonrisa.

—¿Cuándo la vio la última vez?

—Hará unos dos meses, a principios de febrero. Apareció de la nada. Vino a hacerme una visita de cortesía. Yo llevaba un año sin saber nada de ella. Se lo pasó en el extranjero viajando por Asia y el Caribe.

—Perdóneme, pero me deja desconcertado. Cuando llegué aquí tenía la impresión de que Lisbeth Salander era una chica psíquicamente enferma que ni siquiera había obtenido el certificado escolar y que estaba bajo la tutela de un administrador. Y ahora va y me dice que la contrató como investigadora altamente cualificada, que tiene su propia empresa y que ganó el suficiente dinero como para cogerse un año sabático y viajar alrededor del mundo. Y todo esto sin que su administrador dé la alarma. Aquí hay algo que no cuadra.

—Hay muchas cosas que no cuadran cuando se trata de Lisbeth Salander.

—Puedo preguntarle… ¿qué opina usted de ella?

Armanskij meditó un momento la respuesta.

—Sin duda es una de las personas con más carácter que he conocido en mi vida. Te saca de quicio —acabó respondiendo.

—¿Carácter?

—No hace absolutamente nada que no le apetezca hacer. No se preocupa lo más mínimo de lo que los demás piensen de ella. Es muy competente, extraordinariamente. Y no es, en absoluto, como los demás.

—¿Está loca?

—¿Qué entiende usted por locura?

—¿Es capaz de asesinar a dos personas a sangre fría?

Armanskij guardó silencio durante un largo instante.

—Lo siento —se excusó finalmente—. No puedo contestarle a esa pregunta. Soy un cínico. Yo creo que todas las personas tenemos una fuerza interior que nos puede hacer matar a otras personas. Por desesperación o por odio o, por lo menos, en defensa propia.

—¿Quiere decir que no excluye la posibilidad?

—Lisbeth Salander no hace nada sin motivo. Si ha asesinado a alguien, es que ha considerado que tenía una buena razón para hacerlo. ¿Puedo preguntarle... en qué se basan las sospechas de que ella está involucrada en los asesinatos de Enskede?

Bublanski dudó un momento. Su mirada se cruzó con la de Armanskij.

—Esto es confidencial.

—Por supuesto.

—El arma homicida pertenece a su administrador. Pero sus huellas están allí.

Armanskij apretó los dientes. Eso era un agravante.

—Tan sólo he oído hablar de los asesinatos en la radio, concretamente en *Ekot*. ¿De qué se trata? ¿Drogas?

—¿Anda metida en drogas?

—Que yo sepa, no. Pero como ya le he comentado, tuvo una adolescencia conflictiva y fue detenida por embriaguez en un par de ocasiones. Supongo que en su historial constará si también consume drogas.

—El problema es que ignoramos el móvil de los asesinatos. Se trataba de una pareja completamente normal. Ella era criminóloga y estaba a punto de defender su tesis doctoral. Él era periodista. Dag Svensson y Mia Bergman. ¿Le suenan?

Armanskij negó con la cabeza.

—Intentamos entender qué conexión puede existir entre ellos y Lisbeth Salander.

—Nunca he oído hablar de ellos.

Bublanski se levantó.

—Gracias por dedicarme su tiempo. Ha sido una conversación realmente provechosa. No sé si me ha ayudado a aclararme las ideas, pero espero que todo esto quede entre nosotros.

—Descuide.

—Volveré a ponerme en contacto con usted si fuera necesario. Y, por supuesto, si supiera algo de Lisbeth Salander…

—Claro —contestó Dragan Armanskij.

Se dieron la mano. Bublanski había llegado a la puerta cuando se detuvo y se volvió hacia Armanskij.

—¿Por casualidad no sabrá algo sobre las personas con las que solía relacionarse Lisbeth Salander? Amigos, conocidos…

Armanskij negó con la cabeza.

—No sé absolutamente nada de su vida privada. Una de las pocas personas que significan algo para ella es Holger Palmgren. Seguro que ha contactado con él. Está en una residencia de Ersta.

—¿Nunca recibió visitas mientras trabajaba aquí?

—No. Trabajaba desde casa y venía aquí más que nada para entregar algún informe. Con pocas excepciones ni siquiera veía a los clientes. A no ser que…

De repente a Armanskij se le ocurrió una idea.

—¿Qué?

—Tal vez exista otra persona con la que es posible que se haya puesto en contacto. Un periodista con el que se relacionó hace dos años y que la ha estado buscando mientras ella se encontraba en el extranjero.

—¿Periodista?

—Su nombre es Mikael Blomkvist. ¿Se acuerda del caso Wennerström?

Bublanski soltó la manilla de la puerta y regresó lentamente a la mesa de Dragan Armanskij.

—Fue Mikael Blomkvist quien encontró a la pareja en Enskede. Acaba de establecer una conexión entre Salander y las víctimas.

Armanskij sintió en su estómago todo el peso del bloque de cemento.

Capítulo 14

Jueves de Pascua, 24 de marzo

En tan sólo media hora, Sonja Modig intentó contactar tres veces por teléfono con el abogado Nils Bjurman. En cada ocasión le saltó el aviso de que el abonado de ese número no se encontraba disponible.

A eso de las tres y media, se puso al volante, se dirigió a Odenplan y llamó a su puerta. El resultado fue tan desmoralizador como el de esa misma mañana. Dedicó los siguientes veinte minutos a ir de puerta en puerta, preguntando a los vecinos de la escalera si alguno de ellos conocía el paradero de Bjurman.

En once de los diecinueve pisos donde lo intentó no había nadie. Consultó el reloj. Naturalmente, no era la hora más adecuada del día para encontrar a la gente en su domicilio. Y con toda seguridad no iba a resultar más fácil durante el resto de los días de Pascua. En las ocho casas en las que le abrieron, todo el mundo se mostró muy servicial. Cinco de las personas sabían quién era Bjurman: un caballero educado y sofisticado de la cuarta planta. Pero ninguna de ellas pudo informar sobre su paradero. Finalmente, consiguió averiguar que Bjurman tal vez se relacionara en privado con uno de sus vecinos más cercanos, un hombre de negocios llamado Sjöman. Sin embargo, cuando tocó el timbre nadie salió a abrir.

Frustrada, Sonja Modig cogió el teléfono y volvió a llamar al contestador de Bjurman. Se presentó, le dejó el número de su móvil y le pidió que se pusiera en contacto con ella inmediatamente.

Regresó a la puerta de Bjurman, abrió su cuaderno y escribió una nota en la que le pedía que la telefoneara. Adjuntó su tarjeta de visita y lo metió todo por la trampilla del buzón de la puerta. En el mismo momento en que iba a soltarla, oyó sonar el teléfono dentro de la casa. Se inclinó hacia delante y escuchó atentamente mientras sonaban cuatro timbrazos. Oyó el clic del contestador, pero no pudo percibir si dejaban algún mensaje.

Cerró el buzón y se quedó mirando fijamente la puerta. No sabría explicar el impulso que la llevó a extender la mano y comprobar la manivela pero, para su gran asombro, descubrió que la puerta no tenía la llave echada. La empujó y se asomó a la entrada.

—¿Hay alguien? —gritó prudentemente. Se quedó escuchando. No oyó nada.

Dio un paso, entró, dudó y se detuvo. Lo que acababa de hacer tal vez se pudiera considerar allanamiento de morada. No poseía orden de registro y tampoco, aunque la llave no estuviera echada, ningún derecho a encontrarse dentro de la casa del abogado Bjurman. Miró de reojo a la izquierda y vio parte de un salón. Ya se había decidido a abandonar el piso cuando depositó la mirada en una cómoda que había en la entrada. Sobre ella descansaba la caja de un revólver de la marca Colt Magnum.

De repente, Sonja Modig sintió un intenso malestar. Se abrió la cazadora y desenfundó su arma reglamentaria, algo que no había hecho casi nunca.

Le quitó el seguro, se acercó al salón con el cañón apuntando al suelo y se asomó. No observó nada anormal, pero su sensación de malestar aumentó. Retrocedió y, con el rabillo del ojo, miró en la cocina. Vacía. Entró en un pequeño vestíbulo interior y, con el pie, abrió la puerta del dormitorio.

El abogado Nils Bjurman yacía tumbado boca abajo sobre la cama, pero con las rodillas apoyadas en el suelo. Era como si se hubiese arrodillado para rezar sus oraciones. Estaba desnudo.

Lo vio de lado. Ya desde la puerta, Sonja Modig pudo constatar que no estaba vivo. Le habían pegado un tiro en la nuca que le había volado la mitad de la frente.

Sonja Modig retrocedió y salió del piso. Seguía empuñando su arma reglamentaria cuando abrió el móvil en el mismo rellano de la escalera y llamó al inspector Bublanski. No consiguió contactar con él. Telefoneó al fiscal Ekström. Anotó mentalmente la hora. Eran las cuatro y dieciocho.

Hans Faste contempló la puerta de la casa de Lundagatan donde Lisbeth Salander estaba empadronada y donde, por consiguiente, se suponía que residía. Miró de reojo a Curt Svensson y luego consultó su reloj: las cuatro y diez.

Después de haberse hecho con el código del portal, gracias a la empresa de mantenimiento del edificio, entraron y se quedaron escuchando junto a la puerta en cuya placa se leía «Salander-Wu». No pudieron percibir ruido alguno en el interior y nadie abrió cuando llamaron al timbre. Regresaron al vehículo y se apostaron frente al portal, vigilándolo en todo momento.

Desde el coche se enteraron, por teléfono, de que la persona de Estocolmo que acababa de ser incluida en el contrato del piso de Lundagatan era una tal Miriam Wu, nacida en 1974 y anteriormente domiciliada en Tomtebogatan, por Sankt Eriksplan.

Tenían una foto de pasaporte de Lisbeth Salander pegada con celo sobre la radio del coche. Chabacano, como siempre, Faste comentó que parecía una urraca.

—Joder, las putas tienen una pinta cada vez más asquerosa. Hay que estar bastante desesperado para irse con ésta.

Curt Svensson no dijo nada.

A las cuatro y veinte los llamó Bublanski, quien les comunicó que acababa de hablar con Armanskij y que en esos momentos se dirigía a *Millennium*. Les pidió que se quedaran en Lundagatan. A Lisbeth Salander había que llevarla a comisaría para interrogarla, pero el fiscal pensaba que aún no podían vincularla de manera concluyente a los asesinatos de Enskede.

—Vaya —dijo Faste—, ahora resulta que, según el Burbuja, el fiscal quiere una confesión antes de detener a alguien.

Curt Svensson no dijo nada. Contemplaron ociosamente a la gente que se movía por los alrededores.

A las cinco menos veinte, el fiscal Ekström llamó al móvil de Hans Faste.

—Hay novedades. Hemos encontrado al abogado Bjurman muerto a tiros en su piso. Llevará sin vida al menos veinticuatro horas.

Hans Faste se incorporó en el asiento del coche.

—De acuerdo. ¿Qué hacemos?

—He dictado una orden de busca y captura de Lisbeth Salander. Queda detenida *in absentia* como sospechosa de tres asesinatos. Vamos a alertar a todas las unidades de la provincia. Hay que detenerla. Hemos de considerarla peligrosa; posiblemente vaya armada.

—Recibido.

—Voy a enviar una unidad de intervención a Lundagatan. Ellos entrarán en el piso.

—Recibido.

—¿Os habéis puesto en contacto con Bublanski?

—Está en *Millennium*.

—Y por lo visto tiene el móvil apagado. Intentad llamarlo e informarle de esto.

Faste y Svensson se miraron.

—Bueno, entonces la pregunta es qué hacemos si ella aparece —dijo Curt Svensson.

—Si está sola y la cosa pinta bien, la cogemos nosotros. Si le da tiempo a entrar en el piso, deberá hacerlo la unidad de intervención. Esta tía está loca de atar y, por lo visto, se encuentra en plena furia asesina. Puede que tenga el apartamento lleno de armas.

Mikael Blomkvist depositó el manuscrito sobre la mesa de Erika Berger y se dejó caer pesadamente en la silla de visitas, junto a la ventana que daba a Götgatan. Estaba hecho polvo. Había pasado la tarde intentando decidir lo que iba a hacer con el libro inacabado de Dag Svensson.

El tema resultaba delicado: Dag Svensson tan sólo llevaba unas horas muerto y su jefe ya estaba pensando en cómo gestionar su herencia periodística. Mikael era consciente de que podría considerarse algo cínico y despiadado. Pero él no lo veía así. Se sentía como si se encontrara en estado de ingravidez, un síndrome especial que cualquier periodista que cubría las noticias de actualidad conocía y que se activaba en momentos de crisis.

Cuando el resto del mundo está de luto, ese periodista resulta sumamente eficaz. Y a pesar del demoledor *shock* que sufrieron los miembros de la redacción de *Millennium* la mañana del jueves de Pascua, la profesionalidad asumió el control y canalizaron la energía trabajando duro.

Para Mikael era algo evidente. Dag Svensson estaba hecho de la misma pasta y habría hecho exactamente lo mismo si los papeles se hubiesen invertido; se habría preguntado qué podría hacer él por Mikael. Dag Svensson había dejado una herencia en forma de manuscrito de un libro con un contenido explosivo. Dag Svensson llevaba años reuniendo el material y organizando la información, una tarea en la que había puesto toda su alma y que ahora no tendría ocasión de llevar a término.

Y además, había trabajado en *Millennium*.

Los asesinatos de Dag Svensson y Mia Bergman no constituían un drama nacional como el asesinato de Olof Palme; nadie iba a declarar ningún día de luto nacional. Pero para los colaboradores de *Millennium,* el *shock* era mucho mayor —les afectaba personalmente— y Dag Svensson contaba con una amplia red de contactos dentro de la profesión que iban a exigir una respuesta.

Ahora era responsabilidad de Mikael y Erika no sólo terminar el trabajo de Dag Svensson y publicar el libro, sino también contestar a las preguntas de quién y por qué.

—Puedo reconstruir el texto —dijo Mikael—. Malin y yo debemos repasar el libro línea a línea y completarlo con las investigaciones para poder hacer frente a las preguntas. En general sólo hemos de seguir las notas de Dag, pero hay un problema con los capítulos cuatro y cinco, que están principalmente basados en las entrevistas de Mia. Ignoramos, por lo tanto, de qué fuentes se trata, aunque —con algunas excepciones— creo que vamos a poder usar las referencias de su tesis como fuente primordial.

—Nos falta el último capítulo.

—Cierto. Pero tengo el borrador de Dag y lo tratamos tantas veces que sé exactamente lo que quería decir. Propongo que simplemente hagamos un resumen y lo convirtamos en un epílogo en el que también se expliquen sus razonamientos.

—De acuerdo. Quiero verlo antes de aprobar nada. No podemos poner en su boca cosas que no dijo.

—No te preocupes. Redactaré el capítulo como una reflexión personal y lo firmaré yo. Quedará clarísimo que el que escribe soy yo y no él. Hablaré de cómo surgió la idea de hacer el libro y del tipo de persona que era. Y terminaré con lo que dijo en, seguramente, una docena de conversaciones durante los últimos meses. Hay muchas cosas en el borrador que yo podría citar. Creo que el resultado será muy digno.

—Joder… tengo unas ganas locas de publicar el libro —dijo Erika.

Mikael asintió. Entendía exactamente lo que quería decir.

—¿Te has enterado de alguna novedad? —preguntó Mikael.

Erika Berger dejó sus gafas de lectura sobre la mesa y negó con la cabeza. Se levantó, sirvió dos cafés del termo y se sentó frente a Mikael.

—Christer y yo tenemos ya un borrador del próximo número. Hemos cogido dos artículos que estaban pensados para el número siguiente y hemos encargado unos textos a algunos *freelance*. Pero va a ser un número bastante disperso, sin una verdadera cohesión.

Permanecieron callados durante un rato.

—¿Has oído las noticias? —preguntó Erika.

Mikael meneó con la cabeza.

—No. Ya sé lo que van a decir.

—Los asesinatos encabezan los noticiarios de todos los medios. La segunda noticia es un comunicado del partido de centro.

—Lo que quiere decir que no ha ocurrido nada más en el país.

—La policía sigue sin dar los nombres de Dag y Mia. Se refieren a ellos como «una pareja normal». Y aún no se ha mencionado que fueras tú quien los encontró.

—Me imagino que la policía tratará de ocultarlo de todas las maneras posibles. Eso juega a nuestro favor.

—¿Y por qué razón querrían ocultarlo?

—Porque a la policía, por principio, no le gusta el circo mediático. Y yo tengo cierto interés mediático y, por consiguiente, a ellos les parecerá estupendo que nadie sepa que fui yo quien los encontró. Yo diría que filtrará entre esta noche y mañana por la mañana.

—Tan joven y ya tan cínico.

—Ya no somos tan jóvenes, Ricky. En eso mismo pensé anoche cuando esa policía me tomó declaración. Tenía pinta de estar todavía en el instituto.

Erika se rió ligeramente. Había podido dormir un par de horas durante la noche, pero también ella empezaba a acusar el cansancio. Dentro de poco iba a ser la redactora jefe de uno de los periódicos más grandes del país. «No, no es el momento de soltarle la noticia a Mikael.»

—Henry Cortez ha llamado hace un rato. El fiscal que lleva la instrucción del sumario, un tal Ekström, ofreció una especie de rueda de prensa a las tres —dijo Erika.

—¿Richard Ekström?

—Sí. ¿Lo conoces?

—Un tipejo metido en política. Circo mediático garantizado. No son dos tenderos inmigrantes de Rinkeby los que han sido asesinados. Esto tendrá mucha repercusión.

—Bueno, de todas maneras, él afirma que la policía está siguiendo ciertas pistas y que tienen la esperanza de resolver este caso muy rápidamente. Pero la verdad es que, en conjunto, no ha dicho nada. Sin embargo, la sala de prensa se encontraba abarrotada de periodistas.

Mikael se encogió de hombros. Se frotó los ojos.

—No consigo borrarme de la retina la imagen del cuerpo de Mia. ¡Joder, acababa de conocerlos!

Apesadumbrada, Erika meneó la cabeza.

—Tenemos que esperar a ver qué pasa. Seguro que algún maldito loco…

—No lo sé. Llevo todo el día dándole vueltas.

—¿Qué quieres decir?

—A Mia le pegaron el tiro de costado. Vi el agujero de entrada en un lado del cuello y el de salida en la sien. A Dag le dispararon por delante; la bala impactó en toda la frente y le salió por la parte posterior de la cabeza. Por lo que pude ver, le efectuaron un solo disparo a cada uno. No me da la sensación de que se trate de la obra de un loco.

Erika contempló pensativamente a su compañero.

—¿Qué intentas decirme?

—Si no se trata de un acto de locura, tiene que haber un móvil. Y cuanto más pienso en ello, más me parece que este manuscrito es un móvil cojonudo.

Mikael señaló el montón de papeles que se hallaba sobre la mesa de Erika. Ella siguió su mirada. Luego sus ojos se encontraron.

—No tiene por qué estar necesariamente relacionado con el propio libro. Quizá metieran demasiado las narices y consiguieran… no sé. Alguien se habrá sentido amenazado.

—Y contrató a un *hitman*. Micke, eso ocurre en las películas norteamericanas. El libro va de puteros. Nombra a policías, políticos, periodistas… ¿Hemos de suponer, entonces, que ha sido uno de ellos quien ha matado a Dag y a Mia?

—No lo sé, Ricky. Pero dentro de tres semanas íbamos a llevar a imprenta el reportaje más duro sobre *trafficking* que jamás se haya publicado en Suecia.

En ese momento, Malin Eriksson asomó la cabeza por la puerta y comunicó que un inspector llamado Jan Bublanski quería hablar con Mikael Blomkvist.

Bublanski estrechó la mano de Erika Berger y Mikael Blomkvist y se sentó en la tercera silla de la mesa que había junto a la ventana. Examinó a Mikael Blomkvist y vio a una persona con ojeras y barba de dos días.

—¿Hay novedades? —preguntó Mikael Blomkvist.

—Tal vez. Tengo entendido que fue usted el que encontró anoche a la pareja de Enskede y avisó a la policía.

Cansado, Mikael asintió.

—Sé que ya se lo ha contado todo a la inspectora de la policía criminal que se hallaba de guardia anoche, pero me preguntaba si podría aclararme algunos detalles.

—¿Qué quiere saber?

—¿Cómo es que fue a ver a Svensson y Bergman tan tarde?

—Eso no es un detalle sino una novela entera —dijo Mikael con una fatigada sonrisa—. Estuve cenando en casa de mi hermana. Vive en Stäket, ese gueto de nuevos ricos. Dag Svensson me llamó al móvil. Habíamos quedado en que el jueves —es decir, hoy— se pasaría por la redacción para dejarle unas fotografías a Christer Malm, pero me comentó que al final no podría. Mia y él habían decidido ir a ver a los padres de ella durante las fiestas y querían salir por la mañana temprano. Él me preguntó si podía pasarse por mi casa esa misma mañana. Le contesté que, como yo me hallaba cerca de Enskede, podría acercarme a recoger las fotos, algo más tarde, de camino a casa.

—¿Así que fue hasta allí sólo para ir a buscar las fotos?

Mikael asintió.

—¿Se le ocurre que alguien pudiera tener algún motivo para asesinarlos?

Mikael y Erika se miraron de reojo. Los dos guardaron silencio.

—¿Y bien? —preguntó Bublanski.

—Bueno, llevamos todo el día hablando del tema, por supuesto, pero no nos ponemos de acuerdo. O en realidad no es que no nos pongamos de acuerdo, sino que estamos inseguros. No queremos especular.

—Cuénteme.

Mikael habló del contenido del futuro libro de Dag Svensson y de cómo Erika y él habían reflexionado sobre si tendría algo que ver con los asesinatos o no. Bublanski permaneció callado un rato, asimilando la información.

—Así que Dag Svensson estaba a punto de denunciar a varios policías.

No le gustó nada el giro que había adquirido la conversación y se imaginó que, en un futuro próximo, una «pista policial» iba a pasearse por los medios de comunicación alimentando todo tipo de teorías conspirativas.

—No —contestó Mikael—. Dag Svensson estaba a punto de dar los nombres de varios delincuentes, de los cuales unos cuantos resultaron ser policías. Otros pertenecen a mi gremio. Son periodistas.

—¿Y piensan publicar toda esa información?

Mikael miró a Erika de soslayo.

—No —contestó Erika Berger—. Hemos dedicado el día a detener el próximo número. Lo más probable es que publiquemos el libro de Dag Svensson, pero no se hará hasta que sepamos qué ha ocurrido, y, dadas las circunstancias, el libro ha de ser ligeramente modificado. No vamos a sabotear la investigación policial del asesinato de dos amigos, si es eso lo que le preocupa.

—Tengo que echar un vistazo a la mesa de Dag Svensson, y, ya que se trata de la redacción de una revista, puede ser un tema delicado realizar un registro.

—Encontrará todo el material en el portátil de Dag —dijo Erika.

—Vale —contestó Bublanski.

—He registrado la mesa de Dag Svensson —dijo Mikael—. He quitado algunas notas que identifican directamente a fuentes que desean permanecer anónimas. Todo lo demás está a tu disposición. Sobre la mesa he dejado un papel que dice que no se puede mover ni tocar nada. El problema, sin embargo, es que el contenido del libro es secreto hasta que se imprima. Por lo tanto, no queremos que el manuscrito llegue a manos de la policía, especialmente si vamos a denunciar a algunos de sus agentes.

«Mierda —pensó Bublanski—. ¿Por qué no mandé a

nadie hasta aquí esta mañana?» Luego hizo un gesto de asentimiento y no le dio más vueltas.

—De acuerdo. Hemos identificado a una persona a la que queremos interrogar en relación con los asesinatos. Tengo razones para creer que la conoce. Me gustaría que me informara de lo que sabe sobre una mujer llamada Lisbeth Salander.

Por un momento, Mikael Blomkvist pareció la viva imagen de un signo de interrogación. Bublanski reparó en que Erika Berger le lanzó una incisiva mirada a Mikael.

—¿Cómo dice?

—¿Conoce a Lisbeth Salander?

—Sí, conozco a Lisbeth Salander.

—¿De qué?

—¿Por qué lo pregunta?

Irritado, Bublanski hizo un gesto con la mano.

—Como acabo de decirle, queremos tomarle declaración en relación con los asesinatos. ¿De qué la conoce?

—Pero... esto es absurdo. Lisbeth Salander no tiene ninguna relación con Dag Svensson ni con Mia Bergman.

—Nos toca a nosotros intentar establecerla —contestó Bublanski, haciendo gala de una gran paciencia—. Pero insisto, ¿de qué conoce a Lisbeth Salander?

Mikael se pasó la mano por la barba y se frotó los ojos mientras los pensamientos le daban vueltas en la cabeza. Al final miró directamente a Bublanski.

—Contraté a Lisbeth Salander hace dos años para realizar una investigación.

—¿De qué se trataba?

—Lo siento, pero aquí entramos en cuestiones constitucionales: la protección de las fuentes y todo eso. Créame si le digo que no tiene nada que ver con Dag Svensson ni con Mia Bergman. Es un asunto completamente distinto que ya está zanjado.

Bublanski sopesó las palabras de Mikael. No le gustaba que alguien le dijera que había secretos que ni siquiera podían revelarse en la investigación de un asesinato, pero, de momento, optó por no insistir más en el tema.

—¿Cuándo vio a Lisbeth Salander por última vez?

Mikael meditó la respuesta.

—Verá, la historia es la siguiente: hace dos años, en otoño, mantuve cierta relación con Lisbeth Salander. Terminó ese mismo año, en torno a Navidad. Luego ella desapareció de la ciudad. Me he tirado más de un año sin verle el pelo, hasta hace una semana.

Erika Berger arqueó las cejas. Bublanski supuso que eso era una noticia para ella.

—Hábleme de ese encuentro.

Mikael inspiró hondo y luego describió, con brevedad, el altercado ocurrido ante el portal de Lundagatan. Bublanski lo escuchó con creciente asombro. Intentó determinar si Blomkvist decía la verdad o si se lo estaba inventando.

—¿Así que no llegó a hablar con ella?

—No, desapareció entre los edificios de la parte alta de Lundagatan. Estuve esperando un largo rato pero no volvió a aparecer. Le he escrito una carta pidiéndole que se ponga en contacto conmigo.

—¿Y no se le ocurre qué tipo de conexión puede existir entre ella y la pareja de Enskede?

—No.

—De acuerdo… ¿sería capaz de describir a la persona que cree que la atacó?

—No es que lo crea. Él la atacó y ella se defendió. Luego huyó. Lo vi a una distancia de unos cuarenta o cuarenta y cinco metros. Sucedió en plena noche y estaba oscuro.

—¿Había bebido?

—Yo iba un poco achispado pero no estaba borracho. El tipo era rubio y llevaba una coleta. Vestía una cazadora oscura. Tenía una tripa cervecera. Cuando subí las escaleras de Lundagatan lo vi sólo por detrás, pero se dio la vuelta cuando me pegó. Me parece recordar que su cara era delgada y que tenía los ojos claros y muy juntos.

—¿Por qué no me lo habías contado? —le reprendió Erika Berger.

Mikael Blomkvist se encogió de hombros.

—Había un fin de semana por medio y tú te fuiste a Gotemburgo para participar en ese maldito programa de debates. El lunes no estabas y el martes sólo te vi un momento. Se me pasó.

—Pero teniendo en cuenta lo sucedido en Enskede… ¿no se lo ha dicho a la policía? —constató Bublanski.

—¿Por qué iba a hacerlo? Por esa regla de tres también debería haberles contado que pillé *in fraganti* a un carterista que me intentó robar en el metro de T-Centralen hace un mes. No hay ninguna relación entre Lundagatan y lo que ocurrió en Enskede.

—¿Y no puso ninguna denuncia?

—No. —Mikael dudó un breve instante—. Lisbeth Salander es una persona muy celosa de su intimidad. Estuve considerando la posibilidad de acudir a la policía, pero decidí que eso era asunto suyo. De todos modos, primero quería hablar con ella.

—Algo que no ha hecho.

—La última vez que lo hice fue en las Navidades de hace más de un año.

—¿Por qué acabó su… relación, si se la puede llamar así?

La mirada de Mikael se oscureció. Meditó sus palabras un poco antes de contestar.

—No lo sé. De la noche a la mañana ella interrumpió su contacto conmigo.

—¿Pasó algo?

—No, si se refiere a una pelea o a algo similar. Por aquel entonces nos llevábamos muy bien. Y un día, de pronto, no me cogió el teléfono. Luego desapareció de mi vida.

Bublanski reflexionó sobre la explicación de Mikael. Parecía sincera y se confirmaba por el hecho de que Dragan Armanskij hubiera descrito la desaparición de Lisbeth en términos semejantes. Evidentemente, algo le sucedió a Lisbeth Salander durante aquel invierno. Se dirigió a Erika Berger.

—¿También conoce a Lisbeth Salander?

—Sólo la he visto en una ocasión. ¿Me puede explicar qué tiene que ver Lisbeth Salander con lo ocurrido en Enskede? —preguntó Erika Berger.

Bublanski negó con la cabeza.

—Hay una prueba que la vincula al lugar del crimen. Eso es todo lo que puedo decir. No obstante, debo reconocer que cuanto más sé de ella, más desconcierto me produce. ¿Cómo es?

—¿En qué sentido? —preguntó Mikael.

—¿Cómo la describiría?

—Profesionalmente, como una de las mejores investigadoras que he visto jamás.

Erika Berger miró de reojo a Mikael Blomkvist y se mordió el labio. Bublanski estaba convencido de que faltaba alguna pieza en el puzle y de que sabían algo que no deseaban contar.

—¿Y como persona?

Mikael permaneció callado un buen rato.

—Es una persona muy solitaria y muy diferente a las demás. Introvertida. No le gusta hablar de sí misma. Al mismo tiempo posee una voluntad muy fuerte. Tiene un gran sentido de la moral.

—¿De la moral?

—Sí. Una moral absolutamente propia. No puedes engañarla para que haga algo en contra de su voluntad. En su mundo las cosas son, por decirlo de alguna manera, o «correctas» o «incorrectas».

Bublanski reparó en el hecho de que Mikael Blomkvist hablaba de ella en los mismos términos en que lo había hecho Dragan Armanskij. Dos de los hombres que la conocían la habían descrito exactamente igual.

—¿Conoce a Dragan Armanskij? —preguntó Bublanski.

—Nos hemos visto un par de veces. El año pasado estuve tomando una caña con él cuando intenté averiguar dónde se había metido Lisbeth.

—¿Y dice que era una investigadora competente? —insistió Bublanski.

—La mejor que he conocido —respondió Mikael.

Bublanski tamborileó un instante con los dedos mientras, de reojo, miraba por la ventana el flujo de gente que pasaba por Götgatan. Aquello no encajaba para nada. La documentación psiquiátrica que Hans Faste había obtenido de la comisión de tutelaje afirmaba que Lisbeth Salander era una persona con un profundo trastorno psicológico, propensa a la violencia y prácticamente retrasada. Las respuestas que tanto Armanskij como Blomkvist le habían dado divergían considerablemente de la imagen que los expertos en psiquiatría se habían hecho de ella tras varios años de estudios clínicos. Ambos la describían como una chica diferente, pero a los dos también se les intuía un deje de admiración en la voz.

Blomkvist, además, había dicho que «mantuvo cierta relación» con ella durante un período, cosa que insinuaba algún tipo de relación sexual. Bublanski se preguntó qué reglas se les aplicaría a las personas declaradas incapacitadas. ¿Podría Blomkvist haber cometido algún tipo de infracción por haberse aprovechado de una persona en situación de dependencia?

—¿Y qué opinión le merece su incapacidad social? —preguntó.

—¿Incapacidad social? —se sorprendió Mikael.

—El tema de su administración y sus problemas psíquicos.

—¿Su administración? —repitió Mikael.

—¿Problemas psíquicos? —preguntó Erika Berger.

Perplejo, Bublanski desplazó la mirada de Mikael Blomkvist a Erika Berger y viceversa. «No lo sabían. La verdad es que no lo sabían.» De repente, Bublanski se sintió muy irritado tanto con Armanskij como con Blomkvist pero, sobre todo, con Erika Berger, su elegante ropa y su sofisticado despacho con vistas a Götgatan. «Aquí se pasa el día dictando a los demás lo que deben opinar.» Pero centró su irritación en Mikael.

—No entiendo qué les pasa a usted y a Armanskij —le espetó.

—¿Perdón?

—Desde su adolescencia, Lisbeth Salander se ha pasado los años entrando y saliendo del psiquiátrico —dijo finalmente Bublanski—. Un examen psiquiátrico forense y una sentencia judicial han determinado que es incapaz de llevar sus propios asuntos. Ha sido declarada incapacitada. Está documentado que presenta un carácter violento, y a lo largo de su vida ha tenido problemas con las autoridades. Y ahora es sospechosa, en grado sumo, de... complicidad en un doble asesinato. Y tanto usted como Armanskij hablan de ella como si fuese una especie de princesa.

Mikael Blomkvist permaneció completamente quieto, mirando atónito a Bublanski.

—Déjeme que se lo diga de la siguiente manera —continuó Bublanski—: buscamos una conexión entre la pareja de Enskede y Lisbeth Salander. Y resulta que usted, que encontró a las víctimas, es ese vínculo. ¿Quiere hacer algún comentario al respecto?

Mikael se reclinó en la silla. Cerró los ojos intentando comprender la situación. Lisbeth Salander sospechosa de los asesinatos de Dag y de Mia. «No cuadra. Es absurdo.»

¿Era ella capaz de matar? De repente le vino a la mente la cara de Lisbeth, cuando, dos años antes, se despachó a gusto con Martin Vanger con un palo de golf. «No cabe duda de que lo habría matado. Si no lo hizo, fue porque tenía que salvarme la vida.» Inconscientemente, se toqueteó el cuello, justo donde había tenido la soga de Martin Vanger. «Pero Dag y Mia… no tiene sentido.»

Sabía que Bublanski lo estaba observando con una incisiva mirada. Al igual que Dragan Armanskij, debía hacer una elección. Tarde o temprano tendría que decidir en qué rincón del cuadrilátero situarse en el caso de que Lisbeth Salander fuese acusada de asesinato. «¿Culpable o inocente?»

Antes de que le diera tiempo a decir nada, sonó el teléfono de la mesa de Erika. Contestó y le pasó el auricular a Bublanski.

—Alguien llamado Hans Faste quiere hablar con usted.

Bublanski cogió el teléfono y escuchó atentamente. Tanto Mikael como Erika pudieron ver cómo le cambiaba el gesto.

—¿Cuándo entran?

Silencio.

—¿Qué dirección es…? Lundagatan… vale, estoy cerca. Ahora voy para allá.

Bublanski se levantó apresuradamente.

—Perdónenme, tengo que interrumpir nuestra conversación. Acaban de encontrar al actual administrador de Salander muerto a tiros y ahora pesa sobre ella una orden de busca y captura y queda detenida, *in absentia*, por tres asesinatos.

Erika Berger se quedó boquiabierta. A Mikael Blomkvist parecía que le acababa de alcanzar un rayo.

Entrar en el apartamento de Lundagatan era, desde el punto de vista táctico, una operación relativamente sencilla. Hans Faste y Curt Svensson se apoyaron contra el capó del coche y aguardaron mientras la unidad de intervención, armada hasta los dientes, ocupó la escalera y se adentró en el patio.

Al cabo de diez minutos, pudieron constatar lo que Faste y Svensson ya sabían. Nadie abrió la puerta cuando llamaron.

Hans Faste miró a lo largo de Lundagatan, que, para desesperación de los pasajeros del autobús 66, se hallaba cortada desde Zinkensdamm hasta la iglesia de Högalid. El vehículo se había quedado atrapado en plena cuesta, y no podía ni avanzar ni retroceder. Al final, Faste se acercó y le ordenó a un agente uniformado que se echara a un lado y dejara pasar al autobús. Una gran cantidad de curiosos observaba todo aquel jaleo desde la parte alta de Lundagatan.

—Tiene que haber una manera más sencilla —dijo Faste.

—¿Más sencilla que qué? —preguntó Svensson.

—Más sencilla que llamar a las tropas de asalto cada vez que hay que arrestar a un chorizo.

Curt Svensson se abstuvo de realizar comentario alguno.

—Al fin y al cabo, se trata de una tía de aproximadamente un metro y medio de alto que no pesa más de cuarenta kilos —añadió Faste.

Decidieron que no resultaba necesario echar la puerta abajo de un mazazo. Bublanski se unió al grupo mientras esperaban que el cerrajero la abriera con un taladro y se echara a un lado para que la policía pudiera entrar en el apartamento. Les llevó unos ocho segundos realizar una inspección ocular de los cuarenta y cinco metros cuadrados y constatar que Lisbeth Salander no estaba escondida debajo de la cama, ni en el baño, ni en ninguno de los armarios. Después, se dio vía libre para que entrara Bublanski.

Los tres detectives dieron una vuelta por el apartamento, inmaculadamente limpio, y decorado con muy buen gusto. Los muebles eran sencillos. Las sillas de la cocina estaban pintadas en colores pastel. De las paredes de las habitaciones colgaban, enmarcadas, unas artísticas fotografías en blanco y negro. En la entrada había una estantería con un reproductor de cedés y una gran colección de discos. Bublanski constató que abarcaba varios géneros: desde *rock* duro hasta ópera. Todo tenía un aspecto muy moderno y muy *arty*. Decorativo. De buen gusto.

Curt Svensson examinó la cocina y no encontró nada que llamara su atención. Hojeó una pila de periódicos y revistas e inspeccionó el fregadero, los armarios y el congelador de la nevera.

Faste abrió los roperos y los cajones de la cómoda del dormitorio. Soltó un silbido al encontrar esposas y unos cuantos juguetes sexuales. En un armario encontró una colección de ropa de látex de la que su madre se habría avergonzado nada más verla.

—Aquí ha habido juerga —dijo en voz alta mientras levantaba un vestido de charol que, según rezaba en la etiqueta, había sido diseñado por Domino Fashion, fuera lo que fuese eso.

Bublanski examinó la cómoda de la entrada, donde descubrió una pequeña pila de cartas sin abrir dirigidas a Lisbeth Salander. Les echó un vistazo y comprobó que se trataba de facturas y extractos de cuentas bancarias, y una sola carta personal. Era de Mikael Blomkvist. Así que, hasta ahí, la historia de Blomkvist era cierta. Luego se agachó y recogió la correspondencia que se hallaba a los pies del buzón y que tenía las pisadas de la unidad de intervención. Estaba compuesta por las revistas *Thai Pro boxing* y *Södermalmsnytt* —esta última, gratuita—, así como por tres sobres, todos dirigidos a «Miriam Wu».

A Bublanski le entró una desagradable sospecha. Se dirigió al cuarto de baño y abrió el armario. Allí encontró una cajita de Alvedon y un tubo medio lleno de Citodon. El Citodon era un medicamento que sólo se expendía con receta. La etiqueta llevaba el nombre de Miriam Wu. También había un cepillo de dientes.

—Faste, ¿por qué pone «Salander-Wu» en la puerta? —preguntó.

—Ni idea —contestó Faste.

—Vale, formularé la pregunta de otro modo: ¿por qué hay correo en el suelo de la entrada dirigido a una tal Miriam Wu? ¿Y por qué en el armario del cuarto de baño hay un tubo de Citodon recetado a Miriam Wu y un solo cepillo de dientes? ¿Y por qué, considerando que Lisbeth Salander, según nuestros datos, no levanta dos palmos del suelo, esos pantalones de cuero que sostienes en la mano parecen pertenecer a una persona que mide, por lo menos, un metro setenta y cinco?

Un breve y embarazoso silencio invadió el apartamento. Curt Svensson lo rompió:

—¡Mierda!

Capítulo 15

Jueves de Pascua, 24 de marzo

Christer Malm se sentía cansado y miserable cuando llegó finalmente a casa después de la imprevista jornada laboral. Percibió un aroma a especias procedente de la cocina. Entró y le dio un abrazo a su novio.

—¿Cómo estás? —preguntó Arnold Magnusson.

—Hecho polvo —le respondió Christer.

—Las noticias no han hablado de otra cosa en todo el día. Pero no han revelado los nombres. Es una historia horrible.

—Es una puta mierda. Dag trabajaba con nosotros. Era un amigo; yo lo quería mucho. No conocía a su novia, Mia, pero Micke y Erika sí.

Christer recorrió la cocina con la mirada. Tan sólo hacía tres meses que se compraron la casa y se fueron a vivir allí, a Allhelgonagatan. De repente se le antojó extraña.

Sonó el teléfono. Christer y Arnold cruzaron las miradas y decidieron ignorar la llamada. Luego saltó el contestador y oyeron una voz familiar.

—Christer. ¿Estás ahí? Coge el teléfono.

Era Erika Berger, que llamaba para ponerlo al tanto de que la policía estaba buscando a aquella investigadora que ayudó a Mikael Blomkvist por el asesinato de Dag y Mia.

A Christer la noticia lo sumió en una sensación de irrealidad.

Henry Cortez se había perdido completamente el alboroto de Lundagatan por la sencilla razón de que permaneció todo el tiempo en Kungsholmen, ante el centro de prensa de la policía, y, en consecuencia, prácticamente a la sombra de la información. Nada nuevo había salido desde la apresurada rueda de prensa de esa misma tarde. Estaba cansado, hambriento y harto de ser siempre rechazado por las personas con las que intentaba contactar. Hasta las seis, cuando la policía ya había entrado en el apartamento de Lisbeth Salander, no se enteró del rumor de que la policía tenía un sospechoso. Muy a su pesar, la información provenía de un colega que trabajaba en uno de los vespertinos y que estaba en permanente contacto con su redacción. Poco tiempo después, Henry consiguió hacerse finalmente con el número del móvil privado del fiscal Richard Ekström. Se presentó e hizo las consabidas preguntas de quién, cómo y por qué.

—¿De qué periódico ha dicho que es? —preguntó Richard Ekström.

—De la revista *Millennium*. Conocía a una de las víctimas. Según una fuente, la policía está buscando a una persona en concreto. ¿Qué está pasando?

—En estos momentos no puedo decirle nada.

—¿Y cuándo podría hacerlo?

—Es posible que convoquemos otra rueda de prensa esta misma noche.

El fiscal Richard Ekström no resultaba muy convincente. Henry Cortez se tiró del pendiente de oro que llevaba en la oreja.

—Las ruedas de prensa son para los reporteros que necesitan una información para mandarla directamente a imprenta. Yo trabajo en una revista mensual y tenemos un interés personal en saber qué está ocurriendo.

—No puedo ayudarlo. Tendrá que esperar, como todos los demás.

—Según tengo entendido, andan buscando a una mujer. ¿De quién se trata?

—De momento no puedo hacer ningún comentario.

—¿Puede desmentir que se trata de una mujer?

—No. O sea…, lo que quiero decir que no puedo hacer comentarios.

El inspector de la policía criminal Jerker Holmberg se hallaba en el umbral de la puerta del dormitorio, contemplando pensativamente el enorme charco de sangre en el que encontraron a Mia Bergman. Cuando giró la cabeza pudo ver el charco donde Dag Svensson había yacido. Reflexionó sobre el enorme derramamiento de sangre. Se trataba de mucha más sangre de la que, por lo general, ocasionan las heridas de bala, lo cual daba a entender que la munición utilizada había provocado terribles daños, cosa que, a su vez, quería decir que el comisario Mårtensson llevaba razón en su suposición de que el asesino había empleado munición de caza. La sangre se había coagulado formando una masa entre negra y marrón oxidado que cubrió una parte tan grande del suelo que el personal de la ambulancia y la brigada forense se vieron obligados a pisar, de modo que extendieron las huellas por todo el piso. Holmberg se había puesto unos protectores azules de plástico sobre sus zapatillas de deporte.

Fue en ese momento, según su opinión, cuando se inició la verdadera investigación forense del lugar del crimen. Los restos mortales de las dos víctimas ya habían sido sacados del apartamento. Jerker Holmberg se había quedado solo después de que dos rezagados técnicos se despidieran deseándole buenas noches. Habían fotografiado los cadáveres y medido las salpicaduras de sangre de las paredes discutiendo sobre las *splatter distribution areas* y la *droplet velocity*. Holmberg sabía lo que significaban esas palabras, pero tan sólo le prestó un distraído interés a la investigación. El trabajo de los forenses desembocaría en un minucioso informe que revelaría, con detalle, la posición del asesino con relación a sus víctimas, a qué distancia se encontraba, en qué orden se efectuaron los disparos y qué huellas dactilares podrían ser relevantes. Pero eso para Jerker Holmberg carecía de interés. La investigación forense no contendría ni una palabra sobre la identidad del asesino o sobre los motivos que él o ella —ahora resultaba que era una mujer la principal sospechosa— habría tenido para cometer los asesinatos. Ésas eran las preguntas que intentaría contestar. En eso consistía su misión.

Jerker Holmberg entró en el dormitorio. Depositó un desgastado maletín encima de una silla y sacó una grabadora de bolsillo, una cámara de fotos digital y un cuaderno.

Empezó abriendo los cajones de una cómoda situada tras la puerta. Los dos superiores contenían ropa interior, jerséis y un joyero que, a todas luces, pertenecía a Mia Bergman. Colocó ordenadamente todos los objetos sobre la cama y examinó el joyero al detalle, pero pudo constatar que no contenía nada de gran valor. En el cajón inferior encontró dos álbumes de fotos y dos carpetas con facturas y papeles de la casa. Puso en marcha la grabadora.

Informe de los objetos intervenidos en Björneborgsvägen 8B. Dormitorio, cajón inferior de la cómoda. Dos carpetas de fotografías de formato A4. Una carpeta de tapa negra marcada con la palabra «hogar» y una carpeta de tapa azul titulada «documentos de compra» que contiene información sobre la hipoteca y las letras del piso. Una pequeña caja de cartón con cartas manuscritas, tarjetas postales y objetos personales en su interior.

Llevó los objetos hasta la entrada y los colocó en una maleta. Continuó con los cajones de las mesitas de noche, situadas a ambos lados de la cama, sin encontrar nada de interés. Pensando en la posibilidad de que hubiera algún objeto perdido o escondido, abrió los armarios y examinó la ropa, registrando todos los bolsillos, así como los zapatos. Acto seguido, dirigió su interés a las baldas de la parte superior. Abrió unas cuantas cajas de distintos tamaños. A intervalos regulares fue encontrando papeles u objetos que, por distintos motivos, incluyó en el informe.

En un rincón del dormitorio habían conseguido colocar, a duras penas, una mesa. Se trataba de un minúsculo lugar de trabajo con un ordenador de sobremesa de la marca Compaq y un viejo monitor. Por debajo de la mesa había una cajonera con ruedas y, al lado, una estantería baja. Jerker Holmberg sabía que era allí donde iba a realizar los hallazgos más importantes —en la medida en que todavía quedaran cosas por descubrir— y lo dejó para el final. En su lugar salió al salón y siguió con la investigación. Se acercó a la vitrina y examinó meticulosamente cada objeto, cada cajón y cada balda. Luego dirigió la mirada a la gran estantería dispuesta en ángulo, paralelamente al rincón que formaba la pared que daba a la calle con la que separaba el cuarto de baño. Cogió una silla y empezó por arriba, para ver si había algo encima de la estantería. Luego la repasó estante por estante, sacando montones de libros para luego examinarlos y, además, comprobar si había algo escondido por detrás de ellos. Cuarenta y cinco minutos más tarde ya había vuelto a colocar el último libro en la estantería. En la mesa del salón quedaba, no obstante, un pequeño montón que, por alguna razón, le hizo reaccionar. Encendió la grabadora y habló:

Estantería del salón. Un libro de Mikael Blomkvist: *El banquero de la mafia*. Un libro en alemán titulado *Der Staat und die Autonomen*, un libro en sueco, *Terrorismo revolucionario*, así como el libro inglés *Islamic Jihad*.

De manera automática incluyó el libro de Mikael Blomkvist porque el autor era una persona que había aparecido en el sumario con anterioridad. Las otras tres obras le parecieron más extrañas. Jerker Holmberg no tenía ni idea de si los asesinatos estaban relacionados con alguna actividad política —ignoraba si Dag Svensson y Mia Bergman andaban en política— o si los libros no eran más que una muestra de un interés general o, incluso, si habían acabado allí a consecuencia de su trabajo periodístico. Sin embargo, calculó que si se hallaba a dos personas muertas en un piso con algunos libros sobre terrorismo, había que tener en cuenta esa circunstancia. Por consiguiente, colocó los libros en la maleta junto a los demás objetos incautados.

Luego dedicó unos minutos a echarle un vistazo a una antigua cómoda muy desgastada. Sobre ella se alzaba un reproductor de cedés; los cajones contenían una amplia colección de discos. Jerker Holmberg dedicó treinta minutos a abrirlos y a determinar que su interior se correspondía con la carátula. Encontró unos diez discos sin nada escrito, por lo que dedujo que debían de ser copias caseras o tal vez piratas. Los fue poniendo, uno tras otro, en el reproductor y advirtió que sólo era música. Se centró un buen rato en el mueble del televisor que se hallaba junto a la puerta del dormitorio y que contenía numerosas cintas. Puso varias y constató que allí había de todo, desde películas de acción hasta un batiburrillo de grabaciones de emisiones de noticias, reportajes y programas de debate y de denuncia social como «La verdad al desnudo», «Insider» y «Misión investigación». Incluyó treinta y seis cintas en el informe. Luego entró en la cocina, abrió un termo con café y se tomó un breve descanso antes de seguir con su investigación.

De una balda de uno de los armarios de la cocina, sacó un buen número de botecitos y frasquitos que, al parecer, constituían el botiquín de medicamentos de la casa. Los metió en una bolsa de plástico que introdujo, a su vez, en la maleta de los objetos intervenidos. Sacó alimentos de la despensa y la nevera, y abrió cada bote, cada paquete de café y las botellas que ya estaban empezadas. En un tiesto situado en la ventana de la cocina encontró mil doscientas veinte coronas y unos cuantos tiques de compra. Supuso que se trataba de una especie de hucha de la que echaban mano para comprar comida y otros productos cotidianos. No encontró nada de interés. Del cuarto de baño no cogió nada. En cambio, constató que la cesta de la colada estaba llena a rebosar y la examinó prenda a prenda. Del armario de la entrada sacó la ropa de abrigo y registró cada bolsillo.

Encontró la cartera de Dag Svensson en el bolsillo interior de una americana y la añadió al informe. Contenía un carnet anual del gimnasio Friskis & Svettis, una tarjeta de crédito de Handelsbanken y casi cuatrocientas coronas en efectivo. Encontró el bolso de Mia Bergman y dedicó unos minutos a clasificar el contenido. También ella tenía un carnet anual de Friskis & Svettis, una tarjeta del cajero automático, una de cliente de Konsum y otra de algo llamado Club Horisont, que presentaba un globo terrestre como logotipo. Además, llevaba más de dos mil quinientas coronas en efectivo, cantidad que había que considerar relativamente alta aunque no disparatada, teniendo en cuenta que tenían pensado irse de viaje ese fin de semana. El hecho de que el dinero permaneciera en la cartera redujo, sin embargo, la probabilidad de que el móvil del asesinato fuera el robo.

Bolso de Mia Bergman hallado en la entrada, sobre el estante para los abrigos: una agenda de bolsillo de tipo ProPlan, una libretita de direcciones y un cuaderno negro elegantemente encuadernado.

Holmberg hizo nuevamente una pausa para tomar café y constató que, por raro que pudiera parecer, seguía sin encontrar —de momento— nada embarazoso o de carácter muy íntimo y personal en la casa de la pareja Svensson-Bergman. No había objetos sexuales escondidos, nada de ropa interior escandalosa ni ningún cajón lleno de películas porno. No había encontrado cigarrillos de marihuana ni ningún otro rastro de actividades delictivas. Parecía ser una pareja del extrarradio de Estocolmo completamente normal, tal vez —desde un punto de vista policial— algo más aburrida de lo normal.

Al final volvió al dormitorio y se sentó a la mesa de trabajo. Abrió el cajón superior. La siguiente hora la pasó ordenando papeles. Inmediatamente se percató de que tanto los cajones como la estantería albergaban una amplia documentación de fuentes y referencias a la tesis doctoral de Mia Bergman: *From Russia with Love*. El material estaba pulcramente clasificado, al igual que una buena investigación policial; por unos instantes Holmberg se zambulló en algunos pasajes. «Mia Bergman se habría ganado un puesto en la brigada», se dijo a sí mismo. Una parte de la estantería se hallaba medio vacía y contenía, al parecer, material que pertenecía a Dag Svensson. Se trataba principalmente de recortes de prensa de sus propios artículos y de temas que le interesaban.

Dedicó un rato a repasar el contenido del ordenador y advirtió que poseía cerca de cinco gigabytes; allí había de todo, desde programas hasta cartas, artículos y archivos pdf descargados. En otras palabras: no era algo que pensara leer esa misma tarde. Añadió al material intervenido el equipo y diversos cedés, así como un lector de zips y, más o menos, una treintena de discos en este formato.

Luego, durante un breve instante, se sumió en sus cavilaciones. Por lo que había podido ver, el ordenador contenía el material de Mia Bergman. Dag Svensson era periodista y debería contar con un ordenador como principal herramienta de trabajo, pero ese de sobremesa ni siquiera tenía correo electrónico. Por lo tanto, Dag Svensson guardaba otro en algún sitio. Jerker Holmberg se levantó y paseó meditabundo por la casa. En la entrada había una mochila negra con un compartimento vacío para el ordenador y unos cuadernos. Fue incapaz de encontrar ningún portátil escondido en el apartamento. Sacó las llaves y bajó al patio, donde registró el coche de Mia Bergman y luego un trastero del sótano. Tampoco allí había nada.

«Lo curioso del perro es que no ladró, mi querido Watson.»

En el informe de los objetos intervenidos apuntó que en la casa parecía faltar un ordenador.

A eso de las seis y media de la tarde, nada más regresar de Lundagatan, Bublanski y Faste acudieron al despacho del fiscal Ekström para reunirse con él. Curt Svensson, tras una llamada telefónica, había sido enviado a la Universidad de Estocolmo para hablar con la directora de la tesis de Mia Bergman. Jerker Holmberg continuaba en Enskede y Sonja Modig era la responsable de la investigación forense en Odenplan. Habían pasado más de diez horas desde que Bublanski fuera puesto al frente de la investigación y siete desde que se iniciara la búsqueda de Lisbeth Salander. Bublanski resumió lo ocurrido en Lundagatan.

—¿Y quién es Miriam Wu? —preguntó Ekström.

—Seguimos sin saber gran cosa de ella. No está fichada. Será Hans Faste quien se encargue de buscarla mañana por la mañana.

—Pero ¿Salander no está en Lundagatan?

—Por lo que hemos podido ver no hay nada que sugiera que vive allí. Por ponerte un ejemplo: toda la ropa del armario es de otra talla.

—Y menuda ropa —añadió Hans Faste.

—¿Por qué? —preguntó Ekström.

—No es precisamente el tipo de ropa que regalarías en el Día de la Madre.

—De momento no sabemos nada sobre Miriam Wu —dijo Bublanski.

—Pero, joder, ¿qué más quieres? Tiene un armario repleto de uniformes de puta...

—¿Uniformes de puta? —se asombró Ekström.

—Sí, ya sabes: cuero y charol, corsés y un cajón lleno de trastos fetichistas y juguetes sexuales. Y toda esa mierda tampoco parece ser muy barata.

—¿Quieres decir que Miriam Wu es una prostituta?

—De momento no sabemos nada de Miriam Wu —repitió Bublanski.

—La investigación de los servicios sociales de hace unos años daba a entender que Lisbeth Salander se movía en esos círculos —dijo Ekström.

—Y los servicios sociales suelen saber de lo que hablan —apostilló Faste.

—El informe de los servicios sociales no se basa ni en detenciones ni en investigaciones —comentó Bublanski—. Salander fue cacheada en Tantolunden cuando contaba dieciséis o diecisiete años y se encontraba en compañía de un hombre considerablemente mayor. Ese mismo año la detuvieron por embriaguez. En esa ocasión también se hallaba en compañía de un hombre mayor.

—O sea, que no debemos precipitarnos en nuestras conclusiones —dijo Ekström—. Vale. Pero me estoy acordando de que la tesis de Mia Bergman trataba de *trafficking* y de prostitución. Existe, por lo tanto, una posibilidad de que haya contactado con Lisbeth Salander y con esa Miriam Wu, que, de alguna manera, las provocara y que eso, a su vez, constituyera el móvil del asesinato.

—Tal vez Bergman contactó con su administrador y ahí se montó el jaleo —apuntó Faste.

—Es posible —contestó Bublanski—. Pero eso lo deberá aclarar la investigación. Lo importante ahora es que encontremos a Salander. Evidentemente, no reside en Lundagatan. También significa que debemos hallar a Miriam Wu y preguntarle cómo acabó en ese apartamento y qué relación mantiene con Salander.

—¿Y cómo damos con Salander?

—En alguna parte tiene que estar. El problema es que el único sitio en el que ha residido siempre es Lundagatan. No ha registrado ningún cambio de dirección.

—Se te olvida que también estuvo ingresada en Sankt Stefan y con distintas familias de acogida.

—No se me olvida. —Bublanski comprobó sus papeles—. Pasó por tres familias de acogida distintas cuando contaba quince años. No funcionó. Desde poco antes de cumplir los dieciséis y hasta los dieciocho, vivió con un matrimonio en Hägersten: Fredrik y Monika Gullberg. Curt Svensson irá a visitarlos esta noche cuando termine en la universidad.

—¿Qué hacemos con la rueda de prensa? —preguntó Faste.

A las siete de la tarde, un tétrico ambiente reinaba en el despacho de Erika Berger. Mikael Blomkvist había permanecido callado y casi inmóvil desde que el inspector Bublanski se había marchado. Malin Eriksson se había ido en bici hasta Lundagatan para cubrir la operación de la unidad de intervención. Volvió informando de que no parecían haber detenido a nadie y de que el tráfico había sido restablecido. Henry Cortez llamó avisando de que se había enterado de que la policía ahora buscaba una mujer cuyo nombre no le había sido facilitado. Erika le dijo de quién se trataba.

Erika y Malin intentaron decidir lo que había que hacer, pero no llegaron a ninguna conclusión sensata. La situación se complicaba aun más porque Mikael y Erika conocían el papel que Lisbeth Salander había desempeñado en el caso Wennerström: ella, en calidad de *hacker* de élite, fue la fuente secreta de Mikael. Malin Eriksson ignoraba ese dato por completo; ni siquiera había oído hablar de Lisbeth. De ahí los misteriosos silencios que acompañaron a la conversación.

—Me voy a casa —dijo Mikael Blomkvist, levantándose de repente—. Estoy hecho polvo. Ya no puedo ni pensar. Necesito dormir.

Miró a Malin.

—Todavía nos queda mucho por hacer. Mañana es viernes de Pascua y sólo pienso dedicarlo a dormir y ordenar papeles. Malin, ¿podrías trabajar estas fiestas?

—¿Tengo otra elección?

—No. Empezaremos el sábado a las doce. ¿Qué tal si quedamos en mi casa en vez de en la redacción?

—De acuerdo.

—Mi intención es replantear las directrices del plan de trabajo que nos marcamos esta mañana. Ahora ya no se trata sólo de saber si la investigación realizada por Dag Svensson tiene algo que ver con el asesinato. Ahora se trata de averiguar quién mató a Dag y a Mia.

Malin se preguntó cómo podrían lograr una cosa así, pero no dijo nada. Mikael se despidió de Malin y Erika con la mano, y desapareció sin más comentarios.

A las siete y cuarto, Bublanski, el jefe de la investigación, subió con desgana al estrado de la sala de prensa de la policía, tras el instructor del sumario, el fiscal Ekström. La rueda de prensa se había anunciado para las siete pero se había retrasado quince minutos. A diferencia de Ekström, Bublanski no tenía ningún interés por estar ante una docena de cámaras de televisión. Hallarse expuesto a ese tipo de atención lo hacía sentir poco menos que presa del pánico, y nunca se acostumbraría ni le empezaría a gustar verse a sí mismo en la tele.

Ekström, en cambio, se sentía como pez en el agua. Se ajustó las gafas y adoptó un favorecedor semblante serio. Dejó que los fotógrafos dispararan durante un rato antes de levantar las manos pidiendo orden en la sala. Habló como siguiendo un guión:

—Les doy mi más cordial bienvenida a esta apresurada rueda de prensa motivada por los asesinatos ocurridos la pasada noche en Enskede y también porque tenemos más información que compartir con ustedes. Soy el fiscal Richard Ekström y éste es el inspector Jan Bublanski, de la brigada de delitos violentos de la policía criminal de Estocolmo, que dirige la investigación. Les voy a leer un comunicado y luego abriré un turno de preguntas.

Ekström se calló y contempló al grupo de periodistas que se había presentado menos de treinta minutos después de que los avisaran. Los asesinatos de Enskede constituían una noticia importante y llevaban camino de adquirir aún más envergadura. Constató con satisfacción que tanto «Aktuellt» como «Rapport» y TV4 se hallaban presentes, y reconoció a los reporteros de la agencia TT y a los de los periódicos vespertinos y matutinos. Además, había muchos periodistas a los que no conocía. En total habría, por lo menos, veinticinco profesionales en la sala.

—Como ya saben, ayer, poco antes de la medianoche, fueron halladas en Enskede dos personas brutalmente asesinadas. En la investigación forense del lugar del crimen se encontró un arma, un Colt 45 Magnum. El Laboratorio Nacional de Investigación Forense ha determinado, esta misma mañana, que se trata del arma homicida. Hemos averiguado quién es su propietario y hemos procedido a su búsqueda.

Ekström hizo una pausa para subrayar el dramatismo.

—Y lo hemos hallado. Alrededor de las diecisiete horas de esta misma tarde apareció muerto en su domicilio, cerca de Odenplan. Fue muerto a tiros y se cree que ya había fallecido a la hora en la que se cometió el doble asesinato de Enskede. La policía —Ekström hizo un gesto con la mano señalando a Bublanski— tiene sólidos argumentos para creer que se trata de un único autor al que, consecuentemente, se busca por tres homicidios.

Un murmullo se fue extendiendo entre los reporteros cuando varios de ellos empezaron a hablar por sus móviles en voz baja. Ekström elevó ligeramente la voz.

—¿Hay algún sospechoso? —gritó un periodista radiofónico.

—Si no me interrumpe, ya llegaremos a eso. El caso es que en estos momentos hemos identificado a una persona a la que la policía quiere interrogar en relación a estos tres asesinatos.

—¿Quién es él?

—No se trata de un hombre, sino de una mujer. La policía está buscando a una mujer de veintiséis años relacionada con el propietario del arma y de la que, además, sabemos que estuvo en el lugar del crimen de Enskede.

Bublanski frunció el ceño y apretó los dientes. Habían llegado a ese punto del orden del día en el que Ekström y él disentían: revelar o no el nombre de la persona sospechosa del triple asesinato. Bublanski quería esperar. Ekström era de la opinión de que no se podía esperar.

Los argumentos de Ekström eran irreprochables. La policía buscaba a una mujer con nombre y apellido, psíquicamente enferma y sospechosa, con fundadas bases legales, de tres crímenes. Durante el día, primero se lanzó una orden de busca y captura provincial, y luego nacional. Ekström sostenía que Lisbeth Salander debía ser considerada un peligro público y que por eso era de interés general que fuera detenida cuanto antes.

Los argumentos de Bublanski eran más débiles. Él sostenía que había que aguardar, por lo menos, a que los técnicos forenses investigaran el piso del abogado Bjur-man antes de que las pesquisas tomaran una sola y unívoca dirección.

Ante eso, Ekström argumentó que Lisbeth Salander, según toda la documentación disponible, era una enferma mental y con tendencia a la violencia, y que, al parecer, algo había desencadenado su furia asesina. No había garantías de que sus actos violentos cesaran.

—¿Qué hacemos si durante las próximas veinticuatro horas entra en otro piso y mata a otras dos o tres personas? —le preguntó Ekström retóricamente.

Bublanski no supo qué contestar. Ekström le recordó que sobraban precedentes. Cuando aquel triple asesino, Juha Valjakkala, de Åmsele, fue perseguido por todo el país, la policía difundió su nombre y su fotografía entre la población, precisamente porque se le consideraba un peligro público. El mismo argumento podía aplicársele ahora a Lisbeth Salander. Por ello, Ekström había decidido revelar su nombre.

Ekström levantó una mano para interrumpir el murmullo de los periodistas. El hecho de que se buscara a una mujer por un triple crimen iba a caer como una bomba. Le hizo una señal a Bublanski para que hablara. Éste carraspeó dos veces, se ajustó las gafas y le echó una intensa mirada al papel que contenía las palabras acordadas.

—La policía busca a una mujer de veintiséis años de edad llamada Lisbeth Salander. Se les distribuirá una fotografía de pasaporte. Por el momento ignoramos su paradero, pero creemos que puede encontrarse en Estocolmo o en sus alrededores. La policía solicita la colaboración ciudadana para encontrarla cuanto antes. Lisbeth Salander mide un metro y cincuenta centímetros y es de constitución delgada.

Inspiró profunda y nerviosamente. Sudaba y sentía que tenía las axilas empapadas.

—En el pasado, Lisbeth Salander estuvo internada

en una clínica psiquiátrica y se considera que puede constituir un peligro tanto para ella misma como para otras personas. Queremos subrayar que en estos momentos no podemos afirmar categóricamente que sea la autora del crimen, pero existen determinadas circunstancias que nos llevan a quererla interrogar cuanto antes sobre los asesinatos de Enskede y Odenplan.

—Pero ¿qué es esto? —gritó el reportero de un vespertino—. O es sospechosa o no lo es.

Desamparado, Bublanski miró al fiscal Ekström.

—Las pesquisas policiales tienen abiertos diferentes frentes y estamos contemplando, por supuesto, varias posibilidades. Pero ahora mismo recaen ciertas sospechas sobre dicha mujer, y la policía considera que resulta sumamente importante poder detenerla. Dichas sospechas se basan en los resultados obtenidos en los análisis forenses del lugar del crimen.

—¿De qué tipo de análisis se trata? —soltó alguien inmediatamente.

—De momento no podemos entrar en los detalles de los análisis técnicos.

Varios periodistas hablaron al mismo tiempo. Ekström levantó una mano y luego señaló a un periodista del programa «Dagens Eko» con el que había tratado anteriormente y al que consideraba una persona sensata y equilibrada.

—El inspector Bublanski acaba de mencionar que esa mujer estuvo ingresada en una clínica psiquiátrica. ¿Se sabe por qué?

—Esa mujer ha tenido una… una infancia complicada y bastantes problemas en su vida. Se encuentra bajo la tutela de un administrador, precisamente el propietario del arma.

—¿Quién es?

—La persona que fue asesinada en su domicilio de Odenplan. En estos momentos, por consideración a los más allegados, que aún no han sido informados, no deseamos revelar su nombre.

—¿Qué móvil ha tenido para cometer los crímenes?

Bublanski cogió el micrófono.

—En estos momentos no queremos entrar en eso.

—¿Ya estaba fichada por la policía?

—Sí.

Luego vino la pregunta de un reportero con una grave y característica voz y que se impuso a las de los demás.

—¿Resulta peligrosa para los ciudadanos?

Ekström dudó un instante. Luego asintió.

—Poseemos información que indica que en momentos de estrés puede presentar inclinación a la violencia. Hemos hecho pública esta orden de busca y captura porque queremos contactar con ella cuanto antes.

Bublanski se mordió el labio.

A las nueve de la noche la inspectora Sonja Modig permanecía todavía en el piso del abogado Bjurman. Había llamado a su casa para explicarle la situación a su marido; tras once años de matrimonio, éste había aceptado que el horario de su mujer nunca sería el típico de oficina, de nueve a cinco. Ella se encontraba sentada en la mesa de trabajo del despacho de Bjurman, clasificando los papeles que había encontrado en los cajones, cuando, de pronto, oyó que alguien tocaba con los nudillos en el marco de la puerta. Al alzar la vista, se encontró con el agente Burbuja sosteniendo dos tazas de café y una bolsa azul de bollos de canela de Pressbyrån. Algo cansada, le hizo un gesto con la mano para que entrara.

—¿Qué es lo que no puedo tocar? —preguntó Bublanski automáticamente.

—Los técnicos ya han terminado aquí dentro. Siguen trabajando en el dormitorio y la cocina. El cuerpo continúa allí, claro.

Bublanski sacó una silla y se sentó frente a su colega. Modig abrió la bolsa y cogió un bollo.

—Gracias. Me moría por tomar un café.

Se zamparon los bollos en silencio.

—Me he enterado de que no ha ido muy bien en Lundagatan —dijo Modig, lamiéndose los dedos después de dar cuenta del último trozo de bollo.

—No había nadie en casa. Hay correo sin abrir dirigido a Salander, pero allí sólo vive una persona llamada Miriam Wu. No la hemos encontrado todavía.

—¿Quién es?

—No lo sé muy bien. Faste está indagando en su pasado. Fue incluida en el contrato hace poco más de un mes, pero allí no parece vivir nadie más que ella. Creo que Salander se ha mudado sin dar de alta su nueva dirección.

—Tal vez lo tuviera todo planeado.

—¿Qué? ¿Un triple asesinato? —Bublanski negó resignadamente con la cabeza—. ¡Menudo follón se está montando con todo esto! Ekström se empeñó en convocar una rueda de prensa. A partir de ahora los medios de comunicación no nos van a dejar en paz. Vamos a vivir un infierno. ¿Has encontrado algo?

—Aparte de a Bjurman en el dormitorio… hemos hallado la caja vacía de un Magnum. Se ha mandado a los forenses. Bjurman tiene una carpeta con copias de los informes mensuales sobre Salander que ha enviado a la comisión de tutelaje. A juzgar por esos informes, Salander es un auténtico ángel.

—¡No, otro más no! —exclamó Bublanski.

—¿Otro más qué?

—Otro admirador de Lisbeth Salander.

Bublanski le resumió sus conversaciones con Dragan Armanskij y Mikael Blomkvist. Sonja Modig lo escuchó sin interrumpirlo. Cuando él se calló, ella se pasó los dedos por el pelo y se frotó los ojos.

—Suena completamente absurdo —dijo ella.

Pensativo, Bublanski asintió mientras se tiraba del labio inferior. Sonja Modig lo miró de reojo y reprimió una sonrisa. Él tenía unas facciones tan toscamente esculpidas que le daban aspecto de bruto. Pero cuando estaba confuso o inseguro parecía como si estuviera de morros. Era entonces cuando pensaba en él como el agente Burbuja. Ella nunca había empleado el apodo y no sabía muy bien de dónde había surgido. Pero le iba como anillo al dedo.

—De acuerdo —asintió Sonja—. ¿Hasta qué punto estamos seguros?

—El fiscal parece seguro. Han lanzado una orden nacional de busca y captura de Salander esta misma tarde —dijo Bublanski—. Ha pasado el último año en el extranjero y es posible que intente volver a salir.

—¿Hasta qué punto estamos seguros?

Él se encogió de hombros.

—Hemos detenido a gente con pruebas mucho menos sólidas —contestó.

—Sus huellas dactilares están en el arma homicida de Enskede. Su administrador también ha sido asesinado. Sin adelantarme a los acontecimientos, apuesto a que se trata de la misma arma que utilizaron ahí dentro. Lo sabremos mañana. Los técnicos han encontrado el fragmento de una bala relativamente bien conservado en la estructura de la cama.

—Bien.

—Hay algunas balas de revólver en el cajón inferior de su mesa de trabajo. De esas que tienen el núcleo de uranio y la punta de oro.

—Vale.

—Contamos con una documentación relativamente amplia que da fe de que Salander está loca. Bjurman era su administrador y el propietario del arma.

—Mmm… —murmuró el agente Burbuja algo mohíno.

—El vínculo existente entre Salander y la pareja de Enskede se llama Mikael Blomkvist.

—Mmm… —repitió.

—Pareces dudar.

—No me cuadra la imagen de Salander. La documentación dice una cosa y tanto Armanskij como Blomkvist cuentan otra. Según los informes, se trata de una psicópata prácticamente retrasada. Según ellos, es una competente investigadora. Hay una enorme discrepancia entre las versiones. Y además, por una parte, por lo que a Bjurman respecta, carecemos de móvil y, por la otra, ni siquiera tenemos la confirmación de que conociera a la pareja de Enskede.

—¿Qué móvil necesita una pájara psicótica?

—Todavía no he entrado en el dormitorio. ¿Qué aspecto tiene?

—Encontré a Bjurman de bruces contra la cama, con las rodillas en el suelo, como si se hubiese arrodillado para rezar sus oraciones. Está desnudo. Presenta un disparo en la nuca.

—¿Un solo tiro? ¿Como en Enskede?

—Por lo que pude ver se trata de un solo tiro. Pero es como si Salander, si realmente fue ella quien lo hizo, le hubiera forzado a arrodillarse delante de la cama antes de pegarle el tiro. La bala le entró oblicuamente, de abajo arriba, por la parte posterior de la cabeza, y le salió por la cara.

—Un tiro en la nuca. O sea, más o menos como una ejecución.

—Exacto.

—He estado pensando que… alguien debería haber oído el disparo.

—El dormitorio da al patio, y los vecinos, tanto los de arriba como los de abajo, se encuentran estos días de viaje. La ventana estaba cerrada. Además, usó un cojín como silenciador.

—¡Muy astuto!

En ese momento, Gunnar Samuelsson, de la brigada forense, asomó la cabeza por la puerta.

—Hola, Burbuja —saludó para, acto seguido, dirigirse a su colega femenina—: Modig, queríamos mover el cuerpo y le hemos dado la vuelta. Tienes que ver esto.

Lo siguieron hasta el dormitorio. El cuerpo de Nils Bjurman yacía boca arriba en una camilla con ruedas, la primera parada de camino al anatómico forense. Nadie dudaba de la causa de la muerte. La frente presentaba una herida en carne viva de diez centímetros de ancho con una gran parte del hueso frontal colgando de un trozo de piel. La forma de las salpicaduras sobre la cama y la pared hablaba por sí misma.

Bublanski arrugó el morro.

—¿Qué quieres que miremos? —preguntó Modig.

Gunnar Samuelsson levantó la sábana y descubrió el vientre de Bjurman. Bublanski se puso las gafas cuando él y Modig dieron un paso adelante para leer el texto tatuado sobre el estómago. Las letras eran torpes e irregulares. Resultaba evidente que quien hubiera hecho la inscripción no era un profesional. Pero el mensaje no podía ser más claro: «SOY UN SÁDICO CERDO, UN HIJO DE PUTA Y UN VIOLADOR».

Modig y Bublanski intercambiaron una atónita mirada.

—¿Empezamos a ver ya un posible móvil? —preguntó Modig.

Mikael Blomkvist metió en el microondas un envase con los cuatrocientos gramos de pasta que había comprado en el 7-Eleven de camino a casa. Mientras tanto, se desnudó y permaneció bajo la ducha tres minutos. Buscó un tenedor y comió de pie, directamente del envase. Sentía un vacío en el estómago pero no tenía apetito. Sólo quería engullir la comida cuanto antes. Cuando terminó, abrió una cerveza Vestfyn, que se bebió directamente de la botella.

Sin encender ninguna luz, se acercó a la ventana y se puso a contemplar Gamla Stan. Se quedó quieto durante más de veinte minutos procurando dejar de pensar.

Hacía exactamente veinticuatro horas que Dag Svensson lo llamó al móvil mientras él se encontraba en la fiesta de la casa de su hermana. En ese momento tanto Dag como Mia estaban todavía con vida.

No había dormido en treinta y seis horas. La época en la que podía saltarse el sueño sin pagar las consecuencias ya era historia. También sabía que no iba a poder conciliar el sueño sin pensar en todo lo que había visto. Era como si las imágenes de Enskede se hubieran grabado para siempre en su retina.

Al final, apagó el móvil y se metió entre las sábanas. A las once seguía sin dormirse. Se levantó y preparó café. Puso un cedé y escuchó a Debbie Harry cantar una canción sobre una chica llamada Maria. Se arropó con una manta y se sentó en el sofá del salón mientras tomaba café y cavilaba sobre Lisbeth Salander.

¿Qué sabía realmente de ella? Prácticamente nada.

Sabía que tenía memoria fotográfica y que como *hacker* era un hacha. Sabía que era una mujer rara e introvertida a la que no le gustaba hablar de sí misma y que desconfiaba por completo de las autoridades.

Sabía que podía ser brutalmente violenta. Gracias a eso él seguía con vida.

Pero no tenía ni idea de que la hubieran declarado incapacitada ni de que se encontrara sometida a la tutela de un administrador, ni de que hubiera pasado parte de su adolescencia en el psiquiátrico.

Debía elegir bando.

En algún momento, después de la medianoche, decidió que, simplemente, no le daba la gana creerse las conclusiones de la policía. Antes de juzgarla le debía, por lo menos, la oportunidad de explicarse.

Ignoraba a qué hora consiguió, por fin, conciliar el sueño, pero a las cuatro y media de la madrugada se despertó en el sofá. Fue tambaleándose hasta la cama y volvió a dormirse en seguida.

Capítulo 16

Viernes de Pascua, 25 de marzo –
Sábado de Pascua, 26 de marzo

Malin Eriksson se reclinó en el sofá de Mikael Blomkvist. Inconscientemente, puso los pies sobre la mesa —como habría hecho en su casa— y acto seguido los bajó. Mikael Blomkvist sonrió.

—No pasa nada —dijo—. Relájate y siéntete en tu casa.

Ella le devolvió la sonrisa y volvió a poner los pies en la mesa.

Durante el viernes de Pascua, Mikael se había traído todos los papeles de Dag Svensson de la redacción de *Millennium*. Organizó el material en el suelo del salón. El sábado de Pascua, Malin y él se pasaron ocho horas examinando minuciosamente correos electrónicos, apuntes, los garabatos de los cuadernos y, sobre todo, los textos del futuro libro.

Por la mañana, Mikael recibió la visita de su hermana, Annika Giannini. Llevaba consigo la primera edición de los periódicos vespertinos, en cuyas portadas aparecía, a gran formato, la foto de Lisbeth Salander, acompañada de devastadores titulares. Uno de los dos principales vespertinos se centraba en los hechos:

BUSCADA POR TRIPLE ASESINATO

El otro había añadido un poco más de salsa al titular:

LA POLICÍA BUSCA PSICÓPATA ASESINA MÚLTIPLE

Hablaron durante una hora. Mikael le explicó su relación con Lisbeth Salander y las razones por las que dudaba de que ella fuera culpable. Finalmente, le preguntó a su hermana si defendería a Lisbeth en el caso de que la detuvieran.

—He defendido a muchas mujeres en distintos casos de violaciones y malos tratos, pero no soy una abogada penalista —contestó Annika.

—Eres la abogada más lista que conozco y Lisbeth va a necesitar a alguien en quien confiar. Creo que ella te aceptaría.

Annika Giannini reflexionó un instante antes de decir, con no pocas dudas, que, llegado el momento, trataría el tema con Lisbeth Salander.

A la una del mediodía del sábado de Pascua, la inspectora Sonja Modig llamó por teléfono para pasarse a recoger el bolso de Lisbeth Salander lo antes posible. Al parecer, la policía había abierto y leído la carta que Mikael le envió a la dirección de Lundagatan.

Apenas veinte minutos después, Modig se presentó y Mikael la invitó a sentarse con Malin Eriksson junto a la mesa del comedor. Él se acercó a la cocina a buscar el bolso de Lisbeth, que había colocado en un estante situado al lado del microondas. Dudó un instante y, acto seguido, lo abrió y sacó el martillo y el bote de gas lacrimógeno. «Ocultación de pruebas.» El espray estaba catalogado como arma ilegal y conllevaría una sanción. El martillo confirmaría, sin duda, el carácter violento de Lisbeth. Eso no era necesario, pensó Mikael.

Invitó a Sonja Modig a tomar café.

—¿Puedo hacerle unas preguntas? —dijo la inspectora.

—Adelante.

—En la carta a Salander que encontramos en Lundagatan, le escribe que está en deuda con ella. ¿A qué se refiere?

—A que Salander me hizo un gran favor.

—¿De qué se trata?

—Un favor de carácter puramente privado del que no tengo intención de hablar.

Sonja Modig lo observó atentamente.

—Por si no lo recuerda, estamos investigando un crimen.

—Y espero que cojan cuanto antes al cerdo que asesinó a Dag y Mia.

—¿No piensa que Salander sea culpable?

—No.

—Y entonces, ¿quién cree usted que mató a sus amigos?

—No lo sé. Pero Dag Svensson pensaba denunciar a un gran número de personas que tenían mucho que perder. Alguna de ellas podría ser la culpable.

—¿Y por qué iba a matar una de esas personas al abogado Nils Bjurman?

—No lo sé. Todavía.

La mirada de Mikael tenía la firmeza de una inquebrantable fe. Sonja Modig sonrió. Conocía el apodo de *Kalle Blomkvist*. De repente comprendió por qué.

—Pero ¿piensa averiguarlo?

—Si puedo, sí. Se lo puede decir a Bublanski.

—Descuide. Y si Lisbeth Salander se pone en contacto con usted espero que nos avise.

—No cuento con que ella se comunique conmigo y se confiese culpable de los asesinatos, pero si así fuera, haré todo lo que esté en mi mano para convencerla de que se rinda y se entregue a la policía. En ese caso también intentaré ayudarla por todos los medios posibles. Necesitará un amigo.

—¿Y si dice que no es culpable?

—Entonces, espero que pueda arrojar luz sobre los hechos.

—Oiga, señor Blomkvist, entre nosotros, y sin hacer

una montaña de un grano de arena, espero que entienda que hay que detener a Salander. Así que no haga nada estúpido si ella contacta con usted. Si se equivoca y resulta que es culpable, no tomarse la situación en serio puede exponerlo a un peligro mortal.

Mikael hizo un gesto de asentimiento.

—Espero que no sea necesario vigilarlo. Supongo que sabe que es ilegal ayudar a una persona sobre la que pesa una orden de busca y captura. Se le podría procesar por proteger a un criminal.

—Y yo espero que ustedes dediquen unos minutos a reflexionar sobre los posibles autores alternativos.

—Lo haremos. Siguiente pregunta: ¿tiene idea de con qué ordenador trabajaba Dag Svensson?

—Tenía un Mac iBook 500 de segunda mano, blanco, de 14 pulgadas. Igual que el mío pero con una pantalla más grande.

Mikael señaló su portátil, que se hallaba allí mismo, sobre la mesa del salón.

—¿Tiene alguna idea de dónde guardaba ese ordenador?

—Dag solía llevarlo en una mochila negra. Supongo que estará en su casa.

—No, allí no lo hemos encontrado. ¿Tal vez en su lugar de trabajo?

—No. He registrado su mesa y ni rastro.

Permanecieron un rato en silencio.

—¿Debo sacar la conclusión de que el ordenador de Dag Svensson ha desaparecido? —preguntó finalmente Mikael.

Mikael y Malin habían identificado a un considerable número de personas que, teóricamente, podían tener motivos para matar a Dag Svensson. Todos los nombres habían sido escritos en unas grandes hojas que Mikael había pegado con cinta adhesiva en la pared del salón. La nómina estaba compuesta, de principio a fin, por hombres que eran o puteros o chulos y que figuraban en el libro. A las ocho de la noche, ya tenían una lista de treinta y siete nombres, veintinueve de los cuales podían ser identificados; los ocho restantes sólo aparecían bajo seudónimo. Veinte de los tipos identificados eran puteros que se habían aprovechado de alguna de las chicas en diferentes ocasiones.

También hablaron de si podrían imprimir el libro de Dag Svensson o no. El problema práctico residía en que gran número de las afirmaciones se basaba en el conocimiento que, a título personal, tenían Dag o Mia sobre el tema, razón por la cual sólo ellos eran capaces de formularlas, pero que un escritor menos ducho en la materia desearía verificar o estudiar con más profundidad.

Constataron que aproximadamente el ochenta por ciento del manuscrito podría editarse sin mayores problemas, pero que se necesitaría una investigación más exhaustiva para que *Millennium* se atreviera a publicar el restante veinte por ciento. Sus dudas no se debían a una falta de confianza en la veracidad del material, sino única y exclusivamente a su escaso conocimiento del tema. Si Dag Svensson viviera, habrían podido publicarlo sin la menor vacilación. Dag y Mia se habrían ocupado de rechazar eventuales objeciones o críticas.

Mikael miró por la ventana. Había oscurecido y estaba lloviendo. Le preguntó a Malin si quería más café. Su respuesta fue negativa.

—De acuerdo —dijo Malin—. Tenemos el manuscrito bajo control. Pero no hemos encontrado rastro alguno del asesino de Dag y Mia.

—Podría ser alguno de los nombres de la pared —sugirió Mikael.

—Podría ser alguien que no tenga nada que ver con el libro. O podría ser tu amiga.

—Lisbeth —precisó Mikael.

Malin le echó una mirada furtiva. Había empezado a trabajar en *Millennium* hacía ya dieciocho meses, en medio de aquel tremendo caos surgido a raíz del caso Wennerström. Tras varios años de suplencias y alguna que otra colaboración esporádica, *Millennium* representaba el primer empleo fijo de su vida. Allí se encontraba a gusto. Trabajar en *Millennium* era sinónimo de estatus. Tenía una relación cercana con Erika Berger y el resto de la plantilla, pero siempre se había sentido un poco incómoda en compañía de Mikael Blomkvist. No había un motivo claro, pero de todos los colaboradores, Mikael se le antojaba el más reservado e inaccesible.

Durante el último año, siempre llegaba tarde y pasaba mucho tiempo solo en su despacho, o bien en el de Erika Berger. Se ausentaba con bastante asiduidad y, durante los primeros meses, a Malin le dio la sensación de que lo veía más en algún estudio de televisión que en carne y hueso. Viajaba con cierta frecuencia o se hallaba aparentemente ocupado fuera de la redacción. No daba pie a una relación más cordial y, según los comentarios que pillaba de los demás colaboradores, Mikael había cambiado. Se había vuelto más callado y retraído.

—Si voy a intentar averiguar por qué mataron a Dag y Mia, necesito saber más de Salander. No sé muy bien por dónde empezar, si no…

Dejó la frase en el aire. Mikael la miró de reojo. Al final él se sentó en un sillón situado perpendicularmente a ella, levantó los pies y los puso junto a los de Malin.

—¿Te encuentras a gusto en *Millennium*? —le preguntó de pronto—. Quiero decir que… bueno ya sé que llevas año y medio trabajando con nosotros pero como yo no he parado de andar de un lado para otro nunca hemos tenido tiempo de conocernos de verdad.

—Me encanta —dijo Malin—. ¿Vosotros estáis contentos conmigo?

Mikael sonrió.

—Erika y yo hemos podido constatar, una y otra vez, que nunca hemos tenido una secretaria de redacción tan competente. Pensamos que eres todo un hallazgo. Y perdóname por no habértelo dicho antes.

Malin sonrió, contenta. Halagos del gran Mikael Blomkvist.

—Pero no era eso lo que quería saber —dijo ella.

—Lo que quieres saber es qué relación existe entre Lisbeth Salander y *Millennium*.

—Tanto tú como Erika Berger sois muy parcos con la información.

Mikael asintió y la miró. Tanto él como Erika tenían plena confianza en Malin Eriksson, pero había cosas que no se podían tratar con ella.

—Estoy de acuerdo. Si vamos a indagar en los asesinatos de Dag y Mia, necesitas más información. Yo soy una fuente de primera mano y, además, soy el vínculo entre ella y Dag y Mia. Empieza a hacerme preguntas y te las intentaré responder hasta donde pueda. Y cuando no pueda contestarte te lo diré.

—¿Por qué todo este secretismo? ¿Quién es Lisbeth Salander y qué tiene que ver con *Millennium*?

—Verás, hace dos años contraté a Lisbeth Salander como investigadora para un trabajo extremadamente complicado. Y aquí está ya el problema: no te puedo contar qué tipo de trabajo realizó Lisbeth para mí. Erika sabe de qué se trata pero se comprometió a guardar silencio.

—Hace dos años… fue antes de que dejaras KO a Wennerström. ¿Debo suponer que ella se dedicaba a investigar ese tema?

—No, no debes suponer eso. No voy ni a confirmar ni a negar nada. Pero lo que sí te puedo decir es que contraté a Lisbeth para un asunto completamente distinto y que hizo un trabajo fantástico.

—Vale. Por aquel entonces tú residías en Hedestad y,

por lo que tengo entendido, vivías como un ermitaño. Y aquel verano Hedestad no pasó precisamente inadvertido en el mundo mediático. Harriet Vanger resucitando de entre los muertos y todo eso. Curiosamente, en *Millennium* no escribimos ni una sola palabra de su resurrección.

—Como ya te he comentado… no te voy a decir ni mu. Puedes pasarte la vida entera haciendo cábalas pero la probabilidad de que aciertes la considero prácticamente nula —Mikael sonrió—. Pero si no hemos escrito nada sobre Harriet, es porque pertenece a nuestra junta. Dejemos que sean otros medios de comunicación quienes se ocupen de ella. Y en cuanto a Lisbeth, confía en mi palabra. Lo que ella hizo por mí no tiene nada que ver con lo ocurrido en Enskede. Simplemente, no hay ningún tipo de conexión.

—De acuerdo.

—Déjame que te dé un consejo: no adivines, no saques conclusiones. Quédate solamente con que ella trabajaba para mí y que yo no puedo contarte de lo que se trataba. Déjame decirte también que ella hizo otra cosa por mí: en un momento dado me salvó la vida. Literalmente. Tengo una enorme deuda de gratitud con ella.

A Malin se le pusieron los ojos como platos. En *Millennium* no había oído ni una sola palabra al respecto.

—O sea, que, si no lo he entendido del todo mal, la conoces bastante bien.

—Todo lo bien que se puede conocer a Lisbeth Salander, supongo —contestó Mikael—. Probablemente se trate de la persona más cerrada que he conocido en mi vida.

De repente, Mikael se levantó y desvió la mirada hacia la oscuridad exterior.

—No sé si te apetecerá o no, pero yo pienso servirme un vodka con lima —dijo finalmente.

Malin sonrió.

—Vale. Mejor eso que más café.

Dragan Armanskij dedicó las fiestas de Pascua a reflexionar sobre Lisbeth Salander en la casa de campo que poseía en la isla de Blidö. Sus hijos ya eran adultos y habían optado por no pasarlas con sus padres. Ritva, su mujer desde hacía ya veinticinco años, no tenía mayores dificultades en aceptar que su marido, en determinadas ocasiones, se hallara a años luz de ella: se sumía en silenciosas cavilaciones y le contestaba sin mucha atención cuando le dirigía la palabra. Todos los días cogía el coche e iba hasta la tienda del pueblo para comprar los periódicos. Se sentaba junto a la ventana del porche y leía los artículos sobre la caza de Lisbeth Salander.

Dragan Armanskij estaba decepcionado consigo mismo. Le decepcionaba el hecho de haber juzgado tan rotundamente mal a Lisbeth Salander. Que ella tenía problemas psíquicos lo sabía desde hacía ya muchos años. Tampoco le era ajena la idea de que podía volverse violenta y dañar a alguien que la estuviera amenazando. Que hubiera atacado a su administrador —al que ella, sin duda, habría considerado una persona que se entrometía en sus asuntos personales— resultaba, a cierto nivel intelectual, comprensible. Ella veía sus intentos de gobernar su vida como verdaderas provocaciones y tal vez, incluso, como hostiles ataques.

Sin embargo, no le entraba en la cabeza qué la podría haber llevado a ir a Enskede y matar a tiros a dos personas que, según todas las informaciones, le eran completamente desconocidas.

Dragan Armanskij seguía esperando que se estableciera una conexión entre Salander y la pareja de Enskede: que alguno de ellos hubiese tenido algo que ver con ella o que hubiese actuado de tal manera que ella se enfureciera. Pero semejante conexión no aparecía en los periódicos. En su lugar, se especulaba con que la enferma mental Lisbeth Salander hubiera sufrido algún tipo de crisis.

Llamó dos veces al inspector Bublanski para enterarse del desarrollo de la investigación, pero tampoco él era capaz de establecer ninguna conexión entre Salander y Enskede. Excepto la de Mikael Blomkvist. Era ahí donde la investigación daba en hueso. Mikael Blomkvist conocía tanto a Salander como a la pareja de Enskede, pero no había ninguna evidencia de que, a su vez, Lisbeth Salander conociera a Dag Svensson y Mia Bergman, o de que ni siquiera hubiese oído hablar de ellos. Por lo tanto, al equipo investigador le estaba costando mucho trabajo explicar el correcto curso de los acontecimientos. Si no hubiese existido ni el arma homicida con sus huellas dactilares ni el indiscutible vínculo con su primera víctima, el abogado Bjurman, la policía habría ido dando palos de ciego.

Malin Eriksson hizo una visita al cuarto de baño de Mikael y luego regresó al sofá.

—Resumiendo —dijo—: la tarea consiste en decidir si Lisbeth Salander asesinó a Dag y Mia como afirma la policía. No tengo ni idea de por dónde empezar.

—Tómatelo como un trabajo periodístico. No vamos a realizar ninguna investigación policial. Sin embargo, vamos a estar encima de la policía y averiguar lo que ellos saben. Como siempre, aunque con la diferencia de que no vamos a publicar necesariamente todo lo que averigüemos.

—Pero si Salander los ha asesinado, tiene que existir un vínculo entre ella y Dag y Mia. Y el único que hay eres tú.

—Y en este caso no soy exactamente un vínculo. Llevo más de un año sin ver a Lisbeth. Hasta ignoro cómo conocía ella la existencia de Dag y Mia.

De pronto Mikael se calló. A diferencia de todos los demás, sabía que Lisbeth Salander era una *hacker* de categoría mundial. De repente se dio cuenta de que su iBook estaba repleto de correspondencia con Dag Svensson, así como de las distintas versiones del libro de Dag. Allí había, además, una copia electrónica de la tesis de Mia. Desconocía si Lisbeth había entrado en su ordenador, pero, en el caso de que lo hubiera hecho, podía haber sacado la conclusión de que conocía a Dag Svensson.

Sin embargo, le resultaba imposible imaginar que Lisbeth tuviera algún motivo para ir a Enskede y matar a Dag y Mia. Todo lo contrario: trabajaban en un reportaje sobre la violencia contra las mujeres que Lisbeth Salander apoyaría de todas todas. Si es que Mikael Blomkvist la conocía algo, por poco que fuera.

—Tienes cara de haber descubierto algo —comentó Malin.

Mikael no pensaba decir ni una palabra sobre las cualidades de Lisbeth en el mundo informático.

—No, es sólo que estoy cansado y algo mareado —contestó.

—Bueno, no sólo sospechan de ella por el asesinato de Dag y Mia sino también por el de su administrador, y ahí la conexión está clarísima. ¿Qué sabes de él?

—Nada de nada. Nunca he oído hablar del abogado Bjurman y ni siquiera sabía que Lisbeth tuviera un administrador.

—Pero la probabilidad de que otra persona haya matado a los tres es ínfima. Aunque alguien asesinara a Dag y Mia por sus reportajes, no existe el más mínimo motivo en el mundo para cargarse al administrador de Lisbeth Salander.

—Ya lo sé, y me he devanado los sesos hasta más no poder. Pero me puedo imaginar al menos un escenario en el que un extraño mataría tanto a Dag y Mia como al administrador de Lisbeth.

—¿Cuál?

—Digamos que Dag y Mia murieron porque hurgaron en el comercio sexual y que Lisbeth se vio de algún modo implicada. Si Bjurman era el administrador de Lisbeth, existe una posibilidad de que ella confiara en él y de que eso lo llevara a convertirse en testigo o a enterarse de algo que habría provocado su asesinato.

Malin meditó un instante.

—Entiendo lo que quieres decir —dijo, dudando—. Pero no tienes nada que pruebe esa teoría.

—No. Nada.

—¿Y tú qué crees? ¿Es culpable o no?

Mikael meditó su respuesta largo rato.

—Si me estás preguntando si es capaz de matar, la respuesta es sí. Lisbeth Salander tiene un carácter violento. La he visto en acción cuando...

—¿Cuándo te salvó la vida?

Mikael asintió.

—No te puedo contar de qué se trataba. Pero había un hombre que me quería matar y estuvo a punto de conseguirlo. Ella intervino y le dio una buena paliza con un palo de golf.

—¿Y no le has contado nada de eso a la policía?

—En absoluto. Es algo entre tú y yo.

—De acuerdo.

Mikael le lanzó una penetrante mirada.

—Malin, en este tema necesito poder confiar en ti.

—No voy a revelarle a nadie nada de lo que me cuentes. Ni siquiera a Anton. No sólo eres mi jefe. También te tengo aprecio y no pienso hacerte daño.

Mikael hizo un gesto de conformidad.

—Perdóname —dijo él.

—Deja de pedir perdón.

Mikael se rió y acto seguido volvió a ponerse serio.

—Estoy convencido de que si hubiese sido necesario, ella lo habría matado para defenderme a mí.

—Entiendo.

—Pero al mismo tiempo la veo completamente racional. Rara, sí, pero completamente racional según sus propios principios. Empleó la violencia porque resultaba necesario, no porque le diera la gana. Para matar, le haría falta un motivo: que alguien la provocara y la amenazase en extremo.

Meditó un rato más. Malin lo observaba pacientemente.

—No puedo pronunciarme sobre su administrador. No sé absolutamente nada de él. Pero no me la imagino matando a tiros a Dag y a Mia. Simplemente, no me lo creo.

Permanecieron en silencio durante mucho tiempo. Malin consultó su reloj con el rabillo del ojo y vio que eran las nueve y media de la noche.

—Es tarde. Debería irme a casa —dijo.

Mikael asintió.

—Llevamos trabajando todo el día. Podemos seguir devanándonos los sesos mañana. No, deja eso. Ya lo fregaré yo.

La madrugada del sábado al domingo de Pascua, Armanskij estaba en la cama escuchando los suaves ronquidos de Ritva. No podía pegar ojo. Tampoco él conseguía formarse una idea clara de los acontecimientos. Al final se levantó, se puso las zapatillas y el albornoz, y salió al salón. Hacía frío y echó un par de troncos en la chimenea de esteatita. Abrió una cerveza sin alcohol, se sentó y se puso a mirar la oscuridad del estrecho de Furusund.

«¿Qué es lo que sé?»

Dragan Armanskij podía confirmar a ciencia cierta que Lisbeth Salander estaba chalada y que resultaba imprevisible. De eso no cabía duda.

No sabía exactamente qué, pero imaginaba que algo sucedió en aquel invierno de 2003 cuando, de pronto, dejó de trabajar para él, se tomó un año sabático y se fue al extranjero. Estaba convencido de que Mikael Blomkvist tenía algo que ver con aquella desaparición, pero Mikael también ignoraba lo que había ocurrido.

Lisbeth regresó y le hizo una visita. Afirmó ser «económicamente independiente», algo que Armanskij interpretó como que tenía suficiente dinero para arreglárselas durante un tiempo.

También estuvo visitando a Holger Palmgren. Pero ni siquiera se había puesto en contacto con Blomkvist.

Había matado a tres personas, dos de las cuales, al parecer, le eran completamente desconocidas.

«No encaja. No hay ninguna lógica.»

Armanskij tomó un trago de cerveza directamente de la botella y encendió un purito. También tenía remordimientos, cosa que había contribuido a su sensación de malestar durante esos días.

Cuando Bublanski lo visitó, él aportó, sin dudarlo ni un instante, toda la información que pudo para que se arrestara a Lisbeth Salander. Que había que detenerla lo veía claro; cuanto antes mejor. Pero tenía remordimientos de conciencia porque la imagen que se había formado de ella era tan mala que lo había llevado a aceptar, sin cuestionárselo lo más mínimo, su culpabilidad. Armanskij era realista. Si la policía se presentaba sosteniendo que una determinada persona era sospechosa de asesinato, la probabilidad de que resultara cierto se consideraba alta. Por lo tanto, Lisbeth Salander era culpable.

Sin embargo, lo que la policía no había analizado era si ella tenía motivos para actuar así: si podría existir alguna circunstancia atenuante o, por lo menos, una explicación lógica de su arrebato de violencia. La misión de la policía era detenerla y probar que fue ella quien disparó, no la de hurgar en su psique para explicar con exactitud el porqué. Se contentarían con dar con un motivo medianamente razonable de sus actos; pero, ante la ausencia de explicaciones, estarían dispuestos a considerarlo todo como un acto de locura. «Lisbeth Salander, otra loca asesina múltiple siguiendo los pasos de Mattias Flink.» Armans-kij meneó la cabeza.

No le gustaba esa explicación.

Lisbeth Salander nunca hacía nada en contra de su voluntad y sin analizar las consecuencias.

«Especial, sí. Loca, no.»

Por lo tanto, tenía que existir alguna explicación, por oscura e inaccesible que le pareciera a alguien de fuera.

De repente, a eso de las dos de la madrugada, tomó una decisión.

Capítulo 17

Domingo de Resurrección, 27 de marzo –
Martes, 29 de marzo

El domingo por la mañana, tras una noche de inquietas cavilaciones, Dragan Armanskij se levantó pronto. Bajó sigilosamente a la cocina, sin despertar a su mujer, y preparó café y unos sándwiches. Luego sacó su portátil y se puso a escribir.

Empleó el mismo formulario que utilizaba Milton Security para sus investigaciones personales. Completó su informe con todos los datos básicos que se le ocurrieron sobre la personalidad de Lisbeth Salander.

A eso de las nueve bajó Ritva y se sirvió café de la cafetera eléctrica. Le preguntó qué estaba haciendo. Él contestó evasivamente y siguió escribiendo. Conocía a su marido lo suficiente como para saber que ese día él iba a estar aislado en su propio mundo.

Mikael se equivocó; hasta la mañana del domingo de Pascua los medios de comunicación no descubrieron que era él quien había hallado los cuerpos de Dag y Mia, cosa que, sin duda, se debía a que estaban en Pascua y a que la jefatura de policía permanecía prácticamente desierta. El primero en llamarlo fue un reportero de *Aftonbladet*, un viejo conocido de Mikael.

—Hola, Blomkvist. Soy Nicklasson.

—Hola, Nicklasson —dijo Mikael.

—Fuiste tú quien encontró a la pareja de Enskede, ¿no? Mikael se lo confirmó.

—Una de mis fuentes afirma que trabajaban para *Millennium*.

—Tu fuente tiene razón a medias: Dag Svensson estaba haciendo un reportaje como *freelance* y, sí, trabajaba para *Millennium*, pero Mia Bergman no.

—Joder, pues es una bomba.

—Supongo que sí —reconoció, fatigado, Mikael.

—¿Por qué no habéis emitido ningún comunicado?

—Dag Svensson era un buen amigo y un buen compañero. Pensamos que era una cuestión de ética periodística dejar que por lo menos la familia de él y la de Mia se enteraran de lo ocurrido antes de que publicáramos algo.

Mikael sabía perfectamente que no iban a citar esas últimas palabras.

—Vale. ¿En qué estaba trabajando Dag?

—En un reportaje para *Millennium*.

—¿De qué se trataba?

—¿Qué *scoop* pensáis publicar mañana en *Aftonbladet*?

—O sea, que se trataba de un *scoop*.

—Nicklasson, vete a la mierda.

—Venga, Blomman, ¿crees que los asesinatos tienen alguna relación con el reportaje que estaba preparando Dag Svensson?

—Si vuelves a llamarme Blomman otra vez, te cuelgo y no vuelvo a hablar contigo en lo que queda de año.

—Bueno, perdona. ¿Crees que Dag Svensson fue asesinado por su trabajo como periodista de investigación?

—No tengo ni idea de por qué asesinaron a Dag.

—El reportaje en el que andaba metido, ¿tenía algo que ver con Lisbeth Salander?

—No. Ni lo más mínimo.

—¿Sabes si Dag conocía a esa loca de Salander?

—No.

—Dag ha escrito muchos textos sobre la delincuencia informática. ¿Iba de eso?

«Joder, tío, no te rindes», pensó Mikael. Estaba a punto de mandar a Nicklasson a la mierda cuando, de repente, se contuvo y se incorporó súbitamente en la cama. Le asaltaron dos ideas paralelas. Nicklasson volvió a decir algo.

—Espera un segundo, Nicklasson. No cuelgues. Ahora vuelvo.

Mikael se levantó y tapó el auricular con la mano. De pronto se encontró en otro mundo.

Desde que se habían cometido los asesinatos, Mikael había estado dándole vueltas a cómo contactar con Lisbeth Salander. Se encontrara donde se encontrase, la posibilidad de que ella leyera lo que él dijera era muy grande. Si negaba que la conocía, ella podría interpretarlo como que él la había abandonado o vendido. Si la defendía, otros lo interpretarían como que Mikael sabía de los asesinatos mucho más de lo que había dicho. Pero si hiciera el comentario adecuado, quizá Lisbeth se viera impulsada a contactar con él. La ocasión era demasiado buena para desperdiciarla. Tenía que decir algo. Pero ¿qué?

—Perdóname, ya estoy aquí. ¿Qué decías?

—Te había preguntado si Dag Svensson estaba escribiendo sobre la delincuencia informática.

—Si quieres un comunicado, te lo puedo dar.

—Adelante.

—Pero tienes que citarme literalmente.

—Claro, ¿de qué otro modo podría hacerlo?

—No me hagas contestar a esa pregunta.

—¿Y qué es lo que quieres comunicar?

—Te envío un correo en quince minutos.

—¿Qué?

—Que compruebes tu correo dentro de quince minutos —dijo Mikael y colgó.

Se acercó a su mesa, encendió su iBook y abrió el Word. Luego se concentró dos minutos antes de empezar a redactar el texto:

La redactora jefe de *Millennium*, Erika Berger, se encuentra profundamente conmocionada por el asesinato del periodista *freelance* y colaborador Dag Svensson, y espera que los crímenes se resuelvan rápidamente.

Fue el editor responsable de *Millennium*, Mikael Blomkvist, quien encontró los cuerpos de su colega y de la novia de éste la víspera del Jueves de Pascua.

«Dag Svensson era un periodista fantástico y una persona a la que quería mucho», ha señalado Erika Berger.

«Tenía muchas ideas para futuros reportajes. Entre otras cosas, trabajaba en un gran reportaje sobre la intrusión informática ilegal», ha declarado Mikael Blomkvist a *Aftonbladet*.

Ni Mikael Blomkvist ni Erika Berger quieren especular sobre el presunto autor del crimen ni sobre los posibles motivos.

Acto seguido, Mikael cogió el teléfono y llamó a Erika Berger.

—Hola, Ricky. *Aftonbladet* te acaba de entrevistar.

—¿Ah sí?

Le leyó rápidamente las breves declaraciones.

—¿Por qué? —preguntó Erika.

—Porque cada palabra es totalmente cierta. Dag trabajó durante diez años como *freelance* y uno de los campos en los que estaba especializado era precisamente la seguridad informática. Hablé con él sobre ese tema varias veces y también contemplamos la idea de publicar un texto suyo después de lo del *trafficking*.

Permaneció callado durante cinco segundos.

—¿Conoces a alguien que esté también interesado en temas de intrusión informática? —preguntó.

Erika Berger guardó silencio durante diez segundos.

Luego se dio cuenta de lo que intentaba hacer Mikael.

—Qué listo, Micke. ¡Joder, qué listo! De acuerdo. Adelante.

Nicklasson volvió a llamar un minuto después de haber recibido el correo de Mikael.

—¿Eso es todo?

—Es todo lo que te doy, lo cual es más de lo que le he dado a ningún otro periódico. O lo publicas íntegro o nada.

Acto seguido, Mikael se sentó a su mesa y encendió su iBook. Meditó un momento y luego redactó una breve carta:

> Querida Lisbeth:
> Te escribo esta carta y la dejo en mi disco duro con la certeza de que tarde o temprano la leerás. Recuerdo que hace dos años te metiste en el disco duro de Wennerström y sospecho que aprovechaste la ocasión para piratear también el mío. A estas alturas resulta obvio que no quieres tener nada que ver conmigo. Sigo sin saber por qué rompiste la relación de esa manera, pero no te lo voy a preguntar y no hace falta que des explicaciones.
> Desgraciadamente, te guste o no, los acontecimientos de los últimos días nos han unido de nuevo. La policía sostiene que has asesinado a sangre fría a dos personas a las que yo quería mucho. No pongo en duda la brutalidad de los crímenes: fui yo quien encontró a Dag y a Mia pocos minutos después de que los mataran. El problema es que yo no creo que hayas sido tú. O al menos eso es lo que espero. Si tú eres una asesina psicótica, como afirma la policía, entonces es que o yo te he juzgado muy mal o has cambiado terriblemente durante el último año. Y si tú no eres la asesina, entonces la policía está persiguiendo a la persona errónea.
> Ante estas circunstancias, probablemente debería instarte a que te entregaras a la policía. Sin embargo, sospe-

cho que harás oídos sordos. Pero la realidad es que tu situación resulta insostenible y, tarde o temprano, te detendrán. Cuando lo hagan, necesitarás un amigo. Si no quieres ningún trato conmigo, tengo una hermana. Se llama Annika Giannini y es abogada. He hablado con ella y está dispuesta a representarte si se lo pides. Puedes confiar en ella.

Por lo que respecta a *Millennium*, hemos iniciado una investigación propia para saber por qué Dag y Mia fueron asesinados. Lo que estoy haciendo ahora mismo es preparar una lista de todo aquel que pudiera tener buenas razones para acallar a Dag Svensson. No sé si ando bien encaminado, pero voy a comprobar la lista persona por persona.

Mi problema es que no entiendo qué pinta en todo esto el abogado Nils Bjurman. No se le menciona en el material de Dag y no veo ningún tipo de conexión entre él y Dag y Mia.

Ayúdame. *Please*. ¿Cuál es la conexión?

Mikael

P.S. Deberías cambiar la foto del pasaporte. No te hace justicia.

Reflexionó un rato y tituló el documento «Para Sally». Luego creó una carpeta a la que llamó «Lisbeth Salander» y la colocó a plena vista, en el escritorio de su iBook.

El martes por la mañana, Dragan Armanskij convocó a tres personas en la mesa de reuniones que tenía en el despacho de Milton Security.

Johan Fräklund, sesenta y dos años, y ex inspector de la policía criminal de Solna, ostentaba ahora el cargo de jefe de la unidad operativa de Milton. Fräklund era el responsable general de la planificación y el análisis.

Hacía diez años que Armanskij se lo había quitado a las fuerzas de seguridad del Estado y había llegado a considerarlo, sin comparación, como uno de los mejores recursos de la empresa.

Armanskij convocó, asimismo, a Sonny Bohman, de cuarenta y ocho años, y a Niklas Eriksson, de veintinueve. Bohman también era un antiguo policía. Se había formado en la unidad de intervención de la comisaría de Norrmalm, en los años ochenta, y luego en la brigada de delitos violentos, donde dirigió numerosas e importantes investigaciones. Bohman fue uno de los personajes clave a la hora de resolver el caso del Hombre Láser, a principios de los años noventa, y en 1997, tras no poca labor de persuasión y la promesa de un salario considerablemente mayor, fue reclutado por Milton.

Niklas Eriksson era considerado un *rookie*. Se formó en la academia de policía, pero poco antes de graduarse se enteró de que padecía una lesión cardíaca congénita que no sólo requirió una importante intervención quirúrgica, sino que también fue la causante de que su futura carrera policial se fuera al traste.

Fräklund —que había sido compañero del padre de Eriksson— acudió a Armanskij para pedirle que le diera a Eriksson una oportunidad. Como había un puesto vacante en la unidad de análisis, Armanskij dio su visto bueno. No había tenido motivos para arrepentirse. Eriksson llevaba cinco años trabajando en Milton. A diferencia de la mayoría de los colaboradores de la unidad operativa, Eriksson carecía de experiencia en el trabajo de campo. En cambio, destacaba por sus agudas dotes intelectuales.

—Buenos días a los tres. Sentaos y empezad a leer —dijo Armanskij.

Entregó a cada uno una carpeta que contenía una cincuentena de páginas con recortes de prensa sobre la caza de Lisbeth Salander, así como un resumen de tres folios de su historial. Armanskij se había pasado el lunes de Pascua preparando la documentación. Eriksson terminó de leer el primero y dejó la carpeta. Armanskij esperó a que también Bohman y Fräklund acabaran.

—Supongo que los titulares de los vespertinos de este fin de semana no os han pasado desapercibidos —dijo Dragan Armanskij.

—Lisbeth Salander —apuntó Fräklund con voz sombría.

Sonny Bohman negó con la cabeza.

Niklas Eriksson dirigió la mirada al vacío, con una impenetrable expresión, y esbozó una triste sonrisa.

Dragan Armanskij contempló al grupo fijamente.

—Una de nuestras empleadas —dijo—. ¿Hasta qué punto llegasteis a conocerla durante los años que trabajó aquí?

—En una ocasión intenté bromear con ella —contestó Niklas Eriksson con una leve sonrisa—. No le hizo mucha gracia. Creí que me iba a arrancar la cabeza de un mordisco. Era una cascarrabias tremenda. En total no habré intercambiado con ella más de diez frases.

—Era bastante suya —admitió Fräklund.

Bohman se encogió de hombros.

—Una loca de atar. Una peste. Sabía que estaba chalada, pero no que llegara a esos extremos.

Dragan Armanskij asintió.

—Iba a su bola —dijo—. No resultaba fácil de manejar. Pero la contraté porque era la mejor investigadora que he visto en mi vida. Siempre entregaba resultados por encima de lo normal.

—Nunca llegué a entender eso —comentó Fräklund—. No me cabía en la cabeza cómo podía ser tan buena investigando y a la vez tan desastrosa en el trato social.

Los tres asintieron.

—La explicación reside, naturalmente, en su estado psíquico —dijo Armanskij, dando unos golpecitos con el dedo sobre una de las carpetas—. Fue declarada incapacitada.

—No tenía ni idea —declaró Eriksson—. No quiero decir que tuviera que ir con un letrero en la espalda anunciando que era incapacitada, pero tú nunca nos comentaste nada.

—No —reconoció Armanskij—. Porque pensé que no era necesario estigmatizarla más de lo que ya estaba. Todos tenemos derecho a una oportunidad.

—Y el resultado de ese experimento lo vimos en Enskede —apuntó Bohman.

—Tal vez —replicó Armanskij.

Armanskij dudó un momento. No quería revelar su debilidad por Lisbeth Salander ante los tres profesionales que ahora lo observaban llenos de expectación. Habían mantenido un tono bastante neutro durante la conversación, pero Armanskij sabía que los tres, al igual que todos los demás empleados de Milton Security, odiaban profundamente a Lisbeth Salander. No debía mostrarse débil o confuso; se trataba de presentar el tema de manera que creara una dosis de entusiasmo y profesionalidad.

—Por primera vez en mi vida, he decidido utilizar una parte de los recursos de Milton para un asunto interno —dijo—. Esto no debe alcanzar sumas astronómicas dentro del presupuesto, pero mi intención es dispensaros a vosotros dos, Bohman y Eriksson, de vuestros cometidos ordinarios. Ahora vuestra misión, formulada de modo general, consistirá en «hallar la verdad» sobre Lisbeth Salander.

Bohman y Eriksson miraron a Armanskij con escepticismo.

—Quiero que tú, Fräklund, seas el responsable de la investigación y que la coordines. Quiero saber qué sucedió y qué provocó que Lisbeth Salander asesinara a su administrador y a la pareja de Enskede. Ha de haber una explicación lógica.

—Perdona, pero esto suena a misión puramente policial —objetó Fräklund.

—Sin duda —replicó Armanskij de inmediato—. Con la diferencia de que le sacamos cierta ventaja a la policía: conocemos a Lisbeth Salander y tenemos una idea de cómo funciona.

—Bueno, no sé —dijo Bohman con una voz algo dubitativa—. No creo que nadie de esta empresa llegara a conocer a Salander o a tener mucha idea de lo que pasaba por esa cabecita suya.

—No importa —contestó Armanskij—. Salander trabajaba para Milton Security y creo que es nuestra responsabilidad dar con la verdad.

—Salander lleva… ¿cuántos?, casi dos años sin trabajar aquí —dijo Fräklund—. No me parece que seamos responsables de lo que haga. Y no creo que a la policía le haga mucha gracia que nos entrometamos en su investigación.

—Todo lo contrario —replicó Armanskij.

Era el as que llevaba en la manga y había que jugarlo bien.

—¿Por qué? —quiso saber Bohman.

—Ayer hablé largo y tendido con el instructor del sumario, el fiscal Ekström, y con el inspector Bublanski, que está al mando de la investigación. Ekström está sometido a mucha presión. No se trata de un simple ajuste de cuentas entre gánsteres, sino de un acontecimiento muy mediático, en el que un abogado, una criminóloga y un periodista han sido asesinados. Les comenté que, como el principal sospechoso era una ex empleada de Milton Security, nosotros también habíamos decidido iniciar una investigación.

Armanskij hizo una pausa antes de continuar.

—Ekström y yo estamos de acuerdo en que ahora lo

importante es detener a Lisbeth Salander lo antes posible, antes de que se haga más daño a sí misma o se lo cause a los demás. Como nuestro conocimiento personal sobre ella es mayor que el que posee la policía, podemos aportar algo a la investigación. Por lo tanto, Ekström y yo hemos acordado que vosotros dos —señaló a Bohman y a Eriksson— os trasladéis a Kungsholmen y os unáis al equipo de Bublanski.

Los tres miraron asombrados a Armanskij.

—Perdona, una pregunta tonta… pero somos civiles —dijo Bohman—. ¿La policía piensa dejarnos participar en la investigación de un asesinato así como así?

—Trabajaréis bajo las órdenes de Bublanski, pero también me mantendréis informado a mí. Tendréis total acceso a la investigación. Todo el material que obra en nuestro poder, así como el que vosotros encontréis, se lo daréis a él. Para la policía eso sólo significa que el equipo de Bublanski recibe refuerzos totalmente gratis. Y ninguno de los tres sois precisamente civiles. Vosotros, Fräklund y Bohman, habéis trabajado como policías durante muchos años antes de empezar aquí. Y tú, Eriksson, estudiaste en su academia.

—Pero va en contra de los principios…

—En absoluto. A menudo la policía recurre a asesores civiles externos. Puede tratarse de psicólogos en casos de delincuencia sexual, o de intérpretes para investigaciones donde hay extranjeros implicados. Simplemente, seréis unos asesores civiles con conocimientos especiales sobre la principal sospechosa.

Fräklund asintió lentamente.

—De acuerdo. Milton se une a la investigación policial e intenta contribuir a que se detenga a Salander. ¿Algo más?

—Una cosa. Vuestra misión es averiguar la verdad. Nada más. Quiero saber si Salander ha matado a esas tres personas. Y en el caso de que así sea, por qué.

—¿Alguien duda de su culpabilidad? —preguntó Eriksson.

—Los indicios que tiene la policía la ponen en una situación muy delicada. Pero yo quiero saber si existe otra dimensión en toda esta historia: si hay algún cómplice que no conocemos, si fue él quien empuñó el arma homicida, o si se dieron otras circunstancias que ignoramos.

—Creo que va a ser difícil encontrar atenuantes en un triple asesinato como ése —dijo Fräklund—. Si eso ocurriera, tendríamos que considerar la posibilidad de que sea inocente del todo. Y eso sí que no me lo creo.

—Yo tampoco —reconoció Armanskij—. Pero vuestro trabajo es ayudar a la policía en todo lo que esté en vuestra mano, y contribuir a que Lisbeth sea detenida cuanto antes.

—¿Presupuesto? —preguntó Fräklund.

—Corriente. Quiero que me mantengáis informado de los gastos. Si se dispararan, nos veríamos obligados a abandonar. Pero contad con que, de ahora en adelante, trabajaréis en esto a tiempo completo durante una semana como mínimo.

Volvió a dudar un momento.

—Yo soy el que mejor conoce a Salander. Eso quiere decir que tenéis que considerarme como uno de los personajes de la historia, así que yo debo ser una de las personas a las que interroguéis —dijo para concluir.

Una estresada Sonja Modig recorrió el pasillo e irrumpió en la sala de interrogatorios justo cuando cesaba el rumor de sillas arrastrándose. Se sentó junto a Bublanski, que había convocado a todo el grupo de investigación, incluido el instructor del sumario. Hans Faste le echó una irritada mirada y luego empezó con la introducción. La reunión se celebraba por iniciativa suya.

Él había seguido hurgando en los eternos enfrentamientos entre la burocracia encargada de atender las necesidades sociales y Lisbeth Salander, la llamada «pista psicópata», tal como la calificaba Faste. E, innegablemente, había conseguido reunir un considerable material. Hans Faste se aclaró la voz.

—Éste es el doctor Peter Teleborian, médico jefe de la clínica psiquiátrica del hospital Sankt Stefan de Uppsala. Ha tenido la amabilidad de venir hasta Estocolmo para ayudarnos en la investigación con sus conocimientos sobre Lisbeth Salander.

Sonja Modig miró a Peter Teleborian. Era un hombre de baja estatura, con pelo castaño rizado, gafas de montura metálica y una pequeña perilla. Iba vestido informalmente, con una americana beige de pana, unos vaqueros y una clara camisa de rayas con el cuello desabotonado. Tenía una cara afilada y un aspecto juvenil. Sonja había visto a Peter Teleborian en alguna que otra ocasión, pero nunca llegó a hablar con él. Una vez —cuando ella estudiaba el último año en la academia de policía— él dio unas conferencias sobre trastornos psíquicos; y otra, en un curso de formación profesional, les habló de los psicópatas y de los comportamientos psicópatas entre los jóvenes. En otra ocasión ella también asistió como oyente a un juicio contra un violador en serie al que Teleborian había sido convocado como experto en la materia. Tras varios años de participación en debates públicos se había convertido en uno de los psiquiatras más conocidos del país. Se había distinguido por su fuerte crítica a los recortes de la asistencia psiquiátrica, los cuales habían provocado que se cerraran hospitales psiquiátricos y que personas con evidente necesidad de atención mental fueran abandonadas a su suerte en la calle, predestinadas a convertirse en vagabundos y marginados sociales. Después del asesinato de la ministra de Asuntos Exteriores, Anna Lindh, Teleborian pasó a ser miembro de la comisión estatal que investigaba el deterioro de la asistencia psiquiátrica.

Peter Teleborian saludó a los allí congregados con un movimiento de cabeza y se sirvió agua Ramlösa en un vaso de plástico.

—Vamos a ver en qué puedo contribuir a la investigación —empezó prudentemente—. Odio que mis pronósticos se cumplan.

—¿Se cumplen sus pronósticos? —preguntó Bublanski.

—Sí. Resulta paradójico. La misma noche en la que tuvieron lugar los asesinatos de Enskede, yo participé en un debate televisivo sobre esa bomba de relojería que hace tictac en cualquier parte de nuestra sociedad. Es terrible. No es que estuviera pensando precisamente en Lisbeth Salander en ese momento, pero ofrecí una serie de ejemplos —anónimos, por supuesto— de pacientes que deberían estar recluidos en instituciones en vez de sueltos por la calle. Me atrevería a decir que ustedes mismos, sin ir más lejos, en sólo este año van a tener que investigar, por lo menos, media docena de asesinatos u homicidios cuyos autores pertenecerán a ese grupo de pacientes bastante reducido desde el punto de vista numérico.

—¿Nos está diciendo que Lisbeth Salander es una de esas locas? —preguntó Hans Faste.

—La palabra «loca» no es la más apropiada. Pero sí, ella pertenece a ese grupo que ha sido abandonado por la sociedad. Ella representa, sin duda, a uno de esos trastornados individuos a los que yo no habría soltado si hubiera dependido de mí.

—¿Quiere decir que la deberían haber encerrado antes de que cometiera algún delito? —inquirió Sonja Modig—. No es del todo compatible con los principios de una sociedad de derecho.

Hans Faste frunció el ceño y le echó una irritada mirada. Sonja Modig se preguntó por qué Faste parecía lanzar continuamente sus dardos contra ella.

—Tiene toda la razón —contestó Teleborian, acudiendo indirectamente a su rescate—. No es compatible con la sociedad de derecho, por lo menos en su forma actual. Se trata de mantener el equilibrio entre el respeto por el individuo y el respeto por las potenciales víctimas que una persona psíquicamente enferma puede dejar tras de sí. Ningún caso se parece al otro y cada paciente debe ser tratado según sus particularidades. Está claro que dentro de la asistencia psiquiátrica también cometemos errores y soltamos a personas que no deberían andar por la calle.

—Bueno, no creo que sea el mejor momento para profundizar en política social —dijo Bublanski tímidamente.

—Tiene razón —convino Teleborian—. Ahora estamos hablando de un caso concreto. Pero déjenme que les diga una cosa: es importante que entiendan que Lisbeth Salander es una persona enferma que necesita un tratamiento; al igual que lo necesita un paciente con dolor de muelas o con insuficiencia cardíaca. Puede recuperarse del todo y podría haberse curado si hubiese recibido la ayuda adecuada cuando todavía resultaba posible tratarla.

—O sea, que fue su médico —dijo Hans Faste.

—Yo soy una de las muchas personas que han tenido que ver con Lisbeth Salander. Fue mi paciente en sus primeros años de adolescencia y yo fui uno de los médicos que la evaluó cuando se decidió ponerla bajo tutela administrativa al cumplir los dieciocho años.

—Háblenos de ella —pidió Bublanski—. ¿Qué la podría haber impulsado a ir a Enskede y matar a dos desconocidos, y qué la podría haber llevado a asesinar a su administrador?

Peter Teleborian se rió.

—No puedo contestarle a eso. Hace muchos años que no sigo su evolución y no sé en qué grado de psicosis se encuentra. Lo que sí puedo decir, no obstante, es que dudo que la pareja de Enskede le fuese desconocida.

—¿Qué le hace decir eso? —quiso saber Hans Faste.

—Uno de los puntos débiles del tratamiento de Lisbeth Salander es que nunca se ha hecho un diagnóstico completo sobre ella. Eso se debe al hecho de que nunca se ha mostrado receptiva al tratamiento. Siempre se ha negado a contestar a las preguntas y a participar en cualquier tipo de terapia.

—¿Así que no saben si realmente está enferma? —preguntó Sonja Modig—. Quiero decir, que como no hay un diagnóstico…

—Mírelo de la siguiente manera —dijo Peter Teleborian—: Lisbeth Salander me llegó justo cuando ella iba a cumplir trece años. Era psicótica, tenía algunas obsesiones y sufría de una manifiesta manía persecutoria. Fue mi paciente durante dos años, mientras estuvo recluida a la fuerza en Sankt Stefan. Su internamiento se debió a que ella había manifestado durante toda su infancia un comportamiento sumamente violento contra sus compañeros de colegio, sus profesores y sus conocidos. En repetidas ocasiones fue denunciada por malos tratos. Pero en todos esos casos la violencia se dirigió a personas de su entorno, o sea, a alguien que dijo o hizo algo que ella percibió como una ofensa. Por eso creo que hay algún vínculo entre ella y la pareja de Enskede. No nos consta que haya atacado nunca a una persona completamente desconocida.

—Excepto aquella agresión que cometió en el metro cuando tenía diecisiete años —precisó Hans Faste.

—Supongo que ahí podemos considerar que fue a ella a quien atacaron y que no hizo más que defenderse —respondió Teleborian—. La persona en cuestión era un conocido delincuente sexual. Pero también constituye un buen ejemplo de su manera de reaccionar. Podría haberse alejado de allí o buscado protección entre los demás pasajeros del vagón. En su lugar, optó por atacarlo. Cuando se siente amenazada reacciona con una desmesurada violencia.

—¿Qué es en realidad lo que tiene? —preguntó Bublanski.

—Como ya he dicho, carecemos de un verdadero diagnóstico. Yo diría que sufre de esquizofrenia y que se encuentra constantemente al límite de una psicosis. Carece de empatía y, en muchos sentidos, podría describirse como una sociópata. Tengo que reconocer que me parece sorprendente que se las haya apañado tan bien desde que cumplió los dieciocho años. Quiero decir que, aunque sometida a tutela administrativa, ha estado suelta durante ocho años sin cometer ningún acto que haya conducido a una denuncia policial o a un arresto. Pero su pronóstico…

—¿Su pronóstico?

—Durante todo este tiempo no ha recibido tratamiento alguno. Mi teoría es que esa enfermedad, que quizá podríamos haber vencido y tratado hace diez años, ahora es parte integrante de su personalidad. Yo vaticino que en cuanto sea detenida, no la condenarán a prisión. Deben tratarla.

—Entonces, ¿cómo diablos pudo el tribunal ponerla de patitas en la calle? —murmuró Hans Faste.

—Supongo que habría que verlo como una combinación de tres cosas: un abogado con mucha labia, una manifestación más de los recortes presupuestarios y de una constante liberalización. De todas maneras, fue una decisión a la que me opuse cuando los médicos forenses me consultaron. Pero no me hicieron caso.

—Pero ese pronóstico del que está hablando es una conjetura, ¿no? —intervino Sonja Modig—. Quiero decir… realmente no sabe nada de su vida desde que tenía dieciocho años.

—Es más que una conjetura. Es mi experiencia.

—¿Es autodestructiva? —preguntó Sonja Modig.

—¿Se refiere a si es capaz de suicidarse? No, lo dudo. Es más bien una psicópata egomaníaca. Lo importante es ella. Todas las demás personas de su entorno carecen de importancia.

—Ha dicho que puede reaccionar con un exceso de violencia —comentó Hans Faste—. En otras palabras, ¿debemos considerarla peligrosa?

Peter Teleborian se quedó observándolo durante unos instantes. Luego inclinó la cabeza y se frotó la frente antes de contestar.

—No pueden imaginar lo difícil que resulta determinar exactamente cómo va a reaccionar una persona. No quiero que a Lisbeth Salander le pase nada cuando la detengan… pero sí, en este caso yo me aseguraría de que la detención se lleve a cabo con la mayor cautela posible. Si va armada, el riesgo de que use el arma es muy elevado.

Capítulo 18

Martes, 29 de marzo –
Miércoles, 30 de marzo

Las tres investigaciones de los asesinatos de Enskede siguieron su curso. La investigación del agente Burbuja contaba con las ventajas de la administración estatal. Visto superficialmente, la resolución parecía inminente: había una sospechosa y un arma homicida que la relacionaba con el crimen. En el caso de la primera víctima poseían una prueba irrefutable; en el de las otras dos, un posible vínculo, vía Mikael Blomkvist. Para Bublanski no se trataba más que de encontrar a Lisbeth Salander y encerrarla en la prisión preventiva de Kronoberg.

La investigación de Dragan Armanskij estaba subordinada a la investigación policial oficial, pero a la par seguía su propia agenda. Su intención personal era defender, de alguna manera, los intereses de Lisbeth Salander: encontrar la verdad; preferentemente una verdad con alguna circunstancia atenuante.

La investigación de *Millennium* era la más complicada. La revista carecía de los recursos con los que contaban tanto las fuerzas del orden como la organización de Armanskij. Sin embargo, a diferencia de la policía, Mikael Blomkvist no estaba concentrado en determinar el motivo por el que Lisbeth Salander fue a Enskede y mató a dos de sus amigos. En un momento dado, durante las vacaciones de Pascua, decidió, sin más, no creer en esa historia. Si Lisbeth Salander estuviese involucrada en los asesinatos de alguna manera, no le cabía duda de que las causas serían completamente diferentes a las barajadas en la investigación oficial; o bien otra persona empuñaba el arma o bien ocurrió algo que se hallaba fuera del control de Lisbeth Salander.

Durante el trayecto en taxi desde Slussen hasta Kungsholmen, Niklas Eriksson permaneció en silencio. El hecho de que, y sin previo aviso, hubiera ido a parar a una investigación policial de verdad lo había dejado aturdido. Miró de reojo a Sonny Bohman, que estaba leyendo el informe de Armanskij una vez más. De pronto, una sonrisa se dibujó en los labios de Niklas Eriksson.

La misión le brindaba la inesperada posibilidad de materializar una ambición que ni Armanskij ni Sonny Bohman conocían y que ni siquiera imaginaban: de repente se le presentaba la ocasión de vengarse de Lisbeth Salander. Esperaba poder contribuir a que la detuvieran. Esperaba que la condenaran a cadena perpetua.

Todo el mundo sabía que Lisbeth Salander no era una persona popular en Milton Security; casi todos los colaboradores que alguna vez habían tenido que trabajar con ella la consideraban una peste. Pero ni Bohman ni Armanskij podían figurarse cuán profundo era el odio que Niklas Eriksson sentía hacia Lisbeth Salander.

La vida había sido injusta con Niklas Eriksson. Era un hombre atractivo. Estaba en la flor de la vida y además, era inteligente. Aun así, el destino le había negado la posibilidad de convertirse en lo que siempre había querido ser: policía. Su problema fue un microscópico orificio en el pericardio que le causaba un soplo y que conllevaba el debilitamiento de la pared de un ventrículo. Le operaron y el problema quedó subsanado, pero la existencia de una lesión cardíaca congénita le convirtió para siempre en un excluido, un ser humano de segunda clase.

Cuando se le presentó la oportunidad de empezar a trabajar en Milton Security, aceptó. Lo hizo, no obstante, sin el menor entusiasmo. A sus ojos, la empresa era un vertedero de viejas glorias: policías demasiado mayores que ya no daban la talla. Y ahora él había pasado a formar parte de esos desechos. Pero no era culpa suya.

Uno de sus primeros cometidos en Milton fue analizar para la unidad operativa la seguridad de la protección personal de una cantante, internacionalmente conocida y de cierta edad, que había sido objeto de amenazas por parte de un ferviente admirador que, para más inri, resultó ser un interno que se había fugado del manicomio. El trabajo constituyó parte de su formación inicial en Milton Security. La cantante vivía sola en un chalé de Södertörn donde Milton instaló equipos de vigilancia y alarmas; durante algún tiempo, incluso contó con un guardaespaldas las veinticuatro horas del día. Una noche, el exacerbado admirador intentó entrar. El guardaespaldas redujo en el acto al intruso, al que, tras ser condenado por amenazas ilegales y allanamiento de morada, volvieron a internar en el manicomio.

A lo largo de dos semanas, Niklas Eriksson, acompañado de otros empleados de Milton, visitó el chalé de Södertörn en numerosas ocasiones. La vieja cantante se le antojó una bruja altiva que sólo se dignó a mirarlo cuando él sacó a relucir sus encantos, para asombro de la mujer. Debería alegrarse de que hubiera admiradores que todavía se acordaban de ella.

Despreciaba el modo en que el personal de Milton le hacía la pelota a la vieja. Pero, claro está, no dejó trascender sus sentimientos.

Una tarde, poco antes de que fuese detenido el admirador, la cantante y dos empleados de Milton se encontraban junto a una pequeña piscina ubicada en la parte posterior del chalé mientras él deambulaba por la casa haciendo fotos de puertas y ventanas que tal vez debieran reforzar. Había repasado habitación tras habitación, y al llegar al dormitorio de la cantante no pudo resistir la repentina tentación de abrir el cajón de una cómoda. Halló una docena de álbumes de los años setenta y ochenta, su época gloriosa, cuando ella y su grupo estaban de gira por el mundo. También descubrió una caja de cartón con fotografías extremadamente íntimas de la cantante. Las instantáneas le parecieron más o menos inocentes pero, con un poco de imaginación, podrían considerarse «estudios eróticos». «Dios mío, qué imbécil es.» Eriksson sustrajo cinco de las fotos más atrevidas que debían de haber sido sacadas por algún amante y guardadas por razones sentimentales.

Hizo copias y luego devolvió los originales. Esperó unos cuantos meses antes de vendérselas a un tabloide inglés. Obtuvo nueve mil libras a cambio. Ocasionaron titulares sensacionales.

Todavía ignoraba cómo se enteró Lisbeth Salander. Poco después de la publicación de las fotos, ella lo visitó; sabía que había sido él quien las había vendido. Lo amenazó con delatarlo ante Dragan Armanskij si volvía a ocurrir algo similar. Ya se lo habría dicho si hubiera podido documentar sus afirmaciones; algo que, por lo visto, no era capaz de hacer. Pero desde ese día, él se sintió vigilado. En cuanto se daba la vuelta, allí estaba Salander escudriñándolo con sus ojos de cerda.

Estaba estresado, frustrado. La única manera de devolverle el golpe consistía en minar su credibilidad poniéndola a parir ante los demás mientras tomaban café en los ratos de descanso. La estratagema no tuvo mucho éxito. No se atrevía a hacerse notar demasiado, ya que ella, por alguna inexplicable razón, contaba con la protección de Armanskij. Se preguntaba por dónde tendría agarrado Lisbeth al director ejecutivo de Milton, o si tal vez todo se reducía a que el viejo verde se la estaba tirando en secreto. Pero si bien en Milton nadie le tenía mucho aprecio a Lisbeth Salander, el respeto que mostraban por Armanskij era considerable. De modo que no les quedaba más remedio que aceptar la incómoda presencia de la joven. Cuando desapareció de escena y dejó de trabajar en Milton, Niklas Eriksson sintió un alivio monumental.

Ahora tenía la oportunidad de pagarle con la misma moneda. Ya no corría riesgos. Ella podría esgrimir las acusaciones contra él que quisiera: nadie la creería. Ni siquiera Armanskij aceptaría la palabra de una asesina psicópata.

El inspector Bublanski vio a Hans Faste salir del ascensor acompañado de Bohman y Eriksson, de Milton Security. Faste se había acercado a recoger a los nuevos colaboradores. A Bublanski no le entusiasmaba la idea de involucrar a gente de fuera en la investigación de un asesinato, pero la decisión venía de arriba… Al menos Bohman era un verdadero policía con muchas horas de vuelo. Y Eriksson había salido de la Academia, así que no debía de ser tan idiota. Bublanski señaló en dirección a la sala de conferencias.

Corría el sexto día de la caza de Lisbeth Salander y había llegado la hora de hacer un balance general. El fiscal Ekström no participaba en la reunión. El equipo estaba compuesto por los inspectores Sonja Modig, Hans Faste, Curt Svensson y Jerker Holmberg, y contaban con el refuerzo de cuatro colegas de la unidad de investigación de la policía criminal nacional. Bublanski empezó presentando a los nuevos colaboradores de Milton Security y preguntó si alguno de ellos deseaba añadir algo. Bohman carraspeó.

—Bueno, llevo ya bastante tiempo sin pisar este edificio, pero algunos de vosotros me conocéis y sabéis que fui policía durante muchos años antes de pasar al sector privado. Nuestra presencia se debe a que Lisbeth Salander trabajó para nosotros durante una época y a que, de alguna manera, nos sentimos responsables. Nuestro propósito es intentar contribuir, por todos los medios posibles, a que se detenga a Salander cuanto antes. Podemos aportar cierto conocimiento personal sobre ella. Así que no estamos aquí para complicar las cosas ni para entorpecer vuestro trabajo.

—¿Cómo es trabajar con ella? —preguntó Faste.

—No es precisamente de las personas a las que les coges cariño —contestó Niklas Eriksson para, acto seguido, callarse al levantar Bublanski una mano.

—Tendremos ocasión de hablar más en detalle durante la reunión. Pero vayamos por orden para formarnos una idea de nuestra situación. Nada más acabar, vosotros dos tendréis que ir a ver al fiscal Ekström para firmar un documento jurado de secreto profesional. Empecemos por Sonja.

—Resulta frustrante. Hicimos un avance a las pocas horas del asesinato, cuando conseguimos identificar a Salander. Dimos con su domicilio —o, al menos, lo que creíamos que era su domicilio—. Después de eso, ni rastro. Hemos recibido una treintena de llamadas de avistamientos pero hasta ahora todos han resultado ser falsos. Es como si se la hubiera tragado la tierra.

—Cuesta creerlo —comentó Curt Svensson—. Con su llamativo aspecto y sus tatuajes no debería ser difícil encontrarla.

—Ayer la policía de Uppsala acudió a un aviso pistola en mano. Le dieron un susto de muerte a un chico de catorce años que se parecía a Salander. Los padres estaban muy indignados.

—Supongo que perseguir a alguien que parece tener catorce años no nos favorece mucho. Puede pasar perfectamente desapercibida entre los adolescentes.

—Pero con la atención que ha recibido en los medios de comunicación, alguien debería haber visto algo —objetó Svensson—. Esta semana van a sacarla en el programa «Se busca», así que a ver si eso nos conduce a algo nuevo.

—No creo, teniendo en cuenta que ya ha salido en la portada de todos los periódicos de Suecia —dijo Hans Faste.

—Lo cual significa que tal vez debamos replanteárnoslo todo —dijo Bublanski—. Quizá haya conseguido salir del país, pero lo más probable es que esté escondida en algún sitio.

Bohman levantó una mano. Bublanski le hizo una seña con la cabeza.

—Por lo que sabemos, nada sugiere que sea una persona autodestructiva. Es una buena estratega; planifica cada uno de sus movimientos. No hace nada sin analizar las consecuencias. Eso es, al menos, lo que piensa Dragan Armanskij.

—Coincide con la evaluación que hace su anterior psiquiatra. Pero dejemos su perfil para más adelante —pidió Bublanski—. Tarde o temprano tendrá que moverse. Jerker, ¿con qué recursos cuenta?

—Ahora os voy a dar otra cosa a la que podréis hincarle el diente —dijo Jerker Holmberg—. Tiene una cuenta bancaria en Handelsbanken desde hace muchos años. Ése es el dinero que declara a Hacienda. O mejor dicho: el dinero que el abogado Bjurman declaraba. Hace un año en la cuenta había más de cien mil coronas. Durante el otoño de 2003 lo sacó todo.

—Ese otoño necesitó dinero. Según Armanskij, fue cuando dejó de trabajar en Milton Security —explicó Bohman.

—Es posible. La cuenta estuvo a cero durante más de dos semanas. Pero luego volvió a ingresar la misma cantidad.

—Tal vez pensara utilizar el dinero en algo, pero al final se arrepintió y lo ingresó de nuevo.

—Sí, podría ser. En diciembre de 2003 usó la cuenta para pagar facturas; entre otras cosas, los gastos del piso de los doce meses siguientes. El saldo descendió a setenta mil coronas. Luego la cuenta permaneció sin movimientos durante todo un año, exceptuando un ingreso de más de nueve mil coronas.

—Vale.

—A principios de este mes sacó el dinero de la herencia: la cantidad exacta es nueve mil trescientas doce coronas. Es la única vez que ha tocado la cuenta.

—Entonces, ¿de qué diablos vive?

—Escuchad esto: en enero de este año abrió una cuenta. En esta ocasión, en el Skandinaviska Enskilda Banken. Ingresó una suma de más de dos millones de coronas.

—¿Qué?

—¿De dónde sacó el dinero? —preguntó Modig.

—Recibió una transferencia desde un banco de las islas Anglonormandas de Inglaterra.

—No entiendo nada —dijo Sonja Modig al cabo de un instante.

—O sea, ¿se trata de dinero que no ha declarado? —preguntó Bublanski.

—Correcto, pero técnicamente no tiene obligación de hacerlo hasta el próximo año. Lo llamativo es que la suma no figura en el informe sobre el rendimiento de cuentas que efectuaba el abogado Bjurman. Y lo hacía mensualmente.

—Es decir, que o ignoraba su existencia o los dos estaban metidos en algún trapicheo. Jerker, ¿cómo andamos en la parte técnica?

—Anoche le presenté los resultados al instructor del sumario. Esto es lo que sabemos: uno, podemos vincular a Salander con los dos lugares del crimen. En Enskede encontramos sus huellas dactilares en el arma homicida y en los fragmentos de una taza de café que se hizo añicos. Estamos esperando el resultado de las pruebas de ADN que recogimos… pero no creo que quepa duda de que ella estuvo en la casa.

—De acuerdo.

—Dos, tenemos sus huellas dactilares en la caja del arma del piso de Bjurman.

—Vale.

—Tres, por fin tenemos un testigo que la sitúa en el lugar del crimen de Enskede. Nos ha llamado el dueño de un estanco y nos ha contado que la noche en la que se cometió el asesinato, Lisbeth Salander entró en su establecimiento y compró un paquete de Marlboro Light.

—¿Y lo suelta ahora? ¿Después de habernos pasado un día sí y otro también solicitando la colaboración ciudadana?

—Ha estado fuera durante los días de fiesta, como todos los demás. En fin —Jerker Holmberg señaló un plano—, la tienda está situada en esta esquina, a unos doscientos metros del lugar del crimen. Ella entró justo cuando él se disponía a cerrar, a las diez de la noche. La ha descrito con todo detalle.

—¿Y el tatuaje del cuello también? —preguntó Curt Svensson.

—Ahí ha vacilado; cree haberlo visto. Sí está seguro, en cambio, de que llevaba un *piercing* en una ceja.

—¿Qué más?

—Por lo que respecta a los datos puramente técnicos, no mucho más. Pero no está nada mal.

—Faste, ¿y el piso de Lundagatan?

—Tenemos sus huellas pero no creo que viva allí. Lo hemos puesto todo patas arriba; al parecer pertenece a Miriam Wu. Fue incluida en el contrato recientemente, en febrero de este mismo año.

—¿Qué sabemos de ella?

—No tiene antecedentes penales. Una lesbiana penosamente célebre. Suele actuar en *performances* y cosas así en el Festival del Orgullo Gay. Dice que estudia sociología y es copropietaria de una tienda porno en Tegnérgatan, Domino Fashion.

—¿Una tienda porno? —preguntó Sonja Modig, arqueando las cejas.

En una ocasión, para gran deleite de su marido, ella se había comprado un conjunto de ropa interior muy sexy en Domino Fashion. Algo que bajo ninguna circunstancia iba a revelar a los hombres presentes en esa sala.

—Bueno, venden esposas, ropa de puta y cosas así. ¿Necesitas un látigo?

—O sea, que no es una tienda porno sino un establecimiento para la gente a la que le gusta la ropa interior algo sofisticada —precisó ella.

—¿Qué más da?

—Continúa —dijo Bublanski, irritado—. ¿No tenemos ninguna pista de Miriam Wu?

—Ni rastro.

—Puede que se haya ido fuera durante las fiestas —sugirió Sonja Modig.

—O que Salander también se la haya cargado —apuntó Faste—. Tal vez quiera acabar con todos sus conocidos.

—Entonces, si Miriam Wu es lesbiana, ¿debemos deducir que ella y Salander son pareja?

—Creo que podemos concluir con bastante seguridad que existe una relación sexual —dijo Curt Svensson—. Baso esa afirmación en varias cosas. En primer lugar, en que hemos encontrado las huellas dactilares de Salander en la cama y alrededor de ésta. También las hemos hallado en unas esposas que, a todas luces, han sido empleadas como juguete sexual.

—Entonces, seguro que le gustarán las esposas que tengo preparadas para ella —dijo Hans Faste.

Sonja Modig soltó un quejumbroso suspiro.

—Sigue —pidió Bublanski.

—Una persona nos ha llamado y nos ha dicho que vio

a Miriam Wu morreándose en el Kvarnen con una tía cuya descripción se correspondía con la de Salander. Por lo visto, eso sucedió hace más de dos semanas. El informante afirma saber quién es Salander y dice que se la ha encontrado allí en otras ocasiones, aunque durante el último año ella no se ha dejado ver. No me ha dado tiempo a hablar con el personal del local. Lo haré esta tarde.

—En el informe de los servicios sociales no consta que sea lesbiana. En sus años de adolescencia se escapaba con frecuencia de las familias de acogida e iba por ahí ligándose a tíos en bares y clubes de Estocolmo. Ha sido detenida en más de una ocasión porque la hallaron en compañía de hombres mayores.

—Ya, pero si suponemos que hacía la calle, eso no nos dice una mierda —dijo Hans Faste.

—Curt, ¿qué hay de su círculo de amistades?

—Casi nada. No ha sido detenida por la policía desde que tenía dieciocho años. Conoce a Dragan Armanskij y a Mikael Blomkvist; es todo cuanto sabemos. Por supuesto, también a Miriam Wu. La misma fuente que nos ha informado de que Wu y ella habían sido vistas en el Kvarnen dice que antes solía reunirse allí con unas chicas, las Evil Fingers.

—¿Las Evil Fingers? ¿Y eso qué es? —preguntó Bublanski.

—Parece ser algo esotérico. Un grupo de tías que solían irse de juerga y armarla.

—No me digas que Salander es también una especie de adoradora de Satán —dijo Bublanski—. Los medios de comunicación se van a poner las botas.

—Una panda de lesbianas satánicas —sugirió Faste solícito.

—Mi querido Hans, tienes una visión de las mujeres que data de la Edad Media —le dijo Sonja Modig—. Hasta yo he oído hablar de las Evil Fingers.

—¿Sí? —dijo Bublanski, sorprendido.

—Era un grupo femenino de *rock* de finales de los años noventa. No eran superestrellas, pero durante una época fueron bastante conocidas.

—O sea, un grupo de lesbianas satánicas *heavies* —dijo Hans Faste.

—Venga, dejad de lanzaros pullas —dijo Bublanski—. Hans, tú y Curt averiguad quiénes eran las integrantes de las Evil Fingers y hablad con ellas. ¿Tiene Salander más amigos?

—Aparte de su anterior administrador, Holger Palmgren, no muchos más. Este último está ingresado en una clínica, en la unidad de enfermos crónicos y, por lo visto, su estado es reservado. Para ser sincero, no puedo decir que haya encontrado un círculo de amigos. Es cierto que no hemos dado con su vivienda habitual ni con ninguna agenda de direcciones, pero no parece tener amigos íntimos.

—Ya, pero nadie puede vivir como un fantasma sin dejar huellas en su entorno. ¿Qué me decís de Mikael Blomkvist?

—No lo hemos vigilado directamente, aunque durante las fiestas contactamos esporádicamente con él —dijo Faste—. Por si acaso apareciera Salander. Volvió a casa después del trabajo y no parece haber salido de allí desde entonces.

—Me cuesta pensar que esté relacionado con el asesinato —dijo Sonja Modig—. Su coartada se sostiene y es capaz de dar cuenta de todo lo que hizo aquella noche.

—Pero conoce a Salander. Es el vínculo existente entre ella y la pareja de Enskede. Además, según él, dos hombres atacaron a Salander una semana antes de los asesinatos. ¿Qué debemos pensar sobre eso? —preguntó Bublanski.

—A excepción de Blomkvist no hay ni un solo testigo de esa agresión… si es que ocurrió —puntualizó Faste.

—¿Crees que Blomkvist se la imaginó? ¿O que miente?

—No lo sé. Pero toda la historia suena a cuento chino. ¿Insinúas que un tío hecho y derecho no puede con una tía que pesa aproximadamente cuarenta kilos?

—¿Por qué iba a mentir Blomkvist?

—Quizá para desviar la atención de Salander.

—No me cuadra. Como ya sabéis, Blomkvist tiene la teoría de que la pareja de Enskede fue asesinada debido al libro que Dag Svensson estaba escribiendo.

—¡Chorradas! —exclamó Faste—. Es Salander. ¿Por qué iba alguien a matar a su administrador para taparle la boca a Dag Svensson? ¿Y quién…? ¿Un policía?

—Si Blomkvist hace pública su teoría, nos espera un infierno de teorías conspirativas con pistas que implican a la policía a diestro y siniestro —comentó Curt Svensson.

Todos asintieron con la cabeza.

—De acuerdo —dijo Sonja Modig—. ¿Por qué mató a Bjurman?

—¿Y qué significa el tatuaje? —preguntó Bublanski mientras señalaba la fotografía del vientre de Bjurman.

«SOY UN SÁDICO CERDO, UN HIJO DE PUTA Y UN VIOLADOR.»

Se hizo un breve silencio.

—¿Qué dicen los forenses? —quiso saber Bohman.

—El tatuaje tiene entre uno y tres años. Al parecer, se puede determinar gracias al grado de hemorragia de la piel —dijo Sonja Modig.

—Suponemos que no se trata de un tatuaje que Bjurman se hizo voluntariamente, ¿no?

—Tarados los hay en todas partes, pero no creo que sea un motivo muy habitual entre los aficionados al tatuaje.

Sonja Modig levantó un dedo.

—El forense dice que el tatuaje es de una calidad pésima, algo que incluso yo podría dictaminar. En otras palabras: es obra de un aficionado. Las incisiones de las agujas son irregulares, y se trata de un tatuaje enorme para una parte del cuerpo tan sensible como ésa. Debió de ser un proceso muy doloroso que bien podría definirse como una agresión grave.

—Y sin embargo Bjurman nunca lo denunció a la policía —dijo Faste.

—Yo creo que si alguien me tatuara un mensaje así en la barriga, tampoco lo denunciaría —razonó Curt Svensson.

—Tengo otra cosa —dijo Sonja Modig—. Tal vez confirme el mensaje del tatuaje de que Bjurman era un sádico cerdo.

Abrió una carpeta con fotos y las hizo circular por la mesa.

—Las encontré en el disco duro de Bjurman. Sólo he impreso unas cuantas, pero allí había más de dos mil de características similares. Se las había bajado de Internet.

Faste silbó y levantó la foto de una mujer que estaba atada en una postura brutal y antinatural.

—Tal vez les interese a Domino Fashion o a las Evil Fingers —dijo.

Irritado, Bublanski le hizo un gesto cortante con la mano instándole a que se callara.

—¿Cómo debemos interpretar esto? —se preguntó Bohman.

—El tatuaje tiene poco más de dos años —dijo Bublanski—. Fue por esa época cuando Bjurman cayó repentinamente enfermo. Ni el forense ni su historial médico dan a entender que tuviera ninguna enfermedad importante, exceptuando la tensión alta. Por lo tanto, cabe suponer que existe una conexión.

—Salander cambió durante ese año —dijo Bohman—. De pronto dejó de trabajar para Milton Security y se fue al extranjero.

—¿Debemos suponer que ambos hechos están vinculados? Si el mensaje del tatuaje es cierto, Bjurman violó a alguien. Indudablemente, Salander es una buena candidata. Y eso sería un móvil incontestable para cometer un asesinato.

—Bueno, también hay otras maneras de verlo —dijo Hans Faste—. No es muy difícil imaginarse a Salander y a la chinita regentando una agencia de chicas de compañía de la línea BDSM.* Bjurman podría haber sido uno de esos tarados a los que les pone recibir latigazos de nenitas. Quizá acabó metido en algún tipo de relación de dependencia con Salander y algo se le fue de las manos.

—Pero eso no explica por qué Lisbeth fue a Enskede.

—Si Dag Svensson y Mia Bergman estaban a punto de publicar un libro incendiario sobre el comercio sexual, no sería extraño que se hubieran topado con Salander y Wu. Puede que Salander tuviera verdaderos motivos para matar.

—No tenemos más que especulaciones —constató Sonja Modig.

Continuaron con la reunión durante una hora más y abordaron también la desaparición del portátil de Dag Svensson. Cuando hicieron una pausa para comer, todo el mundo se sentía frustrado. La investigación albergaba más interrogantes que nunca.

En cuanto llegó a la redacción el lunes por la mañana, Erika Berger llamó a Magnus Borgsjö, presidente de la junta directiva del *Svenska Morgon-Posten*.

—Me interesa —dijo.

—Ya me lo imaginaba.

—Había pensado comunicártelo inmediatamente después de las fiestas. Pero, como imaginarás, aquí en la redacción se ha desatado el caos.

—El asesinato de Dag Svensson. Lo lamento. Una historia terrible.

—Comprenderás que no es un buen momento para contarles que voy a abandonar el barco precisamente ahora.

---

* Acrónimo de *Bondage*, *Discipline*, *Domination*, *Submission* y *Sado-massoquism*. (*N. de los t.*)

Él permaneció callado un instante.

—Tenemos un problema —dijo Borgsjö.

—¿Cuál?

—Cuando hablamos la última vez, quedamos en que entrarías el 1 de agosto. Sin embargo, el redactor jefe, Håkan Morander, a quien vas a suceder, no está bien de salud. Tiene problemas cardíacos y debe reducir su ritmo de trabajo. Hace un par de días habló con su médico y este mismo fin de semana me ha comunicado que piensa abandonar su puesto el 1 de julio. El plan era que se quedara hasta otoño para que tú pudieras trabajar con él durante agosto y septiembre. Por lo tanto, nos enfrentamos a una situación crítica. Erika, te necesitamos el 1 de mayo; como muy tarde el 15.

—Dios mío. Sólo faltan unas semanas.

—¿Sigues interesada?

—Sí… pero eso quiere decir que cuento con apenas un mes para dejar todo organizado en *Millennium*.

—Lo sé. Y lo siento, Erika, pero me veo en la obligación de presionarte. No obstante, un mes debería ser tiempo suficiente para organizar las cosas en una revista con media docena de empleados.

—Pero los abandonaré en medio de todo el caos.

—Los vas a abandonar de todas maneras. Lo único que hacemos es adelantar el momento unas semanas.

—Tengo una serie de condiciones.

—Te escucho.

—Seguiré formando parte de la junta directiva de *Millennium*.

—Tal vez eso no resulte muy apropiado. Es cierto que *Millennium* es una publicación bastante más pequeña y que, además, es una revista mensual, pero técnicamente somos competidores.

—Da igual. Me desvincularé de la redacción de *Millennium*, pero no pienso vender mi parte. De modo que permaneceré en la junta.

—Vale. Ya encontraremos una solución.

Acordaron reunirse con la junta directiva durante la primera semana de abril para ultimar detalles y firmar el contrato.

Mikael Blomkvist tuvo una sensación de *déjà vu* cuando estudió la lista de sospechosos que Malin y él habían estado preparando. La nómina ascendía a treinta y siete personas a las que Dag Svensson denunciaba sin piedad en su libro. Veintiuna de ellas eran puteros identificados con nombre y apellido.

De pronto, Mikael recordó cómo, dos años atrás, se había sumergido en la investigación y persecución del asesino de Hedestad, y cómo se enfrentó a una galería de sospechosos de cerca de cincuenta personas. Todas aquellas especulaciones para determinar quién era el culpable habían resultado inútiles y desesperantes.

Alrededor de las diez de la mañana del martes, Malin Eriksson se presentó en el despacho de Mikael. Éste cerró la puerta y le pidió que se sentara.

Permanecieron callados unos momentos mientras tomaban café. Al final, le pasó la lista de los treinta y siete nombres.

—¿Qué vamos a hacer? —preguntó Malin.

—En primer lugar, dentro de diez minutos le presentaremos a Erika este listado. Luego intentaremos estudiar cada caso por separado. Es posible que alguien de la lista esté relacionado con los asesinatos.

—¿Y cómo lo haremos?

—Yo me centraré en los veintiún puteros del libro. Tienen más que perder que los demás. Mi plan es seguir los pasos de Dag y hacerle una visita a cada uno.

—De acuerdo.

—Tengo dos trabajos para ti. Aquí hay siete nombres que no han sido identificados, dos puteros y cinco aprovechados. Tu primer cometido durante los próximos días consistirá en rastrearlos. Algunos de los nombres aparecen en la tesis de Mia; es probable que haya referencias que nos lleven a averiguar quiénes son realmente.

—Vale.

—Por otro lado, sabemos muy poco de Nils Bjurman, el administrador de Lisbeth. Los periódicos han publicado una versión resumida de su currículum, pero me imagino que la mitad es falsa.

—Así que quieres que me ponga a escarbar en su historia.

—Exacto. En todo lo que encuentres.

Harriet Vanger llamó a Mikael Blomkvist hacia las cinco de la tarde.

—¿Puedes hablar?

—Tengo un momento.

—Esa chica a la que buscan… es la misma que te ayudó a dar conmigo, ¿verdad?

Harriet Vanger y Lisbeth Salander no llegaron a conocerse.

—Sí —contestó Mikael—. Lo siento, no he tenido tiempo de llamarte para ponerte al día. Pero sí, es ella.

—¿Y eso qué significa?

—Por lo que a ti respecta… nada; espero.

—Pero lo sabe todo sobre mí y lo que sucedió hace dos años.

—Sí, absolutamente todo.

Harriet Vanger guardó silencio al otro lado de la línea.

—Harriet, no creo que sea culpable. Tengo que presuponer que es inocente. Confío en Lisbeth Salander.

—Si uno creyera todo lo que dicen los periódicos…

—No hay que hacer caso a todo lo que dicen los periódicos. Así de sencillo. Ella dio su palabra de que no te traicionaría. Estoy seguro de que la mantendrá el resto de su vida. La conozco y sé que es una persona de principios.

—¿Y si no lo hace?

—No lo sé, Harriet. Estoy haciendo cuanto está en mi mano para intentar averiguar qué es lo que realmente ha ocurrido.

—De acuerdo.

—No te preocupes.

—No me preocupo. Pero quiero estar preparada para lo peor. Y tú, ¿cómo estás, Mikael?

—No muy bien. No hemos parado desde los asesinatos.

Harriet Vanger enmudeció durante un momento.

—Mikael... Estoy en Estocolmo. Tengo un vuelo para Australia mañana por la mañana y me quedaré allí un mes.

—Bien.

—Me alojo en el mismo hotel.

—No sé. Estoy hecho un lío. Tengo que trabajar esta noche y no sería muy buena compañía.

—No hace falta que seas buena compañía. Pásate y relájate un rato.

Mikael llegó a casa a la una de la madrugada. Estaba cansado y barajaba la posibilidad de pasar de todo y acostarse. En cambio, encendió su iBook y consultó el correo. No había recibido nada de interés.

Abrió la carpeta «Lisbeth Salander» y descubrió un documento completamente nuevo. Se titulaba «Para MikBlom»; estaba al lado del de «Para Sally».

El corazón le dio un vuelco al verlo en su ordenador. «Ella está aquí. Lisbeth Salander ha entrado en mi ordenador. Tal vez incluso esté conectada ahora mismo.» Hizo doble clic.

No sabía con qué se iba a encontrar. ¿Una carta?

¿Una respuesta? ¿Una declaración de inocencia? ¿Una explicación? La respuesta de Lisbeth Salander a Mikael Blomkvist era frustrante y breve. El mensaje consistía en una sola palabra. Cuatro letras.

Zala

Mikael se quedó mirando fijamente el nombre.

Dag Svensson había hablado de Zala durante su última conversación telefónica, dos horas antes de ser asesinado.

«¿Qué trata de decirme Lisbeth? ¿Acaso Zala es la conexión que hay entre Bjurman y Dag y Mia? ¿Cómo? ¿Por qué? ¿Quién es? ¿Y cómo sabe Lisbeth Salander eso? ¿De qué manera está involucrada?»

Abrió las propiedades del documento y constató que el texto había sido creado hacía apenas quince minutos. Luego sonrió repentinamente. El autor era Mikael Blomkvist. Ella había creado el documento en su ordenador y con su propia licencia. Era mejor que un correo electrónico y no dejaba ningún número IP susceptible de ser rastreado, aunque, de todos modos, Mikael estaba convencido de que sería casi imposible rastrear a Lisbeth Salander a través de la red. Y sin lugar a dudas eso demostraba que Lisbeth Salander había realizado un *hostile takeover* —la expresión que ella utilizaba— de su ordenador.

Se acercó a la ventana y dirigió la mirada al Ayuntamiento. No podía librarse de la sensación de que en ese preciso instante Lisbeth Salander le observaba; era como si ella se encontrara en la habitación contemplándolo a través de la pantalla de su iBook. En realidad, podría hallarse en cualquier parte del mundo, pero él sospechaba que estaba bastante más cerca. En algún sitio de Södermalm. En un kilómetro a la redonda.

Reflexionó unos segundos, se sentó, creó un nuevo do-

cumento Word que bautizó como «Sally – 2» y lo colocó
en el escritorio. Escribió un mensaje conciso y enérgico.

Lisbeth:
¡Joder, tía! ¡Qué complicada eres! ¿Quién diablos es
Zala? ¿Es él el vínculo? ¿Sabes quién mató a Dag y Mia?
En ese caso, dímelo de una vez para que podamos resolver
esta mierda e irnos todos a casa a descansar. Mikael.

Ella estaba dentro del iBook de Mikael Blomkvist.
La respuesta no se hizo esperar ni un minuto. Un nuevo
documento apareció en la carpeta de su escritorio, esta
vez con el nombre de «Kalle Blomkvist».

El periodista eres tú. Averígualo.

Mikael frunció el ceño. Lisbeth le acababa de hacer
un corte de mangas sirviéndose del apodo que ella sabía
que él odiaba. Y no le daba ni la más mínima pista. Escribió el documento «Sally – 3» y lo colocó en el escritorio.

Lisbeth:
Un periodista averigua cosas haciendo preguntas a
gente que sabe algo. Yo te pregunto a ti: ¿sabes por qué
Dag y Mia fueron asesinados y quién los asesinó? En tal
caso, dímelo. Dame algo para poder avanzar.
Mikael.

Se quedó esperando una respuesta durante varias horas. A las cuatro de la madrugada se rindió y, desanimado, se fue a la cama.

Capítulo 19

El miércoles no ocurrió nada reseñable. Mikael dedicó el día a peinar el material de Dag Svensson para encontrar las referencias al nombre de Zala. Como antes hiciera Lisbeth Salander, Mikael encontró la carpeta «Zala» en el ordenador de Dag Svensson y leyó los tres documentos: «Irina P.», «Sandström» y «Zala». Al igual que Lisbeth, Mikael también se dio cuenta de que Dag Svensson había contado con una fuente policial llamada Gulbrandsen. Consiguió dar con él en la policía criminal de Södertälje, pero cuando llamó le informaron de que Gulbrandsen se encontraba de viaje y de que no volvería hasta el lunes siguiente.

Advirtió que Dag le había dedicado un considerable tiempo a Irina P. Leyó el acta de la autopsia y constató que la mujer había sido asesinada de forma brutal y en un lapso de tiempo prolongado. El crimen se perpetró a finales de febrero. La policía no tenía ningún indicio sobre quién podría ser el autor pero, al tratarse de una prostituta, habían partido de la premisa de que el asesino era uno de sus clientes.

Mikael se preguntó por qué Dag Svensson habría introducido el documento sobre Irina P. en la carpeta «Zala». Dejaba entrever que vinculaba a Zala con Irina P., pero en el texto no figuraba ninguna alusión al respecto. En otras palabras, Dag Svensson había hecho esa conexión sólo en su cabeza.

El documento «Zala» era tan breve que daba la impresión de no ser más que unas notas provisionales. Mikael constató que Zala —si es que realmente existía— parecía un fantasma del mundo del hampa. El texto no se le antojó muy realista y, además, carecía de referencias a cualquier tipo de fuente.

Cerró el documento y se rascó la cabeza. Investigar los asesinatos de Dag y Mia estaba resultando una tarea mucho más complicada de lo que, en un principio, se había imaginado. Tampoco podía evitar que le asaltaran las dudas de forma continua. El problema era que, en realidad, no contaba con nada que manifestara claramente que Lisbeth *no* estaba implicada en los asesinatos. Su único argumento consistía en lo absurdo que encontraba que ella hubiese ido a Enskede y asesinado a dos de sus amigos.

Sabía que Lisbeth no era una persona exenta de recursos; todo lo contrario: había utilizado su talento como *hacker* para robar una desorbitada suma de varios miles de millones de coronas. Ella ni siquiera sospechaba que él estaba al corriente de ese dato. Aparte de haberse visto obligado a explicarle a Erika —con el consentimiento de Lisbeth— sus dotes informáticas, nunca le había revelado a nadie sus secretos.

Se negaba a creer que Lisbeth Salander fuera culpable de los asesinatos. Tenía una deuda impagable con ella. No sólo le había salvado la vida cuando Martin Vanger estuvo a punto de matarlo; también había salvado su carrera periodística e incluso la revista *Millennium* cuando le puso en bandeja la cabeza del financiero Hans-Erik Wennerström.

Cosas así te hacían sentir en deuda. Él tenía una lealtad inviolable para con Lisbeth Salander. Fuera culpable o no, pensaba hacer todo lo que estuviera en su mano para ayudarla cuando, tarde o temprano, la detuvieran.

Pero también era consciente de que no sabía absolutamente nada sobre ella. Los extensos informes psiquiátricos, el hecho de que hubiese sido sometida a la fuerza a diversos tratamientos en una de las instituciones psiquiátricas más prestigiosas del país y que, incluso, la hubieran declarado incapacitada conformaban unos indicios bastante relevantes de que algo no iba bien. Los medios de comunicación le habían dedicado mucha atención al médico jefe de la clínica de Sankt Stefan de Uppsala, Peter Teleborian. Por respeto al secreto profesional, él no se pronunció sobre Lisbeth Salander pero, en cambio, habló del abandono generalizado de las prestaciones para los enfermos psíquicos. Teleborian no sólo era una autoridad respetada en Suecia, sino también en el ámbito internacional; se le consideraba un destacado experto en enfermedades psíquicas. Había sido muy convincente y consiguió manifestar claramente su simpatía por los afectados y sus familias, a la vez que resultaba obvio que le preocupaba el bienestar de Lisbeth.

Mikael se preguntó si debería contactar con Peter Teleborian y si éste estaría dispuesto a colaborar con él de alguna manera. Se abstuvo de hacerlo. Suponía que, más adelante, el psiquiatra tendría ocasión de acudir al auxilio de Lisbeth Salander una vez que ésta fuera capturada.

Al final fue a la cocina, se sirvió café en una taza con el logotipo del partido moderado y luego entró en el despacho de Erika Berger.

—Tengo una larga lista de puteros y chulos a los que debo entrevistar —dijo.

Preocupada, ella asintió con la cabeza.

—Seguramente me llevará una o dos semanas. Están desperdigados por todo el país, desde Strängnäs hasta Norrköping. Necesito un coche.

Ella abrió el bolso y sacó las llaves de su BMW.

—¿No te importa?

—Claro que no. Cojo el tren de Saltsjöbanan tan a menudo como el coche. Y si hay algún problema, puedo usar el de Greger.

—Gracias.

—Ah, una condición.

—¿Ah, sí?

—Algunos de esos tipos son unos verdaderos animales. Si vas a ir por ahí acusando a unos chuloputas de los asesinatos de Dag y Mia, quiero que cojas esto y lo lleves siempre contigo en el bolsillo de la americana.

Puso un bote de gas lacrimógeno sobre la mesa.

—¿De dónde lo has sacado?

—Lo compré en Estados Unidos el año pasado. Una mujer ya no puede salir sola por la noche sin un arma.

—Si lo usara y me detuvieran por tenencia ilícita de armas, se montaría la de Dios.

—Prefiero eso a escribir una necrológica sobre ti. Mikael... no sé si te has dado cuenta, pero a veces me preocupas bastante.

—¿Ah, sí?

—Corres tantos riesgos y te pones tan chulito que luego nunca eres capaz de dar marcha atrás.

Mikael sonrió y depositó el gas lacrimógeno sobre la mesa de Erika.

—Gracias, pero no lo necesito.

—Micke, insisto.

—Me parece muy bien. Pero ya estoy preparado.

Metió la mano en el bolsillo de la americana y sacó un bote. Se trataba del bote de gas lacrimógeno que había encontrado en el bolso de Lisbeth Salander y que llevaba encima desde entonces.

Bublanski llamó a la puerta del despacho de Sonja Modig y tomó asiento en la silla de visitas.

—El ordenador de Dag Svensson —dijo.

—Yo también he pensado en eso —contestó ella—. Estás al tanto de que he reconstruido las últimas veinticuatro horas de Dag y Mia. Hay algunas lagunas, pero sabemos con seguridad que Dag Svensson no estuvo ese día en la redacción de *Millennium*. Anduvo por la ciudad y, a eso de las cuatro de la tarde, coincidió con un antiguo compañero de estudios. Fue un encuentro casual en un café de Drottninggatan. El compañero afirma categóricamente que Dag Svensson llevaba un ordenador en la mochila. No sólo reparó en el portátil, sino que incluso le hizo un comentario al respecto.

—Y alrededor de las once de la noche, después de que tuvieran lugar los hechos, el ordenador había desaparecido de su domicilio.

—Correcto.

—¿Y qué conclusiones podemos sacar de eso?

—Tal vez acudió a otro sitio y, por alguna razón, lo dejó u olvidó allí.

—¿Es eso probable?

—No mucho. Pero a lo mejor lo llevó a algún servicio técnico para una reparación o una puesta a punto o algo así. También es posible que dispusiera de otro lugar de trabajo que nosotros desconocemos. En más de una ocasión alquiló un espacio de trabajo en una agencia *free-lance* de Sankt Eriksplan, por ejemplo.

—Vale.

—Por supuesto, también debemos contemplar la posibilidad de que el asesino se llevara el ordenador consigo.

—Según Armanskij, Salander es un hacha en ordenadores.

—Cierto —asintió Sonja Modig.

—Mmm. La teoría de Blomkvist es que mataron a Dag Svensson y Mia Bergman a causa de la investigación en la que andaba metido. Una hipótesis que otorga un papel de importancia al contenido del ordenador.

—Vamos con retraso. Las tres víctimas dejan tantos cabos sueltos que no da tiempo a todo; la cuestión es que todavía está pendiente registrar a fondo el lugar de trabajo de Dag Svensson en *Millennium*.

—Esta mañana he hablado con Erika Berger. Dice que les sorprende mucho que aún no hayamos ido a echarles un vistazo a sus cosas.

—Nos hemos centrado en localizar cuanto antes a Lisbeth Salander y seguimos sin saber casi nada del móvil. ¿Podrías tú…?

—He quedado con Erika Berger para visitar *Millennium* mañana.

—Gracias.

El jueves, Mikael estaba sentado en su mesa hablando con Malin Eriksson, cuando oyó sonar un teléfono en la redacción. A través de la puerta abierta divisó a Henry Cortez, de modo que se desentendió de la llamada. Luego, en un recóndito lugar de su memoria, identificó el sonido del teléfono de la mesa de Dag Svensson. Dejó una frase a medias y salió pitando.

—¡Quieto! ¡No toques el teléfono! —gritó.

Henry Cortez acababa de poner la mano sobre el auricular. Mikael atravesó apresuradamente la estancia. «¿Cómo diablos se llamaba?»

—Indigo Marknadsresearch, le atiende Mikael. ¿En qué puedo ayudarle?

—Eh… Hola. Mi nombre es Gunnar Björck. He recibido una carta que dice que he ganado un teléfono móvil.

—¡Felicidades! —respondió Mikael Blomkvist—. Se trata de un Sony Ericsson último modelo.

—¿Y no cuesta nada?

—No cuesta nada. Pero para obtener el regalo debe participar en una encuesta. Realizamos estudios de mercado para diversas empresas. Las preguntas le ocuparán alrededor de una hora. Sólo por acceder queda usted clasificado para la siguiente fase, donde tendrá la oportunidad de ganar cien mil coronas.

—Entiendo. ¿Se puede hacer por teléfono?

—Lamentablemente, parte del estudio consiste en ver distintos logotipos comerciales e identificarlos. También vamos a preguntarle qué tipo de anuncios le atraen y enseñarle diferentes propuestas. Tenemos que enviar a uno de nuestros colaboradores.

—Vale… ¿Y cómo he resultado elegido?

—Hacemos este tipo de estudios de mercado un par de veces al año. En la actualidad, nos estamos centrando en un grupo de hombres de su edad y con una situación laboral estable. Hemos extraído al azar unos números de identificación personal.

Al final, Gunnar Björck accedió a recibir a un colaborador de Indigo Marknadsresearch. Le explicó que estaba de baja y que se había trasladado para descansar a una casa de campo de Smådalarö. Le dio las indicaciones y quedaron para el viernes por la mañana.

—*¡YES!* —exclamó Mikael al colgar. Soltó un puñetazo al aire. Malin Eriksson y Henry Cortez intercambiaron una mirada desconcertada.

Paolo Roberto aterrizó en Arlanda el jueves a las once y media de la mañana. Había dormido durante gran parte del vuelo que lo acababa de traer de Nueva York y, por primera vez en su vida, no acusaba el *jet-lag*.

Había pasado un mes en Estados Unidos hablando de boxeo, presenciando combates de exhibición y buscando ideas para una producción que pensaba vender a Strix Television. En su periplo constató con melancolía que había dejado su carrera profesional no sólo a causa de los intentos disuasorios de su familia, sino también porque, simple y llanamente, empezaba a ser demasiado viejo. No le quedaba más remedio que aceptarlo e intentar, por lo menos, mantenerse en forma; algo que conseguía mediante intensos entrenamientos una vez por semana. Seguía siendo toda una personalidad en el mundo del boxeo y suponía que, de una u otra manera, consagraría a ese deporte el resto de su vida.

Recogió la maleta de la cinta. En el control de aduanas lo pararon y a punto estuvieron de conducirle a las dependencias interiores para un registro. Sin embargo, uno de los policías lo reconoció.

—Hola, Paolo. Supongo que no llevarás más que los guantes de boxeo en el equipaje.

Paolo Roberto aseguró que no traía nada de contrabando y lo dejaron pasar.

Salió a la terminal de llegadas. Ya se dirigía hacia la bajada que lo conducía hasta el tren de Arlanda Express, cuando se detuvo en seco y se quedó mirando fijamente la cara de Lisbeth Salander en las portadas de los periódicos vespertinos. Al principio no dio crédito a lo que estaba viendo. Se preguntó si no sería el *jet-lag*... Luego volvió a leer el titular.

LA CAZA DE LISBETH SALANDER

Desplazó la mirada al otro diario.

EXTRA: PSICÓPATA
BUSCADA POR TRIPLE ASESINATO

Entró dubitativamente en el Pressbyrån y compró tanto los periódicos vespertinos —la primera edición— como los matinales. Acto seguido se acercó hasta una cafetería. Su asombro crecía a medida que iba leyendo.

Cuando Mikael Blomkvist llegó a su casa de Bellmansgatan, a eso de las once de la noche del jueves, estaba cansado y algo deprimido. Tenía pensado acostarse pronto para recuperar el sueño, pero no pudo resistir la tentación de conectarse a Internet y consultar el correo.

No había recibido nada relevante aunque, por si acaso, abrió la carpeta «Lisbeth Salander». Su pulso aumentó en el mismo instante en que descubrió un nuevo documento llamado «MB2». Hizo doble clic.

> El fiscal E. filtra información a los medios de comunicación. Pregúntale por qué no ha filtrado el viejo informe policial.

Asombrado, Mikael reflexionó sobre el críptico mensaje. ¿Qué quería decir? ¿Qué viejo informe policial? No entendía a qué se refería. La madre que la parió. ¿Por qué tenía que formular cada mensaje como si fuese un acertijo? Al cabo de un rato creó un nuevo documento al que llamó «Críptico»:

> Hola, Sally. Estoy hecho polvo, no he parado desde los asesinatos. No tengo ganas de jugar a las adivinanzas. Es posible que a ti te dé igual o que no te lo tomes en serio, pero yo quiero saber quién asesinó a mis amigos.
> M.

Aguardó ante la pantalla. La respuesta «Críptico 2» llegó un minuto después.

> ¿Qué harías si hubiera sido yo?

Él contestó con «Críptico 3».

> Lisbeth:
> Si te has vuelto loca de atar, sólo Peter Teleborian puede ayudarte. Pero no creo que tú hayas matado a Dag y a Mia. Espero llevar razón. Rezo por ello.
> Dag y Mia iban a publicar una denuncia contra el comercio sexual. Mi hipótesis es que eso, de alguna manera, motivó los asesinatos. Pero no tengo nada en lo que apoyarme.

No sé qué salió mal entre nosotros, pero en una ocasión tú y yo hablamos de la amistad. Yo te dije que la amistad se basa en dos cosas: el respeto y la confianza. Aunque ya no me quieras, puedes seguir depositando toda tu confianza en mí. Nunca he revelado tus secretos. Ni siquiera lo que pasó con el dinero de Wennerström. Confía en mí. No soy tu enemigo.

M.

La respuesta se hizo tanto de rogar que Mikael ya había perdido las esperanzas. Casi cincuenta minutos más tarde, se materializó. De repente, apareció «Críptico 4».

Me lo pensaré.

Mikael suspiró aliviado. De pronto albergó una pequeña esperanza. Sus palabras significaban literalmente lo que decían: iba a pensárselo. Desde que desapareciera sin previo aviso de su vida, era la primera vez que se dignaba a comunicarse con él. El hecho de que fuera a pensárselo significaba que, por lo menos, consideraría la posibilidad de hablar con él. Mikael contestó con «Críptico 5».

De acuerdo. Te esperaré. Pero no tardes demasiado.

El viernes por la mañana, el inspector Hans Faste recibió la llamada cuando se hallaba en Långholmsgatan, junto a Västerbron, camino del trabajo. La policía no tenía recursos para vigilar veinticuatro horas el piso de Lundagatan, y por eso le habían pedido a un vecino —policía jubilado— que le echara un ojo a la vivienda.

—La china acaba de entrar por la puerta —le informó el vecino.

Hans Faste no podría haber estado mejor posicionado. Justo delante de Västerbron. Hizo un giro ilegal, delante de la parada de autobuses, para enfilar por Heleneborgsgatan y atravesar Högalidsgatan hasta Lundagatan. Aparcó apenas dos minutos después de la llamada, cruzó la calle corriendo y entró por el soportal del edificio que daba al patio.

Miriam Wu seguía delante de la puerta de su casa observando incrédula la cerradura destrozada y la puerta precintada cuando escuchó unos pasos en la escalera. Se dio la vuelta y descubrió a un hombre corpulento y atlético que le lanzó una intensa mirada que a ella se le antojó hostil. Así que soltó su bolsa en el suelo dispuesta a demostrarle sus dotes de *thai-boxing* en el caso de que resultara necesario.

—¿Miriam Wu? —preguntó.

Para su sorpresa el hombre le mostró una placa policial.

—Sí —contestó Mimmi—. ¿Qué pasa?

—¿Dónde has estado metida?

—Fuera. ¿Qué ha sucedido? ¿Han entrado a robar en mi casa?

Faste la miró fijamente.

—Tengo que pedirte que me acompañes a Kungsholmen —le dijo mientras ponía una mano sobre el hombro de Mimmi Wu.

Bublanski y Modig vieron cómo una Miriam Wu bastante mosqueada era escoltada por Faste hasta la sala de interrogatorios.

—Siéntate, por favor. Soy el inspector Jan Bublanski y ésta es mi colega Sonja Modig. Lamento que nos hayamos visto obligados a traerte de esta manera, pero tenemos que hacerte unas cuantas preguntas.

—Vale. ¿Y por qué? Ese de ahí no es precisamente muy parlanchín.

Mimmi señaló con el dedo a Faste.

—Llevamos más de una semana buscándote. ¿Puedes explicarnos dónde has estado?

—Sí, puedo. Pero no me da la gana y, que yo sepa, no es asunto tuyo.

Bublanski arqueó las cejas.

—Llego a casa y me encuentro con la puerta forzada y un precinto policial. Y luego un machito atiborrado de anabolizantes me arrastra hasta aquí. ¿Me lo quieres explicar?

—¿No te gustan los machos? —preguntó Hans Faste.

Perpleja, Miriam Wu se quedó mirándolo. Bublanski y Modig le lanzaron una dura mirada.

—¿No has leído ningún periódico durante la última semana? ¿Has estado en el extranjero?

Miriam Wu, aturdida, empezó a mostrarse insegura.

—No, no he leído los periódicos. He pasado dos semanas en París visitando a mis padres. Como quien dice, acabo de aterrizar en la estación central.

—¿Has ido en tren?

—No me gusta volar.

—¿Y no has visto ningún periódico hoy?

—Nada más bajarme del tren nocturno he cogido el metro hasta casa.

El agente Burbuja reflexionó. Esa mañana no había nada sobre Salander en las portadas de los periódicos. Se levantó, abandonó la sala y volvió al cabo de un minuto con la edición del domingo de Pascua de *Aftonbladet* que tenía la fotografía de pasaporte de Lisbeth Salander en primera página.

A Miriam Wu por poco le da algo.

Mikael Blomkvist siguió la ruta descrita por Gunnar Björck, de sesenta y dos años de edad, para llegar a su casa de campo de Smådalarö. Aparcó y constató que «la casa de campo» era, en realidad, un moderno chalé con vistas a la bahía de Jungfrufjärden acondicionado para todo el año. Subió andando por un camino de grava y llamó a la puerta. Gunnar Björck tenía un aspecto muy similar a la fotografía del pasaporte que Dag Svensson había hallado.

—Hola —dijo Mikael.

—Vaya, veo que no se ha perdido.

—No.

—Pase. Podemos acomodarnos en la cocina.

—Muy bien.

Aunque cojeaba ligeramente, Gunnar Björck parecía gozar de buena salud.

—Estoy de baja —dijo.

—Nada serio, espero —respondió Mikael.

—Dentro de poco me operan de una hernia discal. ¿Quiere café?

—No, gracias —contestó Mikael. Se sentó en una silla de la cocina, abrió el maletín del ordenador y extrajo una carpeta. Björck se sentó enfrente.

—Su cara me suena. ¿Nos conocemos de algo?

—No —contestó Mikael.

—Es que su cara me suena muchísimo.

—A lo mejor me ha visto en los periódicos.

—¿Cómo me ha dicho que se llamaba?

—Mikael Blomkvist. Soy periodista y trabajo en la revista *Millennium*.

Gunnar Björck parecía confuso. Luego cayó en la cuenta. «Kalle Blomkvist. El caso Wennerström.» Pero seguía sin comprender las implicaciones.

—*Millennium*. No sabía que se dedicaran a los estudios de mercado.

—Sólo en casos excepcionales. Quiero que eche un vistazo a estas tres fotografías y luego me diga cuál le gusta más.

Mikael colocó tres fotos de chicas en la mesa. Una de ellas la había descargado de una página porno de Internet. Las otras dos eran fotos de pasaporte ampliadas y en color.

De repente, Gunnar Björck se puso lívido.

—No entiendo nada.

—¿No? Ésta es Lidia Komarova, de dieciséis años, de Minsk, Bielorrusia. Al lado está Myang So Chin, conocida como Jo-Jo, de Tailandia. Tiene veinticinco años. Y por último, Jelena Barasowa, de diecinueve años, de Tallin. Usted contrató los servicios sexuales de las tres y ahora yo me pregunto cuál fue la que más le gustó. Plantéeselo como un estudio de mercado.

Bublanski miró desconfiado a Miriam Wu, quien le devolvió la mirada airadamente.

—Resumiendo: afirmas que conoces a Lisbeth Salander desde hace más de tres años. Ella, sin compensación económica alguna por tu parte, te ha cedido el piso y se ha largado. Te acuestas con ella de vez en cuando, pero no sabes dónde vive, a qué se dedica ni cómo se gana la vida. ¿Pretendes que me crea eso?

—Me importa una mierda si te lo crees o no. No he cometido ningún delito y la manera en que yo elija vivir mi vida y las personas con las que me acuesto no son asunto tuyo. Ni de nadie.

Bublanski suspiró. Esa mañana, la noticia de la repentina aparición de Miriam Wu le había producido una sensación de liberación. «Por fin un avance.» Sin embargo, las respuestas de la chica eran cualquier cosa menos esclarecedoras. De hecho, se podían tildar de peculiares. La cuestión era que él creía a Miriam Wu. Contestaba clara y nítidamente, y sin titubear. Podía dar cumplida cuenta de los lugares y los momentos en los que había visto a Salander, y ofreció una descripción tan detallada de su mudanza a Lundagatan que tanto Bublanski como Modig llegaron a la conclusión de que una historia tan fuera de lo común no podía ser más que verdadera.

Hans Faste había presenciado el interrogatorio de

Miriam Wu con una creciente sensación de irritación, pero consiguió mantener la boca cerrada. A su parecer, Bublanski se pasaba de blando con la chinita, que se mostraba claramente arrogante y gastaba mucha labia para evitar contestar a la única pregunta de importancia, a saber: ¿en qué lugar del puto y ardiente infierno se escondía la maldita zorra de Lisbeth Salander?

Pero Miriam Wu ignoraba el paradero de Lisbeth Salander. No sabía dónde trabajaba. Nunca había oído hablar de Milton Security. Nunca había oído hablar de Dag Svensson ni de Mia Bergman y, por consiguiente, no podía contestar ni una sola pregunta de interés. No tenía ni idea de que Salander estuviera bajo tutela administrativa, de que hubiera sido ingresada en instituciones mentales a la fuerza durante su adolescencia ni de que contara en su haber con elocuentes informes psiquiátricos.

En cambio, podía confirmar que ella y Salander habían acudido al Kvarnen, que se besaron allí, que luego regresaron a la casa de Lundagatan y que se despidieron a la mañana siguiente. Unos días después, Miriam Wu cogió el tren a París, donde permaneció totalmente ajena a la actualidad sueca. A excepción de una rápida visita para dejarle las llaves del coche, no había visto a Lisbeth desde la noche del Kvarnen.

—¿Las llaves del coche? —preguntó Bublanski—. Salander no tiene coche.

Miriam Wu explicó que se había comprado un Honda color burdeos que estaba aparcado delante de su casa. Bublanski se levantó y miró a Sonja Modig.

—¿Puedes encargarte del interrogatorio? —dijo para, acto seguido, abandonar la sala.

Tenía que buscar a Jerker Holmberg y pedirle que realizara la investigación técnica del Honda color burdeos. Pero, sobre todo, necesitaba estar solo para reflexionar.

Gunnar Björck, de baja por enfermedad, jefe adjunto del departamento de extranjería de la Säpo, la policía de seguridad de Suecia, se había quedado de color ceniza en la cocina que tenía unas bellas vistas a Jungfrufjärden. Mikael lo contemplaba con una paciente y neutra mirada. A esas alturas ya estaba convencido de que Björck no tenía absolutamente nada que ver con los asesinatos de Enskede. A Dag Svensson no le había dado tiempo a entrevistarse con él, de modo que Björck ignoraba por completo que su nombre y su fotografía pronto aparecerían en un revelador reportaje sobre puteros.

Björck sólo aportó un detalle de interés; daba la casualidad de que conocía personalmente al abogado Nils Bjurman. Se habían conocido en el club de tiro de la policía del que Björck fue miembro activo durante veintiocho años. Durante una época, él y Bjurman incluso formaron parte de la junta directiva. No es que mantuvieran una estrecha amistad, pero quedaban de vez en cuando en su tiempo libre y a veces cenaban juntos.

Llevaba varios meses sin ver a Bjurman. Por lo que él recordaba la última vez, había sido a finales del verano anterior, cuando tomaron una cerveza en una terraza. Lamentaba que Bjurman hubiese sido asesinado por aquella psicópata, aunque no pensaba asistir al entierro.

Mikael le estuvo dando vueltas a esa coincidencia, pero al final se le agotaron las preguntas. Bjurman debía de haber conocido a centenares de personas en su vida privada y profesional. Que diera la casualidad de que conociera a una persona que figuraba en el material de Dag Svensson no resultaba inverosímil ni estadísticamente relevante. Mikael acababa de descubrir que hasta él mismo conocía lejanamente a un periodista que también figuraba en el material de Dag Svensson.

Ya iba siendo hora de dar por concluida la entrevista. Björck había pasado por todas las fases esperadas. Al principio, negación; luego —al mostrarle Mikael parte de la documentación—, rabia; después amenazas, intentos de soborno y, por último, súplicas. Mikael ignoró todos esos arrebatos.

—¿No entiende que si publican esto, me destrozarán la vida? —dijo Björck finalmente.

—Sí —contestó Mikael.

—¿Y aun así lo va a hacer?

—Claro.

—¿Por qué? ¿No podría tener un poco de consideración? Estoy enfermo.

—Resulta interesante que saque a colación la consideración.

—No cuesta nada ser humano.

—Tiene razón. Se queja de que yo le voy a destrozar la vida cuando usted se ha dedicado a destrozar la de varias jóvenes contra las que ha cometido delitos. Sólo hemos podido documentar tres de esos casos. Sabe Dios cuántas más habrán pasado por sus manos. ¿Dónde estaba su humanidad entonces?

Mikael se levantó, recogió la documentación y la volvió a meter en el maletín del ordenador.

—Conozco el camino.

Cuando iba hacia la puerta, se detuvo y se volvió a dirigir a Björck.

—¿Ha oído hablar de un hombre que se llama Zala? —preguntó.

Björck se quedó mirándolo fijamente. Seguía tan aturdido que apenas percibió las palabras de Mikael. El nombre de Zala no le decía absolutamente nada. Luego, abrió los ojos como platos.

¡Zala!

¡No puede ser!

¡Bjurman!

¿Será posible?

Mikael advirtió el cambio y se acercó de nuevo a la mesa del comedor.

—¿Por qué pregunta por Zala? —dijo Björck. Parecía encontrarse en estado de *shock*.

—Porque me interesa —contestó Mikael.

Un denso silencio se apoderó de la cocina. Mikael casi podía oír chirriar la maquinaria del interior de la cabeza de Björck. Al final, el policía cogió un paquete de cigarrillos del alféizar de la ventana. Era el primero que encendía desde que Mikael entrara en la casa.

—¿Qué valor tiene para usted lo que yo pueda saber de Zala?

—Depende de lo que sepa.

Björck reflexionó. Su cabeza era un caos de sentimientos y pensamientos.

¿Cómo diablos puede Mikael Blomkvist saber algo sobre Zalachenko?

—Llevo mucho tiempo sin escuchar ese nombre —dijo Björck finalmente.

—O sea, que sabe quién es —preguntó Mikael de forma indirecta.

—No he dicho eso. ¿Qué está buscando?

Mikael dudó un instante.

—Es uno de los nombres de la lista de personas que estaba investigando Dag Svensson.

—¿Y cuánto vale?

—¿Cuánto vale qué?

—Si yo pudiera conducirle hasta Zala, ¿se plantearía la posibilidad de olvidarse de mí en el reportaje?

Mikael se sentó lentamente. Después de lo de Hedestad, había decidido que nunca más negociaría un reportaje. No pensaba hacerlo; pasara lo que pasase iba a denunciar a Björck. Sin embargo, Mikael se había dado cuenta de que a esas alturas se había despojado de los escrúpulos y podía jugar un doble juego y pactar con Björck. No sentía remordimientos de conciencia; Björck era un policía que había violado la ley. Si conocía el nombre de un posible asesino, lo que debía hacer era intervenir y no emplear la información para negociar en su propio beneficio. Por consiguiente, a Mikael no le importaba que Björck pensara que todavía le quedaba una salida si le entregaba información sobre otro delincuente. Se metió la mano en el bolsillo de la americana y conectó la grabadora que acababa de apagar al levantarse de la mesa.

—Cuénteme —dijo.

Sonja Modig estaba furiosa con Hans Faste, pero no lo demostró ni con el más mínimo gesto. La continuación del interrogatorio desde que Bublanski abandonara la sala había sido cualquier cosa menos rigurosa, y Faste había ignorado una tras otra las furiosas miradas que ella le lanzó.

Modig también estaba atónita. Nunca le había gustado Hans Faste ni su estilo de macho anacrónico, aunque lo había llegado a considerar un policía competente. Hoy esa aptitud brillaba por su ausencia. Resultaba obvio que Faste se sentía provocado por una mujer bella, inteligente y lesbiana declarada. Resultaba igual de evidente que Miriam Wu había olido la irritación de Faste y que la estaba alimentando sin clemencia.

—Así que diste con la polla postiza de la cómoda. ¿Y qué fantasías te vinieron a la mente?

Miriam Wu esbozó una leve sonrisa de curiosidad. Faste dio la impresión de estar a punto de explotar.

—Cierra el pico y contesta a mi pregunta —dijo Faste.

—Me has preguntado si solía follarme a Lisbeth Salander con ella. Y yo te contesto que eso a ti te importa una mierda.

Sonja Modig levantó la mano.

—El interrogatorio con Miriam Wu se interrumpe para un descanso a las 11.12 horas.

Modig apagó la grabadora.

—Miriam, ¿podrías quedarte aquí por favor? Faste, ¿puedo intercambiar unas palabras contigo?

Miriam Wu sonrió dulcemente cuando Faste le echó una furiosa mirada y salió detrás de Modig al pasillo. Modig giró sobre sus talones y se colocó a dos centímetros de la nariz de Faste.

—Bublanski me encargó que continuara con el interrogatorio. Y tú no estás aportando una mierda.

—Bah, ¿qué te pasa? Ese coño amargado y mal follado se está escabullendo como una culebra.

—¿Se supone que tu elección de la metáfora es una especie de simbolismo freudiano?

—¿Cómo?

—Olvídalo. Vete a buscar a Curt Svensson y desafíale a una partida de tres en raya o bájate al sótano a practicar el tiro o haz lo que te dé la gana. Pero aléjate de este interrogatorio.

—¿Por qué coño te pones así, Modig?

—Estás saboteando mi interrogatorio.

—¿Te pone tanto que quieres interrogarla a solas?

Antes de que Sonja Modig tuviera tiempo de controlarse levantó la mano y le dio una bofetada a Hans Faste. Se arrepintió al instante, pero ya era demasiado tarde. Por el rabillo del ojo miró a ambos lados del pasillo y constató que, gracias a Dios, no había testigos.

Al principio, Hans Faste pareció sorprenderse. Luego se limitó a dedicarle una sonrisa burlona, se echó la chaqueta al hombro y salió de allí. Sonja Modig estuvo a punto de llamarlo para pedirle perdón, pero optó por callarse. Esperó un minuto mientras se calmaba. Luego fue a buscar dos cafés a la máquina y regresó con Miriam Wu.

Permanecieron calladas durante un rato. Al final, Modig miró a Miriam Wu.

—Perdóname. Tal vez éste sea uno de los interrogatorios peor llevados de toda la historia de la jefatura de policía.

—Debe de resultar divertido trabajar con él. Déjame

adivinarlo: es heterosexual, está divorciado y cuenta chistes de maricones mientras tomáis café.

—Es… toda una reliquia de no sé muy bien qué. Es todo lo que te puedo decir.

—¿Y tú no?

—Por lo menos no soy homófoba.

—Vale.

—Miriam, yo…, nosotros, todos, llevamos diez días trabajando sin parar. Estamos cansados e irritados. Intentamos resolver un terrible asesinato doble cometido en Enskede y otro asesinato, igual de espantoso, en Odenplan. Tu amiga está vinculada a ambos lugares. Tenemos pruebas técnicas y hemos emitido una orden de busca y captura a nivel nacional. ¿Entiendes que debemos dar con ella, cueste lo que cueste, antes de que vuelva a hacerle daño a alguien o de que se lo haga a sí misma?

—Conozco a Lisbeth Salander. No creo que haya asesinado a nadie.

—¿No lo crees o no quieres creerlo? Miriam, no lanzamos una orden de busca y captura nacional sin un buen motivo. Pero te puedo decir una cosa: mi jefe, el inspector Bublanski, tampoco está completamente convencido de que ella sea culpable. Estamos barajando la posibilidad de que tenga un cómplice o de que, de alguna manera, alguien la haya metido en esto. Pero hemos de dar con ella. Tú crees que es inocente, Miriam, pero ¿y si te equivocas? Tú misma has dicho que no sabes gran cosa de Lisbeth Salander.

—No sé qué pensar.

—Entonces, ayúdanos a averiguar la verdad.

—¿Estoy detenida por algo?

—No.

—¿Puedo salir de aquí cuando quiera?

—Técnicamente sí.

—¿Y si no hablamos técnicamente?

—Seguirás siendo un interrogante para nosotros.

Miriam Wu sopesó sus palabras.

—De acuerdo. Pregunta. Si tus preguntas me molestan, no las contestaré.

Sonja Modig volvió a conectar la grabadora.

Capítulo 20

Viernes, 1 de abril –
Domingo, 3 de abril

Miriam Wu pasó una hora con Sonja Modig. Al final del interrogatorio, Bublanski entró en la sala, tomó asiento en silencio y se quedó escuchando sin intervenir. Miriam Wu lo saludó educadamente pero continuó hablando con Sonja.

Al final, Modig miró a Bublanski y quiso saber si tenía más preguntas. Bublanski negó con la cabeza.

—Así doy por concluido el interrogatorio con Miriam Wu. Son las 13.09.

Apagó la grabadora.

—Tengo entendido que ha habido ciertos problemas con el inspector Faste —dijo Bublanski.

—No estaba concentrado —respondió Sonja Modig de modo neutro.

—Es un idiota —añadió Miriam Wu a título informativo.

—Bueno, lo cierto es que el inspector Faste posee muchas cualidades, pero sin duda no es el más adecuado para interrogar a una mujer joven —comentó Bublanski, mirando a Miriam Wu a los ojos—. No debería haberle asignado ese cometido. Te pido disculpas.

Miriam Wu pareció asombrarse.

—Disculpas aceptadas. Al principio, yo tampoco me he mostrado muy correcta contigo.

Bublanski hizo un gesto con la mano como para quitarle importancia. Miró a Miriam Wu.

—¿Puedo preguntarte un par de cosas más para finalizar? Con la grabadora apagada.

—Adelante.

—Cuantas más cosas sé sobre Lisbeth Salander, más confuso estoy. La imagen que me ofrecen de ella las personas que la conocen es incompatible con la que se extrae de los documentos de los servicios sociales y de los médicos forenses.

—Ajá.

—¿Podrías contestarme a una cosa lo más directamente que puedas?

—De acuerdo.

—La evaluación psiquiátrica que se hizo cuando Lisbeth Salander tenía dieciocho años da a entender que es retrasada mental y discapacitada.

—Chorradas. Probablemente Lisbeth sea más inteligente que tú y yo juntos.

—No terminó el colegio y ni siquiera hay notas que den fe de que sabe leer y escribir.

—Lisbeth Salander lee y escribe bastante mejor que yo. Últimamente le ha dado por emborronar hojas con fórmulas matemáticas. Álgebra pura. Yo no entiendo nada de ese tipo de matemáticas.

—¿Matemáticas?

—Es un *hobby* al que se ha aficionado.

Bublanski y Modig permanecieron callados.

—¿Un *hobby*? —se preguntó Bublanski al cabo de un rato.

—Algo así como ecuaciones. Ni siquiera sé qué significan los signos.

Bublanski suspiró.

—Cuando tenía diecisiete años y la sorprendieron en Tantolunden en compañía de un hombre mayor, los servicios sociales redactaron un informe en el que se insinúa que se dedicaba a la prostitución.

—¿Lisbeth una puta? ¡Y una mierda! Ignoro a qué

se dedica, pero no me sorprende lo más mínimo que haya trabajado para Milton Security.

—¿De qué vive?

—Ni idea.

—¿Es lesbiana?

—No. Lisbeth se acuesta a veces conmigo, lo cual no significa que sea bollera. Creo que ni ella misma tiene clara su identidad sexual. Yo diría que es bisexual.

—Lo de las esposas y todo eso… ¿Tiene Lisbeth Salander inclinaciones sádicas? ¿Cómo la describirías?

—Creo que no lo has entendido muy bien. Que usemos esposas de vez en cuando no es más que un juego y no tiene nada que ver con el sadismo, ni con la violencia, ni con violaciones ni nada por el estilo. Es un juego.

—¿Alguna vez ha sido violenta contigo?

—¡Qué va! Si más bien soy yo la que lleva las riendas de nuestros juegos.

Miriam Wu mostró una dulce sonrisa.

La reunión de las tres de la tarde provocó la primera pelea de consideración de la investigación. Bublanski resumió la situación y luego explicó que se veía en la necesidad de ampliar las líneas de investigación.

—Desde el primer día hemos centrado todos nuestros esfuerzos en encontrar a Lisbeth Salander. Basándonos en datos puramente objetivos resulta sumamente sospechosa, pero la imagen que nos hemos forjado de ella choca, una y otra vez, con la que ofrecen todas las personas que la conocen. Ni Armanskij, ni Blomkvist, ni ahora Miriam Wu, la consideran una asesina psicótica. Por eso quiero que ampliemos un poco nuestro horizonte y que empecemos a contemplar tanto la posibilidad de que existan otros autores como la de que Salander tuviera un cómplice o la de que tal vez sólo se hallara presente cuando se produjeron los disparos.

Las palabras de Bublanski desencadenaron un acalorado debate en el que se enfrentó a la dura oposición de Hans Faste y Sonny Bohman, de Milton Security. Los dos sostenían que la explicación más sencilla era casi siempre la correcta, y que la idea de un autor alternativo no dejaba de parecerles pura teoría conspirativa.

—Claro que es posible que Salander no actuara sola, pero no tenemos ni el menor rastro de ningún cómplice.

—Bueno, siempre podemos guiarnos por la pista de la conspiración policial que sigue Blomkvist —dijo Faste lleno de sarcasmo.

En el debate, Bublanski tan sólo contó con el apoyo de Sonja Modig. Curt Svensson y Jerker Holmberg se limitaron a hacer unos cuantos comentarios aislados. Niklas Eriksson, de Milton, no articuló palabra durante toda la discusión. Al final, el fiscal Ekström levantó la mano.

—Bublanski, deduzco de esto que, a pesar de todo, no quieres descartar a Salander como sospechosa de la investigación.

—Por supuesto que no. Tenemos sus huellas dactilares, pero hasta ahora nos hemos devanado los sesos, sin resultado alguno, intentando encontrar un móvil. Quiero que empecemos a tirar por otros derroteros. ¿Puede haber más personas implicadas? ¿Existe alguna relación con el libro que estaba escribiendo Dag Svensson sobre el comercio sexual? A Blomkvist no le falta razón al afirmar que varias de las personas aludidas en el libro tienen verdaderos motivos para matar.

—¿Qué quieres hacer? —preguntó Ekström.

—Quiero que dos de vosotros centréis vuestra atención en otros posibles asesinos. Sonja y Niklas, podríais trabajar juntos.

—¿Yo? —preguntó Niklas Eriksson, asombrado.

Bublanski lo eligió porque era la persona más joven de la sala y posiblemente la más apta para realizar un razonamiento no tan ortodoxo.

—Tú trabajarás con Modig. Repasad todo lo que sabemos hasta el momento e intentad encontrar algo que hayamos pasado por alto. Faste, tú, Curt Svensson y Bohman seguiréis intentando dar con Lisbeth Salander. Es la prioridad más inmediata.

—¿Y qué quieres que haga yo? —preguntó Jerker Holmberg.

—Céntrate en el abogado Bjurman. Vuelve a registrar su piso. Comprueba si hemos obviado algo. ¿Preguntas?

Nadie tenía preguntas.

—Vale. Y una cosa: ni una palabra sobre la aparición de Miriam Wu. Quizá tenga algo más que contarnos y no quiero que los medios de comunicación se le echen encima.

El fiscal Ekström dictaminó que trabajarían según las directrices trazadas por Bublanski.

—Bueno —dijo Niklas Eriksson, mirando a Sonja Modig—. Tú eres la policía, así que tú dirás qué debemos hacer.

Estaban en el pasillo, ante la sala de conferencias.

—Debemos volver a hablar con Mikael Blomkvist —respondió ella—. Pero antes tengo que contárselo a Bublanski. Hoy es viernes y yo libro el sábado y el domingo. Eso significa que no empezaremos hasta el lunes. Dedica el fin de semana a reflexionar sobre el material.

Se despidieron. Sonja Modig entró en el despacho de Bublanski justo cuando el fiscal Ekström salía.

—Un minuto.

—Siéntate.

—Faste me cabreó tanto antes que perdí los nervios.

—Cuando me ha dicho que te le echaste encima, supe que había pasado algo. Por eso entré a pedir disculpas.

—Me soltó que yo quería estar a solas con Miriam Wu porque ella me ponía.

—Haré como si no hubiera oído eso; pero está tipificado como acoso sexual. ¿Quieres poner una denuncia?

—Le pegué una bofetada. Me doy por satisfecha.

—Vale, lo interpretaré como que te sentiste extremadamente provocada por él.

—Así fue.

—Hans Faste tiene un problema con las mujeres con carácter.

—Ya me había dado cuenta.

—Tú eres una mujer con carácter y una excelente policía.

—Gracias.

—De todos modos te agradecería que te abstuvieras de ir por ahí propinándole palizas al personal.

—No se repetirá. Al final hoy no he tenido tiempo de registrar la mesa de Dag Svensson de *Millennium*.

—Ya íbamos retrasados con eso. Lo retomaremos el lunes con más ganas. Ahora vete a casa y descansa.

Niklas Eriksson se detuvo en la estación central y se tomó un café en George. Estaba desmoralizado. Se había pasado toda la semana esperando que arrestaran a Lisbeth Salander en cualquier momento. Si ella oponía resistencia, hasta era posible que, con un poco de suerte, algún policía caritativo le pegara un tiro.

Una fantasía de lo más atrayente.

Pero Salander seguía en libertad. Y no sólo eso; ahora Bublanski empezaba a plantearse la posibilidad de que existieran otros presuntos asesinos. Un panorama poco alentador.

Estar a las órdenes de Sonny Bohman era, de por sí, bastante malo —de hecho, el hombre era de lo más aburrido y falto de imaginación que se podía encontrar en

Milton—; pero, encima, estar subordinado a Sonja Modig era el colmo.

Se trataba de la persona que se cuestionaba la pista Salander más que ninguna otra y, con toda probabilidad, la artífice de las dudas de Bublanski. Niklas Eriksson se preguntaba si el agente Burbuja se habría enrollado con esa jodida puta. No le sorprendería; Bublanski se comportaba con ella como un auténtico calzonazos. De todos los policías de la investigación sólo Faste tenía los suficientes cojones para decir lo que pensaba.

Niklas Eriksson reflexionó.

Esa mañana, en Milton, Bohman y él tuvieron una breve reunión con Armanskij y Fräklund. Las pesquisas de toda la semana habían resultado infructuosas y Armanskij estaba frustrado porque nadie parecía haber encontrado una explicación a los asesinatos. Fräklund propuso que Milton Security se replanteara a fondo su compromiso; Bohman y Eriksson tenían cosas más importantes que hacer que prestarle ayuda gratuitamente al cuerpo de policía.

Armanskij lo meditó un rato y luego decidió que Bohman y Eriksson continuaran otra semana más. Si para entonces no conseguían ningún resultado, abandonarían la misión.

En otras palabras, a Niklas Eriksson le quedaba todavía una semana antes de que le cerraran las puertas de la investigación. No sabía muy bien qué hacer.

Al cabo de un rato sacó el móvil y llamó a Tony Scala, un periodista *freelance* que solía escribir chorradas para una revista masculina y con el que Niklas Eriksson se había cruzado en un par de ocasiones. Eriksson lo saludó y le comentó que poseía información sobre la investigación de los asesinatos de Enskede. Le explicó las causas por las que él había acabado, de repente, en medio de la investigación policial más candente de los últimos años. Como era de esperar, Scala mordió el anzuelo: aquello podía suponer colarle un reportaje a uno de los grandes periódicos. Quedaron en verse para tomar un café una hora más tarde en Aveny, en Kungsgatan.

El rasgo más característico de Tony Scala era que estaba gordo. Muy gordo.

—Si quieres información, tendrás que hacer dos cosas.

—*Shoot*.

—Primero: Milton Security no debe aparecer en el texto. Nosotros somos meros asesores, y si se menciona a Milton, alguien podría sospechar que yo filtro información.

—Pero lo cierto es que es toda una primicia que Lisbeth Salander trabajara para Milton.

—Limpieza y cosas así —precisó Eriksson, zanjando el asunto—. Eso no es noticia.

—De acuerdo.

—Segundo: debes enfocar el texto de tal manera que se insinúe que es una mujer la que ha filtrado la información.

—¿Por qué?

—Para desviar las sospechas de mi persona.

—De acuerdo. ¿Qué tienes?

—La amiga lesbiana de Salander acaba de aparecer.

—¡Ufff! ¿La tía que estaba empadronada en Lundagatan y que había desaparecido?

—Miriam Wu. ¿Te sirve de algo?

—Sí, hombre. ¿Dónde se había metido?

—En el extranjero. Dice que no ha oído hablar de los asesinatos.

—¿Es sospechosa de algo?

—No, de momento no. La han interrogado hoy mismo y la han soltado hace tres horas.

—Vale. ¿Y tú te crees su historia?

—Yo creo que miente como una bellaca. Sabe algo.

—De acuerdo.

—Pero échale un vistazo a su historial. Tenemos a una tía que ha practicado sexo sadomaso con Salander.

—¿Y eso cómo lo sabes?

—Lo confesó en los interrogatorios. Además, encontramos esposas, ropa de cuero, látigos y toda la parafernalia durante el registro domiciliario.

Lo de los látigos constituía una pequeña exageración. Bueno, era una mentira, pero seguro que a esa puta china también le iban los látigos.

—¿Me estás tomando el pelo? —dijo Tony Scala.

Paolo Roberto fue de los últimos en abandonar la biblioteca antes de que cerraran. Había pasado la tarde leyendo, línea a línea, todo lo que se había escrito sobre la caza de Lisbeth Salander.

Salió a Sveavägen desanimado y desconcertado. Y hambriento. Se fue a McDonald's, pidió una hamburguesa y se sentó en un rincón.

«Lisbeth Salander una triple asesina.» No se lo podía creer. No de esa condenada y chiflada chica enclenque y diminuta. Pensó si debería hacer algo. Y en tal caso, ¿qué?

Miriam Wu había cogido un taxi de vuelta a Lundagatan y, al llegar, contempló el desastre de su piso recién reformado. El contenido de los armarios, las cajas de almacenaje y los cajones de las cómodas había sido extraído y clasificado. Toda la casa estaba llena del polvo para detectar las huellas dactilares. Sus juguetes sexuales más privados se hallaban amontonados sobre la cama. A primera vista, no faltaba nada.

Su primera reacción fue llamar a Södermalms Lås-Jour para encargar la instalación de una cerradura nueva. El cerrajero llegaría en una hora.

Encendió la cafetera eléctrica y negó, incrédula, con la cabeza: «Lisbeth, Lisbeth, ¿en qué maldito lío te has metido?».

La llamó desde el móvil, pero la única respuesta que obtuvo fue que el abonado no se encontraba disponible. Permaneció mucho tiempo sentada a la mesa de la cocina intentando hacerse una idea de la situación. La Lisbeth Salander que ella conocía no era una asesina psicópata, pero por otra parte, Miriam tampoco la conocía especialmente bien. Es cierto que Lisbeth se mostraba apasionada en la cama, aunque también podía resultar fría como un témpano cuando le daba el punto.

No sabía qué creer y decidió aparcar el tema hasta que viera a Lisbeth y ella le diera una explicación. De pronto le entraron ganas de llorar. Se pasó varias horas recogiendo la casa.

A las siete de la tarde la puerta ya contaba con una cerradura nueva y el piso se podía considerar habitable. Se duchó. No había hecho más que sentarse en la cocina, ataviada con una bata oriental de seda en colores negro y oro, cuando llamaron al timbre. Al abrir se encontró con un hombre excepcionalmente gordo y sin afeitar.

—Hola, Miriam. Me llamo Tony Scala, soy periodista. ¿Podrías contestarme a algunas preguntas?

Lo acompañaba un fotógrafo que disparó un *flash* en la cara de Miriam.

Miriam Wu pensó en soltarle un *dropkick* y en darle con el codo en las narices pero, al sopesar las consecuencias, tuvo el suficiente sentido común para comprender que lo único que conseguiría sería proporcionarles fotografías aún más jugosas.

—¿Has estado en el extranjero con Lisbeth Salander? ¿Sabes dónde se encuentra? —Miriam Wu cerró la puerta y echó el cerrojo recién instalado. Tony Scala abrió con el dedo la trampilla del buzón.

—Miriam, tarde o temprano tendrás que hablar conmigo. Yo te puedo ayudar.

Cerró bien el puño y le asestó un buen golpe a la trampilla. Escuchó un aullido de dolor; le había pillado el dedo a Tony Scala. Luego cerró la puerta interior, se dirigió al dormitorio, se tumbó en la cama y cerró los ojos. «Lisbeth, cuando te coja te voy a estrangular.»

Después de visitar Smådalarö, Mikael Blomkvist dedicó la tarde a entrevistarse con otro de los puteros que Dag Svensson tenía intención de denunciar. Con éste eran seis, de una lista de treinta y siete, los hombres que había despachado durante esa semana. Se trataba de un juez jubilado que vivía en Tumba y que en varias ocasiones había presidido juicios relacionados con la prostitución. El muy sinvergüenza ni negó los hechos, ni lanzó amenazas, ni suplicó clemencia, cosa que a Mikael le resultó de lo más refrescante. Todo lo contrario: reconoció, sin el menor pudor, que por supuesto que se había follado a esas putas del Este. No, no estaba arrepentido. La prostitución era una profesión honrada y consideró que, al ser su cliente, les había hecho un favor a las chicas.

Mikael se encontraba a la altura de Liljeholmen cuando Malin Eriksson lo llamó a las diez de la noche.

—Hola —dijo Malin—. ¿Has visto la edición digital del dragón matutino?

—No, ¿qué dice?

—Que la amiga de Lisbeth Salander acaba de regresar.

—¿Qué? ¿Quién?

—La bollera, Miriam Wu, la que vive en su piso de Lundagatan.

«Wu —pensó Mikael—. Salander-Wu en la puerta.»

—Gracias. Estoy en camino.

Finalmente, Miriam Wu optó por desconectar el teléfono y apagar el móvil. La noticia había salido a las siete y media de la tarde en la edición digital de uno de los periódicos matutinos. Poco después llamó *Aftonbladet* y tres minutos más tarde *Expressen* para que hiciera declaraciones. *Aktuellt* presentó la noticia sin nombrarla expresamente, pero a las nueve de la noche no menos de dieciséis reporteros de distintos medios ya habían intentado sacarle algún comentario.

En dos ocasiones llamaron a la puerta. Miriam Wu no abrió y apagó todas las luces de la casa. Tenía ganas de partirle la cara al próximo periodista que la acosara. Al final encendió el móvil y llamó a una amiga que vivía cerca, en la zona de Hornstull, y le rogó que le permitiera pasar la noche en su casa.

Consiguió salir del portal de Lundagatan apenas cinco minutos antes de que Mikael Blomkvist aparcara y llamara infructuosamente a su puerta.

Bublanski llamó a Sonja Modig poco después de las diez de la mañana del sábado. Ella había dormido hasta las nueve, luego estuvo jugando y trasteando un rato con los críos antes de que su padre se los llevara a comprarles sus chuches semanales.

—¿Has leído los periódicos hoy?

—La verdad es que no. Me he despertado hace tan sólo una hora y pico y desde entonces he estado con los niños. ¿Ha pasado algo?

—Alguien ha filtrado información a la prensa.

—Eso ya lo sabíamos. Alguien filtró el informe psiquiátrico forense de Salander hace varios días.

—Fue el fiscal Ekström.

—¿Sí?

—Sí. Claro que sí. Aunque él nunca lo admitirá. Intenta caldear el ambiente porque le favorece. Pero ahora no ha sido él. Un periodista que se llama Tony Scala ha hablado con un policía que ha soltado un montón de información sobre Miriam Wu. Entre otras cosas, detalles de lo que se decía en el interrogatorio de ayer. Era algo que queríamos mantener en secreto. Ekström está que muerde.

—Joder.

—El periodista no nombra a nadie. La fuente es descrita como una persona que ocupa «una posición central dentro de la investigación».

—Mierda —dijo Sonja Modig.

—En un momento del artículo se refiere a la fuente como «ella».

Sonja Modig permaneció callada durante veinte segundos mientras asimilaba el significado de eso. Ella era la única mujer de la investigación.

—Bublanski, yo no he dicho ni una palabra a ningún periodista. No he hablado de la investigación con nadie de puertas para afuera. Ni siquiera con mi marido.

—Te creo. Y no he dado crédito ni por un momento a la acusación de que tú estés filtrando información. Pero, desgraciadamente, el fiscal Ekström piensa que sí. Y Hans Faste tiene guardia este fin de semana, así que echará más leña al fuego con sus insinuaciones.

De pronto, Sonja Modig se vino abajo.

—¿Qué va a pasar ahora?

—Ekström exige que se te aparte de la investigación mientras se estudia el asunto.

—Esto es una locura. ¿Cómo voy a poder demostrar...?

—No hace falta que demuestres nada. Es el investigador el que debe hacerlo.

—Ya lo sé, pero... ¡Joder! ¿Cuánto tiempo tardará la investigación?

—Ya ha tenido lugar.

—¿Qué?

—Yo te he preguntado. Tú has contestado que no has filtrado ninguna información. Por lo tanto, la investigación ha concluido y lo único que me falta es redactar el informe. Nos veremos el lunes, a las nueve, en el despacho de Ekström para repasar las preguntas.

—Gracias, Bublanski.

—De nada.

—Hay un problema.

—Ya lo sé.

—Si yo no he filtrado la información, alguna otra persona del equipo ha de haberlo hecho.

—¿Se te ocurre quién?

—Espontáneamente me veo tentada a decir que Faste, pero no me lo acabo de creer.

—Yo tampoco. Pero cuando quiere puede ser un verdadero cabrón y ayer estaba realmente indignado.

A Bublanski le gustaba pasear siempre que su horario y su tiempo se lo permitían. Era una de las pocas maneras de hacer ejercicio que tenía. Vivía en Katarina Bangata, en Södermalm, no muy lejos de la redacción de *Millennium* o, dicho de otro modo, de Milton Security, donde Lisbeth Salander había trabajado, y de Lundagatan, donde ella tuvo su domicilio. Además, la sinagoga de Sankt Paulsgatan le quedaba cerca. Los sábados por la tarde paseaba por todos esos lugares.

Al principio del paseo le acompañaba su mujer Agnes. Llevaban veintitrés años casados y durante todo ese tiempo él le había sido completamente fiel: ni un solo desliz.

Pararon un rato en la sinagoga para hablar con el rabino. Bublanski era un judío de ascendencia polaca, mientras que la familia de Agnes —los que sobrevivieron a Auschwitz— procedía de Hungría.

Después de esa breve visita se separaron: Agnes se fue a hacer la compra, mientras que su marido prefirió continuar paseando. Necesitaba estar solo y reflexionar sobre la enrevesada investigación. Examinó detenidamente las medidas que había tomado desde que el caso fuera a parar a su mesa esa mañana del jueves de Pascua y no detectó errores de bulto.

No haber mandado a nadie inmediatamente a la redacción de *Millennium* para registrar la mesa de Dag Svensson había sido un fallo. Cuando finalmente lo hizo —él en persona— Mikael Blomkvist ya debía de haber quitado de en medio Dios sabe qué.

Otro descuido era haber pasado por alto que Lisbeth Salander se hubiera comprado un coche. Sin embargo, Jerker Holmberg ya le había comunicado que el vehículo no contenía nada de interés. Aparte del desliz del coche, la investigación era todo lo pulcra que se podía esperar que fuera.

Se detuvo en un quiosco en Zinkensdamm y, pensativo, se quedó contemplando la portada de un periódico. La foto de pasaporte de Lisbeth Salander había sido reducida a un pequeño pero reconocible recuadro de la esquina superior derecha; el centro de atención se había desplazado ahora a noticias más jugosas.

LA POLICÍA INVESTIGA
A UNA BANDA SATÁNICA DE LESBIANAS

Compró el periódico y lo hojeó hasta llegar a una doble página presidida por una instantánea de cinco chicas en sus últimos años de adolescencia vestidas de negro, con chupas de cuero de cremalleras, vaqueros rotos y camisetas muy ajustadas. Una de las chicas blandía una bandera con un pentagrama, mientras que otra hacía los cuernos con la mano. Leyó el pie de foto. «Lisbeth Salander se relacionaba con una banda de *death metal* que tocaba en pequeños clubes. En 1996, el grupo le rindió homenaje a la Church of Satan y tuvo un gran éxito con un tema titulado *Etiquette of Evil*.»

No se mencionaba el nombre de Evil Fingers y les habían tapado los ojos. Sin embargo, la gente que conociera a las integrantes del grupo de *rock* reconocería a las chicas sin ningún problema.

La siguiente doble página estaba dedicada a Miriam Wu e iba acompañada de una foto perteneciente a un espectáculo de Berns en el que ella había participado. Aparecía desnuda de cintura para arriba y tocada con una gorra de oficial ruso. La foto había sido hecha en contrapicado. Al igual que en el caso de las Evil Fingers, sus ojos se hallaban tapados. Se referían a ella como «la mujer de treinta y un años».

La amiga de Salander escribió sobre SEXO LÉSBICO BDSM.

La mujer de treinta y un años es conocida en los clubes de moda de Estocolmo. No ocultaba que se dedicaba a ligar con mujeres y que quería dominar a su pareja.

El reportero también había dado con una chica llamada Sara, que afirmaba haber sido objeto de diversos intentos de ligue por parte de la susodicha. Su novio se había «mosqueado» por el incidente. El artículo concluía diciendo que se trataba de una degenerada rama feminista, turbia y elitista de la periferia del movimiento gay que, entre otras cosas, se manifestaba en un *bondage workshop* del Festival del Orgullo Gay. El resto se basaba en citas de un texto de Miriam Wu, de seis años atrás y de carácter tal vez provocador, procedente de un fanzine feminista, al que un periodista había conseguido echarle mano. Bublanski ojeó el texto y luego tiró el vespertino a la papelera.

Meditó un rato sobre Hans Faste y Sonja Modig, dos investigadores competentes. Pero Faste tenía un problema: ponía a la gente de los nervios. Bublanski decidió que hablaría en privado con él, aunque no le consideraba responsable de las filtraciones.

Al levantar la mirada, Bublanski descubrió que se encontraba en Lundagatan, justo ante el portal de Lisbeth Salander. Acudir hasta allí no había sido una decisión premeditada; simplemente, no podía sacarse a esa chica de la cabeza.

Subió las escaleras que conducían a la parte alta de Lundagatan y, al llegar, se detuvo un buen rato a reflexionar sobre la historia de Mikael Blomkvist y la presunta agresión sufrida por Salander. Tampoco eso los había llevado a ninguna parte. Echaba en falta una denuncia, los nombres de los agresores, o al menos una buena descripción. Blomkvist afirmaba que no había podido ver la matrícula de la furgoneta en la que desapareció el supuesto agresor.

Si es que todo aquello había sucedido.

En fin, otro callejón sin salida.

Bublanski bajó la mirada y avistó el Honda color burdeos que había estado aparcado allí todo ese tiempo. De repente, descubrió a Mikael Blomkvist caminando hacia el portal.

Miriam Wu se despertó, enredada entre las sábanas, bien entrado el día. Se incorporó y recorrió la extraña habitación con la mirada.

Había utilizado la inesperada presión mediática como excusa para llamar a una amiga y preguntarle si podía pasar la noche en su casa. Pero al mismo tiempo era consciente de que, en el fondo, se trataba de una huida; temía que Lisbeth Salander llamara a su puerta.

El interrogatorio de la policía y los artículos de la prensa la habían afectado más de lo que creía. A pesar de haberse prometido no precipitarse en sus conclusiones hasta que Lisbeth tuviese la oportunidad de explicar lo ocurrido, había empezado a sospechar que era culpable.

De reojo, miró a Viktoria Viktorsson, conocida como *V doble*, de treinta y siete años y ciento por ciento bollera. Estaba acostada boca abajo murmurando entre sueños. Miriam Wu entró con sigilo en el cuarto de baño y se metió bajo la ducha. Luego, salió a comprar pan para desayunar. Hasta que no llegó a la caja de la tienda ubicada junto al Kafé Cinnamon de Verkstadsgatan, no reparó en las portadas de los periódicos. Regresó a la carrera al piso de V doble.

Mikael Blomkvist pasó por delante del Honda color burdeos y, al llegar al portal de Lisbeth Salander, pulsó el código y desapareció. Permaneció dos minutos fuera del campo visual de Bublanski antes de volver a salir a la calle. ¿Nadie en casa? Ostensiblemente indeciso, Blomkvist examinó la calle con la mirada. Bublanski lo contemplaba sumido en sus pensamientos.

A Bublanski le preocupaba que Blomkvist hubiera mentido sobre la agresión de Lundagatan, puesto que daría cabida a la posibilidad de que estuviera jugando a algo que, en el peor de los casos, significaría que, de una u otra manera, estaba implicado en los asesinatos. Pero si había dicho la verdad —y por el momento no tenía motivos para dudar de su palabra—, entonces existía una ecuación oculta en todo ese drama. Lo que se traducía en que había más actores que los que se encontraban en escena y que el crimen era, sin duda, mucho más complejo que el hecho de que una chica patológicamente trastornada hubiese sufrido un arrebato de locura.

Cuando Blomkvist echó a andar en dirección a Zinkensdamm, Bublanski lo llamó. Se detuvo, descubrió al policía y, acto seguido, se acercó a él. Se encontraron a los pies de la escalera.

—Hola, Blomkvist. ¿Andas buscando a Lisbeth Salander?

—La verdad es que no. Busco a Miriam Wu.

—No está en casa. Alguien ha filtrado a los medios de comunicación que ha aparecido.

—¿Y qué puede contar ella?

Bublanski estudió inquisitivamente a Mikael Blomkvist. Kalle Blomkvist.

—Acompáñame —le sugirió Bublanski—. Necesito un café.

En silencio, dejaron atrás la iglesia de Högalid. Bublanski lo llevó al café Lillasyster de Liljeholmsbron. Él pidió un doble *espresso* con una cucharada de leche fría y Mikael un *caffè latte*. Se sentaron en la zona de fumadores.

—Hacía mucho tiempo que no tenía un caso tan frustrante —se lamentó Bublanski—. ¿Hasta qué punto puedo hablar contigo sin tener que leer mañana en *Expressen* nada de lo que tratemos?

—Yo no trabajo en *Expressen*.

—Ya sabes a lo que me refiero.

—Bublanski, no creo que Lisbeth sea culpable.

—¿Y ahora estás dedicándote a investigar por tu cuenta? ¿Por eso te llaman Kalle Blomkvist?

De repente, Mikael sonrió.

—Tengo entendido que a ti te llaman agente Burbuja.

Bublanski mostró una forzada sonrisa.

—¿Por qué no crees que Salander sea culpable?

—Por lo que respecta a su administrador no puedo pronunciarme, pero, en cuanto a Dag y a Mia, no tenía ningún motivo para asesinarlos. Especialmente a Mia. Lisbeth detesta a los hombres que odian a las mujeres, y Mia estaba a punto de apretarle las clavijas a una serie de puteros. Lo que hacía Mia estaba totalmente en línea de lo que habría hecho Lisbeth. Ella tiene moral.

—No consigo formarme una verdadera imagen de ella. Por una parte, una retrasada mental, por otra, una hábil investigadora.

—Lisbeth es diferente. Es muy antisocial, pero a su inteligencia no le ocurre nada. Todo lo contrario, probablemente sea más inteligente que tú y yo juntos.

Bublanski suspiró. Mikael Blomkvist acababa de repetir las palabras de Miriam Wu.

—En cualquier caso, hay que detenerla. No puedo entrar en detalles, pero tenemos pruebas forenses que demuestran que estuvo en el lugar de los hechos y que se encuentra personalmente vinculada al arma homicida.

Mikael asintió con la cabeza.

—Supongo que te refieres a que habéis hallado sus huellas dactilares en la pistola. Eso no significa que apretara el gatillo.

Bublanski asintió.

—Dragan Armanskij también duda. Es demasiado prudente para reconocerlo explícitamente, pero él también anda buscando pruebas de su inocencia.

—¿Y tú qué es lo que crees?

—Yo soy policía. Yo detengo a gente y la interrogo. Ahora mismo Lisbeth Salander lo tiene muy negro. Hemos condenado a asesinos basándonos en indicios bastante más débiles.

—No has contestado a mi pregunta.

—No lo sé. Si resulta que es inocente, ¿quién crees tú que tendría interés en asesinar tanto a su administrador como a tus dos amigos?

Mikael sacó un paquete de tabaco y le ofreció un cigarrillo a Bublanski, que negó con la cabeza. No quería mentirle a la policía y suponía que debía contarle lo de ese tipo llamado Zala. Y, además, debería hablarle del comisario Gunnar Björck de la Säpo.

Pero Bublanski y sus colegas también tenían acceso al material de Dag Svensson y a esa carpeta bautizada como «Zala»; tan sólo era cuestión de leerla. En su lugar, avanzaban como una apisonadora sacando a la luz todos los detalles íntimos de Lisbeth Salander en los medios de comunicación

Mikael tenía una pista, aunque no sabía adónde lo conduciría. No quería dar el nombre de Björck antes de estar seguro. Zalachenko. Allí estaba la conexión no sólo con Bjurman, sino con Dag y Mia. El único problema era que Björck no le había contado nada todavía.

—Déjame indagar un poco más y presentaré una teoría alternativa.

—Ninguna pista que implique a la policía, espero.

Mikael sonrió.

—No. Aún no. ¿Qué dijo Miriam Wu?

—Más o menos lo mismo que tú. Mantenían una relación.

Miró de reojo a Mikael.

—Eso no es asunto mío —contestó Mikael.

—Miriam Wu y Salander se han estado viendo durante tres años. Ella no sabía nada del pasado de Salander; ni siquiera sabía dónde trabajaba. Es difícil tragárselo, pero creo que dice la verdad.

—Lisbeth es muy suya —comentó Mikael.

Permanecieron callados un rato.

—¿Tienes el número de Miriam Wu?

—Sí.

—¿Me lo puedes dar?

—No.

—¿Por qué no?

—Mikael, esto es un asunto policial. No necesitamos detectives aficionados con teorías descabelladas.

—Yo aún no tengo teorías. Sin embargo, creo que la respuesta al misterio está en el material de Dag Svensson.

—Si te esfuerzas un poco, no te costará nada dar con Miriam Wu.

—Es probable. Pero lo más sencillo es pedirle el número a alguien que ya lo tenga.

Bublanski suspiró. De repente, Mikael se irritó enormemente con él.

—¿Los policías son más inteligentes que esa gente normal a la que tú llamas detectives aficionados? —preguntó.

—No, no creo. No obstante, los policías cuentan con una formación especializada y su trabajo es investigar delitos.

—La gente normal también está formada —dijo Mikael sosegadamente—. Y a veces un detective aficionado es mejor que un policía de verdad.

—¿Tú crees?

—No es que lo crea; lo sé. Mira el caso Joy Rahman; todos aquellos policías se pasaron cinco años con el culo pegado a una silla y los ojos cerrados mientras Rahman cumplía condena por haber asesinado a una vieja siendo inocente. Todavía seguiría encerrado si no fuera porque una profesora se tomó la molestia de dedicar varios años a realizar una investigación seria. Lo hizo, y sin disponer de todos los recursos de los que tú dispones. No sólo probó que él era inocente, sino que también identificó a la persona que, con toda probabilidad, era el verdadero asesino.

—En el caso Rahman intervino una cuestión de prestigio. El fiscal se negó a escuchar los hechos.

Mikael Blomkvist observó con detenimiento a Bublanski.

—Bublanski, te voy a contar una cosa. En estos momentos, el caso Lisbeth también se ha convertido en una cuestión de prestigio. Yo sostengo que ella no mató a Dag y Mia. Y lo voy a probar. Te voy a ofrecer un asesino alternativo y, cuando esto ocurra, escribiré un artículo que a ti y a tus colegas os resultará una verdadera tortura.

De camino a su casa de Katarina Bangata, Bublanski sintió la necesidad de hablar con Dios sobre el tema, pero en vez de pasarse por la sinagoga, se fue a la iglesia católica de Folkungagatan. Se sentó en uno de los bancos del fondo y no se movió durante más de una hora. Como judío, teóricamente, no pintaba nada en una iglesia cató-

449

lica; sin embargo, era un sitio tranquilo que visitaba con asiduidad cada vez que necesitaba poner en orden sus ideas. Jan Bublanski estaba convencido de que Dios no lo desaprobaría. Además, existía una gran diferencia entre el catolicismo y el judaísmo. Él acudía a la sinagoga porque buscaba compañía y unión con otras personas; los católicos iban a la iglesia porque buscaban estar solos con Dios. La iglesia invitaba al silencio e instaba a que no se molestara a sus visitantes.

Le estuvo dando vueltas al tema de Lisbeth Salander y Miriam Wu. Y reflexionó sobre lo que le ocultaban Erika Berger y Mikael Blomkvist. Estaba convencido de que sabían algo sobre Salander que no le habían contado. Se preguntó qué tipo de «investigación» habría hecho Lisbeth Salander para Mikael Blomkvist. Por un breve instante, se le pasó por la cabeza que a lo mejor Salander habría trabajado para Blomkvist antes de que él revelara el caso Wennerström, pero, tras meditarlo un poco más, descartó esa posibilidad. No le cuadraba Lisbeth Salander relacionada con ese tipo de asuntos, y le parecía disparatado que ella pudiera haber contribuido con algo relevante en un caso como aquél. Por muy buena investigadora que fuera.

Bublanski estaba preocupado.

Le disgustaba la convicción inquebrantable que Mikael Blomkvist tenía sobre la inocencia de Salander. Una cosa era que a él, como policía, le asaltaran las dudas —dudar era su profesión— y otra, que Mikael Blomkvist, en calidad de detective aficionado, lo retara.

Los detectives aficionados le caían mal, ya que, por lo general, eran sinónimo de teorías conspirativas que, como se podía constatar, daban pie a llamativos titulares en los periódicos. No obstante, la mayoría de las veces no hacían más que generar trabajo extra e inútil a la policía.

Ésta se había convertido en la investigación criminal más deslavazada en la que había participado en toda su carrera. En cierto sentido, andaba desorientado y no sabía qué dirección tomar. La investigación de un asesinato debería seguir una cadena de lógica.

Si un chico de diecisiete años es hallado muerto por arma blanca en Mariatorget, se trata de averiguar qué pandillas de cabezas rapadas u otros jóvenes estuvieron rondando por Södra Station una hora antes. Siempre acaban saliendo a flote amigos, conocidos, testigos y, tarde o temprano, sospechosos.

Si en un bar de Skärholmen matan a un hombre de cuarenta y dos años pegándole tres tiros, y resulta que el individuo en cuestión era un matón de la mafia yugoslava, entonces se trata de dar con los advenedizos que intentan hacerse con el control del contrabando de tabaco.

Si una mujer de veintiséis años con un pasado respetable y una vida normal aparece estrangulada en su casa, se trata de averiguar quién era su novio o quién fue la última persona con quien habló en el bar la noche anterior.

Bublanski había realizado tantas investigaciones de ese tipo que las podría hacer hasta con los ojos cerrados.

La investigación que les ocupaba había empezado estupendamente. A las pocas horas ya tenían una sospechosa. Lisbeth Salander estaba hecha para el papel; un caso clínico evidente que llevaba toda su vida sufriendo violentos e incontrolables arrebatos. En teoría, sólo se trataba de localizarla y sacarle una confesión o, dependiendo de las circunstancias, enviarla al psiquiátrico. Pero todo se había ido al garete en cuestión de horas también.

Salander no vivía donde creían que vivía. Tenía amigos como Dragan Armanskij y Mikael Blomkvist. Tenía una relación con una renombrada bollera que gustaba de utilizar esposas en sus relaciones sexuales y que había hecho que los medios de comunicación entraran en barrena en una situación ya de por sí infectada. Tenía dos millones y medio de coronas en el banco, aunque no se le conocía ningún trabajo. Más adelante, apareció en escena Blomkvist con sus teorías sobre *trafficking* y conspiraciones, y como famoso periodista que era, contaba con un poder nada desdeñable para provocar, con un solo artículo bien colocado, un completo caos en la investigación.

Y lo peor de todo: la principal sospechosa resultaba imposible de localizar, a pesar de no levantar dos palmos del suelo, de tener un aspecto muy característico y todo el cuerpo lleno de tatuajes. Pronto haría dos semanas desde que se cometieran los asesinatos y no tenían ni la menor pista de su paradero.

Gunnar Björck, de baja por hernia discal y jefe adjunto del Departamento de Extranjería de la Säpo, había pasado veinticuatro horas miserables desde que Mikael Blomkvist cruzara el umbral de su casa. Un constante dolor apagado se había instalado en su espalda. Deambuló de un lado a otro en la vivienda que ocupaba, incapaz de relajarse y de tomar alguna iniciativa. Había intentado pensar, pero las piezas del rompecabezas no querían encajar.

No lograba entender los vericuetos de esa historia.

Al principio, cuando se enteró del asesinato de Nils Bjurman un día después de que el abogado fuera hallado muerto, se quedó boquiabierto. Pero luego no se sorprendió cuando Lisbeth Salander, casi de inmediato, fue señalada como la principal sospechosa y se puso en marcha su caza y captura. Siguió, palabra por palabra, todo lo que se decía en la tele y compró cuantos periódicos pudo conseguir para leer, también palabra por palabra, todo lo que se había escrito.

No dudó ni un instante en que Lisbeth Salander era una enferma mental capaz de matar. Carecía de razones para poner en entredicho su culpabilidad y cuestionar las conclusiones de la investigación policial; más bien al contrario, todos sus conocimientos sobre Lisbeth Salander indicaban que se trataba de una verdadera loca psicótica. Había estado a punto de telefonear para contribuir a la investigación con su asesoramiento o, por lo menos, para controlar que el asunto se llevara de la manera más apropiada posible, pero terminó llegando a la conclusión de que, en realidad, eso a él ya no le incumbía. No era su cometido y, en todo caso, había gente competente para ocuparse de eso. Además, una llamada suya podría acabar, precisamente, acaparando esa indeseada atención que él deseaba evitar. En su lugar, se relajó y se limitó a seguir, con distraído interés, las continuas noticias de los informativos.

La visita de Mikael Blomkvist había dado al traste con esa tranquilidad. A Björck nunca se le había pasado por la cabeza que la orgía asesina de Salander pudiera concernirle a él personalmente, pero una de sus víctimas era un periodista cabrón que estaba a punto de exponerlo al escarnio público ante toda Suecia.

Mucho menos aún podía haberse imaginado que el nombre de Zala apareciera en la historia como una bomba de relojería y —lo más increíble de todo— que Mikael Blomkvist conociera el nombre. Resultaba tan inverosímil que desafiaba toda lógica.

Al día siguiente de la visita de Mikael, levantó el auricular y llamó a su antiguo jefe, de setenta y ocho años de edad, que vivía en Laholm. De alguna manera, tenía que formarse una idea clara de la situación sin insinuar que llamaba por razones bien distintas a la pura curiosidad y la inquietud profesional. Fue una conversación relativamente breve.

—Soy Björck. Supongo que has leído los periódicos.

—Sí, lo he hecho. Ella ha vuelto a aparecer.

—Y no ha cambiado gran cosa.

—Eso ya no es asunto nuestro.

—¿Y no crees que…?

—No, no lo creo. Todo eso está ya enterrado. No hay ninguna conexión.

—Pero ¿por qué precisamente a Bjurman? Supongo que no fue una casualidad que él se convirtiera en su administrador.

Se hizo un silencio que se prolongó unos cuantos segundos.

—No, no fue casualidad. Hace tres años parecía una buena idea. ¿Quién podría haber previsto todo esto?

—¿Qué sabía Bjurman?

De repente, su antiguo jefe se rió ahogadamente.

—Bueno, ya sabes cómo era Bjurman. No era lo que se dice un tipo muy listo.

—Me refiero a si... ¿conocía la conexión? ¿Puede haber algo entre sus papeles que conduzca a...?

—No, claro que no. Entiendo lo que me planteas, pero no te preocupes. Salander siempre ha sido un factor imprevisible en esta historia. Nos aseguramos de que se le diera el cometido a Bjurman, pero sólo para que alguien al que pudiéramos controlar fuera su administrador. Mejor él que un completo desconocido. Si ella se hubiera puesto a largar cosas por esa boquita, entonces él habría acudido a nosotros. De todos modos, el tema se va a resolver de la mejor manera posible.

—¿Qué quieres decir?

—Bueno, después de esto Salander va a pasar una larga temporada en el psiquiátrico.

—Entiendo.

—No te preocupes. Sigue tranquilamente con tu baja.

Pero eso era lo que el jefe adjunto Björck no conseguía hacer; Mikael Blomkvist ya se había encargado. Se sentó a la mesa de la cocina y contempló Jungfrufjärden mientras intentaba recapitular sobre su situación. Se sentía amenazado por dos flancos.

Mikael Blomkvist lo iba a denunciar por putero. El riesgo de terminar su carrera policial siendo condenado por violar la ley de comercio sexual resultaba inminente.

Pero el factor que revestía verdadera gravedad era que Mikael Blomkvist iba a la caza de Zalachenko, quien, de alguna manera, se hallaba implicado en la historia. Ese nexo lo llevaría, de nuevo, hasta la mismísima puerta de Gunnar Björck.

Su ex jefe estaba convencido de que no había nada entre los papeles de Bjurman que pudiera conducir a ningún sitio. Pero sí lo había; la investigación de 1991. El informe se lo entregó Gunnar Björck.

Intentó visualizar el encuentro que tuvo con Bjurman hacía ya más de nueve meses. Quedaron en Gamla Stan. Bjurman lo llamó una tarde al trabajo y le propuso ir a tomar una cerveza. Hablaron de tiro y de todo un poco pero Bjurman quería verlo por un motivo especial. Necesitaba que le hiciera un favor. Le preguntó por Zalachenko.

Björck se levantó y se acercó a la ventana de la cocina. En aquella ocasión estaba algo achispado. Bueno, la verdad era que había empinado el codo más de la cuenta. ¿Qué era lo que le había preguntado Bjurman?

—A propósito, ando metido en un caso en el que ha aparecido un viejo conocido.

—¿Ah, sí? ¿Quién?

—Alexander Zalachenko. ¿Te acuerdas de él?

—Hombre, no es un tipo del que uno se olvide así como así.

—¿Qué habrá sido de él?

Técnicamente no era asunto de Bjurman. El simple hecho de formular esas preguntas constituía un motivo más que razonable para poner a Bjurman bajo vigilancia, de no haber sido porque era el administrador de Lisbeth Salander. Dijo que necesitaba ese viejo informe. «Y yo se lo di.»

Björck había cometido un error garrafal. Había dado por descontado que Bjurman ya estaba al tanto; cualquier otra cosa le parecía impensable. Y Bjurman le presentó el tema como si sólo se tratara de coger un atajo en el lento proceso burocrático, donde todo estaba clasificado como confidencial y rodeado de mucho secretismo, y, además, todo podía prolongarse durante meses y meses. Máxime tratándose de un asunto referente a Zalachenko.

«Le entregué el informe de la investigación. Seguía estando clasificado como secreto, pero Bjurman tenía una razón lógica y comprensible, y él no era una persona que se fuera de la lengua. Es cierto que era tonto, pero nunca fue un bocazas. ¿Qué daño podía hacer? Habían pasado tantos años.»

Bjurman lo engañó. Le hizo creer que se trataba de una cuestión burocrática, de simples formalidades. Cuanto más lo pensaba, más se convencía de que Bjurman había presentado el asunto con palabras muy premeditadas y prudentes.

«Pero ¿qué coño andaba buscando Bjurman? ¿Y por qué lo mató Salander?»

En el transcurso de ese mismo sábado, Mikael Blomkvist visitó Lundagatan cuatro veces más con la esperanza de ver a Miriam Wu. Se la había tragado la tierra.

Pasó gran parte del día en el café-bar de Hornsgatan con su iBook y volvió a leer el correo electrónico que había recibido Dag Svensson en su dirección de millennium.se, así como la carpeta llamada «Zala». Durante las semanas anteriores a los crímenes, Dag Svensson dedicó cada vez más tiempo a investigar sobre Zala.

Ojalá hubiera podido llamar a Dag Svensson para preguntarle por qué el documento sobre Irina P. se hallaba dentro de la carpeta de Zala. La única conclusión convincente era que Dag sospechase de Zala por el asesinato de la chica.

De repente, a eso de las cinco de la tarde, Bublanski

lo llamó y le dio el número de teléfono de Miriam Wu. No entendía qué le había hecho cambiar de opinión, pero en cuanto lo grabó en la memoria de su teléfono, intentó contactar cada media hora. Hasta las once de la noche Miriam no conectó el móvil. Y contestó. Fue una conversación breve.

—Hola, Miriam. Me llamo Mikael Blomkvist.

—¿Y tú quién coño eres?

—Soy periodista y trabajo en una revista llamada *Millennium*.

Miriam Wu se expresó de una manera concisa y contundente.

—Ah, ese Blomkvist. Vete a la mierda, periodista asqueroso.

Colgó antes de que a Mikael le diera tiempo de explicarle por qué la telefoneaba. Maldijo por dentro a Tony Scala e intentó llamarla de nuevo. No lo cogió. Al final le mandó un mensaje de texto.

Por favor, llámame. Es importante.

Ella hizo caso omiso.

A altas horas de la madrugada del sábado, Mikael apagó el ordenador, se desnudó y se metió en la cama. Estaba frustrado y hubiera deseado que Erika Berger se encontrara allí.

CUARTA PARTE

Terminator mode

Del 24 de marzo al 8 de abril

La raíz de una ecuación es un número que introducido en lugar de la incógnita hace de la ecuación una identidad. Se dice que la raíz satisface la ecuación. Para resolver una ecuación uno debe encontrar todas las raíces. Una ecuación que es satisfecha por todos los valores imaginables de las incógnitas se conoce como identidad.

$(a+b)^2 = a^2 + 2ab + b^2$

Capítulo 21

Jueves de Pascua, 24 de marzo –
Lunes, 4 de abril

Lisbeth Salander pasó la primera semana de su persecución policial alejada de todo. Se encontraba tranquilamente en su piso de Fiskargatan, en Mosebacke. Había apagado el móvil y le había sacado la tarjeta SIM; no tenía intención de volver a usarlo. Estupefacta, con los ojos cada vez más abiertos, siguió los titulares de las ediciones digitales de los periódicos y los informativos de televisión.

Irritada, vio cómo su foto de pasaporte, tras ser colgada en Internet, pasó a cubrir todas las portadas de los diarios y las cabeceras de las noticias. Tenía un aspecto horrible.

A pesar de su gran empeño por permanecer en el anonimato durante todos esos años, se había convertido en una de las personas más tristemente célebres del país y que más atención acaparaba por parte de la prensa. Con moderado asombro, comprendió que una orden de busca y captura de una chica de baja estatura sospechosa de un triple asesinato constituía una de las noticias más impactantes del año, más o menos al nivel de la de los crímenes de la secta de Knutby. Pensativa, con las cejas arqueadas, siguió los comentarios y las explicaciones de los medios, y descubrió fascinada que los documentos clasificados como secretos sobre sus deficiencias mentales parecían resultar de acceso libre para cualquier redacción. Un titular le despertó viejos recuerdos enterrados.

Un reportero judicial de la agencia TT les había ganado la batalla a sus competidores al conseguir echarle el guante a una copia del informe médico forense que se realizó cuando Lisbeth fue arrestada, en la estación de metro de Gamla Stan, por haberle dado una patada en la cara a un pasajero.

Lisbeth se acordaba perfectamente del suceso. Había pasado el día en Odenplan y regresaba a Hägersten, al domicilio de su familia de acogida. En Rådmansgatan un desconocido —al parecer, sobrio— subió al vagón y de inmediato la convirtió en su objetivo. Más tarde se enteraría de que se llamaba Karl Evert Blomgren, tenía cincuenta y dos años, vivía en Gävle, estaba en paro y era ex jugador de *bandy*. A pesar de que el vagón estaba medio vacío, se sentó a su lado y empezó a acosarla. Le puso la mano en la rodilla e intentó entablar una conversación del tipo «te doy doscientas coronas si me acompañas a casa». Como ella lo ignoró, insistió y la llamó maldita puta frígida. El hecho de que ella no le contestara y de que, además, se cambiara de asiento en T-Centralen no lo disuadió.

Cuando se acercaron a Gamla Stan la abrazó por detrás y le metió las manos por debajo del jersey, mientras le susurraba al oído que era una puta. A Lisbeth Salander no le gustó que un perfecto desconocido la llamara puta en el metro. Le respondió propinándole un codazo en todo el ojo para, acto seguido, colgarse de una barra, alzar las piernas y darle una patada con los tacones de los zapatos en el nacimiento de la nariz. El impacto provocó una hemorragia leve.

Se le presentó la oportunidad de salir pitando del vagón en cuanto el tren paró en el andén pero, como iba vestida siguiendo los dictámenes de la más exagerada moda *punk* y llevaba el pelo teñido de azul, un amigo del orden se abalanzó sobre ella y la mantuvo inmovilizada en el suelo hasta que acudió un policía.

Maldijo su sexo y su constitución física. Si hubiese sido un chico, nadie se habría atrevido a lanzarse encima de ella.

Nunca hizo intento alguno de justificar por qué le había dado una patada en la cara a Karl Evert Blomgren. No consideraba que mereciera la pena explicarles nada a las autoridades. Por principios, ni siquiera se dignó a contestar a los psicólogos que se dirigieron a ella para intentar evaluar su estado mental. Por suerte, numerosos pasajeros habían presenciado la escena, entre ellos una resuelta y combativa mujer de Härnösand que daba la casualidad de que era diputada del partido de centro en el Riksdag. La mujer dio su testimonio *in situ*: Blomgren había acosado a Salander antes de que ésta tuviera ese arrebato violento. Al saberse que Blomgren había sido condenado en dos ocasiones anteriores por atentar contra la moralidad pública, el fiscal decidió archivar el caso. Sin embargo, eso no significó que los servicios sociales interrumpieran su investigación sobre Lisbeth. Algo que poco tiempo después resultaría en que el Tribunal de Primera Instancia declarara a Lisbeth Salander incapacitada y acabara siendo tutelada primero por Holger Palmgren y luego por Nils Bjurman.

Ahora esos detalles íntimos y, supuestamente, protegidos por el secreto profesional se hallaban publicados en la red a la vista de todos. Su currículo se completaba con floridas descripciones de cómo, desde primaria, siempre tuvo conflictos con su entorno y de su estancia durante los primeros años de la adolescencia en una clínica de psiquiatría infantil.

El diagnóstico que los medios efectuaron de Lisbeth Salander variaba según edición y periódico. En algunas ocasiones la describían como psicótica y, en otras, como esquizofrénica con acusados rasgos de manía persecutoria. Todas las fuentes de información la tildaban de deficiente mental, esgrimiendo que ni siquiera había logrado aprovechar la enseñanza recibida en el colegio, del que salió sin obtener el certificado escolar. La caracterizaban como una desequilibrada con inclinación a la violencia; la opinión pública no albergaba ni la más mínima duda sobre ese perfil.

Tan pronto como los medios de comunicación descubrieron que Lisbeth Salander era amiga de la conocida lesbiana Miriam Wu, se desató en varios periódicos una verdadera convulsión. Miriam Wu había actuado en el *performance show* de Benita Costa en el Festival del Orgullo Gay, un provocador espectáculo donde Mimmi fue fotografiada desnuda de cintura para arriba, vestida con unos pantalones de cuero con tirantes y unas botas de charol de tacón alto. Además, había escrito artículos en una publicación gay, que fueron citados asiduamente en los medios, y en algunas ocasiones había sido entrevistada en relación a su participación en distintos espectáculos. La combinación de una presunta asesina múltiple lesbiana con las sugerentes prácticas de sexo BDSM constituía, al parecer, un cóctel infalible para aumentar la tirada.

Dado que durante la primera semana no se consiguió localizar a Miriam Wu, siguieron un sinfín de especulaciones sobre la posibilidad de que ella también hubiera sido víctima de la ola de violencia de Salander o de que, incluso, fuera su cómplice. Tales reflexiones, no obstante, se limitaban fundamentalmente al *chat* de una estúpida página web llamada *Exilen*, pero no figuraban en los medios más importantes. Al hacerse público que la tesis de Mia Bergman versaba sobre el comercio sexual, varios periódicos sí especularon con la posibilidad de que ése hubiera sido el móvil de los asesinatos, ya que, según los servicios sociales, Lisbeth Salander era una prostituta.

Al final de la semana, los medios también descubrieron que Salander tenía conexiones con una pandilla de chicas que coqueteaban con el satanismo. El grupo se llamaba Evil Fingers e indujo a un periodista cultural de cierta edad a escribir un texto sobre el desarraigo de los jóvenes y los peligros que se ocultan en todo lo que va desde la cultura de los cabezas rapadas hasta la del *hip-hop*.

A esas alturas, el público ya estaba saturado de información sobre Lisbeth Salander. De haber reunido todas las afirmaciones de los distintos medios, hubiera resultado que la policía buscaba a una lesbiana psicótica miembro de una banda de satánicas sadomasoquistas que preconizaban el sexo BDSM y que odiaban a la sociedad en general y a los hombres en particular. Dado que, además, Lisbeth viajó al extranjero durante el año anterior, posiblemente también se podrían establecer conexiones internacionales.

En una sola ocasión Lisbeth reaccionó con una emoción menos templada ante lo que salió a flote en medio de aquel ruido mediático. Un titular captó su interés.

«LE TENÍAMOS MIEDO»
—Amenazaba con matarnos —dicen los profesores y los compañeros de clase.

Las declaraciones eran de una antigua profesora, ahora artista textil, llamada Birgitta Miåås, que se explayaba narrando cómo Lisbeth Salander amenazaba a sus compañeros de clase y el miedo que le tenían los profesores.

Efectivamente, Lisbeth se había encontrado con Miåås, y no sólo en el sentido literal del término.

Se mordió el labio inferior y calculó que por aquel entonces ella tenía once años. Recordaba a Miåås, una desagradable sustituta de matemáticas, que en una ocasión se obstinó en que Lisbeth contestara a una pregunta a la que ya había dado una respuesta correcta, pero que, según la solución del libro de texto, era errónea. En efecto, el libro se equivocaba, algo que, para Lisbeth, debería haber resultado obvio a los ojos de cualquier persona. Pero la insistencia de Miåås aumentó de modo inversamente proporcional a las ganas de Lisbeth por resolver el problema. Lisbeth se quedó sentada y se puso de morros, dibujando con la boca, con el labio inferior adelantado, una línea recta. Hasta que, al final, Miåås, de pura frustración, la cogió de los hombros y la zarandeó para despertar su atención. Lisbeth reaccionó tirándole el libro a la cabeza, cosa que provocó un alboroto considerable. Lisbeth le escupió y bufó defendiéndose como gato panza arriba y dando patadas a diestro y siniestro, mientras los compañeros intentaban sujetarla.

Era un reportaje a doble página en un periódico vespertino que había reservado espacio para una serie de comentarios, en una columna adyacente, ilustrados con una foto en la que uno de sus antiguos compañeros de clase posaba ante la entrada de su viejo colegio. El chico en cuestión se llamaba David Gustavsson y se presentaba a sí mismo como auxiliar administrativo. Afirmaba que los alumnos le tenían miedo a Lisbeth Salander ya que «una vez, ella había amenazado con matarlos». Lisbeth se acordaba de David Gustavsson. Fue uno de sus principales torturadores durante sus años de escuela, una corpulenta bestia con un cociente intelectual semejante al de un lucio y que raramente dejaba escapar la oportunidad de repartir insultos y empujones en el pasillo. En una ocasión, detrás del gimnasio, la atacó durante la comida y ella, como ya venía siendo habitual, le devolvió el golpe. Desde el punto de vista físico, Lisbeth tenía todas las de perder, pero consideraba que era mejor morir que capitular. Precisamente aquel incidente se descontroló cuando una gran cantidad de compañeros de clase los rodeó y observaron impasibles cómo David Gustavsson, empujándola una y otra vez, derribaba a Lisbeth Salander. Eso los entretuvo hasta cierto punto, pero la estúpida chica, que no sabía lo que era mejor para su propio bien, se quedó en el suelo y, para colmo, ni siquiera se echó a llorar ni pidió clemencia.

Al cabo de un rato, aquello empezó a resultar excesivo hasta para sus propios compañeros. La ventaja de David era tan superior y Lisbeth se veía tan manifiestamente indefensa que el chico empezó a acumular puntos en su contra; había iniciado algo que no sabía cómo concluir. Al final, le propinó dos contundentes puñetazos que no sólo le partieron el labio, sino que también la dejaron sin aire. Los demás estudiantes la abandonaron sin contemplaciones y, entre risas, doblaron la esquina y desaparecieron.

Lisbeth Salander volvió a casa a lamerse las heridas. Dos días más tarde, regresó con un bate de béisbol. En medio del patio le asestó un golpe a David en la oreja. Mientras él yacía tumbado en el suelo, en estado de *shock*, Lisbeth apretó el bate contra su garganta, se inclinó y le susurró al oído que si volvía a tocarla otra vez, lo mataría. Cuando el personal del colegio descubrió lo que estaba pasando, David fue trasladado a la enfermería y Lisbeth al despacho del director, donde se le impuso un castigo, se engrosó su expediente por mala conducta y se decidió continuar con la investigación de los servicios sociales.

Durante más de quince años, Lisbeth no había vuelto a pensar en la existencia —ni en la razón de ser— ni de Miåås ni de Gustavsson. Tomó nota mental de controlar, cuando dispusiese de tiempo, a qué se dedicaban en la actualidad.

El despliegue de atención mediática tuvo como resultado que Lisbeth se hiciera muy famosa, tristemente famosa, entre la sociedad sueca. Se examinó, analizó y publicó hasta el más mínimo detalle de su pasado, desde sus arrebatos de violencia en la escuela primaria hasta su tratamiento en la clínica psiquiátrica infantil de Sankt Stefan, a las afueras de Uppsala, donde pasó más de dos años.

Aguzó el oído cuando entrevistaron en la tele al médico jefe Peter Teleborian. Tenía ocho años más desde la última vez que Lisbeth lo viera, en el Tribunal de Primera Instancia, durante la vista oral sobre su incapacidad. Tenía el ceño profundamente arrugado y se rascó la fina barba cuando, con visible preocupación, se dirigió a la presentadora y le explicó que se hallaba bajo secreto profesional y que, por consiguiente, no estaba autorizado a hablar de ninguno de sus pacientes. Cuanto podía decir era que Lisbeth Salander constituía un caso muy complicado que requería tratamiento especializado y que el tribunal, en contra de sus recomendaciones, había decidido someterla a tutela administrativa y reinsertarla en la sociedad, en vez de ofrecerle la asistencia institucional que necesitaba. «Un escándalo», afirmó Teleborian. Lamentaba que, como consecuencia de ese error judicial, tres personas hubieran tenido que pagar con sus vidas, y aprovechó la ocasión para criticar los drásticos recortes presupuestarios que el gobierno había efectuado durante las últimas décadas en el ámbito de la asistencia psiquiátrica.

Lisbeth advirtió que ningún periódico revelaba que el tratamiento más habitual en la unidad de acceso restringido de psiquiatría infantil, de la que era responsable el doctor Teleborian, consistía en encerrar a «los pacientes inquietos y difíciles» en una habitación denominada «libre de estímulos». Toda la decoración de ese cuarto se limitaba a una camilla provista de correas de sujeción. El pretexto académico era que los niños que respondían a esas características no recibieran ningún estímulo que pudiera provocarles un ataque.

Al hacerse mayor, descubrió que existía otro término para lo mismo: «aislamiento sensorial». Someter a los presos a aislamiento sensorial había sido clasificado, por la convención de Ginebra, como inhumano. Esa práctica constituía un ingrediente habitual en experimentos de lavado de cerebro a los que se habían dedicado distintos regímenes dictatoriales, y existía documentación que daba fe de que aquellos presos políticos que confesaron todo tipo de absurdos crímenes durante los juicios de Moscú de los años treinta habían sido sometidos a tratamientos de esa índole.

En cuanto Lisbeth vio el rostro de Peter Teleborian por la televisión, su corazón se convirtió en un diminuto trozo de hielo. Se preguntó si seguiría utilizando la misma repugnante loción de afeitado. Él era el responsable de lo que teóricamente fue definido como su tratamiento. Lisbeth nunca comprendió qué era lo que se esperaba de ella, salvo que por fuerza debía ser tratada y había de alcanzar plena conciencia de sus actos. No tardó en llegar a la conclusión de que un «paciente inquieto y difícil» era sinónimo de un paciente que cuestionaba los razonamientos y los conocimientos de Peter Teleborian.

Lisbeth descubrió, por consiguiente, que el método de tratamiento psiquiátrico más frecuente en el siglo XVI todavía se seguía practicando, en el umbral del siglo XXI, en Sankt Stefan.

Cerca de la mitad de su estancia en Sankt Stefan la pasó atada a la camilla del cuarto «libre de estímulos». Al parecer, se había establecido una suerte de récord.

Sexualmente hablando, Teleborian nunca le había puesto la mano encima. Ni siquiera la había tocado, excepto en las situaciones más inocentes. En una ocasión, estando ella inmovilizada en el cuarto de aislamiento, le colocó la mano en el hombro a modo de reprimenda.

Se preguntó si todavía tendría las marcas de sus dientes en la falange del dedo meñique.

Aquello acabó convirtiéndose en un duelo donde Teleborian tenía todas las de ganar. La baza de Lisbeth consistió en aislarse del exterior e ignorarlo por completo cuando él la visitaba.

Tenía doce años cuando dos mujeres policía la trasladaron a Sankt Stefan. Sucedió unas cuantas semanas después de que ocurriese Todo Lo Malo. Se acordaba de cada detalle. Al principio pensó que, de alguna manera, todo se iba a arreglar. Había intentado explicarles su versión a los policías, a los asistentes sociales, al personal del hospital, a las enfermeras, a los médicos, a los psicólogos e, incluso, a un pastor que quería que ella lo acompañara en sus oraciones. Cuando iba en el coche patrulla, sentada en el asiento de atrás, y pasaron Wennergren Center de camino al norte, hacia Uppsala, seguía sin saber adónde se dirigían. Nadie se lo había comunicado. Fue entonces cuando empezó a sospechar que nada se solucionaría.

También había intentado explicárselo a Peter Teleborian.

El resultado de todos esos esfuerzos fue que pasó la noche en la que cumplió trece años amarrada a la camilla.

Peter Teleborian era, sin punto de comparación, el sádico más asqueroso y despreciable que Lisbeth Salander había conocido en toda su vida. Ganaba a Bjurman por goleada. Bjurman era un animal descontrolado al que ella supo manejar. Pero Peter Teleborian se hallaba oculto y protegido tras una cortina de documentos, evaluaciones, méritos académicos y toda una ininteligible jerigonza psiquiátrica. No había forma de poder denunciar o criticar ni uno solo de sus actos.

El Estado le había encomendado la misión de amarrar con correas a las niñas traviesas.

Cada vez que Lisbeth yacía atada de pies y manos,

boca arriba, y él le apretaba las correas, ella lo miraba fijamente y leía la excitación en sus ojos. Ella lo sabía. Y él sabía que ella lo sabía. Mensaje recibido.

La noche que cumplió trece años, decidió no intercambiar nunca más ni una palabra con Peter Teleborian ni con ningún otro psiquiatra o médico de la cabeza. Fue el regalo de cumpleaños que se hizo a sí misma. Mantuvo su promesa. Y Lisbeth sabía que eso provocó en Teleborian una enorme frustración y que quizá hubiera contribuido —más que ninguna otra cosa— a que, noche tras noche, fuese inmovilizada en la camilla. Era un precio que estaba dispuesta a pagar.

Lo aprendió todo sobre el autocontrol. Los días en los que la liberaban de su aislamiento no sufría arrebatos ni lanzaba objetos a su alrededor.

Pero no hablaba con los médicos.

En cambio, conversaba educadamente y sin cortapisas con enfermeras, personal de cocina y limpiadoras. Algo que no pasó desapercibido. Una amable enfermera —cuyo nombre era Carolina y a la que Lisbeth, hasta cierto punto, le había cogido cariño— le preguntó un día por qué se comportaba así. Lisbeth se quedó mirándola inquisitivamente.

—¿Por qué no hablas con los médicos?

—Porque no me escuchan.

No se trataba de una respuesta espontánea, sino de su nueva manera de comunicarse con los médicos. Era consciente de que todos esos comentarios serían incorporados a su historial documentando que su silencio se debía a una decisión completamente racional.

Durante su último año en Sankt Stefan, cada vez fue menos frecuente que encerraran a Lisbeth en la celda de aislamiento. Las ocasiones en las que eso sucedía se debían a que ella, de una u otra manera, había irritado a Peter Teleborian, cosa que parecía ocurrir tan pronto como él la veía. Teleborian intentaba una y otra vez romper el obstinado silencio de Lisbeth y obligarla a reconocer su existencia.

Durante una época, Teleborian decidió experimentar con ella, haciendo que Lisbeth tomara un nuevo tipo de psicofármaco que le provocaba dificultades respiratorias y le inhibía el raciocinio, lo que le producía angustia. Desde ese momento, ella se negó a tomar su medicación, ante lo cual Teleborian optó por forzarla a ingerir tres pastillas diarias.

Su resistencia fue tan feroz que el personal se vio abocado a sujetarla haciendo uso de la violencia, abrirle la boca a la fuerza y luego obligarla a tragar. La primera vez, Lisbeth se metió inmediatamente los dedos en la garganta y vomitó el almuerzo sobre el enfermero más cercano. Este comportamiento condujo a que las pastillas le fueran administradas mientras estaba inmovilizada. Lisbeth respondió aprendiendo a devolver sin necesidad de utilizar los dedos. Su rabiosa negativa y el trabajo adicional que aquello le supuso al personal motivaron la interrupción de ese nuevo experimento.

Acababa de cumplir quince años cuando, sin previo aviso, la volvieron a llevar a Estocolmo y le asignaron una familia de acogida. El traslado le cogió por sorpresa. Pero por aquella época Teleborian aún no era el jefe de Sankt Stefan y Lisbeth Salander estaba convencida de que ésa era la única razón de su inesperada alta: si Teleborian hubiese podido decidir, ella todavía continuaría amarrada a la camilla de la celda de aislamiento.

Y ahora lo estaba viendo por la tele. Se preguntó si él todavía soñaría con volver a someterla a sus «cuidados» o si ella ya sería demasiado mayor como para satisfacer sus fantasías. Su diatriba contra la decisión del Tribunal de Primera Instancia de no ofrecerle asistencia institucional resultó de lo más eficaz y despertó la indignación de la periodista que le entrevistaba, que, evidentemente, no sabía qué preguntas formularle. No había nadie que pudiera contradecir a Teleborian: el antiguo médico jefe de Sankt Stefan había fallecido y el juez que presidió el tribunal del caso Salander, y al que ahora no le quedaba más remedio que asumir hasta cierto punto el papel de malo de la película, se había retirado y se negaba a hacer comentarios a la prensa.

Lisbeth encontró uno de los textos más desconcertantes en la edición digital de un periódico de provincias del centro de Suecia. Lo leyó tres veces antes de apagar el ordenador y encender un cigarrillo. Se sentó en el alféizar de la ventana sobre un cojín de Ikea y, resignada, se entregó a la contemplación de la iluminación nocturna.

«ES BISEXUAL»,
DICE UNA AMIGA DE LA INFANCIA

La mujer de veintiséis años, a la que se busca por tres asesinatos, es descrita como una persona excéntrica e introvertida que tuvo grandes dificultades de adaptación escolar. A pesar de los muchos intentos realizados por los compañeros para integrarla, ella siempre se mantuvo al margen.

«Tenía problemas evidentes de identidad sexual», recuerda Johanna, una de sus pocas amigas íntimas del colegio.

«Pronto quedó claro que era diferente y que era bisexual. Estábamos preocupados por ella.»

El reportaje continuaba con la descripción de una serie de episodios evocados por Johanna. Lisbeth arqueó las cejas; ni se acordaba de esos capítulos de su vida ni de haber tenido una amiga llamada Johanna. De hecho, ni siquiera recordaba la existencia de una persona a la que pudiera considerar amiga íntima y que hubiese intentado integrarla socialmente durante sus años de escuela.

El texto no precisaba cuándo se suponía que habían tenido lugar aquellos sucesos, porque lo cierto era que

Lisbeth abandonó el colegio con doce años. Eso significaba que su preocupada amiga de infancia debería haber descubierto su bisexualidad ya en quinto o sexto curso.

A pesar de la impetuosa avalancha de textos absurdos que se produjo durante toda la semana, la entrevista con Johanna fue la que más la afectó. Resultaba demasiado evidente que no era real; o el reportero se había encontrado con una mitómana, o se había inventado la historia. Memorizó el nombre del periodista y lo incluyó en la lista de futuros objetos de estudio.

Ni siquiera los reportajes atenuantes, particularmente críticos con la sociedad, con títulos como «La sociedad ha fallado» o «Nunca recibió la ayuda que necesitaba» pudieron mitigar la fama de enemiga pública número uno que había adquirido: una asesina múltiple que, en un arrebato de locura, había ejecutado a tres honrados ciudadanos.

Lisbeth leyó las interpretaciones de su vida con cierta fascinación y advirtió una manifiesta laguna en lo que la opinión pública sabía acerca de ella. A pesar de disponer, al parecer, de un acceso ilimitado a los detalles más íntimos y más secretos de su vida, los medios habían omitido completamente Todo Lo Malo, que ocurrió poco antes de cumplir los trece. Los conocimientos que sobre su vida poseían iban desde preescolar hasta los once años y se retomaban cuando, con quince, fue dada de alta de la clínica de psiquiatría infantil y alojada en una familia de acogida.

Daba la impresión de que la persona del equipo de investigación policial que había proporcionado la información a los medios de comunicación hubiera decidido ocultar el episodio de Todo Lo Malo, por motivos que a Lisbeth Salander le resultaban incomprensibles. Era una maniobra que la desconcertaba. Si la policía deseara resaltar su tendencia a usar la fuerza bruta, aquella investigación constituía, sin parangón, el lastre de más peso de su currículo —mucho más que todas aquellas menudencias del patio de la escuela— y el motivo directo de su traslado a Uppsala y su ingreso en Sankt Stefan.

El domingo de Pascua, Lisbeth empezó a estudiar la investigación policial al detalle. A través de las informaciones de los medios de comunicación se formó una sólida idea de los integrantes del equipo. Apuntó que el fiscal Richard Ekström era el instructor del sumario, así como el que normalmente llevaba la voz cantante en las ruedas de prensa. La investigación propiamente dicha estaba bajo el mando del inspector Jan Bublanski, un hombre con cierto sobrepeso, que se embutía en una americana que le sentaba mal, y que solía flanquear a Ekström en las ruedas de prensa.

Unos días después, identificó a Sonja Modig como la única mujer policía y como la persona que encontró al abogado Bjurman. Reparó en los nombres de Hans Faste y Curt Svensson, pero no así en el de Jerker Holmberg quien, al no aparecer en ningún reportaje, pasó completamente desapercibido. Creó un archivo para cada uno de ellos en su ordenador y empezó a introducir datos.

La información sobre el avance de la investigación se hallaba, como era natural, en los ordenadores del equipo policial, cuya base de datos se iba archivando en el servidor de la jefatura de policía. Lisbeth Salander sabía que piratear la red interna de la policía resultaba extremadamente complicado pero no imposible. En absoluto. No era la primera vez.

Cuatro años antes, a raíz de un trabajo para Dragan Armanskij, estudió la estructura de la red policial y sopesó las posibilidades que tenía de entrar en el registro criminal para realizar búsquedas personales. Su intento de intrusión fue un fracaso estrepitoso; el cortafuegos de la policía era demasiado sofisticado y estaba minado de trampas que la podrían llevar a llamar la atención de modo indeseado.

La red interna de la policía estaba configurada con sus propios cables, de manera que quedaba aislada de toda conexión externa e Internet. En otras palabras, o bien necesitaba un oficial de carne y hueso con permiso para acceder a la red que trabajara para ella, o bien engañaba a la red interna de la policía para que pensara que Lisbeth era una persona autorizada. Por fortuna, los expertos en seguridad de las fuerzas del orden habían dejado abierta una gigantesca brecha para conseguir esto último. Una gran cantidad de comisarías del país se hallaba conectada a la red interna, muchas eran pequeñas unidades locales que no disponían de personal nocturno y carecían de alarma antirrobo o de cualquier tipo de vigilancia. La comisaría local de Långvik, en las afueras de Västerås, era una de ésas. Con cerca de ciento treinta metros cuadrados, estaba ubicada en el mismo edificio que la biblioteca local y que la oficina de la seguridad social, y durante el día contaba con tres agentes.

En aquella ocasión, Lisbeth Salander no logró adentrarse en la red, pero decidió que podía merecer la pena, para futuras investigaciones, dedicarle un poco de tiempo y energía a hacerse con el *access*. Calibró sus posibilidades y luego solicitó un trabajo temporal de verano como limpiadora, en la biblioteca de Långvik. Dejando al margen todo aquel ajetreo de fregonas y cubos, le bastaron poco más de diez minutos en la oficina de urbanismo para formarse una idea clara y detallada de la comisaría. Tenía las llaves del edificio, pero no las de las dependencias de la policía. Sin embargo, descubrió que podría entrar, sin mayor dificultad, trepando por una ventana del cuarto de baño de la segunda planta, que dejaban entreabierta a causa del calor. La única vigilancia de la comisaría consistía en un guardia jurado de Securitas que solía darse un par de vueltas por allí en su ronda nocturna. Ridículo.

Tardó unos cinco minutos en dar con el código de usuario y con la contraseña —que estaban bajo el cartapacio de la mesa de trabajo del oficial local al mando—, y alrededor de una noche en entender la estructura de la red e identificar qué *access* tenía y qué *access* le estaba vetado, por seguridad, a esa comisaría. Como bonificación también se hizo con los códigos de usuario y las contraseñas de los dos agentes locales. Una era Maria Ottosson, de treinta y dos años, en cuyo ordenador Lisbeth encontró información que revelaba que no sólo había solicitado un puesto en la Brigada de Fraudes de la policía de Estocolmo, sino también que se lo habían concedido. Lisbeth hizo pleno con Ottosson, quien había dejado su Dell PC portátil en un cajón de su mesa al que no le había echado la llave. Maria Ottosson era una policía con un portátil particular que usaba en el trabajo. Brillante. Lisbeth encendió el ordenador y metió un cedé suyo que contenía el Asphyx 1.0, la primera versión de su programa espía. Instaló el *software* en dos sitios: en el Microsoft Explorer y —como *backup*— en la agenda de direcciones de Ottosson. Lisbeth contaba con que Ottosson —en el caso de que se comprara un ordenador nuevo— transportaría la agenda; además, también cabía la posibilidad de que también la instalara en el ordenador de su nuevo destino de trabajo en la Brigada de Fraudes de Estocolmo en cuanto ocupara su nuevo puesto, unas cuantas semanas más tarde.

De la misma manera, Lisbeth instaló el *software* en los ordenadores de sobremesa de los policías, lo que le permitiría buscar información desde fuera y —sin más que usurpar sus identidades— acceder al archivo del registro criminal. Sin embargo, debía actuar con la máxima cautela para que nadie detectara sus intrusiones. El Departamento de Seguridad contaba, por ejemplo, con una alarma automática que se activaba en cuanto un policía local accedía a la red fuera de su horario laboral o cuando el número de búsquedas aumentaba drásticamente. Si ella indagara en investigaciones en las que no era lógico que ese policía participase, saltaría la alarma.

Durante el año siguiente trabajó con su colega *hacker* Plague para hacerse con el control de la red informática de la policía. Les supuso una dificultad tan insalvable que un tiempo después abandonaron el proyecto, aunque, en el transcurso del trabajo, llegaron a acumular cerca de cien identidades policiales que podían utilizar según sus necesidades.

Plague abrió una importante brecha cuando consiguió piratear el ordenador de casa del jefe del departamento de Seguridad de la policía. El tipo en cuestión era un economista con escasos conocimientos informáticos, que acumulaba una cantidad ingente de información en su portátil. Eso les brindaba a Lisbeth y Plague la posibilidad de, si no piratear, sí, por lo menos, destrozar completamente la red policial con virus malignos de diferentes clases. Sin embargo, era una actividad que no les interesaba lo más mínimo a ninguno de los dos; eran *hackers*, no saboteadores. Querían acceder a redes que funcionaran, no destruirlas.

Lisbeth Salander comprobó su lista y constató que ninguna de esas personas cuyas identidades habían suplantado en aquel entonces trabajaba en la investigación del triple asesinato; eso hubiera sido esperar demasiado. Sí pudo entrar y leer, sin dificultad alguna, todos los detalles de su orden nacional de busca y captura; incluso habían actualizado sus datos personales. Descubrió que había sido vista y perseguida en Uppsala, Norrköping, Gotemburgo, Malmö, Hässleholm y Kalmar, entre otras ciudades, y que se había procesado y distribuido informáticamente una imagen que ofrecía una idea más precisa de su aspecto.

Una de las pocas ventajas con las que jugaba Lisbeth en aquella situación era que apenas existían fotografías de ella. Aparte de la del pasaporte de hacía cuatro años, que también usaba para su carné de conducir, y otra del archivo policial de cuando contaba dieciocho —donde estaba irreconocible—, no había más que unas pocas instantáneas sueltas extraídas de viejos álbumes del colegio y otras que habían sido hechas por algún profesor durante una excursión del colegio a la reserva natural de Nacka. Las fotos de la excursión —ahí tenía doce años— mostraban una figura borrosa que estaba sentada sola y un poco apartada de los demás.

La desventaja era que en la foto del pasaporte salía con una mirada fija, la boca cerrada en una fina línea y con la cabeza ligeramente inclinada hacia delante. Confirmaba la imagen de una asesina retrasada y antisocial, un mensaje que los medios de comunicación se encargaban de difundir. Lo positivo era que distaba tanto de su aspecto actual que muy pocas personas serían capaces de reconocerla.

Lisbeth siguió con avidez la reconstrucción del perfil de las tres víctimas. El martes los medios empezaron a estancarse y, a falta de revelaciones sensacionalistas en la caza de Lisbeth Salander, el interés se centró en las víctimas. En uno de los vespertinos se retrató a Dag Svensson, Mia Bergman y Nils Bjurman en un extenso artículo de fondo. El mensaje era que tres honrados ciudadanos habían sido salvajemente masacrados por motivos incomprensibles.

Nils Bjurman aparecía como un respetable abogado, con un alto sentido del compromiso social, miembro de Greenpeace y «comprometido con los jóvenes». A su colega e íntimo amigo, Jan Håkansson, que tenía su bufete en el mismo edificio que Bjurman, se le dedicaba una columna. Håkansson confirmaba la imagen de Bjurman como un hombre que luchaba por los derechos de la gente de a pie. Un funcionario de la comisión de tutelaje lo describía como alguien genuinamente comprometido con su protegida Lisbeth Salander.

Lisbeth Salander esbozó la primera sonrisa torcida del día.

Mia Bergman, la víctima femenina del drama, era objeto de una atención especial. Ella era descrita como una mujer joven, guapa, tremendamente inteligente y ya con un impresionante currículo y una carrera brillante por delante. Se citaba a amigos, compañeros de curso y a la directora de su tesis, todos en estado de *shock*. La pregunta más habitual era «por qué». Las fotos mostraban flores y velas encendidas ante el portal del inmueble de Enskede.

A Dag Svensson se le dedicaba, en comparación, bastante poco espacio. Se le describía como un audaz reportero, pero el interés fundamental recaía sobre su pareja.

Lisbeth advirtió, con ligero asombro, que hasta el domingo de Pascua nadie descubrió que Dag Svensson había estado trabajando en un amplio reportaje para la revista *Millennium*. Su sorpresa fue en aumento cuando descubrió que, en el artículo, no quedaba claro en qué andaba trabajando exactamente.

Nunca leyó lo que Mikael Blomkvist había dicho para la edición digital de *Aftonbladet*. Hasta el martes, cuando reprodujeron sus palabras en un informativo de la tele, no descubrió que Blomkvist había dado una información manifiestamente engañosa. Mikael afirmaba que Dag Svensson fue contratado para escribir un reportaje sobre «la seguridad informática y la intrusión informática ilegal».

Lisbeth Salander frunció el ceño. Sabía que la afirmación era falsa y se preguntó a qué estaba jugando *Mi-*

llennium en realidad. Luego, comprendió el mensaje y mostró la segunda sonrisa torcida del día. Se conectó al servidor de Holanda e hizo doble clic sobre el icono bautizado como MikBlom/laptop. Encontró la carpeta «Lisbeth Salander» y el documento «Para Sally» en el escritorio. Hizo doble clic y lo leyó.

Presa de sentimientos encontrados, se quedó inmóvil ante la carta de Mikael. Hasta ese momento había sido ella contra el resto de Suecia, lo que constituía una ecuación bastante clara. Y ahora, de repente, contaba con un aliado o, por lo menos, con un aliado potencial, que declaraba que creía en su inocencia. Pero era el único hombre de toda Suecia al que no deseaba ver bajo ninguna circunstancia. Suspiró. Mikael Blomkvist se le antojó, como siempre, un condenado e ingenuo *do gooder*. Lisbeth Salander no había sido inocente desde los diez años.

«No hay inocentes; sólo distintos grados de responsabilidad.»

Nils Bjurman estaba muerto porque había elegido no jugar según las reglas que ella había establecido. Tenía todas las de ganar, y aun así, había contratado a un maldito macho alfa para hacerle daño. Eso no era responsabilidad de Lisbeth.

Sin embargo, no debía subestimar la aparición de Kalle Blomkvist en escena. Podía serle útil.

Era bueno resolviendo misterios y su cabezonería no tenía parangón. Eso lo aprendió Lisbeth en Hedestad. Cuando le hincaba el diente a algo seguía hasta la muerte. Era realmente ingenuo. Pero también capaz de moverse por donde ella no podía dejarse ver. Le sería útil hasta que lograra salir del país. Cosa que suponía que se vería obligada a hacer dentro de poco.

Desgraciadamente, a Mikael Blomkvist no se le podía dirigir: resultaba imprescindible motivarlo para que actuara. Y para ello necesitaba un pretexto moral.

Era bastante previsible. Reflexionó un rato y luego creó otro documento al que bautizó «Para Mik-Blom» y donde escribió una sola palabra.

Zala

Eso debería darle algo en lo que pensar.

Seguía ante el ordenador, meditando, cuando advirtió que Mikael Blomkvist encendió, de repente, su iBook. Su respuesta llegó poco después.

Lisbeth:
¡Joder, tía! ¡Qué complicada eres! ¿Quién diablos es Zala? ¿Es él el vínculo? ¿Sabes quién mató a Dag y Mia? En ese caso, dímelo ya de una vez para que podamos resolver esta mierda e irnos todos a casa a descansar. Mikael.

Perfecto. Hora de engancharlo.

Ella creó otro documento al que llamó «Kalle Blomkvist». Sabía que le fastidiaría. Luego le redactó un breve mensaje.

El periodista eres tú. Averígualo.

Como era de esperar, él contestó, casi inmediatamente, con una súplica para que ella entrara en razón; aparte de eso, también intentó tocarle la fibra. Lisbeth sonrió y cerró la ventana del disco duro de Mikael.

Ya que había comenzado, siguió y abrió el disco duro de Dragan Armanskij. Pensativa, leyó el informe que él había redactado sobre ella el lunes de Pascua. No quedaba claro a quién lo dirigía, pero Lisbeth dio por descontado que lo único razonable era que Armanskij estuviera colaborando con la policía para que la detuvieran.

Dedicó un tiempo a repasar el correo electrónico de Armanskij, pero no encontró nada de interés. Al ir a cerrar el disco duro, se topó con un correo electrónico dirigido al jefe técnico de Milton Security. Armanskij le daba instrucciones de instalar una cámara oculta de vigilancia en su despacho.

«Ufff.»

Miró la fecha y constató que el mensaje se había enviado a finales de enero, apenas una hora después de la visita de cortesía que ella le realizó.

Eso significaba que se vería obligada a modificar ciertos procedimientos rutinarios en el sistema automático de vigilancia antes de volver a entrar en el despacho de Armanskij.

Capítulo 22

El martes por la mañana, Lisbeth Salander accedió al registro de la Policía Criminal nacional y buscó a Alexander Zalachenko. No aparecía por ninguna parte, algo que no le sorprendió ya que, por lo que sabía, no tenía antecedentes penales en Suecia y ni siquiera figuraba en el padrón.

Para entrar en el registro se sirvió de la identidad del comisario Douglas Skiöld, de cincuenta y cinco años, adscrito al distrito policial de Malmö. Se sobresaltó cuando, de pronto, su ordenador hizo clin y un icono del menú empezó a parpadear; alguien deseaba chatear a través del programa ICQ.

Dudó un instante. Su primer impulso fue tirar del cable y desconectarse. Luego lo pensó mejor. Skiöld no disponía de ICQ en su ordenador. Pocas personas mayores lo instalaban, ya que se trataba de un programa que, en general, utilizaba la gente joven y los usuarios experimentados que querían chatear.

Lo cual significaba que alguien la estaba buscando a ella. Y por tanto no había muchas alternativas. Abrió el ICQ y escribió las palabras:

—¿Qué quieres, Plague?

—WASP, es difícil dar contigo. ¿Nunca miras tu correo?

—¿Cómo lo has hecho?

—Skiöld. Tengo la misma lista. Suponía que estarías usando alguna de las identidades con más autorizaciones.

—¿Qué quieres?

—¿Quién es ese Zalachenko al que andas buscando?

—MYOB.

—¿...?

—*Mind Your Own Business*.

—¿Qué está pasando?

—*Fuck O*, Plague.

—Y yo que pensaba que el discapacitado social era yo, como tú siempre dices. Si nos fiamos de la prensa, en comparación contigo, soy la normalidad personificada.

—«I»

—Otro dedo para ti. ¿Necesitas ayuda?

Lisbeth dudó un momento. Primero Blomkvist y ahora Plague. No había quien parara el aluvión de gente que acudía en su auxilio. Plague era un ermitaño de ciento sesenta kilos que se comunicaba con el mundo exterior a través de Internet y que hacía que, a su lado, Lisbeth Salander pareciera un dechado de competencia social. Como Lisbeth no contestaba, Plague escribió una línea más.

—¿Todavía ahí? ¿Necesitas ayuda para salir del país?

—No.

—¿Por qué disparaste?

—*Piss off*.

—¿Piensas matar a más gente? Y en tal caso, ¿debo preocuparme? Seguramente sea la única persona capaz de seguirte el rastro.

—Ocúpate de tus asuntos; no tienes de qué preocuparte.

—No me preocupo. Búscame en hotmail si necesitas algo. ¿Armas? ¿Pasaporte nuevo?

—Eres un sociópata.

—Mira quién habla.

Lisbeth desconectó el programa ICQ, se sentó en el

sofá y se puso a pensar. Al cabo de diez minutos volvió a conectarse y le envió un *mail* a su dirección de hotmail.

El fiscal Ekström, el instructor del sumario, vive en Täby. Está casado, tiene dos niños y dispone de banda ancha en su chalé. Necesitaría el *access* de su portátil o, si no es posible, de su ordenador de casa. Necesito leerle en tiempo real. *Hostile takeover* con un disco duro espejo.

Lisbeth sabía que Plague raramente abandonaba su casa de Sundbyberg, así que alimentó la esperanza de que hubiese adiestrado a algún acneico adolescente que pudiera hacer el trabajo de campo. No firmó el *mail*; resultaba superfluo. Quince minutos más tarde, el ICQ volvió a hacer clin.

—¿Cuánto pagas?

—10.000 + gastos para ti y 5.000 para tu ayudante.

—Tendrás noticias mías.

El jueves por la mañana, Lisbeth recibió un correo de Plague. Era una dirección ftp. Lisbeth se quedó perpleja. No esperaba ningún resultado hasta dentro de, al menos, dos semanas. Realizar un *hostile takeover*, incluso con el programa de Plague y su *hardware* diseñado a medida, era un proceso laborioso que requería introducir, sin ser detectado, en un ordenador, kilobyte a kilobyte, pequeños fragmentos de información hasta crear un sencillo programa. La rapidez de la operación dependía de la frecuencia con la que Ekström usara su ordenador; luego, eran necesarios unos cuantos días más para transmitir toda esa información hasta un disco duro espejo. Cuarenta y ocho horas no sólo resultaba excepcional, sino teóricamente imposible. Lisbeth estaba impresionada. Activó su ICQ.

—¿Cómo lo has hecho?

—Cuatro personas de la casa tienen ordenador. No te lo vas a creer: no tienen cortafuegos. Seguridad cero. No tuve más que engancharme al cable y cargar. Los gastos ascienden a seis mil coronas. ¿Te lo puedes permitir?

—Por supuesto. Más una bonificación por un trabajo rápido.

Tras vacilar un instante realizó, vía Internet, una transferencia de treinta mil coronas a la cuenta de Plague; no quería malacostumbrarlo con sumas exorbitantes. Luego se acomodó en su silla de Ikea modelo Verksam y accedió al portátil del instructor del sumario, el fiscal Ekström.

Una hora después ya había leído todos los informes que el inspector Jan Bublanski le había enviado. Según el reglamento, ese tipo de información no debía salir de la jefatura de policía, pero Lisbeth sospechaba que Ekström, sencillamente, pasaba de las normas, se llevaba el trabajo a casa y se conectaba a Internet sin ningún cortafuegos.

Una vez más, eso demostraba su tesis de que no hay mejor grieta en un sistema de seguridad que el más tonto de los colaboradores. Gracias al ordenador de Ekström obtuvo información esencial.

Lo primero que descubrió fue que Dragan Armanskij había destinado a dos colaboradores, gratis, para que se unieran al equipo de Bublanski, cosa que, en la práctica, significaba que Milton Security financiaba la caza policial. Su misión consistía en contribuir, de todas las maneras posibles, a la detención de Lisbeth Salander. «Muchas gracias, Armanskij, todo un detalle. Lo tendré en cuenta.» Su rostro se ensombreció cuando descubrió quiénes habían sido los elegidos. Bohman le parecía un tipo bastante soso pero, en general, correcto con ella. En cambio, Nicklas Eriksson era un don nadie corrupto que se había aprovechado de su posición en Milton Security para engañar a uno de los clientes de la empresa.

Lisbeth Salander poseía una moral selectiva. Engañar a los clientes de la empresa, siempre con la condición de que se lo tuvieran bien merecido, no le resultaba nada ajeno, pero jamás lo haría tras haber aceptado un trabajo que implicara mantener el secreto profesional.

Lisbeth también descubrió que la persona que filtraba información a la prensa era el mismísimo instructor del sumario, Ekström. Quedaba al descubierto en un correo electrónico en el que contestaba tanto a preguntas sobre el informe psiquiátrico de Lisbeth como a las de la relación de Lisbeth con Miriam Wu.

La tercera pieza de información relevante fue la constatación de que el equipo de Bublanski no tenía ni la más mínima pista para buscar a Lisbeth Salander. Leyó con interés un informe que desglosaba las medidas adoptadas y los sitios que se hallaban bajo vigilancia temporal. Una lista breve. Por supuesto, Lundagatan, pero también el domicilio de Mikael Blomkvist y la antigua dirección de Miriam Wu en Sankt Eriksplan, así como el Kvarnen, donde había sido vista en alguna ocasión. «Joder, ¿por qué daría aquel espectáculo con Mimmi? ¡Qué ocurrencia más idiota!»

El viernes, los investigadores de Ekström también encontraron la pista que los llevó hasta las Evil Fingers. Supuso que eso significaría que controlarían unas cuantas direcciones más. Arrugó el entrecejo; ya podía dar por perdidas a las chicas del grupo, si bien era verdad que no había tenido ningún contacto con ellas desde que regresara a Suecia.

Cuanto más pensaba en el tema, más desconcertada estaba. El fiscal Ekström había filtrado a la prensa todo tipo de mierda sobre ella. A Lisbeth no le costó nada entender su objetivo: darse publicidad y preparar el terreno para el día en el que dictara auto de procesamiento contra ella.

Pero ¿por qué no había filtrado el informe de la investigación policial de 1991? El motivo de su inmediato ingreso en Sankt Stefan. ¿Por qué ocultaba aquella historia?

Entró en el ordenador de Ekström y se pasó una hora examinando sus documentos. Al acabar encendió un cigarrillo. No encontró ni una sola referencia a los acontecimientos de 1991. Eso la llevó a una extraña conclusión. Él no estaba al tanto de aquella investigación.

Por un momento, Lisbeth no supo qué hacer. Acto seguido miró, de reojo, su PowerBook. Había dado con algo a lo que el Kalle Blomkvist de los Cojones pudiera hincarle el diente. Reinició el ordenador, entró en su disco duro y creó el documento «MB2».

El fiscal E filtra información a los medios de comunicación. Pregúntale por qué no ha filtrado el viejo informe policial.

Eso debería bastar para ponerlo en marcha. Esperó pacientemente durante dos horas hasta que Mikael se conectó. Mikael abrió su correo electrónico, pero tardó quince minutos en descubrir el documento de Lisbeth y cinco más en responder con el documento «Críptico». No mordió el anzuelo. En su lugar le dio la lata con que quería saber quién había asesinado a sus amigos.

Era un argumento que Lisbeth podía entender. Se ablandó un poco y contestó con «Críptico 2»:

¿Qué harías si fuera yo?

Lo cual, de hecho, tenía la intención de ser una pregunta personal. Respondió con «Críptico 3». La dejó perpleja.

Lisbeth:

Si es que te has vuelto loca de atar, probablemente sólo Peter Teleborian pueda ayudarte. Pero no creo que tú hayas matado a Dag y a Mia. Espero llevar razón. Rezo por ello.

Dag y Mia pensaban denunciar el comercio sexual. Mi hipótesis es que eso, de alguna manera, motivó los asesinatos. Pero no tengo nada en lo que apoyarme.

No sé qué salió mal entre nosotros pero en una ocasión tú y yo hablamos de la amistad. Yo te dije que la amistad se basa en dos cosas: el respeto y la confianza. Aunque ya no me quieras, puedes seguir depositando tu confianza en mí. Nunca he revelado tus secretos. Ni siquiera lo que pasó con el dinero de Wennerström. Confía en mí. No soy tu enemigo.

M.

Al principio, su referencia a Peter Teleborian la enfureció. Luego se dio cuenta de que Mikael no pretendía fastidiar. No tenía ni idea de quién era Peter Teleborian; probablemente no lo hubiera visto más que por la tele, donde aparecía como un experto respetado internacionalmente en psiquiatría infantil.

Pero lo que realmente la dejó perpleja fue la referencia al dinero de Wennerström. Ignoraba por completo cómo habría conseguido Mikael averiguar eso. Estaba convencida de que no cometió ningún error y de que nadie en el mundo se había enterado de lo que había hecho.

Volvió a leer la carta varias veces.

La referencia a la amistad la incomodó. No sabía qué contestar.

Al final creó «Críptico 4».

Me lo pensaré.

Se desconectó y se sentó en el alféizar de la ventana.

Hasta el viernes por la noche, alrededor de las once, nueve días después de los asesinatos, Lisbeth Salander no abandonó su piso de Mosebacke. Para entonces, sus provisiones de Billys Pan Pizza y otros productos alimenticios, al igual que la última miga de pan y el último trocito de queso, hacía tiempo que se habían agotado. Hacía tres días que se alimentaba exclusivamente de copos de avena que compró por impulso una vez que se le ocurrió comer más sano. Descubrió que un decilitro de avena acompañado de unas cuantas pasas y de dos decilitros de agua, se convertía, tras un minuto de microondas, en unas gachas perfectamente comestibles.

No fue sólo la falta de comida lo que la hizo salir. Tenía que encontrar a una persona. Y, por desgracia, no podía hacer realidad esa necesidad encerrada en su casa. Se acercó al armario, sacó la peluca rubia y cogió el pasaporte noruego de Irene Nesser.

Irene Nesser existía en la vida real. Su aspecto físico era bastante similar al de Lisbeth Salander. Hacía tres años que había perdido su pasaporte. Cayó en las manos de Lisbeth por mediación de Plague, y desde hacía año y medio ella alternaba su personalidad con la de Irene Nesser en función de las circunstancias.

Lisbeth se quitó los *piercings* de las cejas y de la nariz y se maquilló ante el espejo del cuarto de baño. Se vistió con unos vaqueros oscuros, un jersey marrón y amarillo sencillo pero abrigado y unas botas con algo de tacón. Todavía le quedaban en una caja unos cuantos botes de gas lacrimógeno; se llevó uno. También sacó la pistola eléctrica que llevaba más de un año sin tocar y la puso a cargar. Metió una muda en una bolsa de nailon. Dejó el piso bien entrada la tarde. Empezó el periplo por el McDonald's de Hornsgatan. Lo eligió porque allí resultaba menos probable que se cruzara con alguno de sus ex compañeros de Milton Security que en el de Slussen o en el de Medborgarplatsen. Se comió un Big Mac y se bebió una Coca-Cola grande.

Después de cenar cogió el 4, cruzó Västerbron y se bajó en Sankt Eriksplan. Caminó hasta Odenplan y poco después de la medianoche, estaba en Upplandsgatan ante el portal de la casa del difunto abogado Bjurman. No esperaba que el domicilio se hallase bajo vigilancia, pero advirtió que había luz en la ventana de un vecino de su misma planta y por eso, se dio un paseo subiendo hacia Vanadisplan. Cuando volvió, una hora más tarde, la vivienda ya estaba a oscuras.

En la penumbra de la escalera, Lisbeth subió con pies ligeros hasta el piso de Bjurman. Con la ayuda de un cúter cortó el precinto policial. Abrió la puerta silenciosamente.

Encendió la luz del vestíbulo, que sabía que no se veía desde fuera, y, acto seguido, sacó su pequeña linterna y se dirigió hacia el dormitorio. Las persianas estaban bajadas. Paseó el haz de luz por la cama aún manchada de sangre. Pensó en lo cerca que había estado de morir allí mismo y, de pronto, le invadió una sensación de profunda satisfacción al saber que, por fin, Bjurman había desaparecido para siempre de su vida.

El objetivo de visitar la escena del crimen consistía en averiguar dos cosas. En primer lugar, la conexión entre Bjurman y Zala. Estaba convencida de que tenía que existir algún vínculo, pero al analizar el contenido del ordenador de Bjurman, no pudo sacar nada en claro.

Pero había otra cosa a la que no paraba de darle vueltas. Durante la incursión nocturna que realizó unas semanas antes, advirtió que Bjurman había sacado unos documentos de la carpeta donde guardaba todo el material de Lisbeth Salander. Las páginas que faltaban correspondían a esa parte de la descripción del cometido de Bjurman, redactada por la comisión de tutelaje, donde se resumía el estado psíquico de Lisbeth Salander en términos de lo más sucinto. A Bjurman no le hacían falta esos documentos, así que era posible que hubiese limpiado la carpeta y los hubiese tirado. En contra de esa suposición estaba, no obstante, el hecho de que los abogados nunca tiran documentación relacionada con un caso abierto. Los papeles podían ser todo lo superfluos que se quisiera, pero no dejaba de resultar ilógico deshacerse de ellos. Sin embargo, no estaban en la carpeta ni tampoco en ningún otro sitio.

Se percató de que la policía no sólo se había llevado esas carpetas que trataban sobre Lisbeth Salander, sino también otra documentación. Dedicó dos horas a peinar el piso, palmo a palmo, para averiguar si a los agentes se les había pasado algo. Unos momentos después pudo constatar, ligeramente frustrada, que ése no parecía ser el caso.

En la cocina halló un cajón que contenía diferentes tipos de llaves. Encontró las del coche y también un juego con la de alguna puerta y la de un candado. Se acercó en silencio hasta los trasteros de la última planta e intentó abrir todos los candados del pasillo hasta que dio con el trastero de Bjurman. Había muebles viejos, un armario con ropa trasnochada, esquís, la batería de un coche, cajas con libros y algunos trastos más. No encontró nada de interés, de modo que bajó las escaleras y se sirvió de la otra llave para entrar en el garaje. Dio con su Mercedes y en un instante advirtió que no contenía nada de valor.

Descartó visitar su bufete. Tan sólo hacía unas semanas que había estado allí, la misma noche en la que entró en su casa, y sabía que Bjurman llevaba dos años sin pisarlo. Allí no había más que polvo.

Lisbeth regresó al piso, se sentó en el sofá del salón y se puso a pensar. Se levantó unos cuantos minutos después y volvió al cajón de las llaves de la cocina. Las examinó de una en una. Un juego pertenecía a las cerraduras de una puerta y una de las llaves era antigua y estaba oxidada. Frunció el ceño. Luego levantó la mirada y vio, junto al fregadero, un estante en el que Bjurman había colocado una veintena de bolsas con simientes. Las cogió y constató que se trataba de semillas para plantar en el jardín.

«Tiene una casa de campo. O una casita con jardín en alguna colonia. ¿Cómo se me ha podido pasar?»

Tardó tres minutos en dar con una factura de hacía seis años que revelaba que Bjurman había pagado a una empresa constructora por unos trabajos efectuados en el camino de acceso, y un minuto más en encontrar los papeles del seguro de un inmueble situado en las proximidades de Stallarholmen, fuera de Mariefred.

A las cinco de la mañana se detuvo en el 7-Eleven de lo alto de Hantverkargatan, junto a Fridhemsplan. Compró una considerable cantidad de Billys Pan Pizza, leche, pan, queso y otros productos básicos. También compró un periódico matutino cuyo titular la dejó maravillada.

LA MUJER BUSCADA ¿EN EL EXTRANJERO?

Por motivos desconocidos para Lisbeth, el periódico había elegido no nombrarla. Se refería a ella como «la mujer de veintiséis años». El texto indicaba que una fuente perteneciente a la policía afirmaba que tal vez hubiera huido al extranjero y se hallara en Berlín. No quedaban claras las razones que tendría ella para irse precisamente a Berlín pero, según las informaciones recibidas, había llegado a oídos de la policía que había sido vista en un «club anarcofeminista» de Kreutzberg. El local era descrito como un refugio de jóvenes seguidores de cualquier corriente que fuera desde el terrorismo político hasta el movimiento antiglobalización y el satanismo.

Regresó a Södermalm con el autobús número 4, se bajó en Rosenlundsgatan y paseó hasta Mosebacke. Antes de meterse en la cama preparó café y se comió unos sándwiches.

Lisbeth durmió hasta bien entrada la tarde. Cuando se despertó olisqueó pensativamente las sábanas y constató que ya iba siendo hora de cambiarlas. Dedicó la tarde del sábado a limpiar el piso. Sacó la basura y metió los periódicos viejos en dos grandes bolsas que guardó en un trastero del vestíbulo. Puso una lavadora de ropa interior y camisetas y luego otra con vaqueros. Recogió los platos sucios, puso el lavavajillas y terminó pasando la aspiradora y fregando el suelo.

Eran las nueve de la noche y estaba empapada en sudor. Llenó la bañera y echó sales de baño a discreción. Se acomodó dentro, cerró los ojos y se puso a pensar. Cuando se despertó, ya era medianoche y el agua estaba helada. Irritada, se levantó, se secó y se fue a la cama. Volvió a dormirse casi en el acto.

El domingo por la mañana, cuando conectó su Power-Book y leyó todas las tonterías que habían escrito sobre Miriam Wu, Lisbeth enfureció. Se sintió miserable y le invadieron los remordimientos. No se había dado cuenta de hasta qué punto iban a atacar a Mimmi. Y el único delito de Mimmi consistía en ser... ¿conocida?, ¿amiga?, ¿amante?, de Lisbeth.

No sabía muy bien qué palabra utilizar para describir su relación con ella, pero comprendió que, fuera la que fuese, lo más seguro es que ya hubiese terminado. Se iba a ver obligada a borrar el nombre de Mimmi de su, ya de por sí, corta lista de amigos. Tras el acoso mediático del que estaba siendo víctima, dudaba que Mimmi quisiera volver a tener algo que ver con esa loca psicótica llamada Lisbeth Salander.

Le daba rabia.

Memorizó el nombre de Tony Scala, el periodista que dio el pistoletazo de salida de la persecución de Mimmi. Además, decidió localizar a un desagradable columnista que aparecía retratado con una americana a rayas que se empeñaba en reiterar el epíteto «la bollera BDSM», en una crónica supuestamente humorística de un periódico vespertino.

La lista de personas a las que Lisbeth tenía intención de someter a tratamiento empezaba a ser bastante larga.

Pero primero debía encontrar a Zala.

No sabía con exactitud qué sucedería cuando diera con él.

El domingo por la mañana, a las siete y media, una llamada de teléfono despertó a Mikael. Somnoliento, estiró la mano y lo cogió.

—Buenos días —dijo Erika Berger.

—Mmm —contestó Mikael.

—¿Estás solo?

—Me temo que sí.

—Entonces te sugiero que te metas en la ducha y que prepares café. Vas a recibir una visita dentro de cinco minutos.

—¿Ah, sí? ¿De quién?

—Paolo Roberto.

—¿El boxeador? ¿El rey de Kungsträdgården?

—El mismo. Me ha llamado y hemos hablado media hora.

—¿Por qué?

—¿Que por qué me ha llamado a mí? Bueno, nos conocemos lo suficiente como para saludarnos cuando nos vemos. Le hice una larga entrevista a raíz de la película de Hildebrand en la que participó y luego hemos coincidido varias veces a lo largo de los años.

—No lo sabía. Pero me refería a por qué me va a visitar a mí.

—Porque... bah, creo que es mejor que te lo explique él mismo.

Mikael apenas había salido de la ducha y se había puesto unos pantalones, cuando Paolo Roberto llamó a la puerta. Le abrió y lo invitó a sentarse a la mesa de la cocina mientras buscaba una camisa limpia y preparaba dos *espressos* dobles que sirvió con una cucharadita de leche. Impresionado, Paolo Roberto observó el café.

—¿Querías hablar conmigo?

—Ha sido idea de Erika Berger.

—Muy bien. Pues adelante.

—Conozco a Lisbeth Salander.

Mikael arqueó las cejas.

—¿Ah, sí?

—Me quedé un poco sorprendido cuando Erika Berger me contó que tú también la conoces.

—Creo que es mejor que empieces por el principio.

—Vale. Verás, anteayer regresé de Nueva York después de un mes y me encontré con el careto de Lisbeth en todos los putos periódicos. La prensa está echándole encima mucha mierda. Hostia, y ni uno solo de esos putos cabrones parece tener ni una maldita palabra positiva sobre ella.

—Has conseguido meter dos «putos», un «cabrones» y un «hostia» en una sola frase.

Paolo se rió.

—Perdón. Es que estoy bastante cabreado. Llamé a Erika porque necesitaba hablar con alguien y no sabía con quién. Como el periodista de Enskede trabajaba para *Millennium* y da la casualidad de que conozco a Erika Berger, la llamé.

—Vale.

—Aunque Salander se haya vuelto loca y hecho todo lo que dice la policía, hay que darle, al menos, el beneficio de la duda. Vivimos en una sociedad de derecho y nadie debe ser condenado sin haber sido escuchado.

—Estoy completamente de acuerdo —dijo Mikael.

—Eso tengo entendido, por lo que Erika me ha contado. Cuando la llamé pensé que los de *Millennium* también ibais tras la cabeza de Lisbeth, sobre todo teniendo en cuenta que ese tal Dag Svensson trabajaba para vosotros. Pero Erika me ha dicho que tú piensas que es inocente.

—Conozco a Lisbeth Salander. Me cuesta verla como una asesina psicópata.

De repente Paolo se rió.

—Es una chalada de la hostia, pero va con los buenos. Me cae bien.

—¿De qué la conoces?

—He boxeado con Salander desde que ella tenía diecisiete años.

Mikael Blomkvist cerró los ojos durante diez segundos antes de volver a levantar la vista para mirar a Paolo Roberto. Como siempre, Lisbeth Salander seguía siendo una caja de sorpresas.

—Hombre, claro, Lisbeth Salander boxeando con Paolo Roberto. Estáis en la misma categoría de peso.

—No estoy bromeando.

—Te creo. En una ocasión, Lisbeth me contó que solía hacer de *sparring* con los chicos de un club de boxeo.

—Déjame contarte cómo empezó. Hace diez años entré como ayudante del entrenador de los júnior que querían empezar a boxear en el club de Zinkensdamm. Yo ya era un boxeador consagrado y el responsable de los júnior pensó que yo podría atraer a la gente, así que empecé a ir por las tardes y me convertí en el *sparring* de los chicos.

—Vale.

—Y bueno, una cosa llevó a otra, me quedé todo el verano y hasta bien entrado el otoño. Hicieron una campaña y pusieron pósteres y cosas así para intentar despertar el interés de los jóvenes por el boxeo. Y la verdad es que se apuntaron muchos chavales de quince o dieciséis años e incluso de más edad. Había bastantes inmigrantes. El boxeo era una buena alternativa a merodear por el centro y meterse en líos. Que me lo digan a mí. Yo sé lo que es eso.

—Vale.

—Y un día, en pleno verano, apareció esa chica flacucha de la nada. Ya sabes la pinta que tiene. Entró en el local del club y dijo que quería aprender a boxear.

—Me puedo imaginar la escena.

—No veas la que montó. Media docena de chavales, más o menos con el doble de peso que ella y considerablemente más grandes, se partieron de risa. Yo también me reí. Nada serio, pero nos metimos un poco con ella. También teníamos un grupo femenino y yo le dije alguna estupidez del tipo «las niñas pequeñas sólo pueden boxear los jueves» o algo así.

—Imagino que ella no se rió.

—Pues no, no se rió para nada. Me clavó sus ojos negros. Luego, alargó la mano y cogió unos guantes que alguien había dejado por allí. Le quedaban enormes y ni siquiera se los ató. Nos tronchamos de risa. ¿Te lo imaginas?

—Esto promete.

Paolo Roberto volvió a reírse.

—Como yo era el entrenador, me acerqué y fingí lanzarle unos cuantos *jabs*.

—Uy, uy, uy.

—Sí, más o menos. De repente la cabrona me soltó una leche en todos los morros.

Volvió a reírse.

—Allí estaba yo haciendo el payaso con ella; me cogió

completamente desprevenido. Me metió unos dos o tres castañazos antes de que ni siquiera se me ocurriera esquivarlos. A ver, su fuerza muscular era cero y sus golpes me hacían más bien cosquillas. Pero cuando yo empecé a esquivarlos ella cambió de táctica. Boxeó de manera instintiva y colocó más golpes aún. Así que comencé a pararlos en serio, y descubrí que la muy cabrona era más rápida que un reptil. Si hubiese sido un poco más alta y más fuerte, allí habría habido un combate en toda regla. ¿Entiendes lo que te digo?

—Perfectamente.

—Y, entonces, volvió a cambiar de táctica y me dio en todos los huevos. Ni te cuento lo que me dolió.

Mikael asintió con la cabeza.

—Así que yo le devolví unos *jabs* y le pegué en la cara. No fue ningún puñetazo fuerte ni nada por el estilo, sólo un *pum*. Entonces ella me dio una patada en la rodilla. Aquello era una locura. Yo era tres veces más grande y pesado, y ella no tenía absolutamente nada que hacer, pero me estaba moliendo a palos como si le fuera la vida en ello.

—La habías provocado.

—Luego caí en la cuenta. Y me dio mucha vergüenza. Quiero decir… nos habíamos anunciado con pósters y todo eso para atraer a los jóvenes al club, y cuando Lisbeth se presenta y dice completamente en serio que quiere aprender a boxear, se encuentra con una panda de chavales que no hacen más que reírse de ella. Yo habría perdido la cabeza si alguien me hubiera tratado así.

Mikael asintió con la cabeza.

—En fin, aquella pelea duró varios minutos. Así que al final la cogí, la tumbé en el suelo y la sujeté hasta que dejó de patalear. Joder, la tía tenía incluso lágrimas en los ojos y me miraba con tanta rabia que… bueno…

—Que empezaste a boxear con ella.

—Cuando se tranquilizó la dejé levantarse y le pregunté si eso de aprender a boxear iba en serio. Me tiró los guantes y se dirigió a la salida. Salí corriendo tras ella y le bloqueé el paso. Le pedí perdón y le dije que, si lo decía en serio, yo le enseñaría, que se presentara al día siguiente a las cinco en punto.

Se calló un rato y su mirada se perdió en el vacío.

—Al día siguiente por la tarde les tocaba a las chicas y ella apareció. La metí en el cuadrilátero con una tía que se llamaba Jennie Karlsson, de dieciocho años, que llevaba más de un año entrenándose. El problema era que no había nadie con el mismo peso de Lisbeth que tuviera más de doce años. De modo que le pedí a Jennie que fuera con cuidado y sólo simulara los golpes, puesto que Salander estaba muy verde.

—¿Y qué sucedió?

—Diez segundos después Jennie tenía el labio partido. Durante un asalto entero, Salander colocó golpe tras golpe y esquivó todo lo que Jennie intentaba. Y estamos hablando de una tía que jamás había pisado un cuadrilátero. En el segundo asalto, Jennie se cabreó tanto que empezó a dar golpes en serio, pero no acertó ni uno. Yo me quedé boquiabierto. Nunca he visto a ningún boxeador profesional moverse con tanta velocidad. Si yo fuera la mitad de rápido que Salander, sería feliz.

Mikael asintió con la cabeza.

—Pero la limitación de Salander era que sus golpes no valían nada. Empecé a entrenar con ella. La tuve en la sección femenina durante un par de semanas y perdió varias peleas, porque tarde o temprano alguien conseguía encajarle un buen puñetazo y entonces teníamos que parar y llevarla al vestuario, porque se cabreaba y empezaba a dar patadas y a morder y pelear de verdad.

—Suena a Lisbeth.

—No se rendía nunca. Pero al final fastidió a tantas chicas que su entrenador la echó.

—¡Anda!

—Sí, resultaba imposible boxear con ella. Sólo tenía una posición, la que nosotros llamamos *Terminator Mode*, que consiste en dejar KO al adversario; y daba igual si se trataba sólo de un calentamiento o de un entrenamiento con el *sparring*. A menudo las chicas volvían a casa magulladas porque Lisbeth les había dado una patada. Entonces se me ocurrió una idea. Yo tenía problemas con un chico sirio de diecisiete años llamado Samir. Un buen boxeador: constitución fuerte y con vodka en el golpe, pero no sabía moverse. Se quedaba parado todo el rato.

—¿Y?

—Le pedí a Salander que pasara una tarde por el club cuando yo estuviera entrenando a Samir. Ella se cambió y yo la metí en el cuadrilátero con él, con su protector de cabeza, de dentadura y toda la pesca. Al principio, Samir se negó a hacer de *sparring* con ella porque «no era más que una jodida tía» y todas esas chorradas machistas. Así que le dije alto y claro, de modo que todo el mundo pudiera oírlo, que ahí nadie iba a hacer de *sparring,* y aposté quinientas coronas a que ella lo iba a noquear. A Salander le dije que no se trataba de ningún entrenamiento y que Samir le iba a pegar muy en serio. Me miró con su típico gesto desconfiado. Samir todavía estaba de cháchara cuando sonó la campana. Lisbeth tomó impulso con todas sus fuerzas y le endosó un puñetazo con una energía de tres pares de cojones en toda la cara y le hizo besar la lona. Para entonces, yo llevaba entrenándola todo el verano y ella ya había empezado a echar un poco de músculo y a tener algo de potencia en sus golpes.

—Supongo que Samir se pondría muy contento.

—Bueno, imagínate; se habló de esa pelea durante meses. Samir recibió una paliza. Ella ganó por puntos. Si hubiese tenido más fuerza, lo habría dejado bastante maltrecho. Al poco tiempo de empezar el combate, Samir estaba tan frustrado que fue a por ella con todas sus ganas. A mí me aterrorizaba la idea de que acertara, porque entonces habríamos tenido que llamar a la ambulancia. Al encajar algún que otro puñetazo con los hombros ella se hizo unos cuantos moratones y acabó contra las cuerdas, porque no podía resistir la contundencia de los golpes de Samir. Pero el tío estaba a años luz de alcanzarla de verdad.

—Joder, me gustaría haberlo visto.

—A partir de ese día, los chavales del club comenzaron a respetar a Salander. Sobre todo Samir. Y yo empecé a meterla para que hiciera de *sparring* de chicos bastante más grandes y pesados. Ella era mi arma secreta y resultó ser un ejercicio cojonudo. Diseñamos sesiones de entrenamiento en las que la tarea de Lisbeth consistía en intentar acertar cinco golpes en distintos puntos del cuerpo: mandíbula, frente, estómago, etcétera. Y los chicos con los que peleaba debían defenderse y proteger esos puntos. Haber boxeado con Lisbeth Salander se convirtió en sinónimo de prestigio. Era como pelear con un avispón. La verdad es que la llamamos la avispa y se convirtió en una especie de mascota para el club. Creo que le gustaba porque un día se presentó en el club con el tatuaje de una avispa en el cuello.

Mikael sonrió. Se acordaba perfectamente de su avispa. Formaba parte de la descripción de la orden de busca y captura.

—¿Cuánto tiempo duró?

—Más de tres años, pero sólo una tarde por semana. Yo sólo estuve allí a jornada completa durante ese verano y luego, esporádicamente. El que llevaba las sesiones con Salander era nuestro entrenador júnior, Putte Karlsson. Después, Salander empezó a trabajar y ya no tuvo tanto tiempo, pero hasta el año pasado se dejó ver por allí una vez al mes para entrenar. Yo me la encontraba unas cuantas veces al año y hacía sesiones de *sparring* con ella. Era un buen entrenamiento; me hacía sudar la gota gorda, por decirlo de alguna manera. Ella casi nunca hablaba con nadie. Cuando no había *sparring* podía pasarse dos horas dándole al saco de arena intensamente, como si se enfrentara a un enemigo mortal.

Capítulo 23

Domingo, 3 de abril –
Lunes, 4 de abril

Mikael preparó otros dos *espressos*. Encendió un cigarrillo y le pidió disculpas. Paolo Roberto se encogió de hombros. Mikael lo observó pensativo.

Paolo Roberto tenía fama de ser un tipo chulo al que le gustaba decir sin rodeos lo que pensaba. Mikael se dio cuenta en seguida de que, en privado, resultaba igual de chulo, pero también de que era un hombre inteligente y humilde. Se acordó de que Paolo Roberto había intentado meterse en política, en su día, presentándose como candidato a diputado por el partido socialdemócrata. A Mikael le produjo la impresión de ser un tipo inteligente, y se sorprendió a sí mismo constatando que el tío le caía bien de primeras.

—¿Por qué vienes a mí con esta historia?

—Salander está metida en un buen lío. No sé qué se puede hacer, pero me imagino que le vendría bien contar con un amigo en su rincón del cuadrilátero.

Mikael asintió con la cabeza.

—¿A ti qué te hace pensar que es inocente? —preguntó Paolo Roberto.

—Es difícil de explicar. Lisbeth es una persona muy intransigente, pero no me creo la historia de que ella matara a Dag y a Mia. Sobre todo a Mia. En primer lugar, no tenía ningún motivo…

—Que nosotros sepamos.

—De acuerdo, Lisbeth no dudaría en emplear la violencia contra alguien que se lo mereciera. Pero no sé. He desafiado a Bublanski, el policía a cargo de la investigación. Creo que sí había un móvil para asesinar a Dag y Mia. Y, en mi opinión, se encuentra en el reportaje en el que estaba trabajando Dag.

—Si tienes razón, Salander no sólo necesitará a alguien que la coja de la mano cuando la detengan; habrá que darle otro tipo de ayuda completamente distinto.

—Ya lo sé.

Un peligroso destello apareció en los ojos de Paolo Roberto.

—Pero si es inocente, joder... entonces habrá sido objeto de uno de los escándalos jurídicos más notorios de la historia. Ha sido señalada como asesina por los medios de comunicación y por la policía, y encima se ha escrito tanta mierda sobre ella...

—Ya lo sé.

—¿Y qué podemos hacer? ¿Puedo ayudar de alguna manera?

Mikael meditó la respuesta.

—Hombre, la mejor forma de ayudarla sería, por supuesto, encontrar un culpable alternativo. Estoy en ello. Y lo siguiente, sería dar con ella antes de que algún policía la mate de un tiro. Como ya sabes, Lisbeth no pertenece, precisamente, a ese tipo de personas que se entregan voluntariamente.

Paolo Roberto asintió con la cabeza.

—¿Y cómo la encontramos?

—Ni idea. Pero sí hay una cosa que podrías hacer. Algo puramente práctico, si tienes tiempo y ganas.

—La semana que viene mi mujer estará de viaje. Tengo tiempo y ganas.

—De acuerdo, estaba pensando en que como eres boxeador...

—¿Sí?

—Lisbeth tiene una amiga, Miriam Wu, habrás leído, sin duda, alguna que otra cosa sobre ella.

—Más conocida como la bollera BDSM. Sí, algo sé.

—Tengo su número de móvil y he intentado hablar con ella, pero cuelga en cuanto escucha que hay un periodista al otro lado de la línea.

—La entiendo.

—No tengo tiempo para perseguir a Miriam Wu. El caso es que he leído que practica *kick-boxing*, es profesional. Estaba pensando que si un famoso boxeador se pusiera en contacto con ella...

—Ya entiendo, esperas que nos pueda conducir hasta Salander.

—Cuando la policía habló con ella dijo que ignoraba por completo dónde se había metido Salander. Aun así, merece la pena intentarlo.

—Dame su número. La localizaré.

Mikael le dio el número de Miriam Wu y la dirección de Lundagatan.

Gunnar Björck se había pasado todo el fin de semana analizando su situación. Su futuro pendía de un hilo y tenía que jugar sus cartas con sumo cuidado. Por malas que fueran.

Mikael Blomkvist era un cabrón de primera. La duda residía en si podría persuadirlo para que callara que... que Björck había contratado los servicios de esas malditas putas. Lo que hizo era enjuiciable, y sabía que lo despedirían sin miramientos si eso saliera a la luz. La prensa lo destrozaría. Un oficial de la Policía de Seguridad de Suecia aprovechándose de prostitutas adolescentes... Si, al menos, esos putos chochos no hubiesen sido tan jóvenes.

Quedarse de brazos cruzados significaba sellar su destino. Björck había tenido la suficiente astucia para no decirle nada a Mikael Blomkvist. Le había leído la cara y registrado su reacción; Blomkvist estaba angustiado. Quería información. Pues tendría que pagar un precio. Y ese precio era su silencio. Era la única salida que le quedaba.

Zala creaba una ecuación completamente nueva en la investigación.

Dag Svensson había estado persiguiendo a Zala.

Bjurman había estado buscando a Zala.

Y Björck era la única persona que sabía que existía una conexión entre Zala y Bjurman, lo que significaba que Zala se hallaba vinculado tanto a Enskede como a Odenplan.

Aunque eso suponía otro grave problema para el futuro bienestar de Gunnar Björck. Fue él quien le proporcionó a Bjurman la información sobre Zalachenko; lo hizo como un favor entre amigos sin tener en cuenta que dicha información seguía siendo clasificada. Tal vez pareciera una tontería, pero eso implicaba que había violado la ley y podía ser procesado.

Además, desde que Mikael Blomkvist lo visitara el viernes, había cometido otro acto delictivo. Él era policía y si poseía información relacionada con la investigación de un asesinato, su deber era contactar de inmediato con las fuerzas del orden y facilitar esa información. Pero si pasara la información a Bublanski o al fiscal Ekström, él mismo quedaría, automáticamente, en evidencia. Todo saldría a la luz. No lo de las putas, sino todo el asunto Zalachenko.

El sábado hizo una visita apresurada a su lugar de trabajo, la Säpo de Kungsholmen. Sacó todo el viejo material de Zalachenko y volvió a leerlo. Él mismo había redactado los informes, pero de eso hacía ya mucho tiempo. Los documentos más antiguos ya tenían casi treinta años; el más reciente, diez.

«Zalachenko.»

Un cabrón escurridizo.

«Zala.»

El propio Gunnar Björck había apuntado el apodo en su informe, aunque no recordaba haberlo usado jamás.

La conexión estaba más clara que el agua. Con Enskede. Con Bjurman. Y con Salander.

Gunnar Björck reflexionó un instante. Seguía sin saber cómo encajar las piezas del puzle, pero creyó comprender por qué Lisbeth Salander fue a Enskede. Tampoco le costó mucho esfuerzo imaginarse que Lisbeth Salander fuera presa de un arrebato de furia y matara a Dag Svensson y Mia Bergman; quizá ellos se negaran a colaborar o la provocaran. Ella tenía un móvil que tal vez sólo Gunnar Björck y dos o tres personas más en todo el país entendían.

«Está loca de atar. ¡Por el amor de Dios, espero que algún policía le pegue un tiro en cuanto la detengan! Ella lo sabe todo. Si habla, puede hacer saltar toda la historia por los aires.»

Por muchas vueltas que le diera al tema, lo cierto era que Mikael Blomkvist constituía su única salida, y, en su actual situación, eso acaparaba todo su interés. Sintió una creciente desesperación. Tenía que convencer a Blomkvist para que lo tratara como una fuente confidencial y callara sus… «pícaras correrías» con aquellas malditas putas. «¡Joder! ¡Ojalá Salander le vuele los sesos a ese Blomkvist!»

Miró el número de teléfono de Zalachenko y sopesó los pros y los contras. No fue capaz de decidirse.

Mikael había convertido en un hábito anotar sistemáticamente el resultado de sus indagaciones. Cuando Paolo Roberto se fue, consagró una hora a esa tarea. Sus notas eran un cuaderno de bitácora, casi en forma de diario, donde dejaba volar libremente sus pensamientos al mismo tiempo que consignaba, con meticulosidad, todas las conversaciones, reuniones e investigaciones que realizaba. Encriptaba diariamente el documento con el PGP y le enviaba una copia a Erika Berger y otra a Malin Eriksson, para que sus colaboradoras estuviesen al día.

Las semanas anteriores a su muerte, Dag Svensson se había centrado en Zala. El nombre salió en la última conversación telefónica con Mikael, tan sólo dos horas antes del asesinato. Además, Gunnar Björck sabía algo de Zala.

Mikael dedicó quince minutos a resumir lo que había conseguido averiguar sobre Björck; poca cosa.

Gunnar Björck nació en Falun, tenía sesenta y dos años y no estaba casado. Llevaba en la policía desde los veintiuno. Empezó patrullando, pero luego estudió Derecho y acabó ocupando un cargo secreto con tan sólo veintiséis o veintisiete años. Corría el año 1969 o 1970, justo al final de la época de Per Gunnar Vinge como jefe de la Säpo.

A Vinge le despidieron cuando, en una conversación con el gobernador civil de la provincia de Norrbotten, Ragnar Lassinanti, sostuvo que Olof Palme trabajaba como espía para los rusos. Luego estalló el caso IB, el de Holmér, el del Cartero y mataron a Palme..., y se sucedió un escándalo tras otro. Mikael no tenía ni idea del papel que Gunnar Björck había desempeñado —si es que había desempeñado alguno— en aquellos dramáticos acontecimientos de la policía secreta de los últimos treinta años.

La carrera de Björck entre 1970 y 1985 era una hoja en blanco; algo que, tratándose de la Säpo, no resultaba extraño, ya que todo lo referente a sus actividades estaba clasificado como secreto. Lo mismo podría haberse dedicado a sacar punta a los lápices en un almacén que haber sido agente secreto en China. Aunque esto último resultaba más bien poco probable.

En el mes de octubre de 1985, Björck se trasladó a Washington, donde trabajó en la embajada de Suecia durante dos años. En 1988, ya se encontraba de vuelta en Estocolmo y en su puesto de la Säpo. En 1996, se convirtió en un personaje público al ser nombrado director adjunto del Departamento de Extranjería. Mikael no sabía a ciencia cierta en qué consistía el trabajo de Björck. A partir de ese mismo año, Björck apareció en los medios de comunicación, en numerosas ocasiones, a raíz de la extradición de algún que otro árabe sospechoso. En 1998, se colocó en el punto de mira con motivo de la expulsión de varios diplomáticos iraquíes.

«¿Qué tiene que ver todo eso con Lisbeth Salander y los asesinatos de Dag y Mia? Probablemente nada.

»Pero Gunnar Björck sabe algo de Zala.

»Por lo tanto, tiene que existir una conexión.»

Erika Berger no le había contado a nadie —ni siquiera a su marido, a quien, por regla general, no le ocultaba nada— que iba a irse a trabajar al Gran Dragón, el *Svenska Morgon-Posten*. Le quedaba aproximadamente un mes en *Millennium*. Estaba angustiada. Sabía que los días pasarían volando y que, cuando se quisiera dar cuenta, su último día como redactora jefe habría llegado.

También la acosaba una continua preocupación por Mikael. Había leído su último correo con una sensación deprimente. Reconocía los síntomas. Era la misma obstinación con la que, dos años antes, se aferró a lo de Hedestad, y la misma obsesión con la que fue a por Wennerström. Desde el Jueves de Pascua, lo único que existía en el mundo para él era la misión de averiguar quién había asesinado a Dag y Mia, y así exculpar a Lisbeth Salander.

Aunque Erika simpatizaba por completo con su propósito —Dag y Mia también habían sido amigos suyos—, había una faceta en él con la cual ella no se sentía del todo cómoda; Mikael mostraba una total falta de escrúpulos en cuanto olía la sangre.

Desde el mismo instante en el que la llamó el día anterior y le comentó que había desafiado a Bublanski —midiéndose con él como si se tratara de un maldito *cowboy*—, supo que la caza de Lisbeth Salander lo iba a mantener ocupado las veinticuatro horas del día durante mucho tiempo. Ella sabía por experiencia que sería imposible tratar con él hasta que no resolviese el problema. Mikael oscilaría entre el egocentrismo y la depresión. Y en algún punto de esa ecuación también se expondría a riesgos innecesarios.

¿Y Lisbeth Salander? Erika sólo la había visto una vez y no conocía lo suficiente a esa peculiar chica como para poder compartir la convicción de Mikael sobre su inocencia. ¿Y si Bublanski llevara razón? ¿Y si fuera culpable? ¿Y si Mikael consiguiera dar con ella y se encontrara cara a cara con una chiflada enferma mental, armada con una pistola?

La inesperada llamada de Paolo Roberto de esa misma mañana tampoco la había tranquilizado. Claro que era positivo que Mikael no fuera el único en estar de parte de Salander, pero Paolo Roberto también era uno de esos malditos machos de mierda.

Además, debía buscar a un sustituto que pudiera hacerse con el timón de *Millennium*. Empezaba a ser urgente. Pensó en llamar a Christer Malm y discutir el asunto con él. Pero cayó en la cuenta de que no podía comunicárselo a él si se lo seguía ocultando a Mikael.

Mikael era un reportero brillante; sin embargo, como jefe sería un desastre. En ese aspecto Christer y ella se asemejaban mucho más, pero no estaba segura de que Christer fuera a aceptar la oferta. Malin era demasiado joven e insegura. Monika Nilsson, demasiado egocéntrica. Henry Cortez era un buen reportero; no obstante, se le antojaba extremadamente joven e inexperto. Lottie Karim parecía demasiado blanda. Y Erika no sabía si Christer y Mikael aceptarían reclutar a alguien de fuera.

Un embrollo de mil demonios.

No quería terminar así su etapa en *Millennium*.

El domingo por la noche, Lisbeth Salander decidió abrir el Asphyxia 1.3 y accedió al espejo del disco duro de «MikBlom/Laptop». Constató que él no estaba conectado a la red, así que dedicó un rato a repasar las novedades de los últimos días.

Leyó el cuaderno de bitácora de la investigación de Mikael y se preguntó si no lo estaría redactando con tanto detalle por ella; y si así fuera, qué quería decirle. Él estaba al tanto de que Lisbeth entraba en su ordenador y, por eso, la conclusión lógica era que él deseaba que ella leyera sus apuntes. Sin embargo, el quid de la cuestión residía en lo que no escribía. Ya que sabía que ella se colaba en su ordenador, tal vez estuviera omitiendo la información. Advirtió que —aparte de haber desafiado a Bublanski a un duelo sobre la inocencia de ella— no parecía haber avanzado mucho. Por alguna razón, eso la irritó; Mikael Blomkvist no basaba sus conclusiones en hechos, sino en sentimientos. «Qué tonto y qué ingenuo eres.»

Pero también había centrado su objetivo en Zala. «Bien hecho, Kalle Blomkvist.» Se preguntó si se habría fijado en Zala si ella no le hubiera enviado el nombre.

Luego, reparó con una ligera sorpresa en que Paolo Roberto había aparecido de pronto en escena. Una agradable noticia. De repente, Lisbeth sonrió. Ese chulo cabrón le caía muy bien; un macho de los pies a la cabeza. Paolo solía castigarla bastante cuando se veían en el cuadrilátero. Las pocas veces que acertaba, claro.

Luego, al desencriptar y leer el último correo de Mikael a Erika Berger, se incorporó súbitamente en la silla.

«Gunnar Björck, de la Säpo, tiene información sobre Zala.»

«Gunnar Björck conoce a Bjurman.»

Lisbeth desenfocó la vista y, mentalmente, trazó un triángulo. Zala. Bjurman. Björck. «*Yes, that makes sense.*» Nunca había visto el problema desde ese ángulo. Puede que, a fin de cuentas, Mikael Blomkvist no fuera tan tonto. Pero, por supuesto, él no entendía la historia del todo; ni ella misma la tenía clara, a pesar de tener un conocimiento de los sucesos muy superior. Pensó un rato en Bjurman y se dio cuenta de que el hecho de que conociera a Björck lo convertía en un elemento mucho más imprevisible de lo que se había imaginado.

Era más que probable que se viera obligada a realizar una visita a Smådalarö.

Más tarde, entró en el disco duro de Mikael y creó un nuevo documento en la carpeta «Lisbeth Salander» que bautizó como «Rincón del cuadrilátero». La próxima vez que Mikael encendiera su iBook lo descubriría.

1. Aléjate de Teleborian. Es malvado.

2. Miriam Wu no tiene absolutamente nada que ver en este asunto.

3. Haces bien en centrar tu objetivo en Zala. Él es la clave. Pero no lo encontrarás en ningún registro.

4. Hay alguna conexión entre Bjurman y Zala. No sé cuál, pero estoy en ello. ¿Björck?

5. Importante: hay un comprometedor informe de una investigación policial sobre mi persona que data de febrero de 1991. No sé el número de registro y no lo encuentro. ¿Por qué no lo ha filtrado Ekström a la prensa? Respuesta: no está en su ordenador. Conclusión: no lo conoce. ¿Cómo es posible?

Meditó un instante y luego añadió un párrafo.

P.S. Mikael, no soy inocente. Pero no he matado ni a Dag ni a Mia y no tengo nada que ver con sus asesinatos. Los vi aquella misma noche, poco antes de que se cometieran los crímenes. Cuando los mataron yo ya me había ido. Gracias por confiar en mí. Saluda a Paolo y dile que su gancho izquierdo es muy blandengue.

Continuó reflexionando un rato. Para ser una adicta a la información de su calibre, le reconcomía demasiado no saberlo con certeza. Así que añadió otra línea:

P.S. 2: ¿Cómo te enteraste de lo de Wennerström?

Mikael Blomkvist encontró el documento de Lisbeth unas tres horas después. Leyó la carta, línea a línea, por lo menos cinco veces. Al fin, hacía una declaración transparente: no había asesinado a Dag y Mia. La creyó y sintió un enorme alivio. Se había dignado a hablar con él, aunque crípticamente. Como siempre.

No se le escapó que sólo negaba los asesinatos de Dag y Mia y no mencionaba nada respecto a Bjurman. Mikael suponía que se debía a que él, en su correo, sólo se hubiera referido a Dag y Mia. Tras un momento de reflexión, creó «Rincón del cuadrilátero 2».

Hola, Sally:
Gracias por decir, por fin, que eres inocente. Yo confiaba en ti, pero incluso a mí me ha afectado todo ese ruido mediático y he llegado a tener mis dudas. Perdóname. Qué bien oírlo directamente de tu teclado. Ahora sólo nos queda descubrir al verdadero asesino; ya lo hemos hecho antes. Me facilitaría la labor que no fueras tan críptica. Supongo que lees el diario de mi investigación, así que ya sabes, más o menos, lo que estoy haciendo y lo que pienso. Creo que Björck sabe algo; volveré a hablar con él dentro de unos días. ¿Voy desencaminado con los pute-

ros? Lo del informe de la investigación policial me desconcierta. Voy a poner a mi colaboradora Malin Eriksson a buscarlo. Tú tendrías ¿unos doce o trece años? ¿De qué iba la investigación?

Tomo nota de tu consejo sobre Teleborian.

M.

P.S. Tuviste un descuido en tu golpe a Wennerström. Yo ya sabía lo que habías hecho cuando estuvimos en Sandhamn esas Navidades, pero no te lo pregunté porque no comentaste nada. Y no pienso contarte cuál fue tu error a menos que quedes conmigo para tomar un café.

La respuesta llegó tres horas más tarde.

Olvídate de los puteros. El importante es Zala. Y un gigante rubio. Pero el informe de la investigación policial es interesante, porque parece que alguien quiere ocultarlo. No puede ser una casualidad.

El fiscal Ekström estaba de un humor pésimo cuando reunió a la tropa de Bublanski para los maitines del lunes. Las pesquisas que se habían efectuado, durante más de una semana, en pos de una sospechosa identificada con nombre y apellido, y con un peculiar aspecto físico, habían resultado infructuosas. El humor de Ekström no mejoró cuando Curt Svensson, que había estado de guardia durante el fin de semana, informó del desarrollo de los últimos acontecimientos.

—¿Intrusión? —exclamó Ekström con sincero asombro.

—Un vecino llamó el domingo por la noche cuando, por casualidad, se dio cuenta de que habían cortado el precinto policial de la puerta de Bjurman. Fui allí a comprobarlo.

—¿Y qué?

—La cinta había sido cortada por tres sitios. Todo apunta que fue con una cuchilla de afeitar o un cúter. Un trabajo muy bien hecho: no era fácil descubrirlo.

—¿Un robo? Algunos ladrones se especializan en personas fallecidas…

—De robo nada. Registré el piso. Todos los objetos de valor, el vídeo y esas cosas, seguían allí. En cambio, la llave del coche de Bjurman estaba sobre la mesa de la cocina.

—¿La llave del coche? —preguntó Ekström.

—Jerker Holmberg estuvo en la casa el miércoles para cerciorarse de que no se nos había pasado nada. Entre otras cosas, registró el coche. Jura y perjura que allí no había ninguna llave cuando abandonó el piso y lo precintó.

—¿Y no se la olvidaría encima de la mesa? Nadie es perfecto.

—Holmberg nunca utilizó esa llave. Usó la del llavero de Bjurman, que ya obraba en nuestro poder.

Bublanski se frotó la barbilla.

—Entonces ¿no ha sido el típico robo?

—Intrusión. Alguien entró en el domicilio de Bjurman y estuvo curioseando. Eso debió de ocurrir entre el miércoles y el domingo por la noche, cuando el vecino advirtió que habían cortado el precinto.

—O sea, que alguien ha estado buscando algo. ¿Jerker?

—Allí no hay nada que no hayamos requisado ya.

—Que nosotros sepamos, por lo menos. El móvil de los asesinatos sigue pendiente de determinar. Hemos partido de la suposición de que Salander es una psicópata, pero incluso los psicópatas necesitan un móvil.

—¿Y cuál es tu teoría?

—No lo sé. Me desconcierta que alguien se tome la molestia de registrar el apartamento de Bjurman. Así que necesitamos responder a dos preguntas. Primera, ¿quién? Segunda, ¿por qué? ¿Qué se nos ha pasado?

Se hizo el silencio un breve instante.

—Jerker…

Jerker Holmberg suspiró resignadamente.

—De acuerdo. Iré al piso de Bjurman y lo volveré a examinar. Con lupa.

Eran las once de la mañana del lunes cuando Lisbeth se despertó. Se quedó en la cama remoloneando media hora antes de levantarse, encender la cafetera eléctrica y meterse bajo la ducha. Nada más salir del cuarto de baño, se preparó dos sándwiches y se sentó ante su PowerBook para ponerse al día de todo lo que ocurría en el ordenador del fiscal Ekström y para echarles un vistazo a las ediciones digitales de unos cuantos periódicos matutinos. Se percató de que el interés por los asesinatos de Enskede había disminuido. Luego, abrió la carpeta de investigación de Dag Svensson y leyó detenidamente las notas de su encuentro con el periodista Per-Åke Sandström, el putero que hacía de chico de los recados para la mafia del sexo y que tenía información sobre Zala. Cuando acabó de leer, se sirvió más café y se sentó en el alféizar de la ventana a reflexionar.

A las cuatro ya había terminado.

Necesitaba dinero. Tenía tres tarjetas de crédito. Una de ellas estaba a nombre de Lisbeth Salander, así que era inutilizable. En otra figuraba como titular Irene Nesser, pero Lisbeth evitaba usarla puesto que entonces no le quedaría más remedio que identificarse con el pasaporte de la susodicha, lo que conllevaba su riesgo. La tercera había sido emitida a nombre de Wasp Enterprises y estaba asociada a una cuenta con más de diez millones de coronas en la que se podían realizar operaciones a través de Internet. Cualquier persona podría usar la tarjeta pero, por supuesto, debería identificarse.

Entró en la cocina, abrió un bote de galletas y sacó un

fajo de billetes. Tenía novecientas cincuenta coronas, muy poca cosa. Por fortuna, también le quedaban mil ochocientos dólares norteamericanos que habían estado tirados por allí desde que volviera a Suecia; se podían cambiar de forma anónima en cualquier oficina de Forex. Eso mejoraba la situación.

Se colocó la peluca de Irene Nesser y se vistió acorde al personaje. Preparó una muda y una caja con maquillaje de teatro que metió en una mochila. Acto seguido, inició la segunda expedición desde Mosebacke. Fue a pie hasta Folkungagatan y continuó hasta Erstagatan, donde entró en Watski poco antes de la hora de cierre. Compró cinta aislante, una polea y ocho metros de maroma de algodón.

Regresó en el 66. En Medborgarplatsen vio a una mujer en la parada del autobús. Al principio no la reconoció, pero en algún lugar de su cabeza se activó una alarma y cuando volvió a mirar identificó a Irene Flemström, empleada del Departamento de Contabilidad de Milton Security. Lucía un corte de pelo distinto y más moderno. Lisbeth se escabulló discretamente mientras Flemström subía. Puso especial cuidado, recorrió una y otra vez los alrededores con la mirada buscando caras que pudieran resultarle conocidas. Pasó por el arco de Bofill y caminó hasta Södra Station, donde cogió el tren de cercanías con dirección al norte.

La inspectora Sonja Modig estrechó la mano de Erika Berger, quien de inmediato le ofreció café. Se dirigieron a la pequeña cocina, donde Sonja reparó en que no había dos tazas iguales; todas tenían publicidad de distintos partidos políticos, organizaciones sindicales y empresas.

—Proceden de diversas noches electorales y de varias entrevistas —explicó Erika Berger, ofreciéndole una que tenía el logotipo de la asociación de jóvenes liberales.

Sonja Modig pasó tres horas en la mesa de trabajo de Dag Svensson. La ayudó la secretaria de redacción, Malin Eriksson; en parte, para explicarle de qué iban el libro y el artículo de Dag y en parte, para ayudarla a navegar por el material de investigación. Sonja Modig se quedó asombrada ante la avalancha de documentación. El hecho de que el ordenador de Dag Svensson hubiera desaparecido y de que, de ese modo, su trabajo pareciera inaccesible, había frustrado una vía de la investigación policial. En realidad, las copias de seguridad de casi todo ese material siempre se hallaron en las oficinas de *Millennium*.

Mikael Blomkvist no estaba en la redacción pero Erika Berger le proporcionó a Sonja Modig una relación del material que Mikael había retirado de la mesa de Dag Svensson; no eran más que notas referidas a la identidad de las fuentes. Al final, Modig llamó a Bublanski y le explicó la situación. Por razones inherentes a la investigación decidieron requisar todo lo que había en la mesa de Dag Svensson, incluido el ordenador de *Millennium*. Y si el instructor del sumario considerara legítimo exigir también el material que había cogido Mikael, tendría que volver para reclamarlo y negociar su entrega. Luego, Sonja Modig redactó un acta de confiscación y Henry Cortez la ayudó a bajar las cosas al coche.

El lunes por la noche, Mikael sentía una frustración insondable. Desde la semana anterior, había despachado diez de los nombres que Dag Svensson pretendía denunciar. En todos los casos, se encontró con hombres preocupados, indignados y en estado de *shock*. Constató que los ingresos medios de esos individuos rondaban las cuatrocientas mil coronas al año. Era un patético grupo de hombres asustados.

Sin embargo, en ningún momento le dio la impresión de que tuvieran algo que ocultar en relación con los asesinatos de Dag Svensson y Mia Bergman. Todo lo contrario, varios de ellos parecían pensar que a partir de ese instante su situación no haría más que empeorar pues, en la caza de brujas que imaginaban que iba a desatar la prensa, sus nombres aparecerían asociados a los crímenes.

Mikael abrió su iBook y comprobó si había recibido algún mensaje de Lisbeth. No. En su anterior escrito, había dicho que los puteros carecían de interés y que eran una pérdida de tiempo. La maldijo con una retahíla que Erika Berger habría calificado de sexista, pero también de innovadora. Tenía hambre, y no le apetecía cocinar. Además, llevaba dos semanas sin hacer la compra, a excepción de algún que otro cartón de leche en la tienda del barrio. Se puso la americana, bajó a la taberna griega de Hornsgatan y pidió cordero a la brasa.

Lo primero que hizo Lisbeth Salander fue inspeccionar la escalera; después, al anochecer, dio dos discretas vueltas por los inmuebles vecinos. Eran unos edificios de apartamentos de tres alturas, en los cuales —sospechaba— se oiría mucho cualquier ruido. No resultaban nada oportunos para sus intenciones. El periodista Per-Åke Sandström vivía en un apartamento de una de las esquinas de la tercera planta, la más alta. La escalera continuaba hasta una puerta que conducía a un trastero. Le podía servir.

El problema residía, naturalmente, en que todas las ventanas del apartamento estaban a oscuras, lo que daba a entender que el propietario no estaba en casa.

Paseó unas cuantas manzanas hasta una pizzería, donde pidió una hawaiana y se sentó en un rincón a leer los periódicos vespertinos. Poco antes de las nueve pilló un *caffè latte* en Pressbyrån y regresó al edificio. El apartamento seguía a oscuras. Entró en la escalera y se sentó en el rellano del trastero, desde donde veía la puerta de la vivienda de Per-Åke Sandström un piso más abajo. Mientras esperaba se tomó el café.

El inspector Hans Faste logró, por fin, localizar a Cilla Norén —veintiocho años y líder de la banda satánica Evil Fingers— en el estudio de Recent Trash Records, ubicado en una nave industrial de Älvsjö. Supuso todo un choque cultural de más o menos las mismas proporciones que el primer encuentro entre los portugueses y los indios caribeños.

Tras varios intentos fallidos en la casa de los padres de Cilla Norén, Faste consiguió, con la ayuda de la hermana, averiguar que estaba en el estudio donde, según la información recibida, «colaboraba» en la producción de un cedé de la banda Cold Wax de Borlänge. Faste no había oído hablar del grupo, pero tuvo oportunidad de comprobar que estaba compuesto por unos chavales que rondaban los veinte años. Nada más entrar en el pasillo que daba al estudio, le recibió un espantoso estruendo que le cortó la respiración. Observó a Cold Wax a través de un cristal y aguardó hasta que se abrió un hueco en la cortina de ruido.

Cilla Norén tenía el pelo largo, de color azabache con mechas rojas y verdes, y usaba maquillaje negro. Estaba algo entrada en carnes, pero llevaba un jersey corto que dejaba su barriga al descubierto con un *piercing* en el ombligo. Lucía un cinturón de remaches a la altura de la cadera. Parecía un personaje recién salido de una película francesa de terror.

Faste enseñó su placa y pidió hablar con ella. Cilla estaba masticando chicle mientras lo observaba escépticamente. Al final señaló una puerta y lo condujo a un cuartito que había para tomar café, donde Faste estuvo a punto de tropezar con una bolsa de basura que alguien había dejado justo al lado de la entrada. Cilla Norén llenó de agua una botella de plástico, se bebió más o menos la mitad, se sentó a una mesa y encendió un cigarrillo. Fijó sus ojos azul claro en Hans Faste. De pronto, Faste no supo por dónde empezar.

—¿Qué es Recent Trash Records?

Cilla parecía aburrida.

—Es una discográfica que produce a nuevos grupos jóvenes.

—¿Cuál es tu papel aquí?

—Soy técnica de sonido.

Faste se quedó mirándola.

—¿Tienes formación para eso?

—No. Lo he aprendido por mi cuenta.

—¿Da para ganarse la vida?

—¿Por qué lo preguntas?

—Por nada, simple curiosidad. Supongo que has leído lo de Lisbeth Salander.

Asintió con la cabeza.

—Nos han informado de que tú la conoces. ¿Es cierto?

—Tal vez.

—¿Es cierto o no?

—Depende de lo que estés buscando.

—Estoy siguiendo la pista de una loca, que además es una triple asesina. Quiero información sobre Lisbeth Salander.

—No sé nada de ella desde el año pasado.

—¿Cuándo la viste por última vez?

—Durante el otoño de hace dos años. En el Kvarnen. Solía ir por allí, pero luego desapareció.

—¿Has intentado contactar con ella?

—La he llamado al móvil varias veces. El número ya no existe.

—¿Y no sabes dónde localizarla?

—No.

—¿Qué es Evil Fingers?

Cilla Norén parecía entretenida.

—¿No lees los periódicos?

—¿Por qué?

—Porque dicen que somos un grupo de satánicas.

—¿Y es así?

—¿Tengo yo pinta de satánica?

—¿Qué aspecto tiene una satánica?

—Bueno, no sé quién es más tonto, ¿los periódicos o la policía?

—Escúchame bien, señorita. Te he hecho una pregunta seria.

—¿Si somos satánicas?

—Contéstame a la pregunta y déjate ya de tonterías.

—¿Y cuál era la pregunta?

Hans Faste cerró los ojos un instante y recordó la visita que le hizo a la policía durante sus vacaciones en Grecia unos cuantos años atrás. Las autoridades griegas, a pesar de todos sus problemas, tenían una gran ventaja en comparación con las suecas. Si Cilla Norén se hubiese hallado en Grecia y hubiera mostrado la misma actitud, él la habría esposado y la habría golpeado tres veces con la porra. La miró.

—¿Lisbeth Salander formaba parte de Evil Fingers?

—No lo creo.

—¿Qué quieres decir?

—Probablemente Lisbeth sea la persona con menos oído para la música que he visto en toda mi vida.

—¿No tiene oído?

—Sabe diferenciar una trompeta de una batería, pero su talento musical no va más allá.

—Te he preguntado si formaba parte del grupo Evil Fingers.

—Y yo acabo de contestarte. ¿Qué coño crees que era Evil Fingers?

—Cuéntamelo tú.

—O sea, que llevas una investigación policial leyendo los estúpidos artículos de la prensa.

—Contesta a la pregunta.

—Evil Fingers era un grupo de *rock*. Éramos una pandilla de chicas a las que les gustaba el *rock* duro y que tocaban para divertirse. Nos promocionamos con pentagramas y con un poco de *sympathy for the Devil*. Luego, todas dejamos la banda. Yo soy la única que sigue vinculada a la música.

—¿Y Lisbeth Salander no estaba en el grupo?

—Ya te lo he dicho.

—Entonces ¿por qué afirman nuestras fuentes que Salander sí formaba parte?

—Porque tus fuentes son igual de tontas que los periódicos.

—Explícate.

—En el grupo, éramos cinco chicas y hemos seguido viéndonos de vez en cuando. Antes quedábamos un día por semana en el Kvarnen. Ahora se ha reducido a más o menos uno al mes. Pero mantenemos el contacto.

—¿Y qué hacéis cuando os reunís?

—¿Y qué crees tú que se hace en el Kvarnen?

Hans Faste suspiró.

—Así que os juntáis para beber alcohol.

—Solemos tomar unas cervezas. Y charlar. ¿Tú qué haces cuando ves a tus amigos?

—¿Y cuándo entra Lisbeth Salander en toda esta historia?

—La conocí en la escuela de adultos, cuando yo tenía dieciocho años. Aparecía de vez en cuando por el Kvarnen y se tomaba una cerveza con nosotras.

—Entonces ¿Evil Fingers no ha de considerarse una organización?

Cilla Norén lo contempló como si él fuera de otro planeta.

—¿Sois bolleras?

—¿Quieres que te parta la cara?

—Contesta a la pregunta.

—No es asunto tuyo lo que somos.

—Déjalo. No puedes provocarme.

—¿Oiga? Sí, mire, la policía afirma que Lisbeth Salander ha matado a tres personas y un agente se me ha presentado y me ha preguntado por mis preferencias sexuales… ¡Vete a la mierda!

—Oye, ¿sabes que te puedo detener por…?

—¿Por qué? Por cierto, se me olvidó comentarte que estudio Derecho desde hace tres años y que mi padre es Ulf Norén, del bufete Norén y Knape. *See you in court.*

—Creía que trabajabas en la industria musical.

—Lo hago porque me gusta. ¿Piensas que puedo vivir de esto?

—No tengo ni la más remota idea de qué vives.

—Desde luego, no de ser una satánica lesbiana, si es eso lo que pensabas. Y si ése es el punto de partida que tiene la policía para cazar a Lisbeth Salander, ahora entiendo por qué no la habéis cogido.

—¿Conoces su paradero?

Cilla Norén empezó a mecerse en la silla al tiempo que subía las manos ante ella.

—Siento su presencia… Espera, estoy comprobando mi capacidad telepática.

—Déjate de tonterías.

—Oye, ya te he dicho que llevo más de dos años sin saber nada de ella. No tengo ni idea de dónde se encuentra. ¿Quieres algo más?

Sonja Modig había encendido el ordenador de Dag Svensson y dedicó la tarde a hacer un inventario del contenido del disco duro y los archivos comprimidos. Se quedó hasta las once de la noche leyendo el borrador del libro de Dag Svensson.

Descubrió dos cosas. Dag Svensson era un escritor brillante que describía los mecanismos que regían el comercio sexual con una objetividad cautivadora. Ojalá pudiera haber dado una conferencia en la Academia de policía; sus conocimientos habrían constituido una aportación impagable a las enseñanzas recibidas. Hans Faste, sin ir más lejos, era una de las personas a las que los conocimientos de Dag Svensson le habrían resultado de gran utilidad.

Y además, de repente, comprendió el argumento de Mikael Blomkvist de que la investigación de Dag Svensson podría ser el móvil del asesinato. La exposición pública de los puteros que Dag Svensson planeaba no sólo iba a hacer daño a unas cuantas personas; también era una denuncia sin concesiones. Algunos de los actores principales —que habían presidido tribunales en casos de delitos sexuales o participado en debates públicos sobre el tema— serían completamente aniquilados. Mikael Blomkvist tenía razón; el contenido del libro albergaba motivos de sobra para asesinar.

La única objeción era que, aunque un putero que corría el riesgo de ser denunciado hubiese decidido asesinar a Dag Svensson, no existía conexión alguna con el abogado Nils Bjurman. Ni siquiera figuraba en el material de Dag Svensson, un factor que reducía drásticamente la fuerza de la argumentación de Mikael Blomkvist, y que, de hecho, reforzaba la imagen que se tenía de Lisbeth Salander como la única sospechosa posible.

Aunque los motivos para asesinar a Dag Svensson y Mia Bergman no estaban nada claros, Lisbeth Salander había sido vinculada al lugar del crimen y al arma homicida. Resultaba difícil malinterpretar unos datos forenses tan unívocos; ponían de manifiesto que Salander era la persona que había realizado los disparos mortales en el apartamento de Enskede.

Además, el arma era un vínculo directo con el asesinato del abogado Bjurman. En ese caso, no cabía duda de que existía una conexión personal y, además, un móvil. A juzgar por la decoración artística del abdomen de Bjurman, podía tratarse de alguna forma de agresión sexual o de algún tipo de relación sadomasoquista entre ellos. Costaba imaginar que Bjurman se hubiese prestado, voluntariamente, a ser tatuado de esa singular manera. Obligaba a presuponer que o había encontrado algún tipo de placer en esa humillación o que Salander —si es que fue ella la que hizo el tatuaje— lo había dejado totalmente indefenso. Modig no quería especular sobre cómo habría sucedido.

Sin embargo, Peter Teleborian afirmaba que la violencia de Lisbeth Salander se dirigía contra personas que, por la razón que fuera, ella consideraba una amenaza o que la habían ultrajado.

Sonja Modig meditó un momento el dictamen de Peter Teleborian sobre Lisbeth Salander. Le había producido la impresión de tener una actitud verdaderamente protectora con su antigua paciente y de no desear que sufriera ningún daño. Por otra parte, la investigación se había basado, en gran medida, en el juicio que él emitió sobre ella; una sociópata al borde de la psicosis.

Pero la teoría de Mikael Blomkvist resultaba atractiva desde el punto de vista emocional.

Se mordió con cuidado el labio inferior mientras intentaba visualizar otro escenario distinto en el que Lisbeth Salander no fuera la única asesina. Al final cogió un bolígrafo Bic y, dubitativa, escribió unas palabras en un cuaderno que tenía ante sí.

«¿Dos móviles completamente diferentes? ¿Dos asesinos? ¡Un arma homicida!»

Un razonamiento escurridizo que no lograba atrapar la rondaba sin descanso; tenía intención de plantear esa hipótesis en los maitines de Bublanski. No sabía muy bien cómo explicar por qué de pronto se sentía tan incómoda con la idea de Lisbeth Salander como única culpable.

Decidió que por ese día ya estaba bien. Apagó el ordenador sin dilación y guardó los discos bajo llave en el cajón de la mesa. Se puso la chaqueta y también apagó la lámpara de la mesa. Estaba a punto de cerrar con llave la puerta de su despacho, cuando percibió un ruido al fondo del pasillo. Frunció el ceño; creía que estaba sola en el departamento. Se acercó hasta el despacho de Hans Faste. Su puerta estaba entreabierta y Sonja lo oyó hablar por teléfono.

—Eso, sin duda, conecta las cosas —le oyó decir.

Permaneció indecisa un breve instante antes de inspirar profundamente y dar unos toques en el marco de la puerta. Asombrado, Hans Faste alzó la vista. Ella lo saludó levantando dos dedos, que movió en el aire.

—Modig está todavía aquí —dijo Faste a su interlocutor mientras escuchaba y asentía con la cabeza sin desviar la mirada de Sonja Modig—. De acuerdo. Se lo diré.

Colgó.

—Burbuja —dijo a modo de explicación—. ¿Qué quieres?

—¿Qué es lo que conecta las cosas? —preguntó.

Faste la observó inquisitivamente.

—¿Estabas escuchando detrás de la puerta?

—No, la tenías abierta y lo dijiste justo cuando llamé.

Faste se encogió de hombros.

—He llamado a Burbuja para informarle de que el laboratorio nos ha dado, al fin, algo de provecho.

—¿Sí?

—Dag Svensson tenía un móvil de tarjeta prepago de Comviq. Han conseguido extraer una lista de llamadas. Confirma la realizada a Mikael Blomkvist a las 20.12, o sea, cuando Blomkvist estaba cenando en casa de su hermana.

—Muy bien. Pero no creo que Blomkvist tenga nada que ver con los asesinatos.

—Yo tampoco. Pero esa noche Dag Svensson telefoneó a alguien más. A las 21.34. La conversación duró tres minutos.

—¿A quién?

—Llamó al teléfono de casa del abogado Nils Bjurman. Lo que significa que existe un vínculo entre los dos asesinatos.

Sonja Modig se sentó en la silla de visitas de Hans Faste.

—Ay, sí, perdona. Siéntate, por favor.

Modig lo ignoró.

—Muy bien. La cronología es como sigue: poco después de las ocho, Dag Svensson llama a Mikael Blomkvist y quedan más tarde. A las nueve y media, Svensson llama a Bjurman. Unos instantes antes de la hora de cierre, a las diez de la noche, Salander compra tabaco en el estanco de Enskede. A las once y muy pocos minutos, Mikael Blomkvist y su hermana llegan a Enskede, y a las 23.11, él llama a la central.

—Parece correcto, miss Marple.

—Nada encaja. Según el forense, Bjurman fue asesinado entre las diez y las once de la noche. Entonces, Salander ya estaba en Enskede. Siempre hemos partido de la suposición de que Salander mató primero a Bjurman y luego a la pareja de Enskede.

—Eso no significa nada. No encontramos a Bjurman hasta el día siguiente por la tarde, casi veinticuatro horas después. He vuelto a hablar con el forense y dice que la hora de su muerte puede presentar un margen de error de hasta sesenta minutos.

—Pero Bjurman tuvo que ser la primera víctima, puesto que encontramos el arma homicida en Enskede. Significaría que ella mató a Bjurman después de las 21.34 y que, acto seguido, se fue a Enskede a comprar tabaco.

¿Hay alguna posibilidad de trasladarse desde Odenplan hasta Enskede en tan poco tiempo?

—Sí que la hay. Ella no fue en transporte público tal y como pensábamos. Tenía coche. Sonny Bohman y yo acabamos de recorrer esa misma distancia y nos ha sobrado tiempo.

—Y luego espera una hora antes de matar a Dag Svensson y Mia Bergman. ¿Qué hizo mientras tanto?

—Tomó café con ellos. Tenemos sus huellas dactilares en una de las tazas.

Faste la miró triunfante. Sonja Modig suspiró y permaneció en silencio un minuto.

—Hans, tú consideras esto como una especie de juego de prestigio. A veces puedes ser un maldito cabrón y sacar de quicio a la gente, sin embargo, para ser sincera, he llamado a tu puerta para pedirte disculpas por la bofetada. No estaba justificada.

Faste la contempló durante un largo rato.

—Modig, tal vez a ti te parece que yo soy un cabrón. Yo pienso que tú eres poco profesional y que no pintas nada en el cuerpo. Al menos en este nivel.

Sonja Modig sopesó unas cuantas contestaciones, pero al final se encogió de hombros y se levantó.

—Vale. Ahora ya sabemos lo que pensamos el uno del otro —dijo ella.

—Ya lo sabemos. Y créeme, no te queda mucho tiempo aquí.

Sonja Modig cerró tras de sí dando un portazo más fuerte de lo que pretendía. «No dejes que este hijo de puta te altere.» Bajó al garaje a por su coche. Hans Faste miró hacia la puerta y sonrió, contento.

Mikael Blomkvist acababa de llegar a casa cuando sonó su móvil.

—Hola, soy Malin. ¿Puedes hablar?

—Claro.

—Ayer se me ocurrió una cosa.

—Cuéntame.

—Repasé la colección de recortes sobre la caza de Salander que tenemos en la redacción y encontré una doble página sobre su pasado en la clínica psiquiátrica.

—¿Y?

—Tal vez esto te parezca un poco rebuscado, pero me pregunto por qué existe una laguna tan grande en su biografía.

—¿Una laguna?

—Sí. Hay gran profusión de detalles acerca de todos esos líos en los que se metía durante sus años escolares; altercados con profesores, peleas con compañeros de clase y cosas por el estilo.

—Sí, me acuerdo de eso. Había una profesora de quinto o sexto que decía que le tenía miedo a Lisbeth.

—Birgitta Miåås.

—Eso es.

—Y hay bastante información sobre Lisbeth de la etapa que pasó internada en la clínica psiquiátrica infantil. Además de muchos detalles relativos a las familias de acogida en las que estuvo durante su adolescencia, al incidente de la agresión de Gamla Stan y a todo eso.

—Sí. ¿Adónde quieres llegar?

—La internan en la clínica cuando está a punto de cumplir los trece años.

—Sí.

—Pero no escriben ni una palabra sobre el motivo del ingreso.

Mikael permaneció callado un rato.

—¿Quieres decir que…?

—Quiero decir que si se interna a una niña de doce años en una clínica de psiquiatría infantil, lo más probable es que ocurriera algo que motivara ese ingreso. Y tratándose de Lisbeth seguro que fue uno de sus tremendos arrebatos, con lo cual debería aparecer en su biografía. Pero no se hace ni la menor alusión al respecto.

Mikael frunció el ceño.

—Malin, por una fuente fidedigna sé que existe un informe policial sobre Lisbeth realizado en febrero de 1991, cuando tenía doce años. No figura en el registro. Pensaba pedirte que lo buscaras.

—Si existe un informe, tiene que figurar en el registro. Cualquier otra cosa sería ilegal. ¿Has mirado bien?

—No, pero mi fuente dice que no está allí.

Malin permaneció callada un instante.

—¿Y tu fuente es buena?

—Muy buena.

Malin guardó nuevamente silencio. Mikael y Malin llegaron al mismo tiempo a la misma conclusión.

—¡La Säpo! —dijo Malin.

—¡Björck! —precisó Mikael.

Capítulo 24

Martes, 5 de abril

Per-Åke Sandström, periodista *freelance*, de cuarenta y siete años de edad, llegó a su apartamento de Solna poco después de la medianoche. Estaba ligeramente bebido y sentía que un nudo de pánico atenazaba su estómago. Había pasado el día desesperado, impotente. Per-Åke Sandström tenía miedo.

Apenas habían transcurrido dos semanas desde que mataron a Dag Svensson en Enskede. Sandström se quedó estupefacto cuando se enteró de la noticia por la tele la misma noche de los sucesos. Le invadió una ola de alivio y esperanza; Svensson estaba muerto y, quizá, de esa manera, también había acabado el problema que representaba el libro sobre *trafficking* en el que pensaba denunciarlo como un delincuente sexual. «Joder, por una sola puta de más se pringó bien.»

Odiaba a Dag Svensson. Le había rogado y suplicado, se había arrastrado ante ese puto cerdo.

El día del asesinato estaba demasiado eufórico para pensar con lucidez. Hasta el día siguiente no empezó a reflexionar. Si Dag Svensson estaba trabajando en un libro donde lo denunciaría como violador con tendencias pedófilas, no sería nada improbable que la policía comenzara a hurgar en su pequeño desliz. Dios mío, podría convertirse en sospechoso de los asesinatos.

Ese sentimiento de pánico se calmó parcialmente

cuando la cara de Lisbeth Salander apareció en las portadas de todos los periódicos del país. ¿Quién diablos era Lisbeth Salander? Nunca había oído hablar de ella. Pero, al parecer, la policía la consideraba la principal sospechosa y, según el fiscal, los crímenes podían estar a punto de resolverse. Era posible que él no despertara ni el más mínimo interés. Pero por experiencia, sabía que los periodistas siempre guardaban sus documentos y sus notas. «*Millennium*, una revista de mierda con una reputación inmerecida.» *Ellos eran como todos los demás. Hurgaban, protestaban y hacían daño a la gente.*

Desconocía cuán avanzado estaba el libro. Ignoraba cuánto sabían ellos. No tenía a nadie a quien preguntar. Se sentía como flotando en un inmenso vacío.

Durante la semana siguiente, osciló entre el pánico y la embriaguez. La policía no había llamado a su puerta. Tal vez —con una suerte de locos— saliera de ésta. De lo contrario, su vida habría acabado.

Metió la llave en la cerradura y la giró. De repente, al abrir la puerta, oyó un crujido al que le siguió un paralizante dolor en la parte baja de la espalda.

Gunnar Björck seguía tratando de conciliar el sueño cuando sonó el teléfono. Estaba sentado a oscuras en la cocina, en pijama y bata, dándole vueltas a su situación. Nunca jamás, en toda su carrera profesional, se había encontrado, ni de lejos, en una encrucijada tan complicada.

Al principio, pensó en no cogerlo. Consultó la hora y constató que eran más de las doce. Pero el teléfono siguió sonando y, tras el décimo timbrazo, fue incapaz de resistirse; tal vez era importante.

—Soy Mikael Blomkvist —dijo la voz al otro lado de la línea.

«Mierda.»

—Es más de medianoche. Estaba durmiendo.

—Lo siento. Pensé que le interesaría lo que le voy a decir.

—¿Qué quiere?

—Mañana convocaré una rueda de prensa a las diez en relación a los asesinatos de Dag Svensson y Mia Bergman.

Gunnar Björck tragó saliva.

—Desvelaré los detalles del libro sobre el comercio sexual que Dag Svensson estaba a punto de terminar. El único putero al que voy a mencionar es a usted.

—Prometió darme tiempo...

Björck percibió el pánico en su propia voz e interrumpió la frase.

—Ya han pasado varios días. Prometió llamarme después del fin de semana. Mañana es martes. O me lo cuenta o convoco la rueda de prensa.

—Si lo hace, nunca sabrá nada de Zala.

—Puede. Pero entonces ya no será asunto mío, se las tendrá que ver con los policías de la investigación oficial. Y con el resto de los medios de comunicación del país, por supuesto.

No había lugar para la negociación.

Gunnar Björck accedió a ver a Mikael Blomkvist, aunque consiguió aplazar la reunión hasta el miércoles. Otro respiro. Sin embargo, él ya estaba preparado.

Iba a por todas. Pasara lo que pasase.

Sandström no sabía cuánto tiempo llevaba inconsciente, pero cuando recobró el conocimiento estaba tendido en el suelo del salón. Le dolía todo el cuerpo y no se podía mover. Tardó un rato en darse cuenta de que tenía las manos a la espalda, inmovilizadas con algo que le pareció cinta aislante, y los pies atados. Un trozo de cinta le tapaba la boca. Las luces del salón estaban encendidas y las persianas bajadas. Era incapaz de entender lo que le había pasado.

Percibió unos ruidos que procedían de su cuarto de trabajo. Se quedó quieto, escuchando, y oyó abrirse y cerrarse un cajón. «¿Un robo?» Reconoció un ruido de papeles; alguien estaba hurgando en sus cajones.

Una eternidad más tarde, sintió unos pasos a su espalda. Intentó girar la cabeza, pero no alcanzó a ver a nadie. Procuró mantener la calma.

De repente, alguien le pasó por la cabeza la lazada de una fuerte cuerda de algodón. La soga se fue estrechando alrededor de su cuello. El pánico casi le hizo vaciar sus intestinos. Alzó la mirada y vio que la cuerda subía hasta una polea que estaba colgada en el gancho de la lámpara del salón. Luego su enemigo lo rodeó y entró en su campo de visión. Primero descubrió un par de pequeñas botas negras.

Ignoraba con qué se iba a encontrar pero, al levantar la vista, el *shock* no pudo ser mayor. Al principio, no reconoció a la loca psicópata cuya fotografía había ocupado las portadas de los periódicos desde las fiestas de Pascua. Tenía el pelo negro y corto; no se parecía en absoluto a las de las fotos. Iba vestida completamente de negro: vaqueros, una abierta chaqueta de algodón que le llegaba hasta la cintura, camiseta y guantes.

Lo que más miedo le produjo fue su rostro. Iba pintada. Con pintalabios negro, *eyeliner* y una vulgar y llamativa sombra de ojos de tono verdinegro. El resto estaba cubierto de blanco. Recorriendo la cara en diagonal, desde la parte izquierda de la frente hasta la parte derecha de la mandíbula, cruzándole la nariz, tenía pintada una ancha banda roja.

Era una máscara grotesca. Parecía estar completamente perturbada.

Su cerebro opuso resistencia. La situación le resultaba irreal.

Lisbeth Salander agarró el cabo de la cuerda y tiró. Él sintió cómo la soga se le hundió en el cuello y fue incapaz de respirar durante unos cuantos segundos. Luego, se revolvió buscando un sitio en el que apoyar los pies. Con la ayuda de la polea, a ella le costó muy poco levantarlo. Cuando ya estaba completamente erguido, dejó de subirlo, le dio unas cuantas vueltas a la cuerda y haciendo un nudo marinero la ató a la tubería de agua de un radiador.

Después, lo dejó, desapareció de su campo de visión. Estuvo fuera quince minutos. Al volver, acercó una silla y se sentó frente a él. Sandström intentó desviar la mirada de su cara pintada, pero no pudo. Lisbeth dejó una pistola sobre la mesa del salón. «Mi propia pistola. La habrá encontrado en la caja de zapatos del armario.» Una Colt 1911 Government. Una pequeña arma ilegal que tenía desde hacía ya varios años. Se la compró, por puro capricho, a un amigo suyo que quería venderla, aunque ni siquiera la había probado. Ante sus ojos, ella abrió el cargador y lo llenó de munición. Lo introdujo en la pistola y alimentó el cañón con una bala. Per-Åke Sandström creyó desmayarse. Se forzó a sostener la mirada de ella.

—No entiendo por qué los hombres siempre documentáis vuestras perversiones —dijo Lisbeth en voz baja.

Tenía una voz suave, pero fría como el hielo. Cogió una foto, impresa directamente del ordenador de Sandström, y la sujetó en alto.

—Supongo que ésta es la chica estonia, Ines Hammujärvi, de diecisiete años, originaria del pueblo de Rieplau, a las afueras de Narva. ¿Te lo pasaste bien con ella?

La pregunta era retórica. Per-Åke Sandström no podía contestar. Su boca seguía tapada con la cinta y su cerebro no era capaz de emitir respuesta alguna. En la foto se veía… «Dios mío, ¿por qué guardaría las fotos?»

—¿Sabes quién soy? Dímelo con la cabeza.

Per-Åke Sandström asintió.

—Eres un sádico cerdo, un hijo de puta y un violador. Él no se movió.

—Admítelo.

Volvió a asentir. De repente, las lágrimas afloraron a sus ojos.

—Dejemos las cosas claras —dijo Lisbeth Salander—. Mi opinión es que deberías ser ejecutado inmediatamente. Me trae sin cuidado si sobrevives a esta noche o no. ¿Entiendes?

Él asintió.

—A estas alturas no creo que hayas pasado por alto que soy una loca a la que le encanta matar gente. Especialmente hombres.

Señaló los periódicos vespertinos de los últimos días que él había acumulado sobre la mesa del salón.

—Voy a quitarte la cinta de la boca. Si gritas o subes la voz, te daré con ésta.

Levantó la pistola eléctrica.

—Este trasto es muy dañino; y dispara descargas de setenta y cinco mil voltios. En esta ocasión serán unos sesenta mil, porque ya la he usado una vez y no la he cargado. ¿Lo entiendes?

Él pareció dudar.

—Eso significa que tus músculos dejarán de responder. Fue lo que te pasó en la puerta cuando llegaste a casa. —Ella le sonrió—. Y eso, a su vez, significa que las piernas no te sostendrán y que te ahorcarás tú solito. Después de disparar, me levantaré y abandonaré la casa.

Él asintió con la cabeza. «Dios mío, es una maldita asesina loca.» No pudo remediar que las lágrimas corrieran sin control por sus mejillas. Se sorbió los mocos.

Ella se levantó y le quitó la cinta. Su grotesco rostro quedó tan sólo a escasos centímetros del suyo.

—Calla —dijo ella—. No digas ni una palabra. Si hablas sin mi permiso, usaré la pistola.

Ella esperó a que él terminara de sorberse los mocos y lo miró fijamente.

—Tienes una sola oportunidad de sobrevivir a esta

noche —dijo—. Una, no dos. Te voy a hacer una serie de preguntas. Si las contestas, te dejaré vivir. Mueve la cabeza si lo has comprendido.

Él movió afirmativamente la cabeza.

—Si te niegas a contestar a alguna de las preguntas, te dispararé. ¿Entiendes?

Él asintió.

—Si me mientes o tus respuestas son evasivas, te daré.

Volvió a asentir.

—No voy a negociar contigo. No tendrás otra oportunidad. O respondes a mis preguntas de inmediato o mueres. Si tus contestaciones me resultan satisfactorias, vivirás. Así de fácil.

Asintió de nuevo con la cabeza. La creyó. No tenía elección.

—Por favor —dijo—. No quiero morir.

Ella lo miró seriamente.

—Vivir o morir tan sólo depende de ti. Pero acabas de romper mi primera regla. No puedes hablar sin mi permiso.

Apretó la boca. «Dios mío, está loca de atar.»

Mikael Blomkvist estaba tan frustrado e intranquilo que no sabía qué hacer. Al final, se puso la cazadora y la bufanda y se fue paseando sin rumbo fijo en dirección a Södra Station. Pasó el arco de Bofill y, al final, acabó en la redacción de Götgatan, que estaba a oscuras y en silencio. No encendió ninguna luz, pero sí la cafetera eléctrica. Se acercó a la ventana y contempló Götgatan mientras esperaba a que el agua pasara por el filtro. Intentó aclarar sus ideas. Tenía la sensación de que toda la investigación sobre los asesinatos de Dag Svensson y Mia Bergman era un mosaico desmembrado en el que ciertas piezas resultaban discernibles mientras que otras habían desaparecido por completo.

El mosaico formaba un dibujo. Podía imaginar su forma, pero no alcanzaba a verlo. Faltaban demasiadas piezas.

Le asaltaron las dudas. «Lisbeth no es una loca asesina», se recordó a sí mismo. Ella le había comunicado que no mató a Dag y Mia. La creía. No obstante, de alguna manera que no alcanzaba a comprender, estaba estrechamente ligada al misterio.

Empezó a reconsiderar con calma la teoría que había defendido desde que entrara en el apartamento de Enskede. Sin vacilación alguna, había partido de la premisa de que el reportaje sobre *trafficking* de Dag Svensson constituía el único motivo lógico que existía para matar a Dag y a Mia. Ahora, comenzaba a aceptar lo que decía Bublanski; eso no explicaba el asesinato de Bjurman.

Salander le había escrito que podía pasar de los puteros y centrarse en Zala. «¿Cómo? ¿Qué quería decir Lisbeth? ¡Joder, qué tía más complicada! ¿Por qué no podía expresarse de forma comprensible?»

Mikael volvió a la cocina y se sirvió café en una taza que llevaba el logotipo de la Joven Izquierda. Se sentó en el sofá de la redacción, puso los pies sobre la mesa y encendió un cigarrillo clandestino.

Gunnar Björck tenía que ver con la lista de los puteros; Bjurman con Salander. No podía ser una casualidad que tanto Bjurman como Björck hubieran trabajado en la Säpo. El informe policial sobre Lisbeth Salander había desaparecido.

«¿Y si hay más de un móvil?»

Se quedó quieto un instante, valorando esa posibilidad. «Míralo desde otra perspectiva.»

«¿Puede Lisbeth Salander ser el móvil?»

Mikael se quedó sentado pensando en una idea que no conseguía formular con palabras. Allí se escondía algo, pero no era capaz de explicar exactamente lo que significaba que la propia Lisbeth Salander en persona pudiera ser el móvil de un asesinato. Experimentó la fugaz sensación de tener la solución al alcance de la mano.

Luego, se dio cuenta de que estaba demasiado cansado, tiró el café, se fue a casa y se metió en la cama. A oscuras, retomó el hilo de sus razonamientos y permaneció despierto dos horas intentando comprender qué quería decir.

Lisbeth Salander encendió un cigarrillo y se acomodó, frente a él, en la silla. Cruzó una pierna sobre la otra y le clavó una mirada penetrante. Per-Åke Sandström nunca había visto una mirada tan intensa. Continuó hablándole en voz baja.

—En enero de 2003 visitaste por primera vez a Ines Hammujärvi en su apartamento de Norsborg. Acababa de cumplir dieciséis años. ¿Por qué fuiste a verla?

Per-Åke Sandström no supo qué contestar. Ni siquiera podía explicar cómo empezó todo y por qué él... Lisbeth levantó la pistola eléctrica.

—Yo... no lo sé. Quería poseerla. Era tan guapa.

—¿Guapa?

—Sí. Era guapa.

—Y por eso consideraste que tenías derecho a atarla a la cama y a follártela.

—Ella estaba de acuerdo. Lo juro. Era con su consentimiento.

—¿Le pagaste?

Per-Åke Sandström se mordió la lengua.

—No.

—¿Por qué no? Era una puta. A las putas se les suele pagar.

—Ella era un... un regalo.

—¿Un regalo? —había sorpresa en la voz de Lisbeth Salander.

Su voz había adquirido un tono peligroso.

—Me la ofrecieron como pago a un favor que yo le había hecho a otra persona.

—Per-Åke —dijo Lisbeth Salander como para hacerle entrar en razón—. ¿No estarás evitando responder a mi pregunta?

—No, te lo juro. Voy a contestar a todas tus preguntas. Y no voy a mentir.

—Bien. ¿Qué favor y qué persona?

—Introduje esteroides anabolizantes en Suecia. Desde Estonia. Viajé hasta allí con unos cuantos conocidos para hacer un reportaje. Una de las personas con las que fui se llamaba Harry Ranta. Traje las pastillas en mi coche, pero él no regresó conmigo.

—¿Cómo conociste a Harry Ranta?

—Lo conozco desde hace muchos años. Desde los años ochenta. Sólo es un amigo. Solíamos salir juntos.

—¿Y fue Harry Ranta quien te ofreció a Ines Hammujärvi como «regalo»?

—Sí... no, perdón, eso sucedió más tarde, aquí, en Estocolmo. Fue su hermano, Atho Ranta.

—¿Quieres decir que Atho Ranta llamó de buenas a primeras a tu puerta y te preguntó sin más si querías ir a Norsborg a follarte a Ines?

—No... Estuve... Celebramos una fiesta... Joder, no me acuerdo de dónde estábamos...

De repente se puso a temblar descontroladamente y sintió cómo se le empezaban a doblar las rodillas. Tuvo que hacer fuerza con los pies para no caerse.

—Tómate el tiempo que quieras —dijo Lisbeth Salander—. No te voy a colgar porque tardes en aclararte. Pero en cuanto vea que te me escaqueas... ¡Pum!

Lisbeth arqueó las cejas y de pronto adquirió un aspecto angelical. Todo lo angelical que una persona con una grotesca máscara podía resultar.

Per-Åke Sandström asintió con la cabeza. Tragó saliva. Tenía sed y la boca seca como la estopa, sintió cómo la soga le apretaba el cuello.

—El lugar donde te emborrachaste me trae sin cuidado. ¿Por qué Atho Ranta te ofreció a Ines?

—Estuvimos hablando de… yo… yo le conté que quería…

Se echó a llorar.

—Que querías una de sus putas.

Asintió con la cabeza.

—Estaba borracho. Él dijo que ella necesitaba… necesitaba…

—¿Qué necesitaba ella?

—Atho dijo que necesitaba un castigo. Le daba mucha guerra. No hacía lo que él quería.

—¿Y qué quería Atho que hiciera ella?

—Que fuera su puta. Él me ofreció… Yo estaba borracho y no sabía lo que hacía. Yo no quería… Perdóname.

Se sorbió los mocos.

—No es a mí a quien debes pedir perdón. Así que te ofreciste a ayudar a Atho para castigar a Ines y os fuisteis a su casa.

—No, no fue así.

—Entonces, cuéntamelo tú. ¿Por qué acompañaste a Atho a casa de Ines?

Lisbeth jugueteaba con la pistola eléctrica manteniéndola en equilibrio sobre su rodilla. Él comenzó a temblar otra vez.

—Fui a casa de Ines porque quería poseerla. Estaba allí y estaba a la venta. Ines vivía con una amiga de Harry Ranta. No me acuerdo cómo se llamaba. Atho cogió una cuerda y ató a Ines a la cama y yo… yo me acosté con ella. Atho miraba.

—No, no te acostaste con ella. La violaste.

No contestó.

—¿A que sí?

Asintió con la cabeza.

—¿Qué dijo Ines?

—No dijo nada.

—¿No protestó?

Negó con la cabeza.

—O sea, que a ella le gustaba que un guarro de cincuenta años la atara a la cama y la violara.

—Estaba borracha. Le daba igual.

Lisbeth Salander suspiró resignadamente.

—Vale. Luego seguiste yendo a verla.

—Estaba tan… me quería.

—¡Y una mierda!

Desesperado, observó a Lisbeth Salander. Luego asintió.

—Yo la… la violé. Harry y Atho habían dado su permiso. Querían que ella fuese… que fuese adiestrada.

—¿Les pagaste?

Asintió.

—¿Cuánto?

—Era un precio de amigo. Yo les ayudé con el contrabando.

—¿Cuánto?

—En total, unos cuantos miles de coronas.

—En una de las fotos Ines aparece aquí, en tu piso.

—La trajo Harry.

Volvió a sorberse los mocos.

—Así que por unos pocos billetes de mil tenías a una chica con la que podías hacer lo que te daba la gana. ¿Cuántas veces la violaste?

—No lo sé… algunas.

—Vale. ¿Quién es el jefe de esa banda?

—Me matarán si me chivo.

—Eso no es asunto mío. Ahora mismo yo represento un problema bastante más gordo para ti que los hermanos Ranta.

Levantó la pistola eléctrica.

—Atho. Es el mayor. Harry es el que se encarga de la parte práctica.

—¿Quién más está en la banda?

—Yo sólo conozco a Harry y a Atho. La chica de Atho también está metida. Y un chico que se llama… No sé, Pelle algo. Es sueco. No sé quién es. Es un drogata y le mandan hacer recados.

—¿La chica de Atho?

—Silvia. Es puta.

Lisbeth se quedó callada reflexionando un instante. Luego levantó la vista.

—¿Quién es Zala?

Per-Åke Sandström palideció. *La misma pregunta con la que le había dado la lata Dag Svensson.* Permaneció callado largo rato hasta que advirtió que la chiflada esa se estaba cabreando.

—No lo sé —contestó—. No sé quién es.

El rostro de Lisbeth Salander se ensombreció.

—Hasta ahora te has portado muy bien. No lo eches todo por la borda —dijo.

—Te lo juro por mi honor y mi conciencia. No sé quién es. El periodista al que mataste…

Se calló de repente, consciente de que tal vez no fuera una buena idea ponerse a hablar de su orgía asesina de Enskede.

—¿Sí?

—… me preguntó lo mismo. No lo sé. Si lo supiera, te lo diría. Te lo juro. Es alguien que Atho conoce.

—¿Has hablado con él?

—Tan sólo un minuto. Por teléfono. Hablé con alguien que decía llamarse Zala. Mejor dicho, él habló conmigo.

—¿Para qué?

Per-Åke Sandström parpadeó. Unas gotas de sudor resbalaron hasta sus ojos, al tiempo que sintió cómo los mocos le recorrían la barbilla.

—Yo… ellos necesitaban que les volviese a hacer un favor.

—Me estoy aburriendo —dijo Lisbeth Salander.

—Me pidieron que hiciera otro viaje a Tallin y que les trajera un coche que ya estaba preparado. Anfetaminas. Yo no quería.

—¿Por qué?

—Era demasiado. Ellos eran gánsteres profesionales. Yo tenía un trabajo y quería apartarme de todo eso.

—¿Intentas decirme que para ti ser gánster es un *hobby*?

—Yo no soy así —contestó, apenado.

—Ah, vale.

Su voz desprendía tal desprecio que Per-Åke Sandström cerró los ojos.

—Sigue. ¿Cómo entró Zala en escena?

—Aquello fue una pesadilla.

Se calló y de repente las lágrimas volvieron a aflorar. Se mordió el labio con tanta fuerza que se lo partió y empezó a sangrar.

—Venga, sigue —dijo Lisbeth Salander fríamente.

—Atho me empezó a dar la tabarra. Harry me advirtió que Atho se estaba cabreando conmigo y que no sabía lo que iba a ocurrir. Al final accedí a quedar con él. Fue en agosto, el año pasado. Fui con Harry hasta Norsborg…

Su boca siguió moviéndose pero las palabras desaparecieron. Lisbeth Salander entornó los ojos. Él recuperó la voz.

—Atho estaba como poseído. Es un bruto, no te lo puedes ni imaginar… Me dijo que era demasiado tarde para abandonar y que si no hacía lo que me ordenaban, no viviría para contarlo. Y que me harían una demostración.

—¿Y?

—Me obligaron a acompañarlos. Fuimos hacia Södertälje. Atho me ordenó que me pusiera una capucha.

En realidad, era una bolsa que sujetó con una cuerda sobre los ojos. Yo estaba aterrorizado.

—Así que te fuiste con ellos con una bolsa en la cabeza. ¿Qué ocurrió después?

—El coche se detuvo. No sabía dónde nos encontrábamos.

—¿Cuándo te pusieron la bolsa?

—Poco antes de Södertälje.

—¿Y cuánto tiempo tardasteis en llegar?

—Tal vez… unos treinta minutos. Me sacaron del coche. Era una especie de almacén.

—¿Y luego qué sucedió?

—Harry y Atho me obligaron a entrar. Dentro había mucha luz. Lo primero que vi fue a un pobre tipo tumbado sobre el suelo de cemento. Estaba atado. Le habían dado una paliza.

—¿Quién era?

—Kenneth Gustafsson, pero de eso me enteré más tarde. Nunca me dijeron cómo se llamaba.

—¿Y qué pasó?

—Allí había un hombre. El hombre más grande que he visto en mi vida. Era enorme. Todo músculos.

—¿Qué aspecto tenía?

—Era rubio. Parecía el mismísimo diablo.

—¿Y su nombre?

—Nunca me lo dijo.

—De acuerdo. Un gigante rubio. ¿Quién más había allí?

—Otro hombre. Tenía cara de haber llevado muy mala vida. Rubio. Con coleta.

«Magge Lundin.»

—¿Alguien más?

—No, sólo Harry, Atho y yo.

—Continúa.

—El rubio, o sea, el gigante, me acercó una silla. No me dijo ni una palabra. El que hablaba allí era Atho.

Me explicó que el tío del suelo era un chivato. Quería que yo supiera lo que les pasaba a los tipos que daban problemas.

Per-Åke Sandström empezó a llorar desenfrenadamente.

—Venga, sigue —insistió Salander.

—El rubio levantó al tipo del suelo y lo sentó en otra silla, frente a mí. Estábamos a un metro el uno del otro. Lo miré a los ojos. El gigante se colocó detrás de él, le puso las manos alrededor del cuello y lo... lo...

—¿Lo estranguló? —preguntó Lisbeth, completando su frase.

—Sí... no... lo mató «estrujándolo». Creo que le rompió el cuello con las manos. Oí cómo crujió. Murió ante mis ojos.

Per-Åke Sandström se balanceó en la cuerda. Las lágrimas brotaban sin cesar. Nunca se lo había contado a nadie. Lisbeth le concedió un minuto para que se calmara.

—¿Y luego?

—El otro hombre, el de la coleta, arrancó una motosierra y le cortó la cabeza y las manos. Cuando terminó, el gigante se me acercó y me puso las manos en el cuello. Intenté soltarme. Usé todas mis fuerzas, pero no conseguí moverlas ni un milímetro. No apretó, sólo las mantuvo allí un rato, que se me hizo eterno. Y mientras tanto, Atho cogió su móvil e hizo una llamada. Habló en ruso. Después, de pronto, dijo que Zala quería hablar conmigo, y me colocó el teléfono en la oreja.

—¿Y qué te dijo Zala?

—Tan sólo que esperaba de mí que hiciera el favor que Atho me había pedido. Me preguntó si todavía quería abandonar. Le prometí que iría a Tallin y que traería el coche con las anfetaminas. ¿Qué otra cosa podía hacer?

Lisbeth guardó silencio durante un buen rato. Pensa-

tiva, contempló al periodista que ahora se hallaba ante
ella colgado de una cuerda y sorbiéndose los mocos.

—Describe su voz.

—No… no sé. Sonaba completamente normal.

—¿Voz grave, voz aguda?

—Grave. Normal. Áspera.

—¿En qué lengua hablasteis?

—En sueco.

—¿Tenía acento?

—Sí… un poco. Pero hablaba sueco muy bien. Atho
y él hablaron en ruso.

—¿Tú sabes ruso?

—Algo. Lo justo. No muy fluido.

—¿Qué le dijo Atho?

—Tan sólo que la demostración había acabado. Nada
más.

—¿Le has contado esto a alguien?

—No.

—¿Ni a Dag Svensson?

—No… No.

—Dag Svensson fue a verte.

Sandström asintió con la cabeza.

—No he oído nada.

—Sí.

—¿Por qué?

—Sabía que yo tenía… a las putas.

—¿Qué te preguntó?

—Quería saber…

—¿Sí?

—Zala. Preguntó sobre Zala. En su segunda visita.

—¿Su segunda visita?

—Vino a verme dos semanas antes de morir. Ésa fue
la primera vez. Luego volvió dos días antes de que tú…
de que él…

—¿De que yo le pegara un tiro?

—Eso es.

—¿Y te preguntó sobre Zala?

—Sí.

—¿Qué le dijiste?

—Nada. No pude. Admití que había hablado con él por teléfono. Eso fue todo. No le conté lo del tipo rubio ni lo que hicieron con Gustafsson.

—De acuerdo. ¿Y qué te preguntó exactamente Dag Svensson?

—Yo… él sólo quería saber cosas sobre Zala. Nada más.

—¿Y no le contaste nada?

—Nada de valor. Es que yo no sé nada.

Lisbeth permaneció callada un instante. *Hay algo que está evitando contar.* Se mordió el labio inferior pensativa. *Ya lo tengo.*

—¿A quién le contaste lo de la visita de Dag Svensson?

Sandström palideció.

Lisbeth movía la pistola eléctrica.

—Llamé a Harry Ranta.

—¿Cuándo?

Sandström tragó saliva.

—La misma noche que Dag Svensson me visitó por primera vez.

Lisbeth siguió interrogándole media hora más, pero, poco a poco, se fue dando cuenta de que ya sólo repetía lo mismo que le había contado y con algún que otro detalle suelto. Al final, se levantó y puso la mano en la cuerda.

—Eres sin duda uno de los cerdos más miserables que he conocido en mi vida —le espetó Lisbeth Salander—. Lo que hiciste con Ines merece la pena capital. Pero te he prometido que vivirías si contestabas a mis preguntas. Y yo siempre mantengo mis promesas.

Se agachó y deshizo el nudo. Per-Åke Sandström se desplomó contra el suelo. Sintió un alivio casi eufórico. Desde abajo, la vio colocar un taburete sobre la mesa que había junto al sofá y, a continuación, bajar la polea. Recogió la cuerda e introdujo todo en una mochila. Se metió en el cuarto de baño, donde permaneció diez minutos. Él oyó el agua correr. Al regresar, ya se había quitado el maquillaje.

Su rostro estaba desnudo y limpio.

—Tendrás que soltarte tú mismo.

Dejó caer un cuchillo de cocina al suelo.

Durante un buen rato, la oyó hacer ruido en la entrada. Le dio la impresión de que se estaba cambiando de ropa. Luego, oyó abrirse y cerrarse la puerta. Hasta media hora más tarde no consiguió cortar la cinta aislante. Cuando se sentó en el sofá del salón, descubrió que ella se había llevado su Colt 1911 Government.

Lisbeth Salander no llegó a su casa de Mosebacke hasta las cinco de la mañana. Se quitó la peluca de Irene Nesser y se fue directamente a la cama sin encender su ordenador ni comprobar si Mikael Blomkvist había resuelto el enigma del informe policial desaparecido.

Se despertó a las nueve de la mañana y dedicó ese martes a recabar información sobre los hermanos Atho y Harry Ranta.

Atho Ranta contaba con un sórdido palmarés en el registro criminal. Era ciudadano finlandés, de familia de origen estonio, y había llegado a Suecia en 1971. De 1972 a 1978 trabajó como carpintero de obra para Skånska Cementgjuteriet. Fue despedido y condenado a siete meses de prisión, tras ser sorprendido *in fraganti* robando en una obra. Entre 1980 y 1982 trabajó en una empresa constructora considerablemente más pequeña. Lo echaron por presentarse borracho en repetidas ocasiones. Durante el resto de los años ochenta, se ganó la vida como portero de discoteca, técnico de una empresa de mantenimiento de calderas, friegaplatos y conserje de un colegio.

De todos esos empleos también lo despidieron por llegar borracho o por meterse en peleas. Excepto del puesto de conserje, que se vio obligado a abandonar al cabo de unos pocos meses, porque una profesora lo denunció por acoso sexual y amenazas.

En 1987 fue condenado a pagar una multa y a un mes de cárcel por robar un coche, conducir en estado de embriaguez y por receptación. Al año siguiente, lo multaron por tenencia ilícita de armas. En 1990 se le condenó por atentar contra la moral pública; sin embargo, en el registro criminal no se especificaba la naturaleza del delito. En 1991 lo procesaron por amenazas, pero resultó absuelto. También en ese mismo año se le impuso una multa y una pena de prisión condicional por contrabando de alcohol. En 1992 estuvo encarcelado tres meses por maltratar a su novia, así como por amenazas contra la hermana de ésta. Luego, se portó bien hasta 1997, año en el que fue condenado por receptación y malos tratos graves. Eso le costó diez meses de cárcel.

Su hermano menor, Harry Ranta, siguió sus pasos y llegó a Suecia en 1982. Consiguió un empleo en un almacén en el que trabajó durante la década de los ochenta. Los datos que existían de él en el registro criminal daban fe de tres condenas. La primera, de 1990, fue motivada por un fraude a una compañía de seguros. A ésta le siguió, en 1992, otra por malos tratos graves, receptación, robo, robo grave y violación. Dos años de prisión. Fue extraditado a Finlandia, pero regresó a Suecia en 1996, año en que lo condenaron de nuevo, pero esta vez tan sólo a diez meses de cárcel por malos tratos graves y violación. Recurrió la sentencia y el Tribunal de Segunda Instancia se dejó convencer por los argumentos de la defensa y lo absolvió del cargo de violación. Sí se mantuvo, no obstante, la sentencia por malos tratos, de modo que cumplió seis meses de prisión. En 2000, Harry Ranta fue nuevamente denunciado por amenazas y violación.

Sin embargo, la denuncia se retiró y el caso quedó archivado.

Lisbeth rastreó sus direcciones y se enteró de que Atho Ranta vivía en Norsborg, mientras que Harry Ranta tenía su domicilio en Alby.

Paolo Roberto estaba de lo más frustrado cuando, por enésima vez, marcó el número de Miriam Wu y sólo obtuvo el consabido mensaje de que el abonado no se encontraba disponible. Desde que Mikael le encomendara la tarea de encontrarla, había pasado por Lundagatan varias veces al día. La puerta de su casa permanecía cerrada.

De reojo, miró el reloj. Eran poco más de las ocho de la tarde del martes. «Joder, alguna vez tendrá que volver a casa.» Comprendía por qué Miriam Wu se mantenía oculta, pero lo peor de la avalancha mediática ya había pasado. Decidió que —en vez de pasarse el día yendo y viniendo— lo mejor sería instalarse delante de su puerta, por si aparecía, aunque sólo fuese para recoger ropa o por cualquier otro motivo. Llenó un termo con café y se preparó unos sándwiches. Antes de abandonar su casa, se santiguó ante el crucifijo y la Virgen.

Aparcó el coche a unos treinta metros del portal de Lundagatan y echó el asiento hacia atrás a fin de contar con más espacio para las piernas. Puso la radio a bajo volumen y pegó con celo una foto de Miriam Wu que había recortado de un periódico. Estaba buenísima. Contempló pacientemente a las pocas personas que pasaron por allí. Miriam Wu no era ninguna de ellas.

La llamó cada diez minutos. Desistió a eso de las nueve, cuando su móvil empezó a emitir un pitido indicándole que estaba a punto de quedarse sin batería.

Ese martes, Per-Åke Sandström permaneció en un estado que podría describirse como de apatía. Había pasado la noche en el sofá del salón, incapaz de irse a la cama e incapaz de controlar los súbitos ataques de llanto que le asaltaron a intervalos regulares. Por la mañana bajó al Systembolaget de Solna Centrum, compró una botella mediana de aguardiente Skåne, y luego regresó a su sofá, donde consumió más o menos la mitad del contenido.

Hasta la noche no llegó a tomar conciencia de su estado. Fue entonces cuando se puso a pensar qué hacer. Ojalá no hubiese oído hablar nunca de los hermanos Atho y Harry Ranta ni de sus putas. No le entraba en la cabeza cómo podía haber sido tan idiota para dejarse engañar e ir al piso de Norsborg, donde Atho amarró a Ines Hammujärvi —de diecisiete años y bajo los efectos de las drogas— con las piernas separadas y lo desafió a ver quién tenía más cojones. Se turnaron y él ganó la apuesta. A lo largo de la noche, consiguió llevar a cabo hazañas sexuales de todo tipo.

En un momento dado, Ines Hammujärvi volvió en sí y empezó a protestar. Entonces, Atho se pasó media hora dándole una paliza y obligándola a beber hasta que la apaciguó a su gusto. Después, Atho invitó a Per-Åke a continuar con su actividad.

«Maldita puta.»

Joder, qué idiota fue.

No podía esperar clemencia por parte de *Millennium*. Vivían de ese tipo de escándalos.

Esa loca de Salander le daba un miedo atroz.

Por no hablar del monstruo rubio.

No podía acudir a la policía.

No podía arreglárselas solo. Creer que los problemas iban a desaparecer por sí mismos era una ilusión.

Sólo le quedaba una alternativa de la que poder esperar una pizca de simpatía y, posiblemente, algún tipo de solución. Se dio cuenta de que suponía agarrarse a un clavo ardiendo.

Pero era su única alternativa.

Por la tarde, se armó de valor y llamó al móvil de Harry Ranta. No obtuvo respuesta. Siguió intentándolo hasta que, a las diez de la noche, se rindió. Después de haber reflexionado un buen rato sobre el tema —y haberse envalentonado con el resto del aguardiente—, llamó a Atho Ranta. Se puso Silvia, su novia. Le dijo que los hermanos Ranta estaban en Tallin de vacaciones. No, Silvia no sabía cómo contactar con ellos. No, tampoco tenía idea de cuándo pensaban regresar. Se quedarían en Estonia un tiempo indefinido.

Silvia dio la impresión de alegrarse.

Per-Åke Sandström se dejó caer en el sofá del salón. No sabía muy bien si se sentía abatido o aliviado por el hecho de que Atho Ranta no se hallara en casa y de que, por consiguiente, no tuviera que explicárselo todo. Sin embargo, el mensaje que se leía entre líneas había quedado clarísimo; los hermanos Ranta, por las razones que fueran, habían llamado la atención y habían decidido tomarse unas vacaciones indefinidas. Algo que no contribuyó a calmar a Per-Åke Sandström.

Capítulo 25

Paolo Roberto no se había quedado dormido, pero estaba tan absorto en sus pensamientos que tardó un rato en descubrir a la mujer que llegó paseando desde la iglesia de Högalid a eso de las once de la noche. La vio por el retrovisor. Hasta que ella no pasó bajo una farola, a unos setenta metros a sus espaldas, él no volvió bruscamente la cabeza. Reconoció de inmediato a Miriam Wu.

Se incorporó en el asiento. Su primer impulso fue bajar del coche. Luego se dio cuenta de que de esa manera la podría asustar y de que era mejor esperar hasta que ella llegara al portal.

En el mismo instante en que tomó esa decisión, vio una furgoneta oscura acercarse desde abajo y frenar a la altura de Miriam Wu. Paolo Roberto contempló, estupefacto, cómo un hombre —una bestia rubia de un descomunal tamaño— salió de un salto de entre las puertas corredizas y agarró a Miriam Wu. Como era lógico, la cogió desprevenida. Ella intentó soltarse alejándose unos cuantos pasos, pero el gigante rubio la tenía bien agarrada de la muñeca.

Paolo Roberto observó, boquiabierto, cómo la pierna de Miriam Wu se elevaba en el aire trazando un rápido arco. «Es verdad, hace *kick-boxing*.» Una patada impactó en la cabeza del gigante rubio. El golpe no pareció afectarle lo más mínimo. Levantó la mano como si nada y le dio un tortazo a Miriam Wu. Paolo Roberto lo oyó a sesenta metros de distancia. Miriam Wu cayó fulminada, como si hubiese sido alcanzada por un rayo. El gigante rubio se agachó, la recogió del suelo con una mano y, prácticamente, la lanzó al interior del vehículo. Fue entonces cuando Paolo Roberto cerró la boca y reaccionó. De un tirón, abrió la puerta del coche y echó a correr en dirección a la furgoneta.

Al cabo de unos metros, comprendió que era inútil. El vehículo en el que habían metido a Miriam Wu como si se tratara de un saco de patatas arrancó con suavidad, hizo un giro de ciento ochenta grados y, antes de que Paolo Roberto ni siquiera tuviera tiempo de coger velocidad, ya estaba en medio de la calzada. Desapareció en dirección a la iglesia de Högalid. Paolo Roberto se detuvo en seco, dio media vuelta, volvió tan rápido como pudo a su coche y entró abalanzándose sobre el volante. Arrancó derrapando e imitó el giro de ciento ochenta grados. La furgoneta ya había desaparecido cuando él llegó a la intersección. Frenó, miró hacia Högalidsgatan, y luego se arriesgó girando a la izquierda, en dirección a Hornsgatan.

Al llegar a Hornsgatan, el semáforo estaba en rojo, pero como no había tráfico aprovechó para colocarse en medio del cruce y mirar a su alrededor. Las únicas luces traseras que divisó acababan de torcer a la izquierda por Långholmsgatan y subir por el puente de Liljeholmen. No pudo ver si se trataba de la furgoneta, pero era el único vehículo que había a la vista, así que Paolo Roberto pisó a fondo. Lo detuvo un semáforo en Långholmsgatan, donde hubo de esperar a que el tráfico de Kungsholmen pasara mientras los segundos avanzaban. Cuando no había nadie en el cruce pisó de nuevo el acelerador a fondo y se saltó el disco. Rezó para que ningún coche patrulla lo parara en ese momento.

Conducía muy por encima del límite de velocidad permitido en el puente y aceleró al pasar Liljeholmen.

Seguía sin saber si se trataba de la misma furgoneta que había vislumbrado o si se habría desviado ya hacia Gröndal o Årsta. Volvió a arriesgarse y aceleró a fondo. Iba a más de ciento cincuenta kilómetros por hora y adelantó como un rayo a los pocos conductores que había y respetaban la ley, dando por descontado que alguno que otro apuntaría su matrícula.

A la altura de Bredäng volvió a ver la furgoneta. Le fue ganando terreno y, cuando estuvo a unos cincuenta metros, constató que se trataba del vehículo correcto. Redujo la velocidad a noventa por hora y se mantuvo tras él a unos doscientos metros. Fue entonces cuando volvió a respirar.

Miriam Wu notó cómo le corría la sangre por el cuello en el mismo instante que aterrizó en el suelo de la furgoneta. Sangraba por la nariz. Tenía el labio inferior partido y, probablemente, el tabique nasal roto. El ataque había llegado como un relámpago en medio de un cielo claro. Su resistencia fue neutralizada en menos de un segundo. Sintió cómo arrancaron antes de que ni siquiera se hubiesen cerrado las puertas corredizas. Por un momento, cuando el vehículo dio media vuelta, el gigante rubio perdió el equilibrio.

Miriam Wu se puso de costado y, apoyando una cadera en el suelo, tomó impulso. Cuando el gigante rubio se volvió hacia ella, le pegó una patada. Le dio en un lado de la cabeza; vio la marca de su tacón. Debería haberle hecho daño.

Él se quedó mirándola desconcertado. Luego sonrió.

«Dios mío, ¿quién es este puto monstruo?»

Volvió a asestarle otra patada, pero él le agarró la pierna y le giró el pie con tanta violencia que ella lanzó un grito de dolor y se vio obligada a ponerse boca abajo.

Luego se inclinó sobre ella y le pegó un manotazo en

un lado de la cabeza. Miriam Wu vio las estrellas. Era como si la hubiesen golpeado con un mazo. El gigante se sentó sobre la espalda de Wu. Ella intentó quitárselo de encima pero era tan pesado que no fue capaz de moverlo ni un solo milímetro. Él le puso las manos a la espalda y se las inmovilizó con unas esposas. Estaba indefensa. De repente, Miriam Wu sintió un paralizante terror.

De camino a casa desde Tyresö, Mikael Blomkvist pasó por el Globen. Había dedicado toda la tarde a visitar a tres puteros de la lista. No le aportaron nada. Se encontró con individuos aterrorizados que ya habían sido entrevistados por Dag Svensson y que sabían que el mundo no tardaría en caérseles encima. Suplicaron e imploraron. Los borró a todos de su lista particular de sospechosos.

Mientras cruzaba el puente de Skanstull, cogió el móvil y llamó a Erika Berger. No contestó. Llamó a Malin Eriksson. Tampoco respondió. Joder. Era tarde. Quería hablar con alguien.

Se preguntó si Paolo Roberto habría tenido algún éxito con Miriam Wu y marcó su número. Oyó cinco tonos antes de que le contestara.

—Sí.

—Hola, soy Blomkvist. Me preguntaba cómo te ha…

—Blomkvist, estoy… sssscraaaap furgoneta scrrraaaap Miriam.

—No te oigo.

—Scrp scrrrraaap scraaaap.

—Te pierdo. No te oigo.

Luego se cortó la llamada.

Paolo Roberto soltó unos cuantos tacos. La batería del móvil acababa de morir en el mismo instante en que pasó Fittja. Pulsó el botón ON y consiguió reanimarlo. Marcó el número de emergencia, pero nada más contestarle el teléfono volvió a apagarse.

«Mierda.»

Tenía un cargador que iba con el encendedor del coche. El cargador estaba encima de la cómoda de su casa. Tiró el móvil sobre el asiento del copiloto y se concentró en no perder de vista las luces traseras de la furgoneta. Estaba conduciendo un BMW con el depósito lleno; no había ni una puta posibilidad de que se le escaparan. Pero no quería llamar la atención, así que mantuvo una distancia prudencial de doscientos metros.

«Un maldito monstruo atiborrado de esteroides le da una paliza a una chica delante de mis narices. Con ese cabrón quiero hablar yo.»

Si Erika Berger hubiese estado presente, habría tildado a Paolo de macho *cowboy*. Él lo llamaba simplemente cabreo.

Mikael Blomkvist pasó por Lundagatan; comprobó que el edificio de Miriam Wu estaba a oscuras. Hizo un nuevo intento de llamar a Paolo Roberto, pero le saltó el mensaje de que el abonado no se encontraba disponible. Murmuró una maldición, se fue a casa y preparó café y sándwiches.

La persecución duró más de lo que Paolo Roberto se había imaginado. Pasaron por Södertälje y luego enfilaron la E20 en dirección a Strängnäs. Poco después de Nykvarn, la furgoneta se desvió a la izquierda y, metiéndose por carreteras secundarias de la provincia de Södermanland, se adentraron en pleno campo. Ahora el riesgo de llamar la atención y de que lo descubrieran era mayor. Paolo Roberto levantó el pie del acelerador y dejó aún más distancia entre él y la furgoneta.

La geografía no era el fuerte de Paolo, pero, hasta donde su conocimiento alcanzaba, suponía que se encontraban en la parte occidental del lago Yngern. Al no ver el vehículo aumentó la velocidad. Salió a una extensa recta y frenó.

Ni rastro. Había muchos desvíos sin señalizar por la zona. Los había perdido.

A Miriam Wu le dolían el cuello y la cara, pero había podido controlar su pánico y, con ello, la angustia de sentirse indefensa. Él no le había vuelto a pegar y la había dejado sentarse apoyando la espalda contra la parte trasera del respaldo del asiento del conductor. Miriam tenía las manos esposadas y una cinta adhesiva cubriéndole la boca. Una de las fosas nasales estaba obstruida a causa de la sangre; le costaba respirar.

Estudió al gigante rubio. Desde que le tapara la boca, no había pronunciado ni una palabra y la había ignorado por completo. Reparó en la marca que tenía donde ella le había dado la patada. Debería haberle causado un daño mayor, pero él apenas pareció percatarse del golpe. No era normal.

Era grande, tenía una impresionante constitución física. Sus enormes músculos inducían a pensar que pasaba en el gimnasio muchas horas por semana. Pero no era un culturista; sus músculos parecían naturales. Sus manos tenían el tamaño de una sartén. Ahora entendía por qué tuvo la impresión de que le pegaban con un mazo cuando él la abofeteó.

La furgoneta avanzaba dando botes por un camino lleno de baches.

No tenía ni la más remota idea de dónde se encontraba, pero le dio la sensación de que habían ido por la E4 con dirección sur durante bastante tiempo antes de meterse por las carreteras comarcales.

Sabía que aunque hubiese tenido las manos libres no habría podido hacer nada contra el gigante rubio. Se sentía absolutamente desamparada.

Malin Eriksson llamó a Mikael Blomkvist poco después de las once. Él acababa de llegar a casa y poner la cafetera y estaba en la cocina cortando una rebanada de pan.

—Disculpa que te llame tan tarde. Llevo horas intentando hablar contigo, pero no coges el móvil.

—Perdóname. Lo he tenido apagado durante todo el día. He estado entrevistando a unos cuantos puteros.

—Tengo algo que puede ser de interés —dijo Malin.

—A ver.

—Bjurman. Me habías pedido que hurgara en su pasado.

—Sí.

—Nació en 1950 y empezó a estudiar Derecho en 1970. Terminó la carrera en 1976. Comenzó a trabajar en el bufete de Klang y Reine en 1978 y, en 1989, abrió uno propio.

—Muy bien.

—En 1976 —durante un breve período de unas cuantas semanas— hizo prácticas en el Tribunal de Primera Instancia. Nada más licenciarse, ese mismo año, y hasta 1978, fue jurista de la Dirección Nacional de la Policía.

—Vale.

—He indagado en lo que hacía. Ha sido difícil de encontrar, pero trabajó en la Säpo con asuntos jurídicos. Concretamente, en el Departamento de Extranjería.

—¿Qué coño estás diciendo?

—Que debió de coincidir con ese Björck.

—¡Será hijo de puta! No me ha dicho ni palabra de que hubiera trabajado con Bjurman.

La furgoneta tenía que estar cerca. Paolo Roberto se había mantenido a tanta distancia que, a ratos, perdió de vista al vehículo, pero lo había vislumbrado justo unos minutos antes de que desapareciera. Dio marcha atrás invadiendo el arcén y tomó rumbo norte. Condujo despacio buscando algún desvío.

Cuando apenas había recorrido ciento cincuenta metros, de repente, vio a través de una estrecha abertura en el espesor del bosque el destello de un haz de luz. Al otro lado de la carretera descubrió un pequeño camino forestal y giró el volante. Se adentró una decena de metros y aparcó. No se molestó en cerrar con llave. Cruzó la carretera corriendo y saltó la cuneta. Cuando se abrió camino entre la maleza y los árboles, deseó haber llevado encima una linterna.

El bosque no era tal, se trataba sólo de una hilera de árboles que se extendía paralelamente a la carretera. De pronto, fue a dar a un patio de grava. Divisó unos edificios bajos y oscuros. Se estaba acercando, cuando la iluminación del portón de carga de uno de ellos se encendió inesperadamente.

Paolo se arrodilló y se quedó quieto. Un segundo más tarde, se encendió la luz en el interior del edificio. Tenía pinta de ser un almacén; mediría unos treinta metros de largo. En la parte superior de la fachada, muy arriba, distinguió una estrecha fila de ventanas. El patio estaba lleno de contenedores y a la derecha había una carretilla de carga de color amarillo. Al lado, estaba aparcado un Volvo blanco. Gracias a la iluminación exterior, descubrió la furgoneta, a sólo veinticinco metros de él.

Entonces, justo delante de sus narices, se abrió la puerta del portón de carga. Un hombre rubio con una tripa cervecera salió del almacén y encendió un cigarrillo. Cuando giró la cabeza, Paolo vio cómo la silueta de una coleta se perfiló contra la luz de la entrada.

Paolo siguió inmóvil con una rodilla apoyada en el suelo. Estaba delante del hombre, a menos de veinte metros, totalmente a la vista, pero la llama del mechero eliminó por un momento su visión nocturna. Acto seguido, tanto Paolo como el hombre de la coleta oyeron un grito medio apagado en el interior de la furgoneta. Cuando la coleta empezó a moverse en dirección al vehículo, Paolo echó cuerpo a tierra muy despacio.

Oyó cómo se abrían las puertas corredizas de la furgoneta y vio cómo el gigante rubio salió de allí dando un salto. A continuación, metió medio cuerpo en el interior para sacar a Miriam Wu a rastras. La cogió por la axila, la levantó y la mantuvo así, sin ningún problema, mientras ella pataleaba. Los dos hombres parecieron intercambiar unas palabras, pero Paolo no pudo oír lo que decían. Luego, el de la coleta abrió la puerta del conductor y subió. Arrancó y atravesó el patio dibujando una cerrada curva. El haz de luz de los faros pasó a escasos metros de Paolo. La furgoneta desapareció por un camino y Paolo oyó alejarse el ruido del motor.

Con Miriam Wu en los brazos, el gigante rubio entró por la puerta del portón de carga. Paolo vislumbró una sombra a través de las ventanas situadas en la parte superior. Le dio la impresión de que se desplazaba hacia el fondo del edificio.

Se incorporó en estado de alerta. Tenía la ropa mojada. Se sentía aliviado y a la vez preocupado. Aliviado por el hecho de haber localizado la furgoneta y tener cerca a Miriam Wu. Y preocupado, a la vez que lleno de respeto, por ese gigante rubio que la manejaba como si fuese la bolsa de la compra de Konsum. Paolo había constatado que se trataba de un hombre muy grande y que aparentaba poseer una fuerza descomunal.

Lo razonable sería retirarse y llamar a la policía, pero su móvil estaba completamente muerto. Además, no sabía a ciencia cierta dónde se hallaba y no podía describir con precisión cómo llegar. Tampoco tenía ni idea de lo que estaría ocurriendo con Miriam Wu dentro del almacén.

Se desplazó con sigilo, bordeó el edificio describiendo un semicírculo y advirtió que al parecer sólo existía un único acceso. Dos minutos después, ya se encontraba de nuevo en la entrada. Tuvo que tomar una decisión. Paolo no dudaba de que el gigante rubio fuera uno de los malos; había maltratado y raptado a Miriam Wu. Sin embargo, Paolo no estaba particularmente asustado. Tenía mucha confianza en sí mismo y sabía que podía hacer mucho daño si la cosa llegara a las manos. La cuestión, no obstante, era si el hombre del almacén iría armado y si allí dentro habría más personas. Lo dudaba. No debía de haber nadie más aparte de Miriam Wu y el gigante rubio.

El portón tenía la anchura suficiente para que la carretilla pasara sin problemas. En el centro estaba la puerta de entrada. Paolo se acercó, puso la mano en el picaporte y la abrió. Entró en un almacén grande e iluminado, lleno de trastos, cajas de cartón rotas y otros objetos inservibles tirados por el suelo.

Miriam Wu sintió cómo las lágrimas rodaban por sus mejillas. Eran más de impotencia que de dolor. Durante el trayecto, el gigante la había ignorado por completo. En cuanto la furgoneta se detuvo, le quitó la cinta de la boca. Luego la levantó, la llevó dentro y la depositó en el suelo de cemento haciendo oídos sordos a sus súplicas y protestas. La contempló con una gélida mirada.

Entonces, Miriam Wu comprendió que iba a morir allí dentro.

Él le dio la espalda y se acercó a una mesa, en la que abrió una botella de agua mineral, que se bebió a grandes tragos. No le había inmovilizado las piernas, de modo que Miriam Wu hizo un ademán de levantarse.

Él se giró y le sonrió. Se encontraba más cerca de la

puerta que ella; no tendría ninguna oportunidad. Resignada, se dejó caer de rodillas y se enfureció consigo misma. «Me cago en… No voy a tirar la toalla sin luchar. —Se volvió a levantar y apretó los dientes—. Ven aquí, gordo de mierda.»

Con las manos esposadas en la espalda, se sentía torpe y falta de equilibrio, pero cuando él se acercó, ella comenzó a dar vueltas a su alrededor buscando un hueco. Le pegó una patada en las costillas, se volvió y le dio otra, esta vez dirigida a la entrepierna. Le alcanzó la cadera, de modo que retrocedió un metro y cambió de pierna para prepararse para la siguiente. Al tener las manos en la espalda no contaba con el suficiente equilibrio para acertarle en la cabeza; sin embargo, le propinó un potente puntapié en el pecho.

Él extendió una mano, la agarró del hombro y le dio media vuelta como si fuera de papel. Le pegó un solo puñetazo, no muy fuerte, en los riñones. Miriam Wu gritó como una posesa cuando el paralizante dolor le atravesó el diafragma. Cayó nuevamente de rodillas. Él la abofeteó y la tiró al suelo. Después, levantó el pie y le dio una patada en el costado. Miriam se quedó sin aire y oyó cómo se le rompían las costillas.

Paolo Roberto no vio ni un golpe de la paliza, pero, de pronto, oyó a Miriam Wu aullar de dolor, un alarido agudo y estridente, que cesó al instante. Volvió la cabeza en dirección al grito y apretó los dientes. Detrás de un tabique había otra estancia. Cruzó el interior del almacén sin hacer ruido y, con sumo cuidado, se asomó por la puerta justo cuando el gigante rubio tumbaba a Miriam Wu de espaldas. El gigante desapareció de su campo de visión durante unos segundos para regresar de inmediato con una motosierra que dejó en el suelo delante de ella. Paolo Roberto arqueó las cejas.

—Quiero que me contestes a una sencilla pregunta.

Tenía una voz extrañamente aguda, casi como si aún no le hubiese cambiado. Paolo advirtió un leve acento extranjero.

—¿Dónde está Lisbeth Salander?

—No lo sé —murmuró Miriam Wu.

—Respuesta incorrecta. Te doy otra oportunidad antes de arrancar esto.

Se puso de cuclillas y le dio varias palmadas a la motosierra.

—¿Dónde se esconde Lisbeth Salander?

Miriam Wu negó con la cabeza.

Paolo dudó, pero cuando el gigante rubio alargó la mano para coger la motosierra, Paolo Roberto entró en la habitación dando tres decididos pasos y le metió un fuerte derechazo en los riñones.

Paolo Roberto no se había convertido en un boxeador de fama mundial por ser un blandengue en el cuadrilátero. De las treinta y tres peleas de su carrera profesional había ganado veintiocho. Cuando endosaba un puñetazo esperaba algún tipo de reacción. Por ejemplo, que la persona golpeada se tambaleara y se quejara de dolor. Y ahora era como si hubiera introducido la mano con todas sus fuerzas en una pared de hormigón. En todos los años que llevaba en el mundo del boxeo, nunca había sentido nada parecido. Perplejo, contempló al coloso que tenía ante él.

El gigante rubio se volvió y observó con igual sorpresa al boxeador.

—¿Por qué no te metes con alguien de tu misma categoría de peso? —preguntó Paolo Roberto.

Le propinó en el diafragma una serie de derecha-izquierda-derecha a la que imprimió mucha fuerza. Unos puñetazos verdaderamente contundentes. Fue como golpear una pared. Tan sólo consiguió que el gigante retrocediera medio paso, más por asombro que por los golpes. De repente, sonrió.

—Eres Paolo Roberto —dijo el gigante rubio.

Desconcertado, Paolo se detuvo. Acababa de encajarle cuatro golpes que, según todas las leyes del boxeo, deberían tener como consecuencia que el gigante rubio estuviera en el suelo y él de camino a su rincón del cuadrilátero, mientras el árbitro empezaba a contar. Ni uno solo de sus golpes pareció tener el más mínimo efecto.

«Dios mío. Esto no es normal.»

Luego vio, casi a cámara lenta, cómo el gancho derecho del rubio surcaba los aires. El tipo era lento y dejaba adivinar el golpe con antelación. Paolo lo esquivó y lo paró parcialmente con el hombro izquierdo. Era como si le hubiesen dado con un tubo de hierro.

Lleno de un renovado respeto por su adversario, Paolo Roberto retrocedió dos pasos.

«Pasa algo con este tipo. Nadie pega así de fuerte.»

Paró automáticamente un gancho izquierdo con el antebrazo y, de inmediato, sintió un fuerte dolor. No tuvo tiempo de esquivar el gancho derecho que surgió de la nada y le impactó en la frente.

Paolo Roberto salió despedido como un guante y dio unas cuantas vueltas hacia atrás. Aterrizó, provocando un estruendo, contra una pila de palés de madera y se sacudió la cabeza. Sintió en seguida cómo la sangre le bañaba la cara. «Me ha abierto la ceja. Tendrán que darme puntos. Otra vez.»

A continuación, el gigante entró en su campo de visión y, por puro instinto, Paolo Roberto se echó a un lado. Faltó un pelo para que sus enormes puños le dieran otro mazazo. Retrocedió rápidamente tres o cuatro pasos y levantó los brazos en posición de defensa. Paolo Roberto estaba tocado.

El gigante rubio lo contempló con unos ojos que expresaban curiosidad y casi diversión. Luego adoptó la misma posición de defensa que Paolo Roberto. «Es un boxeador.» Tanteándose, empezaron a dar vueltas uno alrededor del otro.

Los siguientes ciento ochenta segundos conformaron el combate más extraño en el que Paolo Roberto había participado jamás. No había cuerdas ni guantes. Tampoco segundos ni árbitros. Faltaba la campana que interrumpía la pelea y mandaba a cada una de las partes a su rincón para hacer una breve pausa con agua, sales y una toalla para limpiarse la sangre de los ojos.

De repente, Paolo Roberto comprendió que estaba combatiendo a vida o muerte. Todo el entrenamiento, todos esos años machacando sacos de arena, todas sus horas de *sparring* y todas las experiencias vividas en cada asalto se concentraban ahora en una única energía que le brotó de repente, cuando la adrenalina le subió como nunca antes le había sucedido.

Ahora ya no contenía sus puñetazos. Se abalanzaron uno contra otro en un intercambio de golpes en el que Paolo puso toda su fuerza y todos sus músculos. Izquierda, derecha, izquierda, izquierda de nuevo y un *jab* con la derecha en plena cara, esquivar el gancho de la izquierda, retroceder un paso, atacar con la derecha. Cada golpe de Paolo Roberto alcanzaba su objetivo.

Se hallaba ante el combate más importante de su vida. Peleaba casi tanto con el cerebro como con las manos. Consiguió bajar la cabeza y evitar todos los golpes que el gigante le mandaba.

Con la derecha, le endosó un gancho tan limpio en la mandíbula, que debería haber enviado a su contrincante a la lona, como un miserable saco. Le dio la sensación de haberse roto un hueso de la mano en el intento. Se miró los nudillos y advirtió que sangraban. Vio la cara enrojecida e hinchada del gigante rubio. Sin embargo, el adversario de Paolo no parecía ni siquiera notar los golpes.

Paolo retrocedió unos pasos e hizo una pausa mientras examinaba a su oponente. «No es un boxeador. Se mueve como un boxeador, pero está a años luz de saber boxear de verdad. Sólo está fingiendo. No sabe esquivar los golpes. Anuncia sus puñetazos. Y es muy lento.»

Después, el gigante, con el puño izquierdo, le encajó un gancho en el costado de la caja torácica. Fue el segundo golpe que acertó de pleno. Paolo sintió cómo el dolor le recorrió el cuerpo cuando las costillas crujieron. Intentó dar un paso atrás, pero tropezó con algún trasto del suelo y cayó de espaldas. Durante un segundo, vio al gigante cernirse sobre él. Tuvo el tiempo justo de echarse a un lado y consiguió, atolondrado, levantarse de nuevo.

Retrocedió e intentó reunir fuerzas.

El gigante volvió a abalanzarse sobre él. Paolo estaba a la defensiva. Esquivó, volvió a esquivar y retrocedió unos pasos. Sentía dolor cada vez que paraba un golpe con el hombro.

Luego llegó ese momento que todo boxeador ha experimentado alguna vez con auténtico terror. Una sensación que podía invadirte en pleno combate: la de no dar la talla. La constatación de «mierda, estoy a punto de perder».

Es el momento decisivo de casi cualquier combate.

Es el momento en el que las fuerzas salen inesperadamente del cuerpo y la adrenalina sube con tanta intensidad que se convierte en una carga paralizadora, y una resignada capitulación se materializa como un fantasma en el *ringside*. Es el momento que separa al aficionado del profesional, al ganador del perdedor. Muy pocos de los boxeadores que se hallan de súbito al borde de ese abismo consiguen reunir las fuerzas necesarias para darle la vuelta al combate y convertir una derrota segura en una victoria.

A Paolo Roberto le invadió esa sensación. Notó un pitido en la cabeza que lo dejó atolondrado y vivió ese instante como si observara la escena desde fuera, como si mirara al gigante rubio a través del objetivo de una cámara. Era el momento en el que se trataba de ganar o morir.

Paolo Roberto se echó atrás y se abrió trazando un amplio semicírculo para reunir fuerzas y ganar tiempo. El gigante lo seguía con determinación a la par que con lentitud, como si ya supiera que la pelea estaba ganada y quisiera alargar el asalto. «Boxea, aunque no sabe boxear. Sabe quién soy. Es un *wannabe*. Pero tiene tanta contundencia en el golpe que resulta casi inconcebible. Parece insensible al sufrimiento.»

Las ideas daban tumbos en la cabeza de Paolo mientras intentaba juzgar la situación y decidir qué hacer.

De repente, revivió aquella noche en Mariehamn de dos años atrás. Su carrera como boxeador profesional terminó de la manera más brutal cuando se encontró con el argentino Sebastián Luján o, mejor dicho, cuando el puño de Sebastián Luján se encontró con la mandíbula de Paolo. Fue el primer KO de su vida y estuvo inconsciente durante quince segundos.

Había pensado muchas veces en qué se equivocó. Se hallaba en una forma estupenda. Estaba concentrado. Sebastián Luján no era mejor que él. Pero el argentino le endosó un golpe limpio y, de repente, el cuadrilátero se convirtió en un barco en plena tempestad.

En el vídeo de después pudo ver cómo daba vueltas indefenso y haciendo eses como el Pato Donald. El KO llegó veintitrés segundos más tarde.

Sebastián Luján no había peleado mejor ni había estado más preparado que él. El margen fue tan pequeño que el combate bien podría haber acabado con el resultado contrario.

A toro pasado, la única diferencia que se le ocurrió fue que él había tenido más hambre que Paolo Roberto. Cuando Paolo subió al cuadrilátero en Mariehamn, contaba con ganar, pero no tenía ganas de boxear. Para él, ya no era cuestión de vida o muerte. Una derrota ya no supondría una catástrofe.

Año y medio más tarde, seguía siendo boxeador. Ya no era profesional y sólo participaba en combates amistosos como *sparring*. Pero se entrenaba. No había subido de peso ni había empezado a colgarle nada de la cintura. Naturalmente, no era un instrumento tan bien afinado como cuando combatía por el título y se machacaba el cuerpo durante meses, pero era «Paolo Roberto» y eso no era moco de pavo. Y, a diferencia de Mariehamn, la pelea del almacén situado al sur de Nykvarn significaba, literalmente, la vida o la muerte.

Paolo Roberto tomó una decisión. Se detuvo en seco y dejó que el gigante se le acercara. Lo engañó con la izquierda y apostó por un gancho de derecha. Le imprimió toda la fuerza que le quedaba y estalló en un puñetazo que cayó sobre boca y nariz. Lo cogió desprevenido después de haberse batido en retirada durante tanto tiempo. Por fin oyó que algo cedió. Siguió con izquierda-derecha-izquierda y se los encajó todos en la cara.

El gigante rubio estaba boxeando a cámara lenta y devolvió con la derecha. Paolo lo vio venir a mil leguas y esquivó el enorme puño. Advirtió que cambió el peso del cuerpo y supo que el gigante continuaría con la izquierda. En vez de pararlo, Paolo se echó hacia atrás y vio cómo el gancho pasaba por delante de su nariz. Respondió con un poderoso golpe en el costado, un poco por debajo de las costillas. Cuando el gigante se volvió para contraatacar, Paolo lanzó otra vez su gancho izquierdo y le alcanzó de pleno en la nariz.

De repente, tuvo la sensación de que todo lo que hacía era perfecto y que dominaba la pelea por completo. Por fin, el enemigo retrocedía. Sangraba por la nariz. Ya no sonreía.

Entonces, el gigante le dio una patada.

Su pie apareció de la nada y cogió a Paolo Roberto por sorpresa. Por pura costumbre, estaba siguiendo el reglamento del boxeo y no se esperaba una patada. La sintió como si un mazo le diera en la parte baja del muslo, justo por encima de la rodilla. Un penetrante dolor le atravesó la pierna. «No.» Retrocedió un paso cuando su pierna derecha se dobló, volvió a tropezar con algo y cayó.

El gigante bajó la vista y lo observó. Durante un breve segundo cruzaron las miradas. El mensaje no daba lugar a malentendidos. La pelea había terminado.

Luego, los ojos del gigante se abrieron como platos cuando Miriam Wu, por detrás, le metió una patada en la entrepierna.

A Miriam le dolían todos y cada uno de los músculos del cuerpo; aun así había logrado pasarse las manos esposadas por debajo del culo, y ya las tenía delante. En su estado, era una proeza acrobática.

Le dolían las costillas, el cuello, la espalda y los riñones; le costó incorporarse. Después, fue dando tumbos hasta la puerta y vio, con los ojos abiertos de par en par, cómo Paolo Roberto —«¿de dónde habrá salido?»— le dio al gigante rubio un buen gancho de derecha y una serie de golpes en la cara antes de ser derribado con la patada.

Miriam Wu se dio cuenta de que no le importaba lo más mínimo cómo o por qué había aparecido allí Paolo Roberto. Era uno de los *good guys*. Por primera vez en su vida, sintió un deseo asesino hacia otro ser humano. Avanzó dando unos rápidos pasos, movilizó cada resquicio de energía y los músculos que seguían intactos. Se acercó al gigante por detrás y le dio la patada en la entrepierna. Tal vez no constituyera un buen ejemplo de la elegancia del *thaiboxing*, pero obtuvo el efecto deseado.

Miriam Wu asintió para sí misma con aire de entendida. Puede que haya hombres grandes como casas y hechos de granito, pero siempre llevan las bolas en el mismo sitio. La patada le había salido tan limpia que debería entrar en el libro Guinness de los récords.

Por primera vez, el gigante rubio pareció tocado. Emitió un gemido, se agarró la entrepierna y cayó sobre una rodilla.

Miriam permaneció inmóvil, indecisa, durante unos segundos hasta que se dio cuenta de que debía continuar e intentar rematarlo. Apostó por atacar con una patada en la cara, pero, para su asombro, él levantó un brazo. Era imposible que se hubiese recuperado tan rápido. Parecía como si le hubiese dado la patada al tronco de un árbol. De repente, él sujetó el pie de Miriam, la derribó y empezó a tirar de ella. Miriam lo vio esgrimir un puño en alto, se revolvió desesperadamente y le metió una patada con la pierna que le quedaba libre; impactó en la oreja al mismo tiempo que un puñetazo del gigante alcanzaba a Miriam en la sien. Miriam Wu tuvo la impresión de haberse empotrado de cabeza contra una pared. Vio destellos de estrellas alternados con una profunda oscuridad.

De nuevo, el gigante rubio empezó a levantarse.

Entonces, Paolo Roberto le pegó en la nuca con la misma tabla de madera con la que había tropezado. El gigante rubio aterrizó de bruces, cuan largo era, con un notable estruendo.

Con una sensación de irrealidad, Paolo Roberto examinó el entorno con la mirada. El gigante rubio se retorcía en el suelo. Miriam Wu tenía la mirada vidriosa y parecía completamente noqueada. La unión de sus fuerzas les había provisto de un breve respiro.

Paolo Roberto apenas podía apoyarse en su pierna

dañada; sospechó que se había desgarrado el músculo que pasaba justo por encima de la rodilla. Se acercó cojeando a Miriam Wu y la levantó. Ella comenzó a moverse, pero su mirada estaba ausente. Sin mediar palabra, se la echó a los hombros y empezó a cojear hacia la salida. El dolor de la rodilla derecha era tan agudo que, a ratos, se veía obligado a saltar sobre una pierna.

Salir a la oscuridad y el frío de la noche fue una liberación. Aunque no se podía permitir el lujo de detenerse. Atravesó el patio de grava y la hilera de árboles deshaciendo el camino por donde había entrado. Nada más internarse en el bosque, tropezó con un árbol caído y se cayó. Miriam Wu gimió y él oyó cómo la puerta del almacén se abría estrepitosamente.

La monumental silueta del gigante rubio apareció a la luz del vano de la puerta. Paolo puso una mano sobre la boca de Miriam Wu. Se inclinó y le susurró al oído que permaneciera inmóvil y no hiciera el menor ruido.

Después, buscó a tientas una piedra en el suelo y encontró una bajo el árbol caído que era más grande que su puño. Se persignó. Por primera vez en su pecaminosa vida, Paolo Roberto estaba dispuesto a matar a una persona si era necesario. Estaba tan apaleado y maltrecho que sabía que no aguantaría otro asalto. Pero nadie, ni siquiera un monstruo rubio que era un error de la naturaleza, podía luchar con la cabeza abierta. Acarició la piedra y se percató de que era ovalada y tenía un borde afilado.

El gigante rubio llegó hasta la esquina del edificio y barrió con la mirada el patio de grava. Se detuvo a menos de diez pasos del lugar donde Paolo contenía la respiración. El gigante aguzó el oído y escudriñó el terreno. Habían desaparecido en la noche. Era imposible saber en qué dirección. Al cabo de unos minutos, pareció darse cuenta de lo inútil de la búsqueda. Con determinación y premura, entró en el almacén, donde no estuvo más de un minuto. Apagó las luces, salió con una bolsa y se acercó al Volvo blanco. Arrancó, derrapó y desapareció por el camino de acceso. Paolo escuchó en silencio hasta que el ruido del motor se perdió en la lejanía. Cuando bajó la mirada, vio los ojos de Miriam brillando en la oscuridad.

—Hola, Miriam —dijo—. Me llamo Paolo y no tienes por qué temerme.

—Ya lo sé.

Su voz era débil. Exhausto, se inclinó apoyándose en el árbol caído y sintió cómo la adrenalina le bajaba a cero.

—No sé cómo levantarme —dijo Paolo Roberto—. Pero tengo un coche aparcado al otro lado de la carretera. A unos ciento cincuenta metros.

El gigante rubio frenó, giró y aparcó en un área de descanso al este de Nykvarn. Estaba trastornado y aturdido; tenía una sensación rara en la cabeza.

Le habían tumbado en una pelea por primera vez en la vida. Y el que lo había castigado era Paolo Roberto, el boxeador. Le pareció una pesadilla absurda, de esas que sólo tenían lugar en sus noches más inquietas. No lograba entender de dónde había salido. Simple y llanamente, estaba allí, dentro del almacén. Había aparecido sin más, de repente.

Una auténtica locura.

No había sentido los puñetazos de Paolo Roberto. No le extrañaba. La patada en la entrepierna, sí. Y ese contundente golpe en la cabeza le había nublado la vista. Se palpó la nuca y descubrió que tenía un chichón enorme. Se lo apretó con los dedos, pero no experimentó ningún dolor. Aun así, se sentía atontado y mareado. Con la lengua notó que, para su sorpresa, había perdido un diente en el lado izquierdo de la mandíbula superior. La boca le sabía a sangre. Se agarró la nariz con el pulgar y el índice y, con delicadeza, tiró hacia arriba. Oyó un chasquido y constató que estaba rota.

Había hecho lo correcto al ir a por su bolsa y abandonar el almacén antes de que llegara la policía. No obstante, había cometido un error garrafal. En el Discovery Channel, había visto cómo los técnicos forenses de la policía siempre acababan encontrando algún tipo de prueba forense. Sangre. Pelos. ADN.

No le apetecía en absoluto volver al almacén, pero no le quedaba otra elección. Debía limpiar aquello. Hizo un giro de ciento ochenta grados y regresó. Poco antes de Nykvarn se cruzó con un coche al que no le prestó atención.

El viaje de vuelta a Estocolmo fue una pesadilla. Paolo Roberto tenía sangre por todas partes; estaba en tan mal estado que le dolía todo el cuerpo. Conducía como un principiante hasta que se dio cuenta de que iba haciendo eses de un lado a otro de la carretera. Con una mano, se frotó los ojos y, con cuidado, se tocó la nariz. Le dolía considerablemente y sólo podía respirar por la boca. Buscaba sin descanso un Volvo blanco y le pareció cruzarse con uno cerca de Nykvarn.

Cuando enfiló la E20 empezó a conducir con un poco más de soltura. Pensó parar en Södertälje, pero no tenía ni idea de adónde ir. Le echó un vistazo a Miriam Wu —todavía esposada—; estaba desplomada en el asiento de atrás sin cinturón de seguridad. Había tenido que llevarla hasta el coche y tan pronto como la dejó en el asiento trasero se desvaneció. No sabía si se había desmayado por sus lesiones o si se había quedado sin batería de puro agotamiento. Dudó. Al final, tomó la E4 rumbo a Estocolmo.

Mikael Blomkvist sólo llevaba una hora durmiendo cuando el sonido del teléfono irrumpió la quietud de la noche.

Abrió un poco los ojos y comprobó que eran algo más de las cuatro. Adormilado, estiró la mano y levantó el auricular. Era Erika Berger. Al principio no entendió lo que decía.

—¿Que Paolo Roberto está dónde?

—En el Södersjukhuset, con Miriam Wu. No tiene tu número fijo, dice que te ha llamado al móvil, pero que no ha conseguido hablar contigo.

—Lo tengo apagado. ¿Y qué hace en el hospital?

La voz de Erika Berger sonó paciente, aunque firme.

—Mikael, coge un taxi, vete hasta allí y averígualo.

Parecía muy confundido y hablaba de una motosierra, de una casa en el bosque y de un monstruo que no sabía boxear.

Mikael parpadeó sin comprender nada. Luego sacudió la cabeza y alargó la mano para coger sus pantalones.

Tumbado en calzoncillos en aquella camilla, Paolo Roberto ofrecía un aspecto penoso. Mikael tuvo que esperar más de una hora para que le permitieran pasar a verlo. Su nariz estaba oculta tras unas tiritas de sujeción. Tenía el ojo izquierdo hinchado y la ceja, donde le habían dado cinco puntos, tapada con puntos de aproximación. Le habían vendado las costillas, y presentaba hematomas y magulladuras por todo el cuerpo. En la rodilla izquierda le habían hecho un aparatoso vendaje de compresión.

Mikael Blomkvist le trajo café en un vaso de papel de la máquina Selecta del pasillo y examinó con ojo crítico su cara.

—Es como si te hubiera atropellado un coche —dijo—. ¿Qué te ha ocurrido?

Paolo Roberto movió la cabeza de un lado a otro y cruzó su mirada con la de Mikael.

—Un maldito monstruo —contestó.

—¿Qué ha pasado?

Paolo Roberto volvió a mover la cabeza y examinó

sus puños. Tenía los nudillos tan destrozados que le costaba sostener el vaso de café. También le habían puesto tiritas de sujeción. Su mujer, que mantenía una actitud más bien fría con el boxeo, se pondría furiosa.

—Soy boxeador —respondió—. Quiero decir que mientras estuve en activo nunca me rajé, siempre subí al cuadrilátero con la persona que fuera. He encajado algún que otro golpe en mi vida y sé dar y recibir. Cuando yo le pego un puñetazo a alguien, la idea es sentarlo de culo en el suelo y que le duela.

—No es lo que pasó con ese tío.

Paolo Roberto negó con la cabeza por tercera vez. Relató con serenidad y detalle lo ocurrido durante la noche.

—Le di por lo menos treinta puñetazos. Catorce o quince en la cabeza. Le alcancé la mandíbula cuatro veces. Al principio me contuve; no lo quería matar, sólo defenderme. Pero al final eché el resto. Uno de esos golpes debería haberle roto el hueso de la mandíbula. Y ese puto monstruo no hizo más que sacudirse un poco y volver a atacar. Joder, no era una persona normal.

—¿Qué aspecto tenía?

—Era como un robot anticarro. No estoy exagerando. Medía más de dos metros y pesaría unos ciento treinta o ciento cuarenta kilos. Un esqueleto de hormigón armado lleno de músculos. No estoy bromeando. Un maldito gigante rubio que, simplemente, no sentía dolor.

—¿Lo habías visto antes?

—Nunca. No era boxeador. Aunque, en cierto modo, sí lo era.

—¿Qué quieres decir?

Paolo Roberto meditó un instante.

—No sabía boxear. Amagándolo pude hacer que bajara la guardia y no tenía ni puta idea de cómo moverse para evitar que lo alcanzara. Ni pajolera idea. Pero al mismo tiempo intentaba moverse como un boxeador. Levantaba bien las manos y siempre adoptaba la posición de partida, igual que un boxeador. Era como si hubiese aprendido a boxear sin escuchar nada de lo que le decía el entrenador.

—Vale.

—Lo que nos salvó la vida a mí y a la chica fue que se moviera tan lentamente. Daba puñetazos sin ton ni son anunciados con un mes de antelación, de modo que podía esquivarlos o pararlos. Me encajó dos golpes; el primero, en la cara, y ya ves el resultado, y el segundo, en el cuerpo, me rompió una costilla. Y sólo acertó a medias; si me hubiese dado de lleno, me habría arrancado la cabeza.

De repente Paolo Roberto se rió. A carcajadas.

—¿Qué te pasa?

—Gané. Ese loco intentó matarme y le gané. Conseguí tumbarlo. Pero tuve que usar una maldita tabla para que besara la lona.

Luego se puso serio.

—Si Miriam no le hubiera cascado en la entrepierna en aquel preciso instante, sabe Dios lo que habría ocurrido.

—Paolo, estoy muy contento, pero que muy muy contento, de que hayas ganado. Y Miriam Wu va a decir lo mismo en cuanto se despierte. ¿Sabes algo de su estado?

—Más o menos como yo. Tiene una conmoción cerebral, varias costillas rotas, el hueso de la nariz roto y algunos golpes en los riñones.

Mikael se inclinó hacia delante y puso la mano en la rodilla de Paolo Roberto.

—Si alguna vez necesitas que te haga un favor… —dijo Mikael.

Paolo Roberto asintió con la cabeza y mostró una apacible sonrisa.

—Blomkvist, si necesitas que te hagan otro favor…

—¿Sí?

—… envía a Sebastián Luján.

Capítulo 26

Miércoles, 6 de abril

El inspector Jan Bublanski estaba de un pésimo humor cuando, poco antes de las siete de la mañana, se reunió con Sonja Modig en el aparcamiento de Södersjukhuset. Mikael Blomkvist le había despertado con su llamada. Al instante, comprendió que algo grave había ocurrido durante la noche, de modo que llamó y sacó de la cama a Sonja Modig. Se encontraron con Blomkvist en la entrada y subieron juntos hasta la planta en la que se hallaba ingresado Paolo Roberto.

A Bublanski le costó hacerse una composición de lugar, pero tuvo que asimilar que Miriam Wu había sido secuestrada y que Paolo Roberto le había dado una paliza al secuestrador. Bueno, observando el rostro del ex boxeador profesional, no quedaba muy claro quién le había dado una paliza a quién. Por lo que a Bublanski respectaba, los acontecimientos de la noche habían elevado la investigación sobre Lisbeth Salander a un nuevo nivel de complicación. Nada de este maldito caso parecía normal.

Sonja Modig hizo la primera pregunta relevante. ¿Cómo había entrado en escena Paolo Roberto?

—Soy amigo de Lisbeth Salander.

Bublanski y Modig se miraron escépticos.

—¿Y de qué la conoces?

—Salander solía hacer de *sparring* para mis entrenamientos.

Bublanski clavó la vista en la pared que había detrás de Paolo Roberto. A Sonja Modig se le escapó una repentina risita tonta fuera de lugar. Como era patente, nada en este caso parecía ser normal, ni sencillo, ni exento de complicaciones. Unos instantes después, ya había tomado nota de todos los datos relevantes.

—Quiero destacar una serie de cuestiones —dijo Mikael Blomkvist tajantemente.

Lo miraron.

—Primera: la descripción del hombre que conducía la furgoneta encaja con la que yo di de la persona que atacó a Lisbeth Salander en Lundagatan. Un tipo rubio y grande con coleta y tripa cervecera, ¿vale?

Bublanski asintió con la cabeza.

—Segunda: el objetivo del secuestro era forzar a Miriam Wu a revelar dónde se oculta Lisbeth Salander. Es decir, que esos dos rubios andan detrás de Lisbeth Salander desde, por lo menos, una semana antes de los asesinatos, ¿estamos de acuerdo?

Modig asintió.

—Tercera: si hay más actores en este drama, entonces Lisbeth Salander no es esa «loca solitaria» de la que hablan la policía y los medios.

Ni Bublanski ni Modig dijeron nada.

—Sería difícil de defender que el tipo de la coleta forma parte de una banda de lesbianas satánicas.

Modig sonrió.

—Cuarta y última: sospecho que esta historia tiene algo que ver con una persona llamada Zala. Dag Svensson se centró en él las dos últimas semanas de su vida. Toda la información relevante está en su ordenador. Logró vincularle al asesinato de una prostituta llamada Irina Petrova. La autopsia revela que la chica fue objeto de malos tratos intensos. Tan graves que al menos tres de las lesiones resultaban, ya de por sí, mortales. El informe de la autopsia es poco claro respecto al objeto que se utilizó para matarla, pero los efectos se parecen mucho a los de las palizas de las que han sido víctimas Miriam Wu y Paolo. El objeto no identificado podrían ser las manos de un gigante rubio.

—¿Y Bjurman? —preguntó Bublanski—. Que alguien tuviera razones para silenciar a Dag Svensson, vale, pero ¿quién tenía motivos para asesinar al administrador de Lisbeth Salander?

—No lo sé. Todavía no han encajado todas las piezas del puzle; aun así debe de existir una conexión entre Bjurman y Zala. Es lo más lógico. ¿Por qué no valoramos otras perspectivas? Si Lisbeth Salander no es la asesina, significa que otra persona ha cometido los crímenes. Y creo que están relacionadas con el comercio sexual. Salander preferiría morir antes que verse implicada en una cosa así. Ya os he dicho que es una maldita moralista.

—En tal caso, ¿cuál sería su papel en todo esto?

—No lo sé. ¿Testigo? ¿Antagonista? Tal vez se presentara en Enskede para advertir a Dag y a Mia de que sus vidas corrían peligro. No os olvidéis de que es una investigadora excepcional.

Bublanski puso en marcha la maquinaria. Llamó a la policía de Södertälje, les facilitó la descripción de la ruta que Paolo Roberto le había dado y les pidió que localizaran un almacén abandonado al sureste del lago Yngern. Luego telefoneó al inspector Jerker Holmberg —vivía en Flemingsberg y era a quien más cerca le pillaba Södertälje— y le pidió que se uniera, a la velocidad del rayo, a la policía de la zona para ayudarles con la investigación forense.

Jerker Holmberg le contactó de nuevo una hora después. Acababa de llegar al lugar. La policía de Södertälje había localizado sin dificultades el almacén en cuestión. El edificio, al igual que otros dos colindantes, era pasto de las llamas, y los bomberos estaban en plena faena, terminando de extinguir el fuego. Los dos galones de gasolina que hallaron cerca descartaban cualquier duda de que estaban ante un incendio provocado.

Bublanski sintió una frustración rayana en la rabia.

¿Qué diablos estaba pasando? ¿Quién era ese gigante rubio? ¿Quién era realmente Lisbeth Salander? ¿Y por qué parecía imposible dar con ella?

La situación no mejoró en absoluto cuando el fiscal Richard Ekström apareció en escena en la reunión de las nueve. Bublanski dio cuenta de lo ocurrido durante la noche y propuso que se recondujera la investigación, ya que habían tenido lugar una serie de misteriosos acontecimientos que restaban solidez a la hipótesis de trabajo en la que el equipo se había basado hasta ese momento.

El relato de Paolo Roberto reforzó la credibilidad de la historia de Mikael Blomkvist sobre la agresión de Lisbeth Salander en Lundagatan. Por consiguiente, la suposición de que los asesinatos eran el resultado de un acto de locura de una enferma mental perdía fuerza. Eso no significaba que las sospechas que recaían sobre Lisbeth Salander pudieran eliminarse —antes había que dar una explicación razonable a la presencia de sus huellas dactilares en el arma homicida—, pero les obligaba a considerar seriamente la posibilidad de un autor alternativo. En ese caso, sólo existía una hipótesis factible: los crímenes estaban relacionados con las inminentes denuncias vinculadas con el comercio sexual que Dag Svensson pretendía realizar. Bublanski definió las tres prioridades más apremiantes.

La tarea primordial del día consistía en identificar a los secuestradores de Miriam Wu: el rubio corpulento y su cómplice, el de la coleta. Este primero tenía un aspecto tan particular que debería ser bastante sencillo dar con él.

Curt Svensson recordó, sereno, que Lisbeth Salander también presentaba un aspecto físico bastante característico y que la policía, después de casi tres semanas de pesquisas, seguía ignorando su paradero.

La segunda tarea consistía en que desde la dirección del equipo de investigación se debía designar un grupo que centrara su actividad en la llamada «lista de puteros» que se hallaba en el ordenador de Dag Svensson. Lo cual conllevaba un problema de naturaleza logística. Si bien era cierto que el grupo investigador tenía a su disposición el ordenador de Dag Svensson de la redacción de *Millennium*, así como los archivos comprimidos que contenían la copia de seguridad del portátil desaparecido, también se había de tener en cuenta que en esos discos se hallaba el material de una investigación de años, literalmente miles de páginas que tardarían mucho tiempo en catalogar y leer. El grupo necesitaba refuerzos. Bublanski nombró en el acto a Sonja Modig para dirigir los trabajos.

El tercer cometido consistía en centrarse en una persona desconocida llamada Zala. En ese aspecto, debían recurrir a la ayuda del grupo especial de investigación del crimen organizado, que, según les confirmaron, ya se había topado con ese nombre en repetidas ocasiones. Puso a Hans Faste al frente de esa línea de trabajo.

Por último, Curt Svensson coordinaría la continuación de las pesquisas sobre el paradero de Lisbeth Salander.

La presentación de Bublanski duró seis minutos, pero desencadenó una disputa de una hora. Hans Faste no atendía a razones; se opuso abiertamente a la forma en que Bublanski dirigía la investigación y no hizo ni el menor amago de ocultar su postura. Bublanski se sorprendió; Faste nunca le había caído particularmente bien pero, aun así, le consideraba un policía competente.

Hans Faste opinaba que, al margen de la reciente información suplementaria, debían centrarse en Lisbeth Salander. Sostenía que la cadena de indicios que señalaba a Salander tenía tanto peso que a esas alturas hasta resultaba absurdo empezar a considerar la posibilidad de que existieran otros culpables.

—Todo eso no son más que chorradas. Tenemos un caso patológico con tendencia a la violencia que no ha hecho más que confirmar su locura a lo largo de su vida. ¿Crees de veras que todos los informes del psiquiátrico y de los médicos forenses son una broma? Salander está vinculada al lugar del crimen. Tenemos indicios de que hace de puta y pruebas de que posee una gran suma de dinero, no declarada, en su cuenta bancaria.

—Soy consciente de todo eso.

—Pertenece a una especie de secta sexual lésbica. Y me juego el cuello a que esa bollera de Cilla Norén sabe más de lo que pretende hacernos creer.

Bublanski elevó la voz.

—Faste, para ya con eso. Estás completamente obsesionado con la perspectiva homosexual del caso. No es nada profesional por tu parte.

Se arrepintió de lo que le acababa de decir ante todo el grupo. Debería haberlo hablado en privado con él. El fiscal Ekström acalló las voces indignadas. Parecía indeciso respecto a qué línea de investigación seguir. Al final, dejó que imperara la propuesta de Bublanski; hacer caso omiso a su propuesta sería sinónimo de apartarlo de la dirección del equipo.

—Se hará lo que dice Bublanski.

Bublanski miró de reojo a Sonny Bohman y a Niklas Eriksson, de Milton Security.

—Tengo entendido que sólo os quedan tres días, así que debemos aprovechar al máximo la situación. Bohman, ¿puedes ayudar a Curt Svensson a buscar a Lisbeth Salander? Eriksson, tú sigues con Modig.

Tras reflexionar un instante, Ekström levantó la mano cuando todos estaban a punto de abandonar la sala.

—Una cosa. Máxima discreción con lo de Paolo Roberto, ¿eh? La prensa se pondría histérica si apareciera otra cara famosa. Así que, de puertas para fuera, ni una sola palabra.

Sonja Modig se acercó a Bublanski después de la reunión.

—He perdido los nervios con Faste. No ha sido muy oportuno ni correcto por mi parte —dijo Bublanski.

—Tranquilo, qué me vas a contar a mí —sonrió ella y continuó—: Empecé con el ordenador de Svensson el lunes pasado.

—Ya lo sé. ¿Hasta dónde has llegado?

—Tenía una docena de versiones del manuscrito y muchísimo material de la investigación; cuesta mucho discernir lo importante de lo accesorio. Sólo abrir y ojear todos los documentos nos llevará días.

—¿Niklas Eriksson?

Sonja Modig dudó. Luego se dio media vuelta y cerró la puerta del despacho de Bublanski.

—Sinceramente, no quiero hablar mal de él, pero no es de gran ayuda.

Bublanski frunció el ceño.

—Suéltalo.

—No sé, no es un policía de verdad como lo fue Bohman en su día. Dice muchas tonterías, tiene más o menos la misma actitud que Hans Faste con Miriam Wu y no le interesa en absoluto la tarea. No sé qué le pasa, pero parece tener un problema con Lisbeth Salander.

—¿Por qué lo dices?

—Me da la sensación de que está amargado, de que algo le corroe por dentro.

—Lo siento. Bohman está bien, aunque sigue sin gustarme que haya gente de fuera en el equipo.

Sonja Modig asintió con la cabeza.

—Bueno, ¿y qué vamos a hacer?

—Tendrás que aguantarle lo que queda de semana. Armanskij nos ha dicho que, si no hay resultados, se retirarán. Ponte a investigar y hazte a la idea de que te toca hacer todo el trabajo a ti solita.

Las indagaciones de Sonja Modig cesaron cuarenta y cinco minutos más tarde. La apartaron del equipo. De repente, el fiscal Ekström la convocó a una reunión en su despacho, donde ya estaba Bublanski. Los dos hombres estaban rojos de rabia. El periodista *freelance*, Tony Scala, acababa de publicar la primicia de que Paolo Roberto había rescatado a la bollera BDSM Miriam Wu de un secuestrador. El texto contenía varios detalles que sólo se conocían en el ámbito de la investigación. Estaba formulado de tal manera que daba a entender que la policía se estaba planteando la posibilidad de dictar auto de procesamiento contra Paolo Roberto por malos tratos graves.

Ekström ya había recibido varias llamadas de periodistas pidiendo información sobre el papel del boxeador en los sucesos. Se dejó dominar por la emoción y los nervios cuando acusó a Sonja Modig de filtrar la historia. Modig declinó de inmediato toda responsabilidad, pero resultó estéril. Ekström quería que abandonara la investigación. Bublanski estaba furioso y cerró filas con Modig.

—Sonja dice que no ha filtrado nada. Para mí, eso es más que suficiente. Es una locura echar a una investigadora con experiencia que ya conoce el caso.

Ekström replicó haciendo patente una abierta desconfianza hacia Modig. Enfurruñado y en silencio, acabó por sentarse a su mesa. Su decisión era inamovible.

—Modig, no puedo demostrar que filtres información, pero no tengo ninguna confianza en ti. Quedas excluida del equipo de este caso desde este mismo instante. Cógete el resto de la semana libre. El lunes te encomendaré otras tareas.

Modig no tenía elección. Asintió con la cabeza y se dirigió hacia la puerta. Bublanski la detuvo.

—Sonja, y que conste en acta, no creo en absoluto en esta acusación y cuentas con mi total confianza. Pero no soy yo el que toma las decisiones. Pásate por mi despacho antes de irte.

Ella asintió con la cabeza. Ekström parecía furioso. El color del rostro de Bublanski había adquirido un tono preocupante.

Sonja Modig volvió a su despacho, donde, antes de la interrupción, ella y Niklas Eriksson se encontraban trabajando con el ordenador de Dag Svensson. Le dominaba la ira, estaba al borde de las lágrimas. Eriksson la miró de reojo y notó que algo iba mal, pero no dijo nada. Ella lo ignoró. Se sentó a su mesa y se quedó mirando fijamente al vacío. Un tenso silencio se instaló en la habitación.

Al final, Eriksson se disculpó y anunció que iba al baño. Le preguntó a Modig si quería que le trajera café. Ella negó con la cabeza.

Cuando Eriksson salió, Sonja se levantó y se puso la chaqueta. Cogió su bolso y se dirigió al despacho de Bublanski. Él le señaló la silla de visitas.

—Sonja, no me voy a rendir en este asunto a menos que me echen a mí también. Me parece inaceptable y pienso defenderlo hasta sus últimas consecuencias. De momento permanecerás en la investigación, bajo mis órdenes. ¿Comprendido?

Ella asintió con la cabeza.

—No te vas a marchar a casa ni te vas a tomar el resto de la semana libre, como ha dicho Ekström. Te ordeno que vayas a la redacción de *Millennium* para hablar de nuevo con Mikael Blomkvist. Después, le pides sin rodeos que te ayude con el disco duro de Dag Svensson. En *Millennium* tienen una copia. Nos podemos ahorrar un tiempo precioso si contamos con alguien que ya conozca el material y pueda ir eliminando las cosas superfluas.

Sonja Modig respiraba un poco mejor.

—No le he dicho nada a Niklas Eriksson.

—Yo me ocupo de él. Se unirá al grupo de Curt Svensson. ¿Has visto a Hans Faste?

—No. Salió nada más acabar la reunión.

Bublanski suspiró.

Mikael Blomkvist volvió del Södersjukhuset a eso de las ocho de la mañana. Tenía mucho sueño atrasado y, esa misma tarde, debía estar fresco para reunirse con Gunnar Björck en Smådalarö. Se desnudó, puso el despertador a las diez y media y disfrutó de más de dos horas de sueño reparador. Se duchó, se afeitó y eligió una camisa limpia. Acababa de pasar Gullmarsplan, cuando Sonja Modig lo llamó al móvil para hablar con él. Mikael le comentó que tenía prisa y que no podían encontrarse. Ella le explicó el motivo de su llamada y él la remitió a Erika Berger.

Sonja Modig fue a la redacción de *Millennium*. Examinó a Erika Berger y constató que le caía bien esa mujer segura de sí misma, algo dominante, con hoyuelos y un corto flequillo rubio. Parecía una versión algo más mayor de Laura Palmer de «Twin Peaks». Se preguntó, aunque estaba fuera de lugar, si Berger también sería lesbiana ya que, según Faste, todas las mujeres de la investigación parecían tener esas preferencias sexuales, pero recordó que en alguna parte había leído que estaba casada con el artista Greger Backman. Erika escuchó sus peticiones en relación al contenido del disco duro de Dag Svensson y puso cara de preocupación.

—Hay un problema —dijo Erika Berger.

—Tú dirás —contestó Sonja Modig.

—No se trata de que no queramos que se resuelvan

los asesinatos o nos neguemos a prestar ayuda a la policía. Os hemos entregado todo el material del ordenador de Dag Svensson. Es una cuestión ética. Los medios de comunicación y los policías no funcionan muy bien juntos.

—Eso ya me ha quedado más claro esta mañana, te lo aseguro —sonrió Sonja Modig.

—¿Por qué lo dices?

—Por nada. Sólo era una reflexión personal.

—Ah, bueno. Para salvaguardar la credibilidad, los medios de comunicación tienen que mantener una distancia manifiesta con las autoridades. Los periodistas que aparecen cada dos por tres en comisaría y colaboran en las investigaciones oficiales acaban siendo los chicos de los recados de la policía.

—Sí, he conocido a unos cuantos —dijo Modig—. Pero, según tengo entendido, también se da lo contrario: hay policías que se convierten en los chicos de los recados de cierto sector de la prensa.

Erika Berger se rió.

—Tienes razón. Por desgracia, tengo que reconocer que en *Millennium* no podemos permitirnos ese tipo de periodismo a golpe de talonario. Así de sencillo. Y en esta ocasión no se trata de que tú quieras interrogar a alguno de los colaboradores de *Millennium*, algo a lo que nos prestamos sin rechistar, sino que estás haciendo una petición formal para que nosotros colaboremos de forma activa con la investigación policial poniendo a vuestra disposición nuestro material periodístico.

Sonja Modig asintió con la cabeza.

—Hay que tener en cuenta dos cosas. En primer lugar, estamos hablando del asesinato de uno de nuestros colaboradores. Desde ese punto de vista, por supuesto que ayudaremos en todo lo que esté en nuestra mano, faltaría más. Pero el segundo aspecto es que hay cosas que no podemos compartir con la policía. Me refiero a nuestras fuentes.

—Puedo ser flexible, me comprometo a protegerlas. No tengo ningún interés en ellas.

—No se trata de si tus intenciones son sinceras o no, ni de nuestra confianza en ti, sino de que nosotros jamás revelamos una fuente, independientemente de las circunstancias.

—De acuerdo.

—A eso hay que añadirle que nosotros estamos llevando nuestra propia investigación, la cual debe ser considerada como un trabajo periodístico. Proporcionaremos información de los resultados a la policía cuando tengamos algo listo para publicar, pero no antes.

Erika Berger arrugó la frente y reflexionó un instante. Al final movió la cabeza, como dándose la razón.

—Bueno, también tengo que seguir siendo capaz de mirarme al espejo por las mañanas. Vamos a hacerlo de la siguiente manera. Puedes trabajar con nuestra colaboradora Malin Eriksson. Ella conoce a la perfección el material, será la responsable de establecer el límite. Su misión será guiarte por el libro de Dag Svensson, del que ya tenéis una copia. El objetivo es elaborar una lista de presuntos culpables.

Cuando cogió el tren de cercanías en Södra Station para ir a Södertälje, Irene Nesser no sabía nada de lo sucedido la noche anterior. Vestía un tres cuartos de cuero negro, pantalones oscuros y un recatado jersey de punto rojo. Llevaba unas gafas colocadas a modo de diadema en la cabeza.

Al llegar a Södertälje, caminó hasta la parada para coger el autobús que iba a Strängnäs. Al subir pidió un billete para Stallarholmen. Poco después de las once, se bajó al sur de Stallarholmen. Estaba en una parada desde donde no había ningún edificio a la vista. Visualizó el mapa en su cabeza. El lago Mälaren quedaba unos cuantos kilómetros al noreste. El campo estaba lleno de las típicas casas de vacaciones y unos cuantos chalés habitados todo el año. La vivienda del abogado Bjurman estaba situada en una zona de casas de recreo a casi tres kilómetros de la parada. Tomó un trago de agua de una botella de plástico y echó a andar. Llegó unos cuarenta y cinco minutos después.

Primero dio un paseo por el lugar examinando el vecindario. La casa de la derecha estaba a más de ciento cincuenta metros y no había nadie. A la izquierda, había un barranco. Dejó atrás dos casas de campo antes de llegar a una pequeña urbanización donde advirtió señales de vida; una ventana abierta y una radio encendida. Pero se encontraba a unos trescientos metros de la casa de Bjurman, de modo que podría trabajar relativamente tranquila.

Se había llevado las llaves que encontró en el piso de Bjurman. No tuvo problemas para abrir la puerta. La primera medida que tomó consistió en dejar abiertos los postigos de una ventana de la parte trasera de la casa, lo que le ofrecía una salida alternativa en caso de que surgiera algún percance en el porche. El problema potencial que visualizaba era que a algún policía se le ocurriera darse una vuelta por allí.

La casa de campo de Bjurman era una construcción antigua, compuesta por un cuarto de estar relativamente grande, un dormitorio y una pequeña cocina con agua corriente. Una rudimentaria letrina, sin instalación de agua ni luz situada al fondo del jardín, hacía las veces de cuarto de baño. Dedicó veinte minutos a registrar armarios, roperos y cómodas. No encontró ni un solo papel que pudiera tener algo que ver con Lisbeth Salander o con Zala.

Por último, salió al jardín y examinó el retrete y una leñera. Allí no había nada de valor ni ninguna documentación. El viaje había sido en vano.

Se sentó en el porche, bebió más agua y se comió una manzana.

Cuando fue a cerrar los postigos de la ventana, se detuvo en el vestíbulo y reparó en una escalera de aluminio de un metro de alto. Volvió a entrar en el cuarto de estar y examinó el techo revestido de madera. La trampilla que daba al desván, situada entre dos vigas, resultaba casi imperceptible. Cogió la escalera y la abrió. Encontró cinco carpetas de tamaño A4.

El gigante rubio estaba preocupado. Todo se había ido al garete y las desgracias se sucedían sin cesar.

Sandström había contactado con los hermanos Ranta. Estaba aterrorizado y les informó de que Dag Svensson preparaba un reportaje denunciándoles no sólo a ellos, sino también a él y sus asuntos con las putas. Hasta ahí las cosas no representaban ningún problema relevante. Que los medios de comunicación pusieran en evidencia a Sandström no era asunto suyo y los Ranta podían desaparecer durante un tiempo. De hecho, los hermanos habían cruzado el Báltico a bordo del *Baltic Star* y ahora estaban de vacaciones. No parecía probable que el escándalo acabara en los tribunales, pero en caso de que ocurriera lo peor, no sería la primera vez que pasaban por el trullo. Gajes del oficio.

Pero Lisbeth Salander había conseguido escapar de Magge Lundin. Ya de por sí, resultaba incomprensible; comparada con él, Salander era como una muñeca diminuta. Además, su única misión consistía en meter a Salander en un coche y trasladarla al almacén situado al sur de Nykvarn.

Luego, Sandström había recibido otra visita y, en aquella ocasión, Dag Svensson le preguntó por Zala. Eso hizo que las cosas adquirieran un cariz diferente. Entre el pánico de Bjurman y las pesquisas de Dag Svensson, se había creado una situación potencialmente peligrosa.

Un gánster aficionado es aquel que no está preparado para asumir las consecuencias. Bjurman pertenecía a esa categoría. El gigante rubio le había desaconsejado a Zala que contactara con el abogado, pero a éste le resultaba irresistible el nombre de Lisbeth Salander. Odiaba a Salander. Era algo totalmente irracional. Reaccionó como si alguien hubiera apretado un botón.

Fue pura casualidad que el gigante rubio estuviera en casa de Bjurman la noche que llamó Dag Svensson, el mismo maldito periodista que ya le había creado problemas a Sandström y a los hermanos Ranta. A raíz del intento fallido de secuestrar a Lisbeth Salander, el gigante había pasado a ver a Bjurman para tranquilizarlo o amenazarlo, según la necesidad. La llamada de Svensson desató un pánico violento en Bjurman; se empezó a comportar como un idiota y no atendía a razones. De repente, quería abandonar.

Para acabar de colmar el vaso, Bjurman había ido a por su pistola de vaquero y le amenazó. Estupefacto, el gigante rubio se quedó mirándole y luego le quitó el revólver. Llevaba guantes, así que, por lo que respectaba a las huellas dactilares, no había de qué preocuparse. En realidad, tras haber visto que Bjurman había perdido los papeles, no le quedaba alternativa.

Bjurman sabía de la existencia de Zala. Y eso era un lastre. No podía explicar por qué había obligado a Bjurman a quitarse la ropa. Simplemente lo detestaba y quiso dejárselo claro. Estuvo a punto de perder la concentración cuando vio el tatuaje de su estómago: «SOY UN SÁDICO CERDO, UN HIJO DE PUTA Y UN VIOLADOR».

Hubo un momento en el que Bjurman casi le dio pena. Era un completo idiota. Pero él trabajaba en un negocio en el que ese tipo de sentimientos no tenían cabida, ni se permitía que se interpusieran en la actividad operativa. De modo que lo condujo al dormitorio, le obligó a arrodillarse y disparó usando un cojín como silenciador.

Dedicó cinco minutos a registrar el piso de Bjurman en busca de cualquier vínculo con Zala. Lo único que encontró fue el número de su propio móvil. Por precaución, se llevó el teléfono de Bjurman.

El siguiente problema se llamaba Dag Svensson. Cuando hallaran muerto a Bjurman, Svensson se pondría en contacto con la policía y le contaría que habían matado al abogado unos pocos minutos después de que él lo llamara para preguntarle por Zala. No requería mucha imaginación darse cuenta de que si eso sucedía, Zala sería objeto de numerosas y amplias especulaciones.

El gigante rubio se consideraba a sí mismo listo, pero le tenía un enorme respeto a la inteligencia estratégica, más bien terrorífica, de Zala.

Llevaban más de doce años trabajando juntos. Había sido una década fructífera. El gigante rubio miraba a Zala con veneración, como a un mentor. Podía pasar horas y horas escuchándole hablar de la condición humana y sus debilidades, de cómo se podía sacar beneficio de ello.

Pero, de repente, sus negocios estaban en la cuerda floja. Las cosas habían empezado a ir mal.

Desde la casa de Bjurman fue directamente a Enskede y aparcó el Volvo blanco a dos manzanas. Por suerte para él, el portal no estaba cerrado. Subió y llamó a una puerta en la que se leía Svensson-Bergman.

No le dio tiempo a registrar el apartamento ni a llevarse ningún papel. Hizo dos disparos; en la casa también había una mujer. Después, cogió el ordenador portátil de Dag Svensson, que estaba sobre la mesa del salón, giró sobre sus talones y dejó el domicilio. Al salir a la calle, se metió en el coche y abandonó Enskede. El único error que cometió fue que al sostener en equilibrio el ordenador cuando intentó sacar las llaves del coche mientras estaba bajando, el arma se le cayó por las escaleras. Se detuvo una décima de segundo, pero el revólver había ido a parar a la escalera que conducía al sótano. Perdería demasiado tiempo si iba a buscarlo. Era consciente de que tenía un aspecto físico fácil de recordar; lo que apremiaba era desaparecer del lugar antes de que nadie lo viera.

Hasta que quedaron claras las implicaciones, la pérdida del revólver le costó más de una reprimenda por parte de Zala. Cuando la policía inició la persecución de Lisbeth Salander, no salían de su asombro. La pérdida del arma se había convertido en una casualidad increíblemente afortunada.

Aunque, por desgracia, a su vez creó un problema nuevo. Salander era el único eslabón débil que quedaba. Conocía a Bjurman y también a Zala. Era capaz de sumar dos más dos. Cuando Zala y él hablaron del asunto estuvieron de acuerdo. Tenían que encontrar a Salander y enterrarla en algún sitio. Sería perfecto que nunca la hallaran; al cabo de un tiempo, la investigación de los asesinatos sería archivada y empezaría a acumular polvo.

Habían pensado en Miriam Wu para que los condujera hasta Salander. Y, de repente, las cosas se torcieron otra vez. «Paolo Roberto.» De entre todas las personas. Surgido de la nada. Y, según los periódicos, encima era amigo de Lisbeth Salander.

El gigante rubio estaba anonadado.

Después de lo de Nykvarn se había dirigido a Svavelsjö, a casa de Magge Lundin, situada a tan sólo unos cuantos cientos de metros del cuartel general de Svavelsjö MC. No era el mejor escondite, pero no contaba con muchas alternativas y debía encontrar un sitio en el que permanecer oculto hasta que los hematomas de la cara empezaran a desaparecer y pudiera abandonar discretamente la provincia de Estocolmo. Se palpó la rota nariz y se pasó la mano por el chichón que tenía en la nuca. La hinchazón había empezado a remitir.

Había hecho bien en regresar y pegarle fuego a todo; no había que dejar ningún rastro.

De pronto, se quedó frío como un témpano.

Bjurman. Lo había visto en una sola ocasión, durante escasos minutos, en la casa de campo que éste tenía a las afueras de Stallarholmen. Fue a principios de febrero, cuando Zala aceptó el encargo de ocuparse de Salander. Bjurman había estado hojeando una carpeta de Salander. ¿Cómo diablos se le había podido pasar? Esa carpeta lo podía conducir hasta Zala.

Bajó a la cocina y le ordenó a Magge Lundin que fuera urgentemente a Stallarholmen a provocar un nuevo incendio.

El inspector Bublanski dedicó la hora de la comida a intentar poner orden en esa investigación que, a sus ojos, se le estaba yendo de las manos. Pasó un buen rato con Curt Svensson y Sonny Bohman coordinando la caza de Lisbeth Salander. Habían llegado nuevos datos desde Gotemburgo y Norrköping, entre otros sitios. Descartaron las de Gotemburgo casi en el acto, pero la información de Norrköping prometía. Se comunicó a los colegas de la zona y organizaron una discreta vigilancia en una dirección donde había sido vista una chica con un aspecto similar al de Salander.

Intentó mantener una conversación diplomática con Hans Faste, pero éste ni estaba en jefatura ni atendía el móvil. Tras la accidentada reunión matutina, Faste se había marchado echando chispas.

Luego, en un intento de resolver el asunto de Sonja Modig, Bublanski se enfrentó al instructor del sumario Richard Ekström. Dedicó un buen rato a exponer argumentos objetivos por los que consideraba que la decisión de desvincularla de la investigación era descabellada. Ekström se negó a escucharlo, y Bublanski optó por dejar pasar el fin de semana antes de plantear nuevamente ese estúpido asunto. La relación entre el director de la investigación y el instructor del sumario empezaba a ser insostenible.

Pasadas las tres de la tarde, salió al pasillo y vio a Niklas Eriksson abandonando el despacho de Sonja Modig, donde había seguido trabajando en el contenido del disco duro de Dag Svensson. Una absurda actividad ya que ningún policía de verdad estaba a su lado para ayudarle y supervisar lo que pudiera pasar por alto.

Decidió transferir a Niklas Eriksson al grupo de Curt Svensson lo que restaba de semana.

Sin embargo, antes de que le diera tiempo a decir nada, Eriksson desapareció pasillo abajo, en dirección al cuarto de baño. Bublanski se frotó la nuca y se acercó hasta el despacho de Modig, donde esperó a que Eriksson regresara. A través de la puerta abierta contempló la silla vacía de Sonja Modig.

Luego, la mirada del inspector recayó en el móvil de Niklas Eriksson, que había olvidado en la estantería de detrás de su silla.

Bublanski dudó un segundo y echó un vistazo fugaz a la puerta del baño, aún cerrada. Acto seguido, presa de un impulso, entró en el despacho, se metió el móvil de Eriksson en el bolsillo y, sin perder un instante, se dirigió a su despacho. Cerró la puerta y comprobó la lista de llamadas realizadas.

A las 9.57, cinco minutos después de la polémica reunión, Niklas Eriksson había llamado a un número que empezaba por 070. Bublanski levantó el auricular del teléfono fijo de su mesa y lo marcó. Al otro lado, respondió el periodista Tony Scala.

Colgó y se quedó mirando fijamente el móvil de Eriksson. A continuación, se levantó enfurecido. Apenas había dado dos pasos hacia la puerta, cuando sonó el teléfono de su mesa. Retrocedió y contestó la llamada con un grito.

—Soy Jerker. Sigo en el almacén.

—Vale.

—El fuego ya está apagado. Llevamos dos horas examinando los alrededores. La policía de Södertälje ha traído un perro rastreador para olfatear la zona, por si había algún cadáver entre los escombros.

—¿Y?

—Negativo. Pero hace un rato, paramos unos minutos para que el perro descansara el olfato. Su adiestrador dice que es necesario, porque en los incendios siempre hay olores muy intensos.

—Al grano.

—Fue a dar un paseo y soltó al perro en un sitio apartado. El chucho detectó un cadáver en el bosque, a unos setenta y cinco metros del almacén. Hemos cavado el lugar y, hace diez minutos, hemos sacado una pierna humana con el zapato todavía puesto. Parece que pertenece a un hombre. Los restos no estaban enterrados a mucha profundidad.

—Joder, Jerker, tienes que...

—Ya he asumido el mando y he interrumpido la excavación. Quiero traer a los forenses y a especialistas de verdad antes de continuar.

—Buen trabajo, Jerker.

—Eso no es todo. Hace cinco minutos, el perro ha marcado otro lugar, a unos ochenta metros del primero.

Lisbeth Salander preparó café en la cocina de Bjurman, se comió otra manzana y pasó dos horas leyendo, página a página, la documentación que el abogado poseía sobre ella. Estaba impresionada. Bjurman le había dedicado un esfuerzo ingente a la tarea; había sistematizado toda la información como si se tratara de un apasionante *hobby*. Había hallado material sobre su persona del que ni la propia Lisbeth tenía constancia.

Con sentimientos encontrados, leyó el diario de Holger Palmgren. Eran dos cuadernos negros. Había empezado a llevar un diario sobre Lisbeth cuando ella tenía quince años y se escapó de su segunda familia de acogida, una pareja mayor de Sigtuna. Él era sociólogo y ella escritora de libros infantiles. Permaneció con ellos doce días. A Lisbeth le dio la impresión de que se compadecían de ella y se sentían inmensamente orgullosos de poder contribuir a la sociedad. Parecía que, a cambio, esperaban de ella una profunda gratitud. El colmo fue cuando su madre de acogida —más que temporal— se dio un exceso de importancia explayándose ante una vecina sobre lo esencial que era que alguien se ocupara de los jóvenes con problemas. Cada vez que su madre de acogida la exhibía ante sus amigas, Lisbeth quería gritar: «¡No soy un puto proyecto social!». El duodécimo día, robó cien coronas del bote para los gastos de la compra y cogió el autobús hasta Upplands-Väsby. Desde allí, tomó un tren de cercanías que la llevó hasta la estación central. La policía la encontró seis semanas más tarde viviendo con un señor de sesenta y siete años en Haninge.

Ese tío fue bastante legal. Le ofreció alojamiento y comida. Ella no había tenido que hacer gran cosa a cambio; él sólo quería mirarla desnuda. Nunca la tocó. Ella sabía que, por definición, debía ser considerado pedófilo, pero nunca se sintió amenazada. Lo veía como una persona introvertida y socialmente discapacitada. *A posteriori*, incluso llegó a experimentar una extraña sensación de parentesco al pensar en él. Los dos vivían completamente al margen de la sociedad.

Al final, un vecino reparó en ella y avisó a la policía. Un asistente social invirtió grandes esfuerzos para convencerla de que denunciara al hombre por abusos sexuales. Ella se negó obstinadamente a reconocer que algo inadecuado hubiese tenido lugar y, en cualquier caso, ella tenía quince años, la edad legal. *Fuck you*. Luego, Holger Palmgren intervino y la sacó de allí con acuse de recibo.

Palmgren había empezado a escribir un diario sobre ella con algo que parecía un frustrado intento de aclarar sus propias dudas. La primera entrada databa de diciembre de 1993.

A medida que pasa el tiempo, me parece que L. es la criatura más ingobernable con la que he lidiado jamás. Me pregunto si hago bien oponiéndome a que vuelvan a ingresarla en Sankt Stefan. Ha huido de dos familias de acogida en tres meses. Con esas fugas corre un riesgo de acabar mal. Pronto deberé decidir si renunciar al cometido y exigir que sea atendida por expertos de verdad. No sé lo que está bien ni lo que está mal. Hoy he hablado seriamente con ella.

Lisbeth se acordaba de cada palabra pronunciada durante esa conversación. Fue el día anterior a Nochebuena. Holger Palmgren se la llevó a su casa y la alojó en el cuarto de invitados. Había preparado espaguetis a la boloñesa. Después de la cena, la sentó en el sofá del salón, frente a él. Ella se preguntó sin mucho interés si Palmgren también la querría ver desnuda. En cambio, habló con ella como si se dirigiera a un adulto.

Fue un monólogo de dos horas; ella apenas intervino. Le explicó la realidad de la vida, que en su caso consistía en elegir entre volver a Sankt Stefan o vivir con una familia de acogida. Le prometió que iba a intentar encontrarle una familia medianamente aceptable, y le exigió que se conformara con su elección. Lisbeth pasaría la Navidad con él para que tuviera tiempo de reflexionar sobre su futuro. La elección era suya, pero él quería una clara respuesta y un compromiso por su parte, el día después de Navidad, como muy tarde. Tendría que prometer que, si surgían problemas, se dirigiría a él en vez de escapar. Luego la envió a la cama y, al parecer, se sentó a redactar las primeras líneas de su diario personal sobre Lisbeth Salander.

La amenaza, la alternativa de ser llevada a Sankt Stefan después de Navidad, la asustó más de lo que Holger Palmgren podía sospechar. Pasó las fiestas angustiada, vigilando con desconfianza cada movimiento de Palmgren. El día después de Navidad seguía sin haberla tocado y tampoco dio señales de querer mirarla a hurtadillas. Todo lo contrario, se irritó *in extremis* cuando ella lo provocó paseándose desnuda del cuarto de invitados al baño. Él cerró la puerta dando un fuerte portazo. Finalmente, ella accedió y se comprometió a cumplir sus exigencias. Y había mantenido su palabra. Bueno, más o menos.

En su diario, Palmgren dejaba constancia de cada reunión que tenía con ella. Unas veces con tres líneas y otras llenando varias páginas enteras con sus reflexiones. Al leer algunos pasajes, Lisbeth se quedó estupefacta. Palmgren era más perspicaz de lo que Lisbeth se imaginaba. En ocasiones, había anotado los pormenores de las tretas con las que ella intentaba engañarle y cómo él anticipaba sus intenciones.

A continuación, abrió el informe de la investigación policial de 1991.

De repente, las piezas del puzle encajaron. Fue como si la tierra empezara a moverse bajo sus pies.

Leyó el informe del médico forense, redactado por un tal Jesper H. Löderman, donde un cierto doctor Peter Teleborian constituía una de las referencias más importantes. Años más tarde, Löderman sería el as que el fiscal se sacó de la manga cuando intentó ingresar a Lisbeth en una institución al cumplir los dieciocho años.

Luego encontró un sobre con la correspondencia de Peter Teleborian y Gunnar Björck. Las cartas databan del año 1991, poco después de que ocurriera Todo Lo Malo.

En ellas no se decía nada de forma explícita, pero, de pronto, una trampilla se abrió bajo los pies de Lisbeth Salander. Le llevó unos minutos entender las implicaciones. Gunnar Björck se refería a lo que, sin duda, debió de ser una conversación. Estaba formulado de forma impecable, pero lo que Björck venía a decir era que lo mejor para todos sería que Lisbeth Salander pasara el resto de su vida encerrada en un manicomio.

> Es de suma importancia que la criatura se distancie de su situación actual. No estoy capacitado para evaluar su estado psíquico ni sus necesidades de tratamiento, no obstante, cuanto más tiempo se le pueda ofrecer asistencia institucional, menos riesgo habrá de que, involuntariamente, cree problemas en el caso que nos ocupa.

«El caso que nos ocupa.»

Lisbeth Salander saboreó un instante la expresión.

Peter Teleborian era el responsable del tratamiento al que fue sometida en Sankt Stefan. No había sido una casualidad. Por el tono personal de la correspondencia, se dio cuenta de que se trataba de cartas destinadas a no ver nunca la luz.

Peter Teleborian había conocido a Gunnar Björck.

Mientras reflexionaba, Lisbeth Salander se mordió el labio inferior. Nunca había investigado el pasado de Teleborian, pero sabía que él empezó su carrera en medicina forense y que la Säpo a veces también tenía necesidad de consultar a médicos o psiquiatras forenses en sus casos. De repente, comprendió que si se pusiera a indagar, encontraría un vínculo. En algún momento del inicio de su carrera profesional, su camino se había cruzado con el de Björck. Cuando éste necesitó a alguien que pudiera enterrar en vida a Lisbeth Salander, se dirigió a Teleborian.

Fue así como ocurrió. Lo que antes parecía puro azar adquirió de repente una dimensión diferente.

Permaneció quieta largo rato mirando al vacío. No hay inocentes; sólo distintos grados de responsabilidad. Y alguien era responsable de Lisbeth Salander. Definitivamente, se vería obligada a realizar una visita a Smådalarö. Suponía que nadie más en el corrupto aparato estatal de justicia querría tratar el tema con ella, de modo que, a falta de alguien mejor, tendría que conformarse con mantener una conversación con Gunnar Björck.

Estaba ansiosa por hablar con él.

No hacía falta que se llevara todas las carpetas consigo. Ya las había leído y quedarían grabadas en su memoria para siempre. Cogió los dos cuadernos de Holger Palmgren, el informe de la investigación policial de 1991, el del examen psiquiátrico forense de 1996, cuando fue declarada incapacitada, y la correspondencia de Peter Teleborian y Gunnar Björck. Con eso, la mochila ya estaba llena.

Cerró la puerta. Aún no había echado la llave, cuando oyó el ruido de unas motos acercándose. Miró a su alrededor. Ya era tarde para intentar esconderse. Sabía que no tenía la más mínima oportunidad de escapar corriendo de dos moteros montados en sendas Harley-Davidson. Bajó del porche en actitud defensiva y fue a su encuentro hasta la mitad del patio.

Bublanski recorrió el pasillo hecho una furia y comprobó que Eriksson no había vuelto todavía al despacho de Sonja Modig. El cuarto de baño estaba vacío. Continuó su recorrido y, de repente, lo descubrió en el despacho de Curt Svensson y Sonny Bohman, con un vaso de plástico de la máquina de café en la mano.

Bublanski se dio media vuelta en la misma puerta, sin ser visto, y subió la escalera que conducía al despacho del fiscal Ekström. Sin llamar, abrió la puerta de un tirón e interrumpió una conversación telefónica.

—Ven —le espetó.

—¿Qué? —dijo Ekström.

—Cuelga y ven.

El rostro de Bublanski no dejaba margen a no obedecer. En esa situación, resultaba fácil imaginar por qué los compañeros le habían apodado agente Burbuja. Su cara parecía un globo de color rojo. Bajaron al despacho de Curt Svensson para unirse a la distendida reunión que estaba teniendo lugar allí en torno a un café. Bublanski se acercó a Eriksson, lo agarró del pelo y lo giró hacia Ekström.

—¡Ay! ¿Qué coño haces? ¿Estás loco?

—¡Bublanski! —gritó Ekström horrorizado.

Ekström parecía asustado. Curt Svensson y Sonny Bohman se quedaron boquiabiertos.

—¿Es tuyo? —preguntó Bublanski, levantando un Sony Ericsson.

—¡Suéltame!

—¿Es éste tu móvil?

—Sí, joder. Que me sueltes.

—Ni hablar. Quedas detenido.

—¿Qué?

—Estás detenido por violar el secreto profesional y por haber obstaculizado una investigación policial. O quizá quieras darnos una explicación lógica de por qué esta mañana, a las 09.57, según la lista de llamadas realizadas, telefoneaste a un periodista llamado Tony Scala inmediatamente después de la reunión y poco antes de que éste publicara una información que acabábamos de decidir que se mantuviera en secreto.

Magge Lundin no daba crédito a lo que veían sus ojos. Lisbeth Salander estaba en el patio de la casa de campo de Bjurman. Había estudiado el mapa y el gigante rubio le había hecho una detallada descripción de la ruta. Antes de ir a Stallarholmen para provocar un incendio, tal y como le habían ordenado, se pasó por el club —esa imprenta abandonada de las afueras de Svavelsjö— y se llevó a Sonny Nieminen consigo. Hacía buen tiempo, perfecto para sacar las motos por primera vez desde el invierno. Se enfundaron sus prendas de cuero y recorrieron sin prisa el trayecto que hay entre Svavelsjö y Stallarholmen.

Y allí estaba Lisbeth Salander esperándolos.

Una bonificación que dejaría mudo al rubio cabrón.

Cada uno se le acercó por un lado y se detuvo a unos dos metros de distancia. Cuando apagaron los motores, se hizo el silencio en el bosque. Magge Lundin no sabía muy bien qué decir. Al final, recuperó el habla.

—¡Mira tú por dónde! Llevamos días buscándote, ¿sabes, Salander?

De repente sonrió. Lisbeth Salander contempló a Lundin con los ojos carentes de expresión. Notó que la herida de la mandíbula —donde ella le había dado con el llavero— todavía le estaba cicatrizando. La tenía en carne viva. Levantó la vista y contempló las copas de los árboles que se hallaban por encima de su cabeza. Luego volvió a bajar la mirada. Tenía los ojos de un inquietante negro azabache.

—He tenido una semana asquerosa y estoy de un humor de perros. ¿Y sabes qué es lo peor? Cada vez que me doy la vuelta me encuentro con algún puto saco de mierda y grasa que se me pone chulo. Ahora pienso largarme de aquí. Quítate de en medio.

Magge Lundin se quedó boquiabierto. Al principio, pensó que no la había oído bien. Luego, involuntariamente, se echó a reír. La situación era para partirse de la risa. Una tía raquítica, que cabía en el bolsillo de su chupa, les plantaba cara a dos tíos hechos y derechos cuyos chalecos daban fe de su pertenencia a Svavelsjö MC. Lo que significaba que eran los más malos de todos los malos y, además, pronto serían miembros de pleno derecho de los Ángeles del Infierno. Podían desmontarla y meterla en una caja de galletas. Y allí estaba ella, toda chula.

Pero, aunque la tía estuviese loca de atar —cosa que, sin duda, era el caso, según los periódicos y lo que acababan de ver en ese patio—, sus chalecos deberían infundirle respeto. Algo que ella no mostró en absoluto. Eso no se podía tolerar, por muy tronchante que le resultara la situación. Miró de reojo a Sonny Nieminen.

—Creo que la bollera necesita una buena polla —dijo para, acto seguido, bajarse de la moto. Con cautela dio dos pasos hacia Lisbeth Salander y la observó desde arriba. Ella ni se inmutó. Magge Lundin negó con la cabeza y suspiró tristemente. Luego, soltó un revés con la misma potencia que Mikael Blomkvist tuvo ocasión de comprobar en el altercado de Lundagatan.

Golpeó al aire. En el mismo instante en el que la mano iba a impactar en su cara, ella dio un único paso hacia atrás y permaneció quieta justo fuera del alcance de Lundin.

Sonny Nieminen estaba apoyado sobre el manillar de su Harley mientras miraba entretenido a su compañero. Lundin enrojeció y avanzó rápidamente hacia ella. Lisbeth volvió a retroceder. Lundin aumentó la velocidad.

De repente, Lisbeth se paró en seco y le vació la mitad del bote de gas lacrimógeno en la cara. Sus ojos ardieron como el fuego. Lisbeth disparó la punta de una bota con toda su fuerza y, al llegar a la entrepierna, se transformó en energía cinética, con una presión de aproximadamente ciento veinte kilopondios por centímetro cuadrado. Magge Lundin, sin respiración, cayó de rodillas y fue a parar a una altura mucho más cómoda para Lisbeth Salander. Ella tomó impulso y le dio otra patada en la cara, como si hubiese efectuado un saque de esquina en un partido de fútbol. Antes de que Magge Lundin se desplomara en redondo como un saco de patatas, se oyó un horrible crujido.

A Sonny Nieminen le llevó unos segundos darse cuenta de que acababa de pasar algo absurdo delante de sus ojos. No atinó al querer ponerle el pie a su Harley Davidson y tuvo que bajar la vista. Luego, optó por jugar sobre seguro y empezó a buscar la pistola que llevaba en un bolsillo interior de la chupa. Cuando se disponía a abrir la cremallera, percibió un movimiento con el rabillo del ojo.

Al alzar la mirada, vio cómo Lisbeth Salander se abalanzaba sobre él como la bala de un cañón. Ella saltó con los pies juntos y le dio con todas sus ganas en la cadera, lo que no resultaba suficiente para hacerle daño, pero sí para volcarlos a él y a su Harley. Él consiguió, por los pelos, que no quedara atrapada la pierna bajo la moto. Retrocedió tambaleándose unos cuantos pasos antes de recuperar el equilibrio.

Cuando ella volvió a entrar en su campo de visión, Sonny se percató de que el brazo de Lisbeth se movió y de que una piedra del tamaño de un puño surcaba el aire. La esquivó instintivamente, aunque pasó a muy pocos centímetros de su cabeza.

Por fin consiguió sacar la pistola e intentó quitarle el seguro; sin embargo, cuando levantó la vista por tercera vez, Lisbeth Salander ya estaba junto a él. Vio el mal en sus ojos y, por primera vez, sintió, estupefacto, miedo.

—Buenas noches —dijo Lisbeth Salander.

Apretó la pistola eléctrica contra la entrepierna de Nieminen y le descargó setenta y cinco mil voltios, manteniendo el contacto de los electrodos con su cuerpo durante al menos veinte segundos. Sonny Nieminen se convirtió en un apático vegetal.

Lisbeth percibió un ruido detrás, se dio la vuelta y observó a Magge Lundin. Acababa de conseguir, con mucho esfuerzo, ponerse de rodillas y estaba a punto de levantarse. Lisbeth lo miró con las cejas arqueadas; Lundin

iba a tientas a través de la ardiente niebla del gas lacrimógeno.

—¡Te voy a matar! —gritó de repente.

Farfullaba y caminaba a ciegas intentando encontrar
a Lisbeth Salander. Ella ladeó la cabeza y se quedó con-
templándole pensativa. Luego, volvió a vociferar.

—¡Maldita puta!

Lisbeth Salander se agachó, recogió la pistola de Sonny
Nieminen y comprobó que se trataba de una P-83 Wanad polaca.

Abrió el cargador y comprobó si el calibre de la munición era, como cabía esperar, 9 milímetros. Makarov.
Acto seguido, alimentó el cañón con una bala. Luego,
pasó por encima de Sonny Nieminen y se acercó a Magge
Lundin. Apuntó sosteniendo el arma con ambas manos y
le disparó en el pie. Aulló al recibir el impacto y volvió a
desplomarse.

Lisbeth contempló a Magge Lundin y se preguntó si
debería tomarse la molestia de interrogarle sobre la identidad del gigante rubio con el que le había visto en Blombergs Kafé y que, según el periodista Per-Åke Sandström,
había matado, junto con Magge Lundin, a una persona en
un almacén. «Mmm. Quizá debería haberlo hecho antes
de disparar.»

Por una parte, Magge Lundin no parecía estar en disposición de mantener una conversación inteligible; por
otra, era posible que alguien hubiera oído el tiro. De
modo que debía abandonar la zona cuanto antes. Siempre podría localizar a Magge Lundin y hacerle esas preguntas en otra ocasión. Le puso el seguro al arma, se la
metió en el bolsillo de la cazadora y recogió la mochila.

No había recorrido ni diez metros de camino cuando
se detuvo y se dio media vuelta. Regresó lentamente estudiando la moto de Magge Lundin.

—¡Una Harley-Davidson! —exclamó—. ¡Qué guay!

Capítulo 27

Miércoles, 6 de abril

Hacía un tiempo primaveral cuando Mikael se puso al volante del coche de Erika Berger y se dirigió hacia el sur por la carretera de Nynäs. Se intuía un ligero tono verde en los campos y el sol comenzaba a calentar de verdad. Hacía un tiempo perfecto para olvidar los problemas, escaparse unos días a Sandhamn y disfrutar de tranquilidad.

Sin embargo, había quedado con Gunnar Björck a la una, pero todavía era muy pronto, así que paró en Dalarö para tomar café y leer la prensa. No había preparado la reunión. Gunnar Björck le ocultaba algo y Mikael estaba decidido a no dejar Smådalarö hasta que no obtuviera algún dato sobre Zala que le permitiera avanzar en sus pesquisas.

Gunnar Björck salió al patio delantero de la casa para recibirlo. Se le veía más chulo y más seguro de sí mismo que hacía dos días. «¿Qué tipo de jugada estás tramando?» Mikael no le estrechó la mano.

—Puedo darle información sobre Zala —dijo Gunnar Björck—. Pero con condiciones.

—Usted dirá.

—Que no se me mencione en el reportaje de *Millennium*.

—De acuerdo.

Gunnar Björck pareció sorprenderse. Blomkvist había aceptado sin discusión el punto sobre el cual él había previsto una larga batalla. Era su única carta; lo que sabía sobre los asesinatos a cambio de anonimato. Y Blomkvist había accedido, sin más, a sacrificar lo que sin duda habría sido un gran titular para la revista.

—Estoy hablando en serio —dijo Björck desconfiado—. Lo quiero por escrito.

—Se lo doy por escrito si quiere, pero un papel así no vale una mierda. Ha cometido delitos de los que estoy al tanto y que, en la práctica, tengo la obligación de denunciar. Posee la información que yo quiero y se aprovecha de su posición para comprar mi silencio. He reflexionado sobre el tema y acepto. Le hago un favor dándole mi palabra de no mencionar su nombre en *Millennium*. O se fía de mí o no se fía.

Björck caviló.

—Yo también tengo condiciones —añadió Mikael—. El precio de mi silencio es que me cuente todo lo que sepa. Si descubro que me oculta algo, nuestro acuerdo quedará invalidado. Y, entonces, le sacaré en las portadas de todos los periódicos de Suecia, tal y como hice con Wennerström.

Björck sintió escalofríos al pensarlo.

—De acuerdo —respondió—. No tengo elección. Usted me promete que mi nombre no se mencionará en *Millennium* y yo le digo quién es Zala. Y quiero que se me proteja como fuente.

Le tendió la mano. Mikael se la estrechó. Acababa de comprometerse a contribuir a ocultar un delito, algo que, sin embargo, no le preocupaba lo más mínimo. Sólo había prometido que ni él ni la revista *Millennium* escribirían nada sobre Björck. Dag Svensson ya había dado cuenta de toda la historia de Björck en su libro. Y el libro de Dag Svensson se iba a publicar. Mikael velaría sin descanso para que así fuera.

La policía de Strängnäs recibió el aviso a las 15.18h. Llegó directamente a la centralita de la policía, no a través del teléfono de emergencias. El propietario de una casa de campo situada al este de Stallarholmen, que respondía al nombre de Öberg, declaró que había escuchado un disparo y que acudió al lugar para ver qué pasaba. Encontró a dos hombres heridos de gravedad. Bueno, uno de los individuos tal vez no tanto, pero sí sufría intensos dolores. Añadió que el propietario de la casa se llamaba Nils Bjurman. O sea, el difunto abogado del que tanto se había escrito en la prensa.

Esa mañana, la policía de Strängnäs había estado muy atareada efectuando un amplio control del tráfico, programado de antemano, en las carreteras del municipio. Se interrumpió por la tarde, cuando recibieron el aviso de que un hombre le había quitado la vida a su pareja, una mujer de cincuenta y siete años, en el domicilio que ambos compartían en Finninge. Casi al mismo tiempo, en Storgärdet, se declaró un incendio que se cobró una víctima mortal y, como guinda del pastel, dos coches colisionaron frontalmente en la carretera de Enköping, a la altura de Vargholmen. Los avisos se sucedieron en el transcurso de unos pocos minutos y, por ese motivo, casi todos los efectivos policiales de Strängnäs se hallaban ocupados.

Sin embargo, la oficial de guardia había seguido el curso de los acontecimientos sucedidos en Nykvarn esa misma mañana y supuso que tal vez tuvieran algo que ver con la sospechosa en búsqueda y captura, Lisbeth Salander. Como Nils Bjurman figuraba en esa investigación, no le costó sumar dos más dos. Tomó tres medidas. En un día como aquél, accidentado, envió a Stallarholmen al único vehículo disponible en Strängnäs. Llamó a los colegas de Södertälje y pidió refuerzos. Sin embargo, la policía de Södertälje estaba igual de saturada, porque una gran parte de sus recursos se había concentrado en llevar a cabo las excavaciones en las inmediaciones de un almacén que se había incendiado al sur de Nykvarn, pero la posible conexión entre Nykvarn y Stallarholmen indujo al oficial de guardia de Södertälje a mandar dos coches patrulla hasta Stallarholmen para prestar asistencia al furgón de Strängnäs. Por último, la oficial de guardia de Strängnäs cogió el teléfono para llamar al inspector Jan Bublanski de Estocolmo. Lo localizó en el móvil.

En ese momento, Bublanski se encontraba en Milton Security deliberando seriamente con el director ejecutivo Dragan Armanskij y los dos colaboradores, Fräklund y Bohman. Niklas Eriksson estaba ausente.

Bublanski ordenó a Curt Svensson que acudiera de inmediato a la casa de campo de Bjurman y que se llevara a Hans Faste con él, en el caso de que pudiera encontrarlo. Tras un instante de reflexión también llamó a Jerker Holmberg, quien todavía se hallaba al sur de Nykvarn, bastante más cerca del lugar de los hechos. Además, Holmberg tenía noticias.

—Estaba a punto de llamarte. Acabamos de identificar al cadáver enterrado.

—No es posible. ¿Tan rápido?

—Todo es posible cuando los muertos tienen la gentileza de llevar cartera y carné de identidad plastificado.

—Vale. ¿De quién se trata?

—De un conocido. Kenneth Gustafsson, cuarenta y cuatro años, natural de Eskilstuna. Alias *el Vagabundo*. ¿Te suena?

—Hombre, ya lo creo. Anda, así que *el Vagabundo* está enterrado en Nykvarn. He perdido un poco el control de la chusma de la plaza de Sergel pero, si no recuerdo mal, fue un tipo bastante destacado en los años noventa; formaba parte de aquella clientela de camellos, ladrones y toxicómanos.

—El mismo. Por lo menos es su carné. La identificación definitiva tendrá que hacerla el forense. Va a ser como hacer un puzle; está cortado en, al menos, cinco o seis trozos.

—Mmm. Paolo Roberto nos contó que el rubio con el que se peleó amenazó a Miriam Wu con una motosierra.

—Sí, el descuartizamiento se podría haber realizado con una motosierra, aunque no lo he visto muy de cerca. Acabamos de empezar la excavación del segundo hallazgo. Están montando la tienda.

—Muy bien. Jerker, sé que ha sido un día muy largo, pero ¿puedes quedarte esta tarde?

—Vale. Empezaré dando una vuelta por Stallarholmen.

Bublanski terminó la llamada y se frotó los ojos.

El furgón de Strängnäs llegó a la casa de campo de Bjurman a las 15.44 horas. En el camino de acceso chocaron, literalmente, con un individuo que intentaba alejarse del lugar montado en una Harley-Davidson que se empotró de frente contra el vehículo de la policía. Fue una colisión sin mayores consecuencias. Los agentes se bajaron e identificaron a Sonny Nieminen, de treinta y siete años y conocido homicida de mediados de los años noventa. Nieminen daba la impresión de no encontrarse en muy buen estado cuando fue esposado. Al colocarle las esposas los agentes descubrieron, estupefactos, que la parte trasera de su chupa de cuero estaba rota; justo en el centro le faltaba una pieza cuadrada de unos veinte por veinte centímetros. Tenía un aspecto bastante peculiar. Sonny Nieminen declinó comentar el asunto.

Luego, recorrieron alrededor de doscientos metros hasta alcanzar la casa. Allí estaba Öberg —un obrero portuario ya jubilado— poniéndole una venda en el pie a un tal Carl-Magnus Lundin, de treinta y seis años y *president* de una banda de gánsteres, no del todo desconocida, llamada Svavelsjö MC.

El oficial al mando del furgón era el subinspector Nils-Henrik Johansson. Descendió del vehículo, se ajustó el cinturón, contempló el lamentable estado de la persona que yacía en tierra y pronunció la típica frase de la policía.

—¿Qué está pasando aquí?

El obrero portuario jubilado dejó de vendar el pie de Magge Lundin y miró lacónicamente a Johansson.

—Yo soy quien ha llamado.

—Ha alertado sobre un disparo.

—He oído un tiro, me he acercado para ver qué pasaba y me he encontrado con estos tipos. A éste le han disparado en el pie y ha recibido una buena paliza. Creo que necesita una ambulancia.

De reojo, Öberg echó una mirada al furgón.

—Veo que habéis dado con el otro canalla. Estaba tumbado fuera de juego cuando llegué, pero luego se recuperó y no quiso quedarse.

Jerker Holmberg llegó con los policías de Södertälje en el mismo instante en que la ambulancia abandonaba la escena. Los agentes del furgón le informaron brevemente de sus observaciones. Ni Lundin ni Nieminen habían querido explicar el motivo de su presencia en el lugar. A decir verdad, Lundin no estaba en condiciones de articular palabra.

—O sea, dos moteros con ropa de cuero, una Harley-Davidson, una persona herida de un disparo, pero ni una sola arma. ¿Lo he entendido bien? —preguntó Holmberg.

El oficial que estaba al mando del furgón asintió con la cabeza. Holmberg reflexionó un instante.

—No creo que uno de los tipos haya llegado aquí montado en el sillín trasero de la moto del otro.

—Yo diría que eso se consideraría poco masculino en sus círculos —comentó Johansson.

—Entonces falta una moto. Y como el arma tampoco está, podemos sacar la conclusión de que una tercera persona ya se ha dado a la fuga.

—Parece lo lógico.

—Pero nos deja con un problema de logística. Si estos dos caballeros de Svavelsjö llegaron cada uno en una moto, entonces falta el vehículo en el que llegó la tercera persona. Porque es imposible que abandonara el lugar conduciendo a la vez su propio vehículo y una moto. Además hay un buen trecho para venir andando desde la carretera.

—A no ser que esa tercera persona viviera en la casa.

—Mmm —murmuró Jerker Holmberg—. Pero el propietario de la casa es el difunto letrado Bjurman, quien, evidentemente, ya no vive aquí.

—Es posible que hubiera una cuarta persona y que se fuera en coche.

—Pero, en ese caso, ¿por qué no se han ido juntos? Doy por descontado que esta historia no va del robo de una moto Harley-Davidson, por muy atractivas que sean.

Reflexionó un instante y, después, les pidió a dos agentes del furgón que buscaran un vehículo abandonado en alguna carretera comarcal de las inmediaciones y que recorrieran las casas de la zona y preguntaran si alguien había visto algo fuera de lo corriente.

—En esta época del año no hay mucha gente por aquí —dijo el oficial al mando del furgón, y se comprometió a hacerlo lo mejor que pudieran.

A continuación, Holmberg abrió la puerta de la casa, que había quedado cerrada sin llave. De inmediato, encontró sobre la mesa de la cocina el resto de carpetas que contenían la investigación que Bjurman había hecho sobre Lisbeth Salander. Atónito, se sentó y se puso a hojearlas.

Jerker Holmberg estaba de suerte. Apenas treinta minutos después de haber iniciado la operación puerta a puerta entre las pocas casas habitadas en esa época, apareció Anna Viktoria Hansson, de setenta y dos años, quien había pasado ese día primaveral limpiando un jardín situado cerca del camino que daba acceso a la zona. Sí, tenía buena vista. Y sí, había visto a una chica baja y con una cazadora oscura que pasó andando más o menos a la hora del almuerzo. A eso de las tres, vio a dos hombres en moto. Hacían un ruido terrible. Poco después, la chica volvió a pasar en dirección contraria montada en una de esas motos. Luego llegó la policía.

Mientras informaban a Jerker Holmberg, Curt Svensson se personó en el lugar.

—¿Qué pasa? —preguntó.

Jerker Holmberg contempló sombríamente a su colega.

—No sé muy bien cómo explicarte esto —contestó Holmberg.

—Jerker, ¿pretendes que me crea que Lisbeth Salander apareció en la casa de Bjurman y que, ella solita, se cargó a la cúpula de Svavelsjö MC? —preguntó Bublanski por teléfono. Su voz sonaba tensa.

—Bueno, Paolo Roberto fue su entrenador...

—Jerker, cállate.

—Verás, Magnus Lundin tiene una herida en el pie producida por un disparo. Corre el riesgo de quedarse cojo para siempre. La bala le salió por la parte trasera del talón.

—Por lo menos no le pegó un tiro en la cabeza.

—No creo que hiciera falta. Por lo que me han comentado los del furgón, Lundin presenta graves lesiones en la cara, tiene la mandíbula rota y ha perdido dos dientes. Los de la ambulancia se temieron que también padeciera una conmoción cerebral. Aparte de la lesión en el pie, sufre de intensos dolores en el bajo vientre.

—¿Y cómo está Nieminen?

—Parece ileso. Aunque según el vecino que dio el aviso, cuando él llegó al lugar estaba tumbado, inconsciente. No logró hablar con él, pero volvió en sí al cabo de un rato; estaba intentando marcharse cuando aparecieron los compañeros de Strängnäs.

Por primera vez en mucho tiempo, Bublanski se quedó sin palabras.

—Un detalle misterioso... —dijo Jerker Holmberg.

—¿Qué más?

—No sé cómo explicarlo. La cazadora de cuero de Nieminen... Es que fue allí en moto.

—¿Sí?

—Estaba rota.

—¿Cómo que rota?

—Le falta un trozo. Le han cortado una pieza de aproximadamente veinte por veinte centímetros de la espalda. Justo donde Svavelsjö MC lleva su emblema.

Bublanski arqueó las cejas.

—¿Por qué iba a querer Lisbeth Salander cortar un trozo de su chupa de cuero? ¿Un trofeo?

—No tengo ni idea. Aunque se me ha ocurrido una cosa —dijo Jerker Holmberg.

—¿Qué?

—Magnus Lundin es rubio, tiene un buen barrigón y coleta. Uno de los individuos que secuestraron a Miriam Wu, la amiga de Salander, era rubio, tenía una tripa cervecera y llevaba coleta.

Lisbeth Salander no experimentaba una sensación tan vertiginosa desde que —hacía ya unos cuantos años— visitara Gröna Lund para montar en esa atracción llamada Caída libre. Montó tres veces y lo habría hecho tres más si no se le hubiera acabado el dinero.

Comprobó que una cosa era llevar una Kawasaki ligera de 125 centímetros cúbicos — en realidad, poco más que un ciclomotor trucado— y otra bien distinta pilotar una Harley-Davidson de 1.450 centímetros cúbicos. Los primeros trescientos metros, por el mal conservado camino forestal que conducía a la casa de Bjurman fueron una auténtica montaña rusa. Lisbeth se sintió como un giroscopio viviente. En dos ocasiones estuvo a punto de salirse y acabar en las profundidades del bosque; hasta el último instante no consiguió recuperar el control. Parecía que iba montada sobre un alce en estado de pánico.

Además, el casco se le bajaba sin cesar y le tapaba los ojos, a pesar de que lo había rellenado con un trozo de la chupa de Sonny Nieminen.

No se atrevió a parar para ajustarlo por miedo a no ser capaz de controlar el peso de la moto. Era demasiado baja y no llegaba bien al suelo; temía que la Harley se le volcara. Si eso ocurriese, no tendría fuerzas para volver a levantarla.

Todo fue mucho mejor tan pronto como salió al camino que daba acceso a la zona de casas de campo. Cuando, unos pocos minutos más tarde, enfiló la carretera de Strängnäs, se atrevió a soltar una mano del manillar para ajustarse el casco. Luego le metió gas. Recorrió en un tiempo récord la distancia que había hasta Södertälje con una sonrisa permanente en la boca. Poco antes de llegar, se cruzó con dos coches pintados que tenían las sirenas puestas.

Lo sensato habría sido deshacerse de la Harley-Davidson en Södertälje y dejar que Irene Nesser cogiera el tren de cercanías a Estocolmo, pero Lisbeth Salander no pudo resistir la tentación. Se incorporó a la E4 y aceleró. Puso mucho cuidado en no exceder el límite de velocidad; bueno, mucho tampoco, y, aun así, le dio la sensación de estar en caída libre. Hasta que no se halló a la altura de Älvsjö no abandonó la autopista; allí, se dirigió hacia el recinto ferial y consiguió aparcar sin volcar la bestia. Un intenso sentimiento de pérdida la asaltó al abandonar la moto, junto con el casco y el trozo de cuero con el emblema de la chupa de Sonny Nieminen. Caminó hasta la estación de trenes de cercanías. Se había quedado helada con el paseo en moto. Se bajó en Södra Station, se fue andando a casa y se metió en la bañera.

—Su nombre es Alexander Zalachenko —dijo Gunnar Björck—. Aunque en realidad no existe. No lo hallarás en el padrón.

«Zala. Alexander Zalachenko. Por fin un nombre.»

—¿Quién es y cómo puedo encontrarlo?

—No es una persona a la que uno desee encontrar.

—Créame, tengo muchas ganas de conocerlo.

—Lo que le voy a contar ahora es información confidencial. Si alguien se entera de que se la he dado, me procesarán. Se trata de uno de los secretos más importantes de la defensa nacional sueca. Ha de entender por qué resulta tan importante que garantice mi protección como fuente.

—Ya lo he hecho.

—Tiene edad suficiente como para recordar la guerra fría.

Mikael asintió con la cabeza. «Venga, al grano.»

—Alexander Zalachenko nació en 1940 en Stalingrado, en la antigua Unión Soviética. Cuando contaba un año de edad, se inició la operación Barbarroja y la ofensiva alemana del frente oriental. Los padres de Zalachenko fallecieron en la guerra; o eso es lo que él cree. Ni él mismo sabe lo que pasó. Su recuerdo más temprano es de un orfanato situado en los Urales.

Mikael asintió con la cabeza dando a entender que seguía la historia.

—El orfanato estaba ubicado en una plaza fuerte y lo financiaba el Ejército Rojo. Se podría decir que Zalachenko recibió una formación militar desde muy temprana edad. Estamos hablando de los años más cruentos del estalinismo. Tras la caída de la Unión Soviética ha salido a la luz una serie de documentos que demuestran que, entre los niños huérfanos criados por el Estado, se realizaron distintos experimentos con el fin de crear un cuerpo de soldados de élite. Zalachenko era uno de esos niños.

Mikael volvió a asentir con la cabeza.

—Para resumir su larga biografía: a los cinco años, lo metieron en un colegio militar. Resultó ser muy inteligente. Con quince, en 1955, lo trasladaron a una escuela militar de Novosibirsk donde, en compañía de dos mil alumnos más y durante tres años, recibió una preparación similar a la de las *spetsnaz*, las tropas rusas de élite.

—De acuerdo, así que era un valiente soldado infantil.

—En 1958, cuando tenía dieciocho años, fue trasladado a Minsk y le destinaron a la formación especial del GRU. ¿Sabe qué era el GRU?

—Sí.

—Las siglas quieren decir, exactamente, *Glavnoje razvedyvatelnoje upravlenije*, o sea, el servicio de inteligencia militar subordinado al más alto mando militar del ejército. El GRU no debe confundirse con la KGB, que era la policía civil secreta.

—Ya lo sé.

—Por lo general, en las películas de James Bond los miembros de la KGB son retratados como espías importantes que prestan sus servicios en el extranjero. En realidad, la KGB era fundamentalmente el servicio de seguridad interior del régimen, que tenía campos de concentración en Siberia y mataba a los disidentes con un tiro en la nuca en el sótano de la cárcel de Lubyanka. Los responsables del espionaje y de las operaciones en el extranjero pertenecían, en la mayoría de los casos, al GRU.

—Esto se está convirtiendo en una lección de historia. Continúe.

—Cuando Alexander Zalachenko cumplió veinte años, recibió su primer destino en el extranjero; lo mandaron a Cuba. Se trataba de un período de formación y sólo ostentaba el grado de alférez. Pero permaneció allí durante dos años y vivió tanto la crisis de Cuba como la invasión de la bahía de Cochinos.

—Vale.

—Regresó en 1963 para continuar su formación en Minsk. Luego lo destinaron primero a Bulgaria y después a Hungría. En 1965 ascendió a teniente y tuvo su primer destino en la Europa occidental, concretamente en Roma, donde prestó sus servicios durante doce meses. Fue su primera misión *under cover*. O sea, identidad civil con pasaporte falso y sin ningún contacto con la embajada.

Mikael asintió con la cabeza. Muy a su pesar, la historia empezaba a fascinarle.

—En 1967 fue trasladado a Londres. Allí organizó la ejecución de un agente desertor de la KGB. Durante los siguientes diez años se convirtió en uno de los miembros más importantes del GRU. Perteneció a la verdadera élite de los soldados políticos más entregados; había sido entrenado desde su más tierna infancia. Habla con fluidez, como mínimo, seis idiomas. Se ha hecho pasar por periodista, fotógrafo, publicista, marinero... de todo. Era un artista de la supervivencia y un experto en camuflaje y maniobras de despiste. Disponía de sus propios agentes y organizaba o ejecutaba sus propias operaciones. Muchas de ellas eran misiones de asesinatos, y bastantes tenían lugar en el Tercer Mundo. Aunque también había chantajes, amenazas u otros asuntos que sus superiores querían ver materializados. En 1969 fue ascendido a capitán; en 1972 a comandante y, en 1975, a teniente coronel.

—¿Y cómo acabó en Suecia?

—Ya llegaré a eso. A lo largo de los años se fue corrompiendo un poco y arañó dinero de aquí y de allá.

Bebía bastante y se metió en demasiados líos de faldas. Sus superiores estaban al corriente de todo, pero seguía siendo uno de sus favoritos y se mostraron indulgentes con esas minucias. En 1976 le encargaron una misión en España. No hace falta que entremos en detalles, pero se emborrachó y metió la pata. Fracasó y, de la noche a la mañana, cayó en desgracia. Ordenaron su regreso a Rusia; sin embargo, él optó por hacer caso omiso a la orden y acabó en una situación aún peor. Entonces, el GRU contactó con Madrid y le encargó a un agregado militar de la embajada que lo localizara y le hiciera entrar en razón. Algo salió verdaderamente mal durante aquella conversación. Zalachenko mató al agregado. De buenas a primeras se quedó sin elección. Había quemado todas sus naves y se vio obligado a desertar sin dilación.

—De acuerdo, ¿y?

—Desertó a España y maquinó una historia que daba a entender que había tenido un accidente de barco en Portugal. También dejó una pista falsa que indicaba que había huido a Estados Unidos. En realidad, eligió refugiarse en el país europeo donde menos se podían imaginar. Vino a Suecia, se puso en contacto con la Säpo y solicitó asilo político. Algo que, de hecho, estuvo muy bien pensado, ya que la probabilidad de que un escuadrón de la muerte de la KGB o del GRU lo buscara aquí era casi inexistente.

Gunnar Björck se calló.

—¿Y?

—¿Qué va a hacer el gobierno si uno de los mejores espías de la Unión Soviética decide desertar de repente y buscar asilo político en Suecia? Eso ocurrió cuando la derecha acababa de llegar al poder; de hecho, se trataba de uno de los primeros asuntos que presentamos ante el recién nombrado primer ministro. Esos cobardes deseaban, claro está, deshacerse de él cuanto antes, pero devolverla a la Unión Soviética resultaba inviable, puesto que habría sido un escándalo político de enormes proporciones. En su lugar, intentaron mandarle a Estados Unidos o a Inglaterra, a lo que Zalachenko se negó. No le gustaba Estados Unidos y sabía que Inglaterra era uno de los lugares donde la Unión Soviética contaba con el mayor número de agentes del más alto nivel de los servicios de inteligencia. Tampoco quería ir a Israel, porque no le caían bien los judíos. Así que decidió instalarse en Suecia.

Todo parecía tan inverosímil que Mikael se preguntó si Gunnar Björck no le estaría tomando el pelo.

—¿Y se quedó aquí?

—Exactamente.

—¿Y eso nunca ha salido a la luz?

—Durante muchos años ha sido uno de los secretos militares mejor guardados de Suecia. Lo que pasaba era que sacábamos un enorme provecho de Zalachenko. Hubo una época, entre finales de los años setenta y principios de los ochenta, en que fue la joya de la corona de los desertores, incluso a nivel internacional. Nunca jamás había desertado un jefe operativo de uno de los comandos de élite del GRU.

— Y podría vender información…

—En efectivo. Jugó bien sus cartas y fue suministrando la información según le convino. Nos daba lo suficiente para que pudiéramos identificar a un agente en el cuartel general de la OTAN de Bruselas, a otro, esta vez ilegal, en Roma, así como al hombre de contacto de un círculo de espías en Berlín. Nos enteramos, igualmente, de los nombres de los asesinos a sueldo que él había contratado en Ankara o Atenas. No sabía gran cosa sobre Suecia pero, en cambio, poseía información sobre ciertas operaciones en el extranjero que nosotros, a su vez, podíamos administrar para obtener otros favores a cambio. Era una mina de oro.

—En otras palabras, empezaron a colaborar con él.

—Le dimos una nueva identidad. Nos limitamos a proporcionarle un pasaporte y algo de dinero; a partir de ahí, se las arregló solo. Estaba preparado precisamente para eso.

Mikael permaneció callado un rato asimilando todo aquello. Luego levantó la vista y miró a Björck.

—Me mintió la última vez que estuve aquí.

—¿Sí?

—Me dijo que había conocido a Bjurman en los años ochenta, en el club de tiro de la policía. En realidad, lo conoció mucho antes.

Gunnar Björck asintió, pensativo.

—Una reacción automática. Todo eso es información confidencial y no tenía por qué entrar en detalles acerca de cómo nos conocimos Bjurman y yo. Hasta que no me preguntó sobre Zala, no hice la conexión.

—¿Y qué pasó?

—Yo tenía treinta y tres años y llevaba tres en la Säpo. Bjurman tenía veintiséis y acababa de licenciarse; había conseguido un puesto en la Säpo para tramitar ciertos asuntos de carácter jurídico. De hecho, se trataba de una especie de prácticas. Bjurman es originario de Karlskrona y su padre trabajaba en el servicio de inteligencia militar.

—¿Y?

—La verdad es que ni Bjurman ni yo estábamos, ni de lejos, cualificados para tratar con alguien como Zalachenko, pero él se puso en contacto con nosotros el mismísimo día de las elecciones de 1976. No había casi nadie en jefatura, todos tenían el día libre o se encontraban en misiones de vigilancia y cosas por el estilo. Y Zalachenko eligió justo ese momento para entrar en la comisaría de Norrmalm, solicitar asilo político y declarar que quería hablar con alguien de la policía de seguridad. No dio ningún nombre. Yo estaba de guardia y pensé que era un asunto de asilo normal y corriente, así que convoqué a

Bjurman para que se encargara de los trámites jurídicos. Lo conocimos allí, en la comisaría de Norrmalm.

Björck se frotó los ojos.

—Y allí estaba él diciéndonos, tranquilamente y en un tono neutro, su nombre, quién era y en qué trabajaba. Bjurman tomaba nota. Al cabo de un rato, me di cuenta de lo que tenía delante de mí y casi me da algo. Así que interrumpí la conversación y me fui con Zalachenko y Bjurman, como alma que lleva el diablo, lejos de la comisaría. No sabía qué hacer, de modo que reservé una habitación en el hotel Continental, frente a la estación central, y lo metí allí. Dejé a Bjurman de canguro mientras yo bajaba a la recepción para llamar a mi jefe. —De repente se rió—. Muchas veces he pensado que nos comportamos como auténticos aficionados. Pero eso fue lo que ocurrió.

—¿Quién era su jefe?

—Eso no importa. No pienso dar más nombres.

Mikael se encogió de hombros y dejó pasar el tema sin discutir.

—Tanto yo como mi jefe fuimos conscientes en el acto de que se trataba de un asunto de máxima confidencialidad, de manera que decidimos que cuantas menos personas estuviesen al tanto, mejor. Bjurman, en particular, no debería haber tenido nada que ver con esta historia —estaba muy por encima de su nivel—, aunque como ya se hallaba al corriente del secreto, lo mejor era quedarnos con él en vez de instruir a otra persona. Y supongo que el mismo razonamiento se aplicó a un júnior como yo. Sólo siete personas vinculadas a la Säpo sabíamos de la existencia de Zalachenko.

—¿Y cuántos más conocen la historia?

—Desde 1976 hasta principios de los años noventa… entre el gobierno, la cúpula militar y la Säpo unas veinte personas en total.

—¿Y después de principios de los noventa?

Björck se encogió de hombros.

—Desde el mismo instante en que cayó la Unión Soviética, Zala dejó de interesar.

—Pero ¿qué pasó tras la llegada de Zalachenko a Suecia?

Björck se quedó callado durante tanto tiempo que Mikael empezó a rebullirse en la silla.

—Para serle sincero... la operación Zalachenko se convirtió en un éxito y todos los que nos encontrábamos implicados en el asunto aprovechamos la circunstancia para hacer carrera. No me malinterprete; también se trataba de un trabajo que exigía lo suyo. Yo fui designado mentor de Zalachenko y durante los primeros diez años nos vimos, si no a diario, por lo menos un par de veces por semana. Eso sucedió mientras él estaba rebosante de información fresca. Al mismo tiempo, mi trabajo consistía en controlarlo.

—¿Qué quiere decir?

—Zalachenko era un cabrón escurridizo. Podía ser increíblemente encantador, pero también comportarse como un loco de remate o un paranoico. Tenía períodos en los que abusaba del alcohol y, entonces, se volvía violento. En más de una ocasión me vi obligado a acudir en plena noche hasta donde estaba para sacarlo de alguno de los líos en los que se metía.

—¿Por ejemplo...?

—Por ejemplo, una vez fue a un bar, empezó a discutir con una persona y les dio una salvaje paliza a los dos guardias que intentaron tranquilizarlo. Estamos hablando de un tío bastante bajo y delgado, aunque con una preparación extraordinaria para el combate cuerpo a cuerpo, de la cual, por desgracia, hacía alarde en algunas ocasiones. Un día tuve que ir a buscarlo, incluso, al calabozo de la policía.

—Suena como si estuviera loco. Al fin y al cabo, se exponía a llamar la atención. No me parece muy profesional.

—Ya, pero él era así. No había cometido ningún delito en Suecia ni había sido detenido ni arrestado por nada. De modo que le proporcionamos un pasaporte y un carné de identidad suecos, así como un nombre sueco. Y tenía una vivienda, pagada por la Säpo, a las afueras de Estocolmo. También le ofrecimos un sueldo para que estuviera constantemente a nuestra disposición. Pero no le podíamos prohibir que saliera a tomar una copa ni que se metiera en líos de faldas. Lo único que podíamos hacer era limpiar por donde pasaba. Ésa fue mi tarea hasta 1985, momento en el que ocupé otro puesto y otra persona tomó el relevo como mentor de Zalachenko.

—¿Y el papel de Bjurman?

—Bjurman resultaba una carga. No destacaba precisamente por su inteligencia y, además, era la persona equivocada en el sitio equivocado. Su implicación en el asunto, ya desde sus inicios, fue fruto de la más pura casualidad. Sólo participó muy al principio y en muy contadas ocasiones, cuando teníamos que tramitar algunos temas jurídicos. Mi jefe resolvió el problema de Bjurman.

—¿Cómo?

—De la manera más sencilla que se pueda imaginar. Le dieron un trabajo fuera de la policía, en un bufete que, por decirlo de algún modo, nos era afín.

—Klang y Reine.

Gunnar Björck le lanzó una mirada incisiva a Mikael. Luego asintió.

—Bjurman no era una persona demasiado inteligente, pero se las supo arreglar bastante bien. Durante todos estos años, la Säpo le fue encargando diferentes trabajos, informes y cosas por el estilo. En cierto sentido, él también ha hecho carrera gracias a Zalachenko.

—¿Y dónde está Zala en la actualidad?

Björck dudó un instante.

—No lo sé. Mi contacto con él disminuyó a partir de 1985 y llevo más de doce años sin verlo. Lo último que supe de él fue que abandonó Suecia en 1992.

—Al parecer, ha vuelto. Su nombre ha aparecido vinculado a armas, asuntos de drogas y *trafficking*.

—No debería sorprenderme —suspiró Björck—, aunque tampoco sabe a ciencia cierta si se trata de ese Zala o de alguna otra persona.

—La probabilidad de que aparezcan dos Zalas en esta historia debe de ser microscópica. ¿Cuál era su nombre sueco?

Björck contempló a Mikael.

—No pienso revelarlo.

—Has prometido contármelo todo.

—Quería saber quién era Zala, ¿no? Pues ya se lo he dicho. Pero no pienso darle la última pieza del puzle hasta que no me asegure que va a mantener su parte del trato.

—Lo más probable es que Zala haya cometido tres asesinatos, mientras que la policía está buscando a una persona inocente. Si cree que me quedo satisfecho sin conocer el nombre sueco de Zala, se equivoca.

—¿Cómo sabe que Lisbeth Salander no es la asesina?

—Lo sé.

Gunnar Björck le dedicó una sonrisa. De repente se sintió mucho más seguro.

—Creo que Zala es el asesino —dijo Mikael.

—Se equivoca. Zala no ha matado a nadie.

—¿Cómo lo sabe?

—Porque en la actualidad Zala tiene sesenta y cinco años y está gravemente discapacitado. Le han amputado un pie y tiene dificultades para andar. No ha ido por Odenplan ni por Enskede matando a nadie. Si quisiera asesinar a alguien, primero tendría que llamar a una ambulancia para que lo llevaran.

Malin Eriksson sonrió educadamente a Sonja Modig.

—Eso deberás preguntárselo a Mikael.

—De acuerdo.

—No puedo hablar de su investigación contigo.

—Pero si el hombre al que llaman Zala es un posible culpable...

—Tendrás que preguntárselo a Mikael —insistió Malin—. Yo puedo ayudarte proporcionándote información sobre el trabajo de Dag Svensson, pero no sobre nuestra propia investigación.

Sonja Modig suspiró.

—Lo entiendo. ¿Qué me puedes contar de las personas de esa lista?

—Sólo lo que escribe Dag Svensson, nada acerca de las fuentes. Lo que sí puedo decirte es que Mikael ha contactado con más o menos una docena de personas de la lista y las ha ido descartando. Quizá eso te ayude.

Sonja Modig asintió con la cabeza dubitativamente. «No, eso no ayudaba en nada. De todas maneras, la policía tenía que llamar a sus puertas y realizar un interrogatorio formal. Un juez. Tres abogados. Varios políticos y periodistas... y colegas. Promete ser un circo muy divertido.» Sonja Modig se dio cuenta de que la policía debería haber empezado con esos interrogatorios el día después de los asesinatos.

Su mirada se depositó sobre un nombre de la lista. Gunnar Björck.

—No aparece el domicilio de este hombre.

—No.

—¿Por qué?

—Trabaja en la Säpo y tiene una dirección secreta. Aunque ahora mismo está de baja. Dag Svensson nunca consiguió localizarlo.

—¿Y vosotros habéis conseguido dar con él?

—Pregúntaselo a Mikael.

Pensativa, Sonja Modig clavó la vista en la pared que había tras la mesa de Dag Svensson.

—¿Puedo hacer una pregunta personal?

—Adelante.

—¿Quién creéis vosotros que mató al abogado Bjurman y a vuestros amigos?

Malin Eriksson se quedó callada. Ojalá Mikael Blomkvist hubiese estado allí para contestar a las preguntas. Por más que seas inocente, siempre resulta desagradable que un policía te interrogue. Pero mucho peor aún era no poder explicar con exactitud las conclusiones a las que había llegado *Millennium*. Luego escuchó la voz de Erika Berger a sus espaldas.

—Nuestro punto de partida es que los asesinatos tuvieron lugar para impedir que alguno de los casos con los que trabajaba Dag Svensson saliera a la luz. Sin embargo, no sabemos quién apretó el gatillo. Mikael se está centrando en esa persona desconocida a la que llaman Zala.

Sonja Modig se dio la vuelta y observó a la redactora jefe de *Millennium*. Erika Berger ofreció a Malin y Sonja dos tazas de café. Estaban decoradas, respectivamente, con el logotipo del sindicato de los empleados de comercio y servicios y con el del partido de los democristianos. Erika Berger esbozó una sonrisa educada. Después, entró en su despacho.

Salió tres minutos más tarde.

—Modig, tu jefe acaba de llamar. Tienes el móvil apagado. Que lo llames.

El incidente de la casa de campo de Bjurman desencadenó una actividad febril durante la tarde. Se alertó a todas las unidades de la región. Lisbeth Salander al fin había salido de su escondite. Se informaba de que existía una alta probabilidad de que viajara en una Harley-Davidson perteneciente a Magge Lundin. También se advertía que Salander iba armada y que acababa de pegarle un tiro a una persona en una casa cerca de Stallarholmen.

La policía instaló controles en las carreteras de acceso a Strängnäs y Mariefred, así como en todas las entradas de Södertälje. Los trenes de cercanías entre Södertälje y Estocolmo fueron registrados durante varias horas. Sin embargo, no se pudo dar con ninguna chica de baja estatura, con o sin Harley-Davidson.

A las siete de la tarde, un coche patrulla se percató de la presencia de una Harley aparcada delante del recinto ferial de Älvsjö, lo que desplazó el centro de atención de las pesquisas de Södertälje a Estocolmo. Desde Älvsjö también informaron de que habían encontrado un trozo de una cazadora de cuero con el emblema de Svavelsjö MC. El hallazgo hizo que el inspector Bublanski se colocara las gafas sobre la cabeza y que, malhumorado, se entregara a la contemplación de la oscuridad exterior desde la ventana de su despacho de Kungsholmen.

Había sido un día aciago. El secuestro de la amiga de Salander, la aparición de Paolo Roberto, luego un incendio provocado y esa chusma enterrada en los bosques de Södertälje. Y para rematar, el caos incomprensible de Stallarholmen.

Bublanski entró en la gran sala de trabajo y consultó un mapa de Estocolmo y sus alrededores. Recorrió con la mirada Stallarholmen, Nykvarn, Svavelsjö y, finalmente, Älvsjö, las cuatro poblaciones que, por diferentes razones, habían adquirido gran notoriedad. Después dirigió la vista a Enskede y suspiró. Le atenazaba el presentimiento incómodo de que la policía iba muy por detrás del desarrollo de los acontecimientos. La verdad era que no entendía nada. Fuera cual fuese el motivo de los asesinatos de Enskede, estaba convencido de que era mucho más complicado de lo que habían pensado en un principio.

Mikael Blomkvist desconocía todo lo sucedido en Stallarholmen. Abandonó Smådalarö a eso de las tres de la tarde. Paró en una gasolinera para tomar café mientras intentaba darle sentido a la historia.

Sentía una profunda frustración. Björck le había dado tantos detalles que Mikael estaba abrumado y, a la vez, se había empecinado en no proporcionarle la última pieza del puzle, la identidad sueca de Zalachenko. Se sentía engañado. De repente Björck había interrumpido la narración y se había negado en redondo a revelarle el desenlace de la historia.

—Tenemos un acuerdo —insistió Mikael.

—Yo he cumplido con mi parte. Le he contado quién es Zalachenko. Si quiere más información, tendremos que llegar a un nuevo acuerdo. Necesito garantías de que mi nombre se va a desvincular por completo y de que no habrá consecuencias.

—¿Cómo puedo garantizárselo? No tengo poder sobre la investigación policial y, tarde o temprano, llamarán a su puerta.

—No me preocupa la investigación policial. Lo que necesito es que me asegure que mi nombre nunca aparecerá relacionado con el tema de las putas.

Mikael advirtió que Björck parecía más preocupado por ocultar su relación con el comercio sexual que por haber desvelado información confidencial de su trabajo. Eso decía bastante de su personalidad.

—Ya le he prometido que, por lo que a ese tema respecta, no escribiré ni una sola palabra sobre usted.

—Pero ahora necesito garantías de que tampoco va a mezclarme con el asunto de Zalachenko.

Mikael no pensaba darle ese tipo de garantías. Podía llegar a tratar a Björck como una fuente anónima por lo que al trasfondo de la historia se refería, pero no garantizarle el completo anonimato. Al final, acordaron meditar sobre ese punto un día o dos antes de continuar con la entrevista.

Cuando Mikael se hallaba sentado en la gasolinera

tomándose un café en un vaso de papel, le asaltó la sensación de que tenía algo delante de sus narices. Estaba tan cerca que podía vislumbrar las siluetas, aunque no era capaz de enfocar la imagen. Luego se le ocurrió que había otra persona que tal vez pudiera arrojar algo de luz sobre la historia. Además, estaba bastante cerca de la residencia de Ersta. Consultó la hora, salió apresuradamente y se fue a visitar a Holger Palmgren.

Gunnar Björck estaba preocupado. Tras el encuentro con Mikael Blomkvist, se hallaba extenuado. La espalda le dolía más que nunca. Se tomó tres analgésicos y se tumbó en el sofá del salón. Los pensamientos le corroían. Una hora más tarde se levantó, puso agua a hervir y sacó unas bolsitas de té Lipton. Se sentó a la mesa de la cocina y empezó a pensar.

¿Podía fiarse de Mikael Blomkvist? Había jugado sus cartas y ahora estaba a merced de la buena voluntad de Blomkvist. No obstante, se había guardado la información más importante, la identidad y el verdadero papel de Zala en la historia. Una carta decisiva que todavía guardaba en la manga.

¿Cómo coño había podido acabar metido en todo ese lío? No era ningún delincuente. Todo lo que había hecho se reducía a pagar a unas putas. Estaba soltero. Esa jodida tía de dieciséis años ni siquiera había fingido que él le gustaba; lo había mirado con desprecio.

Maldita zorra. Ojalá no hubiese sido tan joven. Si por lo menos hubiese tenido veinte años, ahora el asunto no tendría tan mala pinta. Los medios de comunicación lo masacrarían si alguna vez se filtraba la información. Blomkvist también lo detestaba. Ni siquiera intentaba ocultarlo.

«Zalachenko.»

Un chuloputas. Qué ironía. Había follado con las putas de Zalachenko. Aunque Zalachenko había sido lo suficientemente listo como para mantenerse en un discreto segundo plano.

«Bjurman y Salander.»

«Y Blomkvist.»

Una salida.

Tras pasar una hora cavilando, fue a por el papelito donde estaba apuntado el número de teléfono y que había cogido cuando, dos o tres días antes, le hizo una breve visita a su lugar de trabajo. No era lo único que le había ocultado a Blomkvist. También sabía dónde se encontraba Zalachenko, pero llevaba más de doce años sin hablar con él y no le apetecía nada volverlo a hacer nunca más.

Pero el cabrón de Zalachenko era muy escurridizo. Entendería el problema. Podría desaparecer de la faz de la tierra. Marcharse al extranjero y jubilarse. La verdadera catástrofe sería que lo detuvieran. Entonces, todo podría irse a la mierda.

Dudó mucho tiempo antes de levantar el teléfono y marcar el número.

—Hola, soy Sven Jansson —dijo. Un nombre falso que llevaba mucho tiempo sin usar. Zalachenko se acordaba perfectamente de quién era.

Capítulo 28

Miércoles, 6 de abril –
Jueves, 7 de abril

Cerca de las ocho de la tarde, Bublanski se reunió con Sonja Modig en el Wayne's de Vasagatan. Ella nunca había visto a su jefe tan abatido. Él la puso al corriente de los sucesos del día. Sonja guardó silencio durante un largo rato. Al final, alargó la mano y la apoyó encima del puño cerrado de Bublanski. Era la primera vez que ella lo tocaba; un simple gesto de amistad que no escondía ninguna otra intención. Él le dedicó una triste sonrisa y, de un modo igual de amistoso, le dio unas palmaditas en la mano.

—Tal vez deba jubilarme —dijo.

Ella le sonrió con indulgencia.

—Esta investigación hace aguas por todas partes —prosiguió—. Le he contado a Ekström los acontecimientos del día y la única instrucción que me ha dado ha sido: «Haz lo que te parezca mejor». Está como paralizado.

—No me gusta hablar mal de mis superiores, pero, por lo que a mí respecta, se puede ir a hacer puñetas.

Bublanski asintió.

—Formalmente, te has reincorporado a la investigación. Sospecho que no piensa pedirte perdón.

Ella se encogió de hombros.

—Ahora mismo tengo la sensación de que todo el equipo investigador se limita a nosotros dos —dijo Bublanski—. Faste salió esta mañana echando chispas y ha tenido el móvil apagado durante todo el día. Si no aparece mañana, tendré que emitir una orden de búsqueda.

—Me trae sin cuidado que Faste se mantenga alejado de la investigación. ¿Qué va a pasar con Niklas Eriksson?

—Nada. Yo quería detenerlo y procesarle pero Ekström no se ha atrevido. Le hemos echado y yo he ido a Milton a tener una seria conversación con Dragan Armanskij. Hemos interrumpido la colaboración con Milton, lo cual significa que, por desgracia, también perdemos a Sonny Bohman. Es un buen poli.

—¿Y cómo se lo ha tomado Armanskij?

—Se ha quedado hecho polvo. Lo interesante es que...

—¿Qué?

—Armanskij me ha contado que Eriksson siempre le cayó mal a Lisbeth Salander. Se ha acordado de cuando, hace ya un par de años, ella le dijo que debería despedirlo y que era un hijo de puta, aunque no quiso explicarle por qué. Armanskij, obviamente, no siguió su consejo.

—Vale.

—Curt continúa en Södertälje. En breve van a llevar a cabo un registro domiciliario en casa de Carl-Magnus Lundin. Jerker se halla en plena faena, cerca de Nykvarn, desenterrando trozo a trozo al viejo taleguero Kenneth Gustafsson, *el Vagabundo*. Y, justo antes de venir aquí, me volvió a llamar para decirme que habían encontrado a otra persona enterrada. A juzgar por la ropa, se trata de una mujer. Parecía llevar allí bastante tiempo.

—Un cementerio en pleno bosque. Jan, esta historia parece mucho más siniestra de lo que imaginamos en un principio. Supongo que no le imputaremos también a Salander los asesinatos de Nykvarn.

Bublanski sonrió por primera vez en muchas horas.

—No. Habrá que descartarla. Aunque sí va armada y le ha pegado un tiro a Lundin.

—Sin embargo, le disparó en el pie y no en la cabeza.

En el caso de Magge Lundin tal vez no haya mucha diferencia, pero hemos partido de la hipótesis de que el culpable de los asesinatos de Enskede es un excelente tirador.

—Sonja, esto carece de sentido por completo. Magge Lundin y Sonny Nieminen son dos pesos pesados de la violencia con una lista kilométrica de antecedentes penales. Es cierto que Lundin ha engordado unos kilos y quizá no esté en plena forma, pero es un tipo peligroso. Y Nieminen es un auténtico salvaje al que le tienen miedo incluso los tipos más brutos. No me entra en la cabeza que una chavala tan bajita y raquítica como Salander les haya dado una paliza así. Lundin está gravemente herido.

—Mmm.

—No es que no se lo merecieran, lo que no entiendo es cómo lo hizo.

—Pues tendremos que preguntárselo cuando demos con ella. Aun así, recuerda que, según todos los informes, es violenta.

—Ya, pero de todas maneras, no soy capaz de visualizar lo que sucedió en esa casa. Estamos hablando de dos tíos con los que a Curt Svensson le habría preocupado pelear por separado. Y Curt no es lo que se dice un blandengue.

—La cuestión es si ella tenía motivos para meterse con Lundin y Nieminen.

—Una chica sola con dos psicópatas, dos verdaderos idiotas purasangre, en una casa de campo desierta… Se me ocurre algún que otro motivo —dijo Bublanski.

—¿La ayudaría alguien? ¿Habría otra persona en el lugar?

—En el examen técnico no hay nada que lo indique. Salander entró en la casa; había una taza de café en la mesa. Y, además, tenemos el testimonio de Anna Viktoria Hansson, esa mujer de setenta y dos años que es como una especie de portera de la zona y que registra todo lo que se mueve por allí. Jura que los únicos que pasaron fueron Salander y los dos caballeros de Svavelsjö.

—¿Y cómo entró en la casa?

—Con llave. Supongo que la cogió del apartamento de Bjurman. ¿Te acuerdas de…

—… del precinto cortado? Sí, la señorita sabe lo que hace.

Durante unos cuantos segundos, Sonja Modig tamborileó con los dedos sobre la mesa y, acto seguido, sacó otro tema.

—¿Se ha demostrado que fue Lundin el que participó en el secuestro de Miriam Wu?

Bublanski asintió.

—Paolo Roberto le ha echado un vistazo a una carpeta con fotos de tres docenas de moteros. Lo identificó en seguida y sin vacilar. Dice que es el hombre que vio en el almacén de Nykvarn.

—¿Y Mikael Blomkvist?

—No lo he podido localizar. No coge el móvil.

—Vale. Lundin encaja con la descripción de la agresión de Lundagatan; por lo tanto, podemos suponer que Svavelsjö MC lleva un tiempo detrás de Salander. ¿Por qué?

Bublanski, no sabiendo qué decir, levantó las manos con las palmas hacia arriba.

—¿Habrá estado viviendo Salander en la casa de Bjurman mientras la buscábamos? —se preguntó Sonja Modig en voz alta.

—También se me había ocurrido, pero Jerker no lo cree probable. La casa no parece haber sido habitada recientemente y tenemos un testigo que dice que llegó a la zona hoy.

—¿Y por qué iría hasta allí? Dudo que hubiese quedado con Lundin.

—Yo también. Estaría buscando algo. Lo único que encontramos fueron un par de carpetas que parecen ser la investigación que Bjurman realizó sobre Lisbeth Salander. El material es de lo más diverso, desde informes de los servicios sociales y la comisión de tutelaje hasta viejos boletines de notas escolares. No obstante, faltan algunas carpetas. Están numeradas por detrás; tenemos la uno, la cuatro y la cinco.

—Faltan la dos y la tres.

—Y hasta es posible que hubiera números más altos.

—Lo cual nos lleva a plantearnos lo siguiente: ¿por qué Salander buscaría información sobre sí misma?

—Se me ocurren dos razones. O quiere ocultar algo que sabe que Bjurman había escrito sobre ella o quiere enterarse de algo. Pero hay una pregunta más.

—¿Cuál?

—¿Por qué reunió Bjurman tanta documentación sobre ella y la ocultó en su casa de campo? Al parecer, Salander la encontró en el desván de la casa. Él era su administrador y su trabajo consistía en ocuparse de la economía de Lisbeth y de cosas por el estilo. Sin embargo, las carpetas dan la impresión de que estaba obsesionado con hacer un pormenorizado compendio de su vida.

—Cada vez estoy más convencido de que ese Bjurman era un tipo siniestro. Precisamente, lo he pensando hoy cuando estaba en *Millennium* repasando la lista de puteros. De repente, me di cuenta de que esperaba que, de un momento a otro, apareciera allí el nombre de Bjurman.

—Es un buen razonamiento. Bjurman guardaba en su ordenador mucha pornografía violenta, la que tú descubriste. Merece la pena tenerlo en cuenta. ¿Y has averiguado algo?

—No estoy segura. Mikael Blomkvist está entrevistando, uno a uno, a la gente de la lista, pero, según Malin Eriksson, la chica de *Millennium*, todavía no ha encontrado nada de interés. Jan, debo decirte una cosa.

—¿Qué?

—No creo que Salander sea culpable de esto; me refiero a lo de Enskede y Odenplan. Al principio, yo estaba tan convencida como los demás; sin embargo, ya no. Y no sé explicarte muy bien por qué.

Bublanski asintió con la cabeza. Se dio cuenta de que estaba de acuerdo con Sonja Modig.

El gigante rubio deambulaba agitado por la casa que Magge Lundin poseía en Svavelsjö. Se detuvo frente a la ventana de la cocina y escudriñó el camino. A esas alturas, ya deberían haber vuelto. Sintió cómo la inquietud le encogía el estómago. Algo iba mal.

Además, no le gustaba encontrarse solo en la casa de Magge Lundin. No la conocía. En la planta superior, cerca de su cuarto, había un desván, y la casa crujía constantemente, lo que le incomodaba. Intentó sacudirse de encima esa molesta sensación. El gigante rubio sabía que era una tontería, pero nunca le había gustado estar solo. No les tenía el más mínimo miedo a las personas de carne y hueso; no obstante, consideraba que había algo indescriptiblemente inquietante en una casa vacía en medio del campo. Los ruidos desataban su imaginación. No podía apartar de su mente la idea de que algo oscuro y siniestro le observaba a través de la rendija de alguna puerta. A veces, incluso le parecía oír a alguien respirando.

De joven siempre se habían burlado de él por su miedo a la oscuridad. Bueno, se burlaron hasta que él reprendía con contundencia a aquellos compañeros —en ocasiones, bastante más mayores— que encontraban placer en ese tipo de diversión. Reprender a la gente se le daba bien.

Ese miedo le resultaba embarazoso. Odiaba la oscuridad y la soledad. Y odiaba a los seres que las poblaban. Deseaba que Lundin volviese a casa; la presencia de Lundin restablecería el equilibrio. Aunque no intercambiaran ni una sola palabra ni se encontraran en la misma habitación, al menos oiría sonidos y movimientos concretos y sabría que había gente cerca.

Intentó olvidarse de su estado poniendo música y buscando algo para leer en las librerías de Lundin. Por desgracia, la vena intelectual de Lundin dejaba mucho que desear y tuvo que contentarse con una colección de publicaciones de coches y motos, revistas para hombres y libros de bolsillo manoseados, novelas negras de las que nunca le habían interesado. La soledad se le antojaba cada vez más claustrofóbica. Dedicó un rato a limpiar y engrasar el arma que llevaba en su bolsa, cosa que, temporalmente, ejerció un efecto calmante sobre él.

Al final, no resistió quedarse más tiempo en la casa. Sólo para que le diese un poco el aire, salió a dar un corto paseo por el patio. Se mantuvo fuera de la vista de las casas vecinas, pero se detuvo para poder contemplar las ventanas iluminadas en las que había gente. Al quedarse quieto, alcanzó a oír música a lo lejos.

Cuando se disponía a entrar en la vieja casa de madera de Lundin, sintió una intensa inquietud y se paró un largo rato en la escalera. El corazón le latía a mil por hora. Acto seguido, se sacudió el malestar y abrió la puerta con decisión.

A las siete, bajó y puso la tele para ver las noticias de TV4. Estupefacto, escuchó primero los titulares y, luego, la descripción del tiroteo de la casa de campo de Stallarholmen. Era la noticia principal del día.

Subió corriendo al cuarto de invitados de la planta alta y metió sus pertenencias en la bolsa. Dos minutos más tarde, salió por la puerta y arrancó derrapando el Volvo blanco.

Escapó en el último momento. A tan sólo un kilómetro de Svavelsjö, se cruzó con dos coches patrulla, con las sirenas puestas, que se dirigían al pueblo.

Tras no pocos esfuerzos, Mikael Blomkvist pudo ver, por fin, a Holger Palmgren cerca de las seis de la tarde del miércoles. La dificultad residió en convencer al personal de que le dejaran entrar. Insistió con tanto empeño que a la enfermera responsable no le quedó más remedio que llamar a un tal doctor A. Sivarnandan, quien, al parecer, vivía cerca de la residencia. Sivarnandan llegó apenas pasados quince minutos y atendió al obcecado periodista. Al principio, no mostró ninguna intención de colaborar. Durante las dos últimas semanas, numerosos periodistas habían dado con Holger Palmgren y, por medio de métodos más bien desesperados, habían tratado de entrevistarle para obtener alguna declaración. Holger Palmgren se negaba en redondo a recibir semejantes visitas y el personal recibió la orden de no dejar pasar a nadie.

Sivarnandan también había seguido el desarrollo de los acontecimientos con una enorme preocupación. Le horrorizaron los titulares que Lisbeth Salander había provocado en los medios informativos y notó que su paciente se había sumido en una profunda depresión que —sospechaba Sivarnandan— era el resultado de la imposibilidad de Palmgren para actuar. Éste había interrumpido su rehabilitación y se pasaba los días en su cuarto leyendo los periódicos y siguiendo la caza de Lisbeth Salander por televisión. No hacía más que darle vueltas al tema.

Decidido, Mikael se sentó frente a la mesa del doctor Sivarnandan y le aseguró que bajo ningún concepto quería someter a Holger Palmgren a incomodidad alguna y que su objetivo no era obtener ninguna declaración. Le explicó que era amigo de Lisbeth Salander, que no dudaba de su inocencia y que estaba buscando, desesperadamente, información que pudiera arrojar luz sobre ciertos aspectos de su pasado.

El doctor Sivarnandan era un hueso duro de roer. Mikael tuvo que dar cuenta detallada de qué pintaba él en toda aquella historia. Tras más de media hora de discusión, Sivarnandan accedió. Le pidió a Mikael que esperara mientras subía al cuarto de Holger Palmgren para preguntarle si deseaba recibirlo.

Sivarnandan volvió pasados diez minutos.

—Ha consentido verle. Si no le cae bien, le echará a patadas. No puede entrevistarlo ni publicar nada sobre la visita.

—Le garantizo que no escribiré ni una sola línea.

Holger Palmgren tenía un pequeño cuarto amueblado con una cama, una cómoda, una mesa y unas cuantas sillas. Tenía el aspecto de un espantapájaros escuálido y canoso con evidentes problemas de equilibrio, pero, aun así, se levantó cuando Mikael entró en la estancia. No le dio la mano, pero le señaló una de las sillas que había frente a la mesita. Mikael se sentó. El doctor Sivarnandan se quedó en la habitación. Al principio, cuando Holger Palmgren empezó a balbucir palabras, a Mikael le costó entenderlo.

—¿Quién es usted, que afirma ser amigo de Lisbeth Salander, y qué desea?

Mikael se recostó en el asiento. Reflexionó un breve instante.

—Señor Palmgren, no tiene por qué contarme nada. Sin embargo, antes de que decida echarme, le pido que escuche lo que quiero explicarle.

Palmgren hizo un sutil gesto afirmativo y, arrastrando los pies, se acercó hasta la silla que estaba frente a Mikael y tomó asiento.

—Conocí a Lisbeth Salander hace dos años. La contraté para que me ayudara a investigar un tema del que no puedo dar detalles. Ella se trasladó a la ciudad donde yo estaba viviendo temporalmente y trabajamos juntos durante varias semanas.

Se preguntó cuánto de todo aquello debería desvelarle a Palmgren. Decidió ser lo más fiel posible a la verdad.

—A lo largo de todo ese tiempo sucedieron dos cosas. Una fue que Lisbeth me salvó la vida; la otra, que, durante un período, fuimos muy buenos amigos. Llegué a conocerla y quererla mucho.

Sin entrar en detalles, Mikael le habló de su relación con Lisbeth y de cómo acabó de golpe hacía ya más de un año, cuando Lisbeth se fue al extranjero después de Navidad.

Luego, pasó a comentar su trabajo en *Millennium*, el asesinato de Dag Svensson y Mia Bergman y cómo él, de pronto, se había visto involucrado en la caza de un asesino.

—Tengo entendido que le han estado molestando los periodistas y sé que se ha publicado una sarta de estupideces. Por lo que a mí respecta, puedo garantizarle que no he venido aquí para obtener material para otro artículo. Estoy aquí en calidad de amigo de Lisbeth. Ahora mismo tal vez sea una de las poquísimas personas del país que está de su parte, sin segundas intenciones. Creo que es inocente. Y creo que un hombre llamado Zalachenko se halla detrás de los asesinatos.

Mikael hizo una pausa. Había detectado un brillo en los ojos de Palmgren al mencionar a Zalachenko.

—Si usted puede contribuir a arrojar luz sobre el pasado de Lisbeth, éste es el momento. Si no quiere ayudarla, estoy perdiendo el tiempo, pero sabré qué puedo esperar de usted.

Mientras Mikael disertaba, Holger Palmgren no había pronunciado palabra. Al escuchar ese último comentario, sus ojos brillaron de nuevo. Sonrió. Habló lo más lenta y nítidamente que pudo.

—¿Realmente desea ayudarla?

Mikael asintió con la cabeza.

Holger Palmgren se inclinó hacia delante.

—Describa el sofá de su salón.

Mikael le devolvió la sonrisa.

—En las ocasiones que la visité, tenía un mueble desgastado y muy feo, que podría tener cierto valor como curiosidad. Yo diría que databa de principios de los años cincuenta. Tiene dos cojines deformados de tela marrón con un dibujo amarillo. La tela se ha roto por varios sitios, por donde asoma el relleno.

De repente, Holger Palmgren se rió. Sonó más bien como un carraspeo. Miró al doctor Sivarnandan.

—Por lo menos ha visitado el apartamento. ¿Cree el señor doctor que sería posible ofrecer un café a mi invitado?

—Claro que sí.

El doctor Sivarnandan se levantó y abandonó la habitación, no sin antes detenerse en la entrada y despedirse de Mikael con un movimiento de cabeza.

—Alexander Zalachenko —dijo Holger Palmgren en cuanto la puerta se cerró.

Mikael abrió los ojos de par en par.

—¿Le suena su nombre?

Holger Palmgren asintió con la cabeza.

—Me lo dijo Lisbeth. Creo que es importante que le cuente esta historia a alguien, por si me muero súbitamente, cosa que no sería tan improbable.

—¿Lisbeth? ¿Cómo es posible que ella supiera de su existencia?

—Es su padre.

En un principio, a Mikael le costó entender lo que Holger Palmgren acababa de comunicarle. Luego, asimiló sus palabras.

—¿Qué diablos está diciendo?

—Zalachenko llegó aquí en los años setenta. Era una especie de refugiado político o algo así, nunca me ha quedado muy clara la historia y Lisbeth siempre se ha mostrado muy reacia a entrar en detalles. Era un tema del que se negaba a hablar.

«Su certificado de nacimiento. Padre desconocido.»

—Zalachenko es el padre de Lisbeth —repitió Mikael.

—Durante los años que hace que la conozco, tan sólo en una ocasión —más o menos un mes antes de que yo sufriera el derrame cerebral— me contó lo que ocurrió. Lo que entendí viene a ser lo siguiente: Zalachenko llegó a Suecia a mediados de los años setenta, conoció a la madre de Lisbeth en 1977, se hicieron novios y tuvieron dos hijas.

—¿Dos?

—Lisbeth y su hermana Camilla. Son gemelas.

—¡Dios mío! ¿Quiere decir que hay otra como ella?

—Son muy diferentes. Pero ésa es otra historia. La madre de Lisbeth se llamaba en realidad Agneta Sofia Sjölander. Tenía diecisiete años cuando conoció a Alexander Zalachenko. Ignoro los detalles, aunque, por lo que pude deducir, no era una joven muy independiente y representaba una presa fácil para un hombre mayor y más experimentado. Se quedó impresionada y se enamoró perdidamente de él.

—Entiendo.

—Zalachenko resultó ser cualquier cosa menos simpático. Él era mucho mayor que ella y supongo que lo que buscaba era una mujer que estuviera siempre dispuesta y poco más.

—Creo que tiene razón.

—Ella, como era natural, se imaginaba un futuro seguro a su lado, pero a él no le interesaba en absoluto el matrimonio. Nunca se casaron. Sin embargo, en 1979, ella cambió su nombre de Sjölander a Salander. Tal vez fuera su manera de manifestar que se pertenecían.

—¿Qué quiere decir?

—Zala. «Salander.»

—¡Dios mío! —exclamó Mikael.

—Empecé a investigarlo poco antes de caer enfermo. Ella tenía derecho a adoptar el nombre porque su madre, o sea, la abuela de Lisbeth, se llamaba, de hecho, Salander. Lo que ocurrió después fue que, con el tiempo, Zalachenko resultó ser un psicópata de tomo y lomo. Se emborrachaba y maltrataba de un modo salvaje a Agneta. Por lo que tengo entendido, continuó con los malos tratos durante toda la infancia de las niñas. Hasta donde Lisbeth recuerda, Zalachenko aparecía y desaparecía sin previo aviso. A veces, se ausentaba largos períodos de tiempo para acabar regresando a Lundagatan cuando menos lo esperaban. Y siempre sucedía lo mismo. Zalachenko venía para beber y acostarse con ella, y terminaba torturando a Agneta Salander de distintas maneras. Los detalles que Lisbeth contaba sugerían que no sólo se trataba de maltrato físico. Iba armado y mostraba una actitud amenazadora, a la que había que añadir ingredientes de sadismo y terror psicológico. Tengo entendido que, con los años, las cosas no hicieron más que empeorar. La madre de Lisbeth vivió la mayor parte de los años noventa aterrorizada.

—¿Pegaba también a las niñas?

—No. Al parecer no tenía el más mínimo interés por ellas. Apenas las saludaba. La madre solía mandarlas al cuarto pequeño en cuanto Zalachenko se presentaba y no podían salir sin su permiso. En alguna ocasión le dio un tortazo a Lisbeth o a su hermana, pero más que nada porque molestaban o porque las pilló por allí en medio. Toda la violencia iba dirigida a la madre.

—¡Joder! Pobre Lisbeth.

Holger Palmgren asintió con la cabeza.

—Todo esto me lo contó Lisbeth aproximadamente un mes antes de que me diera el derrame. Fue la primera vez que habló sin trabas de lo que pasó. Acababa de decidirme a terminar, de una vez por todas, con esa tontería de su declaración de incapacidad. Lisbeth es tan inteligente como tú o como yo, así que lo preparé todo para que el tribunal revisara el caso. Luego, tuve el derrame y cuando me desperté estaba aquí.

Hizo un gesto con el brazo. Una enfermera llamó a la puerta y les sirvió café. Palmgren guardó silencio hasta que la enfermera dejó la habitación.

—Hay algunas cosas en esta historia que no acabo de entender. Agneta Salander se vio obligada a acudir al hospital en docenas de ocasiones. He leído su historial. Resultaba obvio que era víctima de un grave maltrato. Los servicios sociales deberían haber intervenido. Sin embargo, no pasó nada. Mientras la madre estaba en el hospital, Lisbeth y Camilla permanecían, temporalmente, en un centro de acogida, pero en cuanto le daban el alta, volvía a casa… hasta la siguiente paliza. La única explicación que encuentro es que todo el sistema de protección social fallaba y que Agneta tenía demasiado miedo como para hacer algo aparte de esperar a su torturador. Después, sucedió algo. Lisbeth lo llama Todo Lo Malo.

—¿Qué pasó?

—Zalachenko llevaba meses sin dejarse ver. Lisbeth había cumplido doce años. Casi empezaba a creer que él había desaparecido para siempre. Por supuesto, no fue así. Un día volvió. De inmediato, Agneta encerró a Lisbeth y a su hermana en el cuarto pequeño. Luego mantuvo relaciones sexuales con Zalachenko y, acto seguido, él empezó a maltratarla. Disfrutaba torturándola. En aquella ocasión ya no eran dos crías las que estaban encerradas. Las niñas reaccionaron de una manera distinta. A Camilla le daba pánico que alguien se enterara de lo que pasaba en su casa. Lo reprimía todo y hacía como si no pasara nada. Cuando las palizas terminaban, Camilla solía acercarse a su padre, lo abrazaba y fingía que todo iba bien.

—Su mecanismo de defensa.

—Sí, pero Lisbeth estaba hecha de otra pasta. En aquella ocasión, puso fin a los malos tratos. Fue a la cocina, cogió un cuchillo y se lo clavó a su padre en el hombro. Le asestó cinco cuchilladas antes de que Zalachenko pudiera quitárselo y pegarle un puñetazo. No le hizo heridas muy profundas, pero empezó a sangrar como un cerdo y desapareció.

—Eso suena a Lisbeth.

De repente, Palmgren se rió.

—Pues sí. Nunca te metas con Lisbeth Salander. Su filosofía es que si alguien la amenaza con una pistola, entonces, ella va y se hace con una pistola más grande. Por eso tengo tanto miedo ahora, con todo lo que está ocurriendo.

—¿Y eso fue Todo Lo Malo?

—No. Sucedieron dos cosas más. No alcanzo a entenderlo. Zalachenko estaba tan malherido como para tener que haber acudido a un hospital. Debería haberse abierto una investigación policial.

—Pero...

—Pero, por lo que he podido averiguar, no pasó nada en absoluto. Lisbeth me dijo que se presentó un hombre que habló con Agneta. No sabía quién era ni qué fue lo que comentó con su madre. Luego, ésta le dijo a Lisbeth que Zalachenko la había perdonado.

—¿Perdonado?

—Ésa es la palabra que usó.

Y, de repente, Mikael lo comprendió todo.

«Björck. O alguno de los colegas de Björck. Se trataba de limpiar por donde Zalachenko pasara. Qué hijo de puta.» Cerró los ojos.

—¿Qué? —preguntó Palmgren.

—Creo que ya sé lo que pasó. Y hay alguien que va a pagar por esto. Continúe, por favor.

—Zalachenko no se dejó ver durante meses. Lisbeth se preparó mientras lo esperaba. Faltaba a la escuela un día sí y otro también para vigilar a su madre. Le daba pánico que Zalachenko le hiciera daño. Tenía doce años y un gran sentido de la responsabilidad para con su madre, que no se atrevía a ir a la policía ni a romper con Zalachenko o que tal vez no entendiera la gravedad del asunto. Y justo el día en el que apareció Zalachenko, Lisbeth estaba en el colegio. Llegó a casa en el mismo instante en que él se marchaba. No le dijo nada, sólo se rió de ella. Lisbeth entró y encontró a su madre inconsciente en el suelo de la cocina.

—¿Y Zalachenko no tocó a Lisbeth?

—No. Lisbeth echó a correr tras él y le dio alcance en el preciso momento en que se sentaba en el coche y cerraba la puerta. Él bajó la ventanilla, probablemente para decirle algo. Lisbeth se había preparado. Le tiró un cartón de leche lleno de gasolina. Luego encendió un cerillo y se lo lanzó.

—¡Dios mío!

—Así que intentó matar a su padre dos veces. Y, en esta ocasión, sí tuvo consecuencias. Era difícil que un hombre ardiendo como una antorcha dentro de un coche en medio de Lundagatan pasara desapercibido.

—Bueno, al menos sobrevivió.

—Zalachenko quedó maltrecho de veras; había sufrido importantes quemaduras. Le tuvieron que amputar un pie. Se quemó gravemente la cara y otras partes del cuerpo. Lisbeth acabó en la clínica psiquiátrica infantil de Sankt Stefan.

A pesar de que ya sabía cada palabra de memoria, Lisbeth Salander volvió a leer con atención el material sobre sí misma que había encontrado en la casa de campo de Bjurman. Luego, se sentó en el alféizar de la ventana y abrió la pitillera que le había regalado Miriam Wu. Encendió un cigarrillo y contempló Djurgården. Acababa de descubrir detalles de su vida que, hasta ese momento, desconocía por completo.

Encajaban tantas piezas del puzle que Lisbeth se quedó helada. Lo que más atrajo su interés fue el informe de la investigación policial, redactado por Gunnar Björck, en febrero de 1991. No estaba segura del todo de quién de entre toda la serie de adultos que se dirigieron a ella por aquel entonces era Björck, aunque creyó saberlo. Se había presentado con otro nombre, «Sven Jansson». Se acordaba de cada rasgo de su cara, de cada palabra que le dijo y de cada gesto que hizo en las tres ocasiones en las que lo vio.

Aquello había sido un caos.

Zalachenko ardía como una antorcha dentro del coche. Consiguió abrir la puerta y tirarse al suelo, pero se le enganchó una pierna con el cinturón de seguridad y quedó atrapada en medio de aquel mar de llamas. La gente acudió corriendo a apagar el fuego. Luego, llegaron los bomberos y lo extinguieron. Más tarde se presentó la ambulancia, y Lisbeth intentó por todos los medios que el personal sanitario pasara de Zalachenko y acudiera a socorrer a su madre. La apartaron de allí a empujones. Después, se personó la policía y los testigos la señalaron a ella como autora del incendio. Lisbeth intentó explicar lo sucedido; no obstante, le dio la sensación de que nadie la escuchaba. De buenas a primeras, se encontró en el asiento trasero de un coche patrulla y pasaron minutos, y minutos, y minutos, que se convirtieron en casi una hora, antes de que la policía, por fin, entrara en la casa y sacara a su madre.

Su madre, Agneta Sofia Salander, estaba inconsciente. Tenía lesiones cerebrales. La paliza le había desencadenado el primero de una larga serie de pequeños derrames cerebrales. No se recuperaría nunca.

De repente, Lisbeth entendió por qué nadie había leído el informe de la investigación policial, por qué Holger Palmgren no consiguió que se lo dieran y por qué el fiscal Richard Ekström, que dirigía la caza de Lisbeth, no tuvo acceso a él. No había sido elaborado por la policía normal. Lo había redactado un hijo de puta de la Säpo. Estaba salpicado de sellos que advertían que el informe era altamente confidencial según lo estipulado en la ley de seguridad nacional.

Alexander Zalachenko había trabajado para la Säpo.

No se trataba de una investigación. Se trataba de un silenciamiento. Zalachenko era más importante que Agneta Salander. No podía ser identificado ni denunciado. Zalachenko no existía.

El problema no era Zalachenko. El problema era Lisbeth Salander, esa cría loca que amenazaba con hacer saltar por los aires uno de los secretos más importantes del reino.

Un secreto del que jamás había tenido conocimiento. Reflexionó. Zalachenko había conocido a su madre muy poco después de llegar a Suecia. Se había presentado con su verdadero nombre; todavía no le habían asignado uno falso ni la nacionalidad sueca. Eso explicaba por qué Lisbeth nunca lo había encontrado en ningún registro oficial durante todos esos años. Conocía su verdadero nombre, pero el Estado sueco le había proporcionado uno nuevo.

Comprendió el planteamiento. Si Zalachenko hubiera sido procesado por malos tratos graves, el abogado de Agneta Salander se habría puesto a hurgar en su pasado. «¿Dónde trabaja usted, señor Zalachenko? ¿Cuál es su verdadero nombre?»

Si los servicios sociales se hubieran ocupado de Lisbeth Salander, alguien podría haber empezado a indagar. Era demasiado joven para ser procesada, pero si el atentado de la bomba de gasolina hubiese sido investigado al detalle, habría pasado lo mismo. Se imaginaba los posibles titulares de los periódicos. La investigación, por tanto, tuvo que ser llevada a cabo por una persona de confianza. Y luego ser clasificada y enterrada para que nadie la encontrara. Por consiguiente, a Lisbeth Salander también había que enterrarla para que nadie la encontrara.

«Gunnar Björck.»

«Sankt Stefan.»

«Peter Teleborian.»

La conclusión la enfureció.

«Querido Estado: si alguna vez encuentro a alguien con quien tratar el tema, vamos a tener una seria conversación.»

De paso, se preguntó qué le parecería al ministro de Asuntos Sociales que alguien arrojara un cóctel molotov en la mismísima puerta del ministerio. Aunque, a falta de responsables, Peter Teleborian era una buena alternativa. Tomó nota mental de que, una vez que hubiese arreglado todo lo demás, debía ocuparse a fondo de él.

Pero la historia no acababa de quedarle del todo clara. De repente, después de todos estos años, Zalachenko volvía a aparecer. Y corría el riesgo de ser denunciado por Dag Svensson. «Dos tiros. Dag Svensson y Mia Bergman.» Un arma con sus huellas dactilares…

Naturalmente, Zalachenko —o quien quiera que fuera el que llevaba a cabo las ejecuciones— no podía saber que ella había encontrado el arma en la mesa de trabajo de Bjurman y que la había tenido en la mano. Había sido una casualidad, pero, desde un principio, ella no tuvo ninguna duda de que tenía que existir una conexión entre Bjurman y Zala.

Aun así, la historia seguía sin cuadrarle. Reflexionó y revisó, una tras otra, las piezas del puzle.

Sólo había una respuesta posible.

Bjurman.

Fue él quien realizó la investigación personal sobre ella. Descubrió la conexión que existía entre Lisbeth y Zalachenko. Y, luego, contactó con éste.

Lisbeth tenía en su poder una película que mostraba cómo era violada por Bjurman. Era la espada que pendía sobre su cabeza. Él debió de imaginar que Zalachenko sería capaz de forzar a Lisbeth a revelar dónde se encontraba el cedé.

Se bajó del alféizar de un salto, abrió el cajón de su mesa y lo sacó. Lo había marcado con un rotulador, «Bjurman». Ni siquiera tenía una carcasa. Desde que lo reprodujo en casa de Bjurman, hacía ya dos años, no lo había vuelto a ver. Lo sostuvo en la mano y lo guardó de nuevo en el cajón.

Bjurman era un idiota. Si se hubiera dedicado tan sólo a sus cosas, si hubiera conseguido revocar su declaración de incapacidad, ella lo habría dejado marchar. Pero Zalachenko nunca le habría dejado en paz. Bjurman se habría convertido, para siempre, en su perrito faldero. Habría sido un castigo muy apropiado.

La red de contactos de Zalachenko. Sus tentáculos se extendían hasta Svavelsjö MC.

«El gigante rubio.»

Él era la clave.

Tenía que encontrarlo y obligarle a revelar dónde se hallaba Zalachenko.

Encendió otro cigarrillo y contempló la ciudadela de Skeppsholmen. Desplazó la mirada hasta la montaña rusa de Gröna Lund. De repente, se sorprendió a sí misma hablando en voz alta. Imitaba una voz que oyó un día en una película de la tele.

—*Daaaddyyyy, I am coming to get yoouu.*

Si alguien la hubiera oído, habría dicho que estaba majareta. A las siete y media encendió la televisión para ver las últimas noticias de la caza de Lisbeth Salander. Tuvo el *shock* de su vida.

Bublanski consiguió localizar a Hans Faste en el móvil poco después de las ocho de la noche. No intercambiaron precisamente frases de cortesía a través de la red telefónica. Bublanski no le preguntó dónde se encontraba, pero sí le informó fríamente del desarrollo de los acontecimientos del día.

Faste estaba alterado.

Había tenido más que suficiente con el circo que se organizó en jefatura e hizo algo que nunca antes había hecho estando de servicio: salió a la calle. De pura rabia. Al cabo de un rato, apagó su móvil, fue a un pub de la estación central y se tomó dos cervezas mientras ardía de ira.

Luego se fue a casa, se duchó y se durmió.

Necesitaba dormir.

Se despertó a la hora de «Rapport»; los ojos casi se le salieron de las órbitas cuando vio los titulares del informativo. Un cementerio en Nykvarn. Lisbeth Salander le pega un tiro al líder de Svavelsjö MC. Batida policial por la zona sur de la ciudad. El cerco se estrechaba.

Encendió el móvil.

El cabrón de Bublanski lo llamó casi en seguida para comunicarle que, ahora oficialmente, buscaban un culpable alternativo y que debía tomar el relevo de Jerker Holmberg en la investigación forense del lugar del crimen de Nykvarn. Así que mientras la caza de Salander llegaba a su fin, Faste debería dedicarse a buscar colillas en el bosque. Otros le seguirían el rastro a Salander.

¿Qué diablos pintaba Svavelsjö MC en todo eso?

¿Y si había algo en el razonamiento de esa maldita bollera de Modig?

No podía ser.

Tenía que ser Salander.

Él quería ser el policía que la detuviera. Ansiaba tanto arrestarla que casi le dolieron las manos cuando apretó el móvil.

Holger Palmgren contemplaba, tranquilo, a Mikael Blomkvist mientras éste deambulaba de un lado a otro en la pequeña habitación de la residencia. Eran cerca de las siete y media de la tarde, y llevaban casi una hora hablando sin parar. Al final, Palmgren golpeó la mesa para llamar la atención de Mikael.

—Siéntese antes de que gaste los zapatos —le ordenó.

Mikael se sentó.

—¡Cuántos secretos! —dijo—. Hasta que no me has contado el pasado de Zalachenko, la historia no me cuadraba del todo. Hasta ahora no había visto más que evaluaciones que determinaban que Lisbeth estaba trastornada psíquicamente.

—Peter Teleborian.

—Debe de tener algún tipo de acuerdo con Björck. Seguro que trabajaban juntos.

Mikael asintió con la cabeza, pensativo. Pasara lo que pasase, Peter Teleborian sería objeto de una investigación periodística.

—Lisbeth me dijo que me mantuviera alejado de él. Que era malvado.

Holger Palmgren le clavó una mirada incisiva.

—¿Cuándo le dijo eso?

Mikael se calló. Luego sonrió y miró a Palmgren.

—Más secretos. ¡Joder! He estado en contacto con ella mientras ha estado desaparecida. A través de mi ordenador. Han sido comunicados breves y misteriosos por su parte, aunque siempre me ha guiado por el buen camino.

Holger Palmgren suspiró.

—Y eso no se lo ha contado a la policía, claro está.

—No. No exactamente.

—Oficialmente, tampoco me lo has contado a mí. Es verdad que los ordenadores se le dan bien.

«No sabes hasta qué punto.»

—Yo confío en su capacidad para caer siempre de pie. Puede que viva en la escasez, pero es una superviviente nata.

«Tampoco tan pobremente. Robó casi tres mil millones de coronas. No creo que pase hambre. Al igual que Pippi Calzaslargas, tiene un cofre lleno de monedas de oro.»

—Lo que no entiendo muy bien —contestó Mikael— es por qué no ha actuado durante todos estos años.

Holger Palmgren volvió a suspirar. Estaba muy triste.

—He fracasado —respondió—. Cuando me convertí en su tutor, ella era una más de una serie de jóvenes con problemas. He tenido docenas de ellos bajo mi responsabilidad. Stefan Brådhensjö me pidió que me encargara cuando él era el jefe de los servicios sociales. Lisbeth ya estaba en Sankt Stefan. El primer año ni siquiera la vi. Hablé con Teleborian en un par de ocasiones y me explicó que era psicótica y que recibía las mejores atenciones imaginables. Naturalmente, yo le creí. Pero también hablé con Jonas Beringer, el jefe de la clínica en esa época. No creo que haya tenido nada que ver con esta historia. A petición mía, le hizo una evaluación y acordamos intentar reinsertarla en la sociedad mediante una familia de acogida. Entonces, ella tenía quince años.

—Pero usted siempre la ha apoyado.

—No lo suficiente. Luché por ella después del incidente del metro. A esas alturas ya había llegado a conocerla y me caía muy bien. Tenía carácter. Conseguí impedir que la ingresaran de nuevo. Llegamos a un acuerdo: ella era declarada incapacitada y yo me convertía en su administrador.

—Es difícil que Björck le pudiera dictar al tribunal lo que había de decidir. Habría llamado la atención. Él quería encerrarla y apostó por pintarlo todo de negro valiéndose de las evaluaciones psiquiátricas hechas por, entre otros, Teleborian. De este modo no tuvo más que esperar a que el tribunal tomara la decisión apropiada, pero éste, en cambio, optó por seguir su propuesta.

—Nunca he pensado que ella tuviera que ser sometida a tutela administrativa. Pero, para serle sincero, tampoco me moví mucho para anular la decisión. Debería haber actuado con más firmeza y un poco antes. Aunque quería mucho a Lisbeth… siempre lo iba aplazando; tenía demasiadas cosas entre manos. Y luego caí enfermo.

Mikael asintió con la cabeza.

—No creo que deba reprocharle nada. Usted es una de las pocas personas que siempre ha estado de su parte.

—El problema es que yo nunca supe que debía actuar. Lisbeth era mi cliente y, sin embargo, nunca me dijo ni una palabra sobre Zalachenko. Cuando salió de Sankt Stefan, tardó varios años en mostrarme un mínimo de confianza. Hasta después del juicio no tuve la sensación de que ella comenzaba a comunicarse conmigo para algo que no fueran meras formalidades.

—¿Por qué empezó a hablar de Zalachenko?

—Supongo que, a pesar de todo, Lisbeth empezó a depositar su confianza en mí. En varias ocasiones, yo había planteado el tema de intentar revocar su declaración de incapacidad. Ella lo meditó unos cuantos meses. De repente, un día me llamó y me dijo que quería verme. Ya había tomado una decisión. Y fue entonces cuando me contó toda la historia de Zalachenko y cómo ella vivió lo ocurrido.

—Entiendo.

—Tal vez entienda que tuve que asimilar bastantes cosas. Empecé a indagar en la historia, pero no hallé en toda Suecia ningún registro en el que figurara Zalachenko; no había ni el menor rastro de él. A veces, me resultaba difícil determinar si no sería fruto de su imaginación.

—Cuando sufrió el derrame, Bjurman se convirtió en su administrador. No puede haber sido una casualidad.

—No. No sé si lograremos demostrarlo algún día, pero sospecho que si hurgamos lo suficiente, encontraremos a la persona que sucedió a Björck y se convirtió en el responsable de ir borrando las huellas del caso Zalachenko.

—No me extraña nada que Lisbeth se niegue rotundamente a hablar con psicólogos o con cualquier autoridad oficial —dijo Mikael—. Cada vez que lo ha hecho las cosas han empeorado. Quiso explicarle lo ocurrido a un puñado de adultos y nadie la escuchó. Ella solita intentó salvar la vida de su madre y la defendió de un psicópata. Al final hizo lo único que podía hacer. Y en vez de decirle «bien hecho» o «buena chica», van y la encierran en un manicomio.

—Tampoco es tan sencillo. Espero que comprenda que a Lisbeth le pasa algo —replicó Palmgren tajantemente.

—¿Qué quiere decir?

—Supongo que sabe que durante la infancia se metió en bastantes líos, que tuvo problemas en el colegio y todo eso, ¿verdad?

—Ha aparecido en todos los periódicos. Creo que yo también habría tenido problemas en el colegio si hubiera vivido una infancia como la suya.

—Ya, pero sus problemas van mucho más allá del ámbito familiar. He leído todas las evaluaciones psiquiátricas que le han hecho y ni siquiera existe un diagnóstico. Sin embargo, creo que estamos de acuerdo en que Lisbeth Salander no es como la gente normal. ¿Alguna vez ha jugado al ajedrez con ella?

—No.

—Tiene memoria fotográfica.

—Eso ya lo sé. Me di cuenta cuando estuve con ella.

—Vale. Le encantan los enigmas. Una Navidad que cenó en mi casa, la engañé para que resolviera unos cuantos problemas de un test de inteligencia de Mensa, uno de ésos en los que te dan cinco símbolos parecidos y tienes que determinar el aspecto del sexto.

—Ya.

—Yo sólo fui capaz de resolver más o menos la mitad. Y eso que estuve dos tardes dándole vueltas. Ella le echó un vistazo al papel y los hizo todos bien.

—Ya —dijo Mikael—. Lisbeth es una chica muy especial.

—Tiene verdaderas dificultades para relacionarse con otras personas. Yo diría que tiene algunos rasgos del síndrome de Asperger o algo parecido. Si estudias las descripciones clínicas de los pacientes a los que se les ha diagnosticado el síndrome, hay cosas que encajan muy bien con Lisbeth, pero también muchas otras que no se corresponden en absoluto.

Guardó silencio durante un instante.

—Ella no representa peligro alguno para las personas que la dejan en paz y que la tratan con respeto.

Mikael asintió.

—No obstante, y sin lugar a dudas, es violenta —contestó Palmgren en voz baja—. Si la provocan o la amenazan, puede responder con extrema violencia.

Mikael volvió a asentir con la cabeza.

—La cuestión es qué hacer ahora —dijo Holger Palmgren.

—Buscar a Zalachenko —respondió Mikael.

En ese momento, el doctor Sivarnandan llamó a la puerta.

—Espero no molestaros. Pero si estáis interesados en Lisbeth Salander, creo que deberíais poner la tele y ver «Rapport».

Capítulo 29

Miércoles, 6 de abril –
Jueves, 7 de abril

Lisbeth Salander tembló de rabia. Por la mañana había
ido a la casa de campo de Bjurman. No había encendido
su ordenador desde la noche anterior y durante el día había estado demasiado ocupada para escuchar las noticias.
Estaba preparada para que el incidente de Stallarholmen
originara unos cuantos titulares, pero el aluvión informativo que le estaba cayendo desde la televisión la cogió
completamente desprevenida.

Miriam Wu se hallaba ingresada en el Södersjukhuset, apaleada por un gigante rubio que la había secuestrado ante el portal de su casa de Lundagatan. Su estado
era crítico.

La había salvado Paolo Roberto. Las razones por las
que él había acabado en un almacén de Nykvarn resultaban incomprensibles. La entrevistaron en cuanto salió
por la puerta del hospital, pero declinó hacer comentarios. Tenía la cara como si hubiera combatido diez asaltos
con las manos esposadas a la espalda.

Habían encontrado los restos de dos personas en una
zona forestal situada justo en el lugar al que habían llevado a Miriam Wu. Por la noche, se informó de que la
policía había marcado un tercer lugar que iba a ser excavado. Tal vez existieran más tumbas en ese terreno.

Luego la caza de Lisbeth Salander.

Habían estrechado el cerco. Durante el día, la policía

la había tenido rodeada en una zona de casas de campo cercana a Stallarholmen. Iba armada y era peligrosa. Había disparado a un integrante de los Ángeles del Infierno, posiblemente a dos. El tiroteo tuvo lugar en la casa de campo de Nils Bjurman. Por la noche, la policía valoró la posibilidad de que hubiese conseguido traspasar el cerco y abandonar la zona.

El instructor del sumario, Richard Ekström, convocó una rueda de prensa. Contestó con evasivas. No, no podía responder a la pregunta de si Lisbeth Salander estaba relacionada con los Ángeles del Infierno. No, tampoco podía confirmar que Lisbeth Salander hubiera sido vista en las proximidades del almacén de Nykvarn. No, no había nada que indicara que se trataba de un ajuste de cuentas entre integrantes del mundo del hampa. No, no habían podido determinar si Lisbeth Salander era la única autora de los asesinatos de Enskede. La policía —sostuvo Ekström— nunca había afirmado que ella fuera la culpable; tan sólo habían emitido una orden de busca y captura para interrogarla.

Lisbeth Salander frunció el ceño. Evidentemente, algo había pasado en el seno de la investigación policial.

Se conectó a la red. Leyó primero la prensa y luego entró, por este orden, en los discos duros del fiscal Ekström, de Dragan Armanskij y de Mikael Blomkvist.

El correo electrónico de Ekström contenía mucha información de interés, en especial un memorando enviado por el inspector Jan Bublanski a las 17.22h. Era sucinto, pero hacía una crítica devastadora a la manera del fiscal de llevar la instrucción del caso. Terminaba con algo que podía considerarse un ultimátum. El correo de Bublanski estaba estructurado por puntos. Le exigía que la inspectora Sonja Modig se reincorporara inmediatamente al equipo de investigación; que la línea de investigación de los asesinatos de Enskede se modificara y se orientara hacia posibles autores alternativos, y que a ese misterioso individuo conocido como Zala se le abriera una investigación seria.

Las acusaciones contra Lisbeth Salander se basan en un solo indicio importante: sus huellas dactilares en el arma homicida. Eso, como bien sabes, constituye una prueba de que ha tocado el arma, pero no demuestra que la dirigiera contra las víctimas y, mucho menos todavía, que la disparara.

En la actualidad, desconocemos qué otros actores están implicados en este drama. Sabemos que la policía de Södertälje ha encontrado dos cadáveres enterrados y que ha sido marcado y va a ser excavado un lugar más. El propietario del almacén es un primo de Carl-Magnus Lundin. Debería resultar obvio —a pesar de su carácter violento y, sea cual sea, su perfil psicológico— que Lisbeth Salander no puede tener nada que ver con todo esto.

Bublanski terminaba advirtiendo que si sus exigencias no se satisfacían, se vería obligado a dimitir de la investigación; algo que no pensaba hacer con discreción. Ekström le había contestado que lo dejaba todo en sus manos y que actuara según su criterio.

Lisbeth obtuvo más información —esta vez desconcertante— del disco duro de Dragan Armanskij. Un breve intercambio de correos con el departamento de nóminas de Milton dejaba claro que Niklas Eriksson abandonaba la empresa con efectos inmediatos. Había que abonarle el sueldo de los días de vacaciones acumulados, así como tres meses de indemnización por despido. Un correo destinado al vigilante ordenaba que, en cuanto Eriksson llegara al edificio, se le acompañara hasta su mesa para recoger sus pertenencias personales y que luego se le invitara a abandonar el lugar. Otro dirigido al departamento técnico comunicaba que se le invalidara la tarjeta de acceso al edificio.

Pero lo más interesante estaba en la breve correspondencia entre Dragan Armanskij y el abogado de Milton Security, Frank Alenius. Dragan le preguntaba qué representación legal sería la mejor en el caso de que Lisbeth Salander fuese detenida. En un principio, Alenius contestó que no había razón alguna para que Milton se entrometiera en el caso de unos crímenes cometidos por una antigua empleada y que la implicación de Milton Security en ese tema debería considerarse, más bien, como algo directamente negativo. Indignado, Armanskij respondió que todavía estaba por ver si Lisbeth Salander era culpable de asesinato y que sólo se trataba de prestar ayuda a una anterior empleada que Dragan Armanskij consideraba inocente a título personal.

Lisbeth abrió el disco duro de Mikael Blomkvist y constató que no había escrito nada ni había entrado en su ordenador desde la mañana del día anterior. Allí no había noticias.

Sonny Bohman puso la carpeta en la mesa de reuniones del despacho de Armanskij y se dejó caer en la silla. Fräklund cogió la carpeta, la abrió y empezó a leerla. Dragan Armanskij estaba de pie ante la ventana contemplando Gamla Stan.

—Supongo que es lo último que entrego. Desde hoy mismo, estoy fuera de la investigación —dijo Bohman.

—No es culpa tuya —contestó Fräklund.

—No, no es culpa tuya —repitió Armanskij, sentándose.

Había puesto sobre la mesa todo el material que, durante casi dos semanas, le había ido proporcionando Bohman.

—Has hecho un buen trabajo, Sonny. He hablado con Bublanski. De hecho, lamenta haber tenido que deshacerse de ti, pero no le quedaba otra elección. Por lo de Eriksson.

—No pasa nada. He descubierto que estoy mucho mejor aquí, en Milton, que en la jefatura de Kungsholmen.

—¿Puedes hacerme un resumen?

—Bueno, pues… si la intención era encontrar a Lisbeth Salander, entonces hemos fracasado estrepitosamente. Hasta donde he participado, ha sido una investigación muy enmarañada y con intereses encontrados, y puede que, en algunas ocasiones, Bublanski no haya tenido todo el control de las pesquisas.

—Hans Faste…

—Hans Faste es un cabrón. Aunque el problema no se limita a Faste ni a que la investigación haya sido tan enrevesada. Bublanski ha velado por que todas las pistas se siguieran a fondo. Lo que ha sucedido es que Lisbeth Salander ha sido muy buena borrando sus propias huellas.

—Pero tu trabajo no consistía sólo en detener a Salander —intervino Armanskij.

—No, y menos mal que, cuando empezamos, no informamos a Niklas Eriksson de mi segunda misión, ser tu topo y asegurarme de que no colgaran a Salander siendo inocente.

—¿Y qué crees hoy en día?

—Al principio, estaba bastante seguro de su culpabilidad. Hoy, no lo sé. Han aparecido tantas pruebas tan contradictorias…

—¿Sí?

—Que ya no la consideraría la principal sospechosa. Cada vez me inclino más por la posibilidad de que haya algo en el razonamiento de Mikael Blomkvist.

—Lo cual quiere decir que tenemos que centrarnos en intentar encontrar a otros posibles culpables. ¿Retomamos la investigación desde el principio? —preguntó Armanskij y sirvió café a los participantes en la reunión.

Lisbeth Salander pasó una de las peores noches de su vida. Recordó el momento en el que arrojó la bomba incendiaria por la ventana del coche de Zalachenko. En ese preciso instante, las pesadillas cesaron y sintió una gran paz interior. A lo largo de los años, había tenido otros problemas, pero siempre habían versado sobre ella y los había podido controlar. Ahora se trataba de Mimmi.

Mimmi estaba destrozada en Södersjukhuset. Mimmi era inocente. No tenía nada que ver con esa historia. Su único delito había sido conocer a Lisbeth Salander.

Lisbeth se maldijo a sí misma. La culpa era suya. De pronto, le asaltó un sentimiento de culpa desolador. Había mantenido en secreto su propia dirección y se había asegurado de protegerse de todas las maneras posibles. Y, luego, había convencido a Mimmi para que se instalara en esa casa cuya dirección conocía todo el mundo.

¿Cómo podía haber sido tan imprudente?

Ya puestos, la podría haber molido a palos ella misma. Total...

Se sentía tan desgraciada que unas lágrimas se asomaron a sus ojos. Lisbeth Salander nunca llora. Se enjugó las lágrimas.

A las diez y media, estaba tan inquieta que fue incapaz de quedarse en casa. Se abrigó y salió sigilosamente a la calle. Trazó una ruta poco concurrida hasta que llegó a Ringvägen y se detuvo en la puerta de Södersjukhuset. Quería ir a la habitación de Mimmi, despertarla y decirle que todo iba a salir bien. Luego vio las luces de un coche patrulla que venía desde Zinkensdamm y entró en una bocacalle para no ser descubierta.

Poco después de la medianoche, ya estaba de regreso en Mosebacke. Había cogido frío, de modo que se desvistió y se metió bajo el edredón de su cama de Ikea. No podía dormir. A la una se levantó y, desnuda, recorrió el piso a oscuras. Entró en el cuarto de invitados, donde había colocado una cama y una cómoda, aunque luego no había vuelto a pisarlo. Se sentó en el suelo, apoyó la espalda contra la pared y se quedó mirando la oscuridad.

«Lisbeth Salander con un cuarto de invitados. ¡Qué gracia!»

Se quedó allí hasta las dos de la madrugada, hasta que tuvo tanto frío que empezó a temblar. Luego se echó a llorar. No recordaba haberlo hecho jamás.

Media hora después, entrada la madrugada, Lisbeth Salander se duchó y se vistió. Encendió la cafetera, preparó unos sándwiches y conectó el ordenador. Entró en el disco duro de Mikael Blomkvist. Le desconcertó que él no hubiera puesto al día su cuaderno de bitácora, pero no tenía fuerzas para pensar en eso durante la noche.

Dado que el cuaderno de bitácora seguía intacto, abrió la carpeta «Lisbeth Salander». Al instante encontró un documento nuevo titulado «Lisbeth – Importante». Consultó la opción «propiedades». Había sido creado a las 00.52h. Luego, hizo doble clic y leyó el mensaje.

Lisbeth, contacta conmigo inmediatamente. Esta historia es peor de lo que me podía imaginar. Sé quién es Zalachenko y creo que ya sé lo que pasó. He hablado con Holger Palmgren. He entendido el papel que desempeñó Teleborian y por qué era tan importante encerrarte en la clínica de psiquiatría infantil. Creo que ya sé quién mató a Dag y Mia. Me parece que he hallado el móvil, pero me faltan algunas de las piezas decisivas del rompecabezas. No entiendo el papel de Bjurman. LLÁMAME. PONTE EN CONTACTO CONMIGO YA. PODEMOS RESOLVER ESTO.

Mikael.

Lisbeth leyó el documento dos veces. Kalle Blomkvist había hecho los deberes. «Don Perfecto. Don Perfecto de los Cojones.» Él todavía creía que las cosas se podían arreglar.

Sus intenciones eran buenas. Quería ayudar.

No entendía que, pasara lo que pasase, su vida ya se había terminado.

Había terminado incluso antes de cumplir los trece años.

Sólo quedaba una solución.

Abrió un documento e intentó redactar una respuesta. La cabeza le daba vueltas. Había tantas cosas que quería decirle…

Lisbeth Salander, enamorada. ¡Para partirse de risa!

Nunca jamás se lo diría. Nunca jamás le daría la satisfacción de que se burlara de sus sentimientos.

Envió el documento a la papelera y se quedó mirando el monitor, ahora vacío. Pero él se merecía algo más que su silencio. Había permanecido fiel en su rincón del cuadrilátero como un tenaz soldadito de plomo. Creó un nuevo documento y escribió una sola línea.

Gracias por haber sido mi amigo.

En primer lugar, debía tomar unas cuantas decisiones de carácter logístico. Necesitaba un medio de transporte. Usar el Honda burdeos de Lundagatan resultaba tentador; sin embargo, esa opción estaba descartada. Nada en el portátil del fiscal Ekström indicaba que el equipo investigador hubiera descubierto que ella se había comprado un coche, aunque tal vez se debiera a que lo había comprado hacía tan poco que ni siquiera le había dado tiempo a enviar ni los papeles de matriculación ni los del seguro. No obstante, no podía correr el riesgo de que Mimmi hubiese dicho algo sobre el coche cuando fue interrogada por la policía. Además, sabía que Lundagatan se hallaba bajo vigilancia.

La policía estaba al tanto de que poseía una moto, de modo que sería aún más complicado sacarla del garaje de Lundagatan. Por otra parte, y a pesar de los recientes días de temperaturas casi veraniegas, habían pronosticado un tiempo inestable y no tenía muchas ganas de conducir bajo la lluvia por carreteras resbaladizas.

Naturalmente, otra alternativa era alquilar un coche a nombre de Irene Nesser, pero eso comportaba ciertos riesgos. Siempre existía la posibilidad de que alguien la reconociera y, en consecuencia, el nombre de Irene Nesser quedara inutilizable para siempre. Aquello representaría una verdadera catástrofe, ya que constituía su único modo de salir del país.

Luego, se dibujó una sonrisa torcida en su rostro. Por supuesto, había otra opción. Abrió su ordenador, entró en la red interna de Milton Security y se conectó a la página del parque de automóviles que gestionaba una secretaria de recepción. Milton Security disponía de noventa y cinco coches, la mayoría de vigilancia, pintados con el logotipo de la empresa. De ésos, gran parte se encontraba en distintos aparcamientos repartidos por toda la ciudad. También había otros, normales y corrientes, que se podían usar, según las necesidades, para viajes de trabajo. Se hallaban en Slussen, en el garaje de las oficinas centrales de Milton. Como quien dice a la vuelta de la esquina.

Examinó las fichas del personal y eligió al colaborador Marcus Collander, quien acababa de coger dos semanas de vacaciones. Había dejado el número de teléfono de un hotel de las islas Canarias. Lisbeth cambió el nombre del hotel y mezcló las cifras del teléfono de contacto donde se le podía localizar. Luego, escribió una nota en la que hacía constar que, antes de irse de vacaciones, Collander había mandado llevar uno de los coches al taller con motivo de un problema en el embrague. Eligió un Toyota Corolla automático que había conducido otras veces y notificó que estaría de vuelta una semana más tarde.

Por último, accedió al sistema y reprogramó una de

las cámaras de vigilancia por las que tendría que pasar. Entre las 04.30 y las 05.00h., mostrarían una repetición de lo que había ocurrido durante la media hora anterior, pero con el código horario cambiado.

Poco antes de las cuatro de la mañana, ya había preparado la mochila. Llevaba ropa para cambiarse dos veces, dos botes de gas lacrimógeno y la pistola eléctrica con la batería cargada. Miró las dos armas con las que se había hecho últimamente. Descartó la Colt 1911 Government de Sandström y se decantó por la P-83 Wanad polaca —a la que le faltaba un cartucho en el cargador— de Sonny Nieminen. Era más fina y más fácil de manejar. Se la metió en el bolsillo de la chaqueta.

Lisbeth bajó la tapa de su PowerBook, pero lo dejó sobre la mesa de trabajo. Había transferido el contenido del disco duro a una copia de seguridad encriptada en la red. Acto seguido, eliminó todo su disco duro con un programa que ella misma había creado y que garantizaba que ni siquiera ella sería capaz de reconstruir la información destruida. No necesitaba su PowerBook, sólo sería una carga. En su lugar, se llevó su Palm Tungsten.

Repasó el despacho con la mirada. Presintió que no volvería al piso de Mosebacke. Sabía que estaba dejando secretos tras de sí que tal vez debiera destruir, pero consultó la hora y se dio cuenta de que le faltaba tiempo. Miró a su alrededor una vez más y, luego, apagó la lámpara de la mesa.

Fue a pie hasta Milton Security, entró por el garaje y cogió el ascensor hasta el departamento administrativo. No se cruzó con nadie en los pasillos desiertos y, ya en la recepción, no tuvo ningún problema en coger la llave del coche de un armario que no estaba cerrado.

Treinta segundos más tarde ya se hallaba de nuevo en el garaje y abrió el Corolla con un *bip*. Tiró la mochila al asiento del copiloto, ajustó el suyo y también el retrovisor. Usó su antigua tarjeta para abrir la puerta del garaje.

Poco antes de las cuatro y media de la mañana abandonaba Söder Mälarstrand a la altura de Västerbron. Empezaba a amanecer.

Mikael Blomkvist se despertó a las seis y media de la mañana. No había puesto el despertador y sólo había dormido tres horas. Se levantó, encendió su iBook y abrió la carpeta «Lisbeth Salander». Encontró inmediatamente su lacónica respuesta.

Gracias por haber sido mi amigo.

Mikael sintió cómo un escalofrío le recorrió la espalda. No era la respuesta que esperaba. Le dio la sensación de que se trataba de una frase de despedida. «Lisbeth Salander sola contra el mundo.» Pasó por la cocina, encendió la cafetera y continuó hasta el cuarto de baño. Se embutió un par de vaqueros desgastados y se dio cuenta de que, durante las últimas semanas, no había tenido tiempo de lavar y ya no le quedaba ni una sola camisa limpia. Se puso una sudadera de color burdeos y una americana gris.

Mientras se hallaba en la cocina preparando unos sándwiches, percibió, de repente, el destello de un metal en la encimera que estaba entre el microondas y la pared. Frunció el ceño, cogió un tenedor del cajón de los cubiertos y pescó un llavero.

Las llaves de Lisbeth Salander. Las había encontrado tras la agresión de Lundagatan y las había dejado encima del microondas, junto a su bolso. Debían de haberse caído. Se le había olvidado entregárselas a Sonja Modig.

Se quedó mirando fijamente el llavero. Tres llaves grandes y tres pequeñas. Las grandes eran de un portal, de la puerta de un piso y de una cerradura de seguridad. «Su casa.» Pero no se correspondían con las de Lundagatan. ¿Dónde diablos vivía?

Estudió las tres llaves pequeñas con más detenimiento. Una pertenecía a su moto Kawasaki. Otra era la típica llave de un armario de seguridad o de un mueble de almacenaje. Cogió la tercera. Tenía grabado el número 24914. El descubrimiento le impactó notablemente.

«Un apartado de correos. Lisbeth Salander tiene un apartado de correos.»

Buscó en la guía telefónica las oficinas postales que había en el barrio de Södermalm. Ella había vivido en Lundagatan. La de Ringen le quedaba demasiado lejos. Tal vez la de Hornsgatan… o la de Rosenlundsgatan.

Apagó la cafetera, pasó de desayunar, cogió el BMW de Erika Berger y condujo hasta Rosenlundsgatan. La llave no encajó. Acto seguido, se dirigió a la oficina de Hornsgatan. La llave encajó perfectamente en el apartado 24914. Lo abrió y encontró veintidós envíos que metió en el compartimento exterior del maletín de su ordenador.

Continuó por Hornsgatan, aparcó delante del cine Kvartersbion y desayunó en Copacabana, en Bergsunds strand. Mientras esperaba su *caffè latte* examinó las cartas una a una. Todas iban dirigidas a Wasp Enterprises. Nueve de ellas habían sido enviadas desde Suiza, ocho desde las islas Caimán, una desde las islas Anglonormandas y cuatro desde Gibraltar. Las abrió sin el más mínimo remordimiento de conciencia. Veintiuna contenían extractos bancarios y rendimientos de distintas cuentas y fondos de inversión. Mikael Blomkvist constató que Lisbeth Salander era más rica que un marajá.

La que hacía el número veintidós era más gorda. La dirección había sido escrita a mano. El sobre tenía un membrete que indicaba que había sido enviada desde Buchanan House, en Queensway Quay, Gibraltar. El documento adjunto llevaba otro membrete, el del supuesto remitente, un tal Jeremy S. MacMillan, *Solicitor*. Tenía una letra pulcra.

> Jeremy S. MacMillan
> *Solicitor*
>
> Dear Ms Salander:
> This is to confirm that the final payment of your property has been concluded as of January 20. As agreed, I'm enclosing copies of all documentation but will keep the original set. I trust this will be to your satisfaction.
> Let me add that I hope everything is well with you, my dear. I very much enjoyed the surprise visit you made last summer and, must say, I found your presence refreshing. I'm looking forward to, if needed, be of additional service.
> Yours faithfully,
> J. S. M.*

La carta estaba fechada el 24 de enero. Al parecer, Lisbeth Salander no recogía su correspondencia muy a menudo. Mikael echó un vistazo a la documentación adjunta. Se trataba de la adquisición de un piso en un inmueble de Fiskargatan 9, en Mosebacke.

Luego, se le atragantó el café. El precio de venta eran

---

* Estimada señorita Salander: / Por medio de la presente le comunico que, a 20 de enero del año en curso, se ha efectuado el último pago de su propiedad. Tal y como acordamos, le adjunto las copias de toda la documentación, pero conservo los originales. Confío en que todo sea de su agrado. / Permítame añadir que deseo que esté bien, querida. Disfruté enormemente de su visita sorpresa el verano pasado. Debo decir que su presencia me resultó agradabilísima. Si me necesita, estaré encantado de volver a prestarle mis servicios. Atentamente, / J. S. M. *(N. de los t.)*

veinticinco millones de coronas y la compra se había efectuado en dos pagos en un intervalo de doce meses.

Lisbeth Salander vio a un hombre moreno y corpulento abrir con llave la puerta lateral de Auto-Expert, en Eskilstuna. Era un garaje, taller de reparaciones y empresa de alquiler de coches. Una más del montón. Eran las siete menos diez y, según rezaba el cartel escrito a mano de la puerta, no abrían hasta las siete y media. Lisbeth cruzó la calle, abrió la puerta lateral y siguió al hombre. Él la oyó y se dio la vuelta.

—¿Refik Alba? —preguntó.

—Sí. ¿Quién eres tú? Aún no está abierto.

Empuñando la P-83 Wanad de Sonny Nieminen con las dos manos, la levantó y le apuntó a la cara.

—No tengo ni ganas ni tiempo de discutir contigo. Quiero ver el registro de coches alquilados. Ahora mismo. Te doy diez segundos.

Refik Alba tenía cuarenta y dos años de edad. Era kurdo, de Diyarbakir, y había visto bastantes armas en su vida. Se quedó paralizado. Después, comprendió que si una loca entraba en su oficina con una pistola en la mano, no había nada que hacer.

—En el ordenador —dijo él.

—Enciéndelo —contestó ella.

Refik Alba obedeció.

—¿Qué hay detrás de esa puerta? —preguntó Lisbeth mientras el ordenador arrancaba con el típico runrún y la pantalla centelleaba.

—Es sólo un armario.

—Abre la puerta.

Contenía unos monos.

—Vale. Métete ahí sin hacer ningún movimiento raro y no te haré daño.

Hizo lo que le dijo sin rechistar.

—Saca tu móvil, ponlo en el suelo y acércamelo con el pie.

Él siguió sus instrucciones.

—Muy bien. Y ahora cierra la puerta.

Se trataba de un anticuado PC con Windows 95 y un disco duro de doscientos ochenta megabytes. El documento Excel con los datos de los coches alquilados tardó una eternidad en abrirse. Comprobó que el Volvo blanco que conducía el gigante rubio había sido alquilado en dos ocasiones; la primera en enero, durante dos semanas, y la segunda, el 1 de marzo. Aún no lo había devuelto. Pagaba un importe semanal en concepto de alquiler a largo plazo.

Su nombre era Ronald Niedermann.

Examinó las carpetas que se hallaban en los estantes situados encima del ordenador. Una de ellas tenía escrita en el dorso, con pulcras letras de imprenta, la palabra «identificación». Cogió el archivador y buscó a Ronald Niedermann. Cuando alquiló el coche en enero, se había identificado con su pasaporte y Refik Alba se quedó con una fotocopia. Lisbeth reconoció en seguida al gigante rubio. Según el pasaporte, era alemán, de Hamburgo, y tenía treinta y cinco años. El hecho de que Refik Alba hubiera hecho una copia del pasaporte significaba que Ronald Niedermann era un cliente normal y no un amigo que había cogido prestado el coche temporalmente.

A pie de página, en un margen, Refik Alba había apuntado un número de móvil y la dirección de un apartado de correos de Gotemburgo.

Lisbeth devolvió la carpeta a su sitio y apagó el ordenador. Recorrió la estancia con la mirada y descubrió en el suelo, junto a la puerta principal, una cuña de goma. La cogió, se acercó al armario y llamó a la puerta con el cañón de la pistola.

—¿Me oyes?

—Sí.

—¿Sabes quién soy?

Silencio.

«Hay que estar muy ciego para no reconocerme.»

—Vale. Sabes quién soy. ¿Me tienes miedo?

—Sí.

—No me tenga usted miedo, señor Alba. No voy a hacerle daño. Dentro de poco, habré acabado aquí dentro. Le pido disculpas por las molestias.

—Eh… Vale.

—¿Tiene suficiente aire para respirar ahí dentro?

—Sí… ¿qué quieres realmente?

—Quería ver si cierta mujer te alquiló un coche hace dos años —mintió—. No he encontrado lo que buscaba. Pero no es culpa tuya. Me iré dentro de unos minutos.

—De acuerdo.

—Voy a poner una cuña de goma por debajo de la puerta. Es lo bastante endeble para que puedas forzarla, aunque te llevará un rato. No hace falta que llames a la policía. Nunca más me volverás a ver y hoy podrás abrir como cualquier otro día y hacer como si esto no hubiese ocurrido.

La probabilidad de que no llamara a la policía era prácticamente inexistente, pero ¿por qué no ofrecerle esa posibilidad? Lisbeth abandonó el establecimiento y se fue andando hasta su Toyota Corolla, aparcado a la vuelta de la esquina, donde, en un instante, se disfrazó de Irene Nesser.

Estaba irritada. Le habría gustado conseguir la dirección física del gigante rubio, por ejemplo, la de Estocolmo, en vez de la de un apartado de correos en la otra punta de Suecia. Sin embargo, era la única pista que tenía. «De acuerdo. Hacia Gotemburgo.»

Sorteó el tráfico hasta la E20, y luego, se dirigió al oeste en dirección a Arboga. Puso la radio. Como el informativo ya había terminado, sintonizó una emisora comercial. Escuchó a David Bowie cantando *putting out fire with gasoline*. Lisbeth no tenía ni idea de quién cantaba ni de qué canción era, pero las palabras le parecieron proféticas.

Capítulo 30

Jueves, 7 de abril

Mikael contempló el portal de Fiskargatan 9, en Mose-backe. Una de las direcciones más exclusivas y discretas de Estocolmo. Introdujo la llave en la cerradura. Encajó a la perfección. El panel informativo de la escalera no fue de ninguna utilidad. Mikael supuso que el edificio estaría compuesto, en su mayor parte, por pisos pertenecientes a empresas, pero al parecer también residían particulares. No le extrañó que el nombre de Lisbeth Salander no figurara en el panel, aunque no acababa de dar crédito a que aquél fuera su escondite.

Mientras subía, fue leyendo, piso a piso, las placas de las puertas. Ninguna le decía nada. Luego llegó a la planta superior y leyó «V. Kulla» en la puerta.

Mikael se golpeó la frente con una mano. A continuación sonrió. Villa Villerkulla, la casa de Pippi Calzaslargas. Imaginó que la elección del nombre no iba dirigida a él; seguro que se trataba de otra de las típicas ironías de Lisbeth. Aunque una cosa era cierta: ¿dónde, si no, iba Kalle Blomkvist a buscar a Lisbeth Salander?

Puso el dedo en el timbre y esperó un minuto. Después sacó las llaves y abrió la cerradura de seguridad y la inferior.

En el mismo instante en que abrió la puerta, la alarma se puso a aullar.

El teléfono móvil de Lisbeth Salander empezó a sonar en la E20, a la altura de Glanshammar, cerca de Örebro. Redujo la velocidad de inmediato y paró el coche en el arcén. Sacó la Palm del bolsillo de la cazadora y lo conectó al móvil.

Quince segundos antes, alguien había irrumpido en su piso. La alarma no estaba conectada a ninguna empresa de seguridad. Su único objetivo era alertarla de que la puerta había sido forzada o abierta de alguna manera. En treinta segundos se activaría la alarma y el intruso recibiría la desagradable sorpresa de una bomba de pintura instalada junto a la puerta, dentro de lo que se hacía pasar por una pequeña caja eléctrica de derivación. Sonrió expectante e inició la cuenta atrás.

Frustrado, Mikael miró fijamente la pantalla de la alarma. Por alguna extraña razón, ni siquiera se le había ocurrido que en el piso pudiera haber un dispositivo de seguridad. Vio cómo un cronómetro digital comenzaba la cuenta atrás. La alarma de *Millennium* saltaba si, en un plazo de treinta segundos, no se introducía el código de cuatro cifras. Después, un par de soldaditos musculosos de una empresa de seguridad hacían acto de presencia.

Su primer impulso hubiera sido cerrar la puerta y abandonar el lugar a toda prisa. Sin embargo, se quedó allí como congelado.

Cuatro cifras. Era imposible dar con el código correcto al azar.

Veinticinco, veinticuatro, veintitrés, veintidós…

«Maldita Pippi Calzas…»

Diecinueve, dieciocho…

«¿Qué código tendrás?»

Quince, catorce, trece…

Sintió aumentar el pánico.

Diez, nueve, ocho…

Luego, levantó la mano y marcó a la desesperada el único número que se le ocurrió, 9277. Las cifras que formaban la palabra «Wasp» en el teclado de un móvil.

Para su gran asombro, la cuenta atrás se detuvo a seis segundos del final. A continuación la alarma emitió un último pitido antes de que la pantalla se pusiera a cero y se iluminara un pilotito verde.

Lisbeth abrió los ojos de par en par. Creyó que se trataba de un error; de hecho, sacudió la Palm. Aunque era consciente de que se trataba de una reacción irracional. La cuenta atrás se había parado seis segundos antes de que se activara la bomba de pintura. Y, después, la pantalla se puso a cero.

«Imposible.»

Nadie en el mundo conocía el código. Ni siquiera había una empresa de seguridad conectada a la alarma.

«¿Cómo?»

No se podía imaginar qué había sucedido. ¿La policía? No. ¿Zala? Descartado.

Marcó un número de móvil y esperó a que la cámara de vigilancia se conectara y empezara a enviarle imágenes de baja resolución a su teléfono. La cámara se ocultaba en lo que simulaba ser un detector de incendios instalado en el techo y grababa una imagen por segundo. Retransmitió la secuencia desde el principio, el momento en el que la puerta se abrió y la alarma se activó. Luego, lentamente, una sonrisa torcida se dibujó en su rostro al descubrir a Mikael Blomkvist haciendo una entrecortada pantomima antes de marcar el código y apoyarse contra el marco de la puerta con la misma cara que hubiera puesto si acabara de salvarse de un ataque cardíaco.

Kalle Blomkvist de los Cojones había dado con su casa.

Tenía las llaves que ella perdió en Lundagatan. Era lo bastante listo como para recordar que Wasp era su seudónimo en la red. Y si había dado con el piso, puede que incluso hubiera sacado la conclusión de que estaba a nombre de Wasp Enterprises. Mientras le observaba, él empezó a moverse espasmódicamente por el vestíbulo y pronto desapareció del campo de visión del objetivo.

«Mierda. ¿Cómo he podido ser tan previsible? ¿Y por qué dejé…?» Ahora sus secretos estaban a la vista de los ojos escrutadores de Mikael Blomkvist.

Tras dos minutos, se dio cuenta de que ya daba igual. Había borrado el disco duro. Eso era lo importante. Incluso tal vez supusiera una ventaja que fuera Mikael Blomkvist, y no otra persona, quien encontrara su escondite. Él ya conocía más secretos suyos que ninguna otra persona. Don Perfecto haría lo correcto. No la vendería. Al menos, eso era lo que ella esperaba. Metió una marcha y, pensativa, continuó su viaje hasta Gotemburgo.

Cuando llegó al trabajo, a las ocho y media, Malin Eriksson se topó con Paolo Roberto en la escalera de la redacción de *Millennium*. Lo reconoció en seguida, se presentó y lo dejó entrar. Él cojeaba considerablemente. Malin percibió el aroma a café y constató que Erika Berger ya se encontraba en su oficina.

—Hola, Berger. Gracias por recibirme tan pronto —dijo Paolo.

Antes de inclinarse y darle un beso en la mejilla, Erika examinó, impresionada, la colección de moratones y chichones de su cara.

—Tienes un aspecto lamentable —dijo ella.

—No es la primera vez que me rompen la nariz. ¿Dónde tienes metido a Blomkvist?

—Está por ahí jugando a los detectives y buscando pistas. Como siempre, resulta imposible comunicarse con él. Exceptuando un peculiar correo que recibí anoche, no

sé nada de él desde ayer por la mañana. Gracias por…
En fin, gracias.

Le señaló la cara.

Paolo Roberto se rió.

—¿Quieres café? Has dicho que tenías algo que contarme. Malin, ¿nos acompañas?

Se sentaron en las cómodas sillas del despacho de Erika.

—Se trata del cabrón con el que estuve peleando, ese rubio tan enorme. Ya le conté a Mikael que su boxeo no valía un pimiento. Lo raro era que adoptaba todo el tiempo una posición de defensa con los puños y se movía como si fuese un experimentado boxeador. Me dio la impresión de que había recibido algún tipo de preparación.

—Mikael me lo mencionó por teléfono —dijo Malin.

—No podía quitarme esa imagen de la cabeza, así que ayer por la tarde, cuando llegué a casa, me senté delante del ordenador y empecé a enviar correos electrónicos a clubes de boxeo de toda Europa. Les expliqué la situación e hice una descripción lo más detallada posible del tipo.

—Vale.

—Creo que ha habido suerte.

Depositó sobre la mesa una foto enviada por fax y se la enseñó a Erika y Malin. Parecía estar hecha en un gimnasio, en una sesión de entrenamiento de boxeo. Dos boxeadores atendían las instrucciones de un hombre mayor bastante obeso que llevaba chándal y un sombrero de cuero de ala estrecha. En torno al cuadrilátero, había media docena de personas escuchando. Al fondo, se veía un hombre muy grande con una caja de cartón en los brazos. Tenía la cabeza rapada, parecía un *skinhead*. Alguien había trazado un círculo a su alrededor con un rotulador.

—Es de hace diecisiete años. El chico del fondo se llama Ronald Niedermann. Por aquel entonces, tenía dieciocho años, de modo que ahora tendrá unos treinta y cinco. Encaja con el gigante que secuestró a Miriam Wu. No me atrevo a asegurar al cien por cien que se trate de él. La foto es demasiado vieja y la calidad es malísima. Pero sí puedo decir que se le parece mucho.

—¿De dónde la has sacado?

—Me la han enviado desde el club Dynamic de Hamburgo. Pertenece a un veterano entrenador que se llama Hans Münster.

—¿Y?

—A finales de los ochenta, Ronald Niedermann estuvo un año boxeando allí. O, mejor dicho, intentando boxear. La he recibido esta mañana y he llamado a Münster antes de venir aquí. Resumiendo, me ha dicho que Ronald Niedermann es de Hamburgo y que, en la década de los ochenta, iba con una banda de cabezas rapadas. Tiene un hermano unos cuantos años mayor que él, un boxeador muy bueno al que le debe el haber entrado en el club. Niedermann tenía una fuerza apabullante y un físico sin igual. Münster me ha contado que nunca ha visto a nadie pegar tan duro como él, ni siquiera entre la élite. En una ocasión, midieron la potencia de sus golpes y Niedermann se salió de la escala de medición.

—Suena como si hubiese podido hacer carrera como boxeador —dijo Erika.

Paolo Roberto negó con la cabeza.

—Según Münster era un desastre dentro del cuadrilátero. Por varias razones. Primero, porque era incapaz de aprender a boxear. Se quedaba parado y se ponía a repartir golpes sin ton ni son. Resultaba de lo más torpe. Hasta ahí, todo cuadra con el tipo de Nykvarn. Pero, lo que era peor, no entendía su propia fuerza. De vez en cuando conseguía encajar algún que otro golpe que ocasionaba tremendos daños a sus *sparrings*. Estamos hablando de narices partidas y mandíbulas rotas, siempre de daños innecesarios. Simplemente, no lo podían tener allí.

—Conocía la teoría, pero no sabía boxear —dijo Malin.

—Eso es. Aunque el motivo por el que tuvo que dejarlo fue de carácter médico.

—¿Qué quieres decir?

—Ese tipo parecía invulnerable. No importaba cuánto le golpeara, él sólo se sacudía y seguía peleando. Resulta que padece una enfermedad muy rara, que se llama analgesia congénita.

—¿Analgesia… qué?

—Congénita. Lo he buscado. Se trata de un defecto genético hereditario que consiste en que la sustancia transmisora de las fibras de los nervios no funciona como debería. No siente el dolor.

—¡Jesús! Pero eso es perfecto para un boxeador…

Paolo Roberto negó con la cabeza.

—Al contrario. Es una enfermedad que puede ser fatal. La mayoría de los que sufren de analgesia congénita mueren relativamente jóvenes, entre los veinte y los veinticinco años. El dolor es el sistema de alarma que advierte al cuerpo de que algo va mal. Si pones la mano en una plancha metálica ardiendo, te duele y la quitas de inmediato. Si tienes esa enfermedad, no notas nada hasta que empieza a oler a carne quemada.

Malin y Erika se miraron.

—¿Todo eso lo dices en serio? —preguntó Erika.

—Totalmente. Ronald Niedermann no puede sentir nada y va por ahí como si estuviera anestesiado. Ha salido adelante porque cuenta con otra condición genética que compensa a la primera, un físico extraordinario y una sólida constitución ósea que lo hacen casi invulnerable. Su fuerza bruta está cerca de ser única. Seguro que las heridas le cicatrizan con mucha facilidad.

—Estoy empezando a pensar que vuestra pelea debió de ser de lo más interesante.

—Ya lo creo. Pero no la repetiría en la vida. Lo único que le hizo algún efecto fue la patada que Miriam Wu le dio en la entrepierna. Cayó de rodillas y se quedó así unos segundos. Debe de haber algún tipo de motricidad conectado con un golpe de ese tipo, porque por el dolor no fue. Yo habría muerto si me llegan a dar una patada así.

—Entonces ¿cómo pudiste vencerle?

—Bueno, la gente que sufre de esa enfermedad se hace daño como cualquier otra persona. Tal vez Niedermann tenga un esqueleto de hormigón, pero cuando le di con una tabla en la cabeza, se desplomó. Supongo que le provoqué una conmoción cerebral.

Erika miró a Malin.

—Voy a llamar a Mikael ahora mismo —dijo Malin.

Mikael oyó el sonido del móvil; no obstante, estaba tan aturdido que no lo cogió hasta el quinto toque.

—Soy Malin. Paolo Roberto cree que ha identificado al gigante rubio.

—Bien —contestó él algo ausente.

—¿Dónde estás?

—Es difícil de explicar.

—Te noto raro.

—Perdóname, ¿qué decías?

Malin le resumió lo que Paolo acababa de relatar.

—De acuerdo —respondió Mikael—, sigue en ello y fíjate si aparece en algún registro. Creo que urge. Llámame al móvil.

Ante el gran asombro de Malin, Mikael colgó sin ni siquiera despedirse.

En ese momento, Mikael se hallaba frente a una ventana disfrutando de las maravillosas vistas que se extendían desde Gamla Stan hasta la lejanía de Saltsjön. Estaba aturdido, casi en estado de *shock*. Había recorrido el piso de Lisbeth Salander. Nada más entrar, a la derecha, estaba la cocina. Luego, había un salón, un despacho, el dormitorio y, finalmente, un pequeño cuarto de invitados que no parecía haber sido utilizado nunca. El colchón todavía seguía con el envoltorio de plástico. Todos los muebles eran nuevos y estaban impecables, directamente traídos de Ikea.

Ésa no era la cuestión.

Lo que le había impresionado fue que Lisbeth Salander hubiera comprado el antiguo pisito del multimillonario Percy Barnevik, valorado en veinticinco millones de coronas. Tenía trescientos cincuenta metros cuadrados.

Mikael deambuló por los pasillos desiertos, así como por salones con parqués con marqueterías de distintas maderas y paredes cubiertas con papeles diseñados por Tricia Guild de los que encantaban a Erika Berger. En el centro del piso, había un salón luminoso con unas chimeneas que Lisbeth no parecía haber encendido jamás. Desde el balcón se admiraba una vista magnífica. Había también un lavadero, una sauna, un gimnasio, trasteros y un cuarto de baño con una bañera de categoría *king size*. Incluso contaba con una bodega que, a excepción de una botella de oporto sin abrir, Quinta do Noval —«¡Nacional!»— de 1976, estaba vacía. A Mikael le costó imaginarse a Lisbeth Salander con una copita de oporto en la mano. Una tarjeta indicaba que se trataba de un elegante gesto de cortesía de la agencia inmobiliaria.

La cocina, dotada con todo el equipamiento imaginable, estaba presidida por una sofisticada cocina de gas reluciente, una Corradi Chateau 120 de la que Mikael no había oído hablar en su vida y en la que Lisbeth, como mucho, habría puesto agua a hervir para su té.

En cambio, contempló con mucho respeto su máquina de café *espresso*, colocada en un mueble aparte. Era una Jura Impressa X7 con refrigerador de leche incorporado. Tampoco daba la sensación de haberse usado; probablemente, ya estaba allí cuando compró la casa. Mikael sabía que una Jura era el Rolls Royce del mundo del *espresso*, una máquina profesional para uso doméstico que valía más de setenta mil coronas. La que él tenía era de una marca mucho más modesta, la adquirió en John Wall y le costó algo más de tres mil quinientas coronas, una de las pocas inversiones extravagantes que se había permitido en la vida en el ámbito doméstico.

En la nevera había un cartón de leche abierto, queso, mantequilla, un paté de huevas de pescado y un bote medio vacío de pepinillos en vinagre. Por otro lado, en la despensa, tenía cuatro frascos empezados de vitaminas, bolsitas de té, café para una cafetera eléctrica normal y corriente que estaba junto al fregadero, dos barras de pan y una bolsa de panecillos tostados. Sobre la mesa había una cesta con manzanas. El congelador contenía un paquete de gratén de pescado y tres pasteles de beicon. Ésa fue toda la comida que Mikael pudo encontrar en la casa. En la bolsa de basura, debajo del fregadero, junto a la sofisticada cocina de *gourmet*, encontró numerosas cajas vacías de Billys Pan Pizza.

Todo le resultó desproporcionado. Lisbeth había robado miles de millones de coronas y se había hecho con un piso en el que cabía la corte real al completo. Pero, en realidad, sólo le hacían falta las tres habitaciones que había amueblado. Las otras dieciocho estaban desiertas.

Mikael terminó el recorrido en el despacho de Lisbeth. En todo el piso, no había ni una sola planta. De las paredes no colgaban ni cuadros ni pósteres. No había alfombras ni manteles. No pudo hallar en todo el piso ni una sola fuente, ni un candelabro o cualquier otra tontería o *souvenir* que le diera al espacio un toque acogedor o que hubiese sido guardado por razones sentimentales.

Se le encogió el corazón. Le invadió un acuciante deseo de encontrar a Lisbeth Salander y abrazarla.

Pero, probablemente, ella le mordería si lo intentara.

«Maldito Zalachenko.»

Luego, se sentó a su escritorio y abrió la carpeta que contenía la investigación de Björck de 1991. No leyó todo el material, aunque lo ojeó e intentó hacerse una idea general.

Encendió el PowerBook de Lisbeth con pantalla de diecisiete pulgadas, doscientos gibabytes de memoria y mil megabytes de memoria RAM. Estaba vacío. Lo había limpiado. Mal agüero.

Revisó los cajones y encontró una Colt nueve milímetros 1911 Government *single action* y un cargador con siete cartuchos. Era la pistola que Lisbeth Salander había sustraído de la casa del periodista Per-Åke Sandström, aunque Mikael no sabía nada al respecto. Aún no había llegado a la letra «s» en la lista de los puteros.

Después, encontró el disco marcado con el nombre de Bjurman.

Lo insertó en su iBook y, horrorizado, vio su contenido. Conmocionado e incapaz de articular palabra, contempló cómo Lisbeth Salander era maltratada, violada y casi asesinada. Resultaba obvio que la película se había grabado con una cámara oculta. No la vio entera. Fue saltándose algunos trozos, a cuál peor.

«Bjurman.»

Su administrador la había violado y ella había documentado el incidente hasta el más mínimo detalle. Una fecha digital mostraba que la película era de dos años antes. Fue antes de conocerla. Más piezas del rompecabezas que iban encajando.

Björck y Bjurman con Zalachenko en los años setenta.

Zalachenko, Lisbeth Salander y un cóctel molotov fabricado con un cartón de leche a principios de los años noventa.

Más tarde, otra vez Bjurman, ahora como su administrador, después de Holger Palmgren. El círculo se cerraba. Atacó a su protegida. Pensaba que ella era una chica mentalmente enferma e indefensa, pero Lisbeth Salander sabía defenderse. Era la misma chica que con doce años emprendió una batalla personal contra un asesino profesional que había desertado del GRU y al que dejó discapacitado de por vida.

Lisbeth Salander era la mujer que odiaba a los hombres que odiaban a las mujeres.

Recordó el momento en el que conoció a Lisbeth en Hedestad. Seguramente no habían pasado muchos meses desde la violación. No podía recordar que ella le hubiese insinuado, ni con una sola palabra, que le hubiera sucedido algo así. En realidad, no le había revelado casi nada de su vida. Mikael ni siquiera quiso imaginarse lo que Lisbeth le podría haber hecho a Bjurman. Sin embargo, no había sido ella quien lo mató. «Por raro que pueda parecer.» Si Lisbeth fuera una asesina, Bjurman llevaría muerto más de dos años. Debía de tenerlo controlado de alguna manera y con alguna finalidad que Mikael no alcanzaba a descifrar. Mikael se dio cuenta de que tenía el instrumento de ese control ante sus propias narices, la película. Mientras el disco se hallase en poder de Lisbeth, Bjurman sería su indefenso esclavo. Y Bjurman se había dirigido a alguien que él pensaba que sería un aliado, el peor enemigo de Lisbeth. Su padre.

El resto fue una cadena de acontecimientos. Mataron a Bjurman y luego a Dag Svensson y Mia Bergman.

Pero… ¿cómo? ¿Qué había convertido a Dag Svensson en una amenaza?

Y, de repente, Mikael comprendió lo que «tenía» que haber ocurrido en Enskede.

Acto seguido, Mikael descubrió un papel en el suelo, a los pies de la ventana. Lisbeth había impreso una hoja, después la había estrujado y tirado. Mikael la recogió y la alisó. Se trataba de una página de la edición digital de *Aftonbladet* sobre el secuestro de Miriam Wu.

Mikael no sabía qué papel tenía Miriam en el drama —si es que había desempeñado alguno—, pero era una de las pocas amistades de Lisbeth. Quizá la única. Lisbeth le había regalado su antigua casa. Y ahora estaba ingresada en el hospital, gravemente herida.

«Niedermann y Zalachenko.»

Primero su madre. Luego Miriam Wu. Lisbeth tenía que estar dominada por el odio.

La habían provocado al límite.

Ahora Lisbeth estaba de caza.

A la hora del almuerzo, Dragan Armanskij recibió una llamada de la residencia de Ersta. Era Holger Palmgren. En realidad, hacía tiempo que la esperaba. Él mismo había evitado contactar con Palmgren para no tener que comunicarle que Lisbeth Salander era culpable. Ahora por lo menos podía contarle que había dudas razonables sobre su culpabilidad.

—¿Hasta dónde has llegado? —quiso saber Palmgren, saltándose cualquier frase de cortesía inicial.

—¿Con qué? —preguntó Armanskij.

—Con tu investigación sobre Salander.

—¿Y qué te hace creer que estoy llevando a cabo una investigación sobre ella?

—No me hagas perder el tiempo.

Armanskij suspiró.

—Tienes razón —admitió.

—Quiero que vengas a hacerme una visita —dijo Palmgren.

—De acuerdo. Puedo ir este fin de semana.

—No me vale. Ha de ser esta noche. Tenemos muchas cosas que tratar.

Mikael preparó café y sándwiches en la cocina de Lisbeth. En algún lugar de su cerebro albergaba la esperanza de escuchar las llaves de ella en la cerradura. Aunque, en el fondo, sabía que era en vano. El disco duro vacío de su PowerBook daba a entender que ya había abandonado su escondite para siempre. Había encontrado su casa demasiado tarde.

A las dos y media de la tarde, Mikael todavía seguía sentado a la mesa de trabajo de Lisbeth. Había leído tres veces el informe de la falsa investigación de Björck. Era un memorando dirigido a un superior anónimo. La recomendación era sencilla: «Consigue un psiquiatra que esté dispuesto a colaborar y que pueda meter a Salander en una clínica psiquiátrica infantil unos cuantos años. Al fin y al cabo, la niña está trastornada, tal y como se deduce de su comportamiento».

Mikael pensaba dedicar mucho interés a Björck y Teleborian en un futuro no muy lejano. Estaba ansioso por empezar. Su móvil interrumpió la cadena de pensamientos.

—Hola de nuevo, soy Malin. Creo que tengo algo.

—¿Qué?

—No hay ningún Ronald Niedermann empadronado en Suecia. No figura en la guía telefónica, ni en Hacienda, ni en Tráfico ni en ningún otro sitio.

—Vale.

—Pero escucha esto. En 1998, una sociedad anónima fue inscrita en el registro de la Propiedad Industrial y Comercial. Se llama KAB Import AB y el domicilio social es un apartado de correos de Gotemburgo. Se dedican a importar componentes electrónicos. El presidente de la junta directiva se llama Karl Axel Bodin, o sea KAB, y nació en 1941.

—No me suena.

—A mí tampoco. La cúpula directiva se compone, además, de un auditor que participa en unas veinte sociedades a las que les lleva las cuentas. Parece ser uno de esos tipos que se encargan de la declaración de la renta de empresas pequeñas. Ésta, sin embargo, parece haber sido, desde el principio, una sociedad durmiente.

—Vale.

—El tercer miembro de la junta directiva es un tal R. Niedermann. Aparece el año de nacimiento, pero ningún otro dato, por lo que deduzco que carece de número de identificación personal sueco. Nació el 18 de enero de 1970 y figura como representante de la empresa en el mercado alemán.

—Bien, Malin. Muy bien. Aparte del apartado de correos, ¿tenemos alguna otra dirección?

—No, aunque he conseguido rastrear a Karl Axel Bodin. Está empadronado en el oeste de Suecia y su dirección es Buzón 192, Gosseberga. Lo he buscado y, al parecer, es una granja ubicada cerca de Nossebro, al noreste de Gotemburgo.

—¿Qué sabemos de él?

—Hace dos años declaró a Hacienda unos ingresos de doscientas sesenta mil coronas. Según el contacto que tenemos en la policía, no tiene antecedentes penales. Posee licencia de armas para una escopeta de cazar alces y para otra de perdigones. Tiene dos coches: un Ford y un Saab, ambos con unos cuantos años ya. No está en la lista del cobrador del Estado. Es soltero y dice ser agricultor.

—Un hombre anónimo sin problemas con la justicia.

Mikael reflexionó unos segundos. Tenía que tomar una decisión.

—Otra cosa: Dragan Armanskij, de Milton Security, te ha llamado varias veces.

—Vale. Gracias, Malin. Ahora le llamo.

—Mikael, ¿todo va bien?

—No, no del todo. Te llamaré.

Sabía que lo que hacía estaba mal. Como ciudadano, debería coger el teléfono y llamar a Bublanski. Pero si lo hacía, se vería obligado o a contarle la verdad sobre Lisbeth Salander o a acabar en un lío, aprisionado entre medias verdades y cosas que habían sido calladas. Sin embargo, ése no era el verdadero problema.

Lisbeth iba a la caza de Niedermann y Zalachenko. Mikael no sabía por dónde andaba, pero si Malin y él habían dado con la dirección de Gosseberga, Lisbeth Salander tenía que haberlo hecho también. Por lo tanto, la probabilidad de que ya se encontrara de camino a Gosseberga era alta. Se trataba del paso lógico.

Si Mikael llamaba a la policía y le contaba que sabía dónde se escondía Niedermann, también se vería forzado a decirle que Lisbeth Salander iba, casi con toda seguridad, hacia allí. La buscaban por tres asesinatos y por el incidente de Stallarholmen. Su aviso provocaría el envío del grupo de intervención nacional o de algún otro comando de caza similar para detenerla.

Y, sin duda, Lisbeth Salander opondría una violenta resistencia.

Mikael sacó papel y bolígrafo y redactó una lista de cosas que no podía, o no quería, revelar a la policía.

Al principio escribió: «La dirección».

Lisbeth le había dedicado un gran esfuerzo a hacerse con una dirección secreta. Allí tenía su vida y sus secretos. No pensaba venderla.

Luego, escribió «Bjurman» y añadió un signo de interrogación.

Miró con el rabillo del ojo el disco que estaba sobre la mesa. Bjurman había violado a Lisbeth. Casi la había matado y, además, había abusado con saña de su posición de administrador. No cabía duda, merecía que le pusiera en evidencia como el cerdo que era. Pero se le presentaba un dilema ético. Lisbeth no lo había denunciado. ¿Realmente querría aparecer en los medios de comunicación a causa de una investigación policial de la cual se filtrarían a la prensa los detalles más íntimos en cuestión de horas? Ella nunca se lo perdonaría. La película constituiría una prueba y las fotos que se extraerían quedarían de lo más bonito en las portadas de los periódicos vespertinos.

Mikael reflexionó un rato y llegó a la conclusión de que era asunto de Lisbeth decidir cómo actuar. Aunque si él había sido capaz de dar con su piso, también la policía, tarde o temprano, haría lo mismo. Colocó el disco en un compartimento de su maletín.

A continuación, escribió «El informe de Björck». El informe de 1991 había sido clasificado como secreto. Arrojaba luz sobre todo lo ocurrido. Nombraba a Zalachenko y explicaba el papel desempeñado por Björck, cosa que, unida a la lista de puteros del ordenador de Dag Svensson, garantizaría que a Björck le esperaran unas cuantas y tensas horas frente a Bublanski. Gracias a la correspondencia, Peter Teleborian también acabaría pringándose de mierda.

La carpeta conduciría a la policía hasta Gosseberga, pero él les llevaba, por lo menos, unas horas de ventaja.

Al final, abrió el Word y escribió, por puntos, todos los datos importantes que había averiguado durante las últimas veinticuatro horas a través de las conversaciones con Björck y con Palmgren, y mediante el material que había encontrado en casa de Lisbeth. El trabajo le llevó una hora y pico. Lo grabó en un cedé junto a su propia investigación.

Se preguntó si debería ponerse en contacto con Dragan Armanskij y, al final, optó por no hacerlo. Ya tenía suficientes cosas entre manos.

Mikael fue a la redacción de *Millennium* y se encerró con Erika Berger.

—Se llama Zalachenko —dijo Mikael sin ni siquiera saludar—. Es un viejo asesino profesional de los servicios secretos soviéticos. Desertó en 1976 y le dieron permiso de residencia en Suecia y un sueldo de la Säpo. Después de la caída de la Unión Soviética, como tantos otros, se convirtió en un gánster a jornada completa y, ahora, anda metido en *trafficking*, armas y drogas.

Erika Berger dejó su bolígrafo.

—Vale. ¿Por qué no me sorprende que aparezca la KGB en la historia?

—No, la KGB, no; el GRU, el servicio de inteligencia militar.

—O sea, que esto va en serio.

Mikael asintió.

—¿Insinúas que es él quien mató a Dag y Mia?

—No él. Mandó a alguien, a ese Ronald Niedermann al que Malin rastreó.

—¿Puedes probar todo eso?

—Más o menos. Algunas cosas son suposiciones. Pero Bjurman fue asesinado porque le pidió a Zalachenko que se ocupara de Lisbeth.

Mikael le explicó lo que había visto en la película que Lisbeth guardaba en el cajón de su mesa de trabajo.

—Zalachenko es su padre. Oficialmente, Bjurman trabajó para la Säpo a mediados de los años setenta y fue uno de los que recibieron a Zalachenko cuando éste desertó. Luego, se hizo abogado, así como guarro a jornada completa, e hizo favores a un reducido grupo dentro de la Säpo. Seguro que hay un círculo muy íntimo de amiguetes que se ven de vez en cuando en la sauna para dirigir el mundo y guardar el secreto sobre Zalachenko. Yo diría que los demás miembros de la Säpo nunca han oído hablar de él. Lisbeth era un peligro porque podía hacer saltar el secreto por los aires. De modo que la encerraron en la clínica psiquiátrica infantil.

—No puede ser…

—Sí —dijo Mikael—, es cierto que se dio una serie de circunstancias y que Lisbeth tampoco era muy fácil de tratar, ni entonces ni ahora, pero desde que tenía doce años ha representado una amenaza para la seguridad nacional.

Hizo un rápido resumen de la historia.

—Son muchas cosas para asimilar —dijo Erika—. ¿Y Dag y Mia?

—Fueron asesinados porque Dag encontró el vínculo que unía a Bjurman con Zalachenko.

—¿Y qué va a pasar ahora? Habrá que contárselo a la policía, ¿no?

—Algunas partes, aunque no todo. He descargado toda la información esencial en este cedé. Es una copia de seguridad, por si acaso. Lisbeth va a la caza de Zalachenko. Voy a intentar encontrarla. Nada de lo que hay en el contenido de este disco puede salir a la luz.

—Mikael, esto no me gusta. No podemos ocultar información en la investigación de un asesinato.

—Y no lo vamos a hacer. Pienso llamar a Bublanski. Creo que Lisbeth va camino de Gosseberga. No obstante, la buscan por un triple asesinato y, si avisamos a la policía, mandarán a los de la fuerza de intervención nacional armados hasta los dientes con munición de caza. El riesgo de que ella oponga resistencia es bastante elevado. Podría pasar cualquier cosa.

Se detuvo y sonrió sin ningún atisbo de alegría.

—Ante todo debemos mantener alejada a la policía por el bien de la fuerza de intervención nacional, para que no resulte demasiado diezmada. Primero, he de dar con Lisbeth.

Erika Berger parecía escéptica.

—No pienso revelar los secretos de Lisbeth. Que Bublanski los encuentre solito, sin mi ayuda. Necesito que me hagas un favor. Esta carpeta contiene la investigación que Björck llevó a cabo en 1991, así como correspondencia entre éste y Teleborian. Quiero que hagas una copia y se la mandes por mensajero a Bublanski o a Modig. Yo salgo para Gotemburgo dentro de veinte minutos.

—Mikael…

—Ya lo sé. Pero en esta batalla pienso estar al lado de Lisbeth hasta el final.

Erika Berger apretó los labios y no dijo nada. Luego asintió con la cabeza. Mikael se acercó a la puerta.

—Ten cuidado —dijo Erika cuando ya había desaparecido.

Pensó que debería haberlo acompañado. Habría sido lo más decente. Aún no le había contado que tenía intención de dejar *Millennium* y que, pasara lo que pasase, todo estaba decidido. Cogió la carpeta y se acercó a la fotocopiadora.

El apartado de correos se encontraba en una oficina postal ubicada en el seno de un centro comercial. Lisbeth no conocía Gotemburgo y no sabía en qué lugar exacto se hallaba. Al final, dio con la oficina y se instaló en un café desde cuyo ventanal podría controlar el apartado a través de la rendija que quedaba entre unos pósteres que anunciaban el Svensk Kassatjänst, el nuevo servicio de correos sueco.

Irene Nesser lucía un maquillaje más discreto que Lisbeth Salander. Llevaba unos ridículos collares y leía un ejemplar de *Crimen y castigo* que había comprado en una librería situada unas calles más al norte. Se tomó su tiempo y, a intervalos regulares, pasaba de página. Había iniciado la vigilancia a la hora del almuerzo; ignoraba con qué frecuencia solían ir a buscar la correspondencia, si a diario o, tal vez, cada dos semanas, si ya se habrían ido ese día o si todavía era posible que apareciera alguien. Pero no tenía ninguna otra pista. Se tomó un *caffè latte* mientras esperaba.

Casi se había adormilado con los ojos abiertos cuando, de pronto, vio que abrían el apartado. Por el rabillo del ojo consultó la hora. Las dos menos cuarto. «Una suerte loca.»

Lisbeth se levantó apresuradamente y se acercó al ventanal, desde donde vio cómo un hombre vestido con una cazadora negra de cuero abandonaba la zona de los apartados. Salió tras él. Se trataba de un hombre joven y delgado, de unos veinte años. Dobló la esquina, se acercó a un Renault y abrió la puerta. Lisbeth Salander memorizó la matrícula y fue corriendo a su Corolla, estacionado cien metros más abajo en esa misma calle. Lo alcanzó cuando el hombre enfiló por Linnégatan. Lo siguió hasta Avenyn para, acto seguido, subir en dirección a Nordstan.

Mikael Blomkvist tuvo el tiempo justo de coger el X2000 de las 17.10h. Compró el billete en el tren con su tarjeta de crédito. Aunque era tarde, se sentó en el vagón restaurante vacío para comer.

Sentía una insistente inquietud en el estómago, temía no llegar a tiempo. Esperaba que Lisbeth Salander lo llamara, aunque sabía que no lo iba a hacer.

En 1991, ella había intentado matar a Zalachenko. Ahora, después de todos esos años, él le estaba devolviendo el golpe.

Holger Palmgren había hecho un análisis correcto de ella: Lisbeth Salander tenía la sólida convicción, basada en sus experiencias, de que no merecía la pena hablar con las autoridades.

Mikael miró de reojo el maletín de su ordenador. Se había llevado el Colt que halló en el cajón del escritorio de Lisbeth. No estaba seguro de por qué lo había hecho, pero presintió que no debía dejarla en el piso. Admitió que no era un razonamiento particularmente lógico.

Cuando el tren pasó el puente de Årsta, encendió el móvil y llamó a Bublanski.

—¿Qué quieres? —preguntó Bublanski, irritado.

—Acabar —dijo Mikael.

—¿Acabar qué?

—Toda esta mierda. ¿Quieres saber quién mató a Dag, a Mia y a Bjurman?

—Si dispones de esa información, me gustaría que la compartieras.

—El asesino se llama Ronald Niedermann. Es ese gigante rubio con quien se peleó Paolo Roberto. Es un ciudadano alemán, tiene treinta y cinco años y trabaja para un cabrón llamado Alexander Zalachenko, también conocido como Zala.

Bublanski permaneció callado durante un buen rato. Luego, suspiró de manera exagerada. Mikael le oyó pasar una hoja y hacer clic con un bolígrafo.

—¿Y estás seguro de eso?

—Sí.

—Vale. ¿Y dónde se encuentran Niedermann y ese Zalachenko?

—Aún no lo sé. Te aseguro que tan pronto como me entere, te lo contaré. Dentro de un momento, Erika Berger te va a mandar por mensajero el informe de una investigación policial de 1991. En cuanto tenga lista la copia. Allí encontrarás toda la información imaginable sobre Zalachenko y Lisbeth Salander.

—¿Qué quieres decir?

—Zalachenko es el padre de Lisbeth. Es un asesino profesional ruso, un desertor de la guerra fría.

—¿Asesino profesional ruso? —repitió Bublanski, escéptico.

—Un pequeño grupo de iniciados de la Säpo lo ha protegido y ha borrado sus huellas cada vez que ha cometido algún delito.

Mikael oyó cómo Bublanski cogía una silla y se sentaba.

—Creo que será mejor que vengas a prestar una declaración formal.

—*Sorry.* No tengo tiempo.

—¿Perdón?

—Ahora mismo me pillas fuera de Estocolmo. Pero me pondré en contacto contigo en cuanto haya encontrado a Zalachenko.

—Blomkvist, no hace falta que pruebes nada. Yo también dudo de la culpabilidad de Salander.

—Te recuerdo que yo sólo soy un simple detective aficionado que no tiene ni idea del trabajo policial.

Sabía que era muy infantil; sin embargo, colgó sin despedirse. A continuación, llamó a Annika Giannini.

—Hola, hermanita.

—Hola, ¿qué hay?

—Bueno, quizá mañana necesite un buen abogado.

Annika suspiró.

—¿Qué has hecho esta vez?

—Nada grave todavía, pero es posible que me detengan por obstaculizar una investigación policial o por algo similar. Aunque no te he llamado por eso; de todos modos, no me podrías representar.

—¿Por qué no?

—Porque quiero que te encargues de la defensa de Lisbeth Salander, y hacer las dos cosas resulta imposible.

Mikael le contó brevemente de qué iba la historia. Annika Giannini guardó un ominoso silencio.

—¿Y puedes aportar documentación para probar todo eso? —preguntó.

—Sí.

—Tengo que pensármelo. Lo que Lisbeth necesita es un abogado penal...

—Tú serás perfecta.

—Mikael...

—Oye, hermanita, ¿no eras tú la que se cabreó conmigo porque no te pedí ayuda cuando la necesité?

Cuando terminaron de hablar, Mikael se quedó reflexionando un rato. Luego, volvió a coger el móvil y llamó a Holger Palmgren. No tenía ningún motivo en particular para hacerlo; no obstante, consideró que debía informar al viejo de que estaba siguiendo algunas pistas y de que esperaba que la historia acabara en las próximas horas.

El problema era que Lisbeth Salander también seguía sus propias pistas.

Sin desviar la mirada de la granja, Lisbeth Salander estiró un brazo para coger una manzana de la mochila. Estaba tumbada justo en el linde del bosque, con la alfombrilla del Corolla a modo de esterilla improvisada. Se había cambiado de ropa. Ahora llevaba unos pantalones verdes de material resistente con bolsillos en la pernera, un grueso jersey y una cazadora corta forrada.

Gosseberga se encontraba a unos cuatrocientos metros de la carretera y estaba compuesta por distintas construcciones. El edificio principal se hallaba a ciento veinte metros de Lisbeth. Se trataba de una casa de madera blanca, normal y corriente, de dos plantas. A unos setenta metros de ésta, había una caseta junto a un establo. A través de una de las abiertas puertas del establo, se divisaba la parte delantera de un coche blanco. Creía que se trataba de un Volvo, pero había una distancia considerable y no estaba segura.

A la derecha, entre Lisbeth y la casa principal, había un barrizal que se extendía cerca de doscientos metros hasta una pequeña laguna. El camino de acceso dividía en dos el barrizal y se adentraba en una zona boscosa en dirección a la carretera. Junto al camino, había otro edificio que parecía ser una vieja granja abandonada cuyas ventanas estaban cubiertas por unas telas claras. Al norte de la casa principal, un pequeño bosque hacía las veces de cortina protectora contra los vecinos más cercanos, un grupo de casas que se hallaba a casi seiscientos metros de distancia. Por lo tanto, la granja que Lisbeth tenía ante sus ojos estaba relativamente aislada.

Se encontraba cerca del lago Anten, en un ondulado

paisaje de suaves lomas, cuyos numerosos campos se alternaban con pequeñas poblaciones y compactas áreas boscosas. El mapa de carreteras no ofrecía ninguna descripción detallada de la zona; a ella le había bastado con seguir al Renault negro que salió de Gotemburgo por la E20 y, luego, giró hacia el oeste en dirección a Sollebrunn, en Alingsås. De pronto, tras algo más de cuarenta minutos, el vehículo se había desviado y tomado un camino forestal señalado con el nombre de Gosseberga. Lisbeth aparcó detrás de un granero ubicado en un bosquecillo situado a unos cien metros al norte del desvío, y volvió a pie.

Nunca había oído hablar de Gosseberga. Por lo que alcanzó a entender, el nombre hacía referencia a la casa y al establo que ahora tenía ante sus ojos. En el buzón que se hallaba junto a la carretera y que ella había visto al pasar rezaba «192 – K. A. Bodin». El nombre no le decía nada.

Bordeó el edificio y eligió con cuidado un lugar de observación. Tenía de espaldas el sol de la tarde. Desde que se instalara en el sitio, a las tres y media, sólo había ocurrido una cosa. A las cuatro, el conductor del Renault salió de la casa. En la puerta, intercambió unas palabras con una persona que Lisbeth no llegó a ver. Luego, se fue y no volvió. Por lo demás, no percibió ningún otro movimiento en la granja. Esperó, pacientemente, vigilando el edificio a través de unos pequeños prismáticos Minolta de ocho aumentos.

Irritado, Mikael Blomkvist tamborileó con los dedos en la mesa del vagón restaurante. El X2000 estaba parado en Katrineholm. Llevaba allí más de una hora a causa de alguna misteriosa avería que, según los altavoces, había que reparar. La compañía SJ lamentaba el retraso.

Suspiró, frustrado, y se acercó a llenar su taza de café. Quince minutos más tarde, el tren arrancó dando un tirón. Miró el reloj, las ocho.

Debería haber cogido un avión o alquilado un coche.

La sensación de que no llegaría a tiempo iba en aumento.

Alrededor de las seis, alguien encendió la luz de una habitación de la planta baja y, acto seguido, la del porche. Lisbeth vislumbró unas siluetas en lo que ella suponía que era la cocina, a la derecha de la entrada; sin embargo, no consiguió apreciar ningún rostro.

De repente, se abrió la puerta y salió Ronald Niedermann, el gigante rubio. Llevaba pantalones oscuros y un ceñido jersey con cuello de cisne que le marcaba los músculos. Lisbeth asintió con la cabeza. Por fin una confirmación de que no se había equivocado. Constató, una vez más, que Niedermann era una bestia musculosa. Pero, dijeran lo que dijeron Paolo Roberto y Miriam Wu, estaba hecho de carne y hueso, como cualquier ser humano. Niedermann dio una vuelta a la casa y, después, se dirigió al establo donde se hallaba el coche y desapareció unos instantes. Regresó con una pequeña bolsa de mano y entró en la casa.

Volvió a salir pasados unos minutos. Le acompañaba un hombre mayor, bajo y flaco que cojeaba y se apoyaba en un bastón. Estaba demasiado oscuro para percibir sus facciones con nitidez, pero Lisbeth sintió cómo un gélido frío le recorrió la nuca.

«*Daaaddyyy, I am heeeree…*»

Los siguió con la mirada mientras andaban por el extenso camino de acceso. Se detuvieron junto a la caseta, donde Niedermann entró a buscar un poco de leña. Luego, regresaron a la casa principal y cerraron la puerta.

Una vez hubieron entrado, Lisbeth Salander permaneció quieta durante varios minutos más. A continuación bajó los prismáticos y retrocedió unos diez metros hasta que quedó oculta tras los árboles. Abrió su mochila, sacó un termo, se sirvió café y se metió en la boca un terrón de azúcar que empezó a chupar. Se comió un sándwich de queso que había comprado en una gasolinera, ese mismo día, de camino a Gotemburgo. Se sumió en sus pensamientos.

Más tarde, extrajo de la mochila la P-83 polaca de Sonny Nieminen. Le sacó el cargador y comprobó que nada bloqueaba la corredera ni el cañón. Realizó un disparo al aire. El cargador tenía seis cartuchos de calibre nueve milímetros. Makarov. Debería ser suficiente. Lo volvió a introducir y metió una bala en la recámara. Echó el seguro y se metió el arma en el bolsillo derecho de la cazadora.

Lisbeth empezó la maniobra de aproximación a la casa dando un rodeo por el bosque. Había recorrido cerca de ciento cincuenta metros cuando, de repente, se detuvo en seco.

En el margen de su ejemplar de *Arithmetica*, Pierre de Fermat había garabateado las palabras: «Tengo una prueba verdaderamente maravillosa para esta afirmación, pero el margen es demasiado estrecho para contenerla».

El cuadrado se había convertido en un cubo ($x^3+y^3=z^3$) y los matemáticos habían dedicado siglos a dar respuesta al enigma de Fermat. Para llegar a resolverlo, en la década de los noventa, Andrew Wiles hubo de luchar durante diez años con el programa informático más avanzado del mundo.

Y, de pronto, Lisbeth lo comprendió. La respuesta fue de una sencillez que la desarmó por completo. Un juego de cifras que se alineaban en serie y, de súbito, se colocaron en su sitio formando una fórmula que más bien debía verse como un jeroglífico.

Pero Fermat no disponía de ningún ordenador y la solución de Andrew Wiles se basaba en unas matemáticas que ni siquiera se habían inventado cuando el francés formuló su teorema. Él nunca pudo realizar esa prueba que Andrew Wiles presentó. Naturalmente, la solución de Fermat era completamente distinta.

Se quedó tan perpleja que tuvo que sentarse en un tocón. Dejó la mirada perdida al frente mientras verificaba la ecuación.

«Era eso lo que había querido decir. No es de extrañar que los matemáticos se tiraran de los pelos.»

Luego soltó una risita.

«Un filósofo habría tenido más posibilidades de resolver este enigma.»

A Lisbeth le habría encantado conocer a Fermat.

Un chulo cabrón.

Al cabo de un rato se levantó y continuó su avance a través del bosque. Al acercarse, el establo quedó entre ella y la casa principal.

Capítulo 31

Jueves, 7 de abril

Lisbeth Salander entró en el establo a través de la compuerta de un viejo canal de desagüe de excrementos; ya no había animales en la granja. Recorrió la estancia con la mirada y lo único que alcanzó a ver fueron tres coches; el Volvo blanco de Auto-Expert, un Ford que ya tenía unos cuantos años y un Saab algo más moderno. Al fondo había una rastra oxidada y otros aperos que daban fe de que, en su día, la granja estuvo en activo.

Permaneció en la penumbra del establo contemplando la casa principal. Había caído la noche y todas las luces de la planta baja se hallaban encendidas. No detectó ningún movimiento, pero le pareció ver el centelleante resplandor de un televisor. Consultó su reloj. Las siete y media. «Rapport.»

Le extrañaba que Zalachenko hubiera elegido instalarse en una casa tan solitaria. No encajaba con el hombre que ella recordaba. Nunca se habría imaginado encontrárselo en pleno campo en una casita blanca; si acaso, en una anónima urbanización apartada de chalés o en algún lugar de veraneo del extranjero. Durante su vida, debía de haberse granjeado más enemigos que Lisbeth Salander. Le incomodaba que el sitio pareciera tan desprotegido. Aunque daba por descontado que él tenía armas en la casa.

Tras un prolongado momento de duda, salió del establo a la penumbra crepuscular. Cruzó el patio a toda prisa. Al llegar a la casa, se detuvo y apoyó la espalda contra la fachada. De pronto, percibió una música débil. En silencio, rodeó la casa e intentó mirar de refilón por las ventanas, pero estaban demasiado altas.

Por instinto, a Lisbeth no le gustó la situación. Había pasado la primera mitad de su existencia inmersa en un terror constante por culpa del hombre que ahora se hallaba en esa casa. Durante la otra mitad, desde que fracasara en su intento de matarle, había estado esperando a que él apareciera nuevamente en su vida. Esta vez no pensaba cometer ningún error. Puede que Zalachenko fuera un viejo inválido, pero era un asesino bien entrenado que había sobrevivido a más de una batalla.

Además, debía tener en cuenta a Ronald Niedermann.

Habría preferido sorprender a Zalachenko al aire libre, en algún sitio del patio donde se encontrara indefenso. No le apetecía lo más mínimo hablar con él; le habría encantado disponer de un rifle con mira telescópica. No obstante, no era así y a él le costaba andar y apenas salía. Sólo lo había visto cuando fue hasta el leñero de la caseta y no parecía muy probable que, de pronto, se le ocurriese dar un paseo vespertino. Por lo tanto, si quería esperar una ocasión mejor, debería retirarse y pernoctar en el bosque. No llevaba saco de dormir, y a pesar de que la tarde era cálida, la noche sería fría. Ahora que, por fin, lo tenía a tiro, no quería arriesgarse a que se le volviese a escapar. Pensó en Miriam Wu y en su madre.

Lisbeth se mordió el labio inferior. Tenía que entrar en la casa, aunque fuese la peor de las alternativas. También podría llamar a la puerta y disparar a quien abriera para ir, de inmediato, a por el otro cabrón. Esa opción significaría que éste estaría en alerta y que tendría tiempo de coger un arma. «Análisis de consecuencias. ¿Qué alternativas había?»

De repente, distinguió el perfil de Niedermann cuando éste pasó por delante de una ventana, a tan sólo unos pocos metros de ella. Estaba mirando por encima del hombro hacia el interior de la estancia mientras hablaba con alguien.

«Los dos están en la habitación a la izquierda de la entrada.»

Lisbeth se decidió. Sacó la pistola del bolsillo de la cazadora, le quitó el seguro y, en silencio, subió hasta el porche. Sostenía el arma con la mano izquierda mientras, con la otra, bajaba la manivela de la puerta con suma lentitud. No estaba cerrada con llave. Frunció el ceño y dudó. La puerta disponía de dobles cerraduras de seguridad.

Zalachenko no habría dejado la puerta sin echarle el cerrojo. Se le puso la carne de gallina.

Algo no cuadraba.

La entrada estaba a oscuras. A la derecha vio una escalera que subía hasta la planta superior. Tenía dos puertas de frente y una a la izquierda por cuya rendija superior se filtraba una luz. Se quedó quieta escuchando. Luego oyó una voz y el ruido de una silla arrastrándose en la habitación de la izquierda.

Dio dos rápidas zancadas, abrió de un tirón y dirigió el arma contra... la habitación estaba vacía.

Escuchó un crujir de ropa tras de sí y se volvió como un reptil. En el mismo instante en que intentó levantar la pistola para disparar, una de las enormes manos de Niedermann se cerró como una anilla de hierro alrededor de su cuello mientras que la otra le aprisionó la mano que sostenía el arma. La cogió del cuello y la levantó como si fuese una muñeca.

Pataleó unos segundos con los pies en el aire. Luego se volvió y dirigió una patada a la entrepierna de Niedermann. Falló, pero le dio en la parte exterior de la cadera. Fue como pegarle un puntapié al tronco de un árbol. Se le nubló la vista cuando él le apretó el cuello. Sintió cómo se le caía el arma.

«Mierda.»

Luego, Ronald Niedermann la lanzó al interior de la habitación. Aterrizó estruendosamente sobre un sofá y, acto seguido, cayó al suelo. Notó cómo la sangre se le agolpaba en la cabeza y, tambaleándose, consiguió ponerse de pie. Sobre una mesa, vio un cenicero triangular de cristal macizo; lo cogió al vuelo e intentó darle un revés con él. Niedermann la detuvo en pleno movimiento. Se metió la mano que le quedaba libre en el bolsillo izquierdo, sacó la pistola eléctrica, se volvió y la apretó contra la entrepierna de Niedermann.

Ella también sintió cómo el fuerte latigazo eléctrico atravesaba el brazo con el que Niedermann la tenía agarrada. Daba por descontado que él se iba a desplomar de dolor; en cambio, bajó la mirada y contempló a Lisbeth con una expresión de desconcierto. Los ojos de Lisbeth Salander se abrieron de par en par; estaba perpleja. Resultaba obvio que él había experimentado una sensación incómoda, pero en absoluto dolor. «Este tío no es normal.»

Niedermann se inclinó, le quitó la pistola eléctrica y la examinó intrigado. Luego, le dio una bofetada con toda la mano. Fue como si la hubiese golpeado con un mazo. Ella se derrumbó sobre el suelo, ante el sofá. Levantó la vista y sus ojos se toparon con los de Niedermann. La observaba lleno de curiosidad, como si se preguntara qué sería lo próximo que haría Lisbeth. Como un gato que se prepara para jugar con su presa.

En ese momento, ella intuyó un movimiento en una puerta del fondo de la estancia. Volvió la cabeza.

Lentamente, él avanzó hacia la luz.

Se ayudaba de un bastón; Lisbeth vio la prótesis que le asomaba por la pernera.

Su mano izquierda era un muñón atrofiado al que le faltaban un par de dedos.

Alzó la mirada y contempló su cara. La mitad izquierda era un *patchwork* de cicatrices dejadas por las quemaduras. No tenía cejas y su oreja no era más que un resto de cartílago. Estaba calvo. Lo recordaba como un hombre atlético y viril, de pelo moreno rizado. Medía un metro sesenta y cinco y estaba demacrado.

—Hola, papá —dijo Lisbeth con un tono inexpresivo.

Alexander Zalachenko observó a su hija con la misma expresión ausente.

Ronald Niedermann encendió la luz del techo. Cacheó a Lisbeth y comprobó que no llevaba más armas. Después, le puso el seguro a la P-83 Wanad y le extrajo el cargador. Zalachenko pasó ante Lisbeth arrastrando los pies, se sentó en un sillón y levantó un mando a distancia.

La mirada de Lisbeth se centró en la pantalla del televisor que quedaba tras él. Zalachenko pulsó un botón y, al instante, reconoció en la imagen verdosa la zona situada tras el establo y el trozo del camino que accedía a la casa. Una cámara de rayos infrarrojos. Sabían que venía.

—Había empezado a creer que no te ibas a atrever a salir —dijo Zalachenko—. Te llevamos vigilando desde las cuatro. Has activado casi todas las alarmas de alrededor de la casa.

—Detectores de movimiento —constató Lisbeth.

—Dos en el camino de acceso y cuatro al otro lado del prado. Instalaste tu punto de observación justo en el sitio donde habíamos puesto la alarma. Las mejores vistas de la granja se tienen desde allí. Por lo general, los que se suelen acercar son alces o ciervos (a veces, alguna persona buscando bayas), pero no es muy frecuente que alguien aparezca moviéndose con sigilo y un arma en la mano.

Guardó silencio durante un momento.

—¿Realmente creías que Zalachenko iba a estar completamente desprotegido en una pequeña casa en el campo?

Lisbeth se masajeó el cuello e hizo amago de levantarse.

—Quédate en el suelo —dijo Zalachenko con severidad.

Niedermann dejó de examinar el arma y contempló a Lisbeth tranquilamente. Arqueó una ceja y le mostró una sonrisa. A ella le vino a la mente el rostro desfigurado de Paolo Roberto que había visto por televisión y decidió que sería mejor idea permanecer en el suelo. Suspiró y apoyó la espalda contra el sofá.

Zalachenko estiró la mano derecha, la que le quedaba sana. Niedermann se sacó un arma de la cinturilla del pantalón, retrajo la corredera alimentando la recámara y se la pasó. Lisbeth advirtió que se trataba de una Sig Sauer, la pistola estándar de la policía. Zalachenko asintió con la cabeza. Sin mediar palabra, Niedermann dio media vuelta de pronto y se puso una cazadora. Salió de la habitación y Lisbeth oyó cómo se abrió y cerró la puerta de la entrada.

—Es sólo para que no se te ocurra hacer ninguna tontería. En el mismo instante en que intentes levantarte, te dispararé a bocajarro.

Lisbeth se relajó. Le daría tiempo a meterle dos balas, tal vez tres, antes de que ella pudiera alcanzarlo, y lo más seguro es que empleara una munición que la haría desangrarse en un par de minutos.

—¡Joder, qué pinta tienes! —comentó Zalachenko, señalando el aro de la ceja de Lisbeth—. Pareces una puta.

Lisbeth le clavó la mirada.

—Aunque has sacado mis ojos —dijo él.

—¿Te duele? —le preguntó ella, señalando la prótesis con un movimiento de cabeza.

Zalachenko la contempló un largo rato.

—No. Ya no.

Lisbeth asintió con la cabeza.

—Tienes muchas ganas de matarme —dijo él.

Ella no le contestó. De repente, él se rió.

—Me he acordado mucho de ti durante todos estos años. Prácticamente cada vez que me miraba al espejo.

—Deberías haber dejado en paz a mi madre.

Zalachenko se rió.

—Tu madre era una puta.

Los ojos de Lisbeth brillaron negros como el azabache.

—No era una puta. Trabajaba de cajera en un supermercado para intentar llegar a fin de mes.

Zalachenko se volvió a reír.

—Móntate las películas que quieras. Yo sé que era una puta. Le faltó tiempo para quedarse preñada e intentar que me casara con ella. Como si yo me casara con putas.

Lisbeth no dijo nada. Miró la punta de la pistola con la esperanza de que él desviara la atención un instante.

—La bomba incendiaria fue una idea muy astuta. Te odié. Pero luego no le di más importancia. No merecía la pena malgastar energías contigo. Si hubieses dejado las cosas como estaban, yo no habría movido un dedo.

—Y una mierda. Bjurman te contrató para matarme.

—Eso no tiene nada que ver. Se trataba de un simple acuerdo comercial: él necesitaba una película que tú tenías y yo llevo un pequeño negocio.

—Y pensaste que yo te daría la película.

—Sí, hija mía. Estoy convencido de que sí. No tienes ni idea de lo colaboradora que se vuelve la gente cuando Ronald Niedermann le pide algo. Sobre todo, cuando arranca la motosierra y te corta un pie. Además, en mi caso, eso sería una justa recompensa. Pie por pie.

Lisbeth pensó en Miriam Wu en manos de Ronald Niedermann en aquel almacén de las afueras de Nykvarn. Zalachenko malinterpretó su gesto.

—No tienes de qué preocuparte. No tenemos planeado descuartizarte.

Se quedó mirándola.

—¿De verdad te violó Bjurman?

Lisbeth no respondió.

—Joder, qué mal gusto tenía ese tipo. He leído en el periódico que eres una asquerosa bollera. No me sorprende. Comprendo que ningún chico quiera hacer nada contigo.

Lisbeth seguía sin contestar.

—A lo mejor debería pedirle a Niedermann que te diera un repaso. Creo que te vendría bien.

Se quedó pensativo.

—Aunque Niedermann no mantiene relaciones sexuales con chicas. No, no es que sea maricón; es sólo que no le va el sexo.

—Entonces, tendrás que darme tú el repaso —dijo Lisbeth de manera provocadora.

«Acércate. Comete un error.»

—No, en absoluto. Sería perverso.

Permanecieron callados un instante.

—¿Qué estamos esperando? —preguntó Lisbeth.

—Mi compañero volverá en seguida. Sólo va a mover tu coche y a encargarse de otra pequeña gestión. ¿Dónde está tu hermana?

Lisbeth se encogió de hombros.

—Contéstame.

—No lo sé y, sinceramente, me importa una mierda.

Zalachenko se volvió a reír.

—¿Amor fraterno? Camilla siempre fue la que tuvo algo en la cabeza mientras que tú sólo eras una basura que no valía para nada.

Lisbeth no replicó.

—Pero tengo que reconocer que me resulta de lo más satisfactorio volver a verte de cerca.

—Zalachenko —dijo Lisbeth—, eres tremendamente pesado. ¿Fue Niedermann quién mató a Bjurman?

—Por supuesto. Ronald Niedermann es el soldado perfecto. No sólo obedece órdenes, sino que también toma la iniciativa cuando es necesario.

—¿De qué agujero lo has sacado?

Zalachenko contempló a su hija con una expresión extraña. Abrió la boca como si fuera a decir algo; luego, dudó y permaneció callado. Miró hacia la puerta con el rabillo del ojo y, de repente, mostró una sonrisa.

—¿Me estás diciendo que todavía no lo has averiguado? —preguntó—. Según Bjurman, se supone que eres un hacha investigando.

Después Zalachenko soltó una carcajada.

—Nos conocimos en España a principios de los años noventa, cuando estaba convaleciente tras tu pequeña bomba incendiaria. Él tenía veintidós años y se convirtió en mis brazos y mis piernas. No está contratado; somos socios. Llevamos un floreciente negocio.

—*Trafficking*.

Él se encogió de hombros.

—Se podría decir que hemos diversificado nuestras líneas de negocio y que nos dedicamos a numerosos productos y servicios. La idea es mantenernos en un discreto segundo plano y no dejarnos ver nunca. ¿De verdad no te has dado cuenta de quién es Ronald Niedermann?

Lisbeth permaneció en silencio. No entendía a qué se refería.

—Es tu hermano —dijo Zalachenko.

—No —dijo Lisbeth, conteniendo la respiración.

Zalachenko se volvió a reír. Pero la pistola seguía apuntándola de manera firme y amenazadora.

—Bueno, para ser más exactos, tu hermanastro —precisó Zalachenko—. El resultado de una simple distracción que tuve en Alemania durante una misión que me encargaron en 1970.

—Y has convertido a tu propio hijo en un asesino.

—Qué va. Sólo le he ayudado a desarrollar su potencial. Él ya tenía aptitudes para matar mucho antes de que yo me encargara de su formación. Será él quien dirija la empresa familiar después de mí.

—¿Sabe que somos hermanastros?

—Por supuesto. Aunque si crees que vas a poder apelar a sus sentimientos fraternales, olvídalo. Yo soy su única familia. Tú no eres más que una interferencia en el horizonte. Te diré, de paso, que no es tu único hermanastro; tienes, al menos, otros cuatro, y tres hermanastras más en diferentes países. Uno de ellos es un idiota, pero hay otro que en verdad promete; es el que lleva la sucursal de Tallin. Sin embargo, Ronald es el único de mis hijos que hace honor a los genes de Zalachenko.

—Supongo que mis hermanastras no ocupan ningún puesto en la empresa familiar.

Zalachenko se quedó perplejo.

—Zalachenko, no eres más que uno de esos cabrones que odian a las mujeres. ¿Por qué matasteis a Bjurman?

—Bjurman era un idiota. Se quedó atónito al enterarse de que eras mi hija. Era una de las pocas personas de este país que conocía mi pasado. Tengo que reconocer que me empecé a preocupar cuando, de repente, se puso en contacto conmigo, aunque luego todo se resolvió para bien. Él murió y tú cargaste con la culpa.

—Entonces ¿por qué le pegasteis un tiro? —insistió Lisbeth.

—La verdad es que eso no entraba en nuestros planes. Yo me veía colaborando con él durante muchos años. Siempre viene bien tener una puerta trasera para entrar en la Säpo. Aunque sea a través de un idiota. Pero, no sé cómo, ese periodista de Enskede encontró una conexión entre nosotros, y llamó a Bjurman justo cuando Ronald se encontraba en su casa. Bjurman fue presa del pánico y se puso intratable. Ronald tuvo que tomar una decisión en el acto. Y actuó como debía.

El corazón de Lisbeth se hundió como una piedra en el pecho cuando su padre le confirmó lo que ella ya imaginaba. Dag Svensson había encontrado una conexión. Ella había estado hablando con Dag y Mia durante más de una hora. Mia le cayó bien en seguida, Dag no tanto; le recordaba demasiado a Mikael Blomkvist. Un salvador del mundo que pensaba que podría cambiarlo todo con un libro. No obstante, Lisbeth respetaba sus buenas intenciones.

En conjunto, la visita a casa de Dag y Mia había sido una pérdida de tiempo. No podían conducirla hasta Zalachenko. Dag Svensson había dado con su nombre y había empezado a hurgar en su pasado, pero no había logrado identificarlo.

Sin embargo, durante la visita cometió un terrible error. Ella sabía que tenía que existir una conexión entre Bjurman y Zalachenko. De modo que empezó a hacer preguntas sobre Bjurman para ver si Dag Svensson se había topado con su nombre. No era así, pero él tenía un buen olfato: se centró de inmediato en Bjurman y acosó a Lisbeth con preguntas.

Sin que ella le hubiese proporcionado muchos detalles, él entendió que, de alguna manera, estaba implicada en el drama. También se percató de que Bjurman debía de poseer cierta información. Acordaron volver a verse para seguir hablando tras el fin de semana. Luego, Lisbeth Salander regresó a casa y se acostó. A la mañana siguiente, cuando se despertó, se enteró por los informativos de que dos personas habían sido asesinadas en un piso de Enskede.

Lo único útil que Lisbeth dio a Dag Svensson durante aquella visita fue el nombre de Nils Bjurman. Lo más probable es que Dag Svensson llamara a Bjurman en cuanto ella abandonó el apartamento.

Ella era la conexión. Si no hubiese ido a ver a Dag Svensson, él y Mia seguirían con vida.

Zalachenko se rió.

—No te puedes imaginar lo perplejos que nos quedamos cuando la policía empezó a buscarte a ti por los asesinatos.

Lisbeth se mordió el labio inferior. Zalachenko se quedó observándola detenidamente.

—¿Cómo me has encontrado? —preguntó.

Ella se encogió de hombros.

—Lisbeth, Ronald estará de vuelta dentro de poco. Puedo pedirle que te rompa todos los huesos del cuerpo hasta que contestes. Ahórranos ese esfuerzo.

—El apártado de correos. Le seguí la pista al coche que Niedermann había alquilado y esperé a que ese mocoso apareciera y vaciara el apartado.

—Ajá. Qué fácil. Lo recordaré.

Lisbeth reflexionó un rato. Él la seguía apuntando con la pistola.

—¿En serio crees que esta tormenta va a pasar así como así? —preguntó Lisbeth—. Has cometido demasiados errores; la policía dará contigo.

—Ya lo sé —contestó el padre de Lisbeth—. Björck me llamó ayer y me contó que un periodista de *Millennium* ha metido las narices en la historia y que es sólo una cuestión de tiempo. Tal vez haya que ocuparse de él.

—Pues tienes para rato —dijo Lisbeth—. Tan sólo en *Millennium* están Mikael Blomkvist, la redactora jefe Erika Berger, la secretaria de redacción y numerosos empleados. Y luego tienes a Dragan Armanskij y a unos cuantos trabajadores de Milton Security. Por no hablar del poli Bublanski y de su gente. ¿A cuántos más vas a matar para silenciar todo esto? Te cogerán.

Zalachenko volvió a reírse.

—*So what*? No he matado a nadie y no existe la más mínima prueba contra mí. Que identifiquen a quién diablos les dé la gana. Créeme, ya pueden hacer todos los registros que quieran en esta casa que no encontrarán ni una sola mota de polvo que me pueda vincular con alguna actividad criminal. Fue la Säpo la que te encerró en un manicomio, no yo, así que no creo que se vayan a mover mucho para poner todas las cartas sobre la mesa.

—Niedermann —le recordó Lisbeth.

—Mañana mismo, bien temprano, Ronald se irá de vacaciones al extranjero una larga temporada para observar desde allí el desarrollo de los acontecimientos.

Zalachenko le lanzó una triunfadora mirada.

—Tú seguirás siendo la principal sospechosa de los asesinatos, así que lo más conveniente es que desaparezcas sin armar revuelo.

Pasaron casi cincuenta minutos antes de que Ronald Niedermann regresara. Llevaba puestas unas botas.

Lisbeth Salander miró de reojo al hombre que, según su padre, era su hermanastro. No le encontró el menor parecido con ella, al contrario, le pareció diametralmente opuesto. Sin embargo, le dio la sensación de que a Ronald Niedermann le pasaba algo. Su constitución física, sus facciones delicadas y esa voz que daba la impresión de no haber mudado todavía se le antojaron a Lisbeth malformaciones congénitas. No había reaccionado a la descarga de la pistola eléctrica y sus manos eran enormes. Nada parecía del todo normal en Ronald Niedermann.

«Los defectos genéticos abundan en la familia Zalachenko», pensó amargamente.

—¿Todo listo? —preguntó Zalachenko.

Niedermann asintió con la cabeza. Estiró la mano y cogió su Sig Sauer.

—Os acompaño —dijo Zalachenko.

Niedermann dudó.

—Hay un buen paseo.

—Os acompaño. Tráeme la cazadora.

Niedermann se encogió de hombros e hizo lo que le pedía. Mientras Zalachenko se abrigaba y pasaba un momento por la habitación contigua, el gigante se entretuvo con el arma. Lisbeth lo observó enroscar un adaptador provisto de un silenciador casero.

—Vámonos —dijo Zalachenko desde la puerta.

Niedermann se agachó y la levantó de un tirón. Lisbeth lo miró a los ojos.

—A ti también te mataré —sentenció ella.

—Veo que, por lo menos, no te falta confianza en ti misma —dijo su padre

Niedermann le sonrió con dulzura y, empujándola hacia la puerta, salieron al patio. La tenía bien agarrada; sus dedos abarcaban el cuello de Lisbeth sin ningún problema. La condujo hacia el bosque que quedaba al norte del establo.

Caminaban sin prisa. A intervalos regulares, Niedermann se detenía para esperar a Zalachenko. Llevaban unas potentes linternas. Cuando se adentraron en el bosque, Niedermann soltó el cuello de Lisbeth. Tenía la punta de la pistola a un metro de su espalda.

Continuaron más de cuatrocientos metros por una senda casi impracticable. Lisbeth tropezó dos veces, pero en ambas Niedermann la puso de pie.

—Gira a la derecha aquí —dijo Niedermann.

Unos diez metros después llegaron a un claro. Lisbeth vio una fosa excavada en el suelo. A la luz de la linterna de Niedermann apareció una pala hincada en un montón de tierra. De repente, comprendió lo que Niedermann iba a hacer. La empujó hacia la fosa, pero ella tropezó y cayó a cuatro patas sobre el montón. Sus manos quedaron enterradas en la tierra arenosa. Se levantó y le lanzó una inexpresiva mirada. Zalachenko se tomó su tiempo y Niedermann lo esperó tranquilamente. En ningún momento desvió de Lisbeth la punta de la pistola.

Zalachenko estaba jadeando. Tardó más de un minuto en empezar a hablar.

—Debería decir algo, pero me parece que no tengo nada que decirte.

—No te preocupes —contestó Lisbeth—. Yo tampoco tengo gran cosa que decirte.

Ella le mostró una torcida sonrisa.

—Acabemos con esto de una vez —sentenció Zalachenko.

—Me alegro de que lo último que he hecho haya sido asegurarme de que te detengan —le comentó Lisbeth—. Esta misma noche la policía llamará a tu puerta.

—Chorradas. Sabía que intentarías marcarte ese farol. Has venido aquí para matarme, nada más. No has hablado con nadie.

Lisbeth Salander mostró una torcida sonrisa aún más amplia. De repente, adquirió un aspecto malvado.

—¿Puedo enseñarte algo, papá?

Se metió la mano en el bolsillo izquierdo de la pernera y sacó un objeto cuadrado. Ronald Niedermann vigilaba cada movimiento.

—Todas las palabras que has pronunciado durante la última hora han salido por una radio de Internet.

Levantó su Palm Tungsten T3.

La frente de Zalachenko se arrugó en ese sitio donde deberían haber estado sus cejas.

—A ver —dijo mientras extendía la mano sana.

Lisbeth se lo tiró. Él lo cogió al vuelo.

—¡Y una mierda! —dijo Zalachenko—. Esto es una Palm normal y corriente.

Cuando Ronald Niedermann se inclinó hacia delante para mirar de reojo la Palm, Lisbeth le arrojó un puñado de tierra a los ojos. Lo cegó al instante, pero él, automáticamente, disparó la pistola. Lisbeth ya se había echado dos pasos a un lado, de modo que la bala no atravesó más que el aire donde ella había estado. Lisbeth cogió la pala, tomó impulso y, apuntando con el filo, la dirigió hacia la mano que sostenía la pistola. Le dio un fuerte golpe en los nudillos y observó cómo la Sig Sauer trazaba una amplia curva en el aire e iba a parar a unos arbustos, lejos de ellos. Vio la sangre salir a borbotones del profundo corte que le hizo por encima del dedo índice.

«Debería aullar de dolor.»

Niedermann avanzaba a tientas con la mano lesionada extendida mientras que con la otra se frotaba con desesperación los ojos. La única posibilidad que tenía Lisbeth de ganar la batalla consistía en causar un daño masivo e inmediato. Si aquello se convertía en un cuerpo a cuerpo, ella no tendría nada que hacer. Necesitaba cinco segundos de ventaja para poder escapar y alcanzar el bosque. Cogió impulso levantando la pala por encima de su cabeza y la dejó caer trazando un amplio arco. Intentó girar la empuñadura para darle con el filo, pero su posición no era la adecuada. Impactó de lleno en la cara de Niedermann con la parte ancha de la pala.

Niedermann gruñó cuando el hueso de su nariz se rompió por segunda vez en muy pocos días. Seguía cegado por la tierra, pero sacó el brazo derecho y consiguió alejar a Lisbeth de un empujón. Ella salió despedida hacia atrás y tropezó con una raíz. Estuvo en el suelo un segundo que aprovechó para dar un salto, tomar impulso y ponerse de pie inmediatamente. De momento, Niedermann estaba neutralizado.

«Lo conseguiré.»

Avanzó dos pasos hacia la maleza cuando, con el rabillo del ojo —clic— vio a Alexander Zalachenko levantar el brazo.

«El puto viejo también tiene una pistola.»

El descubrimiento impactó en su cabeza como un latigazo.

Cambió de dirección en el mismo instante en que él disparó. La bala le dio en la parte exterior de la cadera y le hizo perder el equilibrio.

No le dolió.

La segunda bala le alcanzó la espalda y fue a parar a su omoplato izquierdo. Un agudo y paralizante dolor le recorrió el cuerpo.

Cayó de rodillas. Durante unos segundos, fue incapaz de moverse. Era consciente de que Zalachenko estaba a su espalda, a unos seis metros. Obstinada, se puso de pie con un último esfuerzo y dio un tambaleante paso hacia la cortina de arbustos protectores.

Zalachenko tuvo tiempo de apuntar.

La tercera bala impactó a dos centímetros detrás de la parte superior de su oreja. Le perforó el hueso parietal y ocasionó una telaraña de fisuras radiales en el cráneo. Continuó su trayectoria hasta acabar descansando en la materia gris a unos cuatro centímetros por debajo de la corteza cerebral.

Para Lisbeth Salander la descripción médica habría sido puramente académica. En términos prácticos, la bala le provocó un trauma masivo inmediato. Su última percepción fue un *shock* de color rojo ardiente que se convirtió en una luz blanca.

Luego oscuridad.

Clic.

Zalachenko intentó pegarle otro tiro, pero las manos le temblaban tanto que fue incapaz de apuntar. «Ha estado a punto de escapar.» Al final, se dio cuenta de que Lisbeth ya estaba muerta. Bajó el arma entre temblores mientras la adrenalina le fluía por todo el cuerpo. Miró la pistola. En un principio, había pensado dejarla en casa, pero al final decidió ir a buscarla y se la metió en el bolsillo de la cazadora. Como si necesitara una mascota. «Ella era un monstruo.» Ellos eran dos hombres y además, era Ronald Niedermann armado con su Sig Sauer. «Y esta maldita puta ha estado a punto de escapar.»

Echó un vistazo al cuerpo de su hija. A la luz de la linterna, parecía una muñeca de trapo ensangrentada. Le puso el seguro a la pistola, se la guardó en el bolsillo de la cazadora y se acercó a Ronald Niedermann, que estaba fuera de juego, con los ojos llorosos y sangrando por la mano y la nariz. Ésta, tras la pelea por el título con Paolo Roberto, no se le había curado todavía y, ahora, el palazo le había provocado nuevos y devastadores destrozos.

—Creo que me han vuelto a romper el hueso de la nariz —dijo.

—Idiota —le contestó Zalachenko—. Ha estado a punto de escaparse.

Niedermann continuaba frotándose los ojos. No le dolían pero no cesaban de lagrimear. Estaba casi cegado.

—Levántate y ponte derecho, joder.

Zalachenko movió la cabeza con desprecio.

—¿Qué diablos harías sin mí?

Niedermann parpadeó desesperado. Cojeando, Zalachenko se acercó al cuerpo de su hija y la agarró por el cuello de la cazadora. La alzó y la arrastró hasta la tumba, que no era más que un hoyo cavado en el suelo, demasiado pequeño para que pudiera caber estirada. Levantó el cuerpo hasta que sus pies se encontraron sobre el hoyo, y la dejó caer como un saco de patatas. Lisbeth aterrizó en posición fetal, con las piernas replegadas bajo sí misma.

—Entiérrala ya, a ver si podemos volver a casa de una vez —ordenó Zalachenko.

En su estado, a Ronald Niedermann le llevó un rato echarle la tierra. La que no cabía la esparció por la zona dando enérgicas paladas.

Mientras observaba el trabajo de Niedermann, Zalachenko se fumó un cigarro. Seguía temblando, pero la adrenalina ya le había empezado a bajar. Sintió un repentino alivio, ella ya no estaba. Todavía recordaba sus ojos cuando le arrojó aquella bomba incendiaria de gasolina hacía ya muchos años.

Eran las nueve de la noche cuando Zalachenko miró a su alrededor y asintió con la cabeza. Consiguieron encontrar la Sig Sauer de Niedermann debajo de unos arbustos. Acto seguido, volvieron a la casa. Zalachenko se sentía extrañamente satisfecho. Dedicó un rato a curarle la mano a Niedermann. El corte de la pala era profundo y tuvo que sacar aguja e hilo para coser la herida, un arte que aprendió con quince años en la escuela militar de Novosibirsk. Por lo menos no hacía falta ninguna anestesia. Sin embargo, tal vez la herida fuera tan grave que Niedermann se viera obligado a acudir a un hospital. Le entablilló el dedo y le puso una venda.

Cuando hubo terminado, abrió una cerveza mientras Niedermann no hacía más que enjuagarse sin parar los ojos en el cuarto de baño.

Capítulo 32

Jueves, 7 de abril

Mikael Blomkvist llegó a la estación central de Gotemburgo a las nueve y pico de la noche. Aunque el X2000 había recuperado parte del tiempo perdido, llegó con retraso. Mikael había dedicado la última hora del viaje a llamar a unas cuantas empresas de alquiler de vehículos. Intentó encontrar un coche en Alingsås, con la idea de bajarse allí, pero, a esa hora de la noche, resultó imposible. Al final se rindió, y consiguió un Volkswagen reservando también una habitación en un hotel de Gotemburgo. Podía recoger el coche en Järntorget. Decidió pasar del confuso transporte público de Gotemburgo y su ininteligible sistema de billetes; para comprenderlo había que ser, como poco, ingeniero aeronáutico. Cogió un taxi.

Cuando finalmente le dieron el coche, no había ningún mapa de carreteras en la guantera. Se dirigió a una gasolinera que abría por la noche para comprar uno. Tras una breve reflexión, también se hizo con una linterna, una botella de agua Ramlösa y un café para llevar que colocó en el soporte de bebidas, junto al cuadro de mandos. Al pasar Partille, de camino al norte, eran ya las diez y media. Cogió la carretera de Alingsås.

A las nueve y media, un zorro pasó por la tumba de Lisbeth Salander. Se detuvo e, inquieto, miró a su alrededor.

El olfato le indicaba que había algo enterrado en el lugar, pero juzgó que la presa quedaba demasiado inaccesible y no merecía la pena excavar. Había otras presas más sencillas.

En algún lugar de las inmediaciones, algún imprudente animal nocturno hizo un ruido y el zorro aguzó el oído en el acto. Dio un paso cauteloso. Sin embargo, antes de continuar la caza, levantó la pata trasera y marcó el territorio con un chorrito de orina.

Bublanski no solía hacer llamadas de servicio tan tarde, pero esta vez no lo pudo evitar. Cogió el teléfono y marcó el número de Sonja Modig.

—Perdona las horas, ¿estás despierta?

—No te preocupes.

—Acabo de terminar de leer el informe de la investigación de 1991.

—Entiendo que te haya costado soltarlo; a mí me pasó lo mismo.

—Sonja, ¿qué interpretación das tú a lo que está pasando?

—A mí me parece que Gunnar Björck, que, dicho sea de paso, ocupa un puesto destacado en la lista de puteros, metió a Lisbeth Salander en el manicomio después de que ella intentara protegerse a sí misma, y a su madre, de un asesino loco que trabajaba para la Säpo. En eso colaboró, entre otros, Peter Teleborian, en cuya evaluación, por cierto, hemos basado gran parte de nuestro juicio sobre el estado psíquico de Lisbeth Salander.

—Este informe cambia por completo la imagen que tenemos de ella.

—Aclara bastantes cosas, sí.

—Sonja, ¿puedes pasar a recogerme mañana a las ocho?

—Sí, claro.

—Vamos a ir a Smådalarö para hablar con Gunnar Björck. Lo he comprobado, está de baja por reumatismo.

—No veo la hora de que llegue el momento.

—Creo que vamos a tener que reconsiderar a fondo el perfil de Lisbeth Salander.

Greger Backman miró de reojo a su esposa. Erika Berger estaba delante de la ventana del salón contemplando la bahía. Tenía el móvil en la mano; él sabía que ella esperaba una llamada de Mikael Blomkvist. Parecía sentirse tan desgraciada que se acercó y le pasó un brazo alrededor de los hombros.

—Blomkvist ya es mayorcito —dijo—. Aunque si estás tan preocupada, deberías llamar al policía ese.

Erika Berger suspiró.

—Es lo que debería haber hecho hace ya muchas horas. Pero no es eso lo que me pasa.

—¿Es algo que yo debería saber? —preguntó Greger.

Erika asintió con la cabeza.

—Cuéntame.

—Te he ocultado algo. A ti y a Mikael. Y a todos los de la redacción.

—¿Ocultado?

Erika se volvió hacia su marido y le contó que le habían dado el trabajo de redactora jefe del *Svenska Morgon-Posten*. Greger Backman arqueó las cejas.

—No entiendo por qué no se lo has contado a nadie —dijo él—. Es una noticia fantástica para ti. Enhorabuena.

—Ya, es sólo que me siento como una traidora. Supongo.

—Mikael lo entenderá. Todo el mundo tiene que aprovechar las oportunidades cuando se le presentan. Y ahora te toca a ti.

—Ya lo sé.

—¿Estás realmente decidida?

—Sí, lo estoy. Pero no he tenido el coraje de contárselo a nadie. Y me da la sensación de que les abandono en medio de un gigantesco caos.

Greger abrazó a su mujer.

Dragan Armanskij se frotó los ojos y dirigió la mirada a la oscuridad, al otro lado de la ventana de la residencia de Ersta.

—Deberíamos llamar a Bublanski —comentó.

—No —dijo Holger Palmgren—. Ni Bublanski ni ninguna otra persona de las autoridades han movido nunca ni un solo dedo por ella. Deja que siga adelante con lo que tenga que hacer.

Armanskij observó al antiguo administrador de Lisbeth Salander. Continuaba sorprendido por la manifiesta mejoría del estado de salud de Palmgren desde que le hiciera la última visita, por Navidad. Todavía seguía balbuceando; no obstante, en los ojos de Palmgren había una vitalidad renacida. También había una rabia en él que nunca antes había visto. Durante la tarde, Palmgren le había contado la historia del rompecabezas que Mikael Blomkvist había ido componiendo. Armanskij estaba en estado de *shock*.

—Va a intentar matar a su padre.

—Es posible —dijo Palmgren tranquilamente.

—Eso si Zalachenko no la mata antes.

—También es posible.

—¿Y nos vamos a quedar de brazos cruzados?

—Dragan, tú eres una buena persona. Lo que Lisbeth Salander haga o deje de hacer, si sobrevive o muere, no es responsabilidad tuya.

Palmgren hizo un gesto con el brazo. De repente, mostró una capacidad de coordinación que llevaba mucho tiempo sin tener. Era como si los acontecimientos de las últimas semanas hubiesen aguzado sus adormecidos sentidos.

—Nunca me ha despertado simpatía la gente que se toma la justicia por su mano. Por otra parte, nunca he conocido a nadie que tuviera tan buenas razones para hacerlo. Aun a riesgo de parecer cínico, lo que ocurra esta noche ocurrirá al margen de lo que tú o yo pensemos. Está escrito en las estrellas desde que ella nació. Y todo lo que nos queda es decidir qué actitud adoptar hacia Lisbeth. Si es que vuelve.

Armanskij suspiró lleno de tristeza, mientras miraba de reojo al viejo abogado.

—Y si se pasa los próximos diez años en la cárcel de Hinseberg, será ella misma quien se lo haya buscado. Yo seguiré siendo su amigo.

—No tenía ni idea de que tuvieras una visión tan libertaria del ser humano.

—Yo tampoco.

Miriam Wu miraba fijamente el techo. Tenía la lamparita encendida y una radio con la música a bajo volumen en cuya programación nocturna se oía *On a Slow Boat to China*. Se había despertado el día antes en el hospital al que Paolo Roberto la llevó. Se dormía y se despertaba inquieta para volver a dormirse sin orden ni concierto. Los médicos decían que había sufrido una conmoción cerebral. En cualquier caso, necesitaba descansar. También tenía la nariz fracturada, tres costillas rotas y diversas heridas y magulladuras por todo el cuerpo. Su ceja izquierda estaba tan hinchada, que el ojo no era más que una fina abertura en el párpado. En cuanto intentaba cambiar de postura le dolía todo, y cada vez que cogía aire se resentía. Asimismo, le dolía el cuello; como medida preventiva, le habían puesto un collarín. Los médicos le aseguraron que se recuperaría por completo.

Cuando se despertó por la noche, Paolo Roberto estaba allí. Le mostró una sonrisa y quiso saber cómo se encontraba. Miriam se preguntó si ella también tendría un aspecto tan lamentable como el que él ofrecía.

Ella le hizo varias preguntas y él se las contestó. Por alguna razón, no le pareció nada descabellado que Paolo fuera amigo de Lisbeth Salander. Era un chulo. Lisbeth solía mostrar simpatía por los tipos chulos y odiar a los idiotas engreídos. La diferencia era muy sutil, pero Paolo Roberto pertenecía a la primera categoría.

Paolo le explicó por qué había aparecido súbitamente de la nada en el almacén de Nykvarn. Miriam se asombró de que él se hubiera empeñado con tanta obstinación en darle caza a la furgoneta. Y le asustó la noticia de que la policía estaba desenterrando cadáveres en los alrededores del almacén.

—Gracias —dijo—. Me has salvado la vida.

Él negó con la cabeza y permaneció callado durante un buen rato.

—Intenté explicárselo a Blomkvist, pero él no acabó de entenderlo. Creo que tú sí puedes. Porque tú boxeas.

Ella sabía a qué se refería. Nadie que no hubiera estado allí, en el almacén de Nykvarn, sería capaz de comprender cómo era pelear con un monstruo que no experimentaba dolor. Pensó en lo desamparada que se había sentido. Luego, ella cogió la mano vendada de Paolo Roberto. No hablaron. Ya estaba todo dicho. Cuando volvió a despertarse, él ya se había ido. Miriam deseaba que Lisbeth Salander diera señales de vida.

Era a ella a quien buscaba Niedermann.

Miriam Wu temía que hubiese conseguido encontrarla.

Lisbeth Salander no podía respirar. Había perdido la noción del tiempo; sin embargo, era consciente de que le habían disparado, y se dio cuenta —más por intuición que por raciocinio— de que estaba enterrada. Su brazo izquierdo había quedado inutilizado. No podía mover ni un solo músculo sin que las oleadas de dolor le recorriesen el hombro. Su mente iba a la deriva, entraba y salía de una nublada conciencia. «Necesito aire.» Sentía un dolor palpitante que nunca antes había experimentado, y estaba a punto de hacer estallar su cabeza.

La mano derecha había quedado bajo su cara; instintivamente, comenzó a rascar la tierra que tenía frente a la nariz y la boca. La tierra era bastante arenosa y estaba bastante seca. Consiguió hacer una pequeña cavidad del tamaño de un puño.

Ignoraba cuánto tiempo llevaba en la fosa, pero comprendió que su situación podía resultar mortal. Al final, consiguió formular un pensamiento racional.

«Me ha enterrado viva.»

El descubrimiento le hizo sucumbir al pánico. No podía respirar. No podía moverse. Una tonelada de tierra la mantenía encadenada a la primitiva roca madre.

Intentó mover una pierna y apenas pudo tensar el músculo. Luego cometió el error de tratar de levantarse. Presionó con la cabeza hacia arriba y, al instante, el dolor le penetró las sienes como una descarga eléctrica. «No debo vomitar.» Volvió a sumergirse en una confusa semiinconsciencia.

Cuando recuperó la capacidad de pensar, comprobó con mucha cautela qué partes del cuerpo tenía utilizables. Lo único que podía mover era la mano derecha, que se hallaba ante su cara. «Necesito aire.» El aire estaba por encima de ella, por encima de la tumba.

Lisbeth Salander empezó a escarbar. Hizo presión con el codo y consiguió crear un pequeño espacio para maniobrar. Empujando la tierra con el dorso de la mano agrandó la cavidad que tenía delante de la cara. «Tengo que cavar.»

Acabó cayendo en la cuenta de que en el ángulo muerto que había quedado por debajo de su cuerpo en posición fetal, entre sus piernas, había una cavidad. Allí se encontraba gran parte del aire que había utilizado y que la mantenía con vida. Desesperada, empezó a girar de un lado a otro la parte superior del cuerpo y sintió cómo la tierra empezó a caer hacia abajo. La presión del pecho disminuyó ligeramente. De golpe, pudo mover el brazo unos cuantos centímetros.

Trabajó minuto a minuto en un estado de semiinconsciencia. Arañando con las manos, quitó la tierra arenosa que tenía ante la cara y, puñado a puñado, la empujó hacia abajo hasta el hueco que había por debajo de su cuerpo. Unos instantes después, consiguió mover tanto el brazo que fue capaz de quitar la tierra que quedaba sobre su cabeza. Centímetro a centímetro, logró liberar la cabeza. Sintió algo duro. De pronto, se vio con una ramita o un trozo de raíz en la mano. Rascó hacia arriba. La tierra seguía siendo esponjosa y no demasiado compacta.

A las diez y pico, el zorro, de camino a su madriguera, volvió a pasar por la tumba de Lisbeth Salander. Acababa de comerse un ratón y estaba satisfecho cuando, de repente, percibió la presencia de otro ser. Se quedó inmóvil, como congelado, y aguzó el oído. Los bigotes y el hocico le vibraron.

De repente, los dedos de Lisbeth Salander salieron a la superficie como si un muerto viviente surgiera de las entrañas de la tierra. Si alguna persona se hubiese encontrado allí, lo más seguro es que hubiera reaccionado como el zorro, poniendo pies en polvorosa.

Lisbeth notó cómo el aire frío le recorría el brazo. Volvió a respirar.

Le costó media hora más salir de la tumba. No guardaba un recuerdo claro del proceso. Le pareció extraño no poder mover la mano izquierda, pero continuó rascando mecánicamente con la derecha.

Necesitaba algo con lo que escarbar. Le llevó un rato pensar en algo que pudiera usar. Bajó el brazo y logró llegar al bolsillo del pecho y sacar la pitillera que le había regalado Miriam Wu. La abrió y la usó a modo de pala. Poco a poco quitó la tierra y la apartó con un movimiento de muñeca. De pronto, recuperó la movilidad del hombro izquierdo y consiguió empujarlo hacia arriba a través de la capa de tierra. Luego, sacó arena y tierra y consiguió erguir la cabeza. Con eso, ya había asomado el brazo derecho y la cabeza a la superficie. Una vez liberado parte del torso, pudo empezar a contonearse hacia arriba, centímetro a centímetro, hasta que la tierra, de golpe, dejó de aprisionarle las piernas.

Se alejó de la tumba arrastrándose con los ojos cerrados y no se detuvo hasta que su hombro se topó con el tronco de un árbol. Giró lentamente el cuerpo hasta que tuvo el árbol como respaldo y, antes de abrir los ojos, se limpió los párpados con el dorso de la mano. A su alrededor, reinaba la más absoluta oscuridad y el aire era gélido. Estaba sudando. Sintió un apagado dolor en la cabeza, el hombro izquierdo y la cadera, pero no gastó energías en reflexionar sobre ello. Se quedó quieta durante diez minutos, tomando aire. Después se dio cuenta de que no podía permanecer allí.

Luchó por levantarse mientras el mundo se tambaleaba a sus pies.

Sintió un mareo instantáneo, se inclinó hacia delante y vomitó.

Luego, echó a andar. No sabía qué camino tomar ni adónde dirigirse. Tenía problemas para mover la pierna izquierda, de modo que cada cierto tiempo tropezaba y caía de rodillas. En cada ocasión, un intenso dolor le penetraba la cabeza.

No tenía ni idea del tiempo que llevaba andando cuando, de repente, percibió una luz con el rabillo del ojo. Cambió de dirección y avanzó a trompicones. Hasta que no se encontró junto a la caseta del patio, no se dio cuenta de que había ido derecha a la casa de Zalachenko. Se detuvo y fue dando tumbos como un borracho.

Las células fotoeléctricas en el camino de acceso y en la zona deforestada. Ella había venido desde el otro lado. No la habían visto.

El descubrimiento la desconcertó. Se dio cuenta de que no estaba en forma para afrontar otro asalto con Niedermann y Zalachenko. Contempló la casa blanca.

Clic. Madera. Clic. Fuego.

Fantaseó con un cerillo y un galón de gasolina.

Se volvió, con mucho esfuerzo, hacia la caseta y, tambaleándose, llegó hasta una puerta que estaba cerrada con un travesaño. Consiguió levantarlo con el hombro derecho. Oyó cómo cayó al suelo y cómo golpeó la puerta. Se adentró en la oscuridad y miró a su alrededor.

Era un leñero. Allí no había gasolina.

Sentado junto a la mesa de la cocina, Alexander Zalachenko levantó la vista al oír el ruido del travesaño. Apartó la cortina y, entornando los ojos, dirigió la mirada hacia la oscuridad exterior. Tardó unos segundos en habituarse a ella. El viento había empezado a soplar cada vez con más fuerza. El pronóstico del tiempo había prometido un tormentoso fin de semana. Al final, vio que la puerta de la caseta estaba entreabierta.

Esa misma tarde se había acercado hasta allí con Niedermann para coger un poco de leña. El paseo no había tenido más objeto que confirmar a Lisbeth Salander que no se había equivocado de casa y provocar, así, la salida de su escondite.

¿Se había olvidado Niedermann de poner el travesaño? Lo cierto era que podía ser muy torpe. De reojo, dirigió la mirada hacia la puerta del salón en cuyo sofá se había adormilado Niedermann. Pensó en despertarlo, pero creyó que era mejor dejarle dormir. Se levantó de la silla.

Para encontrar gasolina, Lisbeth tendría que ir al establo donde estaban aparcados los coches. Se apoyó contra un tajo y respiró con dificultad. Necesitaba descansar. Apenas llevaba allí un par de minutos, cuando oyó los pasos arrastrados de la prótesis de Zalachenko delante de la caseta.

Debido a la oscuridad, Mikael se equivocó de camino en Mellby, al norte de Sollebrunn. En vez de tomar el desvío hacia Nossebro, continuó hacia el norte y no se dio cuenta de su error hasta que llegó a Trökörna. Paró y consultó el mapa de carreteras.

Soltó una maldición y giró hacia el sur en dirección a Nossebro.

Con la mano derecha, Lisbeth se hizo con el hacha que estaba colgada de un clavo en el tajo un segundo antes de que Alexander Zalachenko entrara. No tenía fuerzas para levantarla por encima de su cabeza, de modo que, cogiéndola con una mano, tomó impulso y, de abajo arriba, describió con ella una curva mientras que, apoyándose sobre la cadera ilesa, giraba el cuerpo.

Justo cuando Zalachenko le dio al interruptor de la luz, el filo del hacha se adentró diagonalmente en la parte derecha de su cara, destrozándole el hueso maxilar y penetrando unos milímetros en el frontal. No le dio tiempo a comprender lo que estaba ocurriendo. Un segundo después su cerebro registró el dolor y se puso a aullar como un poseso.

Ronald Niedermann se despertó de un sobresalto y se incorporó desconcertado. Escuchó un aullido que, en un principio, no le pareció humano. Procedía de fuera. Luego se dio cuenta de que era Zalachenko. Se puso de pie a toda prisa.

Lisbeth Salander cogió impulso y quiso asestarle un nuevo hachazo. Su cuerpo no obedeció las órdenes. Su intención era levantar el hacha y hundírsela a su padre en la cabeza, pero había agotado todas sus fuerzas y le alcanzó por debajo de la rodilla, muy lejos de su objetivo. Sin embargo, la fuerza del impacto clavó el filo con tal profundidad que el hacha se quedó incrustada y se le escapó de las manos cuando Zalachenko cayó de bruces sin parar de gritar.

Se agachó para recuperar el hacha. La tierra se movió bajo sus pies cuando el dolor estalló en su cabeza. Tuvo que sentarse. Alargó la mano y buscó a tientas en los bolsillos de la cazadora de Zalachenko. Seguía llevando la pistola en el bolsillo derecho. Lisbeth intentó enfocar la mirada mientras la tierra se tambaleaba.

Una Browning del calibre veintidós.

«Una puta pistola de *boyscout*.»

Por eso continuaba con vida. Si le hubiese disparado una bala de la Sig Sauer de Niedermann, o de una pistola con munición de mayor calibre, tendría un agujero enorme en la cabeza.

En el mismo instante en que formulaba ese pensamiento, oyó los pasos de Niedermann, recién levantado, que ya había alcanzado el vano de la puerta. Se detuvo en seco y, con los ojos abiertos de par en par, miró sin parpadear la escena que tenía ante sí. Zalachenko bramaba como un poseso. Su cara era una máscara de sangre. Tenía un hacha clavada en la rodilla. Lisbeth Salander, ensangrentada y sucia, estaba sentada en el suelo junto a él. Era como algo sacado de una película de terror, de esas que Niedermann había visto en exceso.

A Ronald Niedermann, insensible al dolor y construido como un robot antitanques, nunca le había gustado la oscuridad. Hasta donde él recordaba, siempre había estado asociada a una amenaza.

Había visto figuras en la oscuridad con sus propios ojos, de modo que un terror indescriptible le acechaba constantemente. Y, ahora, ese terror se había materializado.

La chica del suelo estaba muerta. De eso no cabía duda.

Él mismo la había enterrado.

Por lo tanto, la criatura que ahora se hallaba ante él no era una chica, sino un ser que había vuelto desde el más allá y al que no podía vencer ni fuerza humana ni arma alguna.

La metamorfosis de ser humano a muerto viviente ya se había iniciado. Su piel se había convertido en una coraza como la de los lagartos. Sus dientes al descubierto eran puntiagudos pinchos preparados para arrancar la carne de su presa. Sacó su lengua de reptil y se lamió la boca. Sus manos abiertas de sangre tenían unas garras afiladas como cuchillas de afeitar de unos diez centímetros de largo. Vio cómo le ardían los ojos. Podía oír sus gruñidos apagados y la vio tensar los músculos para tomar impulso y saltar sobre su yugular.

De repente, descubrió que ella tenía una cola que se curvaba y que empezaba a golpear el suelo de modo amenazador.

Luego, ella alzó la pistola y le disparó. La bala pasó tan cerca de la oreja de Niedermann que sintió el latigazo del aire. Él lo vivió como si la boca de la criatura le hubiera lanzado una llama de fuego.

Fue demasiado para él.

Dejó de pensar.

Dio media vuelta y salió corriendo para salvar la vida. Ella disparó otro tiro que erró por completo, pero que a él pareció darle alas. Dando una zancada de alce saltó unas vallas, en dirección a la carretera, y se lo tragó la oscuridad del campo. Se fue corriendo preso del terror más irracional.

Perpleja, Lisbeth Salander lo siguió con la mirada hasta que desapareció de su vista.

Se arrastró hasta la puerta y miró hacia fuera; no consiguió divisarlo. Al cabo de un rato, Zalachenko, tumbado y en estado de *shock*, dejó de gritar, pero siguió quejándose. Lisbeth abrió el cargador de la pistola y, al constatar que le quedaba una bala, sopesó la idea de pegarle un tiro en la cabeza a Zalachenko. Después, se acordó de que Niedermann rondaba por allí fuera y que más le valía guardar esa última bala. Si él la atacara, probablemente le haría falta algo más que una bala del calibre veintidós. No obstante, era mejor que nada.

Lisbeth se levantó como pudo, salió cojeando de la caseta y cerró la puerta. Tardó cinco minutos en poner el travesaño. Cruzó el patio tambaleándose, entró en la casa y encontró el teléfono sobre un mueble de la cocina. Marcó un número que hacía más de dos años que no usaba. No respondió. Saltó el contestador.

«Hola, soy Mikael Blomkvist. En estos momentos no me puedo poner. Deja el nombre y el número de teléfono y te devolveré la llamada cuanto antes.»

Piiip.

—Mir-g-kral —dijo y se dio cuenta de que su voz sonaba pastosa. Tragó saliva—. Mikael, soy Salander.

Luego no supo qué decir.

Colgó el auricular despacio.

La Sig Sauer de Niedermann, desmontada para la limpieza, estaba sobre la mesa de la cocina, junto a la P-83 Wanad de Sonny Nieminen. Dejó caer la Browning de Zalachenko al suelo y se acercó a trompicones hasta la mesa, de donde cogió la Wanad para comprobar el cargador. También encontró su Palm y se la metió en el bolsillo. Cojeando, avanzó hasta el fregadero y llenó una taza sin fregar de agua muy fría. Se bebió cuatro. Al levantar la vista, se encontró, de súbito, con su propia cara en un viejo espejo de afeitar que estaba colgado en la pared. Casi pegó un tiro de puro terror.

Lo que vio se parecía más a un animal que a un ser humano; una loca con la cara contraída y la boca entreabierta. Estaba cubierta de suciedad. Su cara y su cuello eran una papilla coagulada de sangre y lodo. Se hizo una idea de lo que había visto Niedermann en la caseta.

Se acercó al espejo y, súbitamente, adquirió conciencia del peso de su pierna izquierda. Tenía un intenso dolor en la cadera, donde le había impactado la primera bala de Zalachenko. La segunda le había dado en el hombro y le había dejado paralizado el brazo izquierdo. Le dolía.

Pero era el dolor de la cabeza el que le resultaba tan agudo que la hacía tambalearse. Con cuidado, levantó la mano derecha y se palpó la parte posterior de la cabeza. De repente, sus dedos notaron el cráter del orificio de entrada.

Se toqueteó el agujero del cráneo y se dio cuenta, horrorizada, de que estaba tocando su propio cerebro, de que sus lesiones eran tan graves que iba a morir, o tal vez ya estaba muerta. No entendía cómo podía mantenerse en pie.

De pronto, la invadió un cansancio paralizante. No

sabía si estaba a punto de desmayarse o de dormirse, así que se acercó al banco de la cocina, donde se tumbó poco a poco y apoyó la parte derecha de la cabeza —la buena— sobre un cojín.

Necesitaba acostarse y recuperar fuerzas, aunque sabía que no se podía dormir con Niedermann rondando por allí fuera. Tarde o temprano volvería. Tarde o temprano, Zalachenko, conseguiría salir de la caseta y, arrastrándose, entraría en la casa, pero a ella ya no le quedaban fuerzas ni para mantenerse en pie. Tenía frío. Quitó el seguro de la pistola.

Ronald Niedermann permanecía indeciso en la carretera que iba de Sollebrunn a Nossebro. Estaba solo. A oscuras. Había vuelto a pensar de manera racional, y se avergonzaba de su huida. No entendía cómo había sido posible, pero llegó a la conclusión lógica de que ella había sobrevivido. «Habrá conseguido salir de la fosa de una u otra manera.»

Zalachenko lo necesitaba. Por lo tanto, debía regresar a la casa y partirle el cuello a esa Lisbeth Salander.

Al mismo tiempo, Ronald Niedermann tenía la sensación de que todo había acabado. Hacía ya tiempo que la albergaba. Las cosas habían empezado a ir mal desde el momento en que Bjurman se puso en contacto con ellos. Zalachenko se convirtió en otra persona en cuanto oyó el nombre de Lisbeth Salander. Todas las reglas de prudencia y moderación que Zalachenko llevaba predicando durante tantos años dejaron de existir de golpe.

Niedermann dudó.

Zalachenko necesitaba atención médica.

Si es que ella no lo había matado ya.

Eso conllevaría una serie de preguntas.

Se mordió el labio inferior.

Llevaba mucho tiempo siendo el socio de su padre. Habían sido años de éxitos continuos. Tenía un dinero escondido y, además, sabía dónde ocultaba Zalachenko su fortuna. Contaba con los recursos y la competencia que se requerían para seguir llevando el negocio. Lo racional sería marcharse de allí sin mirar atrás. Si algo había conseguido inculcarle Zalachenko era que siempre debía mantener la capacidad de salir, sin sentimentalismos, de una situación que se hubiera vuelto ingobernable. Ésa era la regla fundamental de la supervivencia. «No muevas ni un dedo por una causa perdida.»

Ella no era sobrenatural. Pero sí *bad news*. Era su hermanastra.

La había subestimado.

Ronald Niedermann se encontraba aprisionado entre dos voluntades que tiraban de él.

Por una parte, quería volver y romperle el cuello a Lisbeth. Por la otra, deseaba seguir huyendo a través de la noche.

Llevaba el pasaporte y la cartera en el bolsillo trasero del pantalón. No quería volver. En la granja, no había nada que él quisiera.

A excepción, tal vez, de un coche.

Seguía dudando cuando vio el brillo de los faros de un coche acercarse tras una elevación del terreno. Volvió la cabeza. Tal vez pudiera conseguir un transporte de otra manera. Lo único que necesitaba era un coche para llegar a Gotemburgo.

Por primera vez en su vida —por lo menos, desde que abandonara su más tierna infancia—, Lisbeth era incapaz de tomar las riendas de la situación. A lo largo de los años, se había visto implicada en peleas, había sido víctima de malos tratos y objeto tanto de internamiento forzado por parte del Estado como de abusos de particulares. Su cuerpo y su alma habían encajado muchos más golpes que los que un ser humano debería sufrir.

Pero, en cada ocasión, había sabido reaccionar. Se había negado a contestar a las preguntas de Teleborian y cada vez que fue sometida a algún tipo de violencia física, logró apartarse de ella y escapar.

Con una nariz rota se podía vivir.

Con un agujero en la cabeza, no.

Esta vez no podía arrastrarse hasta la cama de su casa, taparse con el edredón, dormir dos días y, luego, levantarse y retomar las rutinas diarias como si nada hubiese ocurrido.

Se hallaba tan gravemente herida que era incapaz de arreglar la situación por sí misma. Y tan cansada que el cuerpo no obedecía sus órdenes.

«Tengo que dormir un rato», pensó. Y, de repente, tuvo la certeza de que si ahora se rendía y cerraba los ojos, la probabilidad de no abrirlos nunca más era muy alta. Analizó esa consecuencia y constató que no le importaba. Más bien al contrario, incluso le atraía. «Descansar. No tener que despertar.»

Sus últimos pensamientos fueron para Miriam Wu.

«Perdóname, Mimmi.»

Seguía teniendo en la mano la pistola de Sonny Nieminen, con el seguro quitado, cuando cerró los ojos.

Mikael Blomkvist descubrió a Ronald Niedermann a la luz de los faros desde una buena distancia. Lo reconoció en seguida; era difícil confundir a un gigante rubio de unos dos metros y cinco centímetros, construido como un robot antitanques. Niedermann movió los brazos. Mikael quitó las largas y frenó. Metió la mano en el compartimento exterior del maletín de su ordenador y sacó la Colt 1911 Government que había encontrado en la mesa de trabajo de Lisbeth Salander. Paró a unos cinco metros de Niedermann y, antes de abrir la puerta del coche, apagó el motor.

—Gracias por detenerte —dijo Niedermann, jadeando. Había ido corriendo—. He tenido una… avería. ¿Me podrías llevar a la ciudad?

Su voz era extrañamente aguda.

—Por supuesto que te puedo llevar a la ciudad —dijo Mikael Blomkvist, apuntándole con el arma—. Túmbate en el suelo.

Las pruebas a las que se estaba enfrentando Niedermann esa noche parecían no tener fin. Le lanzó una escéptica mirada a Mikael.

Niedermann no sintió el más mínimo miedo ni por la pistola ni por el hombre que la portaba. Sin embargo, las armas le infundían respeto. Había pasado toda su vida rodeado de armas y violencia. Daba por descontado que si alguien le apuntaba con una pistola, era porque esa persona estaba desesperada y dispuesta a usarla. Entornó los ojos e intentó identificar al hombre que se hallaba tras la pistola, pero los faros lo convertían en una oscura silueta. ¿Policía? No hablaba como un policía. Y, además, los policías solían identificarse. Por lo menos en las películas.

Consideró sus posibilidades. Sabía que si se lanzaba sobre él, podría coger el arma. Por otra parte, el hombre de la pistola parecía controlar la situación y se protegía tras la puerta del coche. Le alcanzaría con una o dos balas. Si se movía rápido, tal vez el hombre fallara el tiro —o al menos no le daría en ningún órgano vital— pero, aun en el caso de que sobreviviera, las balas dificultarían, o incluso imposibilitarían, su huida. Era preferible esperar una oportunidad mejor.

—¡TÚMBATE AHORA MISMO! —gritó Mikael.

Desplazó el arma unos centímetros y disparó a la cuneta.

—El próximo irá a parar a tu rodilla —dijo Mikael con una alta y clara voz de mando.

Ronald Niedermann se puso de rodillas, cegado por los faros del coche.

—¿Quién eres? —preguntó.

Mikael extendió la mano hasta el compartimento de la puerta y sacó la linterna que compró en la gasolinera. Dirigió el haz de luz a la cara de Niedermann.

—Las manos en la espalda —ordenó Mikael—. Separa las piernas.

Esperó hasta que Niedermann obedeció, a regañadientes, la orden.

—Sé quién eres. Si haces alguna tontería, te dispararé sin previo aviso. Apuntaré al pulmón, por debajo del omoplato. Es muy probable que me cojas, pero te va a costar.

Dejó la linterna en el suelo, se quitó el cinturón e hizo una lazada tal y como le enseñaron en la Escuela de Infantería de Kiruna donde, dos décadas antes, hizo el servicio militar. Se colocó entre las piernas del gigante rubio —tumbado en el suelo—, introdujo sus brazos por la lazada y apretó por encima de los codos. De esa manera, el inmenso Niedermann quedaba casi indefenso.

Y, luego, qué. Mikael miró a su alrededor. Se encontraban completamente solos en la oscuridad de la carretera. Paolo Roberto no había exagerado al describir a Niedermann. Era una bestia. La cuestión era, sin embargo, por qué un monstruo así venía corriendo en plena noche como si lo persiguiera el mismísimo diablo.

—Busco a Lisbeth Salander. Supongo que la has visto.

Niedermann no contestó.

—¿Dónde está Lisbeth Salander? —preguntó Mikael.

Niedermann le echó una mirada rara. No entendía qué estaba pasando esa extraña noche en la que todo parecía ir mal.

Mikael se encogió de hombros. Volvió al coche, abrió el maletero y encontró una cuerda de remolque. No podía abandonar a Niedermann en medio de la carretera y con las manos atadas. Recorrió los alrededores con la mirada. Treinta metros más arriba, una señal de tráfico resplandecía a la luz de los faros. Peligro de alces.

—Levántate.

Puso la boca del arma en la nuca de Niedermann, lo condujo hasta la señal de tráfico y le obligó a sentarse en la cuneta y apoyar la espalda en el poste. Niedermann dudó.

—Todo esto es muy sencillo —dijo Mikael—. Tú asesinaste a Dag Svensson y Mia Bergman. Eran mis amigos. No pienso soltarte en medio de la carretera, así que o te ato aquí o te pego un tiro en la rodilla. Tú eliges.

Niedermann se sentó. Mikael le puso la cuerda de remolque alrededor del cuello y le inmovilizó la cabeza. Luego usó dieciocho metros de cuerda para atar al gigante por el torso y la cintura. Dejó un poco para poder atarle los antebrazos al poste y lo remató todo con unos sólidos nudos marineros.

Cuando terminó, Mikael volvió a preguntarle dónde se hallaba Lisbeth Salander. No recibió respuesta alguna, así que hizo un gesto de indiferencia y abandonó a Niedermann. Hasta que no volvió al coche, no sintió la subida de adrenalina y no tomó conciencia de lo que acababa de hacer. La imagen de la cara de Mia Bergman centelleó un instante ante sus ojos.

Encendió un cigarrillo y bebió Ramlösa de la botella. Contempló la silueta del gigante en la penumbra, junto a la señal de tráfico. Después, se puso al volante, consultó el mapa de carreteras y constató que le faltaba más de un kilómetro para alcanzar el desvío que conducía hasta la granja de Karl Axel Bodin. Arrancó el motor y pasó ante Niedermann.

Pasó despacio por el desvío indicado con el letrero de Gosseberga y aparcó junto a un granero, en un camino forestal, a unos cien metros al norte. Cogió la pistola y encendió la linterna. Descubrió marcas recientes de ruedas en el barro y constató que otro coche había estado aparcado antes en ese lugar, pero no le dio más importancia. Volvió andando hasta el desvío de Gosseberga e iluminó el buzón. «192 – K. A. Bodin.» Continuó caminando.

Era casi medianoche cuando vio las luces de la granja de Bodin. Se detuvo a escuchar. Permaneció quieto durante varios minutos pero no pudo oír más que los habituales ruidos de la noche. En vez de seguir por el camino de acceso hasta la casa, lo hizo a través del prado y se fue acercando por la parte del establo. Se detuvo en el patio, a treinta metros de la casa. Estaba en alerta total. La carrera de Niedermann hasta la carretera daba a entender que algo había ocurrido en la granja.

Mikael había recorrido más o menos la mitad del patio cuando oyó un ruido. Giró y se dejó caer de rodillas levantando el arma. Tardó unos segundos en percatarse de que el ruido procedía de una caseta. Sonaba como si alguien se quejara. Cruzó rápidamente el césped y se paró junto a la caseta. Al doblar la esquina, miró por una ventana y vio que en su interior había una luz encendida.

Escuchó. Alguien se estaba moviendo allí dentro. Levantó el travesaño y al abrir la puerta se encontró con un par de ojos aterrorizados en una cara ensangrentada. Vio el hacha en el suelo.

—Diossantojoder —murmuró.

Luego descubrió la prótesis.

«Zalachenko.»

Definitivamente, Lisbeth Salander había estado de visita.

Le costó imaginarse lo que podía haber pasado. Volvió a cerrar la puerta a toda prisa y colocó el travesaño.

Con Zalachenko en la caseta y Niedermann atado en la carretera de Sollebrunn, Mikael atravesó el patio hasta la casa principal. Tal vez hubiera una desconocida tercera persona que podría representar un peligro, pero la casa le pareció desierta, casi deshabitada. Apuntó al suelo con el arma y, con mucho cuidado, abrió la puerta exterior. Entró en un vestíbulo oscuro y vio un haz de luz que procedía de la cocina. Lo único que pudo oír fue el tictac de un reloj de pared. Al llegar a la puerta, descubrió de inmediato a Lisbeth Salander tumbada encima de un banco.

Por un instante, se quedó como paralizado contemplando su cuerpo maltrecho. Notó que en la mano —que colgaba flácida— llevaba una pistola. Se acercó y se puso de rodillas. Pensó en cómo había encontrado a Dag y Mia y, por un segundo, creyó que Lisbeth estaba muerta. Luego vio un pequeño movimiento en su caja torácica y percibió una débil y bronca respiración.

Alargó la mano y, cuidadosamente, le empezó a quitar el arma. De pronto, Lisbeth la agarró con más fuerza. Sus ojos se abrieron formando dos delgadas líneas y miraron a Mikael durante unos largos segundos. Su mirada estaba desenfocada. Después, él la oyó murmurar unas palabras en voz tan baja que apenas pudo percibirlas.

—Kalle Blomkvist de los Cojones.

Cerró los ojos y soltó la pistola. Mikael puso el arma en el suelo, sacó el móvil y marcó el número de emergencias.

12/12 ① 3/11
1/15 ∅